DEIRDRE PURCELL

Die Marmorgärten

DEIRDRE PURCELL

Die Marmorgärten

Roman

Aus dem Englischen
von Mechtild Sandberg

Piper
München Zürich

Die englische Originalausgabe erschien 2002
unter dem Titel »Marble Gardens«
bei Headline in London.

ISBN 3-492-04596-0

Gesetzt aus der Garamond
Satz: Uwe Steffen, München
Druck und Bindung: Clausen & Bosse, Leck
Printed in Germany

www.piper.de

Für meinen Mann Kevin Healy

1

Es ist noch nicht zu spät. Ruf an und sag, es sei eine Bombe an Bord. Du kannst von einer öffentlichen Telefonzelle aus anrufen und verschwinden. In dem Gewühl hier werden sie dich niemals finden.

Oder sag, es handle sich um einen Notfall in der Familie, und sie müßten sofort wieder aussteigen.

Oder sonst was. Nur tu was!

Sophie versucht krampfhaft, die innere Stimme zum Schweigen zu bringen. Sie hat sich den Vormittag freigenommen, um Riba und ihre Tochter zum Flughafen zu fahren, und wird nach der Mittagspause in der Redaktion zurückerwartet. Aber nachdem sie die beiden bis zum Check-in begleitet und es glücklich geschafft hat, bis zum letzten munteren Winken durchzuhalten, muß sie nun feststellen, daß sie nicht einfach so gehen kann.

Sie rutscht auf dem harten, hohen Hocker an einer der Kaffeebars in der Abflughalle hin und her und starrt in den graubleichen Satz in ihrem Pappbecher. Der Flughafen von Dublin befindet sich in einem Zustand ständiger Expansion, aber da die Menschenmengen rascher wachsen als die Erweiterungsbauten, ist er ein ausgesprochen ungemütlicher Ort, besonders für jemanden, der wie sie Lärm und Hektik verabscheut. Trotzdem bleibt sie. Es ist, als wäre sie mit einem Drahtseil an das Flugzeug da draußen gefesselt.

Los, komm schon. Noch ist es nicht zu spät. Gleich da drüben ist eine ganze Reihe öffentlicher Telefone … Sie sind bestimmt noch nicht gestartet … Oder geh rüber zum Schalter und erzähl denen irgendwas … Sag, sie hätten was Lebenswichtiges vergessen …

Es fällt ihr nicht auf, daß sie Aufmerksamkeit erregt, und zwar nicht wegen ihrer Seelenqualen. Sophie, die so zurückhaltend ist, wie ihre beste Freundin in sich selbst und den großen Auftritt verliebt, besitzt eine angeborene Eleganz und gehört zu den Frauen, die selbst in ein altes Laken gewickelt noch aussehen, als kämen sie gerade aus einer Haute-Couture-Boutique. Sie hat ihren Mantel im Wagen gelassen und trägt ein einfaches marineblaues Kleid mit einer rostfarbenen Jacke von Dunnes Stores darüber, die bei jeder anderen Frau so billig ausgesehen hätte, wie sie tatsächlich war.

Im Gegensatz zu ihrer Freundin, die zu Üppigkeit und Fülle neigt, ist Sophie schmal und gertenschlank. Relativ hochgewachsen, mit einem zart geschnittenen, herzförmigen Gesicht, trägt sie ihr ungefärbtes blondes Haar knabenhaft kurz geschnitten, weil es praktisch ist. Wimperntusche und Augenbrauenstift benutzt sie nur, weil sie mit ihren hellen Wimpern und Brauen ihrer Meinung nach so albinohaft aussieht wie das weiße Kaninchen in *Alice im Wunderland*.

Obwohl es ihr mittlerweile zur Gewohnheit geworden ist, die Freundin Riba zu nennen, wenn sie miteinander zu tun haben, wird diese doch in ihren Gedanken immer Eily bleiben. Sie kennen sich seit ihrer frühesten Kindheit; seit ihre Mütter sie Seite an Seite in ihren Kinderwagen spazierenfuhren, als die Dubliner Vorstadt, in die sie aus der Innenstadt hinausgezogen waren, noch von Wiesen und Ackerland umgeben war und in dem frisch angelegten Netz schlammiger, unfertiger Straßen und Plätze mehr Vogelgezwitscher als Autogeknatter zu hören war.

Auch nach dem Tod von Eilys Eltern, in den wechselvollen Zeiten, die folgten, sind die Freundinnen unzertrennlich geblieben; sie haben miteinander gespielt – wenn Eily die Erlaubnis bekam – und gezankt, um gute Noten und Jungs konkurriert, Verletzungen – reale und eingebildete – gemeinsam getragen, tuschelnd prickelnde Geheimnisse ausgetauscht, einander gezeigt, was ein richtiger Kuß ist, kurz, diese Freundschaft ist in beider Leben immer ein fester Anker gewesen. Eine war Trauzeugin der anderen, und Sophie ist Patentante von Eilys Tochter Zelda.

Als Eily fünf Jahre nach Zeldas Geburt auch noch einen kleinen Sohn bekam, kostete es Sophie viel Kraft, sich mit ihr zu freuen, aber sie brachte diese Kraft auf – wenn auch mit knapper Not. Ihre Kinderlosigkeit ist bei weitem das schwerste Kreuz, das sie zu tragen hat, und es vergeht kein Tag, an dem sie nicht im stillen trauert.

Eily und ihr Anhang sind so etwas wie eine Ersatzfamilie für Sophie, deren Eltern nach Neuseeland ausgewandert sind, um in der Nähe ihrer beiden Söhne zu sein, Zwillinge, von denen der eine dort verheiratet ist, während der andere in Sydney ganz offen seine Homosexualität auslebt. Obwohl sie sich bemüht hat, keinen Groll aufkommen zu lassen, erschien ihr die Abwanderung ihrer Eltern zu ihren Enkeln wie ein zusätzlicher Vorwurf wegen ihrer Unfruchtbarkeit.

Genug! Sophie richtet sich auf und strafft die Schultern. Das neue Jahrtausend ist gerade einmal zwei Wochen alt, und schon hat sie ihren Vorsatz, das Trübsalblasen in Zukunft sein zu lassen – ihr Leben von den Spinnweben zu befreien – gebrochen.

»Hallo! Du bist noch da?«

Sie fährt auf ihrem Hocker herum. Hinter ihr steht Brian McMullan.

Eilys Mann hat im Kampf gegen diesen »karibischen Blödsinn«, wie er es nennt, sämtliche Geschütze aufgefahren, einen Angriffskrieg geführt, der in seiner Weigerung kulminierte, Frau und Tochter zum Flughafen zu fahren. Aber nun ist er doch da.

Die Air-Arda-Flugbegleiter, die Frauen in adretten, aber wenig kleidsamen Faltenröcken, die Männer mit Hemden, die so blütenweiß sind wie ihre Zähne, eilen im allgemeinen Stimmengewirr den schmalen Gang hinauf und hinunter und schaffen es, gleichzeitig kompetent und blasiert dreinzuschauen, während sie sich mit schnellen Blicken verständigen.

»Alles in Ordnung, Schatz?« Riba streckt über den Gang hinweg die Hand nach ihrer Tochter aus. »Sitzt du bequem? Keine Schmerzen?«

»Jetzt mach doch nicht so einen Wirbel – bitte!« Zelda, neunzehn Jahre alt und so eigensinnig wie jedes normale junge Mädchen in ihrem Alter, schüttelt die aufdringliche Hand ab und dreht ihrer Mutter den Hinterkopf zu.

Riba zieht sich seufzend zurück. Sie fängt den Blick einer Frau auf, die direkt hinter ihrer Tochter sitzt, und verdreht die Augen gen Himmel. Die andere Frau lächelt verständnisvoll, und im Wohlgefühl mütterlicher Komplizenschaft beugt Riba sich nach vorn und zieht die Tasche an der Rückenlehne des Sitzes vor ihr auf, um noch einmal nach den Einmalspritzen zu sehen, die sie dort verstaut hat. Ja, sie sind alle da. Das Medikament liegt im Kühlschrank der Bordküche. Es war ein Riesentheater, alles durch das Sicherheitssystem am Flughafen zu schleusen, und sie hat immer wieder die Rezepte und Genehmigungen vorzeigen müssen.

Multiples Myelom. So ein melodiöses Wort für eine so entsetzliche Krankheit. Mit einem Schauder des Abscheus läßt sie das Gummiband zurückschnellen und lehnt sich in ihrem Sitz zurück.

Es ist derart ungerecht. Bei akuter Blinddarmentzündung ist die Lage klar: Läßt man sich nicht behandeln, stirbt man. Es ist, als triebe Zeldas Krankheit, ein Krebs des Knochenmarks, ihr grausames Spiel mit der Menschheit. Es gibt keine zwei Menschen, die an den gleichen Symptomen leiden oder in gleicher Weise auf mögliche Behandlungsarten ansprechen, seien es die Knochenmarksverpflanzung oder die stärksten Medikamente, zu denen seit neuestem die sogenannten Thalidomid-Derivate gehören. Um nichts in der Welt wird Riba zulassen, daß so etwas dem zarten Körper ihrer Tochter nahe kommt. Sie hat die Nase voll von der konventionellen Medizin und den Ärzten. Sie hat es satt, ständig zu hören zu bekommen, man müsse die Wahrscheinlichkeiten gegeneinander abwägen, es sei alles eine Sache der praktischen Erprobung verschiedener Möglichkeiten und der Prüfung des akzeptablen Risikos. Keiner wagt es, auch nur die kleinste Garantie zu geben. Und wenn man anfängt zu bohren und nach zeitlichen Größenordnungen fragt oder auch nur, ob auf lange Sicht Hoffnung bestehe, weichen sie einem aus.

Alle Therapien, die man an Zelda ausprobiert, während sie auf ihren Tod wartet, haben grauenvolle Nebenwirkungen, von denen ihr abgemagerter, geschundener Körper zeugt.

Kann man es Riba verübeln, daß sie die Sache selbst in die Hand genommen hat? In Jays Hände gegeben hat?

Sie und ihre Tochter sitzen nun schon seit geraumer Weile in der vorletzten Reihe der Chartermaschine; die Passagiere sind nach Sitznummern von hinten ins Flugzeug geschleust worden. Neben und vor allem vor ihnen sind ihre Mitreisenden immer noch damit beschäftigt, sich häuslich einzurichten. In fröhlich lärmendem Gegensatz zum schmachtenden Gesang Enyas aus dem Lautsprecher rammen sie ihr Handgepäck in die bereits vollgestopften Fächer über den Sitzen, um sich dann in ihre Sessel zu quetschen. Die Fächer über Riba waren schon voll, als sie kam, so daß weder ihre Handtasche noch ihre kleine Reisetasche darin Platz fanden; nun nimmt die letztere den gesamten Raum unter dem Sitz vor ihr ein, und ihr bleibt nichts anderes übrig, als die Handtasche zwischen sich und ihre Armlehne zu zwängen. Sicherheitshalber trägt sie den Schulterriemen quer über die Brust gelegt. Von dieser kleinen Unbequemlichkeit wird sie sich nicht stören lassen. Heute wird nichts schiefgehen.

Sie hatten Glück, daß sie so kurzfristig überhaupt Plätze für diesen Flug bekommen haben. Die Zeit von Mitte Januar bis Mitte Februar hat sich, dem Reisebüro zufolge, zur Hauptsaison für Transatlantikreisen entwickelt, kein Wunder bei all den Sonderangeboten. Früher war Miami, wohin die erste Etappe ihrer Reise sie führen wird, für die Iren das Eldorado. Heute, denkt Riba wehmütig, während sie die Gruppen ohrringtragender junger Kerle und die ganzen auf Teufel komm raus gebleichten Blondinen betrachtet, die die Flachmänner aus ihren geräumigen Handtaschen kramen und sich verstohlen einen Schluck genehmigen, ist Amerika zu einem erschwinglichen Disneyland verkommen, so daß die Reise einiges von ihrem Prestige eingebüßt hat. Früher hätte man sich mit einer Reise nach New York gebrüstet, heute nicht mehr. Na ja, ich muß grad reden, denkt sie. Ich bin auch nicht besser.

Brian McMullan hat Sophie rein zufällig entdeckt. In der Hoffnung, das Sicherheitspersonal irgendwie beschwatzen zu können, ihn durchzulassen, wollte er gerade in die Abflughalle, als er sie an der Kaffeebar sitzen sah. Er hat in Finglas eine kleine Mietwagenfirma mit Büro im Flughafen und besitzt daher einen Ausweis.

»Wie ist es gegangen?« Er rutscht auf den Hocker neben Sophie. »Sie sind wohl schon an Bord?«

»Ich ... ich dachte, du wolltest nicht ... Eily sagte, du müßtest heute einen Wagen nach Shannon fahren.«

Es überrascht ihn nicht, daß sie leicht außer Fassung ist. Zwar hat er es irgendwie – mit Müh und Not – geschafft, Eilys blinden Glauben an Jay Street und seine Organisation zu tolerieren, aber schon von dem Moment an, als zum erstenmal von dieser Reise die Rede war, hat er den Standpunkt vertreten, daß es völlig sinnlos wäre, Zelda um die halbe Welt zu schleppen. Daß es ihm nicht gelungen ist, dies zu verhindern, bekümmert ihn zutiefst.

Trotzdem hat er, kaum fünfzehn Kilometer außerhalb von Dublin auf der Schnellstraße nach Naas, plötzlich mit quietschenden Reifen gewendet und ist zurückgerast, um sich am Flughafen noch von ihnen zu verabschieden.

»Ich hab's mir in letzter Minute anders überlegt – obwohl mir klar war, daß ich wahrscheinlich zu spät kommen würde.« Er starrt geistesabwesend die junge Frau hinter dem Tresen an, die, von Bestellungen überschüttet, offenbar beschlossen hat, ihren Protest kundzutun, indem sie ihr ohnehin schon gemächliches Arbeitstempo noch weiter zurückschraubt. »Ich bin trotzdem hergefahren, hätte ja sein können, daß der Start sich verzögert oder so was. Daß du noch hier sein würdest, habe ich nicht erwartet.«

»Ich sollte auch längst weg sein. Ich muß in einer Stunde wieder in der Redaktion sein, und wenn viel Verkehr ist ...«

»Der Verkehr ist mörderisch.« Brian versucht, die Bedienung auf sich aufmerksam zu machen, die in aller Ruhe die Zellophanhülle einer Packung Pappbecher mit dem Daumennagel aufzureißen versucht. »Im Ernst, mit der Zufahrt zu diesem Flughafen muß schleunigst was geschehen. Man kommt sich ja vor wie in einer Bananenrepublik. Die einzige Hauptstadt in der EU ohne Zugverbindung zum Flughafen. Ich hätte gedacht, im Januar wär's nicht so schlimm, aber unsere Firmenparkplätze waren alle besetzt, und ich habe fast eine halbe Stunde gebraucht, um eine Lücke für Kurzzeitparker zu finden.« Er wirft Sophie einen Blick zu und schaut dann zu seinen Händen hinunter. »Mein Gott, ich plappere nichts als dummes Zeug, nicht?«

»Plapper ruhig weiter.« Sophie legt ihm den Arm um die Schultern und drückt ihn verständnisvoll.

Vorübergehend eingezwängt von der glatten marineblauen Kehrseite einer Flugbegleiterin, die versucht, sich dünn zu machen, um jemanden passieren zu lassen, starrt Riba den Tweed des Sesselrückens vor sich an und macht sich Sorgen wegen des Economy-Class-Syndroms. Die Zeitungen waren in letzter Zeit voll davon. Embolien. Todesfälle. Hätte sie in Anbetracht des Zustands von Zeldas Blut vielleicht lieber nicht sparen und Business-Class bei einer regulären Fluggesellschaft buchen sollen? Die finanziellen Probleme sind zwar nicht mehr so drückend wie zu Beginn ihrer Ehe, aber ein bißchen aufpassen müssen sie immer noch, und etwas anderes als einen Billigflug zu nehmen ist ihr gar nicht in den Sinn gekommen.

Ach, Herrgott noch mal! Sie versucht, diese negativen Gedanken zu verscheuchen, und während die Flugbegleiterin sich entfernt, um Mantelärmel und Taschenriemen unter die Klappen der Gepäckfächer über den Sitzen zu stopfen, mahnt sie sich ärgerlich, nicht so schwarz zu sehen. Es läuft doch alles wunderbar.

Zum Beispiel die Plätze, die sie bekommen haben. Im ersten Moment war sie enttäuscht, daß sie nicht nebeneinander sitzen können, aber inzwischen ist ihr klar, daß sie gar nicht besser sitzen könnten, wenn es wirklich so etwas wie dieses Economy-Class-Syndrom gibt. Auf diesen Gangplätzen kann man bequem die Beine ausstrecken und sich jederzeit die Füße vertreten, ohne schlafende oder speisende Nachbarn zu stören. Zelda wird sich wahrscheinlich darüber aufregen, daß sie aufstehen und ein wenig herumspazieren soll. Sie wird sagen, daß sie viel zu müde dazu ist, aber Riba wird sich durchsetzen. Ganz ruhig. Ohne Donnerwetter. Nur mit Geduld.

In den ersten zwei Monaten nach der Diagnose, auf die sie lange hatten warten müssen, hat sie zunächst noch gar nicht begriffen, was das für eine Krankheit ist, die Zelda da hat. Das Multiple Myelom, haben die Ärzte sie schließlich aufgeklärt, ist eine Krankheit, die meistens erst in höherem Lebensalter auftritt. Es war Riba nur ein schwacher Trost, zu hören, daß ihre Tochter ein ungewöhnlicher Fall ist; daß vor ihr weltweit angeblich nur drei Personen unter dreißig Jahren an diesem Leiden erkrankt waren.

Ihre Angst hat sie hinter Empörung zurückgedrängt: Wie kann das ausgerechnet ihrer eigenen schönen, lebensfrohen Tochter widerfahren! In den zwei Monaten, in denen die zusätzlichen Untersuchungen vorgenommen und mit der Chemotherapie begonnen wurde, betäubte sie sich mit hektischer Aktivität. Sie las alles, was sie über die Krankheit finden konnte, alle Informationsschriften und Mitteilungsblätter; sie schleppte die arme Zelda von Pontius zu Pilatus, zu Akupunkteuren, Reflexzonenspezialisten, sogar zu einem chinesischen Paar, das Qi Gong praktizierte. Sie schaute Donny über die Schulter, während er die Myelom-Websites nach den neuesten Entwicklungen abgraste. Sie stürzte sich auf jede der – seltenen – Überlebensgeschichten und schrieb Briefe, um weitere Informationen anzufordern. Aber selbst hier fand sie kaum Trost, denn der Grundton der langen und rührend hoffnungsvollen Episteln, die sie von diesen Menschen erhielt, war Resignation, ein Sichfügen in das Schicksal.

Riba kann sich an jede Sekunde des entscheidenden Gesprächs mit Zeldas Ärzten erinnern, das nach Eingang aller Untersuchungsergebnisse die Wende einleitete. Das Gespräch fand völlig unpassend in der Krankenhauscafeteria statt, und sie hat jetzt noch den Geruch des mit Zitrone parfümierten Desinfektionsmittels in der Nase, mit dem dort die Böden geschrubbt werden.

Während um sie herum die Leute Alltägliches taten, schwatzten, Tee tranken und aufgeweichte Sandwiches aßen, wappnete sich Riba gegen die furchtbaren Tatsachen, die der Arzt ihr mitteilte, indem sie ihre Aufmerksamkeit auf die zerdrückte Zellophanverpackung des Blätterteigteilchens vor ihr auf dem Tisch richtete, die die Stationsschwester dort liegengelassen hatte, auf die langweiligen Blümchentapeten an den Wänden, die lose herabhängenden Stethoskope, das graue Gesicht ihres Mannes. Sie spürt noch jetzt die plötzliche Kälte, die Brians kräftiger Körper ausstrahlte, als er, fassungslos vor Entsetzen und Elend, in den Kreis der Gesichter starrte, ernster Gesichter über lappigen weißen Kitteln.

Als sie am Ende des Gesprächs die Realität erfaßte, begriff, daß ihre Tochter zum Tode verurteilt war, war es ein Gefühl, als sei sie soeben mit voller Wucht gegen eine Betonmauer gerast, und ihr war schwindlig vor Schmerz. Warum mußte ihnen das passieren? Warum ihr? Warum gerade diesem schönen jungen Mädchen?

Sie kämpfte gegen den Schmerz und weigerte sich, alles verloren zu geben. Noch während der Chefarzt von T-Zellen erzählte, von neuen Impfstoffen, die zur Zeit erprobt wurden, und von den neuesten Forschungsarbeiten in Amerika, riß Riba sich vom Rand des Abgrunds zurück und machte kehrt, um sich Jay Street in die Arme zu werfen. Wenn die Medizin, selbst die alternative Medizin, glaubte, sie könnte ihre schöne Tochter in ein frühes Grab befördern, dann täuschte sie sich gewaltig, und Riba, die ohnehin schon bedingungslos an Jays Fähigkeit glaubte, die Heilkräfte zu mobilisieren, die jedem von uns angeboren sind, blies diesen Glauben nun zur unanfechtbaren Gewißheit auf.

Es war lästig, daß Jay in der Karibik lebte, aber es war nicht zu ändern. Wenn nötig, wäre sie mit Zelda auf den Mond geflogen.

»Kann ich sie nicht irgendwie anrufen, vielleicht über das Haustelefon?«

Sophie betrachtet Brian forschend. Das ist nicht der kompetente, selbstsichere Rugbycrack, den sie kennt. Brian McMullan, ein großgewachsener Mann mit kräftigem rotblonden Haar, breitschultrig und stark wie ein Stier, strahlt sonst immer Stärke und Selbstgewißheit aus; da ist diese plötzliche Zaghaftigkeit bestürzend. Sie wendet den Blick ab. »Du weißt doch, daß das nicht mehr möglich ist, wenn sie erst einmal an Bord sind, Brian.«

Daß er nur ausspricht, was sie selbst bewegt hat, der Wunsch, ans nächste Telefon zu gehen, um diesem Wahnsinn ein Ende zu machen, ist irritierend, aber nun, da ein anderer sich der Sache angenommen hat, einer mit größerer Zuständigkeit als sie, ist ihre innere Stimme verstummt, und dafür ist sie dankbar.

»Weißt du was«, schlägt sie spontan vor, »fahren wir doch raus an den Zaun und warten da auf dem Parkplatz, bis sie abfliegen. Wenn wir gleich losfahren, sehen wir sie bestimmt noch. Du kennst sie doch – sie fühlt garantiert, daß du da bist, auch wenn sie dich nicht sieht.«

Er sieht sie mit einem verständnisinnigen Lächeln an, das aber gleich wieder verschwindet.

Sophie beharrt energisch auf ihrer Idee: »Tu's für dich. Vielleicht fühlst du dich dann besser.«

Er steht nicht von seinem Hocker auf. Statt dessen blickt er weiter zu seinen Händen hinunter, die er in seinen Schoß gedrückt hält. »Ich hätte sie fahren sollen.«

Sie schiebt ihre Kaffeetasse auf die Seite und rutscht von ihrem Hocker. »Beeil dich, sonst fliegen sie ohne uns ab.« Sie ist überzeugt, daß sie wenigstens in diesem Punkt das Richtige tun. »Wir nehmen deinen Wagen – wenn sie zum Fenster rausschauen, und sei es nur eine Sekunde lang, erkennen sie es sofort und wissen, daß du doch gekommen bist.«

Endlich hellt Brians Gesicht sich auf. Obwohl er beruflich täglich mit kleinen Corsas, Puntos und Fiestas zu tun hat, fährt er selbst einen feuerroten Mustang Cabrio, der, aus Amerika importiert, für viel Geld liebevoll gehegt und gepflegt wird. Mag sein, daß Brians und Eilys Ehe unter der Belastung von Zeldas Krankheit und – mehr noch – unter dem Bann Jay Streets einen Knacks bekommen hat, aber wenn es um den Mustang geht, kann Brian auf die enthusiastische Unterstützung seiner Frau zählen. Sie liebt es, in diesem Wagen mit flatternden Gewändern und wehendem Haar durch Dublin zu brausen. Sie fühle sich dann so feminin, erzählt sie jedem, der es hören will, und fügt sogleich hinzu, es sei erstaunlich, an wie vielen Tagen es in Irland nicht regne. Nur einmal hat sie Sophie gegenüber erwähnt, daß auch Jay Street ein Cabrio fährt. Kein Vergleich natürlich. Jays ist ein Rolls.

»Na schön. Ich bin froh, daß ich dich getroffen habe. Fahren wir.« Brian steht auf und eilt von der Kaffeebar zum Ausgang, ohne auf Sophie zu warten, die ihre Handtasche ergreift und ihm nachläuft.

Es erschreckt Riba, als sie auf ihre Uhr sieht und feststellt, daß sie schon vor fünfundzwanzig Minuten hätten abfliegen sollen. Sie blickt den Gang entlang. Immerhin sitzen fast alle auf ihren Plätzen.

Wenn sie Glück haben, werden sie ihren Anschlußflug erreichen. Aber es wird knapp werden. Es war unmöglich, einen Direktflug von Miami an einen Ort in der Karibik zu bekommen – alles ausgebucht –, deshalb müssen sie nun von Miami aus zuerst nach Nassau auf den Bahamas fliegen, dann einen weiteren langen Flug nach Barbados auf sich nehmen, um schließlich den Rest der Reise, nur noch ein paar Minuten, auf irgendeinem kleinen Wellenhüpfer hinter sich zu bringen. Sie werden bei der Ankunft wahrscheinlich völlig erschlagen sein. Aber es ist immer noch besser, findet Riba, als mit einem Haufen Gepäck von Hotel zu Hotel zu ziehen. Das würde Zelda umbringen.

Eingeklemmt in ihren Sicherheitsgurt, beugt sie sich vor, um an ihren Sitznachbarn vorbei aus dem Fenster zu sehen, und verzieht mißbilligend den Mund. Die Gepäckleute verfrachten äußerst unsanft Koffer und Taschen.

Sie dreht sich zu Zelda um, die ihr jedoch immer noch nur den Hinterkopf zuwendet. Das marineblaue Kopftuch ist ein wenig verrutscht, ein paar magere Strähnen haben sich darunter hervorgestohlen.

Zelda war immer stolz auf ihr dickes blondes Haar gewesen. Von allem, was sie hatte durchmachen müssen, Übelkeit, Schwäche und Angst, war das Schlimmste der Verlust ihres Haares. Riba hatte sich von Anfang an heftig gegen eine Chemotherapie gewehrt. Aber am Ende hatte sie aus reiner Panik doch klein beigegeben, und die arme Zelda mußte dafür bezahlen.

Sie lehnt sich wieder zurück. Alles unter Kontrolle. Sie stellt sich vor, was sie auf Palm Tree Island erwartet. Entspannung. Gesundheit. Freiheit. Sie sieht die wachsbleichen Wangen ihrer Tochter rosig erblühen, ihren ausgezehrten Körper wieder runder werden. Die Visualisierung ist eine gewichtige Waffe im Arsenal der Suggestion. Jay steht auf Visualisierung.

Der Gedanke an Jay zaubert ein helles Lächeln auf Ribas hübsches Gesicht, das von glänzendem dunklen Haar umrahmt ist, nicht gefärbt, obwohl sie in sechs Monaten vierzig wird. Ihre großen dunklen Augen ziehen sich in freudiger Erwartung zusammen, und sie wehrt alle beunruhigenden Gedanken an Blutgerinnsel und Syndrome, an ihren Mann und ihre skeptischen Freunde ab, auch an Zeldas Krankheit und die Schäden infolge der Flut von Chemikalien, die abgestumpfte Ärzte ohne Glauben in das Kind hineingepumpt haben. Mit ganzer Konzentration bewahrt sie sich das Bild einer gesunden Zelda und öffnet ihre Seele einem freundlichen Strom positiver Einflüsse. Nichts Schlimmes kann jetzt geschehen. Sie sind auf dem Weg, Zelda und sie. Wenn, abgesehen vom lieben Gott, überhaupt jemand etwas für Zelda tun kann, dann ist es Jay.

Riba schließt die Augen und gibt sich einem Tagtraum vom Wiedersehen mit Jay in seinem karibischen Inselparadies hin.

Draußen vor dem Flughafengebäude reißt der Wind sein eisiges Maul auf und stürzt sich graupelspeiend auf sie. »Du meine Güte, wo kommt das denn auf einmal her?« Brian zieht seine Lammfelljacke aus und hält sie Sophie hin. »Hier, zieh die über, ich hab wenigstens einen Wollpullover an.« Er wendet sich ab, um ein paar Münzen in den Automaten zu werfen, zieht den Parkschein heraus und läuft los zur mehrstöckigen Parkgarage, wieder ohne auf sie zu warten.

Er hat verboten geparkt – an einer Mauer, direkt in einem gelben Rechteck, das als Halteverbot markiert ist –, aber er hat Glück gehabt, die Krallenanleger haben den Mustang nicht entdeckt. Keine zehn Minuten nach ihrem Zusammentreffen im Flughafengebäude zwängen sie sich auf dem Parkplatz für die Schaulustigen gleich außerhalb des Flughafenzauns in eine Lücke zwischen einem Hiace und einem Audi.

»Fährst du mich nachher zur Parkgarage zurück, damit ich meinen Wagen holen kann?« Sophie muß gegen den donnernden Lärm einer Maschine anbrüllen, die unmittelbar vor ihnen startet. Über dem ganzen Wirbel hat sie beinahe vergessen, daß sie an ihre Arbeit zurück muß, und faßt in einem Reflex an die Tasche ihrer Jacke unter dem Lammfell. Aber da ist nichts. Keine beruhigende Ausbuchtung, die das Vorhandensein ihres Handys anzeigte. Sie sind mitten in der Produktion von *Wild Places*, dem Monatsmagazin für Natur und Umwelt, bei dem sie als journalistisches Faktotum und gelegentliche Illustratorin arbeitet, und die Verlegerin hat ihr das Handy gegeben, damit sie jederzeit erreichbar ist. Sie muß das blöde Ding im Wagen liegengelassen haben. Schon wieder.

»Natürlich. Kein Problem.« Brian späht mit zusammengekniffenen Augen durch peitschende Wellen von Schneeregen, die der Wind über die Motorhaube des Mustang treibt. »Mann, wie das schüttet! In diesem Chaos sehen sie uns bestimmt nicht.«

»Doch, doch. Sie hat garantiert einen Fensterplatz, und du kannst sicher sein, daß sie rausschaut, damit ihr auch kein Augenblick dieser Reise entgeht.«

»Aber wer sagt uns denn, daß sie überhaupt auf unserer Seite sitzt, wenn sie wirklich einen Fensterplatz hat?«

»Brian! Beruhige dich.« Sie ist im Begriff, ihm die Hand auf den Arm zu legen, unterläßt es dann aber. Das wäre zu gönnerhaft. Also lächelt sie ihn nur aufmunternd an. »Mehr können wir doch nicht tun. Wir tun unser Bestes.«

Er nickt. »Entschuldige.«

»Ihr habt viel zu tun zur Zeit, hm?« Von ihrem Mann Michael, der Brians rechte Hand ist, weiß Sophie, daß sie sich vor Arbeit kaum retten können. Michael jedenfalls macht endlose Überstunden.

Brian wird zwar niemals Reichtümer anhäufen, aber sein kleines Unternehmen hält sich tapfer in einer Branche, in der die Konkurrenz heftig ist, weil es abgesehen vom Marktriesen Hertz das einzige ist, das behindertengerechte Autos mit Handbedienung anbietet. Brian hat vor einigen Jahren darauf gesetzt, daß es unter den körperbehinderten Touristen und auch Einheimischen solche geben muß, die Geld haben – das mußten sie haben, wenn sie die hohen Versicherungsprämien bezahlen wollten –, und hat versuchsweise zunächst ein Fahrzeug seines Wagenparks entsprechend umbauen lassen. Dann hat er das teilnehmende Interesse eines Zeitungskolumnisten gewonnen, dessen Artikel zu einem Auftritt in einer Talkshow führte – und danach brauchte er keine Werbung mehr zu machen. Das Geschäft lief auf Empfehlung, und wenn es auch einen höheren Arbeitsaufwand verlangte, hat diese Marktlücke sich doch als lukrativ erwiesen; die drei behindertenfreundlichen Fahrzeuge, die er mittlerweile anbietet, sind beinahe unablässig unterwegs, nicht nur in der Ferienzeit, sondern das ganze Jahr hindurch.

Er spielt an den blitzenden Chromspeichen des Lenkrads seines Mustang herum. »Ja, stimmt, wir haben eine Menge zu tun. Aber ich hätte mir ohne weiteres eine Woche freinehmen können.«

Das Dröhnen des Jets dringt immer noch hämmernd durch das Stoffverdeck in den Mustang. Brian sieht Sophie an. »Glaubst du, sie kommen zurück?«

Sophie ist verblüfft. »Aber natürlich kommen sie zurück. Hast du Angst, sie kommen nicht wieder?«

Er starrt durch die Windschutzscheibe. »So ein blöder Name für eine Insel! Palm Tree Island! Ich meine, auf jeder popligen Insel in den Tropen gibt es Palmen. Liegt sie übrigens im Atlantik oder in der Karibik? Die Bahamas sind doch im Atlantik, nicht wahr?«

»Palm Tree Island ist nicht mal in der Nähe der Bahamas – es liegt Hunderte von Kilometern weiter südlich. Ganz nah am Äquator, wenn du es genau wissen willst. Und ehe du jetzt deine nächste Frage stellst – ja, sie sprechen Englisch dort. Dank der Amerikaner.«

Sophie betrachtet ihn aufmerksam. Nicht zum erstenmal brüstet er sich förmlich mit seiner Unkenntnis über Streets Idyll fernab der bekannten Welt. Es ist beinahe so, als wollte er die Insel von der Landkarte streichen, indem er sich weigert, ihre korrekte geographische Lage zur Kenntnis zu nehmen. Er hat Angst, seine Frau könnte Jay Street so blind verfallen, daß sie sich für immer mit diesem Kerl zusammen in seinem tropischen Paradies niederlassen und seine geliebte Tochter dort in der Ferne sterben wird. Und stur, wie er ist, ist er selbst schuld, wenn er sie nicht wiedersieht.

Jetzt berührt Sophie doch behutsam seinen Arm. »Die Insel liegt in der Karibik«, sagt sie sanft.

Er streicht mit den Händen rund um das Lenkrad. »Es hat in der letzten Zeit ein paar … na ja, Spannungen gegeben, weißt du. Da überhört man die Details leicht.«

»Eines weißt du wenigstens mit Sicherheit: Kein Mensch würde daran zweifeln, daß Eily nur Zeldas Bestes will.«

Sein Gesicht bleibt düster, während er weiter die Hände um das Lenkrad kreisen läßt. »Ja, das weiß ich.« Leise. »Das weiß ich.« Er wendet sich ihr zu. »Habe ich mich falsch verhalten? Meinst du, ich hätte mit ihnen fliegen sollen, Sophie?«

Sie ist ratlos. Welche Antwort kann sie geben, ohne entweder ihm oder ihrer besten Freundin in den Rücken zu fallen?

Er erläßt ihr die Antwort, indem er sich wieder der Windschutzscheibe zuwendet. »Entschuldige. Du brauchst mir nicht zu antworten. Ich weiß nicht, was wir ohne dich anfangen würden, Sophie. Wir alle.«

»Aber Brian! Wozu sind Freunde denn da?«

Etwas in seinem Ton – oder seinem Blick – bereitet ihr Unbehagen. Aber vielleicht reagiert sie auch nur auf die klaustrophobische Enge im stickigen Halbdunkel des Wagens, in dem sich die Gerüche von Leder, heißem Metall, Brians herbem Rasierwasser und den beißenden Abgasen, die im Gefolge des Jets über sie hinwegziehen, zu einer widerlich süßlichen Duftmischung zusammenballen. Sie wendet sich ab und öffnet ihr Fenster einen Spalt.

Zum Glück. Sonst hätte sie vielleicht die große weiße Heckflosse gar nicht bemerkt, die sich, mit dem auffallenden Emblem der Air Arda, einem gewellten Ring in Flaschengrün, über den Rand einer Senke im Flugfeld schiebt und langsam zur Wartezone am Ende der Startbahn rollt.

»Schau!« Sie zeigt mit ausgestrecktem Finger. »Da sind sie. Und es klart genau im richtigen Moment auf.«

Der Himmel hellt sich tatsächlich auf. Direkt vor sich können sie sogar die Sonne erkennen, eine flache Scheibe, dünn wie eine abgegriffene alte Silbermünze, die zwischen grauen Wolkenfetzen über der Startbahn hindurchgleitet.

2

Es ist Mittagspause. Donny McMullan und sein bester Freund Trevor Jameson haben sich in sicherer Entfernung von den wilden Fußballspielen, von Rempeleien und Raufereien und dem schrillen Geschrei ihrer Schulkameraden hinter einem Bauschuttcontainer auf dem Schulhof versteckt. Sie ziehen gierig an den Zigarettenkippen, die sie sich vom Morgen aufbewahrt haben, als sie von der Bushaltestelle aus zusammen zur Schule marschiert sind. Nur Schüler der Abschlußklasse dürfen rauchen – es wird stillschweigend geduldet. Donny und Trevor mit ihren vierzehn Jahren sind noch lange nicht soweit.

Nach einem Graupelschauer beginnt sich der bleigraue Himmel zu lichten, und die Sonne kommt hervor. Beide Jungen schirmen die Augen vor der plötzlichen Helligkeit ab und beobachten zwei Möwen, die mit Stürzflügen eine dritte attackieren, um ihr einen Happen Futter abzujagen. Sie beobachten die akrobatischen Kunststücke der drei Vögel, bis diese hinter dem Dach der Schulsporthalle verschwinden.

Donny schlägt körperlich seinem Vater nach. Er ist groß für sein Alter, groß genug, um für siebzehn oder gar achtzehn gehalten zu werden, was sich für ihn und seine Freunde beim Kauf von Alkohol und Zigaretten sowie bei Diskobesuchen als nützlich erweist. Der falsche Eindruck wird noch verstärkt durch die Intellektuellenbrille mit Nickelrand, die er trägt. Er haßt die Brille, aber ohne sie kommt er wegen seiner Kurzsichtigkeit nicht aus.

Sein wahres Alter jedoch verraten die knochigen Schultern, die erst mit zunehmender Reife Fülle ansetzen werden, und die

Hände und Füße, die ihm ständig im Weg sind, seit sie durch ihr kräftiges Wachstum seine Koordinationsfähigkeit überflügelt haben.

Trevor, klein und schmächtig neben dem langen, schlaksigen Freund, kneift sorgfältig den noch verbliebenen Zentimeter Stummel aus und schiebt ihn wieder in seine Hosentasche. »Wie lange bleiben sie denn weg?«

»Keine Ahnung.« Donny zuckt mit den Schultern. »Zwei Wochen, denk ich. Vielleicht auch einen Monat. Kommt ganz drauf an.« Er betrachtet eingehend das Ende seiner eigenen rapide schrumpfenden Zigarette.

Trevor, bei dem ein scharfer Verstand mangelnde Masse wettmacht, wirft einen schnellen Blick auf seinen Freund und senkt die Lider. »Sie wird bestimmt wieder gesund. Ganz sicher.«

Donny zuckt wieder mit den Schultern. »Hm.« Er läßt die Kippe zu Boden fallen und tritt sie aus. Rasch sieht er sich um und vergewissert sich, daß er unbeobachtet ist, dann bückt er sich, hebt den plattgetretenen Stummel auf und wirft ihn in den Container. Er reibt sich energisch die Hände und unternimmt einen passablen Versuch, aufgekratzt zu erscheinen. »Also, was tun wir heute abend, Trev? Die beiden sind weg, mein Dad kommt zum Abendessen nicht nach Hause, er hat um sieben noch eine geschäftliche Besprechung, da hab ich bis ungefähr elf freie Bahn.«

Trevor spielt mit. »Hört sich gut an. Wieviel Kohle hast du denn?«

Donny antwortet mit einem lässigen Handwedeln, als es zur Rückkehr zum Unterricht läutet. »Einen Zwanziger. Und an Kleingeld bring ich wahrscheinlich auch noch zwei, drei zusammen. Mindestens.« Er klimpert mit den Münzen in seinen Taschen und tritt, von seinem Freund gefolgt, hinter dem Container hervor, um sich in den Strom von Jungen zu mischen, der sich träge zum Schulgebäude am anderen Ende des Hofes wälzt.

»Cool!« Trevor scheint begeistert. »Ich hab mindestens sechzehn. Da können wir's krachen lassen.«

»Hey, ich hab eine Idee.« Donny bleibt so unvermittelt stehen, daß sein Freund ihn beinahe umrennt. »Laß uns doch einfach den Nachmittag schwänzen.«

»Wie soll das gehen? Die Taschen sind im Klassenzimmer«, gibt Trevor zu bedenken.

»Keine Sorge. Ich sag einfach, daß Zelda wieder ganz schlimm krank ist und ich ins Krankenhaus muß.« Er tippt auf das Handy in der Brusttasche seines Hemds. »Und es wär ja nicht mal eine richtige Lüge, oder?«

»Nein.« Trevor zögert. »Aber was hab ich damit zu tun?«

»Ich bin so fertig, daß du mich begleiten mußt.« Donnys unschuldiges Gesicht verzieht sich zur tragischen Maske, so daß Trevor kichern muß.

»Na schön, wir können's ja mal versuchen.«

»Genau.« Donny ist wild entschlossen. »Komm schon, Trev, fast elf Stunden. In der Zeit können wir die ganze Stadt auf den Kopf stellen.«

Im Inneren des Arda-Jets, der in der Wartezone vibrierend zum Stillstand gekommen ist, hat Riba ein Gespräch mit den Passagieren auf den beiden Sitzen zwischen ihr und dem Fenster angeknüpft, einem älteren amerikanischen Ehepaar, das nach einem ausgedehnten Weihnachtsbesuch bei seiner Tochter und deren Familie in die Staaten zurückkehrt. Der korpulente, schwitzende Ehemann zieht seine Brieftasche heraus, entnimmt ihr Fotos von seinen Enkeln und reicht sie Riba.

»Wir waren zunächst ärgerlich, als unser Schwiegersohn nach Irland versetzt wurde, aber was kann man schon tun? Jetzt sind wir die Alten und müssen uns damit abfinden, daß die Jungen bestimmen.« Er bemerkt, daß Ribas Lächeln gefriert. »Verstehen Sie mich nicht falsch, Madam. Irland ist ein schönes Land.«

»So grün«, stimmt die Ehefrau ein.

Riba reicht die Fotos zurück, und der Großvater steckt sie mit einem letzten liebevollen Blick darauf wieder in seine Brieftasche. »Ja, so grün wie in den Prospekten. Aber zu kalt. Ihr

Heizsystem läßt, mit Verlaub gesagt, einiges zu wünschen übrig, junge Frau.« Er deutet mit dem Daumen zum Fenster hinaus, in den Wirbel kleiner grauer Flocken. »Ich meine, kein Mensch hat uns gesagt, daß es hier Schnee gibt, wir dachten, das hätten wir für eine Weile hinter uns gelassen. Aber eins kann ich Ihnen sagen, Riba, Sie haben hier drüben keine Ahnung davon, was richtiger Schnee ist. Das sollten Sie mal erleben, bei minus dreißig Grad draußen vor der Tür!« Auf einen Rippenstoß seiner Frau hin wechselt er das Thema, ohne den Tonfall zu wechseln. »Riba, hm? Das ist wohl ein gälischer Name?«

Riba überlegt kurz, ob sie ihnen von ihrer Namensänderung erzählen soll, und entscheidet sich dagegen. »Ja.« Sie nickt nachdrücklich. »So hieß eine Prinzessin, die vor langer Zeit gelebt hat.«

Die träge Stimme des Piloten tönt knisternd aus dem Bordlautsprecher und schneidet dem Amerikaner das Wort ab: Sie seien die übernächsten am Start, müßten aber noch zwei Landungen abwarten. Sie würden voraussichtlich in fünf Minuten rollen. Inzwischen sollten die Passagiere angeschnallt bleiben und es sich bequem machen. Er werde sich wieder melden, sobald sie in der Luft seien.

Riba dreht den Kopf, um nach Zelda zu sehen, und stellt fest, daß das Gesicht ihrer Tochter jetzt wenigstens nach vorn gerichtet ist, wenn auch mit geschlossenen Augen. Um weiteren Gesprächen mit ihren Sitznachbarn vorzubeugen, schließt auch sie die Augen und versucht, sich zu entspannen, indem sie sich auf ihre Zehen konzentriert und dann der wohligen Wärme nachspürt, die sich durch ihre Waden und Oberschenkel ausbreitet bis hinauf zu ihrem Zwerchfell. Riba ist tatsächlich der Name einer Prinzessin, allerdings nicht der einer gälischen oder europäischen. Bei der Rückführungsarbeit mit ihr hat Jay entdeckt, daß sie in einem früheren Leben die zweite Tochter eines äthiopischen Königs war. Dabei war der Name Riba aufgetaucht.

Entzückt von dieser Entdeckung, blätterte die frischgebakkene Prinzessin in Enzyklopädien und durchforstete das Internet, um Einzelheiten über ihre frühere Identität in Erfahrung zu bringen, konnte aber nicht einmal in ihrer städtischen Bücherei etwas finden.

Jay hatte eine Erklärung dafür: In vorgeschichtlichen Zeiten habe es kaum schriftliche Aufzeichnungen gegeben. »Tauch tief in dein eigenes Inneres ein«, riet er ihr freundlich. »Fühlt der Name sich stimmig an? Fühlt er sich richtig an?« Sie erforschte also wie befohlen die Tiefen ihrer Seele, und tatsächlich, der Name fühlte sich goldrichtig an.

Später, zu Hause, betrachtete sie sich im Spiegel – die dunklen Augen und das dunkle Haar, das glatte Gesicht mit dem olivfarbenen Teint – und erkannte mit wachsender Erregung, warum sie sich vorher in ihrem Körper nie zu Hause gefühlt hatte. Sie brauchte sich ja nur die Kleider anzuschauen, die sie immer bevorzugt hatte: farbenprächtige Kaftane und Kimonos. Diese Vorliebe war kein Zufall, das war ihr jetzt klar. Selbst diese kleine Entdeckung war ungemein aufregend.

Nein – der Name Eily hat sich nie richtig angefühlt. Sie ist nie eine Eileen gewesen. Nie.

Namen sind von großer Bedeutung für das Unterbewußte. Als sie ihre Tochter Zelda nannte, hat sie sich in Jays Unterbewußtsein eingeklinkt, Jahre bevor sie ihm begegnete, als sie noch überhaupt nicht wissen konnte, wie bedeutsam ihre Entscheidung sein würde. Sie hatte nie etwas von F. Scott Fitzgerald gelesen und nannte ihre Tochter nicht etwa nach der Ehefrau des Autors, sondern weil sie ihn in einem Namenbuch gelesen und als wunderbar exotisch empfunden hatte.

Zelda war fast dreizehn, als Riba von Jays Bewunderung für Fitzgeralds Roman *Der große Gatsby* erfuhr und entdeckte, daß er sich sogar nach dem Helden des Buches umbenannt hatte. War das ein Zufall?

Wohl kaum.

Aber konnte man Brian das begreiflich machen? In ihren Sitz gefesselt, spürt Riba, wie ihre Muskeln sich verkrampfen bei der Erinnerung an die Streitereien und Auseinandersetzungen, zu denen es zwischen ihr und Brian gekommen war, nur weil sie endlich bei dem Namen genannt werden wollte, der ihr gebührt. Aber nein, es war nicht das allein, es ging immer um etwas Tiefgreifenderes: Es ging darum, ihn dazu zu bringen, die ganzheitliche Richtung zu akzeptieren, der ihr Leben folgt, seit sie sich Jays Organisation angeschlossen hat. Sie war sicher, wenn sie ihn zu einer persönlichen Begegnung mit Jay bewegen könnte, würde er sich umstimmen lassen. Aber es war nichts zu machen. »Wenn ich Rat über eine gesunde Lebensführung brauche, gehe ich zum Arzt oder zu einem Psychologen oder einem Priester«, höhnte er im Lauf einer ihrer erbitterten Auseinandersetzungen. »Oder ich mach einen Spaziergang im Phoenix-Park und frag die Tauben und die Eichhörnchen. Dieser Kerl ist doch nur ein Schreiner, der sich für was Besseres hält.«

Vergeblich wies Riba darauf hin, daß auch Jesus Schreiner gewesen war.

Obwohl sie sich mit der Erkenntnis tröstete, daß der Prophet im eigenen Land traditionell nichts gilt, ist ihre Toleranz der Engstirnigkeit ihres Mannes gegenüber im Lauf der Monate und Jahre gebröckelt und ihr Ärger gewachsen. Heute hält sie es für möglich, daß Brian schlicht und einfach eifersüchtig ist. Wahrscheinlich gönnt er ihr die Zeit nicht, die sie der Organisation widmet, weil er sich, kindisch, wie er ist, vernachlässigt fühlt.

Er ist ein- oder zweimal sogar so weit gegangen, durchblicken zu lassen, sie hätte eine Affäre mit Jay. Aber zu einem Streit auf diesem Niveau hat Riba sich nicht herabgelassen.

Infolge des Mißtrauens und der ständigen Nörgelei ihres Mannes muß Riba allerdings zur Finanzierung ihres neuen Lebens Geld locker machen, ohne daß Brian etwas davon mitbekommt. Jay Streets Seminare, Nahrungsergänzungsmittel und Gesundheitsprodukte sind nicht billig. Um sie sich leisten zu können, muß sie zu Schwindel und Betrug greifen. Zum Beispiel kann sie etwas Geld für ihren eigenen Bedarf abzweigen, indem sie die täglichen Einkäufe bar bezahlt. Oder sie kann in die eigene Tasche wirtschaften, indem sie für die alltäglichen Anschaffungen höhere Preise angibt. Es ist lästig, daß sie stets alle Preisschilder entfernen muß, aber es ist ihr mittlerweile schon in Fleisch und Blut übergegangen, sie tut es so automatisch, wie sie jeden Abend den Wecker stellt.

Wenn Brian fragt, woher sie das Geld für eine bestimmte Veranstaltung oder ein Seminar nimmt, belügt sie ihn. Mitglieder der Organisation kämen kostenlos in den Genuß dieser Dinge, behauptet sie ohne eine Spur von schlechtem Gewissen. Geld ist schließlich nur eine Ware, und seit Jay mit der Entwicklung seiner Methoden begonnen hat, vertritt er den Standpunkt, daß seine Organisation und die Verfahren, die sie anbietet, nicht geschätzt werden, wenn die, welche davon profitieren, nicht teuer dafür bezahlen.

Riba versucht wieder, sich zu entspannen, und stellt sich Jay vor, wie er bei ihrer Tochter seine Wunder wirkt. Sie hat ihn nie jemanden heilen sehen – das findet alles unter vier Augen und hinter verschlossenen Türen statt –, aber man braucht nur die persönlichen Zeugnisse im *Inner Door* zu lesen, dem Mitteilungsblatt der Organisation, um zu wissen, daß er ganz besondere Kräfte besitzt. Da wurden Menschen von lebenslangen Leiden wie Arthritis geheilt. Andere wurden endlich überflüssige Pfunde los, erholten sich von schweren Depressionen, besiegten mit Jays Hilfe den tödlichen Krebs. Wieder andere brachten es zu großem geschäftlichen oder beruflichen Erfolg. Daß über die Art dieser Erfolge nie etwas gesagt wird, ist Riba egal, sie war noch nie auch nur im geringsten an einer geschäftlichen Karriere interessiert.

Sobald sie sich entschlossen hatte, Zeldas Heilung in Jays Hände zu legen, hat sie sich von der Organisation mit List und Tücke die Adresse einer Frau beschafft, die von Brustkrebs geheilt wurde. Die Frau, eine Blondine mittleren Alters mit müden Augen, dunklem Haaransatz und einem Ehemann, der sich nur für Sportfliegerei interessierte, lebte in einem unordentlichen, heruntergekommenen Cottage mitten im ländlichen County Dublin.

Auf Ribas begierige Fragen, was Jay gesagt oder getan hat und wie er die Heilung bewerkstelligt hat, zeigte sie sich unsicher, aber durchaus hilfsbereit. »Ich kann dir nur sagen, daß er in der Sitzung mein Denken in eine bestimmte Richtung gelenkt hat. Er hat lange mit mir gesprochen, es können Stunden gewesen sein – daran erinnere ich mich, weil es dunkel war, als ich aus dem Zimmer kam. Es tut mir leid, aber ich kann mich nicht erinnern, was er gesagt hat. Aber an seine Stimme erinnere ich mich«, fügte sie mit träumerischem Blick hinzu. »Er hat eine wunderbare Stimme. Und an die Gefühle. Ich kann mich genau erinnern, wie göttlich ich mich gefühlt habe, so friedlich und frei und wieder jung. Für Jay Street würde ich alles tun.« Ihre welken Wangen glühten in plötzlicher Leidenschaft. »Einfach alles.«

»Er hat dir nicht die Hand aufgelegt?« Riba hat sich immer vorgestellt, Jays heilende Kräfte hätten ihren Sitz in seinen Händen.

»Nein.« Die Frau zögerte einen Moment. »Zumindest glaube ich nicht, daß er es getan hat. Ich habe versucht, mich zu erinnern, aber ich muß die ganze Zeit in einer Art Trance gewesen sein.«

»Hat er dich hypnotisiert?«

»Das habe ich ihn auch gefragt, aber er arbeitet nicht mit Hypnose. Er sagte, er habe nur meine Seele geöffnet. Die Kraft sei die meine.« Sie sah Riba mit feuchten Augen an. »Was fehlt dir denn, Riba?«

Riba, die Vergewisserung suchte, ignorierte die Frage. »Und du bist wirklich geheilt? Deine Ärzte haben bestätigt, daß du geheilt bist?«

»Sie sind verblüfft. Natürlich sind sie nicht zu einer definitiven Aussage bereit, du weißt ja, wie diese Leute sind. Aber sie sind verblüfft. Es hat sich gelohnt, daran werde ich bis zu meinem letzten Stündchen festhalten, auch wenn er«, die Frau wies mit wegwerfender Handbewegung auf ihren Partner, der eingeschlafen war, »behauptet, es sei nichts als Geldverschwendung gewesen. Ich bin anderer Meinung, und schließlich bin ich diejenige, die den Krebs hatte, nicht er. Ich bin selbst auf die Bank gegangen, und der Filialleiter hat mir ein Darlehen auf das Haus meiner Mutter gegeben.« Sie sah mit beleidigter Miene zu ihrem Gatten hinüber.

Riba hält Verbindung mit der welken Blondine, deren geschrumpfter Tumor die Ärzte weiterhin verblüffte, Gott sei Dank.

Gott sei Dank auch für die Freunde, die Riba in der Organisation gewonnen hat. Mit Menschen im Rücken, die sie verstehen, fällt es ihr leichter, den offen oder verdeckt geäußerten Hohn der Zyniker zu ertragen.

Der Boden unter ihren Füßen erzittert, als die Maschine, die vor ihnen auf Warteposition gestanden hat, die Startbahn hinunterdonnert. Mit vor Aufregung flatterndem Magen blickt sie zu ihrer schlafenden Tochter hinüber; sie ist so blaß und erschöpft, der arme kleine Schatz.

Jetzt laufen die Maschinen auf vollen Touren. Phantastisch! Endlich geht es los. Sie entspannt sich und konzentriert sich von neuem auf die Vorstellung von ihrer zu rosiger Gesundheit genesenen Tochter. Sie und Zelda stehen unter Jays Schutz und befinden sich auf einer Flugbahn, die sie direkt zu ihm bringen wird. Es wird alles ganz wunderbar werden. Das Haar wird ihr wieder wachsen, ihr Gesicht wird aufblühen, und diese Medikamente, die den Körper von innen aushöhlen und zerfressen, werden in der nächsten Toilette weggespült werden.

Sie kann sich ein Lächeln nicht verkneifen. »Und los geht's.« Sie dreht den Kopf, um ihre Nachbarn in ihre Freude einzubeziehen. Die Amerikaner halten einander bei den Händen.

»Und los geht's«, sagt Brian zu Sophie, die wie er gespannt zu dem Gestöber aus Schneematsch und Regen hinüberspäht, das die Wartezone und den Arda-Jet einhüllt. Jenseits des Zaunes ertönt ein erderschütterndes, gedämpftes Donnern. Brian kurbelt das Fenster herunter. »Es fängt an zu schneien.«

»Das macht überhaupt nichts.« Sophie ist sich da nicht so sicher, aber wer soll ihre Worte in Zweifel ziehen? Hauptsache, Brian bleibt ruhig. »Bei der ganzen modernen Flugtechnik spielt ein bißchen Schnee bestimmt keine Rolle. Außerdem ist die Maschine da schon raus und wird bald ganz weg sein.«

Sie lauschen jetzt, da die tiefen Baßtöne des vorhergehenden Abflugs in der Ferne verklingen, beide angestrengt nach einem neuen Anschwellen von Maschinenlärm. Sophie reibt sich die Augen, die schmerzen von der Helligkeit und der Anstrengung.

»Mach dir keine Sorgen. Sie kommen bestimmt gesund und munter wieder nach Hause. Der kleine Urlaub wird Zelda sogar guttun.«

Sie wirft einen schnellen Blick auf Brian und merkt sofort, daß er keineswegs überzeugt ist.

Nur um etwas zu tun, kurbelt auch sie trotz der Kälte draußen das Fenster herunter und schaut zu der Maschine hinaus. Es ist immer wieder ein Wunder, denkt sie, wie diese mit Treibstoff, Menschen, Geräten und Fracht bepackten gewaltigen Metallriesen sich in die Lüfte erheben, als wären sie schwerelos. Wenn sie neben Michael in einem Flugzeug sitzt, umklammert sie beim Start jedesmal die Armlehnen ihres Sessels und versucht, sich so leicht wie möglich zu machen, um beim Aufstieg zu helfen. Und bei der endlosen rasenden Fahrt die Startbahn hinunter hat sie immer Angst, daß der ächzenden, überladenen Maschine die Kraft ausgehen wird, noch bevor sie sich in die Lüfte erhebt. Die Fluggesellschaften scheinen es mit dem Gepäckgewicht nicht mehr so genau zu nehmen wie früher, und wenn sie beim Check-in die unförmige Größe mancher dieser Koffer sieht, die von ihren Eigentümern nur mit größter Mühe auf das Band befördert werden können, bekommt sie stets heftiges Herzklopfen.

Das bekommt sie auch jetzt, als Eilys Maschine endlich sichtbar wird und mit heulenden Maschinen auf sie zurast. Wasserbäche strömen von ihrem Rücken herab, und Sophie sieht, wie die Tragflächen vibrieren, während die Räder des Fahrwerks über die Verbindungsfugen der Startbahn rumpeln.

Plötzlich springt Brian aus dem Wagen und klammert sich mit Armen und Beinen an den Zaun. Er winkt wie ein Wahnsinniger, als eine Reihe blasser, verwischter Ovale entlang dem Rumpf des Flugzeugs vorüberhuscht. Den Arm zum offenen Fenster hinausgestreckt, winkt auch Sophie und kommt sich ein wenig albern vor, als sie versucht, einzelne Gesichter hinter den Ovalen zu unterscheiden.

Jetzt ist der mächtige Brocken entfesselter Energie auf diesen unwahrscheinlich kleinen Rädern an ihnen vorübergerast, und die Gesichter, wenn es welche waren, sind fort. Sie müssen einfach daran glauben: daß sie und Brian – und der Mustang – im Moment des Vorbeischießens gesehen wurden. Auch Sophie springt aus dem Wagen, um den Steigflug der Maschine besser beobachten zu können.

Von hinten gesehen, denkt sie, während sie die Arme über der Brust kreuzt, um sich gegen den Ansturm kalter, feuchter Luft zu schützen, ist ein Flugzeug ein häßlicher Anblick. Ein plumpes, zusammengedrängtes Gebilde, das Dampf und Qualm zurückläßt. Und all dieses giftige Zeug bekommen die Kaninchen, Füchse, Wühlmäuse und Feldmäuse ab, die ihre Wiesen mit diesen dreckspeienden, grölenden Ungeheuern teilen müssen.

Schon droht der nächste Graupelschauer, und ohne zu warten, bis das Fahrwerk sich hebt, wendet Brian sich ab, um zum Wagen zurückzukehren. Er rutscht beinahe auf den schmelzenden Schneekristallen aus, die noch zwischen den Grasbüscheln sitzen, als er laut ruft, um das Getöse zu übertönen: »Meinst du, sie haben uns gesehen?«

»Bestimmt haben sie uns gesehen, sie ...«

Sophie und Brian drehen sich gleichzeitig um. Es könnte der Knall des Geräts gewesen sein, mit dem die Vögel von der Rollbahn vertrieben werden, aber das Geräusch schien tiefer, lauter sogar als das Donnern der Maschinen. Eine Millisekunde Stille, dann ein zweiter gewaltiger Knall, unverwechselbar der Knall einer Explosion, dem eine ohrenbetäubende Serie dumpf krachender Detonationen und schrill kreischender Geräusche folgt, die gar kein Ende mehr zu nehmen scheint …

Dann schießt ein feuriger Pilz wie aus einer klebrigen schwarzen Masse in die Höhe. Ein Gegenstand rast kreiselnd auf sie zu, ein riesiges, unförmiges Frisbee, grün und weiß, grün und weiß …

Instinktiv stürzt Brian sich auf Sophie und reißt sie mit sich rückwärts in den Graben, wo sie an den Sockel des Zauns prallen, als keine zwei Meter entfernt ein Teil der Arda-Heckflosse den Maschendraht durchschlägt und krachend auf den Hiace, den Mustang und den Audi hinunterstürzt. Mit ohrenbetäubendem Getöse und Scheppern bricht der Zaun über ihnen zusammen und begräbt sie unter einem Haufen Metall und einem Hagel von Trümmern.

3

Ribas Miene ist zu blankem Erstaunen erstarrt.

Sie hat gar nicht begriffen, was geschah, und bekam nicht genug Luft, um zu schreien. Sie brausten gerade mit kräftigem Schub dahin – für sie stets ein Erlebnis so prickelnd wie Sex –, als plötzlich ein ungeheurer Knall ertönte. Dann ein zweiter, noch gewaltiger als der erste. Und danach wurde es stockfinster.

Irgend etwas war mit der Luft passiert: In eiskalter geballter Ladung stob sie zu ihr hinauf, preßte sich mit stürmischem Feindeskuß auf ihr Gesicht, packte sie dann von der Seite, als wollte sie ihr den Kopf vom Hals reißen und die Rippen von der Wirbelsäule. Sie flog seitlich weg, bis sie auf etwas Festes und doch Nachgiebiges prallte und sich, immer noch an ihren Sitz geschnallt, überschlug. Schließlich blieb sie auf der Seite liegen, Kopf und Schultern tief in den Überresten des Gepäckfachs vergraben, das sich vor kurzem noch über ihr befunden hatte.

Jetzt vernimmt sie wie durch dicke Wolkenschichten das splitternde Rumoren der in Stücke gehenden Welt, und ihr Mund, den der brennende Geschmack von Whisky füllt, prickelt unangenehm. Irgend jemand muß eine Flasche dabeigehabt haben, die jetzt in Scherben liegt. Sie versucht, den Kopf zu bewegen, aber es geht nicht; er hat sich in etwas Weichem verfangen. Einem Mantel wahrscheinlich. In ihrem linken Auge pocht ein Schmerz, als sei es von einem Spieß durchbohrt, ihre Atmung wird vom erstickenden, beißenden Gestank von Treibstoff und Rauch behindert, und ihre rechte Schulter, auf der ihr Gewicht lastet, fühlt sich ganz merkwürdig an, als gehörte sie einer anderen. Sie kann ihre Beine und ihren linken Unterarm bewegen, mehr nicht.

Ist es so ihren Eltern ergangen, in den Sekunden, bevor sie in ihrem zertrümmerten Auto starben? War der Krach ebenso grauenvoll? Denn der Krach ist, auch wenn sie ihn nur gedämpft wahrnimmt, jenseits alles Natürlichen.

All diese Dinge gehen ihr in dem Sekundenbruchteil durch den Sinn, den sie braucht, um zu begreifen, daß sie Opfer eines Flugzeugunglücks ist. Aber alle Überlegungen dazu haben Zeit bis später, ebenso wie eine Inventur der Verletzungen, die sie möglicherweise davongetragen hat. Im Moment hat sie keine Schmerzen und auch keine Angst. Sie ist hellwach. Sie muß zu Zelda.

Die Welt, die Sophie aus ihrem eingeschränkten Blickwinkel sehen kann, hat sich völlig verwandelt. Statt einer geordneten Kulisse von Kanten und Flächen, Gerüchen und Geräuschen ist alles Aufruhr und heilloses Durcheinander. Das Tageslicht ist von zischender roter Dunkelheit entstellt; die Luft ist verseucht von Gestank und brüllendem Lärm. Eingeklemmt unter Brians Körper, der wie ein Puffer wirkt, bekommt sie nicht die volle Wucht der Schläge zu spüren, die minutenlang, wie es ihr scheint, tatsächlich aber nur einige Sekunden lang auf sie herabsausen.

Brian rührt sich nicht. Sein Kopf ist in unnatürlichem Winkel von ihr weggedreht, sein Ohr in den Schlamm gedrückt, und die Ecke seiner linken Schulter hat sich in ihre Brust gebohrt. Die Last seines Körpergewichts, verbunden mit der des Zauns und der Trümmer, die auf ihm gelandet sind, pressen sie so gewaltsam in den Boden, daß sie das Gefühl hat, es müßte ihr jeden Moment das Rückgrat brechen. Aus Angst vor einer Steigerung dieses Schmerzes und all der anderen Schmerzen wagt sie nicht, sich zu bewegen.

Das Krachen hört auf, und nach einem gespenstischen Moment der Stille bricht eine Hölle neuer Geräusche los. Es zischt und prasselt, und aus der Ferne ertönt der Schrei eines Mannes, entsetzlich in Länge und Ton. Dann gedämpftes Sirenengeheul, wie aus einem viele Räume entfernten Fernsehgerät.

Aus Furcht, daß er nicht antworten wird, wagt sie nicht, Brian beim Namen zu rufen.

Das Geschehene ist noch immer nicht in seiner ganzen Ungeheuerlichkeit angekommen. Eilys Flugzeug ist explodiert. Das ist absurd. Das kann nicht sein.

Aber die Gerüche, der Rauch, die aufschießenden Feuerzungen, das fortgesetzte Knallen in der Nähe und das lauter werdende Sirenengeheul scheinen durchaus real.

»Brian?« Endlich findet Sophie den Mut zu sprechen. »Brian?«

Brian antwortet nicht.

Panik erfaßt sie. Er ist tot. Und sie ist schuld. Es war ihre Idee, ihn hierherzuschleppen. Was soll sie Eily sagen?

Ist Eily auch tot? Wo ist Eily? Und was ist mit Zelda? Sind sie alle tot? Wer soll es Donny sagen?

Sophies Gedanken galoppieren in kopflosem Schrecken durch die Zukunft davon, ehe sie an ihrem Ausgangspunkt, Sophies eigener Notlage, zum plötzlichen Stillstand kommen.

O Gott, o Gott – wenn nun alle hier tot sind und sie die einzige Überlebende ist? Die Rettungsmannschaften werden sich auf das Flugzeug und die Startbahn konzentrieren. Wer wird auch nur einen Gedanken an ein paar dumme Gaffer draußen vor dem Zaun verschwenden? Womöglich wird es keinem einfallen, auch nur nachzusehen. Sie wird ersticken und sterben, weil keiner sie hört. Ein Schrei zieht sich tief in ihrer Kehle zusammen, aber sie würgt ihn ab. Wer soll bei dem Höllenlärm da draußen eine einzelne kleine, halb erstickte Stimme hören?

Sie schiebt diese Gedanken weg und konzentriert sich so genau, wie es ihr möglich ist, auf ihren eigenen Körper. Sie lebt, und das muß sie nutzen. Konzentrier dich, Sophie! Unter der Last, die sie niederdrückt, prüft sie ihre Glieder, indem sie jedes von ihnen mit äußerster Vorsicht bewegt. Nichts gebrochen, soweit sie feststellen kann.

Ihren Rücken kann sie nicht bewegen, aber das kommt sicher daher, daß sie unter einer so schweren Last eingeklemmt ist. Den Hals kann sie bewegen. Das könnte sie doch bestimmt nicht, wenn ihr Rückgrat verletzt wäre.

Sie versucht es noch einmal. »Brian?« Ihre Stimme klingt wie das ferne Krächzen einer Krähe.

Sie wartet. Keine Reaktion. Nichts.

Riba, die mit dem Teil ihres linken Arms, den sie bewegen kann, mit aller Kraft das weiche Zeug wegzuschieben versucht, das ihr Gesicht und ihren Hals umschlungen hält, stellt fest, daß sie eingeklemmt ist und nicht mehr tun kann, als ihren Kopf ein paar Zentimeter auf- und seitwärts zu bewegen, um nach Luft zu schnappen – sofern überhaupt Luft zum Atmen vorhanden ist. In der Bewegung merkt sie, daß mehr als der Mantel auf ihr Gesicht drückt; es ist eine Art Netz. Die Abteile innerhalb der Gepäckfächer fallen ihr ein, die mit ihren Trennwänden verhindern sollen, daß die abgelegten Gegenstände ins Rutschen geraten. Sie ist da anscheinend mit dem Kopf durchgestoßen, obwohl sie keinen Schmerz irgendwelcher angeschlagenen Körperstellen spürt.

Nach und nach sickert etwas von dem Getöse außerhalb ihrer abgeschlossenen kleinen Welt zu ihr durch. Kein Licht, ihre Augen bleiben blind, aber eine Kakophonie von Geräuschen: Krachen und Knirschen von Metall, wiederholte kleine Explosionen wie beim Popcornbraten und, in der Ferne, das verzerrte Jaulen zahlreicher Sirenen. Keine Schreie, nur das kaum wahrnehmbare, aber fortgesetzte Stöhnen eines Menschen irgendwo in der Nähe.

Hitzepfeile durchwirken die eisigen Windstrahlen, die auf der bloßen Haut ihrer Beine spielen. Das ist seltsam. Sie hatte doch für die Reise extra eine bequeme lange Hose angezogen. Ist die ihr vom Leib gerissen worden? Blind tastend prüft sie nach – ja, ihr Oberschenkel ist nackt. Und er ist naß.

Riba dreht mühsam ihren Kopf, soweit ihr Gefängnis es zuläßt. »Zelda?« ruft sie, aber ihre Stimme trägt nur bis zu ihrem Knebel. Unter höchster Anstrengung versucht sie, Luft anzusaugen, wo sie sie finden kann. »Zelda?«

Sie lauscht angespannt, hört aber keine Antwort, kein »Mama?«. Das Stöhnen dicht neben ihr läßt nicht nach, bis es schließlich im zunehmenden Getöse der sich nähernden Rettungsfahrzeuge untergeht.

Riba beginnt zu frösteln; es ist kein gewöhnliches Frösteln, sondern ein heftiger, unkontrollierbarer Schüttelfrost, der sie von neuem in den dicken Mantel hineinzupressen droht. Es wäre zu schrecklich, wenn Zelda nach allem, was sie durchgemacht hat, nach all den Behandlungen und dem Psychokrieg, den ihre Eltern wegen dieser Eingriffe geführt haben, genau in dem Moment sterben müßte, da sie kurz vor der Rettung steht.

Während das Sirenengeheul näher kommt, betet Riba, in ihrem Gefängnis wie von Fieberschauern geschüttelt, so leidenschaftlich wie nie zuvor in ihrem Leben zu Jesus, zu Maria, zu ihrem geplagten Schutzengel. Sie bittet darum, daß ihr inständiges Flehen zu Jay auf sein Inselchen getragen werde und er seinen milden Blick auf sie richten möge. Sie bittet darum, daß ihr Leben anstelle von Zeldas genommen werde.

Mit großer Vorsicht, indem sie die Finger ihrer rechten Hand über ihre unter Brians Oberkörper begrabene Brust schiebt, gelingt es Sophie, ihren rechten Arm über ihren Körper zu schieben, um den linken zu erreichen. Es ist hilfreich, daß sie auf nasser Erde und im Gras liegen und nicht auf einer unnachgiebigen Unterlage, wie zum Beispiel einer brennenden Rollbahn …

O Gott …

Sie verscheucht das Bild und mobilisiert ihre ganze Kraft, um sich mit Fäusten, Unter- und Oberarmen gegen Brians Brust zu stemmen und sich so ein wenig nach rechts zu schieben, so weit, daß sie Kopf, Hals, rechte Schulter und beide Arme von seiner drückenden Last befreien kann. Durch leichtes Heben und

Senken ihrer Knie gelingt es ihr schließlich, Zentimeter um Zentimeter ihren Rücken und ihre Hüften unter Brian hervorzuwuchten, bis sie keuchend und nach Luft schnappend neben ihm liegt und ihr nur noch der Maschendraht und irgend etwas Riesiges den Blick zum Himmel versperrt.

Sophie nimmt alle ihre Kraft zusammen und brüllt gegen Lärm und Tumult an. »Hilfe! Hilfe!« Sie wartet, horcht angestrengt. Aber sie hört nur ein ohrenbetäubendes Durcheinander von Geräuschen: Sirenen, fortgesetzte kleine Explosionen, lautes Rufen.

Die Trümmerstücke, die auf ihr liegen, rühren sich nicht. Also versucht sie, sich selbst zu helfen. Indem sie kräftig mit Knien und Füßen schiebt und, die Mulde unter ihrem Körper nutzend, mit beiden Unterarmen nach oben drückt, um einen kleinen freien Raum über ihrem Gesicht zu schaffen, rutscht sie rückwärts, bis ihr Kopf frei ist. Dann robbt sie auf dem Rücken liegend qualvoll langsam unter dem Gewirr aus Draht und Eisenteilen hervor und kommt schließlich stolpernd auf die Beine.

Der Krach rund um Riba wird immer bedrängender. Das vielstimmige Sirenengeheul dringt jetzt, wenn auch gedämpft, aus nächster Nähe auf sie ein. Überrascht stellt sie fest, daß sie keine Angst hat. Sie muß wissen, was geschehen ist. Sie konzentriert sich auf Zelda.

Zelda, Zelda, Zelda …

Sie muß alle ihre Willenskräfte mobilisieren und ein schützendes Netz über Zelda werfen.

Zelda … Zelda …

Sie beschwört das Bild einer ganz in Gold gekleideten Zelda herauf. Zelda im fließenden goldenen Gewand einer königlichen Braut. Mit einem Blumenkranz im Haar. Rosig, strahlend. Mit einem leuchtenden Lächeln, in dem sich die Lichter einer Million glänzender Kerzen spiegeln …

Riba fürchtet jetzt nicht mehr, daß Zelda in eine bessere Welt hinübergegangen sein könnte. Oder ihr dies bestimmt sein könnte. Jetzt noch nicht. Solange sie unter Jays Schutz steht, ist so etwas ausgeschlossen. Es ist nicht mehr notwendig, mit Gott zu feilschen.

Schwierigkeiten könnte es nur geben, wenn Zelda verletzt ist. Welche Auswirkungen würde das auf die Entwicklung ihrer Krankheit haben? Wenn zum Beispiel ihre porösen Knochen gesplittert sind? Oder ihr kostbares Blut aus einer offenen Wunde entweicht …

Hör auf, hör auf!

Du mußt Vertrauen haben …

Ganz in der Nähe hört sie plötzlich das donnernde Dröhnen eines schweren Fahrzeugs, dann das schrille Quietschen von Bremsen. Sie muß sich bemerkbar machen, dafür sorgen, daß sie gehört oder wenigstens gesehen wird.

Sie sammelt sich neu, schickt all ihre Gedanken zu der wummernden Maschine. *Hier bin ich … hier … sucht mich … rettet mich …*

Ihre Beine, die nicht sonderlich schön sind – eher kurz und plump, wenn sie ganz ehrlich ist –, sind der einzige Körperteil, den Riba niemals öffentlich zur Schau stellt. Unter den gegenwärtigen Umständen jedoch sind sie neben ihrem linken Arm, den sie nur sehr eingeschränkt bewegen kann, das einzige Kommunikationsmittel, das ihr zur Verfügung steht, und beinahe zum erstenmal seit ihrer Kindheit ist es ihr egal, wer sie sieht oder was man von ihnen hält. Sie strampelt und strampelt mit aller Kraft. Knie beugen, strecken, treten, beugen, strecken, treten. Sie benutzt ihre Beine als Signalgeber. *Hier … hier … hier herüber …*

Sekunden später nimmt sie wahr, daß jemand neben ihr steht und mit ihr spricht. Sie kann nichts verstehen von dem, was gesagt wird, aber mit der freien linken Hand gibt sie mit hochgestelltem Daumen ein, wie sie hofft, munteres Zeichen der Zuversicht. Das Zeug, in dem ihr Kopf und ihr Gesicht verpackt sind, verschiebt sich ein wenig, und sie spürt eine schaukelnde Bewegung, als jemand ein Stück des Metalls packt, das ihren

Kopf umklammert hält. Ganz schwach vernimmt sie eine Männerstimme. Der Mann brüllt wahrscheinlich, trotzdem versteht sie ihn nicht genau, glaubt aber, daß er »Ruhig, Madam, ruhig« gesagt hat. Dann ist er fort, und alles ist wie zuvor.

Eine Ewigkeit vergeht. Sie hört nur das Donnern der schweren Maschine.

Dann ist er wieder da. *Sie* sind wieder da. Sie spürt mehr als ein Paar Hände an ihrem Körper. Näher als das Wummern des schweren Fahrzeugs, viel näher, hört sie das durchdringende Pfeifen eines elektrischen Werkzeugs und das Kreischen reißenden Metalls. Metallschneider!

Instinktiv will sie zurückweichen, aber die Hände halten sie fest. »Ganz ruhig, Madam.«

Aus Selbstschutz drängt Sophie, der übel und schwindlig ist, das rot-schwarze Chaos auf der Startbahn an den äußersten Rand ihres Blickfelds, aber vor den Verwüstungen in ihrer nächsten Umgebung kann sie die Augen nicht verschließen. Die Autos auf dem Parkplatz sind alle beschädigt, aber den Audi und den Mustang hat das Stück Heckflosse völlig zerstört, und von dem Hiace ist kaum noch etwas übrig. Die Fahrer der anderen Autos stolpern schockiert über ein Feld von Metalltrümmern, Drähten, Kabeln und einem watteähnlichen Isoliermaterial, das der Wind in dicken grauen Schwaden vor sich hertreibt. Zwei Leute, die helfen wollen, rennen schluchzend zu dem Hiace und beginnen mit bloßen Händen an der verzogenen Tür auf der Fahrerseite zu zerren und zu rütteln.

Niemand hat Sophie bemerkt.

Durch dichte Qualmwolken hindurch kann sie erkennen, daß die Männer an dem Lieferwagen nur Zeit und Mühe verschwenden. Das Dach ist von einem abgerissenen Teil des Arda-Emblems eingedrückt worden und direkt auf Kopf und Nacken des Fahrers herabgestürzt, der zusammengesunken über dem zerschmetterten Lenkrad hängt. Zu sehen ist nur sein aufgerissener Mund. Ohne Zweifel ist er tot.

Sophie hat das Gefühl, daß sie sich gleich übergeben muß, aber zuerst muß sie sich um Brian kümmern. »Hierher!« ruft sie schwach einem Mann zu, der versucht, einige der Wrackteile loszureißen, unter denen der Audi begraben ist. »Bitte helfen Sie mir. Hier ist jemand eingeklemmt. Ich brauche Hilfe.«

Der Mann, der sie wie durch ein Wunder gehört hat, kommt sofort gerannt und kann sie gerade noch auffangen, als ihre Knie unter ihr nachgeben. »Setzen Sie sich nieder, Miß«, fordert er sie auf, aber Sophie schüttelt seine Hände ab.

»Nein, nein, mir geht es gut. Wir müssen *ihn* da rausholen. Bitte!« Sie schluckt krampfhaft, senkt den Kopf zwischen die zittrigen Knie und holt ein paarmal tief Luft, in der Hoffnung, daß der Schwindel sich geben wird.

Der Mann schaut sich verzweifelt um. »Hierher!« ruft er laut, und froh, daß jemand das Kommando übernommen hat, überlassen die anderen die zerstörten Autos ihrem Schicksal und laufen herbei, um gemeinsam den Maschendraht hochzuziehen, unter dem Brian begraben ist. Der Zaun ist nur an einer Stelle durchtrennt worden, etwa zweieinhalb Meter rechts von der Stelle, an der Brian liegt. Etwas weiter links steht der Zaun noch kerzengerade und nimmt, als wäre er nicht an anderer Stelle niedergewalzt worden, weiter seinen Verlauf um das Flughafengelände.

Als Sophie sich so weit erholt hat, daß sie mithelfen kann, ist es den Männern, sechs an der Zahl, gelungen, einige der Trümmer zu entfernen, und während zwei von ihnen sich mit dem Rücken gegen jenen Teil des Zauns stemmen, der noch steht, ziehen die restlichen unter Führung von Sophies erstem Helfer an dem Stück Maschendraht über dem immer noch reglosen Brian.

Sobald der Zaun sich ein wenig hebt, kriecht Sophie zu Brian, packt seine Jacke und zieht. Sie hofft inständig, daß der Stoff nicht reißt.

Das Kreischen des Metallschneiders so dicht an ihrem Kopf ist das beängstigendste all der schrecklichen Geräusche, die Riba ertragen hat. Er singt eine perverse Tonleiter hinauf und hinunter, während die Außenhaut des Flugzeugs widerwillig nachgibt. Riba muß ihre ganze Willenskraft aufbieten, um stillzuhalten und sich nicht gegen die Hände zu wehren, die ihre Beine wie in einem Schraubstock zusammenpressen und sie bewegungslos machen.

Ihr Repertoire an Visualisierungskünsten und Entspannungshilfen ist erschöpft. Wie sehr sie sich auch bemüht, es gelingt ihr nicht mehr, Bilder heraufzubeschwören, die sie von der Tortur ablenken, vielmehr spürt sie jeden Hitzeschwall, hört jeden gellenden Aufschrei durchtrennten Aluminiums, durchlebt jeden Stoß und jedes Beben. Zum ersten Mal ist sie nahe daran, die Fassung zu verlieren. Wenn diese Schneidwerkzeuge abrutschen … Nein, Reißzähne. Es müssen Reißzähne sein. Krokodilszähne, die nach ihr schnappen …

Dann … Zelda. Muß Zelda das gleiche über sich ergehen lassen?

Bitte, bitte, fleht sie jetzt, während sie gegen die hochschwappenden Wellen der Hysterie kämpft. Bitte, bitte! Stammelnd. Bitte …

Gerade als sie meint, es nicht länger aushalten zu können, gibt es einen gewaltigen Knall. Das erstickende weiche Zeug gleitet von ihrem Kopf, und geblendet vom verpesteten schneeigen Tageslicht, beginnt sie in der stinkenden Luft würgend zu husten. Hände bemühen sich um sie, wie viele es sind, weiß sie nicht, aber sie überläßt sich ihrer festen Führung, als sie, halb getragen, halb gestützt, von ihrem Gefängnis fortgebracht wird.

Sie legen sie auf eine Trage, zwingen sie nieder, decken sie zu … Ihre geschwärzten Gesichter unter den übergroßen Helmen sind grotesk.

Sie schlägt mit wild fuchtelnden Armen gegen die ekelhaft glitschigen Uniformen aus irgendeinem gummiartigen Material. Rundherum heulen weiter die Sirenen, und in der Luft hängt ein heißer chemischer Gestank, der sogar stärker ist als die beißenden Dämpfe des Flugzeugtreibstoffs.

Sich gegen alle diese Hände wehrend, dreht sie den Kopf und beobachtet, wie in gekrümmten Strahlen Schaum auf das verunglückte Flugzeug gespritzt wird, das jetzt schon aussieht wie ein riesiges weiß eingeschäumtes Mausoleum. Das Cockpit hat sich, vielleicht unbeschädigt, seltsamerweise auf die Seite gedreht und ist leicht aufwärts gerichtet, ein vorwitziges kleines Gesicht auf dem Körper des lahmgelegten Giganten.

»Nei-i-in!« schreit Riba und springt von der Trage. Sie muß Zelda suchen.

Sie versuchen, sie zurückzuhalten, aber ohne auf den Schmerz in Schulter und Nacken zu achten, reißt sie sich los und rennt zurück zu dem Ort, von dem sie sie weggeholt haben. Sie muß zu Zelda.

Sie holen sie ein, als sie gerade die geplatzte Hülle erreicht hat, in der sie und Zelda noch vor kurzem nur Zentimeter voneinander entfernt saßen. Das Heck der Maschine, an der Bruchstelle gezackt wie eine aufgeschlagene Eierschale, liegt ein ganzes Stück vom restlichen Wrack entfernt. Zeldas Sitz ist leer. Alle anderen Sitze fehlen oder sind ebenfalls leer.

Außer den beiden neben dem ihren. Einen Moment lang vergißt Riba ihre Tochter. Seite an Seite sitzen in aufrechter Haltung die beiden Amerikaner, Mann und Frau, in den rückwärts gekippten Sesseln neben dem verbogenen Fenster und halten einander immer noch bei der Hand. Das Gesicht der Frau fehlt nur zur Hälfte, dort jedoch, wo einmal der Kopf des Mannes war, ist jetzt nur noch ein blutiger, klumpiger Ring.

Noch während Riba wie erstarrt dasteht, kommen zwei Feuerwehrleute mit Leintüchern gerannt, und im selben Moment wird sie von ihren Hütern eingeholt. »Kommen Sie, Madam.« Die Hände packen kräftig zu und dulden keinen Widerstand. »Wir müssen Sie ins Krankenhaus bringen – kommen Sie, nehmen wir erst einmal die Tasche ab.« Ein Paar Hände greift nach der Tasche, deren Riemen quer über ihrer Brust liegt.

»Nein!« Aus irgendeinem Grund ist Riba überzeugt, daß sie, wenn sie ihre Tasche aufgibt, alles aufgibt. Sie hütet sie mit ihrem Leben und ihrer ganzen noch verbliebenen Kraft. Aber die verläßt sie, und nun endlich überläßt sie sich der dichter werdenden Dunkelheit.

Die Helfer fangen sie auf, bevor sie zu Boden stürzt.

Wenigstens atmet Brian. Er liegt neben dem Zaun, und alle rufen durcheinander: »Er darf nicht bewegt werden!«

»Hat jemand 999 angerufen?«

»Wir können ihn doch nicht auf dem nassen Gras liegen lassen.«

»Um Gottes willen, nicht bewegen. Wir müssen auf die Sanitäter warten.«

Es ist, als könnten Schock und Furcht nur ertragen werden, indem sie alle ihre Aufmerksamkeit auf diesen einen Menschen konzentrieren. Vielleicht können sie so ihr eigenes zitterndes Entsetzen abwehren.

Einer der Männer wendet sich Sophie zu. »Sind Sie seine Frau? Sollen wir ihn bewegen? Ja oder nein?«

Sie warten schweigend. Sophie blickt in die angstvollen, hoffnungslosen Gesichter. »Nein, ich bin nicht seine Frau. Seine Frau ist ... oder war ...«

Die Übelkeit, die die ganze Zeit gedroht hat, wallt beinahe bis zu ihrem Gaumen auf; sie muß husten. Dann schluckt sie schwer. »Entschuldigen Sie. Seine Frau ist in der Maschine. Und seine Tochter auch. Wir wollten ihnen zum Abschied winken.«

Betroffen drehen sich alle nach dem Grauen auf der Startbahn um und blicken auf das Leuchtfeuer von Farben: das Rot, das Schwarz, das rostige Braun, die flackernden blauen und orangefarbenen Blitze der Lichter auf den Rettungsfahrzeugen und, durch den Qualm hindurch, die weißen Schwaden aus den Schläuchen der Feuerwehrleute, die das Inferno in Schaum zu ersticken suchen. So erschüttert wie die anderen und einen Moment lang ohne einen Gedanken an Brian, sieht auch Sophie hin, bis einer der Männer ausspricht, was alle denken: »Mein Gott, das kann keiner überlebt haben.«

Für Sophie die ersten richtigen Stiche des Schmerzes. Eily ist tot, ausgelöscht in ihrer ganzen aufreizenden, üppigen, blutvollen Lebendigkeit.

Und Zelda. Die unschuldige kleine Zelda, Wachs in den wohlmeinenden Händen ihrer Mutter, ist ebenfalls tot. Neunzehn Jahre alt, auf andere Art bereits dem Tod geweiht, doch von ihm fortgerissen, bevor sie die Möglichkeit hatte, sich damit auszusöhnen.

Sophies Knie geben nach, und bevor einer der Männer sie auffangen kann, stürzt sie zu Boden.

Es ist Abendessenszeit. Donny und Trevor sehen sich in einem Filmkunsttheater in der Stadt gerade das Ende von *American Beauty* an. Kunst interessiert sie eigentlich weniger. Das, was in *American Beauty* passiert, dafür um so mehr …

Sie haben einen guten Nachmittag verbracht. Erst sind sie mit dem Zug zur Halbinsel Howth rausgefahren und dort zum Gipfel raufgekeucht. Sie haben aufs Meer rausgeschaut, sich gegenseitig erzählt, wie gut es tut, frische Luft zu atmen, und sich über die traurige Lage der armen Trottel lustig gemacht, die jetzt im miefigen Klassenzimmer hocken.

Allerdings haben sie es bei dem Heidenwind da oben nicht geschafft, ihre Zigaretten anzuzünden. Und verdammt kalt ist ihnen geworden. Deshalb sind sie wieder ins Dorf runtergelaufen und rein in eine verqualmte Frittenbude, wo sie sich mit Pfannkuchen, Curryfritten und Tee aus Plastikbechern vollgestopft haben.

Das große Fressen ging weiter, als sie wieder in der Stadt waren und beschlossen, ins Kino zu gehen. In diesem vornehmen Filmkunsttheater gibt es so etwas Ordinäres wie Popcorn natürlich nicht, aber zu ihren Füßen liegen die Zeugnisse einer Zuckerorgie: Einwickelpapiere von Schokoriegeln, Strohhalme, zerdrückte Plastikflaschen. Sie sind beide wie im siebten Himmel in diesem Palast der Träume mit seinem herrlich muffigen Geruch nach Flusen, Staub und altem Plüsch. Es sind so wenige

Leute da, daß sie sich wie in einer Privatvorstellung vorkommen. Könige des Dubliner Nachmittagskinos.

Jetzt jedoch haben sie das Essen und Trinken vergessen und sitzen da, von der Handlung des Films gebannt: Gleich wird Kevin Spacey mit dem schönsten blonden Mädchen ins Bett gehen, das die beiden Jungen je gesehen haben. Diese Haut. Dieser Mund. Dieses Haar. Diese Figur … Donny merkt nicht einmal, daß ihm die Schweißperlen von der Stirn ungehindert hinter den Brillengläsern in seine Augen rinnen.

O Gott … Kevin Spaceys Hände sind am Bund ihrer Jeans, er macht sie auf, gleich zieht er sie herunter …

O Gott …

»Verdammt!« Sie stoßen das Wort beide zugleich mit ihrem angehaltenen Atem aus. Sie sind wütend. Kevin Spacey hat gekniffen. Sie sind so sauer auf ihn, daß sie nicht einmal bis zum Ende des Films bleiben.

Als sie in die abendliche Dunkelheit hinauskommen, zwischen die Scharen hastender Büroangestellter auf dem Weg zu Bussen und Zügen, schaltet Donny sein Handy ein. Entschlossen, die sturmfreie Bude zu nutzen, haben er und Trevor – der seiner Mutter erzählt hat, daß er in der Schule an einer Diskussionsrunde teilnimmt – eine Party organisiert. Gespannt blickt er auf das erleuchtete Display. »Hey! Cool! Fünf Nachrichten.«

Während Donny seine Nachrichten abhört, verändert sich sein Ausdruck so auffallend, daß sein Freund unruhig wird. »Was ist? Was ist los?«

4

Die Ohnmacht war kurz. Riba kam wieder zu sich, als ihre Trage in den Rettungswagen gehoben wurde. Obwohl ihre Schulter schmerzte und ihr Gesicht stark blutete, brauchte ihr niemand zu sagen, daß sie keine schweren Verletzungen erlitten hatte. So blieb ihre ganze Aufmerksamkeit auf Zelda fixiert. Während der Rettungswagen mit jaulender Sirene zum Beaumont-Krankenhaus raste, bedrängte sie die Sanitäter wie eine Besessene, um etwas über das Schicksal ihrer Tochter zu erfahren. Doch da wegen des Unglücks der Großkatastrophenplan des Flughafens in Kraft getreten war und jedes Krankenhaus in Dublin und Umgebung Verletzte und Tote aufnahm, war es nicht einfach, eine Spur von Zelda zu finden.

Am Abend um sieben saß Riba im Warteraum der Notaufnahme des Beaumont-Krankenhauses und war der Verzweiflung nahe, weil nicht nur Gott, sondern auch Jay Street und die ganze mühsam erlernte Kunst des positiven Denkens sie verlassen hatten. Sie war jetzt so weit, daß sie sich für die sichere Rettung ihrer Tochter sogar mit dem Teufel persönlich auf einen Handel eingelassen hätte.

Dann kam eine der Stationsschwestern aufgeregt aus dem verglasten Schwesternzimmer herausgestürzt und bot Riba ihr eigenes Handy an. Man hatte Zelda im Krankenhaus der Heiligen Jungfrau von Lourdes in Drogheda aufgespürt, vierzig Kilometer von Dublin entfernt.

So plötzlich geschenkte Freude wirkt wie Schmerz, und Ribas gewohnte Selbstbeherrschung verließ sie, als sie tränenblind das Handy nahm und die Zahlen eingab, falsch eingab, noch einmal eingab, die die Schwester ihr nannte. Stumm reichte sie das Telefon der Schwester zurück, die den Anruf für sie machte.

Als Zelda endlich am Apparat war, konnte Riba immer noch nicht sprechen. Alle Nervenfasern schienen sich in ihrer Kehle miteinander zu verschlingen, um sie zu ersticken, während sie der schwachen, fernen Stimme ihrer Tochter lauschte. »Hallo, Mama? Bist du da? Mama?«

Erst nach einiger Zeit gelang es ihr, endlich einige Worte herauszuwürgen.

Schon ein paar Minuten später hätte Riba niemandem erzählen können, was Zelda gesagt hatte, weil sie sich nicht erinnern konnte. Und wenn sie jetzt darüber nachdenkt, hat sie den Eindruck, daß sie nur immer wieder Zeldas Namen geflüstert und es ihrer Tochter überlassen hat, das Gespräch zu führen, soweit von einem Gespräch überhaupt die Rede sein konnte.

»Wein doch nicht, Mama. Bitte wein nicht. Mir ist nichts passiert, Mama. Ich hab nicht mal eine Schramme.«

Schließlich beruhigte Riba sich immerhin lange genug, um zu besprechen, was weiter geschehen würde. Am Morgen wollte man Zelda in die Krebsklinik des Spezialisten verlegen, bei dem sie in Behandlung war. Bis dahin sollte sie im Krankenhaus der Heiligen Jungfrau von Lourdes bleiben.

»Wenn ich sie mit dir verbinde, Mama, sagst du ihnen dann, welche Medikamente ich nehmen muß? Sie können meine Ärzte nicht erreichen. Ich habe versucht, zu Hause anzurufen, aber da ist niemand. Ist Dad bei dir? Bist du schlimm verletzt?«

»Überhaupt nicht. Mir geht's gut.« Riba hatte immer noch Mühe, zusammenhängende Sätze zu bilden. »Ich weiß nicht, wo Dad ist – er wird einen Riesenschrecken bekommen. Wahrscheinlich weiß er schon Bescheid. Er wollte heute nach Shannon. Aber er wird uns schon finden. Er kümmert sich wahrscheinlich um Donny.«

Das brachte Zelda wieder zum Weinen. »Ich dachte, du wärst tot, Mama«, schluchzte sie wie ein kleines Kind, das aus einem Alptraum erwacht ist. »Ich habe gedacht, du wärst tot.«

»Gott sei Dank ist uns beiden nichts passiert, mein Liebling«, brachte Riba hervor.

»O Gott«, schluchzte Zelda, »es tut mir leid, daß ich so ein Ekel war. Ich weiß, daß du es nur gut gemeint hast – und als ich dann dachte, ich würde dich nie wiedersehen …«

»Schluß jetzt, Zelda, hör auf damit. Du bist die wunderbarste und schönste Tochter, die eine Mutter sich wünschen kann.« Riba merkte, daß die anderen Leute in dem überfüllten Warteraum sie anstarrten, aber das war ihr egal, während sie gemeinsam mit Zelda die vierzig Kilometer wegweinte, die sie trennten.

Vier der fünf Nachrichten auf Donnys Handy waren von Freunden, die für eine Fete in sturmfreier Bude zu haben waren. Die fünfte, von chaotischen Hintergrundgeräuschen aus dem Foyer des Mater-Krankenhauses begleitet, war von seinem Vater und kaum verständlich. Er nannte eine Telefonnummer. »Ruf mich an, sobald du die Nachricht bekommst, Kumpel, okay?«

Die nächsten zwei Stunden waren hart, aber zum Glück hatte Donny Trevor an seiner Seite. Und der rief, während rund um sie herum das abendliche Verkehrschaos tobte und Donny noch wie gelähmt war vor Schreck und Angst, unverzüglich seinen eigenen Vater an.

Mr. Jameson, der in der Innenstadt arbeitete, holte die beiden Jungen mit dem Auto ab. Ruhig und vernünftig nahm er die Dinge der Reihe nach in Angriff. Auf der Fahrt ins Mater-Krankenhaus rief er zunächst die Notrufnummer an, die alle fünf Minuten über Rundfunk gesendet wurde, und brachte so in Erfahrung, daß Donnys Mutter das Unglück überlebt hatte und sich im Beaumont-Krankenhaus befand. Dem Vernehmen nach hatte sie über einem Auge eine Schnittwunde, auf deren Versorgung sie wartete. Das hörte sich nicht allzu besorgniserregend an. Selbst in diesem Stadium spürte Donny aufkommende Erleichterung. Noch bevor sie im Mater ankamen, hatte Mr. Jameson auch Zelda ausfindig gemacht. Auch ihr war nichts passiert.

Dann geschah etwas Verrücktes. Und unsagbar Peinliches. Donny wurde plötzlich speiübel. Da er Mr. Jameson den Wagen nicht verdrecken wollte, bat er ihn panisch anzuhalten. Sie waren in der Gardiner Street, und alles war voller Leute, aber was hätte er sonst tun sollen?

Er hatte gerade noch Zeit, aus dem Wagen zu springen, da kam schon alles, das ganze Zeug, das er gegessen und getrunken hatte, in einem riesigen, beschämenden Schwall herausgeschossen, und Mr. Jameson stand neben ihm und hielt ihn an den Schultern. Die Leute gafften, und das machte alles um so peinlicher. Wenigstens hatte er es noch bis zum Rinnstein geschafft.

»Besser, mein Junge?« Mr. Jameson mußte Donny ins Auto helfen, weil ihm plötzlich die Knie so heftig schlotterten. Gott sei Dank machte Mr. Jameson keinen Wirbel, das hätte alles nur verschlimmert. Er blieb gelassen. Donny hätte ihm das nie zugetraut.

Die nächsten zwei Stunden würde er sein Leben lang nicht vergessen. Besonders nicht die unzähligen in Tränen aufgelösten Menschen. Sogar sein Dad, der in der Röntgenabteilung saß, weil sein Kopf, sein Hals und seine Schultern durchleuchtet werden sollten, heulte. So übel sah er gar nicht aus, nur drekkig und zerschrammt. Einen Arm trug er in einer Schlinge, und seine Kleider waren völlig zerfetzt. Aber als Donny ihm erzählte, daß seine Mutter und Zelda mit ein paar Kratzern davongekommen waren, fing er an zu schluchzen wie ein Vierjähriger. Es fiel Donny schwer, nicht mitzuheulen.

Als wäre das nicht schon schlimm genug gewesen, folgte darauf der Besuch im Beaumont-Krankenhaus. Donny, der nicht mal für eine Million Pfund vor anderen geweint hätte, merkte, wie ihm die Tränen in die Augen schossen, als er das blutverschmierte Gesicht seiner Mutter sah.

»Nicht weinen, Schatz.« Seine Mutter, die auf einer fahrbaren Trage lag, hob einen Arm – der andere schien verletzt zu sein – und wollte ihn an sich drücken. Aber er wehrte ihre Umarmung ab und ging eilig zum Cola-Automaten, um sich etwas zu trinken zu holen. So froh er war, sie lebendig anzutreffen, aber sie in diesem Zustand zu sehen war entsetzlich. Er hatte das Gefühl, die ganze Welt, so wie er sie bisher gekannt hatte, ginge in die Brüche.

Als er vom Cola-Automaten zurückkam, hatte er sich bereits wieder gefangen, und als seine Mutter ihm sagte, daß Zelda nichts passiert war, erwiderte er ruhig, daß er das schon wisse. Dann erzählte er ihr von seinem Vater.

Davon hatte sie keine Ahnung gehabt. Sie sah aus, als hätte sie der Schlag getroffen, total entsetzt, und heulte wie ein Schloßhund. »Er war dort? Und er ist verletzt? Ist es schlimm? Hast du eine Nummer, wo ich ihn erreichen kann?«

Donny hatte die lautstarken Auseinandersetzungen seiner Eltern wegen der Reise noch lebhaft im Gedächtnis, aber er wußte natürlich, daß jetzt nicht der Moment war, daran zu erinnern. Es machte ihn wütend, daß er der einzige in dieser Familie war, der seine Nerven noch beisammen hatte und nicht in einem Krankenhaus lag.

Zumindest glaubte er, daß ihn das wütend machte, aber als er ihre Fragen nach seinem Vater beantwortete und sie sich beruhigte, geschah etwas Merkwürdiges. Er fühlte sich plötzlich besser und entdeckte, daß es gar nicht so übel war, derjenige zu sein, der den Überblick hat, bei dem alle Fäden zusammenlaufen. Er war es nicht gewohnt, sich in dieser Position zu befinden, besonders seiner Mutter gegenüber – genaugenommen allen gegenüber –, aber er merkte selbst, wie er sich mit einemmal gerade hielt, ohne daß er dazu ermahnt werden mußte. Trotzdem erschrak er, als ihr Kinn gerade in dem Moment wieder zu zittern begann, als er geglaubt hatte, es wäre überstanden. Er hatte genug von ihrem Geheule. Eilig berichtete er ihr deshalb, was er über seine Tante Sophie wußte, die man noch nicht gefunden hatte. »Aber sie ist okay«, fügte er nachdrücklich hinzu. »Dad hat gesagt, daß sie okay ist. Ich glaube, sie ist auch im Mater. Er hat nämlich gesagt, daß er sie gesehen hat, aber ich bin nicht geblieben, um nach ihr zu suchen.«

Auch das waren offensichtlich Neuigkeiten für sie. »Sophie auch?«

Wenigstens heulte sie nicht mehr. »Ja, sie und Dad wollten euch winken.«

»Und ihr ist nichts passiert?«

»Sie hat ein paar Schrammen, hat er gesagt, aber sonst ist sie okay.«

»Und mit Dad ist alles in Ordnung? Bist du sicher?«

Zu seiner Bestürzung war sie erneut in Tränen aufgelöst, gerade als er geglaubt hatte, es wäre alles unter Kontrolle. Es war der reine Wahnsinn, zumal er selbst in Tränen zu zerfließen drohte, während sie sich gebärdete wie ein bestürztes Kind, verdammt noch mal. Er wollte nicht weinen. Nicht vor all den Leuten hier, die auf Matratzen auf dem Boden lagen und vor Schmerzen stöhnten. »Sch, sch«, machte er und tätschelte sie wie ein Cowboy sein Pferd. Er spürte, wie er knallrot wurde. »Hör doch auf zu weinen, Mama. Ich bin ja da.«

In Wirklichkeit konnte er es, auch wenn er sich dessen schämte, kaum erwarten, aus dem Krankenhaus herauszukommen. Es war okay, der Mann in der Familie zu sein, aber es war verdammt schwer, es durchzuhalten, wenn man es nicht gewohnt war.

Riba heulte immer noch, aber leiser, als Mr. Jameson hereinkam und Donny erlöste. Er nahm ihn und Trevor mit nach Hause, wo es Donny gelang, mit seiner Schwester zu telefonieren, während Mrs. Jameson einen Riesenberg Fritten für alle zubereitete.

Erst da fiel ihm ein, daß etwa zu dieser Zeit vier seiner Kumpel Steinchen an sein Zimmerfenster warfen, weil sie zur versprochenen Fete ins Haus wollten.

»Es tut mir leid. Es tut mir wirklich leid!« Es ist vier Tage nach dem Flugzeugunglück. Sophie hat das Fenster ihres Mini heruntergekurbelt, um sich bei dem Motorradkurier zu entschuldigen, den sie an der Ecke Quays und Church Street versehentlich geschnitten hat, so daß er ausweichen mußte und beinahe die Gewalt über seine Maschine verloren hätte. Trotz des milden, beinahe frühlingshaften Tages ist sie dick in weiße Wolle eingepackt und muß erst ihren Schal herunterziehen, damit er sie überhaupt verstehen kann.

Die Antwort des Jungen hinter dem Visier seines Helms ist unmißverständlich: ein Schwall von Schimpfworten, mit dem ihre Abstammung, ihre Kompetenz als Autofahrerin und ihre Existenzberechtigung in Zweifel gezogen werden. Er läßt seine Maschine wieder an und braust nach einer abschließenden Serie eindeutiger Fingerzeichen wie eine wütende Hummel davon.

Müde und kraftlos kurbelt sie das Fenster wieder hoch. Sie kann dem Jungen seine Wut nicht verübeln: Der Zwischenfall ist allein ihre Schuld gewesen. Sie hat nicht aufgepaßt, er hätte tot sein können.

Sophie fühlt sich so ausgelaugt wie nie zuvor in ihrem Leben und schläft schlecht. Sie ist auf dem Weg zu Eily, aber sie freut sich nicht auf den Besuch. Sie hat nicht etwa Angst vor einem offenen Streit. Sie ist nur einfach nicht in der Stimmung, sich eine weitere Lobeshymne über Jay Street und seine Überzeugungen anzuhören, und fürchtet, sie könnte sich dazu hinreißen lassen, die Freundschaft aufzugeben. Außerdem will sie nicht über den Crash reden. Wenn Eily noch einmal anfängt, von Wundern zu schwafeln, wie sie das ständig am Telefon getan hat, wird sie die Beherrschung verlieren. Sie kann nicht erklären, warum das so ist. Obwohl sie verstandesmäßig zugeben muß, daß Eilys Rettung so etwas wie ein Wunder war, empfindet sie es nicht so. Sie hat nicht einmal das Gefühl, daß das alles etwas mit Glück zu tun hatte. Darum war die Stimmung während der Telefongespräche mit Eily jedesmal gespannt.

Durch das Flugzeugunglück scheint etwas in den Blickpunkt getreten zu sein, was Sophie nun schon seit geraumer Zeit zu leugnen versucht. Sie hat das Gefühl, irgendwie, irgendwo einen Teil – einen ziemlich großen Teil – ihrer alten Freundin verloren zu haben. Und das ist nicht alles: Der Verlust wirkt sich auch auf die Beziehung zwischen den beiden Paaren aus. Sie und Michael und Brian und Eily haben sich bis vor einigen Jahren immer so wohl miteinander gefühlt, ob einzeln oder in der Gruppe, und diese alte Unbefangenheit fehlt ihr. Sie möchte sie zurückhaben. Das, vermutet sie, ist der Grund, warum sie sich weiter bemüht. Vorsichtig biegt sie an Doyle's Corner links ab. Sie empfindet ihre Lustlosigkeit, Eily zu besuchen, als unloyal. Freunde sollten einander so annehmen, wie sie sind, samt Warzen und verschrobenen Ansichten.

Sie kann auf den Tag genau sagen, wann die Freundschaft auf Grund gelaufen ist, auch wenn sie lange gebraucht hat, es zu erkennen.

An einem regnerischen Wochenende vor sieben Jahren ist es gewesen, als sie und Eily – damals war Riba mit diesem Namen noch vollauf zufrieden – beschlossen, etwas zu unternehmen, um einmal aus dem täglichen Trott herauszukommen. Sie gaben Zelda und Donny in die Obhut ihrer beiden Ehemänner, die die Kinder prompt zu einem Rugbyspiel schleppten, wo sie sich gründlich erkälteten, und machten sich auf den Weg zur alljährlichen Esoterikmesse in der Messehalle der Royal Dublin Society in Ballsbridge. Sie konnten nicht ahnen, daß die erste Begegnung mit Jay Street an diesem Tag eine so umwälzende Wirkung haben würde.

Auf der Messe war starker Betrieb. Da den meisten Leuten, auch Eily und Sophie, unangenehm heiß war, legten sie ihre dikken Wintermäntel ab und schleppten sie mit sich herum, anstatt sie am Körper zu tragen. Dadurch wurde es noch enger zwischen den farbenprächtigen, laienhaft hergerichteten Ständen, wo die Leute Schlange standen, um ihre Aura lesen oder sich auf Allergien testen zu lassen, um sich mit heilenden Kristallen, Tabletten, Pülverchen und Nahrungsergänzungsmitteln einzudecken oder zu Beratungsgesprächen und Therapiesitzungen anzumelden. Für Sophie, die in einer langen Schlange über eine Stunde auf eine indianische Kopfmassage von den Händen einer schönen kahlgeschorenen jungen Frau in lederner Cowboyhose und

Fransenhemd wartete, war der benachbarte Stand, an dem Jay Streets Leute zugange waren, nicht mehr als eine von zahlreichen Kuriositäten, auch wenn er, soweit sie sehen konnte, der schickste in weitem Umkreis war: von Kerzen erleuchtet und mit Hochglanzpostern dekoriert, beherrscht von einem riesigen goldgerahmten Farbfoto von Street, das vom Glanz der Votivkerzen, die es umgaben, verklärt wurde.

Den Prospekten war einiges über Jay Streets Biographie zu entnehmen: Er war als Sohn irischer Eltern in Chicago geboren und hatte eine Schreinerlehre abgeschlossen, als er sich im Alter von zweiundzwanzig Jahren nach dem Vortrag eines koreanischen Mystikers mit unaussprechlichem Namen plötzlich berufen fühlte, die Baustellen hinter sich zu lassen und bei seinem neuen Meister zu studieren, dem er rund um den Erdball bis in eine abgelegene Region Südkoreas folgte, wo er ihm mehrere Jahre lang als treuer Jünger diente. Als der Guru 1981 starb, kehrte Street, inzwischen fünfundvierzig Jahre alt, nach Chicago zurück, um seine eigene Organisation zu gründen. Schnell hatte er eine Anhängerschaft von Leuten beisammen, die nach Antworten auf ihre Lebensfragen und Alternativen zu dem »leeren« Dasein hungerten, in das man sie hineingezwängt hatte. Die Organisation wuchs und gedieh und erweiterte der phänomenalen Erfolge wegen ihr Programm auf jene Erzeugnisse und Dienstleistungen, die an diesem Tag an Streets Stand angeboten wurden. Menschen in sechzehn Ländern, einschließlich Irland, dem Land, das seinem Herzen und seinem Blut am nächsten war und das er in den letzten elf Jahren elfmal besucht hatte, folgten heute seiner Lehre von der Ganzheitlichkeit des Lebens.

Noch während sie in der langsam vorrückenden Schlange stand, erkannte Sophie, daß ihre Freundin hingerissen war, nicht nur von Streets grundlegender Botschaft (du kannst alles, wenn du nur daran glaubst), sondern auch von dem charismatischen Mann selbst. Nach der Kopfmassage verlor Sophie ihre Freundin mehrere Male aus den Augen und fand sie jedesmal am Stand ihres neu entdeckten Heilands wieder, entweder ins

Gespräch mit einem seiner Leute oder in den zelluloidgrünen Blick seiner Augen vertieft.

Eily hatte bereits mit großer Entschlossenheit den ersten Schritt auf ihrem neuen, befremdlichen Weg getan.

Sophie hält bei Rot und blickt neidisch zu dem Fahrer des roten Mondeo auf der äußeren Spur hinüber. Der Mann mit dem Bierbauch schlägt lässig im Takt mit dem donnernden Beat, der aus seinem geschlossenen Fenster dringt, auf sein Lenkrad, als hätte er keinerlei Sorgen.

Zu den vielen verschiedenen Emotionen, die sie seit dem Crash quälen, zählen Schuldgefühle. Sie fühlt sich ständig schuldig – am Tod der vielen Menschen, am Schmerz der Hinterbliebenen –, gerade so, als wäre sie für das Unglück verantwortlich. Derzeit wird gemutmaßt, daß die Maschine auf der Startgeraden gegen ein Hindernis geprallt ist, und Sophie wird das Gefühl nicht los, sie hätte dieses Hindernis sehen und den Piloten warnen müssen. Oder sie hätte dem Drängen der inneren Stimme an der Kaffeebar folgen müssen, die ihr geraten hatte, die Maschine mit einer falschen Bombendrohung aufzuhalten. Sie wäre vielleicht festgenommen worden, aber niemand hätte sein Leben verloren. Zu Eily kann sie über diese Schuldgefühle natürlich nichts sagen. Das käme einer Aufforderung gleich.

Vielleicht ist der Riß, den ihre Freundschaft bekommen hat, gar nicht Eily allein zuzuschreiben. Sophie hat nämlich bei sich selbst etwas ganz Neues entdeckt, was anzuerkennen ihr so schwer fällt, daß sie es auf keinen Fall näher analysieren möchte. Selbst hier nicht, in der sicheren Geborgenheit ihres Mini. Es geht um die feine Veränderung ihrer eigenen Haltung zu Eilys Mann, mit dem sie bisher so entspannt umgehen konnte, als wäre er eine Frau oder an Männern interessiert.

Sie ist dankbar, daß er ihr das Leben gerettet hat. Aber es ist mehr. Sie kann es noch so sehr herunterspielen, Teil der Traumfetzen, an die sie sich aus den letzten Nächten erinnert, ist die sinnliche Wahrnehmung von Brians Körper auf dem ihren, nachdem er sie zu Boden gerissen hatte. Über die detaillierte Erinnerung an Tod und Verderben hinaus, die ringsum vom Himmel fielen, hat ihr Körper sich schockierend und unangemessen den Abdruck des seinen im Gedächtnis bewahrt.

Dieser Unsinn muß eine Folge des Unfalls sein. Allem Anschein nach wurde sie tief erschüttert, und ihre Gefühle und Gedanken sind wild durcheinandergewirbelt. Nichts scheint mehr so zu sein, wie es war. Denn jetzt bildet sie sich sogar ein, daß sie sich schon vor dem Crash, als er sich an der Kaffeebar im Flughafen von Dublin auf den Hocker neben sie setzte, seiner starken männlichen Präsenz bewußt gewesen ist.

Das kann nur die Erfindung eines verwirrten Geistes sein, denn zum fraglichen Zeitpunkt hat sie nichts dergleichen wahrgenommen. Und doch kann sie selbst in diesem Moment die Berührung seiner Schulter an der ihren fühlen.

Die Ampel springt um, und Sophie läßt den Mondeo vor ihrem Mini einscheren, bevor sie losfährt.

»Bitte sagen Sie meiner Mutter nichts – wenigstens jetzt noch nicht.« Zelda sitzt in einem dünnen Krankenhausnachthemd auf der Kante eines Untersuchungstischs, auf dem sie sich eben einer Prüfung ihrer Nierenfunktionen unterzogen hat.

Normalerweise würde es der Frau, die diese Untersuchung vornimmt, nicht einfallen, einem Patienten etwas über die Ergebnisse zu sagen, das ist Sache des behandelnden Arztes, aber dieses junge Ding hat sie nun einmal in ihr Herz geschlossen und fühlt mit ihm. Sie hat auch eine gute Beziehung zu Zeldas Mutter aufgebaut. »Aber es ist doch eine gute Nachricht, Kind«, sagt sie.

»Ich weiß. Und das ist wunderbar. Aber Sie kennen sie doch. Man braucht ihr nur ein kleines bißchen Mut zu machen, und gleich hält sie es für sicher, daß ich geheilt bin, und erzählt es der ganzen Welt. Der Druck wäre fürchterlich. Bitte, es wäre mir lieber, Sie würden es ihr nicht sagen.«

Die verwaschenen blauen Augen der Laborantin blicken leicht amüsiert. »Sie sind die Chefin, junge Dame. Sie wissen, ohne Ihre Erlaubnis würde ich ihr sowieso nichts sagen. Eigentlich darf ich es nicht einmal Ihnen sagen. So, und jetzt ziehen Sie Ihr hübsches Nachthemd wieder an, und ich hole den Mann vom Fahrdienst mit dem Rollstuhl wieder herein.«

Während sie geschäftig hinauseilt, rutscht Zelda vorsichtig von dem hohen Tisch und bückt sich, um in ihre Hausschuhe zu schlüpfen. Sie hat ihre guten Tage, an denen sie die Dinge positiv sieht, aber sie hat einfach genug von den ständigen Untersuchungen ihres Blutes, ihres Knochenmarks und jedes verflixten Organs in ihrem Körper. Ihre Finger und Arme sehen schon aus wie Nadelkissen von den täglichen Spritzen.

Es hat alles so harmlos angefangen – nur Schmerzen im Knie, die manchmal unerträglich waren und dann wieder kaum spürbar. Sie führte sie auf eine Überanstrengung der Muskeln infolge des täglichen Schleppens ihrer schweren Schultasche zurück. Dann knickte eines Tages, noch bevor sie einen Arzt aufgesucht hatte, das andere Bein unter ihr weg, als sie gerade die Straße vor ihrem Haus überqueren wollte.

Im Krankenhaus, wo das gebrochene Bein eingegipst wurde, hatten die Ärzte sie beruhigt – »Machen wir erst mal einige Blutuntersuchungen, Zelda, um zu sehen, warum das Bein so plötzlich gebrochen ist« –, aber heute, in der Rückschau, erkennt sie, daß das Ausweichmanöver waren, weil sie nicht sagen wollten, was sie auf ihren Röntgenbildern gesehen hatten.

Anderthalb Jahre später gibt es nur wenig, was sie nicht weiß über die entarteten Plasmazellen, die sich immer weiter vermehren und ausbreiten und dabei die zerstörerischen Enzyme freisetzen, die ihre Knochen auffressen. Sie sieht sie als feindliche Armee, die unaufhaltsam weitermarschiert und trotz größter Anstrengungen und flüchtiger kleiner Siege, wie der heutigen Besserung ihrer Nierenfunktion, nicht zu schlagen ist.

Zu Beginn hat sie noch positiv auf das Drängen ihrer Mutter und wohlmeinender Freunde reagiert, die sie davon zu überzeugen versuchten, daß sie siegen würde, wenn sie sich dieser Armee nur entschlossen genug entgegenstellte.

Doch ihr Kampfeswille hat immer mehr nachgelassen, während der gefräßige Feind weiter vorrückte, und inzwischen herrscht ein Gefühl müder Hinnahme vor, sogar der Wunsch, der Feind würde sich beeilen und endlich ganze Arbeit leisten, weil sie so todmüde ist. Tag und Nacht schwebt der Schlaf über ihr wie eine warme, schützende Wolke, und es kostet von Tag zu Tag größere Anstrengung, ihn abzuwehren, da doch die Verlokkung so stark ist.

Während der ersten Tage nach der Diagnose war Zelda beinahe hysterisch und versuchte jedem, der fragte, alles genau zu erklären. Aber bald hatte sie genug von den umständlichen Erläuterungen, den Mißverständnissen und Fragen. Heute erzählt sie jedem, sie habe Leukämie. Damit können die Leute etwas anfangen. Man hat rührselige Filme darüber gemacht. Die Spendenaufrufe sind kreativ und aufsehenerregend, die Leute haben Freunde, die an der Krankheit leiden oder deren Kinder daran gestorben sind.

Doch der Hauptunterschied zwischen Leukämie und dem Multiplen Myelom ist zugleich der bedeutsamste. Gewisse Formen der Leukämie kann man überleben und ihnen sogar ein Leben von beinahe normaler Dauer abtrotzen. Aber für die Krankheit, an der sie leidet, ist im Januar 2001 noch kein Heilmittel in Sicht.

Zwar kann das Fortschreiten der Krankheit in manchen Fällen vorübergehend aufgehalten werden, aber bisher hat noch niemand ein sicheres Mittel gefunden, um dem gefräßigen Plasma, das Blut, Knochen und Organe verschlingt, Einhalt zu gebieten.

Zelda weiß, daß sie an einem Schlaganfall sterben kann, weil ihr Blut durch einen Überschuß an Proteinen verdickt ist: Osteoklast-Enzyme werden von der sich schnell ausbreitenden Plasmaarmee in großen Mengen produziert. Sie weiß auch, daß sie bei einem Becken- oder Oberschenkelhalsbruch verbluten kann, weil diese besondere Krebserkrankung den Gerinnungsfaktor herabsetzt

Wahrscheinlich aber wird sie an Nierenversagen sterben, weil ihre Nieren mit den gewaltigen Überschüssen an Calcium, die aus ihren sich auflösenden Knochen in den Blutstrom gelangen, nicht mehr fertig werden. Oder sie wird, was noch wahrscheinlicher ist, einer ganz gewöhnlichen Infektion erliegen, weil ihre Blutzellen nicht nur von ihren gefräßigen Feinden vernichtet werden, sondern auch von der Chemotherapie. Eine simple Erkältung vielleicht oder eine Grippe kann zum Tod durch Lungenentzündung führen.

Der Mann vom Fahrdienst, ein Junge in ihrem Alter etwa, kommt mit dem Rollstuhl, und sie setzt sich hinein. Es hat eine Zeit gegeben, da hätte sie darauf bestanden, zu Fuß zu gehen, aber jetzt nicht mehr. Wozu ihre schwindenden Muskeln trainieren, wenn sie so oder so schwinden werden? Er versucht, mit ihr über eine Disko zu schwatzen, in der er am vergangenen Abend war, aber als sie nicht reagiert, hält er den Mund und schiebt sie ohne ein weiteres Wort durch den hell erleuchteten Korridor zum Aufzug.

Diskos. Ach ja. So viel Glück sollte man haben.

Sie werden alle am Boden zerstört sein, wenn sie wirklich stirbt. Es ist furchtbar, so eine Verantwortung tragen zu müssen – in den grauenvollen Stunden, als sie in Drogheda im Krankenhaus war, weder ihren Vater noch Donny finden konnte und überzeugt war, ihre Mutter sei umgekommen, hat sie eine Ahnung davon bekommen, was sie durchmachen werden.

Was sie empfunden hat, als das Unglück geschah, war weniger Furcht als Überraschung. Sie wurde vom Krachen einer Explosion aus tiefem Schlaf gerissen, und noch ehe sie ganz wach war, fühlte sie sich in einen Strudel schrillen Lärms und schmerzhafter Bewegung gerissen, dem beinahe unverzüglich ein ungeheurer Stoß folgte, der sämtliche Muskeln und Knochen erschütterte. Heute weiß sie, daß dies der Moment war, als das abgerissene Heck der Maschine zum Stillstand kam.

Immer noch in ihrem Sitz festgeschnallt, mitten in Tumult und Geschrei, hat sie zur anderen Seite des Ganges hinübergeschaut, wo ihre Mutter hätte sein müssen, hat aber nur ihre nackten Beine gesehen. Das hat sie erschreckt, aber in der Rückschau wird Zelda klar, daß sie nicht einmal geschrien hat. Erst als der Mann, der neben ihr saß, sie aus ihrem Sitz riß und mit ihr auf die Wiese neben dem Rollfeld rannte, hat sie reagiert. Sie wollte zu ihrer Mutter zurücklaufen, aber ihre Beine trugen sie nicht – dann trafen die Feuerwehren und Rettungswagen ein und übernahmen das Kommando, und sie hatte sich gefügt.

Auf der langen Fahrt zum Krankenhaus begann ihr langsam die ganze Tragweite der Ereignisse klar zu werden, und sie geriet in Panik. Sie schrie die Männer im Rettungswagen an, sie müßten sofort anhalten, sie müsse zurück und ihre Mutter suchen – bis der Fahrer über Funk in Erfahrung brachte, daß viele Passagiere im Heck der Maschine lebend geborgen worden waren.

Trotzdem waren die Stunden bis zum Anruf ihrer Mutter die Hölle.

Aber ihre Qualen haben wenigstens nur zwei Stunden gedauert. Für ihre Familie jedoch ist ihr Sterben ein Prozeß, der sich nun schon so lange hinzieht, daß bei allen die Grenzen der seelischen Belastbarkeit erreicht sind. Für sie ist es leichter als für ihre Familie, weil sie jetzt ihren Tod als ein Sichhingeben an einen warmen Schlummer sieht. Für die anderen jedoch muß es grauenvoll sein – die Phantasien, die ständige Angst, das Wachen und Warten. Schlimmer als die Realität, wenn es soweit ist.

Vor allem für den armen kleinen Donny. Was für eine furchtbare Zeit muß er ausgerechnet jetzt durchmachen, wo für ihn der aufregendste Teil seines ganzen Lebens beginnen sollte. Er bemüht sich, es zu vertuschen, indem er von der Schule quasselt und von seinem Freund Trevor, diesem schmächtigen kleinen Kerl, aber sie merkt genau, wie sehr er in Wirklichkeit leidet.

Die anderen merken nicht, daß sie alles fühlt, was *sie* fühlen – und mehr.

Die Leute reden immer davon, daß alles im Leben in Gottes Hand liegt. Warum hat er dann nicht gehandelt, als sich ihm eine goldene Gelegenheit bot, ihnen allen aus der Patsche zu helfen?. Es wäre eine saubere und schnelle Lösung gewesen, wahrscheinlich schmerzlos, die sie von aller Verantwortung für das Unglück anderer freigesprochen hätte. Warum hat er ausgerechnet sie den Crash überleben lassen? Wo doch so viele Menschen an Bord gewesen sind, die noch ein langes Leben vor sich hatten. Sogar kleine Kinder.

Manchmal ist sie so wütend auf Gott.

Die Krankheit wird sie voraussichtlich eh bald töten, sie hat das akzeptiert, auch wenn andere, besonders ihre Mutter, es nicht getan haben.

5

In ihrer freundlichen Küche, in der die Wände in einem heilenden Aquamarin gestrichen sind, sieht Riba auf ihre Uhr und hält, wie jedesmal bis jetzt, wenn sie automatisch auf ihre Uhr geschaut hat, jäh inne, als sie feststellt, daß diese noch immer die Zeit des vergangenen Montag nachmittag anzeigt, als sie um 13.34 Uhr stehenblieb. Abergläubisch, wie sie ist, will sie das gute Stück erst zum Uhrmacher bringen, wenn Brian und Zelda wieder zu Hause sind.

Sie geht umher, rückt den Deckel einer Kasserolle zurecht, prüft im Gemüsefach, ob etwas weggeworfen werden muß. Ihre Verletzungen heilen gut; der verrenkten Schulter geht es schon viel besser, die Schnittwunde über ihrem linken Auge juckt unter dem Pflaster, und von den Muskelschmerzen ist nur ein leichtes Ziehen geblieben. Nicht einmal die oberflächlichen Risse in den Lippen und an der Innenseite ihres Mundes spürt sie heute morgen. Ihr Hausarzt hat sich rührend um sie gekümmert, aber sie hat alle angebotenen pharmazeutischen Hilfsmittel ausgeschlagen. Statt dessen hat sie sich mit Vitamin- und Mineraliencocktails verwöhnt, reichlich Vitamin B und E und dazu etwas Zink, Selen und Magnesium sowie eine kleine Prise Phosphor. Mit Erfolg hat sie all die mentalen und emotionalen Quellen angezapft, die sie dank Jay und seinen Seminaren in sich entdeckt hat. Es wundert sie überhaupt nicht, daß es ihr so gut geht.

Sie ist heute morgen früh erwacht, mit einer Energie, die sie im Blitzdurchgang durch den ganzen Haushalt trieb, so daß gegen Viertel nach neun die Wäsche gebügelt, die Arbeitsplatte aus Granit poliert und Kuchen gebacken war.

Jetzt aber ist sie ruhelos. Es ist so still, daß sie das leise elektronische Knistern der Herduhr hören kann. Auf der Suche nach ein bißchen Musik dreht sie an den Knöpfen am Radio herum, findet aber nur Nachrichten: »... und auf einer Pressekonferenz heute morgen hat der Aufsichtsrat der Air Arda ...«

»... Ermittlungen bereits in den dritten Tag ...«

»... und wird Staatspräsidentin Mary McAleese heute abend auf der Trauerfeier für sechs weitere ...«

Auf allen Sendern verlesen die Nachrichtensprecher dieselben Meldungen, und Riba denkt an die ausgelassenen Frauen mit den wasserstoffsuperoxidblonden Haaren, die sich verstohlen einen Schluck aus dem Flachmann genehmigten, bevor sie sich anschnallten. Mit einem Ruck schaltet sie das Radio aus. Möge Gott ihren Seelen gnädig sein.

Sie ist gewiß nicht gefühllos, aber Gott hat sie – mit Jays Hilfe – verschont, damit sie lebt und sich seiner Schöpfung erfreut. Instinktiv wendet sie sich dem Licht zu, das durch das Küchenfenster fällt, und Gott belohnt sie mit dem Anblick zweier Stare, deren Rückengefieder im kargen Sonnenlicht wie Kupfer erglüht, während sie, wie Artisten auf den dünnen Zweiglein einer kahlen Trauerbirke balancierend, in der silbrigen rauhen Rinde nach Insekten picken. Riba hat diesen Baum selbst gepflanzt, nachdem sie das erste Seminar der Organisation mit Erfolg abgeschlossen hatte.

Gott sei Dank für die Begegnung mit Jay. Manche Leute – wie zum Beispiel Brian und Sophie – vermuten, sie sei einer Sekte auf den Leim gegangen; man habe sie einer Gehirnwäsche unterzogen; was Jay predige, sei die Selbstsucht, es verstoße gegen den christlichen Glauben – aber Jay ist eins mit Jesus, den er so innig liebt, wie sie das tut.

Sollen sie ihr erst einmal zeigen, wo im Evangelium Jesus etwas predigt, das sich prinzipiell von Jays Lehren unterscheidet. Hat er etwa gesagt, daß es Sünde ist, die eigenen Begabungen und Möglichkeiten im höchstmöglichen Maß zu entwickeln? Die eigenen Reichtümer zu entdecken und freizusetzen, um so ein wahrhaft erfülltes und erfolgreiches Leben führen zu können? Hat nicht sein Vater uns dieses Leben und diese Welt geschenkt, damit wir uns an ihnen erfreuen? Warum sollte ihr jemand die wenigen Stunden mißgönnen, die sie der Arbeit zur Erreichung hoher Ziele widmet?

Wenn sie ihr nur folgen wollten, dann wäre das Leben vollkommen.

Riba seufzt. Und was jetzt? Es ist erst kurz nach elf, zu früh, um Zelda zu besuchen. Wegen der Visite sind Besuche im Krankenhaus vor der Mittagszeit nicht gern gesehen. Sie hat Brian, der noch mit inneren Quetschungen im Krankenhaus bleiben muß, schon gesagt, daß sie am Nachmittag bei ihm vorbeikommen wird.

Abrupt setzt sie sich nieder. *Also gut, Riba, sieh den Tatsachen ins Auge. Warum hast du bis jetzt deinen Mann nicht besucht? Du hast Ausflüchte gesucht. Du seist noch nicht imstande, das Haus zu verlassen, hast du behauptet. Aber Zelda konntest du besuchen – und er weiß es.*

Ein anderer Teil von ihr antwortet: *Du hast Angst, daß er dich durchschaut und errät, was du vorhast, richtig? Du hast Angst, daß er aufbrausen und mit allen Mitteln zu verhindern suchen wird, daß du noch einmal mit Zelda losfliegst.*

Als sie von ihrem Bett im Beaumont aus Brian erreichte, hat sie im ersten Überschwang der Erleichterung und des Glückes törichterweise von Jays Schutz gesprochen. Und selbst auf diese Distanz und mitten im Tumult der Notaufnahme hat sie gespürt, wie er zu Eis wurde. Und sie war wieder einmal völlig niedergeschlagen, als sie auflegte. Das war typisch Brian. Wenn es um Jay geht, ist er von einer absoluten Sturheit. Niemals würde er zugeben, daß sie recht hat, selbst wenn die Beweise auf der Hand liegen.

Am liebsten würde sie ihn schütteln – und nicht nur ihn. Am liebsten würde sie es ihnen allen einbleuen. Am liebsten würde sie sich vor der Hauptpost auf eine Seifenkiste stellen und jedem Vorüberkommenden zurufen: *Seht ihr? Was habe ich euch gesagt? Nicht einer von denen, die durch mich mit Jay Street verbunden waren, hat eine größere Verletzung davongetragen. Erklärt das, wenn ihr könnt. Erklärt mir, wieso die elf Personen, die mit dem Leben davonkamen, im Heck der Maschine in meiner Nähe saßen!*

Jays Strahlung hat sogar bis zum Zuschauerparkplatz gereicht, wo von Brians Auto nur ein Schrotthaufen übriggeblieben war. Hätten er und Sophie darin gesessen, so wären sie umgekommen, genau wie die Fahrer der beiden Autos, die neben dem Mustang gestanden hatten. *Und warum ist er Sekunden vor dem Crash aus dem Wagen gestiegen? Warum Sophie?*

Wenn Beweise für Jays Schutz, für Wunder nötig wären, was mehr könnte man verlangen? Sie hat versucht, Brian das am Telefon nahezubringen, aber er hat sie verlacht und dann gemeinerweise noch gesagt, wenn sie eine andere Maschine genommen hätte, wäre gar nichts passiert. »Warum hat dein geliebter Jay dir das nicht mitgeteilt oder dir am besten gleich von der ganzen Unternehmung abgeraten?«

Riba hat das einfach ignoriert und das Thema nicht wieder angesprochen. Aber man darf nichts unversucht lassen, und sie wird es wahrscheinlich bis zu ihrem letzten Stündlein immer wieder versuchen.

Was Zelda angeht, so müssen selbst die Ärzte, die sie in dieser Krebsklinik unter strenger Beobachtung halten, zugeben, daß Zeldas Rettung aus der Unglücksmaschine das herausragende Ereignis des Desasters war. Riba hat jetzt keinen Zweifel mehr, daß ihre Tochter dazu bestimmt ist, geheilt zu werden. Je früher sie einen zweiten Versuch unternehmen und mit einer anderen Maschine in die Karibik fliegen, desto schneller kann Zelda wieder ganz gesund werden.

Sie wird Zelda und auch sich selbst natürlich ein wenig Zeit lassen müssen. Sie ist emotional viel labiler als sonst. Gestern abend zum Beispiel ist sie in Tränen ausgebrochen, als in *Hallo, Mr. President*, einer nicht sonderlich aufregenden Komödie, Michael Douglas die letzte patriotische Ansprache hielt. Und kaum hatten die Tränen zu fließen begonnen, waren sie kaum noch zum Stillstand zu bringen gewesen.

Ach, und die Gerüche! Selbst gewöhnliche Haushaltsgerüche – Wäschebleiche, Politur, Schinkenspeckscheiben in der Pfanne – lassen den Gestank wiederaufleben, der auf den Crash folgte, nach Chemikalien, Treibstoff, brennendem Fleisch und Gewebe.

Die schrecklichste und lebhafteste Erinnerung jedoch ist die an ihre Sitznachbarn, die Amerikaner. Sie sieht sie – oder das, was von ihnen übrig war – bei Tag, wenn sie wach ist, und bei Nacht, wenn sie träumt. Dieses heftige Zittern beginnt jedes Mal von neuem.

Na bitte, sie braucht nur an sie zu denken, und schon beginnt sie wieder, sich aufzuregen.

Nachdem man sie in der Notaufnahme versorgt hatte, sagte man ihr, es würden Nachsorgebesuche von Psychotherapeuten folgen.

Nein, danke, sie kann sich selbst therapieren.

Während Riba in ihrer Kassettensammlung kramt, zwingt sie sich, viermal tief durchzuatmen wie beim Yoga. Sie ist bereits ruhiger, als sie ihre Seele mit den heiteren Klängen eines Strauß-Walzers fliegen läßt.

Das ist besser. Sie fühlt sich jetzt blendend.

Gerade mustert sie noch einmal mit Wohlgefallen ihre blitzblanke Küche, als das Wandtelefon neben der Hintertür zu läuten beginnt. Riba zögert, überlegt, ob sie abnehmen soll, schließlich hat sie sich der Tyrannei des Telefons längst entzogen. Du lieber Himmel, wie haben die Leute denn vor der Erfindung des Telefons gelebt?

Der Apparat läutet weiter, sie entschließt sich hinzugehen und dreht die Musik leiser. Ihr Herz setzt einen Schlag aus, als sie den Hörer ans Ohr drückt. Selbst bei den modernen Kabel- oder Satellitenverbindungen gibt es immer noch diesen Sekundenbruchteil der Stille, der ein Überseegespräch einläutet. Das kann nur Jay sein.

»Hallo?«

»Hallo, Riba?«

Die freudige Erregung verflüchtigt sich. Es ist eine weibliche Stimme. »Ja?«

»Hier spricht Monica. Jay hat mich gebeten, dich anzurufen.«

»Ah ja, wunderbar. Hallo, Monica, wie geht es dir?« Monica ist eine aus dem Gefolge von Frauen, Amerikanerinnen zumeist, die vor Ort für Jay tätig sind.

»Gut, danke.« Die Stimme mit den offenen kalifornischen Vokalen klingt jünger, als die Frau tatsächlich ist. »Aber wir möchten wissen, wie es *dir* geht? Wir machen uns große Sorgen um dich, Riba! Und um Zelda natürlich! Wir haben es vor zwei Tagen in den Nachrichten auf CNN gesehen! Wir haben ganz bewußt nicht direkt bei dir angerufen, wir haben uns mit der Zentrale in Dublin in Verbindung gesetzt und die Details erfahren. Diese vielen armen Menschen, das ist ja wirklich schrecklich, Riba!«

Trotz des ganzen geistigen Trainings, trotz des Nachbebens dessen, was sie durchgemacht hat, kostet es Riba Mühe, den aufschießenden Schwall des Neids – ja, der Eifersucht – zu unterdrücken. Das besitzergreifende »Wir« ist schuld. Diese kalifornische Monica ist ein blonder, gertenschlanker, langbeiniger Ausbund an Attraktivität; Riba fühlte sich bei der einzigen Begegnung mit ihr auf einer Rundreise von Jay und seiner Entourage zu den irischen Niederlassungen klein und häßlich. »Ja, es war wirklich schlimm«, erwidert sie und schafft es, ihrer Stimme einen sachlichen und nachdenklichen Ton zu geben. »Ich möchte so etwas nicht wieder erleben.«

»Wie geht es Zelda? Wir beschäftigen uns täglich mit ihr, Riba, in dieser Hinsicht brauchst du dir keine Sorgen zu machen – aber Jay möchte gern wissen, ob du immer noch planst herzukommen. Er ist sehr besorgt.«

Ribas Herz jubelt. »Das ist wirklich lieb von ihm, Monica. Sag ihm, daß er mit uns rechnen kann, sobald es irgend möglich ist.« *Sobald ich meinem Mann ausreichend Sand in die Augen gestreut habe.* »Ich denke, das wird schon bald sein, Monica«, setzt sie mit fester Stimme hinzu.

»Ich werde es ihm ausrichten. Er wird sich freuen. Er bat mich, dir liebe Grüße zu senden!«

»Liebe Grüße auch an ihn, Monica.«

Ribas Herz jubelt noch lauter, als sie auflegt. Jay hat immer so viel zu tun, aber offensichtlich denkt er an sie. Sie hat das natürlich schon gespürt, aber nun ist es ihr noch einmal bestätigt worden. Beinahe direkt von ihm.

»Herrgott noch mal! Reiß dich zusammen.« Im ersten Moment erschrickt sie beim Klang ihrer lauten Stimme in der stillen Küche, dann schafft sie es, über sich selbst zu lachen.

Sie hat gerade die Musik wieder lauter gedreht, als es an der Tür läutet.

Während im Inneren von Eilys Haus der schwache Nachhall der Türglocke verklingt, bewundert Sophie den gepflegten Rasen, die adretten Blumenrabatten, das makellose weißgestrichene Gartentor, den Glanz der schwarz-weißen Fliesen auf der vorderen Veranda. Ihr ist zwar der leicht heruntergekommene Charme ihres kleinen gartenlosen Hauses in der Nähe des Stadtzentrums lieber, aber sie kann verstehen, daß die McMullans hier draußen in dieser weitläufigen Siedlung auf der Nordseite wohnen bleiben. Marble Gardens – die »Marmorgärten« –, wo vor allem Familien leben, ist für Kinder ideal.

Sie kann sich erinnern, als sie alle vier hierherkamen, um sich die Siedlung, die damals noch im Bau war, anzusehen – Eily und Brian hatten das Geld für die Anzahlung eines der Häuser irgendwie zusammengekratzt –, und wie sie über den feinen Namen gelacht und ihre Witze gemacht haben, weil es damals einfach nur eine Baustelle voller Schutt und Beton war. Prätentiöse Namen, von denen viele den Schlössern und Gütern des britischen Königshauses zu verdanken waren, erfreuten sich damals in Dublins neuen Vorstädten größter Beliebtheit, da die

Bauträger hofften, die mit ihnen verbundenen Assoziationen an Fasanenjagden, nebelumkränzte Berge und Wälder voller Glokkenblumen würden die Bewohner von halbfertigen Fußwegen und hauchdünnen Humusschichten in steinigen Gärten ablenken.

Sophie starrt auf Eilys Klingelknopf. Soll sie noch einen Moment warten, ehe sie ein zweites Mal läutet? Soll sie überhaupt warten? Vielleicht ist Eily noch im Bett.

Es hat einmal eine Zeit gegeben, da hätte sie keine Sekunde gezögert. Sie hätte sogar durch den Briefkastenschlitz gerufen.

Sie beschließt, noch einmal zu läuten. Und in diesem Moment wird die Tür aufgezogen, und vor ihr steht ihre Freundin, frisch und strahlend in ihrem roten Kaftan. Aus dem Hintergrund hört Sophie die schwungvollen Klänge eines Walzers. »Hallo!«

»Sophie!« Eily freut sich offensichtlich. »Was für eine schöne Überraschung. Ich muß geahnt haben, daß du kommst – ich habe gebacken. Komm rein! Ich setz gleich Wasser auf.«

Als Sophie an dem Riesenfoto von Jay Street in Eilys Diele vorüberkommt, mit den verschnörkelten schwarzen Buchstaben des von Hand geschriebenen Spruchs »Wenn der Schüler bereit ist, kommt auch der Lehrer«, fragt sie sich, wie Brian diesen Anblick allabendlich bei der Heimkehr von der Arbeit findet. Dann verdrängt sie den Gedanken. Das geht sie nun wirklich nichts an.

Sie erkundigt sich nach der Musik, die gerade läuft.

»Strauß.« Eily lächelt. »Der *Kaiserwalzer.* Ich feiere nämlich heute. Ich feiere, daß wir alle am Leben sind …«

»Ich bin nur auf einen Sprung vorbeigekommen«, unterbricht Sophie sie. Sie sind jetzt in der Küche, und sie nimmt Mütze, Handschuhe und Schal ab, ehe sie sich auf den Stuhl setzt, auf dem sie seit Jahren immer Platz nimmt. »Ich will ein paar Stunden in die Redaktion. Wie fühlst du dich? Dein Auge ist wirklich gut verheilt – ich hatte erwartet, daß du wie ein Boxer nach einem verlorenen Kampf aussiehst.«

»Mir ist es nie besser gegangen.« Eily lacht. »Wie ich sehe, entwickeln sich deine Blutergüsse auch gut – das ist ein toller Gelbton. Tut es sehr weh?«

Sophie berührt ihre Wange. »Es ist nicht mehr so schlimm, wie es war. Manchmal vergesse ich es sogar, und wenn ich mich dann im Spiegel sehe, denke ich, ich habe eine Witzfigur vor mir.«

»Viel Vitamin-E-Creme, Sophie. Versuch das mal.«

»Hm.« Sophie reagiert zurückhaltend, obwohl sie weiß, daß Vitamin E ein gängiges Mittel ist. In der ersten Zeit von Eilys glühender Begeisterung für Jay Street ist sie noch offen gewesen und hat vieles mitgemacht. Jetzt jedoch boykottiert sie die Vorschläge ihrer Freundin in der schwachen Hoffnung, daß diese eines Tages ihren Irrtum bemerken wird. Es ist ein nutzloser Protest, aber er gibt ihr wenigstens das Gefühl, etwas zu tun.

Falls Eily Sophies Desinteresse wahrnimmt, so zeigt sie es nicht. »Nur ein Vorschlag, Sophie«, sagt sie heiter und wendet sich schon dem Wasserkocher zu. »Ich freue mich, daß du gekommen bist. Ich habe sowieso nur versucht, die Zeit totzuschlagen, bis ich zu Zelda ins Krankenhaus kann.«

»Wie geht es ihr?«

Eily sieht Sophie an, während sie weiter Wasser einlaufen läßt. Ihr Gesicht strahlt vor Glück. »Ach, Sophie, du solltest sie sehen – sie hat nicht den kleinsten Kratzer. Ich kann es kaum erwarten …« Unvermittel verdunkelt sich ihre Miene, und sie wendet sich ab, um das Wasser auszudrehen und den Elektrokessel einzustecken. »Ich kann es kaum erwarten, sie nach Hause zu holen.«

Sophie ignoriert den Moment des Unbehagens. »Und mit Brian ist alles in Ordnung? Ich wollte um die Mittagszeit mal bei ihm vorbeischauen.«

»Er wird bestens versorgt. Aber sie haben Mühe, ihn ruhig zu halten.«

»Du warst noch nicht bei ihm?« *Sei still, halt den Mund. Hab ich dir nicht gesagt, daß es dich nichts angeht!*

»Nein.« Eily blickt gedankenverloren zum Fenster hinaus. »Ich war einfach nicht fähig dazu. Er versteht es. Ich fahre heute nachmittag hin. Ich habe heute morgen mit ihm telefoniert, aber ...«

Wieder hat Sophie den Eindruck, daß Eily nicht sagt, was sie eigentlich sagen wollte.

»Mir graut vor dem Gedenkgottesdienst am Sonntag in der Pro-Cathedral«, bemerkt Sophie, um das unangenehme Schweigen zu beenden. »Wollen wir nicht zusammen hingehen?«

Eily ist eine leichte Anspannung anzumerken. »Ich weiß noch nicht, ob ich hingehe. Ich bin mir nicht sicher, ob ich mir das wirklich antun will, dieses Leid und die schreckliche Traurigkeit. Ich werd mal sehen ...«

Plötzlich hören sie die Haustür zuschlagen. Eily wirft einen Blick auf die Herduhr. »Es ist erst Viertel nach elf.« Sie sieht Sophie stirnrunzelnd an. »Donny?« Der sollte doch eigentlich erst um halb fünf von der Schule nach Hause kommen. Sie schaltet die Musik aus, und Sophie hört das unverkennbare Rumsen einer schweren Schultasche, die fallengelassen wird.

»Er ist es tatsächlich – der kleine Gauner.« Eily lächelt liebevoll. »Wahrscheinlich sollte ich ihm die Hölle heiß machen, wegen dieser ewigen Schwänzerei. Aber, mein Gott, er steht sicher noch unter Schock. – Hier bin ich, Schatz!«

Sophie hört weiteres Poltern, dann erscheint Donny an der Tür, groß und breit. »Hallo!« Ohne die beiden Frauen anzusehen, geht er schnurstracks zum Kühlschrank und zieht die Tür auf.

»Wieso bist du schon zu Hause?« Eily lächelt verständnisvoll, während sie zusieht, wie er im Kühlschrank herumkramt. »Es ist noch Salami da, soll ich dir ein Brot machen?«

»Das kann ich schon selber. Ich mag keine Salami. Danke«, sagt er mürrisch.

Mit einem unterdrückten Seufzer setzt Eily sich nieder. »Nimm dir, was du willst, Schatz. Es ist ja genug da.« Mit hochgezogenen Brauen sieht sie Sophie an, als suche sie Bestätigung:

Diese jungen Leute! Sophie geht auf die Aufforderung zur Verbrüderung nicht ein. Sie fühlt sich unwohl. Das liegt nicht allein an der starken männlichen Präsenz dieses Jungen, es liegt vor allem daran, daß sie den Eindruck hat, Eily bemerke gar nicht, wie wütend ihr Sohn ist.

Um die unangenehme Stille nicht länger ertragen zu müssen, versucht Sophie eine Unterhaltung zu beginnen: »Habt ihr heute früher aus gehabt, Donny?«

»Heute war keine Schule«, knurrt er.

»Ach?« Während Eily weiterhin ihr nachsichtiges Lächeln zur Schau trägt, bemüht sich Sophie, ihre wachsende Verärgerung zu zügeln. »Und warum nicht?«

Donny zieht den Kopf aus dem Kühlschrank und stößt die Tür mit dem Fuß zu. »Ich und noch einer waren die einzigen, die heute morgen angetanzt sind. Ich kam mir wie ein Idiot vor.« Dann wendet er sich seiner Mutter zu, und es erschreckt Sophie, Brians graue Augen so wutentflammt im Gesicht seines Sohnes zu erblicken. »Vor kurzem gab es ein Flugzeugunglück, falls du es vergessen haben solltest.«

»Sei nicht albern.« Wieder sieht Eily ihre Freundin an, diesmal mit Märtyrermiene. »Wie sollte ich das vergessen, Donny, ich war dabei.«

»Aber du bist nicht die einzige, stell dir vor.« Er ist so wütend, daß er zittert. »Eine Lehrerin von mir saß auch in der Maschine. Ich hab's dir erzählt. Aber *das* weißt du natürlich nicht mehr.« Er geht so schnell auf seine Mutter zu, daß Sophie fürchtet, er könnte zuschlagen. Er tut es nicht, doch seine Stimme versagt ihm fast den Dienst, als er hinzufügt: »Und wenn du's wissen willst, ich komm erst jetzt nach Hause, weil wir noch bei Dr. Quirkey's waren. Okay?«

Sophie weiß, daß Donnys Eltern ihm ausdrücklich verboten haben, Dr. Quirkey's Etablissement aufzusuchen, eine Spielhalle, die auf sämtliche Schuljungen der Innenstadt eine unwiderstehliche Anziehungskraft hat. Sie ist froh, daß Eily ihn nicht zurechtweist.

»Ist schon in Ordnung, Schatz.« Eilys Blick bleibt ruhig.

Donny will die Toleranz seiner Mutter nicht, er ist völlig außer sich und schreit so laut er kann: »Mrs. Richmond ist umgekommen. Sie ist *tot*. Trevor hat gestern den ganzen Abend hier angerufen, weil er mir sagen wollte, daß sie heute morgen beerdigt wird, aber das Scheißtelefon war *ausgehängt*.« Hinter seiner Wut steckt echter Schmerz. Er stürzt aus der Küche hinaus, rennt dabei einen Stuhl über den Haufen und stürmt in Riesensätzen die Treppe hinauf in sein Zimmer.

Äußerlich wirkt Eily unerschüttert. »Tut mir leid. Er macht sowieso gerade irgendeine Phase durch, aber seit dem Crash – wir müssen einfach Geduld haben. Er hat sein Handy verloren, der Arme, in dem ganzen Aufruhr. Ich hatte ihm ein neues besorgt, aber ich habe es ihm noch nicht gegeben – ich hab's blöderweise einfach vergessen.«

Sophie, die näher sitzt, steht auf, um den Stuhl wieder aufzustellen. »Der Arme.« Sie mustert Eily und fragt sich, warum Donnys Kummer sie weit mehr berührt als seine Mutter. Plötzlicher Zorn schießt in ihr auf – unerwartet nach der Ruhe nur wenige Minuten zuvor –, so heiß, daß ihr beinahe die Luft wegbleibt. Sie kämpft. Das alles geht sie nichts an. Wie Eily mit ihrem Sohn umgeht, ob sie ihren Mann im Krankenhaus besucht oder nicht, ist allein Eilys Angelegenheit.

Trotzdem knotet sie den Schal um ihren Hals, schlüpft in ihre Handschuhe und denkt dabei, daß es kaum der Mühe wert war, das ganze Zeug überhaupt abzulegen. Sie greift nach ihrer Mütze. »Ich muß los. Wie gesagt, ich wollte nur auf einen Sprung vorbeischauen. Bleib sitzen, ich finde schon raus. Ich melde mich – ich bin froh, daß es dir besser geht.« Sie strebt eilig zur Küchentür.

»Na hör mal, ich bring dich natürlich raus, Soph.« Eily steht auf und folgt ihr in den Flur. »Wie geht es dir selbst? Keine Reaktionen?«

»Nein, mir geht es glänzend.« Der Zorn, der sie so überraschend überfallen hat, hat sich ebenso rasch wieder gelegt, und sie ist verwirrt, schämt sich sogar. An der Tür dreht sie sich impulsiv herum und zieht die alte Freundin an sich. »Wirklich, Riba, wenn ich irgendwas tun kann oder wenn du einfach nur reden willst, brauchst du es nur zu sagen. Du bist schon eine ganz besondere Marke, aber ich mag dich.«

Eily lacht. »Ich mag dich auch.« Auf ihrem großen, warmen Gesicht liegt das angeschlagene, schiefe Lächeln, als Sophie sich auf dem Weg zum Törchen noch einmal umdreht, um zu winken. Wie sollte man diese blutvolle, geradlinige Person, die all den scheinbaren Gewißheiten zum Trotz so offenkundig sehr verletzlich war, nicht lieben? Sollte Sophie jemals in ernste Schwierigkeiten geraten, sollte sie etwa vor dem Bankrott oder der Verhaftung wegen moralischer Verworfenheit stehen, so wäre diese Frau die erste, die sie um Hilfe bitten würde.

Noch einmal winkt sie, dann steigt sie in den Mini. Sie steckt den Zündschlüssel ein, aber sie dreht ihn nicht, sondern starrt vielmehr auf das häßliche, kümmerliche Armaturenbrett. Die Zornesaufwallung, die sie in der Küche so sehr überrascht hat, war kein Einzelvorkommnis in ihrer Freundschaft mit Eily. Wenn sie ehrlich ist, muß sie zugeben, daß sie immer häufiger Anfälle von Gereiztheit wegen der lächerlichsten Lappalien unterdrücken muß.

Sie nimmt ihr Handy aus der Tasche und ruft in der Redaktion an, um Nancy, der Empfangssekretärin, zu sagen, daß sie auf dem Weg ist. Danach wählt sie nach einem kleinen Zögern Michaels Handynummer.

Seit dem Unglück ist Sophies Mann die Liebenswürdigkeit in Person und tut alles, was man von einem liebenden Ehemann erwarten kann: Er überschüttet sie mit Zärtlichkeiten, sorgt dafür, daß sie richtig ißt, ist sofort für sie da, wenn sie etwas braucht, sieht zu, daß sie nicht von Reportern oder anderen Neugierigen belästigt wird. Aber dennoch empfindet sie das ganze Getue als aufdringlich.

»Hallo?« Das klingt gehetzt, atemlos.

»Hallo, ich bin's.«

»Hallo, Soph, wie geht es dir? Bist du zu Hause?«

»Nein, ich will gerade auf einen Sprung in die Redaktion.«

»Oh, Schatz, wird dir das auch nicht zuviel?«

»Nein, bestimmt nicht. Mir ist zu Hause schon die Decke auf den Kopf gefallen. Der Ausflug wird mir guttun. Du bist ganz außer Atem, hab ich dich in einem schlechten Moment erwischt?«

»Nein, gar nicht – aber das Handy lag in einem der Wagen auf dem Armaturenbrett, du kannst froh sein, daß ich es gefunden habe. Ich übrigens auch. Ich wäre ohne es abgefahren. Ich sag dir, hier geht's zu wie in einem Tollhaus.«

Sophies Handy piept. Jemand versucht, sie anzurufen. Michael nimmt die kurze Sendepause wahr. »Versucht da jemand, dich zu erreichen?«

»Das hat Zeit. Hör zu, ich fahre in der Mittagszeit zu Brian ins Krankenhaus. Willst du mitkommen?«

»Ich kann nicht, Schatz. Wie gesagt, ohne ihn ist hier die Hölle los. Grüß ihn von mir und sag ihm, daß ich versuche, heute abend nach dem Essen zu kommen, spätestens morgen.«

»In Ordnung.«

»Geht's dir wirklich gut, Soph? Du hörst dich so seltsam an.«

»Tatsächlich?« Sophie gibt sich locker. »Es geht mir wirklich ausgezeichnet. Ich mache jetzt besser Schluß, wir sind mitten in der Produktion, und ich habe bis jetzt keinen Finger gerührt.«

»Okay, Darling.« Sie hört seinem Ton an, daß er mit seinen Gedanken schon woanders ist. »Wir sehen uns heute abend. Ich liebe dich.«

»Ich dich auch.«

Dann sieht sie auf dem Display ihres Handys die Meldung: »Sie haben eine Nachricht erhalten.« Wer auch immer es ist, er wird warten müssen.

6

Dublin trägt Trauer. Von den hohen Fahnenmasten auf beiden Seiten des Liffey fallen schwarze Bänder herab; auf der Kuppel der Four Courts, des obersten Gerichtshofs, hängt die Staatsfahne auf Halbmast; ebenso auf allen anderen öffentlichen Gebäuden. Selbst der Verkehr scheint verlangsamt in diesen Tagen gemeinsamer Trauer, die wie dichte graue Asche über den sonst lebhaften Straßen der Stadt liegt.

Die Atmosphäre ist beinahe unerträglich bedrückt, und Sophie, die auf ihrem Weg zur Arbeit den Fluß überqueren muß, ist froh, aus der Innenstadt herauszukommen in die stilleren Winkel, wo die Januarsonne in die kleinen Gassen und Höfe hineinsticht. Und während sie in ihrem treuen alten Mini über Schlaglöcher, gebrochene Pflastersteine und notdürftig zugeschüttete Versorgungsschächte der Straßen in Arbour Hill rattert, ist sie wieder einmal froh und glücklich, daß die Auflage ihres Magazins *Wild Places* zu niedrig ist, um einen Umzug in ein besseres Viertel zu erlauben.

Immer hat sie diese Gegend geliebt mit den zahlreichen Hinterhofwerkstätten und Ein-Mann-Unternehmen, den einfachen Pubs und kleinen Krämerläden, dem ewigen Bemühen der Leute, aus ihren gartenlosen Reihenhäuschen etwas Besonderes zu machen: hier eine kanariengelbe Markise; dort ein Blumenkasten mit bunten Primeln; oder ein verschnörkeltes Fenstergitter, völlig unpassend zu diesen schlichten glatten Fassaden aus rotem Klinker, aber prächtig in seiner Eigenwilligkeit. In diesen unspektakulären Gegenden Dublins, wo guter Geschmack noch keine Sache der Anpassung ist, wo Nachbarn einander noch mit

Namen kennen und man im Laden um die Ecke noch anschreiben lassen kann, bis man am Freitag seinen Lohn bekommt, hat sie sich immer am wohlsten gefühlt.

Sophie beobachtet das zunehmende Tempo der Veränderung in Dublin mit gemischten Gefühlen. Es ist noch nicht lange her, da beschwor der Name der Drogeriekette Boots bei den Menschen in der Republik ein Bild exotischer und lockender Fülle herauf; da fuhr man zum Shoppen bei Monsoon, Benetton und Marks & Spencer nach London und Belfast. Zwar schätzt sie wie die meisten die neue Bequemlichkeit, die Vielfalt und Preisgünstigkeit, die die Geschäfte und Einkaufszentren in Dublin bieten, aber ihr fehlen der kleine Schwatz und die Freundlichkeit, die persönliche Vertrautheit, die die Frau hinter dem Ladentisch nach dem gewünschten Gegenstand greifen läßt, noch ehe man danach gefragt hat.

Sie sperrt den Wagen nicht ab, nachdem sie ihn vor der nur noch mit Lackresten gesprenkelten Tür zur Zwei-Zimmer-Redaktion der Zeitschrift abgestellt hat. Kein Dieb würde für den Mini seine Zeit opfern. Bisher ist dieser Stadtteil, in dem bisher kaum Häuser edelsaniert wurden, von Raubüberfällen und Einbrüchen vor allem Drogenabhängiger verschont geblieben, mit denen neue Wohlstandsviertel wie Stoneybatter, Smithfield und Blessington Basin zu kämpfen haben. Auf dem Weg zur Haustür gibt sie der Motorhaube des Mini noch einen liebevollen Klaps. Immer wieder haben sowohl Michael als auch Brian, die gelegentlich ein Auto aus ihrem Fuhrpark austauschen, sie gedrängt, sich etwas Besseres zuzulegen, aber sie denkt gar nicht daran. Sie liebt diesen kleinen Wagen – das Tuckern des Motors, das wie das eines Rasenmähers klingt, ebenso wie die runden Scheinwerfer, die an erstaunt aufgerissene Augen erinnern, und den schrillen, blechernen Klang der Hupe.

»Hallo, Nancy«, begrüßt sie die Frau, die mitten in dem Chaos sitzt, das als Empfangsbüro läuft. Nancy hat eine Vorliebe für Country- und Gospelmusik, und da sie meistens allein in der Redaktion ist, kann sie nach persönlichem Belieben wählen. Gegenwärtig läßt sie sich von einem fröhlichen Lied unterhalten, das jedem, der es hören will, versichert, daß Jesus uns liebt. Ein Glück, denkt Sophie nicht zum ersten Mal, denn nur jemand wie Jesus könnte sich in Nancys Reich zurechtfinden, das große Ähnlichkeit mit Dorothys Haus in Kansas aus dem *Zauberer von Oz* im Moment des Zusammenstoßes mit dem Tornado hat.

Nancy Madigan, eine Frau unbestimmbaren Alters, ist das, was mancher als halbe Portion bezeichnen würde – klein und schmächtig mit krausen Haaren. Ihre Begeisterung und unerschütterliche gute Laune entschädigen für den Mangel an Kompetenz bei der Ablage und im Umgang mit der neuen Technik und passen eigentlich nicht zu der hochdramatischen Sicht, aus der sie ihr Leben betrachtet. Alle, die sie kennt, stecken ständig in der Krise, sei es Krankheit, Tod, Scheidung, uneheliche Geburt – es gibt nichts, wozu Nancy nicht umfassende Details liefern könnte.

Ein Flugzeugunglück ist für sie ein gefundenes Fressen, und sobald sie Sophie sieht, dreht sie die Musik aus. »Oh! O mein Gott! Sie Arme! Haben Sie starke Schmerzen?« Sie springt auf, läuft um ihren Schreibtisch herum und wirft Sophie beide Arme um den Hals. »Mein Gott! Sie haben wahnsinniges Glück gehabt!«

Sophie, die sich herunterbeugen muß, um der Umarmung entgegenzukommen, macht sich frei und betastet ihr verfärbtes Gesicht. »Es ist nicht so schlimm, wie es aussieht.«

»Gott sei Dank!« Nancy bricht in Tränen aus. »Gott sei Dank. Ich habe auf den Knien gelegen und Gott dafür gedankt, daß er Sie verschont hat. Alle die anderen armen Menschen – Gott sei ihnen gnädig.« Sie wischt sich die Augen mit den Handrücken. »Es ist gräßlich – es ist eben einfach nicht natürlich, dieses Herumfliegen in der Luft.«

Mit feuchtglänzenden Augen sieht sie Sophie ernst an, die gerührt ist und zugleich auf der Hut vor einer möglichen weiteren Umarmung.

Mit Blick zur geschlossenen Tür des Redaktionsbüros fragt Sophie: »Ist Imelda hier?«

»Nein.« Nancy schneuzt sich gründlich. »Tut mir leid, daß ich so losgeheult habe. Nein, sie ist nicht hier. Sie sagte, sie müßte zu irgendeiner Besprechung. Augenblick.« Etwas gefaßter kehrt sie an ihren Schreibtisch zurück und beginnt, in den Papierbergen zu kramen. »Warten Sie, nur einen Moment – ich habe hier irgendwo eine Million Nachrichten für Sie. Gleich.« Sie wendet sich wieder Sophie zu. »Geht es Ihnen auch wirklich gut? Sollten Sie nicht einen kleinen Urlaub nehmen?« Sie schwenkt den Daumen in Richtung Redaktionsbüro. »Sie muß sich eben solange eine Aushilfe holen.«

»Nein, nein, mir geht es wirklich gut.« Die scheue Sophie haßt es, derart in den Mittelpunkt gerückt zu werden. »Also«, sie zwingt sich zu einem breiten Lächeln, »was ist mit den Nachrichten für mich? Ist was Dringendes dabei?«

»Nein – haufenweise Sympathiebekundungen, ein paar von den üblichen Spinnern. Aber eine ist dabei, die Sie wahrscheinlich sehen wollen. Die haben in den Sümpfen von Wexford anscheinend irgendwas Aufregendes gesichtet – ich kann den Namen nicht behalten. Upla epla oder so ähnlich.«

Upupa epops, der Wiedehopf. Es erübrigt sich, die Vogelfreunde anzurufen. Die *Irish Times* hat bereits über die Beobachtung eines Wiedehopfs in Wexford berichtet, und wenn Imelda keine Reise dorthin anordnet, hat die Zeitschrift dem Bericht nicht viel hinzuzufügen. Sophie wird lediglich ihre Kolumne um eine entsprechende Notiz ergänzen.

Sie tritt zum Layouttisch hinten im Büro. Bei *Wild Places* arbeitet man noch nicht mit dem Computer. Die Herausgeberin des Magazins, eine exzentrische, etwas barsche Frau Mitte Sechzig, hält an den althergebrachten Methoden fest.

Sophie prüft eines ihrer Aquarelle – ein Baummarder in anmutiger Haltung auf einem Ast. Es bildet den Mittelpunkt eines Artikels über die einheimische Fauna, und es freut sie, daß Imelda es mit dem irischen Namen des Tiers untertitelt hat – »cat crainn«, wörtlich »Baumkatze«. Bei genauerer Prüfung jedoch enttäuscht ihre Arbeit wie immer ihr strenges Kritikerauge. Es ist ihr zwar gelungen, ein wenig von der gespannten, katzenhaften Haltung und der Anmut des Tieres einzufangen, aber das dunkelbraune Fell hat nicht genug Glanz, der weiße Fleck am Hals und die zarten hellen Innenseiten der großen Ohren kontrastieren nicht stark genug. Ihr Mann und ihre Freunde werfen ihr oft ihre unnachsichtige Selbstkritik vor, und sie muß eingestehen, daß sie sich unerreichbar hohe Maßstäbe setzt.

Sie geht weiter zu ihrem Schreibtisch, normalerweise eine Insel der Ordnung inmitten des allgemeinen Chaos, in ihrer Abwesenheit jedoch zu einem Satelliten Nancys mutiert, setzt sich, zieht einen Stapel Zeitungsausschnitte, Faxe und Internetausdrucke zu sich heran und beginnt zu lesen: Berichte über eine Ölpest, die die Galapagosinseln bedroht; über den Abbruch irgendwelcher archäologischer Grabungsarbeiten, weil sie das Habitat einer gefährdeten Falterart bedrohen …

Plötzlich geschieht etwas Merkwürdiges. Während sie sich zu konzentrieren versucht, verschwimmt das Gedruckte vor ihren Augen, und irgendwo in der Gegend ihres Solarplexus hebt ein hörbares Vibrieren an. Es ist, als spule sich etwas stramm Aufgezogenes geräuschvoll ab. Die an die Wände genagelte Täfelung scheint von allen Seiten auf sie einzudringen, genau wie die flotte Gospelmusik, die jetzt immer lauter zu werden scheint … Irgend etwas ist im Begriff, völlig außer Kontrolle zu geraten. Dieses »Etwas« ist ein Gefühl des Anschwellens, das ihren Kopf zu sprengen droht. Sophie beginnt zu schwitzen. In heller Angst zieht sie das Telefon unter einem Haufen Zeitungsausschnitte hervor und drückt Michaels Nummer. Sofort schaltet sich der Anrufbeantworter ein: »Hier spricht Michael Dolan, Firma EconoCar-Mietwagen. Ich bin im Augenblick nicht erreichbar. Bitte versuchen Sie es unter unserer Zentralnummer …«

Sophie legt auf. Termin oder nicht, sie kann keine Sekunde länger hierbleiben. Sie blickt zu Nancy hinüber, die immer noch all die Nachrichten für Sophie hervorkramt.

»Mir ist gerade was eingefallen ...« Sophie springt auf und läuft zur Tür. »Tut mir leid, Nancy, sagen Sie Imelda, ich rufe sie an.« Ehe Nancy reagieren kann, ist sie schon draußen im Freien und springt in den Mini. Bevor sie am Ende der Straße um die Ecke biegt, wirft sie einen Blick in den Rückspiegel: Nancy steht an der offenen Tür zur Redaktion und blickt ihr mit aufgerissenen Augen nach. Sie ist zweifellos schockiert, aber so schockiert, wie Sophie selbst ist, kann sie nicht sein.

Wenige Minuten später ist Sophie schon wieder aus dem Auto heraus und rennt, ohne zu wissen, wie sie dorthin gekommen ist, eine Allee kahler Kastanienbäume hinunter. Als sie viel zu bald das Ende der Allee erreicht, hält sie an und bleibt an einen der knorrigen Baumstämme gelehnt stehen. Die Brust tut ihr weh, und ihre Lunge brennt. Sie muß, die Hände auf die Knie gestützt, den Kopf tief nach unten hängen lassen, um wieder zu Atem zu kommen.

Sie hat diese majestätische Allee entdeckt, als sie noch ein Kind war. Ihre Eltern hatten mit ihr, ihren Brüdern und Eily einen Sonntags- oder Geburtstagsausflug in den Zoo im Phoenix-Park gemacht. Während die Jungen herumtobten und sich ihre Zwillingsheimlichkeiten zutuschelten, während Eily sich von exotischen Tigern, Geparden und Flamingos fesseln ließ, marschierte Sophie, das folgsame kleine Mädchen, brav von Käfig zu Käfig und von Gehege zu Gehege. Sie hatte nie verraten, wie sehr sie das alles verabscheute – die Eisengitter, die von Krallen aufgerissenen nackten Böden, die Clownerien, mit denen Seelöwen und Pinguine sich ihr Futter verdienen mußten, das unentwegte Kopfschütteln des räudigen Eisbären – und daß es ihr jedesmal das Herz zerriß, wenn ihre Augen den resignierten Blick eines gefangenen Schimpansen oder müden Gorillas trafen.

Wenigstens ist der Zoo mittlerweile ausgestaltet und erweitert worden, so daß die einzelnen Gehege mehr Ähnlichkeit mit einem natürlichen Habitat haben. Zu Zeiten der engen Käfige hat Sophie jedesmal aufgeatmet, wenn sie nach dem Zoobesuch durch den Park mit seinen weiten Lichtungen gingen, wo die Eichhörnchen so frei waren wie die Vögel. Je nach Jahreszeit bewunderten sie die ersten Frühlingsblumen im People's Park, rannten die breite Treppe am Wellington-Museum auf und ab, rollten die Grashänge beim Magazine Fort hinunter oder schlichen sich auf Zehenspitzen so nahe wie möglich an die Wildherden auf den großen, windigen Weidegebieten des Fifteen Acres heran.

Die liebste Jahreszeit war Sophie der Spätherbst, wenn alle Blätter sich verfärbt hatten und der ganze Park in Flammen zu stehen schien. Dieser abgelegenere Bereich mit den mächtigen alten Kastanien, wo sie sich jetzt befindet, ist immer ihr Lieblingsplatz gewesen. Während ihre Eltern spazierengingen oder sich auf einer Bank unterhielten und Eily und die Zwillinge Stöcke in die Bäume warfen, um Kastanien herunterzuholen, pflegte Sophie ein wenig abseits stehend den alten Riesen zu lauschen, die von junger Liebe wisperten, die sie beschirmt hatten, und von Intrigen, die in ihrem Schatten geschmiedet worden waren.

Nach einer Weile schaut sie auf ihre Uhr. Sie hat gesagt, sie würde Brian im Krankenhaus besuchen …

Sie nimmt das Handy aus der Tasche ihrer Jeans, schaltet es ein und gibt Michaels Nummer ein, aber wieder bekommt sie nur seine aufgezeichnete Stimme zu hören. Bevor sie den Apparat ausmacht, fällt ihr Blick auf das Display, das sie an die wartende Nachricht erinnert, aber sie will sie jetzt nicht abhören. Sie steht auf und geht zu ihrem Wagen zurück. Bevor sie ihn erreicht, piept ihr Handy. Sie sieht auf das Display. Es ist die Zeitschrift. »Hallo?«

»Sophie!« Die Stimme der Verlegerin klingt energisch. »Freut mich zu hören, daß es Ihnen wieder bessergeht. Haben Sie meine Nachricht nicht bekommen?«

»Tut mir leid, Imelda.«

»Macht nichts. Ich bin froh, daß Sie wieder auf den Beinen sind. Das war ja eine entsetzliche Geschichte. Also, glauben Sie,

Sie schaffen es, heute nachmittag mal reinzukommen? Es ist eine kleine Konferenz fällig.«

»Oh – aber sicher.« Sophie ist erstaunt. Während all der vergangenen Jahre hat sie an höchstens drei offiziellen Konferenzen teilgenommen. Aber sie weiß, daß sie ihrer Chefin jetzt keine Fragen stellen sollte. »Sicher«, sagt sie noch einmal.

»Gegen drei? Paßt Ihnen das?«

»Natürlich.«

Perplex beendet sie das Gespräch. Konferenzen entsprechen nicht Imeldas Stil. Man bespricht je nach Notwendigkeit Artikel und Layout, ansonsten macht jeder seine Arbeit. Jeder, der zum bunten Kreis rund um *Wild Places* gehört – Angestellte, freie Mitarbeiter, Tier- und Pflanzenfreunde, Fisch- und Insektenspezialisten –, weiß genau, was er wann zu tun hat.

Die hierarchische Ordnung in der Redaktion ist einfach. Nancy ist das Faktotum. Sophie, eine Stufe höher, sammelt und vergleicht Nachrichten zu Natur und Umwelt aus allen verfügbaren Quellen und stellt sie zu einer mehrere Seiten umfassenden Überblickskolumne zusammen, die das Herz der Zeitschrift bildet und der Grund dafür ist, daß die meisten Abonnenten weiterhin ihre Schecks schicken; sie macht Fotografien zu ihren Texten oder versieht sie zur Illustration mit eigenen Zeichnungen. An der Spitze steht Imelda, die die Beiträge durchsieht, das Erscheinungsbild des Magazins bestimmt, mit Druckereien und Werbekunden verhandelt, die Rechnungen bezahlt. Imeldas Entscheidungen fallen schnell und unwiderruflich. *Wild Places* erscheint seit vierundzwanzig Jahren am ersten Montag jedes Monats. Redaktionsschluß ist am vorhergehenden Dienstag punkt sechzehn Uhr. Und basta.

Bei einem so simplen Aufbau sind nach Imeldas Meinung formelle Redaktionssitzungen im allgemeinen überflüssig. In ihren Augen sind sie ohnehin reine Zeitverschwendung, eine Erfindung von Leuten, die sich lieber wichtig machen anstatt zuzupacken. Heute jedoch eilt sie von einer Besprechung zur anderen. Was kann das zu bedeuten haben? Sophie wird sich damit befassen, wenn die Zeit reif ist, um fünf vor drei auf dem Weg in die Redaktion. Für heute hat sie schon genug Aufregung gehabt.

Sie ist sich darüber im klaren, daß sie das verstaubte, unmoderne *Wild Places* längst hinter sich hätte lassen sollen. Wenn sie wirklich das Zeug zu einer guten Journalistin hätte, müßte sie nach Möglichkeiten suchen, ihren Verstand und ihre beruflichen Fähigkeiten anders einzusetzen.

Aber sie ist nicht einmal eine echte Naturliebhaberin; wäre sie eine, so würde sie jeden Morgen mit den Hühnern aufstehen und durch matschige Wiesen stiefeln, um den Morgengesang der Vögel zu hören und das perfekte Foto von einem äsenden Hasen oder einem mit blutigen Lefzen davonschleichenden Fuchs zu schießen. Statt dessen dreht sie sich in ihrem Bett auf die andere Seite. Bei *Wild Places* arbeiten heißt, ein ruhiges Leben voll kleiner Genugtuungen zu führen.

So war es jedenfalls bis zu dem Flugzeugunglück, bei dem alles auf den Kopf gestellt wurde.

Keine anderthalb Kilometer von der Stelle entfernt, wo Sophie soeben in ihren Mini steigt, nutzen ihr Ehemann und eine seiner Mitarbeiterinnen bei EconoCar im Unterholz in der Nähe des Ashtowntors die Gelegenheit, sich in außerehelicher Seligkeit zu vereinen, nähern sich Michael Dolan und Yvonne Leonard, eine voll erblühte knackige Zwanzigjährige, zu deren Lebensphilosophie Parolen wie *Ich bin es wert!* oder *Tu's einfach!* gehören, gerade dem Höhepunkt ihres heutigen Zusammentreffens. Er jedenfalls. Yvonne ist unkonzentriert und, um der Wahrheit die Ehre zu geben, eher mechanisch beteiligt. Der Liebesakt kommt ihr an diesem Tag vor wie ein Besuch im Fitneßstudio: viel körperliche Bewegung, gewürzt mit dem Reiz des Verbotenen. Tatsächlich wünscht sie, er würde sich ein bißchen beeilen; durch das Gewirr der Äste über ihrem Kopf sickert zwar ein wenig Sonnenschein, aber an den nackten Knien ist ihr lausekalt.

Sie und Mick sind jetzt seit ungefähr drei Monaten zusammen. Gleich bei der ersten Begegnung mit ihm im vergangenen September hat sie beschlossen, sich ihn zu angeln. Nach einer Periode aufregenden Flirtens und prickelnder Blicke sind sie nach einem Abend im Pub miteinander im Bett gelandet. Sie weiß, daß die Geschichte nicht von Dauer sein wird, ja, sie hat schon jetzt langsam die Nase voll davon, sich immer in diesem verdammt ungemütlichen Gebüsch herumzudrücken, bloß weil Mick es zu gefährlich findet, in ein Hotel zu gehen, denn in der Touristikbranche kennt ihn fast jeder.

Aber obwohl sein gesamtes Repertoire mit der Missionarsstellung beginnt und endet, ist der Sex mit ihm immer noch einigermaßen spannend, und solange die Sache so weiterläuft, warum nicht? Aber wenn er zum Beispiel anfängt, die Sache ernst zu nehmen, oder seine Frau meint, sie muß mitmischen – großer Gott! –, kann er sich drauf verlassen, daß Yvonne sofort weg ist. Bis dahin, carpe diem und so weiter, wie Robin Williams sagen würde. Yvonne und ihre Freundin Collette stehen auf diese Spaßvideos.

O ja, Mick ist in Ordnung. Schade, daß er verheiratet ist. In letzter Zeit ertappt Yvonne sich manchmal bei dem Gedanken, daß sie sich überlegt, wie er wohl zu Hause mit seiner Frau ist. Ein paarmal hat sie sich sogar dazu hinreißen lassen, mit dem Feuer zu spielen und spät nachts bei ihm zu Hause anzurufen. Natürlich nur, wenn sie nichts Besseres zu tun hatte. Nur um seine Stimme zu hören. In jedem Fall legt sie sofort auf. Hört er sich verschlafen oder abwesend an, fragt sie sich sofort, ob er und seine Frau es gerade miteinander tun.

Laß das, Yv! Hör auf mit der Gefühlsduselei. So ist es nun mal, und fertig. Ein nettes Abenteuer, weiter nichts.

Wo ist dieses »carpe diem« eigentlich vorgekommen? In *Guten Morgen, Vietnam* oder in *Mrs. Doubtfire*? Während sie ihren Liebhaber mit kleinen Liebesbissen ins Ohrläppchen ermuntert, vertreibt Yvonne sich die Zeit mit der Suche nach der Erinnerung.

Wenn der Chef sie und Mick jetzt sehen könnte! Geschieht diesem spießigen Brian McMullan ganz recht. Während Mick stößt und stöhnt, wird Yvonnes Lächeln breiter. Mann, ist Brian ein Langweiler! Nicht mal ins Pub wollte er mitkommen.

Am Anfang hat sie mal an einen flotten Vierer gedacht, sie und Mick und ihre Freundin Collette mit Brian. Nur so zum Spaß, total harmlos. Sie hat sogar mal vorgeschlagen, man könne doch abends zusammen zum Jux in einen dieser neuen Lap-Dancing-Klubs gehen. Brian hat das überhaupt nicht witzig gefunden. Er hat sie angestarrt wie ein Kalb mit zwei Köpfen. »Ich glaube nicht, daß meiner Frau das recht wäre.« So ein Waschlappen!

Hey! Moment mal, nein. Es war nicht *Mrs. Doubtfire*. Sie kommt Mick mit einem heftigen Stoß ihres Beckens entgegen. Es ist ihr endlich eingefallen. Es war *Der Club der toten Dichter.*

»Ah-ah-ah-aahh!« Aus Angst, Aufmerksamkeit zu erregen, bricht Michael, der von dem kleinen Triumph über die Vergeßlichkeit nichts ahnt, welcher soeben unter ihm erzielt wurde, sein lustvolles Stöhnen vorzeitig ab. Er gestattet sich einige Augenblicke des Wohlgefühls, bevor er Yvonne beifällig küßt. Sie hat die Augen noch geschlossen, diese tolle kleine Person, aber um ihren Mund liegt das Lächeln der Befriedigung, das er bereits kennt. Nicht nötig zu fragen, wie es für sie war. »Mein Gott, war das gut«, haucht er ihr ins Ohr. »Du bist phantastisch, weißt du das?«

Yvonne nickt. »Und ob ich das weiß!« Sie sieht auf die Uhr. »Wir sollten jetzt lieber fahren, Schatz.«

Michael rutscht von ihr herunter und steht auf. Er ordnet seine Kleider und fürchtet wieder einmal, daß eines Tages ein anderes Pärchen auf diese verschwiegene kleine Lichtung aufmerksam werden könnte. Darum nimmt er jedesmal einen anderen Wagen und parkt an unterschiedlichen Orten.

Yvonnes Bruchbude kommt für ein Stelldichein nicht in Frage. Die Wände sind papierdünn, und dahinter liegt die Wohnung der Wirtin, einer bissigen Alten, die mit Stolz darauf zu verweisen pflegt, daß sie nur an anständige Leute vermietet, und Yvonne sofort an die Luft setzen würde, wenn sie Unrat witterte.

»Wie hält sich eigentlich deine Frau nach diesem fürchterlichen Flugzeugunglück?« Yvonne, die ihr blondes Haar bereits wieder zu der von ihr bevorzugten Lockenmähne auftoupiert hat, blickt in den Spiegel ihrer Puderdose und zieht sich die Lippen nach.

»Gut. Sie hält sich erstaunlich gut.« Michaels Bewunderung ist echt. »Ich hätte ihr, ehrlich gesagt, diese Kraft nicht zugetraut.«

»Irgendwie komme ich mir komisch dabei vor, ich meine, mit dem, was zwischen uns beiden ist.« Yvonne schiebt die Puderdose in die Tasche ihrer Daunenjacke.

Michael beugt sich vor und küßt sie wie ein Onkel auf die Stirn. »Zerbrich du dir deswegen nicht den Kopf. Das ist meine Sache. Du bist viel zu jung.«

Sie lächelt zerstreut. »Komm, fahren wir zurück, bevor sie uns vermissen. Eines Tages werden sie es herausbekommen – das ist dir doch klar, Mick?«

»Wieso denn? Wir sind doch so vorsichtig.« Er wirft einen letzten Blick in die Runde, um sich zu vergewissern, daß sie nichts liegengelassen haben, und küßt sie noch einmal. »Also, zurück in die Tretmühle.«

Was Michael betrifft, gibt es keinen Grund, warum es nicht ewig so weitergehen kann, oder mindestens so lange, bis es einem von ihnen nicht mehr gefällt. Keinem wird weh getan – Sophie wird niemals davon erfahren –, und die Firma hat keinen Schaden. Sie haben ein Recht auf ihre Mittagspause.

Eigentlich tun sie der Firma sogar einen Gefallen. Die Praktikantin, die sie für zwei Wochen eingestellt haben, bekommt auf diese Weise wirklich Arbeitserfahrung. Sieht nicht mal übel aus, die Kleine.

Aber für den Moment ist Michael glücklich und zufrieden. Läuft doch prima mit Yvonne.

7

Riba sitzt am Bett ihrer schlafenden Tochter und streicht ihr behutsam über den feinen Flaum auf ihrem Kopf, letzte Erinnerung an die einstige Lockenpracht. »Das geht vorbei, mein Liebling«, flüstert sie zärtlich. »Es wird bald wieder nachwachsen.« Sie bedeckt Zeldas knochige Schulter mit dem groben Leintuch und fährt ein wenig zurück vor dem beißenden Geruch von Desinfektionsmitteln.

Von Zeldas Schönheit gebannt, hält sie inne. Ihre bläulich schimmernde Haut ist so glatt und makellos rein wie Satin, der bleiche Mund noch voll, das feine Netz der Adern in den Augenlidern könnte vom präzisen Pinsel eines Aquarellmalers gezeichnet sein. Sie schluckt krampfhaft. Wenn Zelda etwas zustieße … Energisch zwinkernd verdrängt sie die Tränen jedoch. Es wird alles gut werden.

Liebend gern hätte sie dieses Zimmer neu gestaltet. Um wieder gesund zu werden, brauchen Kranke Kerzen und Räucherwerk und tröstende Dinge, die die Sinne erfreuen. Hier jedoch verbieten sie einem, so etwas mitzubringen, nicht einmal Blumen sind erlaubt. Zeldas Zustand, behaupten sie, verlange Sterilität und strenge Kontrolle ihres unmittelbaren Umfelds.

Ausnahmsweise hat Riba kampflos nachgegeben. Aber sie kann es kaum erwarten, ihre Tochter in eine Umgebung zu bringen, die mehr auf das ganzheitliche Wohl ausgerichtet ist.

Irgendwann einmal sprachen die Ärzte dieses Krankenhauses von der Möglichkeit, Zelda in ein Hospiz zu verlegen. Riba hat sich mit Händen und Füßen dagegen gewehrt. Zwar hat sie nur Gutes über das Our Lady's in Harold's Cross und das St. Francis's in Rahenny gehört, aber ein Hospiz kommt nicht in Frage! Man stelle sich das nur vor! Selbst wenn je die Zeit käme, wo Zelda Pflege dieser Art brauchte – und Riba ist nicht bereit, diese Möglichkeit einzuräumen –, würde sie das Kind bestimmt nicht in ein Haus geben, wo es von lauter Sterbenden umgeben wäre.

Während sie über den Schlaf ihrer Tochter wacht, kehrt sie in Gedanken zu der Auseinandersetzung mit ihrem Sohn zurück. Sie bereut inzwischen, so kurz nach dem Unglück das Telefon abgelegt zu haben. Aber woher hätte sie das ahnen sollen, daß ein wichtiger Anruf kommen würde? Sie hatte einfach genug vom Ansturm der Reporter und all der mitfühlenden Leute, die nur nach den blutigen Einzelheiten gierten.

Wenn die Ermittler kommen, um ihre Aussage aufzunehmen, wird sie wahrheitsgemäß berichten und nicht mehr. Das Unglück kann nicht rückgängig gemacht werden, wozu also endlos in den grauenvollen Details herumwühlen?

Im übrigen, was kann sie ihnen schon sagen? Sollen doch andere die unersättlichen Medien mit grausigen Details füttern. Riba wird abwarten. Sie wird die wahre Geschichte erzählen, die Geschichte der Wunder, wenn die Zeit reif ist, wenn Schmerz und Sensationsgier sich gelegt haben und die Menschen aufnahmebereiter sind.

Die gerichtlichen Auseinandersetzungen, die Ermittlungen und die Streitereien mit den Versicherungsgesellschaften, all diese Widerwärtigkeiten wird sie wie immer Brian überlassen. Natürlich wird man sich um Ansprüche und Entschädigung kümmern müssen, aber sie wird sich nicht tiefer als unbedingt nötig in diesen materialistischen Morast hineinziehen lassen. Brian kann das für sie beide erledigen. Sie wird lediglich unterzeichnen, worum sie gebeten wird.

Sie ist entschlossen, gut für sich selbst zu sorgen, muß allerdings zugeben, daß sie mehr auf Donny hätte achten müssen. Neben dem Schock über das, was seinen Eltern und seiner

Schwester zugestoßen ist, muß der Junge auch noch mit dem Tod seiner Lehrerin fertig werden.

Er war so tapfer im Krankenhaus. Wahrscheinlich beginnt der arme Junge erst allmählich, die Realität zu begreifen.

In der Rückschau kann sie klar erkennen, wie durcheinander er ist, seit Zeldas Krankheit diagnostiziert wurde. Und sie muß zugeben, daß sie den armen Donny in letzter Zeit vernachlässigt hat. Ja, sie wird sich ihm besonders intensiv widmen müssen. Aber im Augenblick kann sie nicht mehr für ihn tun, als ihm zuzuhören und ihn ein wenig zu umsorgen. So wird sie ihm zum Beispiel nach ihrer Heimkehr zuerst ein schönes Sandwich machen und dann mit ihm Brian besuchen.

Ja, das ist gut für ihn und gut für sie. Brian wird ihr gewiß Vorwürfe machen, weil sie Zelda auf diese Flugreise mitnehmen mußte, aber er wird ihr vor seinem Sohn keine Szene machen.

Donny liegt hinter seiner abgeschlossenen Zimmertür auf dem Bett und starrt zur Decke hinauf. Er hat nicht einmal Lust, Musik zu hören, hüllt statt dessen sich und sein Zimmer in Schweigen.

Er redet zu Hause ohnehin nicht viel – jedenfalls nicht mehr, seit sich mit der Entdeckung von Zeldas Krankheit alle Aufmerksamkeit auf sie richtet. Wenn er dieser Tage aus seinem Zimmer kommt, verbreitet er im ganzen Haus eine Stimmung stumm schwelenden Grolls. So jedenfalls wird es wahrgenommen, das weiß er, und es ist ihm vollkommen gleichgültig.

In Wirklichkeit ist er tieftraurig. Er hat es nie jemandem verraten, aber er liebt und bewundert seine schöne und kluge Schwester, seit er die ersten Schritte machen konnte. Er wäre in jeder Hinsicht gern wie sie, aber in der Verzweiflung über seine Unzulänglichkeit hat er auf jedem Gebiet zurückgesteckt, aus Angst zu versagen. Es wäre aussichtslos, ihre 525 Punkte im Abschlußzeugnis anzustreben, also hat er einfach alle Bemühungen aufgegeben, und seine schulischen Leistungen werden folglich immer schlechter.

Tatsächlich ist seine temperamentvolle Familie für den stillen Donny eine einzige fortdauernde Prüfung. Sobald er alt genug war, um sich über solche Dinge Gedanken zu machen, hat sich bei ihm die Überzeugung festgesetzt, daß er als eine Art lästiges Anhängsel geboren wurde; daß seine willensstarken, dynamischen Eltern mit ihrer gelungenen Tochter vollkommen glücklich waren und es ihnen nichts ausgemacht hätte, wenn dieses unerwartete zweite Kind das Licht der Welt nie erblickt hätte. Da er anspruchslos war und nicht zu Trotzanfällen neigte, wurde er häufig sich selbst überlassen, und so hat er von klein an stundenlang allein gespielt.

Seine Eltern lieben ihn und sorgen für ihn, das weiß er, aber ihre Liebe ist ein wenig unkonzentriert und ihre Fürsorge mechanisch, besonders seit seine Mutter sich vor sieben Jahren auf diesen seltsamen sogenannten »Weg« begeben hat und die Streitereien zwischen ihr und seinem Dad angefangen haben. Donny macht immer absichtlich ein bißchen Krach – um sie wissen zu lassen, daß er da ist –, aber sie merken es nie.

Sein Vater hat sich wirklich Mühe gegeben. Er hat extra das Geld locker gemacht, um ihn auf eine Schule zu schicken, wo er Rugby spielen kann, und hat sich seine Enttäuschung dann nicht anmerken lassen, als Donny (der es darauf angelegt hatte) aus der Sportmannschaft der Schule flog. Und seine Mutter, na ja, die schmeißt mit Liebesbeteuerungen nur so um sich – »Alles in Ordnung mit meinem schönen Lieblingssohn? Du weißt, daß deine Mama dich sehr lieb hat« –, aber Donny merkt genau und nimmt es mit Verachtung wahr, daß seine Mutter selbst im größten Überschwang innerlich gar nicht da ist.

Das Schlimme ist, daß er sie liebt. Selbst mitten in einem Streit, wenn sie ihm unerträglich auf die Nerven geht, zerreißt es ihm vor Liebe fast das Herz.

Mit all diesen Schwierigkeiten kam er einigermaßen zurecht, bis Zelda zum erstenmal ins Krankenhaus mußte, als er dreizehn war und seine Hormone anfingen, verrückt zu spielen.

Dann kam das Flugzeugunglück.

Manche Erinnerungen an diesen Tag sind verwischt, aber alle anderen so plastisch und lebendig, daß sie ihn jetzt noch erschüttern. Irgendwie sind Kevin Spacey und dieses Mädchen unter roten Rosen ein Teil davon geworden. Rot wie Blut.

Gut, zugegeben, ein paar Stunden lang war ihm an jenem Tag richtig zum Heulen, besonders als er von seinem Dad hörte und glaubte, seine Mutter und Zelda wären vielleicht tot. Er hätte Waise werden und in ein Heim kommen können.

Aber das war natürlich nur so etwas wie ein Reflex gewesen. Jetzt ist ihm nicht mehr zum Heulen. Jetzt ist er wütend. Seit sich herausgestellt hat, daß ihnen allen nicht viel passiert ist, hat er aus irgendeinem Grund überhaupt nicht das Gefühl, Glück gehabt zu haben, sondern nur eine Stinkwut – auf sie. Aber er kommt nicht dahinter, warum das so ist.

Eigentlich will er es auch gar nicht wissen. Mit der Wut, besonders auf seine Mutter, geht es ihm besser, als wenn man versucht, andere Sachen zu verstehen.

Er hat ja auch wirklich jedes Recht, wütend auf sie zu sein, besonders jetzt. Als wär's nicht schon schlimm genug, daß sie zu den Elternsprechtagen antanzt wie ein abgedrehtes Wesen aus *Star Trek* und so bescheuerte Sachen macht wie Telefone auszuhängen. Was ihn heute so richtig wütend macht, ist, daß er wegen ihr wieder mal aus der Reihe tanzt und einer von den beiden einzigen Kids in der ganzen Schule ist, die nicht auf der Beerdigung sind.

Wenigstens gibt es einen Menschen auf diesem Planeten, der ihn versteht, und das ist Trevor. Seine Mutter ist auch so eine Nervensäge, sagt er, obwohl Donny sich das nicht so recht vorstellen kann. Sie ist zwar echt langweilig, aber alles in allem würde Donny lieber bei den farblosen Jamesons leben als hier, in diesem Monstrositätenkabinett. Die würden ihn wenigstens in Ruhe lassen und nicht die ganze Zeit anstarren und fragen, ob mit ihm auch alles in Ordnung sei.

In Ordnung? Was erwartet sie denn? Wenn seine Mutter so anfängt, geht er einfach aus dem Zimmer.

Er springt vom Bett und dreht die Stereoanlage auf. Laut.

Dann weiß er nicht, was er als nächstes tun soll, und haut sich wieder aufs Bett.

Bis zu dem Flugzeugunglück hat er sich immer unter seine Kopfhörer gerettet, wenn irgendwas war, aber in den letzten Tagen ist alles anders geworden. Schriller. Wie Kevin Spaceys Halluzinationen in *American Beauty* – nur sind Donnys Halluzinationen nicht lustvoll, sie sind idiotisch.

Er zerrt die Steppdecke unter sich hervor und kriecht mit Schuhen und allem darunter, zieht sie bis zu den Ohren hinauf, so daß nur noch etwas von ihm zu sehen ist. Hinter seinen Augen und dem Nasenansatz spürt er einen brennenden Druck. Auf keinen Fall wird er jetzt anfangen zu heulen.

Brians Augen weiten sich vor Freude, als sich die Tür zu seinem Krankenhauszimmer öffnet und er Sophie erblickt, die jedoch zögernd stehenbleibt, sobald sie sieht, daß eine Ärztin bei ihm ist. »Oh! Entschuldigung – ich komme später wieder.«

Von einer irrationalen Angst gepackt, sie könnte verschwinden, ruft er: »Nein – Sophie! Komm doch rein.« Mühsam richtet er sich in seinen Kissen auf und zuckt von dem plötzlichen Schmerz unter seinen Rippen zusammen. »Wir sind sowieso schon fertig, stimmt's, Doktor?«

»Ja.« Die Ärztin, eine Asiatin, lächelt liebenswürdig. »Das hier ist eine meiner Erfolgsstorys«, erklärt sie mit einer Geste, die Patient und Besucherin umfaßt. »Es geht ihm prächtig. Er ist stabil wie ein Panzer.« Sie macht Sophie ihren Platz frei und schließt die Tür leise hinter sich.

»Ich wußte nicht, was ich dir mitbringen soll.«

Sophie setzt sich auf den Stuhl an seinem Bett, und Brian fällt auf, daß sie es vermeidet, ihm in die Augen zu sehen. Es ist etwas Merkwürdiges zwischen ihnen geschehen, und ihm ist es vor weniger als einer Minute klargeworden, als sie die Tür öffnete und auf der Schwelle zögerte. Seit dem Unglück ist er so besetzt von der Sorge um seine Familie, besonders um Zelda, daß ihm erst in dem Moment, als er sie sah, bewußt wurde, wie furchtbar es für ihn gewesen wäre, wenn Sophie etwas zugestoßen wäre. Aber darüber kann er jetzt, während sie hier ist, nicht nachdenken.

Als er mit seiner Aufmerksamkeit zu ihr zurückkehrt, merkt er, daß sie redet wie ein Wasserfall. »... in Wirklichkeit gar nicht wahr – ich habe gar nicht versucht, etwas für dich zu besorgen, darum sitze ich jetzt mit leeren Händen hier. Tut mir leid. Ich weiß im Moment nicht, wo mir der Kopf steht – ich kann auch gar nicht lange bleiben. Meine Chefin hat eine Besprechung angesetzt. Muß was Ernstes sein. In dem Laden hat es seit Ewigkeiten keine offizielle Besprechung mehr gegeben. Und ich muß noch die ganze Kolumne machen – wie geht es dir überhaupt?«

Die vielen Worte sind gar nicht ihre Art. »Wie es mir geht?« Er sieht sie eine Sekunde lang an, dann lacht er. »Die Ärztin hat recht. Alles Getue. Ich gehöre überhaupt nicht in dieses Krankenhausbett. Samstag kann ich wahrscheinlich nach Hause.«

»Das ist doch prima.« Sophie nickt mit Nachdruck. »Eily wird glücklich sein. Sie vermißt dich bestimmt ganz schrecklich.«

»Hm.« Brians Gefühle für Eily sind im Augenblick gemischter Art. »Sag mal.« Er hievt sich ein Stück höher. »Ich bekomme Berichte über Zelda, und ich habe am Telefon mit ihr gesprochen – aber wie geht es ihr wirklich? Es macht mich wahnsinnig, daß ich sie nicht selbst besuchen kann. Auf dein Urteil würde ich mich verlassen, Soph.«

»Ich war nicht bei ihr.« Sophie macht ein bekümmertes Gesicht. »Tut mir leid. Ich war so sehr mit meinem eigenen kleinen Leben beschäftigt.«

»Sprich nicht so.«

Ein peinliche Pause tritt ein. Schließlich erklärt Sophie hastig, daß sie Eily glaubt. »Ehrlich, diesmal glaube ich ihr. Zelda hatte anscheinend nicht den kleinsten Kratzer.«

»Ich muß unentwegt an sie denken.«

Obwohl das die Wahrheit ist, obwohl seine Gedanken in seinen wachen Momenten beinahe unablässig um seine Tochter kreisen, kann er jetzt den Blick nicht von Sophie wenden. Sie sieht so hinreißend aus, ganz in Weiß gekleidet. »Du siehst toll aus, Sophie«, sagt er mit Wärme. »Eily hat mir erzählt, daß du Blutergüsse im Gesicht hast, aber du siehst nicht halb so schlimm aus, wie ich es mir vorgestellt habe.«

»Du solltest es mit meinen Augen sehen!« antwortet sie leichthin. Dann steht sie zu seiner Überraschung plötzlich auf und geht zum Fenster, obwohl die triste Straße draußen kein erbaulicher Anblick ist. »Hübsches Zimmer«, sagt sie, ohne sich herumzudrehen. »Ist das Essen gut?«

»Das kann man bei den Preisen hier wohl verlangen.« Brian spürt die Spannung zwischen ihnen, während Sophie, immer noch mit dem Rücken zu ihm, zu sprechen fortfährt, als hätte sie ihn nicht gehört.

»Ich habe mir vorhin überlegt, daß ich zu dem Gottesdienst für die Opfer gehen sollte, der am Sonntag in der Pro-Cathedral stattfindet. Zu einer der Beerdigungen zu gehen könnte ich nicht ertragen.«

»Um Gottes willen, allerdings.« Brian, der ständig die Nachrichten in Rundfunk und Fernsehen verfolgt und den Ablauf des Unglücks immer wieder durchlebt, ist entsetzt bei der Vorstellung, daß sie – oder er – auch nur daran denken könnte, die Grabstätten der Menschen aufzusuchen, die umgekommen sind, während er überlebt hat. »Das würde kein Mensch von dir erwarten, Sophie«, sagt er leise. »Natürlich ist es tragisch, aber wir haben sie nicht gekannt.«

»Trotzdem fühle ich mich schuldig.« Jetzt dreht sie sich zu ihm um.

»Ich auch.« Brian senkt den Blick.

Sophie ahnt nicht, *wie* schuldig er sich fühlt – weil er nicht energischer gewesen ist, weil er nicht kurzerhand ein Machtwort gesprochen und Frau und Tochter verboten hat, die Unglücksmaschine zu nehmen. Wenn er nicht so schwach gewesen wäre, befände sich jetzt keiner der Menschen, die er liebt, in dieser Situation. Sophie hätte nicht mit ihm am Flughafenzaun gestanden.

Er sieht sie an. »Ich werde am Wochenende entlassen, und wenn ich's mir überlege, hast du recht. Ich sollte wahrscheinlich auch zu dem Gottesdienst gehen. Wir sollten alle hingehen, ich red mal mit Eily.« Ich werd's jedenfalls versuchen, denkt er, sagt Sophie aber nichts von seinen Gedanken. »Wie steht's mit Mick?«

»Ich weiß nicht. Ich werde ihn fragen.« Sie setzt sich wieder an sein Bett, nimmt ihre Mütze ab und schüttelt ihr Haar aus.

Sophies Haar hat ihm immer schon gefallen, so seidig und glänzend wie das eines kleinen Kindes, und es duftet so natürlich. Nach Eilys ausgedehnten Waschungen und Anwendungen, denkt er finster, gleicht das Badezimmer einem türkischen Freudenhaus, so betäubend riecht es da nach Parfums, Lotionen und Duftkerzen.

Er merkt, daß Sophie ihn anstarrt. »Ich habe hier zuviel Zeit zum Nachdenken, Soph«, sagt er, um einen unbekümmerten Ton bemüht. »Je früher ich rauskomme, desto besser ist es. Mir geht das alles unaufhörlich im Kopf herum. Wie ein Horrorfilm, der sich dauernd wiederholt.«

»Mir geht's genauso.«

Durch die massive Holztür hören sie das Klirren von Gläsern und Geschirr auf einem vorbeirollenden Wagen. Um das neuerliche Schweigen zu überbrücken, beginnt Brian zu schwatzen und ertappt sich dabei, daß er sich über seine Frau ausläßt. »Wenn man ihr glauben kann, muß ich mich auf das Erscheinen von Frankensteins Monster gefaßt machen. Ich darf auf keinen Fall ein Wort sagen, ganz gleich, wie lädiert sie meiner Meinung nach aussieht. Sie ist schon ein ganz besonderes Exemplar«, fügt er bedeutungsvoll hinzu.

»Das stimmt.« Sophie entscheidet sich für die freundlichste Interpretation. »Deine Eily ist einmalig – ohne sie würden wir uns wahrscheinlich zu Tode langweilen.«

Lachend geben sie ihrer Zuneigung zu Brians Frau Ausdruck, und die Spannung läßt nach. Aber während die scherzhaften Bemerkungen über Eilys Eigenheiten hin und her fliegen, beginnt Brian sich unwohl zu fühlen, und wieder versiegt das Gespräch.

»Ich weiß, wir haben ausgemacht, nicht darüber zu sprechen«, sagt er nach einer Pause leise, »aber ich muß ständig an die vielen Särge und Beerdigungen und Leichen und Tränen denken. Deswegen komme ich mir wie ein Verräter vor. Warum sie und nicht ich? Mal fühle ich mich wie der größte Glückspilz der Welt, mal bin ich von Schuldgefühlen zerfressen.«

»Ich weiß, das kenne ich. In Ansätzen habe ich das auch durchgemacht.«

Dann ist auch dieses Gespräch zu Ende.

Brian stellt sich. »Hör zu, Sophie, wir müssen reden.« Und als Sophie zu Boden blickt: »Sie hat es nicht direkt gesagt, aber so wie sie sich verhält, ist mir völlig klar, daß sie immer noch wild entschlossen ist zu fliegen, ohne jede Rücksicht auf Zelda.«

»Zu mir hat sie nichts dergleichen gesagt.« Sophie hebt den Blick und fügt hinzu: »Du weißt, daß Eily ihren letzten Atemzug für Zelda geben würde. Brian, bitte, du weißt doch, daß sie niemals etwas täte, was ihr schaden könnte – sie hat immer nur Zeldas Wohl im Auge gehabt.«

Er hatte angenommen, in ihr eine Verbündete zu haben, und ist bestürzt über ihre Vehemenz. »Ja, das weiß ich«, sagt er langsam und bedächtig. »Das erkenne ich ja auch an. Warum verteidigst du sie so? Du weißt doch so gut wie ich, daß sie völlig verblendet ist. Du sprichst von Zeldas Wohl. Glaubst du etwa, mir läge ihr Wohl nicht am Herzen?«

»Nein, nein … natürlich nicht …« Sie stockt. »Ich wollte nicht …«

»Das Entscheidende ist, daß zwischen Eilys Definition von Zeldas Wohl und meiner«, unterbricht er sie mit wachsender Erregung, »ein himmelweiter Unterschied besteht. Ich dachte immer, du wärst da auf meiner Seite, Sophie.« Er haßt es, um etwas zu betteln, aber jetzt bittet er: »Sophie, bitte! Meine einzige Tochter muß sterben. Sie ist mein Fleisch und Blut. Ich kann es dir nicht erklären, aber meine Seele braucht Zeit mit ihr, alle Zeit, die noch übrig ist. Können wir uns nicht zusammentun, um sie von diesem Kerl in der Karibik fernzuhalten?«

Sophie sieht ihn an. »Das ist wirklich unfair«, sagt sie leise. »Du verlangst von mir, daß ich mich mit dir gegen meine beste Freundin verbünde. Du verlangst von mir, zwischen meiner Freundschaft mit dir und meiner Freundschaft mit ihr zu wählen.«

»Irgend jemand muß sie doch zur Vernunft bringen. Auf mich hört sie nicht … bitte …« Er bricht ab, als die Tür aufgeht und Eily ins Zimmer tritt.

Sophie springt sofort auf. »Eil… Riba! Komm, setz dich hierher – hallo, Donny.« Strahlend lächelt sie den Jungen an, der hinter seiner Mutter hereinkommt.

»Sophie! Du bist hier.« Dann wendet Eily sich ihrem Mann zu. »Hallo, Schatz. Mein Gott, du bist ja wirklich ein reizender Anblick.« Sie geht zum Bett und küßt ihn ausgiebig auf die Wange, bevor sie sich zu ihm setzt, einen Arm um seine Schultern legt und ihn in Wolken von Parfum einhüllt.

Aus unerfindlichem Grund verlegen, wendet Brian sich von ihr ab und sieht zu seinem Sohn hinüber, der schon auf den Tasten seines Gameboys spielt. »Hallo, mein Junge.«

»Hallo, Dad.« Donny blickt nicht auf. »Kann ich Geld für eine Cola haben?«

»Aber natürlich, Liebling.« Eily öffnet ihre Handtasche und nimmt ihre Geldbörse heraus.

Während Donny mit einem Fünfer in der Hand die Flucht ergreift, sieht Sophie zu Brians Enttäuschung auf die Uhr. »Nehmt es mir nicht übel, aber ich muß jetzt wirklich los. Ich wollte sowieso nur auf einen Sprung vorbeikommen, und ihr beiden habt euch bestimmt viel zu erzählen.«

»Aber du bist doch gerade erst gekommen.« Brian richtet sich noch etwas weiter auf und verzieht von Schmerz gepeinigt das Gesicht.

Sophie nimmt ihre Mütze vom Bett. »Ich weiß.« Ihr Ton ist energisch. »Ich verspreche, daß ich bald wiederkomme. Wenn du allerdings schon am Samstag nach Hause gehst ...« Sie neigt sich zum Bett hinunter, um ihn kurz auf die Wange zu küssen, und sagt dann zu Eily. »Ich habe deinem Mann eine Menge zu verdanken – wenn er nicht gewesen wäre, wäre ich für euch jetzt nur noch eine nette Erinnerung.« Sie geht langsam zur Tür, und Brian spürt, daß sie es kaum erwarten kann hinauszukommen. Sie öffnet die Tür, aber dann hält sie inne. »Ich hab ganz vergessen, dich zu fragen, Eil... Riba – wie geht es Zelda? Warst du schon bei ihr?«

Brian sieht das Gesicht seiner Frau weich werden. »Sie hat geschlafen, und ich wollte sie nicht wecken. Das ist jetzt das Gesündeste für sie. Sie soll soviel wie möglich schlafen. Schlaf ist die beste Medizin.«

»Haben das die Ärzte gesagt?« Er kann nicht verhindern, daß sich ein scharfer Ton in seine Stimme schleicht.

Sophie zuckt zusammen, aber seine Frau scheint nichts zu merken. »Ich habe heute morgen noch nicht mit ihnen gesprochen. Aber dafür mit den Schwestern, und die sind sehr zufrieden mit ihr.« Sie steht vom Bett auf und setzt sich in den Sessel, den Sophie freigemacht hat. Die Hände im Schoß gefaltet, blickt sie von einem zum anderen. »Sie geben ihr zu essen, soviel sie annimmt, bei Tag und bei Nacht. Ich habe ihnen eine Schachtel mit den Lebertabletten dagelassen. Jay empfiehlt sie.«

Einen Moment lang scheint das Zimmer wie vereist.

Sophie wirft beiden einen Handkuß zu. »Das ist gut, Riba«, sagt sie. »Dann lasse ich euch jetzt allein. Ich habe eine Menge zu tun, wie ihr euch vorstellen könnt, und einige Mühe, mich zu konzentrieren.«

»Bis bald, hoffe ich.« Brian hebt eine Hand, um zu winken.

»Bis bald, Soph.« Auch Eily winkt, aber Sophie ist schon weg.

Auf dem Weg durch den Korridor kommt Sophie sich vor wie Brutus.

Das Flugzeugunglück hat offenbar das Innerste ihrer Seele aufgewirbelt, vielleicht hat sie dieses Gespräch mit Brian deshalb als so wirr und seltsam empfunden: als wäre zwischen ihnen eine Wolke von Wörtern aufgestiegen, die dann ohne Sinn und Ordnung, wie Konfetti, wieder zur Erde heruntergerieselt waren.

Das muß aufhören, auf der Stelle, ganz gleich, was es ist. Wie alt ist sie denn, Herrgott noch mal? Wie lange kennt sie diesen Mann – und seine Frau? Was ist mit der Tochter der beiden, Sophies Patenkind, der armen kleinen Zelda?

Sie wird sich auf keinerlei Diskussionen über die Reise mehr einlassen. Das müssen die McMullans schon untereinander abmachen.

Aber das ist nicht das einzige, was Sophie beunruhigt; da ist noch etwas anderes, Tieferes, Dunkleres. Als Brian von Zelda als seinem Fleisch und Blut sprach, hat er an Sophies geheimsten Schmerz gerührt: den unerfüllten Wunsch nach einem Kind.

Jahrelang haben sie und Michael alles versucht. Sie ließen die demütigenden Untersuchungen und Tests über sich ergehen; man sagte ihnen, körperlich sei alles in Ordnung, und schickte sie nach Hause, von neuem ihr Glück zu versuchen. Adoption kam nicht in Frage, Michael wollte nichts davon hören. Er habe sich genug Psychologie gefallen lassen, sagte er, und sehe nicht ein, warum Leute, die bereit seien, ein Kind zu adoptieren, ihren ganzen persönlichen Abgrund vor irgendwelchen Sozialarbeitern ausbreiten müßten, während Gauner und Idioten, die bestimmt nicht als Eltern taugten, sich unbesehen und munter fortpflanzen könnten.

Eine Zeitlang hat sie versucht, sich gegen ihn durchzusetzen, aber ihre Entschlossenheit bröckelte Stück für Stück, bis die wilde Sehnsucht gezähmt und weggesperrt war. Michael waren Kinder wohl doch nicht so wichtig. Für Sophie jedoch bedeutete seine gleichmütige Aufgabe eines Traumes das Ende einer leidenschaftlichen Beziehung und den Beginn eines nur noch höflichen Zusammenlebens. Heute könnte sie nicht sagen, wie ihr Mann zu Kindern steht.

Aus ihrer Sicht hat die Gleichgültigkeit, mit der Michael ihre Verlustgefühle und periodischen Anfälle von Neid auf Brian und Eily abgetan hat, die Distanz zu ihm vergrößert. Sie ist jetzt überzeugt davon, daß er ihren Zorn auf Eily, die so nachlässig mit Sohn und Tochter umgeht und Jay Street weit über ihre Kinder stellt – oder dies zumindest bis zum Ausbruch von Zeldas Krankheit getan hat –, niemals verstehen würde. Sophie ist der Auffassung, ihre Freundin hätte unablässig bemüht sein müssen, für ihre Kinder da zu sein; sie hätte Tag und Nacht auf den Knien liegen und Gott für sie danken müssen. Wenn Zelda und Donny Sophies Kinder wären, würde sie sie behüten wie eine Löwin ihre Jungen.

Der Aufzug setzt sie im eleganten Foyer des Krankenhauses ab, sie durchmißt es im Laufschritt und atmet auf, als sie in die feuchte graue Luft der Eccles Street hinaustritt. Bei ihrem Wagen angekommen, steigt sie ein, ohne die Politesse zu beachten, die sich mit gezücktem Verwarnungsblock über die Motorhaube des Mini beugt, um die Parkscheibe hinter der Windschutzscheibe zu inspizieren.

Jahrelang ist sie mit Brian, Eily und deren Kindern in seichten Gewässern geschwommen, denkt Sophie und braust davon, seit dem Flugzeugunglück aber strampeln sie alle wie wild herum, ohne festen Grund unter die Füße zu bekommen. Bis auf Eily natürlich.

Eily scheint trotz der körperlichen und seelischen Erschütterungen, die sie durchgemacht hat – und mit Zelda immer noch durchmacht –, mit beiden Füßen unverrückbar auf dem festen Boden der Gewißheit zu stehen.

Nachdem Sophie gegangen ist, blicken Riba und ihr Mann noch ein, zwei Sekunden wie gebannt auf das Mahagonifurnier der Tür, als erwarteten sie die Enthüllung des vierten Geheimnisses der Fatima.

Dann bemerkt Brian in bemüht lockerem Ton: »Du siehst gut aus, Eily, viel besser, als ich erwartet habe.«

Erfreut über das Kompliment, streicht Riba über die Ärmel ihrer Jacke aus Schantungseide. »Was hast du denn erwartet?«

Brian zuckt mit den Schultern. »Ich weiß nicht – eine Mumie vielleicht? Du siehst hübsch aus Eily, die Farbe steht dir.«

»Ich habe für den Rest meines Lebens genug von Verbänden.« Sie schaudert ein wenig bei der Erinnerung, während sie im stillen seinem Urteil zustimmt. Sie hat sich aber heute auch besonders angestrengt, um von den blauen Flecken in ihrem Gesicht abzulenken. Ein tiefrotes Top, auf den Pinkton ihrer Jacke abgestimmt, dazu ihr glattes schwarzes Haar, ihr blasser Teint und ihr toller Busen – ihr Spiegelbild hätte ihr kaum Erfreulicheres zeigen können. Wirklich nicht übel: Sie hätte direkt aus einem Suk ins Krankenhaus gekommen sein können.

Sie beugt sich vor und gönnt ihm einen tiefen Einblick in ihre weiblichen Reize. »Reden wir von dir. Wie fühlst du dich?«

Sein Gesicht ist unergründlich. »Glänzend. Ich könnte genausogut zu Hause sein.«

»Jetzt hör aber auf! Wozu ist eine Krankenversicherung denn da, wenn man sie im Ernstfall nicht in Anspruch nehmen kann?« Sie wirft temperamentvoll ihre Haare zurück.

Sein Ton klingt anders, als er sie leise fragt, warum sie ihn nicht schon früher besucht hat. »Was ist der wahre Grund, Eily?«

Riba schiebt das Kinn vor. »Wieso? Ich bin doch hier, außerdem haben wir ständig miteinander telefoniert.«

»Eily ...« Er versucht, sich auf einen Ellbogen aufzustützen.

Sie scheint zu ahnen, was er vorhat, und läßt ihn gar nicht erst zu Wort kommen. »Verdirb jetzt nicht alles.« Sie steht auf und tritt vor den Fernsehapparat, der hoch oben an der Wand angebracht ist. »Gibt's was im Fernsehen?« Sie greift nach der Fernbedienung und zappt durch Seifenopern, Talkshows, Cartoons und Homeshopping-Angebote, bis sie auf BBC 2 auf einen körnigen alten Schwarzweißfilm stößt. »Na bitte!« Sie ist entzückt. »Die Marx Brothers. Was hab ich gesagt? Du magst doch die Marx Brothers.«

Sie sieht sich um. Brian liegt wieder gegen die Kissen gelehnt, seine Augen sind geschlossen. »Wie du meinst.«

Riba kehrt zu ihrem Sessel zurück und ergreift seine Hand, die kraftlos auf der Decke liegt. Er läßt es sich widerstandslos gefallen, daß sie sie zwischen ihren eigenen Händen wärmt und dann, während sie zum Fernsehgerät hinaufblickt und ab und zu leise lacht, zu massieren beginnt.

So findet Donny sie vor, als er mit seiner Cola wieder ins Zimmer kommt. Riba lächelt ihm zu, ohne in der Massage innezuhalten. »Hallo, Schätzchen, alles in Ordnung? Du hast die Kantine gefunden, wie ich sehe.«

»Den Automaten. Hier ist dein Wechselgeld.« Donny wirft eine Handvoll Münzen auf die Bettdecke und mustert voll ängstlicher Besorgnis seinen Vater. »Hallo, Dad. Geht's dir gut? Magst du mal trinken?« Er hält ihm die Dose hin.

»Mir geht's bestens, Donny. Danke.« Brian entzieht Riba seine Hand und greift nach der Dose. Nachdem er getrunken hat, reicht er sie seinem Sohn zurück. »Ich habe unheimliches Glück gehabt, und deine Tante Sophie auch – aber das weißt du ja.«

»Hm«, nuschelt Donny. Er stellt die Cola-Dose aufs Fensterbrett und macht sich wieder an seinem Gameboy zu schaffen. Doch er verliert schnell das Interesse und richtet wie seine Eltern den Blick nach oben auf den flimmernden Bildschirm.

Riba sucht wieder Brians Hand, aber er hat sie unter die Decke geschoben.

8

Entgegen ihrem festen Vorsatz, erst kurz vor drei ganz lässig zur Tür hereinzuspazieren, gibt Sophie ihrer Neugier nach. Sie hat so lange wie möglich bei einem Kaffee und einem Sandwich in einem Pub herumgetrödelt, trotzdem trifft sie schon kurz nach halb drei in der Redaktion ein, wo sie von Nancy aufgeregt empfangen wird. »Sie sind mit ihr da drinnen. Sie sind vor ein paar Minuten gekommen.«

»Wer denn?«

»Ich weiß auch nicht. Sie haben nichts gesagt. Zwei Männer. Sie hat hier draußen auf sie gewartet, und dann sind sie schnurstracks reingegangen. Warten Sie, bis Sie sie sehen! Sie werden Augen machen!«

»Wieso, wie meinen Sie das?«

»Sie werden schon sehen. Ich will die Überraschung nicht verderben.« Nancy zittert am ganzen rundlichen kleinen Körper.

Jetzt ist Sophie beunruhigt. Eine Besprechung mit ihr und Nancy? Das entspricht gar nicht Imeldas normaler Verhaltensweise, so daß es etwas Ernstes sein muß. Verlieren sie gleich ihre Jobs? Sie hat sich manchmal im stillen gefragt, wie die kleine Zeitschrift überlebt. Bei einem Preis von eins fünfzig pro Exemplar und immer denselben treuen, aber kleinen Anzeigenkunden muß das Überleben ein Balanceakt sein. Was sie bezahlt bekommt, ist ein Hungerlohn, aber da sie ihr schäbiges kleines Haus geerbt und auch sonst keine großen Ausgaben haben, kann sie sich eine Arbeit wie diese leisten. Was soll sie tun, wenn *Wild Places* eingeht? Mit Erfahrung in der Zusammenstellung und

Illustration von Artikeln über Käfer, Spitzmäuse und Rotkehlchen kann man in der Welt des Journalismus keinen Blumentopf gewinnen. Und was andere Arbeitsmöglichkeiten angeht, so hat sie in ihrem Alter und nach dem behüteten Leben, das sie bisher geführt hat, keine Lust, mit den dynamischen Youngstern der brummenden irischen Wirtschaft zu konkurrieren.

Wie ein Warnsignal beginnt ihr geschundenes Gesicht zu brennen, als es drei Uhr wird und die Verlegerin sich nicht blikken läßt.

»Sie hat drei Uhr gesagt, wirklich!« Nancy beginnt hin- und herzugehen. »Sie hat doch drei zu Ihnen gesagt, nicht wahr, Sophie?«

Nancy ist unverheiratet und hat eine kränkelnde Mutter zu versorgen, sie braucht die Arbeit hier viel dringender als Sophie. Was würde sie tun? Wer stellt heutzutage noch eine Sechzigjährige ein? Und wo sonst außer bei *Wild Places* hätte man Verständnis für ihre eigenwillige Büroorganisation?

»Ah, da sind Sie ja, Sophie! Und Sie auch, Nancy!«

Beide Frauen drehen sich gleichzeitig um, als die Tür zum Büro der Verlegerin sich öffnet und Imelda erscheint.

Sophie reißt ganz unverhohlen die Augen auf. Nancys Vorwarnung war durchaus berechtigt. Ihre Chefin wirkt erhitzt und reichlich erregt, ungewöhnlich für jemanden, der normalerweise so beherrscht ist. Noch verblüffender sind der grelle pinkfarbene Lippenstift und das Ensemble aus geblümter Viskose, in das Imelda ihren mageren, eckigen Körper eingewickelt hat. Das eisengraue Haar, das ihr Gesicht sonst immer wie eine krause Korona umgibt, ist unter einem mädchenhaften Haarband mit Gel an ihren Kopf geklebt.

»Kommen Sie herein«, fordert Imelda ihre Mitarbeiterinnen auf.

Im Zimmer riecht es, als hätte hier gerade jemand geduscht: nach einem teuren Herren-Eau-de-toilette. Die Düfte gehen von den beiden Männern aus, die Imelda gegenübersitzen, zwei lässig gekleidete Wirtschaftsprüfer von etwa Mitte Dreißig.

Mit einem Seufzer zieht Imelda sich das alberne Band aus dem Haar. »Sophie, Nancy, ich denke, Ihnen beiden ist nicht entgangen, daß die Zeitschrift in letzter Zeit nicht gut gelaufen ist. Deshalb möchte ich Ihnen jetzt erklären, wie es weitergehen wird.« Ihre Stimme ist fest. »Da unsere Vorbereitungen für die nächste Ausgabe schon so weit vorangeschritten sind, werden wir sie herausbringen wie immer, aber es ist die letzte Ausgabe. Ich zahle Ihnen beiden Ihr Gehalt für einen weiteren Monat – das Geld werde ich hoffentlich noch zusammenkratzen können. Und wenn durch irgendein Wunder ein Investor gefunden wird, oder sogar ein Käufer, tja, dann, wer weiß? Vielleicht stehen wir dann auf wie Phönix aus der Asche. Ich habe die Hoffnung noch nicht aufgegeben. Bitte glauben Sie mir das.« Ihr Gesichtsausdruck wirkt allerdings nicht allzu überzeugend.

»Es tut mir sehr leid. Ich hatte gehofft, Ihnen heute Erfreulicheres mitteilen zu können, ich hatte sogar eine kleine Feier geplant, aber leider sollte es nicht sein.«

Ihr Gesicht fällt in sich zusammen, sie sieht älter aus, als sie ist.

»Es tut mir sehr leid«, wiederholt sie leise, während die beiden Männer betreten ihre Fingernägel inspizieren. »Ihre Sozialabgaben sind natürlich bis zum laufenden Monat bezahlt, und ich werde dafür sorgen, daß Sie jeden Penny bekommen, der Ihnen von Gesetzes wegen zusteht.«

Die Stille im Zimmer ist erdrückend, denkt Sophie, der eben jetzt, da sie ihn verliert, klar wird, wie gern sie diesen Job behalten würde, dessen Vorteile sie nie richtig gewürdigt hat. Sie sieht Imelda an. Der knallige Lippenstift ist in die kleinen Falten an ihren Mundwinkeln gezogen, ihre Lippen sehen aus wie ausgefranst. »Mir tut es auch leid, Imelda«, sagt Sophie freundlich. »Ich weiß, daß das für Sie noch schwerer ist als für uns.«

Imelda nickt. Sie wirkt resigniert, als hätte sie gewußt, daß nichts mehr zu retten ist. »Machen Sie sich keine Sorgen. Vielleicht findet sich doch noch ein Geldgeber.«

Sophie wirft einen Blick auf die Wirtschaftsprüfer, die mit ausdruckslosen Gesichtern dasitzen. Der eine läßt sich bei Imeldas Worten zu einem dünnen Lächeln und einer hochgezogenen Braue herab, als wollte er sie davor warnen, sich allzu große Hoffnungen zu machen.

Sophie ärgert das. »Es ist eine wertvolle kleine Zeitschrift, Imelda«, sagt sie laut und steht auf.

Während sie und Nancy schon auf dem Weg zur Tür hinaus sind, erheben sich die beiden Männer ebenfalls.

Sobald Sophie die Tür zu Imeldas Büro hinter sich geschlossen hat, bleibt sie mitten im liebgewordenen Chaos des Vorzimmers stehen. »Kommen Sie, Nancy«, sagt sie zu ihrer Kollegin, die sich aus alter Gewohnheit hinter ihren Schreibtisch gesetzt hat und herumwerkelt, als wäre alles wie immer. »Holen Sie Ihren Mantel. Ich habe keine Lust, hierzubleiben. Ich lade Sie zu einem Kaffee oder einem Glas Wein ein. Unsere Arbeit können wir auch später erledigen. Wenn die beiden Kerle weg sind.«

»Stimmt.« Nancy nimmt ihren Anorak vom Garderobenständer. Sophie bemerkt das Zittern ihrer Hände, als sie versucht, den Reißverschluß zu schließen.

Zelda liegt still in ihrem Krankenhausbett. In den vergangenen anderthalb Jahren hat sie so oft in den grob gewebten Laken gelegen, die mehr ihrer Strapazierfähigkeit als ihrer Hautfreundlichkeit wegen verwendet werden, daß sie das Kratzen des rauhen Stoffs an ihrer dünnen, empfindlichen Haut gar nicht mehr wahrnimmt.

Im allgemeinen jedoch gefällt es ihr hier, in dem kleinen Krankenhaus, das ihr zum zweiten Zuhause geworden ist. Sie ist dankbar für die unaufgeregte Behandlung des Pflegepersonals und die ruhige Fürsorge der Ärzte. In Wahrheit ist sie weit lieber hier als zu Hause, wo sie die unablässigen Aufmunterungen und die eiserne Zuversicht ihrer Mutter, die schlecht verhohlene Angst ihres Vaters, die Verwirrung und die Bekümmerung ihres Bruders ertragen muß.

Am schwierigsten ist der Umgang mit ihrer Mutter, die durch nichts davon zu überzeugen ist, daß weder der große Durchbruch noch das Wunder am Horizont winken. Zelda selbst ist völlig klar, daß die Leute, die bestimmen, auf welchen Gebieten geforscht wird und dementsprechend ihre Milliarden verteilen, Entscheidungen treffen müssen. Ganz verständlich, daß sie ihre Feuerkraft in erster Linie auf die häufiger vorkommenden Seuchen und tödlichen Krankheiten richten.

Zelda wünscht, die anderen – und nicht nur ihre Mutter – würden den Tatsachen ins Auge sehen und sie ihr gegenüber offen ansprechen, anstatt sie zu behandeln wie ein kleines Kind, das nicht versteht, wie schlimm es um es steht.

Die Ausnahme ist ihr Hämatologe, ein sanfter Palästinenser mit einem Engelslächeln. Erst gestern abend war er bei ihr, um ihr das Neueste zu berichten. »Natürlich nur, wenn Sie es hören wollen, Zelda«, sagte er leise, als er sich zu ihr aufs Bett setzte.

»Natürlich will ich.« Aber so gern sie auch der melodiösen Stimme mit dem starken fremdländischen Akzent lauscht, war es doch gelogen. Auf eine unergründliche Weise hatte das Flugzeugunglück die gleiche Wirkung wie das Läuten am Ende eines Kampfes. Zumindest hat es jegliches Bedürfnis nach Information erstickt, und in dieser Hinsicht wenigstens ist sie sich nun mit ihrer Mutter einig: Seit dem letzten Montag ist sie – wenn auch aus anderen Gründen – der Auffassung, daß man nicht blindlings jedem trügerischen Hoffnungsschimmer auf Rettung hinterherjagen sollte.

»Also«, begann der Arzt, »die gute Nachricht ist, daß Ihr Zustand sich nicht verschlechtert hat, Zelda, aber wir müssen selbstverständlich vorsichtig sein. Viel Ruhe und Vitamine – und Sonne, wenn die sich hier jemals zeigen sollte.«

»Aber ja, im Sommer ganz bestimmt. Fragt sich nur, ob ich dann noch hier bin.«

»Im Augenblick wüßte ich nicht, was dagegen spricht.«

Sein Gesicht war offen und klar, nicht so, als wollte er etwas vertuschen.

»Aber wenn sich mein Zustand nicht verschlechtert hat, warum habe ich dann immer noch diese Schmerzanfälle?«

»Haben Sie im Augenblick Schmerzen?«

Zelda schüttelte den Kopf. »Nein, jetzt gerade nicht. Und komischerweise seit dem Flugzeugunglück auch nicht mehr so häufig. Ist das nicht zum Totlachen?«

»Es gibt viele Fragen, auf die wir keine Antwort wissen«, sagte der Arzt bekümmert. »Ich kann Ihnen nur eines sagen: Alle unsere Untersuchungen zeigen, daß im Augenblick wenigstens die bösartigen Zellen in Ihrem Körper nichts Böses tun. Vielleicht ruhen sie sich aus.«

»Ja.« Zelda lächelte. »Vielleicht sind sie auch zu erschrocken, um viel zu tun. Also, was haben Sie da?« Sie deutete auf die Papiere in seiner Hand.

»Darauf wollte ich gerade kommen.« Er schwenkte die Papiere leicht hin und her. »Hier haben wir die letzten Ergebnisse aus den Vereinigten Staaten, und meine zweite gute Nachricht heute abend ist, daß man bei Versuchen in einigen Fällen mit Hilfe sehr hochdosierter Chemotherapie eine Remission herbeiführen konnte, allerdings nur in Verbindung mit entweder anderen, ganz neuen Medikamenten, Knochenmarktransplantation oder durch Plasmapherese gewonnener primitiver Stammzellen, die entfernt, einem Differenzierungsprozeß unterzogen und dann wieder zugeführt werden. Sagt Ihnen das etwas?«

Das riß Zelda aus ihrer Trägheit. »Ja, natürlich sagt mir das was.« Was Plasmapherese war, das wußte sie – die Trennung des Blutes in einer Zentrifuge –, aufgeschreckt hatte sie die Rede von der hochdosierten Chemotherapie. »Nein, danke«, sagte sie, froh, daß sie über achtzehn war und selbst entscheiden konnte. »Ich habe mich entschlossen, keine Chemotherapie mehr zu machen. Wie lange halten diese neuen Remissionen denn an?« Sie wollte den Arzt nicht zu hart vor den Kopf stoßen.

»Das läßt sich noch nicht sagen, aber es sieht gut aus. Wenn Sie wollen, kann ich Ihnen erklären, wie es vermutlich funktioniert.«

»Nicht nötig, wenn eine Chemo dazugehört.« Instinktiv strich Zelda sich mit schützender Hand über den Kopf und fürchtete sogleich, er könnte glauben, ihre Ablehnung der Therapie gegenüber beruhe auf reiner Eitelkeit. »Es hat nichts mit meinem Aussehen zu tun. Ehrlich nicht«, beteuerte sie daher mit einem Lächeln.

Der Arzt erwiderte ihr Lächeln. »Für mich sind Sie eine sehr schöne junge Frau, Zelda.«

Sie lachte ganz offen über diese liebenswürdige Lüge, und er lachte mit. »Es ist mein Ernst.« Er wurde wieder sachlich. »Aber ich sehe, daß Sie im Augenblick nicht interessiert sind. Ohnehin steckt das alles noch in der Entwicklung. Es sind Versuche, Zelda, wie ich schon sagte. Ich will Ihnen keinesfalls vormachen, daß Sie die Behandlung schon morgen haben könnten, wenn Sie das wollten. Aber vielleicht werden wir uns noch einmal darüber unterhalten.«

»Wenn's nach mir geht, bestimmt nicht.« Zelda lächelte immer noch. Es bestand eine Art stillschweigender Absprache zwischen ihr und diesem Arzt, der zufolge er ihr stets die neuesten wissenschaftlichen Arbeiten über ihre Krankheit vorlas und sie – ihnen beiden zuliebe – so tat, als wären sie für sie von Bedeutung. Aber was auch immer man jetzt noch entdeckte, sie war überzeugt, daß es für sie zu spät war. Und was die Chemotherapie betraf, so war an ihrem Entschluß nicht zu rütteln.

»Wie lange muß ich eigentlich diesmal noch hierbleiben?« fragte sie. »Was meinen Sie? Sie sagen selbst, daß es mir gutgeht!« Es war eine heikle Frage. Tief im Innern hoffte sie, man würde ihr erlauben, weiterhin in Frieden hierzubleiben, und es ihr ersparen, sich rund um die Uhr den Schmerz der anderen ansehen zu müssen.

Der Arzt schien das begriffen zu haben. Er warf einen Blick auf den Ständer mit dem Tropf neben ihrem Bett und verstellte das Ventil, das die Fließgeschwindigkeit der klaren Flüssigkeit in die Ader ihrer Hand regulierte. Ohne sie anzusehen, sagte er: »Das kommt allein auf Sie an. Ihre Mutter möchte Sie gern nach

Hause holen, damit sie sich um Sie kümmern kann. Und«, er zögerte ein klein wenig, »ich habe ihr schon gesagt, daß Sie nach Hause gehen können, wann immer Sie es wünschen.« Seine dunklen Augen waren voll Mitgefühl, als er zu ihr hinuntersah. »Im Moment würde ich persönlich Ihnen aber raten, noch eine Weile hierzubleiben. Wir sollten Sie erst noch ein bißchen aufpäppeln.«

»Danke.« Zelda nickte ernsthaft. »Ich werde darüber nachdenken.«

Nachdem er ihr gesagt hatte, daß er jetzt einige Tage nicht kommen werde, weil er vorhabe, mit seiner Frau über ein verlängertes Wochenende zu verreisen, wünschte er ihr eine gute Nacht und ging leise hinaus. Zelda blieb zurück, von dem guten Gefühl getragen, daß es jemanden gab, dem es wichtig war, was *sie* mit dem Rest ihres Lebens anfangen wollte.

Draußen geht jetzt langsam die Sonne unter, und sie läßt sich in das nun schon vertraute Dämmerland von Bildern und Gedanken sinken, wo sie den Kummer der anderen nicht sehen und deswegen auch nicht um anderer willen den Kampf immer wieder von neuem aufnehmen muß.

Allzu häufig stellt sie sich den Schmerz und den Kummer der anderen bei ihrer Beerdigung vor. Sie sieht ihren Vater und den armen Donny tränenüberströmt mit ihrem Sarg auf den Schultern, während ihre gramgebeugte Mutter ihr durch den Mittelgang der Kirche folgt. Sie sieht ihre eigenen Freunde, die Nonnen, die sie unterrichtet haben, sogar Donnys Kumpel weinend um ihr Grab stehen.

Und deshalb kämpft sie.

Erstaunlich ist, daß die Schmerzanfälle in letzter Zeit weitgehend ausbleiben, und dafür ist sie wirklich dankbar. Erst mit dem Ausbruch der Krankheit hat Zelda die Abwesenheit von Schmerz als eine ganz spezielle körperliche Empfindung entdeckt. Es ist ein wohltuendes Gefühl der Freiheit und der Leichtigkeit, dessen man sich erst bewußt wird, wenn es verloren ist.

Ihr Zimmer blickt nach Westen, und die Strahlen der untergehenden Sonne, deren Wärme durch das Fensterglas verstärkt wird, fallen direkt auf ihr Bett. Im wohligen Gefühl der Schmerzfreiheit hebt sie ein klein wenig den Kopf, um Augenlider und Hals in der Wärme zu baden. Und während sie sich der Sonne hingibt, treibt sie durch Nebelschleier, die ein Halbschlaf sein können, ein Traum oder auch einfach eine wachsende Interesselosigkeit an ihrer Umgebung.

Ihre Tür ist angelehnt, und sie kann von draußen zwei Leute miteinander sprechen hören, aber es ist ihr egal, was sie besprechen, selbst wenn es um sie gehen sollte.

Das Flugzeugunglück, so entsetzlich es war, scheint jetzt nur noch eine ferne Episode, die immer mehr an Schrecken und Bedeutung verliert und einer anderen Zelda zugestoßen sein könnte. Der Augenblick der Kollision – das ohrenbetäubende Krachen und Kreischen, die splitternde Erschütterung und die Angst – ist wie in einer dickwandigen Blase eingeschlossen, die sich immer weiter entfernt.

Ist Sterben so? Daß man sich einem Luftschiff gleich nach und nach von seinen Fesseln löst, bis man schließlich frei fliegen kann?

Wie wird der Augenblick sein, wenn der Knoten, der das letzte Band festhält, sich öffnet?

Abgesehen davon, daß sie es bedauert, mit ihrem Sterben Menschen, die sie liebt, Schmerz zu bereiten, tut es ihr nur leid, daß sie niemals einen richtigen Freund gehabt und nie mit einem Jungen geschlafen hat. Knutschereien nach Diskoausflügen hat es genug gegeben, aber nie ist etwas Ernstes daraus geworden. Sie waren eine Clique lebenslustiger junger Leute, die Dublin unsicher machten und zufrieden damit waren, gute Kumpel zu sein, die Mädchen alle darauf bedacht, sich ihre Unschuld zu bewahren. Zeldas Mutter, die sie an ihrem sechzehnten Geburtstag auf die Seite nahm und ihr eröffnete, sie habe bei der Well-Woman-Klinik einen Termin für sie vereinbart, fiel aus allen Wolken, als ihre Tochter davon nichts wissen wollte. Sie war ehrlich verblüfft über die »neue Prüderie«, wie sie es nannte. »Es ist natürlich großartig, Kind, wirklich, was soll eine Mutter sonst dazu sagen? Mein Gott, wie kann man so standhaft sein! Wir konnten es damals nicht erwarten. Ihr jungen Leute von heute seid phantastisch. So klug und vernünftig!«

Jetzt wünscht Zelda, sie wäre nicht ganz so standhaft gewesen, denn nun wird Sex für sie immer ein Geheimnis bleiben. Selbst wenn sich jetzt noch ein Junge fände, der an dem klapprigen Knochenbündel, das aus ihr geworden ist, Gefallen fände, würden ihr die Kräfte fehlen, den Liebesakt zu vollziehen.

Und darum wird sie, so traurig das ist, unberührt sterben wie die Nonnen und die alten Jungfern aus der Jugend ihrer Mutter.

Die Stimmen draußen sind jetzt verstummt. Sie merkt, daß die Tür aufgestoßen wird. Durch das warme goldene Licht, das ihre Augenlider umspült, nimmt sie wahr, daß jemand ins Zimmer getreten ist. Sie fühlt sich gerade so wohl. Sie will jetzt nicht zurück. Sie wird einfach so tun, als schliefe sie.

Dann berührt jemand ihre Hand, und sie erkennt die zaghafte Stimme ihres Bruders. »Zel? Bist du wach?«

Sie öffnet die Augen. Donnys Gesicht scheint kleiner, seine Brillengläser scheinen größer geworden zu sein. Mitleid und Liebe überfluten sie, aber sie möchte es ihm nicht noch schwerer machen, darum zeigt sie ihre Gefühle nicht. »Hallo!« sagt sie, bemüht, ihrer Stimme einen leichten Ton zu geben. »Bist du vorbeigekommen, um mal wieder einen Blick auf Kojak zu werfen?«

Er tritt verlegen von einem Fuß auf den anderen. »Ich finde, deine Haare sind schon ein bißchen nachgewachsen.«

»Lügen konntest du noch nie!« Zelda lacht liebevoll, und Donnys Gesicht hellt sich augenblicklich auf.

Während sie sich aufsetzt, holt er sich einen Stuhl und hält ihr dann eine Supermarkttüte hin. »Hier, die hab ich dir mitgebracht.«

Zelda nimmt die Plastiktüte und schaut hinein. »Oh! Weintrauben. Genau das Richtige.« Sie leert die Trauben auf die

Bettdecke. »Wo hast du denn das Geld her? Das ist ja ein Riesenberg.«

»Kleiner Raubüberfall.«

»Aha. Gibt's sonst was Neues?« Obwohl Zelda schon seit langem nicht mehr hungrig ist, nimmt sie eine Traube und schiebt sie sich in den Mund. »Also, kleiner Bruder, erzähl!«

»Ich halt's zu Hause nicht mehr aus, Zel. Ich halt's einfach nicht mehr aus.« Die Brille auf seiner Nase zittert. »Sie macht mich wahnsinnig, ich weiß nicht, wie Dad es mit ihr aushält.«

»Aber Donny«, Zelda ist froh, daß es nicht mehr um sie geht, »gib ihr eine Chance. Sie ist doch ganz fertig vor lauter Sorgen – der Crash, meine Krankheit und das alles, das mußt du verstehen. Sie wird sich schon wieder fangen. Wie geht es Dad? Warst du bei ihm? Am Telefon klingt er gut.«

»Das kommt auch noch dazu. Es geht ihm gut – er kommt am Wochenende raus, wahrscheinlich am Samstag. Aber ich kann nicht mit den beiden im selben Raum sein. Ich schaff das nicht. Es ist wie... wie...« Sein ganzer Körper verkrampft sich bei der Anstrengung, einen passenden Vergleich zu finden.

»Als säße man auf einem Vulkan?«

Er entspannt sich ein wenig. »Ja. Genau. Und schuld dran ist nur dieser blöde Kerl, dieser Street. Ich hasse ihn.«

»Du kennst ihn doch gar nicht, Donny.« Zelda ist sich der Ironie bewußt, daß ausgerechnet sie Street verteidigt.

»Ach, hör doch auf, Zel. Du wolltest doch selbst den ganzen Hokuspokus nicht mitmachen. Du hast zu mir gesagt, daß du nur mitfliegst, weil du die Nase voll hast von den ständigen Kämpfen mit ihr.«

»Ja schon, aber...« Die Worte, daß verzweifelte Situationen verzweifelte Maßnahmen erfordern, bleiben in der Luft hängen. Und während Donny nervös an der Armlehne seines Stuhls zupft, versucht Zelda, sichereren Boden zu gewinnen. »Wie geht's deiner Freundin?«

»Welcher Freundin? Sie ist nicht meine Freundin, das hab ich euch doch schon tausendmal gesagt. Warum glaubt mir keiner?«

Die Familie macht schon seit Ewigkeiten ihre Witze darüber, daß Donnys Freundin Fiona fest entschlossen sei, ihn vor den Traualtar zu zerren. »Wenn sie überhaupt von jemand die Freundin ist, dann von Trevor.«

»Tatsächlich? Hab ich da was verpaßt?«

»Ach, kümmere du dich doch um deinen eigenen Kram, Zelda.«

»Okay, okay.« Zelda hebt beide Hände. »Du hast ja recht, es ist allein deine Sache.«

»Genau, allein meine Sache.« Donny zupft immer noch an der Armlehne. »Aber ich hab eine Riesenwut auf Mama. Sie hat das Telefon ausgehängt, und deswegen hab ich die Beerdigung von Mrs. Richmond verpaßt.«

»Ach, du Armer. Aber vielleicht hat sie dir einen Gefallen damit getan, denn es wäre sicher schlimm geworden für dich.« Zelda schiebt sich noch eine Traube in den Mund. »Außerdem dachte ich immer, du magst Mrs. Richmond nicht.«

»So ein Quatsch.«

»Aber du hast es gesagt.«

»Doch nur wegen der Prüfungen. Sie hat mir die Hölle heiß gemacht. Aber daß ich sie nicht gemocht habe, das stimmt nicht.«

»Du mußt ein bißchen toleranter werden, Donny.«

»Ja, ja, schon gut.« Donny ist mit seinen Gedanken bereits woanders. »Hör mal«, sagt er in einem Ton, der so bemüht lässig ist, daß etwas Ernstes kommen muß. »Ich hab gestern abend im Internet zufällig über das Multiple Myelom nachgelesen, und da hab ich unter anderem was ganz Neues über T-Zellen gefunden. Okay, ich bin als Spender für eine Rückenmarkstransplantation nicht geeignet – ich akzeptiere diese Graft-versus-host-Geschichte oder wie das heißt, obwohl ich diesen beschissenen Tests nicht glaube. Aber in den Staaten machen die ganz tolle Sachen, Zel. Soll ich dir das Zeug mal vorbeibringen? Die würden deine eigenen T-Zellen nehmen, verstehst du, oder, wenn das nicht funktioniert, sogar die von einem Spender. Es könnte gut sein, daß ich als Spender geeignet bin. Es ist anders als beim Knochenmark. Wir brauchen nur deine Zellen analysieren zu lassen. Und das ist keine große Sache.«

Er sieht sie nicht an, aber er sitzt so angespannt, als balanciere er auf einer Schwertspitze, und Zelda, die nicht weiß, wie sie mit dieser Situation umgehen soll, zaudert. Es ist ein beinahe unheimliches Zusammentreffen, daß dieses Angebot so bald nach dem Bericht des Hämatologen über die neuesten Forschungsarbeiten kommt.

»Ich weiß schon davon«, sagt sie leise, »wenn auch nicht allzuviel. Und ich denke darüber nach. Danke dir für dein Angebot. Ich finde es wahnsinnig lieb von dir.«

Er nimmt das als positive Reaktion und fährt sogleich mit Feuereifer fort. »Die schreiben da in dem Bericht zwar nicht, wie es gemacht wird, aber ich stell mir vor, daß es so ähnlich ist wie bei der Rückenmarksverpflanzung. Deine Zellen müßten gekillt werden, und dann würden sie welche von mir nehmen und dir einsetzen. Die gesunden Zellen sind dann anscheinend so was wie Lehrer, die die kranken Zellen umerziehen. Oder so ähnlich. Ich finde, das klingt ziemlich einfach. Hinterher hätte ich wahrscheinlich ein bißchen Schmerzen, aber das ist auch alles. Das würde ich schon überstehen. Das wäre ein Klacks. Ehrlich.«

Sein Gesicht strahlt, er ist so sicher, ihr neue Hoffnung geben zu können, daß Zelda weinen könnte. »Du weißt doch, daß das alles noch im Versuchsstadium ist, Donny? Wahrscheinlich haben sie es bis jetzt nur an Tieren ausprobiert.«

»Das könnte ich doch rausfinden.«

»Und selbst wenn so eine Behandlung für mich möglich wäre, wäre es vielleicht sehr riskant. Bei keiner dieser Therapien gibt es eine Garantie. Bei keiner einzigen.«

»Ja, aber es gibt Medikamente, die die Abstoßung verhindern. Ein Risiko ist immer dabei.« Seine Stimme schwillt an. »Wir müssen was tun. Wir können doch nicht bloß hier rumliegen, Zelda.«

Er ist so niedergeschlagen, daß sie ihn trösten muß. Er darf nicht glauben, daß sie ihn nicht ernst nimmt. »Na ja, so ganz stimmt das nicht. Es ist nicht so, daß wir nichts tun. Und in meinem Fall haben alle Ärzte zur Chemo geraten – sie haben zwar mal an eine Transplantation gedacht, aber sie konnten keinen Spender auftreiben. Es hat nicht nur an dir gelegen, das weißt du doch. Und im jetzigen Stadium, meinen sie, würde es mir wahrscheinlich sowieso nicht mehr helfen.«

»Aber wieso nicht? Warum sollte es dir nicht helfen?« Er ist aufgeregt, und sie bemerkt, daß seine Stirn ein wenig feucht ist. »Woher wollen sie das wissen, wenn sie es nicht versuchen? Im Ernst, Zel, ich besprech das mit Dad. Er versteht es bestimmt.«

Sie sieht ihn an, ohne etwas zu sagen, und er erkennt, daß sie sich nicht ködern läßt.

»Man muß einfach alles versuchen«, murmelt er. Dann steht er auf und geht zum Fenster. »Es ist irre heiß hier drinnen. Stört's dich, wenn ich das Fenster aufmache?« Er versucht erfolglos, das Fenster hochzuschieben.

»Ich glaube, man kann es nicht öffnen.«

»So was Blödes! Wie hältst du das hier aus bei dieser Hitze?« Er versetzt dem Fensterrahmen einen zornigen Faustschlag, dann stößt er heftig hervor: »Du mußt sterben, stimmt's?«

Zelda erschrickt und versucht hastig, ihre Fassung nicht zu verlieren. »Moment mal, nicht so schnell, kleiner Bruder. Noch bin ich hier. Und den Crash hab ich immerhin überlebt, so schlimm kann's also nicht sein.«

Er dreht sich nach ihr um. »Ist es so?« Sein Ton ist jetzt ärgerlich. Er läßt sich nicht ablenken.

»Ist was so?«

»Mußt du sterben?«

»Vielleicht… Wahrscheinlich… Ich weiß es nicht – bitte, Donny.«

»Wie lange hast du noch?« Er ist erbarmungslos.

Sie legt sich flach in die Kissen und starrt zur Zimmerdecke hinauf. »Ich weiß es nicht«, antwortet sie leise.

Er kommt ans Bett zurück und setzt sich wieder. »Was denn – ist es eine Woche, ein Monat, ein Jahr? Sie müssen dir doch was gesagt haben.«

»Nein. Ehrlich nicht. Aber es wäre absurd, so zu tun, als hätte ich eine rosige Zukunft vor mir.«

Eine riesige Welle der Müdigkeit überflutet Zelda, trotzdem unternimmt sie eine letzte Anstrengung, um ihre Stimme mit Energie zu laden, als sie den Kopf dreht, um ihn anzusehen. »Andererseits – und das ist jetzt kein Quatsch – war gestern abend der Arzt hier und hat mir das gleiche erzählt wie du eben, über diese ganzen neuen Erkenntnisse in den Staaten. Sie sind optimistisch.« Schon ist sie dabei, die Entscheidung des vergangenen Abends bezüglich der hochdosierten Chemotherapie zu revidieren. Sie will alles tun, wirklich alles, wenn sie damit nur diesen Ausdruck in den Augen ihres Bruders vertreiben kann.

»Wie optimistisch?« Er beugt sich so ruckartig vor, daß einer seiner Füße an der Bettdecke hängenbleibt. Die Weintrauben rutschen zu Boden, und keiner von beiden versucht, sie aufzuhalten.

»Sehr. Ich bin ja schließlich dieses medizinische Wunder. Die Jüngste aller Zeiten!«

»Hör auf mit deinen Witzen, Zel. Das ist ernst.«

»Tut mir leid.«

»Dann bleibt uns also gar nichts anderes übrig. Wir müssen in die Staaten.«

Sie starrt ihn verblüfft an. Die Müdigkeit ist unwiderstehlich. Sie muß die Augen schließen. Obwohl sie sich alle Mühe gibt, ist sie nicht fähig, ihre Stimme über ein Flüstern zu erheben. »Ich sag's denen. Das verspreche ich dir.« Ihre Lider fallen herab, aber es gelingt ihr, sie einen Spalt offenzuhalten, und sie berührt seine Hand, die wie verloren auf der Bettdecke liegt. »Ich tue mein Bestes. Ich habe im Augenblick kaum Schmerzen, das ist schon mal ein gutes Zeichen. Ich tue mein Bestes, aber mach dir keine zu großen Hoffnungen, Donny.«

Er zieht seine Hand weg, als könnte sie ihn verraten. Er schluckt. »Ich zwing sie, daß sie dich in die Staaten schicken. Ich zwing sie dazu.«

»Wir reden noch mal drüber. Jetzt brauch ich eine Schwester, nimm's mir nicht übel. Zeit für meine Spritze – ich bin auf dem besten Weg, ein Junkie zu werden, weißt du.«

»Sei still!«

Sie bemüht sich zu lächeln. »Ich bin wirklich hundemüde. Es ist besser, wenn du jetzt gehst, Donny. Würdest du bitte für mich läuten?«

Er bleibt sitzen, aber er läutet für sie. Sie sieht ihm an, daß er noch etwas sagen möchte.

»Was ist Donny? Was ist los?«

Er springt auf und beginnt in hektischer Eile, die heruntergefallenen Weintrauben aufzusammeln. »Nichts. Gar nichts.« Er lädt das Obst auf ihren Nachttisch, dreht sich um und geht mit einem gemurmelten »Tschüs« schnell zur Tür, ohne Zelda noch einmal anzusehen.

Sie versucht, sich wieder aufzurichten, um ihm etwas nachzurufen, aber ihr fehlt die Kraft dazu.

9

»Sophie Dolan! Herrgott noch mal, konzentrier dich einfach!« ruft Sophie ärgerlich. Sie ist in der kleinen Kammer oben unter der Treppe, die sie und Michael mit einem Augenzwinkern als ihr Atelier bezeichnen. Zwischen Aktenschrank, Zeichentisch, Hocker und Bücherregal kann man hier höchstens einen Schritt in jede Richtung machen. Sie ist dabei, nach einer Auswahl von Agenturfotos eine Strichzeichnung eines Minkwals fertigzustellen, die schon längst auf Imeldas Schreibtisch liegen sollte. Die tiefen Längsfurchen an der Unterseite des Tieres gelingen ihr einfach nicht richtig.

Mit jeder Stunde, die seit der Unterredung mit Imelda verstreicht, wird ihr teurer, was sie verloren hat – das entspannte Arbeiten bei der kleinen Zeitschrift, Nancys Schrullen und vor allem die Freiheit, die sie bei der Zeitschrift genossen hat. Gleichzeitig wird ihr klar, daß Imelda ihr fehlen wird.

Mit neuem Ärger mustert sie ihre Illustration. Zum Teufel mit der Genauigkeit, die Zeitschrift ist doch sowieso gestorben. Wen interessiert da noch eine Illustration in der letzten Nummer?

Nein. Schluß! So geht das nicht. Wo bleibt die Professionalität? Sie knüllt das Papier zusammen. Sie wird eben noch einmal von vorn anfangen müssen.

Normalerweise würde sie mit liebevoller Sorgfalt ans Werk gehen: Wale sind für sie ungeheuer faszinierende Geschöpfe, und es ist ein großer Wunsch von ihr, irgendwann einmal vor der südafrikanischen Küste Wale zu beobachten; sie möchte in einem Boot in nächster Nähe sitzen, wenn das Wasser über dem mächtigen Rücken eines ausgewachsenen Pottwals aufwallt; sie möchte mit eigenen Ohren das gewaltige Klatschen hören, wenn ein Nordwal nach schwerfälligem Sprung wieder ins Wasser taucht. Am meisten aber wünscht sie sich, einmal den Giganten der Meere, den Blauwal, zu sehen.

Sie wirft einen Blick auf den Reisewecker. Fünf Minuten vor zwölf. Normalerweise hätte Michael sich um diese Zeit schon mal gemeldet, aber solange Brian im Krankenhaus liegt, geht natürlich in der Firma alles drunter und drüber.

Und nach dem Streit gestern beim Abendessen, der sie auch jetzt noch belastet, kann sie ohnehin nicht erwarten, daß er anruft.

Der Streit flammte ganz plötzlich auf, aus dem Nichts gewissermaßen. Sie unterhielten sich über das Ende der Zeitschrift, und im Gegensatz zu ihr, die wünschte, es würde sich jemand finden, der bereit wäre, etwas Geld zu investieren, sah er den Bankrott des Magazins als Chance für sie.

»Überleg doch mal, Soph, das ist vielleicht das Beste, was dir passieren konnte. Du bist viel zu gut für dieses Käseblatt. Die haben dich jahrelang nur ausgebeutet.«

Je mehr er insistierte, desto stärker hielt Sophie dagegen, konterte mit einer Aufzählung der Vorzüge des Magazins, lobte die Mitarbeiter, den treuen Abonnentenstamm, den hohen ethischen Standard. Dabei mußte sie immer an Nancys unglückliches Gesicht denken, als sie am Nachmittag zusammen im Pub gesessen und bei schalem Bier versucht hatten, einander etwas Tröstliches zu sagen. »Es ist … war … eine integre Zeitschrift«, rief Sophie aufgebracht.

»Ja, klar.« Er war nicht beeindruckt. »Ihr wart so integer, daß alles den Bach runtergegangen ist.«

In seiner Wut wurde Michael immer sarkastischer. »Schützt die Bäume? Rettet die Wale? Verschon mich bitte!«

Das Telefon läutete, und er ging hin, während Sophie überrascht feststellte, mit welcher Leidenschaft sie an *Wild Places* hing.

Michael war kurz darauf wieder da.

»Wer war es?«

»Ach, da hatte sich jemand verwählt«, sagte er kurz und begann zu essen.

Sophie schoß der Gedanke durch den Kopf, daß sie in letzter Zeit eine Menge solcher Anrufe bekamen, aber im Moment gab es wichtigere Fragen. »Ich will dir mal was sagen, Michael«, sie bemühte sich um einen sachlichen Ton, »wir brauchen mehr solche Zeitschriften und nicht weniger. Unserer Erde geht die Luft aus.«

Das schürte nur seine Wut. Er warf sein Besteck auf den Teller. »Das kann ja sein – obwohl ich der Meinung bin, daß noch lange nicht sicher ist, ob an dieser Sache mit der globalen Erwärmung überhaupt was dran ist –, aber eine lumpige kleine Zeitschrift, die kein Mensch liest, ändert bestimmt nichts dran.«

»Das stimmt nicht!« erregte sie sich. »Das stimmt einfach nicht. Wir haben eine lange Liste von Abonnenten …«

»Ach was? Also, ich kenne niemanden, der von dem Heftchen je gehört hat!«

»Es ist ja auch kein Touristenmagazin, Herrgott noch mal!«

»Ach so, natürlich, wir stehen weit über den läppischen Touristen.« Er beugte sich so weit über den Tisch, daß sein Gesicht nur noch Zentimeter von ihrem entfernt war. »Darf ich dich vielleicht darauf hinweisen, Frau Oberlehrerin, daß du diesen Touristen, auf die du aus deinen beschissenen Umweltschützerhöhen mit solcher Verachtung runterschaust, das gottverdammte Fleisch in deinem gottverdammten Eintopf zu verdanken hast.«

»Michael!« Sophie war entsetzt über seine Ausdrucksweise und vor allem über seine Heftigkeit. »Was ist los, Michael?« fragte sie ruhig. »Es geht hier doch gar nicht um die Zeitschrift. Ist in der Firma was passiert?«

Ein, zwei Augenblicke starrten sie einander an. Ihr Gesicht begann zu schmerzen.

Er lehnte sich wieder zurück und schlug versöhnliche Töne an. »Tut mir leid. Ich weiß, du magst diese Ausdrucksweise nicht.« Er schob mit der Gabel ein Stück Kartoffel auf seinem Teller herum. »Sophie, es tut mir ehrlich leid, daß ich so unbeherrscht war, gerade jetzt, wo es dir nicht gutgeht. Aber ich wollte dir wirklich nur helfen. Wenn du *Wild Places* unbedingt retten willst, dann rette es, aber rechne nicht mit meiner Unterstützung. Tu, was du für richtig hältst, das tust du ja ohnehin immer. Es ist mir völlig egal – mit dem Geld, das du nach Hause bringst, könnte man sowieso nicht mal das Futter für einen Wellensittich bezahlen.«

»Das ist nicht fair.« Wieder fühlte sie sich angegriffen. »Du hast immer gesagt, das Geld spielt keine Rolle.«

»Ja, ich weiß.« Er hielt einen Moment inne. »So kommen wir nicht weiter, Sophie, und ich denke, du brauchst meinen Rat sowieso nicht.« Er legte sein Besteck auf den Teller und schob ihn beiseite. »Ich will nicht mit dir streiten, Sophie. Wirklich nicht. Was ich vorhin gesagt habe, tut mir leid, das war nicht in Ordnung. Nimm's mir nicht übel, aber ich habe keinen Appetit mehr.«

Damit stand er auf und ging aus der Küche, und Sophie, die ihm wortlos nachsah, mußte zugeben, daß er mit seiner Behauptung, sie brauche seinen Rat nicht, nicht unrecht hatte.

Die Beschaffenheit ihres Hauses war simpel: einstöckig, vier Zimmer. Es war vor mehr als hundertfünfzig Jahren als einfaches Handwerkerhaus erbaut worden. Im Erdgeschoß war, mit direktem Zugang zur Straße, die Wohnstube gewesen, wo in einem großen offenen Kamin auch gekocht wurde. Oben war der Schlafraum gewesen, so groß wie die untere Stube, und beide Räume waren durch eine Treppe miteinander verbunden gewesen. Der Außenabort hatte sich auf der anderen Seite eines kleinen Hofes befunden.

Sophie und Michael modernisierten das Haus, indem sie es durch einen einstöckigen Anbau an der Rückfront erweiterten. Unten ließen sie eine moderne Küche einbauen, den Raum über ihr teilten sie in ein Gästezimmer, Sophies kleines Atelier und ein ebenso kleines Badezimmer auf. Doch der Charme des Originals ist erhalten geblieben, nicht zuletzt dank Sophies Sinn für Einfachheit und Farben. Sie hat kaum etwas aus dem Haus ihrer Eltern mitgenommen, als diese auswanderten, sie hat für überladene Räume nichts übrig, und so herrscht in ihrem kleinen Haus eine Atmosphäre der Leichtigkeit, Klarheit und Ruhe. Die Originalsteinplatten, blank poliert von den Nagelschuhen von Generationen, hat sie nie entfernen lassen, jedoch freundliche Flickenteppiche aus Neuengland auf ihnen ausgebreitet. Sofas und Sessel sind mit indianischen und mexikanischen Quilts und Überwürfen bedeckt; an den weiß getünchten Wänden hängen einige Zeichnungen und Aquarelle von ihr selbst sowie ein Ölgemälde, das ihr teuer ist, ein kleines Bild von Charles Lamb aus den Vierzigern, das einen verlassenen Pier in Connemara im Hochsommer zeigt. Brian und Eily – die es in einem Laden an den Quays entdeckt hatten, bevor die Quays in Mode kamen – haben es ihr und Michael zur Hochzeit geschenkt. Es war eine wunderbare Idee, denn die gedämpfte Palette dieses Malers der ländlichen Idylle bezaubert Sophie immer wieder von neuem.

Einen Mißklang gibt es allerdings in dieser Symphonie guten Geschmacks: Michael, der ein Faible für Autos hat, hängt jedes Jahr über dem Kamin einen Audi-Kalender auf. Da er ihr ansonsten bei der Inneneinrichtung freie Hand läßt, akzeptiert Sophie den Kalender.

Während Michael sich nach dem Streit vor den Fernseher setzte, hätte Sophie am liebsten geweint. Michael war in letzter Zeit ihr gegenüber immer so gereizt. Im Beisein anderer war er weiterhin der glänzende Unterhalter, witzig und geistreich. Daheim jedoch hatten seine Scherze einen stark sarkastischen Unterton angenommen, und sein Humor, den sie stets so geliebt hatte, schien ihm zunehmend abhanden zu kommen. Mochten und verstanden sie einander überhaupt noch?

Sophie reißt sich aus ihren Gedanken und kehrt zur Aufgabe des Tages zurück, der Anfertigung einer der letzten Illustrationen für *Wild Places*.

Leise vor sich hin summend, schwirrt Riba in ihrem gemütlichen Wohnzimmer umher, räumt ein bißchen auf, schüttelt die Kissen auf, glättet die Decken, staubt die Fotografien behutsam ab. Sie liebt dieses Zimmer mit allem, was darin ist, jedes Stück ist ihr ans Herz gewachsen – der kleine Lüster aus rosafarbenem Glas, der offene weiße Marmorkamin mit den Messingböcken und dem blitzenden Schutzgitter, der Mahagonischrank, in dem der massige Fernsehapparat steht, selbst das kunterbunte Durcheinander von Ziergegenständen und wertlosem Nippes, die alle mit persönlichen Erinnerungen verbunden sind und daher niemals aussortiert werden, auch wenn der Platz auf Borden und Konsolen immer knapper wird.

Sie ergreift einen zierlichen Handspiegel mit blauem Mosaikrahmen, eines der kleinen Überraschungsgeschenke, die Brian ihr in den ersten Ehejahren häufig mitzubringen pflegte, wenn er abends von der Arbeit nach Hause kam. Mit einem liebevollen Lächeln fährt sie mit ihrem Staubtuch darüber. Das waren schöne Zeiten, als nichts Schlimmeres passieren konnte, als daß die Kinder einen Schnupfen hatten oder Brian nach einem Streit mit einem Kunden schlecht gelaunt nach Hause kam.

In letzter Zeit scheint alles größere und bedrohlichere Dimensionen angenommen zu haben.

Unwillkürlich wirft sie einen Blick in den Spiegel. Aus dieser Nähe sehen die Blutergüsse im Gesicht und die Naht über dem rechten Auge wirklich häßlich aus. Die Verfärbung ist eher intensiver als schwächer geworden. Während sie sich betrachtet, fällt ihr das gestrige Scharmützel mit Brian im Krankenhaus wieder ein. Manchmal ist Brian wirklich so … so … Sie findet nicht das passende Wort. Unnahbar? Er ist manchmal so unnahbar.

Er wird sich schon wieder beruhigen. Jetzt brauchen sie alle erst mal Zeit – aber was Zelda betrifft, haben sie die nicht.

Sie legt den Spiegel wieder auf das Tischchen. *Du mußt nur daran glauben, dann geschieht es auch.* Sie atmet ein und aus, saugt den Sauerstoff aus jedem Winkel des Zimmers. *Wenn du daran glaubst, ist es schon dein.*

Der Zauber wirkt wie immer; schon wenige Sekunden später ist sie wieder ruhig, und dieses beschwingte Freitagsgefühl ist zurück. Ihr Leben lang hat Riba Freitage geliebt, nennt sie Regenbogentage. Sie ist keine geborene Frühaufsteherin, doch Freitag morgens ist es immer leichter, aus dem Bett zu kommen. Das, vermutet sie, ist wahrscheinlich ein Rückfall in ihre Schulzeit, als der Freitag zwei Tage Freiheit einzuläuten pflegte. Zugleich war Freitag der Zahltag für die Tante und den Onkel, bei denen sie aufgewachsen ist, der Tag, an dem sie feierlich den Safe im Wohnzimmer öffneten und einer dem anderen einen Betrag aushändigte, den er als gerechten Lohn für eine Woche Arbeit betrachtete. Und freitags gab es stets ein schmackhaftes, reichliches Abendessen.

An diesem besonderen Freitag morgen kann nicht einmal der kalte Regen, der durch die leeren Straßen der Siedlung fegt, ihre gute Stimmung dämpfen. Das Trauma des Flugzeugunglücks ist gebannt, wenigstens vorübergehend, und sie ist überzeugt, daß der Zustand ihrer Tochter sich mindestens stabilisiert hat. Das Gespräch mit diesem sympathischen Arzt aus Palästina hat durchaus Anlaß zu Vertrauen gegeben. Sie hat zwar hinsichtlich Zeldas Gesundheit ihre eigenen Pläne, in die sie die Ärzte nicht mehr einweiht, aber sie hat sich nicht widersetzt, als er ihr mitteilte, er wolle einige neue Forschungserkenntnisse an Zelda überprüfen.

Heute kann alles nur besser werden. Sie hat es schon beim Erwachen gespürt und ist sofort aufgestanden, um Brötchen, einen Apfelkuchen und zwei Laibe weißes Weizenbrot zu backen. Im ganzen Haus duftet es wie in einer französischen Patisserie.

So fühlt Riba sich wohl. Sie tritt in die Mitte ihres blitzblanken Wohnzimmers mit den chintzbezogenen Möbeln und dem dicken rot-grün gemusterten Axminsterteppich, stemmt die Hände in die Hüften und schaut in die Runde, um sich zu vergewissern, daß alles in Ordnung ist. Perfekt.

Ihr Instinkt treibt sie immer zu Licht und Wärme – ein weiterer Beweis für ihr früheres Leben in Afrika –, und während draußen der Regen unablässig herabströmt, geht sie jetzt weiter zum Heizkörper unter dem Fenster mit den roten Samtvorhängen, an denen die lichtschluckenden Stores fehlen, die alle ihre Nachbarn so sehr lieben. Abgeschirmt hinter den Doppelscheiben, kreuzt sie die Arme fest über ihrem Oberkörper und beobachtet gedankenverloren, wie sich ein seichter Strom überfließenden Wassers aus dem Rinnstein langsam über die ganze Breite der Straße ausdehnt.

Das schrille Läuten des Telefons im Flur reißt sie aus ihren Gedanken. Sie läuft hinaus. Das kann gar keine schlechte Nachricht sein. »Hallo?«

»Guten Morgen, Riba?«

Monica aus Kalifornien. Zwei Tage hintereinander! »Hallo, Monica, wie nett, so bald schon wieder von dir zu hören – wie spät ist es jetzt bei euch?«

»Oh, gerade mal Viertel vor sieben. Wir sind Frühaufsteher hier auf PTI.« Die kalifornische Monica lacht glucksend.

»Pe-Te-I?« Riba ist verwirrt.

»Palm Tree Island.« Monica übt sich in Geduld. »Wir denken an dich und Zelda und euch alle. Wie geht es ihr denn heute?«

»Ich war noch nicht bei ihr.« Riba ist gereizt. Der Gebrauch der Abkürzung PTI hat trotz des vertraulichen Tones etwas von einem Privileg, von dem sie ausgeschlossen ist. »Hier ist es erst Viertel vor elf, Monica«, erklärt sie kurz, »und ich geh normalerweise erst mittags ins Krankenhaus. Aber danke der Nachfrage. Gestern hatte ich den Eindruck, es geht ihr großartig. So friedlich.«

Wieder lacht die Amerikanerin ihr glucksendes Lachen. »Das ist doch wunderbar – aber wieso überrascht es mich nicht? Habt ihr schon Gelegenheit gehabt, über die Daten für eure Reise nachzudenken?«

»Nein, noch nicht. Brian ist noch im Krankenhaus, und …« Sie bricht ab. Wieso plötzlich diese Ungeduld? Wie kommt sie dazu, dieser Frau Erklärungen zu geben? »Ich gebe euch Bescheid, sobald das Datum feststeht«, sagt sie bestimmt.

»Warte nur nicht zu lange. Das Wetter ist im Augenblick überwältigend, keine allzu hohe Luftfeuchtigkeit, keine Mükken, kein Wind, und das Meer funkelt heute wie ein Saphir. Aber wenn ihr da drüben nicht euren Regen hättet, hättet ihr natürlich auch nicht all dieses saftige irische Grün.«

Die Bemerkung versetzt Riba einen schmerzhaften Stich, sie muß an die Amerikaner denken, die im Flugzeug neben ihr saßen.

»Diese Wildnis ist wirklich wunderschön, Riba. Tja, ich muß weitermachen.« Sie wird kurz. »Wir telefonieren bald wieder, ja? Alles Gute, Süße. Und liebe Grüße von Jay.«

»Grüß ihn auch von mir, okay, Monica?«

»Aber natürlich.«

Sie verabschieden sich voneinander, während Riba sich fragt: Wenn Jay so großes Interesse hat, warum ruft er dann nicht selber an? Aber natürlich, Jay Street hat Wichtigeres zu tun, als sich um jede einzelne Geschichte zu kümmern. Tausende liegen ihm am Herzen und stehen unter seinem Schutz. Wie undankbar von ihr, solche Ansprüche zu stellen!

Riba blickt hinaus zu ihren kahlen gestutzten Rosenbüschen, die von Wind und Regen gepeitscht werden. Sie muß einen Plan schmieden. Wie kommt die Reise doch noch zustande? Wie kann sie Zelda dazu bewegen, schon wieder in ein Flugzeug einzusteigen? Ist es überhaupt fair, so etwas von ihr zu verlangen?

Aber natürlich ist es das – selbstverständlich ist es fair, sie zu ermuntern, Heilung für ihre Krankheit zu suchen. Auch wenn Zelda große seelische Stärke beweist – Riba bewundert sie unendlich dafür, wie sie mit allem fertig wird, nicht nur mit ihrer Krankheit, sondern auch mit der Bewältigung des Flugzeugunglücks.

Die schwierigere Frage ist vielleicht, wie man ihr klarmachen kann, daß es klug ist, die Sache in aller Stille ins Werk zu setzen, wenn sie nicht wollen, daß Brian und der Rest der Welt über sie beide herfallen.

Einen präzisen Plan hat sie noch nicht, aber sie vertraut darauf, daß ihr etwas einfallen wird. Zelda muß überzeugt werden – unbedingt. Was hat sie denn noch zu verlieren? Und zudem erwarten sie dort Sonnenschein, gute Luft und natürliches Essen.

Ribas Entschluß ist schon gefaßt. Wann, wenn nicht jetzt? Noch heute, in dieser Minute, wird sie ins Reisebüro gehen. Dank der Macht ihrer Überzeugung wird sie über all die Skeptiker triumphieren – und für den Fall, daß Brian oder sonst jemand ihr auf die Schliche kommt und versucht, ihre Pläne zu durchkreuzen, wird sie Tickets kaufen, die man nicht zurückgeben kann.

10

Ein Summer ertönt. Riba ist jetzt an vierter Stelle in der Warteschlange. Sie sitzt neben einem halben Dutzend anderer Kunden auf einem harten Plastikstuhl in dem gut besuchten Reisebüro. Regen strömt an dem großen Fenster hinter ihr herab.

Wieder summt es. Jetzt ist sie dritte.

Plötzlich hört sie jemanden gedämpft ihren Namen sagen: »Mrs. McMullan?«

Sie hebt den Blick und sieht einen Mann mittleren Alters in Hemdsärmeln vor sich stehen. »Ja?«

»Mein Name ist Peter White.« Er bietet ihr die Hand. »Ich bin hier der Geschäftsführer. Darf ich Sie in mein Büro bitten?«

Riba ist nicht überrascht. Die unübersehbaren Verletzungen in ihrem Gesicht haben ihrer Meinung nach wenig damit zu tun, daß man sie erkannt hat; sie ist es gewohnt, daß man sich an sie erinnert, wahrscheinlich liegt es an ihrer Aura. Eine Aura hat jeder, aber nur wer sich ihrer bewußt ist, kann sie zum eigenen Vorteil einsetzen.

Sie gibt dem Mann die Hand und folgt ihm dann durch eine Tür im hinteren Teil des großen Verkaufsraums in einen kurzen Korridor. In dem fensterlosen kleinen Büro, in das er sie führt, stapeln sich auf Aktenschränken und sämtlichen anderen horizontalen Flächen Türme von Reiseprospekten.

Er entschuldigt sich für die Unordnung – »um diese Jahreszeit haben wir immer sehr viel zu tun« – und bittet sie, Platz zu nehmen. Nachdem er sich ebenfalls gesetzt hat, sagt er: »Ich bedaure unendlich, was Ihnen zugestoßen ist, Mrs. McMullan. Eine unserer Mitarbeiterinnen draußen hat sich an Sie erinnert.

Sie werden sich vorstellen können, daß wir alle hier schockiert waren – so etwas ist ja noch nie passiert. Neben Ihnen waren noch sieben unserer Kunden in dieser Maschine. Wir haben erst heute morgen wieder aufgemacht. Aber das Leben geht weiter – die Arda fliegt schon heute nachmittag wieder, ob Sie es glauben oder nicht. Auch von uns sind Kunden in der Maschine, die nach Lanzarote fliegt. Wie geht es Ihrer Tochter? Und Brian? Ich habe ihn ja leider seit Jahren nicht gesehen, aber wir kennen uns schon sehr lange. Es hat mich erschüttert, daß er da auch mit hineingeraten ist – obwohl er nicht einmal in der Maschine war.«

Riba hält es für das Klügste, möglichst wenig Worte über Brian zu verlieren, damit dieser Mann nicht meint, er müßte Brian anrufen, um ihm seine Anteilnahme auszudrücken. »Es geht beiden gut, danke«, sagt sie deshalb rasch. »Zelda ist natürlich noch ein wenig geschwächt, aber sie kommt dieses Wochenende aus dem Krankenhaus nach Hause. Es war ein Wunder, wissen Sie, wirklich ein Wunder. Aber wir hatten ja auch guten Schutz.«

»Das freut mich zu hören. Der Versicherungsschutz ist ja heutzutage ziemlich umfassend. Wobei man selbstverständlich immer nur das bekommt, wofür man bezahlt hat.«

Riba überlegt kurz, ob sie den Irrtum aufklären soll, spart sich dann aber die Mühe. Sie lächelt ihn strahlend an. »Vielen Dank für die Blumen übrigens – sie waren ganz wunderbar.« Das Gesteck vom Reisebüro war eines der größten und üppigsten gewesen.

»Ich bitte Sie, Mrs. McMullan …«

»Riba, bitte.«

Der Geschäftsführer runzelt einen Moment verständnislos die Stirn. »Danke, Riba – was für ein ungewöhnlicher Name!« Dann schlägt er einen geschäftlicheren Ton an. »Also, ich nehme an, Sie möchten Auskünfte von mir – haben Sie Ihre Versicherungspolice mitgebracht? Haben Sie sich schon mit der Gesellschaft in Verbindung gesetzt?«

»Nein, nein.« Riba lacht. »Deswegen bin ich nicht hier. Das kann Brian regeln.«

Der Geschäftsführer ist offensichtlich erleichtert. »Was kann ich dann für Sie tun?«

»Ich möchte genau die gleiche Reise noch einmal buchen. Für meine Tochter und mich. Nur nicht mit Arda. Wir möchten sobald wie möglich fliegen. Ach, und würden Sie mal nachsehen, ob es in der Business-Class Sonderangebote gibt?«

»Na, also, das ist doch viel besser.« Sophie nimmt die neue Zeichnung des Minkwals zur Hand und dreht sie kritisch hin und her. Ihr Schwanengesang für *Wild Places.* Walgesang.

Ob gut oder schlecht, es muß ausreichen, denn das Blatt geht in etwas mehr als zwei Arbeitstagen in Druck, und sie muß noch ihre Kolumne fertigstellen. Mit einem wehmütigen Lächeln erinnert sie sich an Imeldas monatlichen Spruch: »Ich will es nicht gut, ich will es jetzt!«

Vorsichtig schiebt Sophie die Illustration in ihre Ledermappe und legt einige Fotografien dazu, für den Fall, daß Imelda eine von ihnen bevorzugt.

Sie rutscht von ihrem Hocker und ergreift ihre Fototasche. Gestern, nach ihrem verrückten Sprint durch die Kastanienallee im Phoenix-Park, ist ihr eine Buche aufgefallen, die ganz allein auf einer der weiten grünen Wiesen auf der anderen Straßenseite stand. Ohne Laub zeigte sich die ganze wunderbare Schönheit des Geästs in seiner filigranen Struktur, und Sophie hat sich vorgenommen, noch einmal dorthin zu fahren, um von dem Baum ein paar Fotos zu machen, auch wenn sie nicht weiß, wann sie sie verwenden könnte. Das Bild der beiden wohlgenährten Wirtschaftsprüfer kommt ihr ins Gedächtnis und versetzt sie mit einem Schlag in unglaubliche Wut. Die Plötzlichkeit und Intensität des Anfalls erschrecken sie – was ist nur in letzter Zeit in sie gefahren? Erst der Zorn auf Eily und jetzt dies.

Sophie, die immer so zurückhaltend war, muß unversehens feststellen, daß sie innerlich kocht. Sie hadert mit ihrer Situation.

Immer war sie loyal, Imelda, Nancy und Eily gegenüber trotz all ihrer Spinnereien. Aber was hat sie eigentlich selbst davon? Wann ist sie mal an der Reihe?

Sie starrt ihre Fototasche an. Soll sie oder soll sie nicht? Sie liebt Buchen, seit sie als Kind gemeinsam mit Eily den roten Eichhörnchen im Botanischen Garten von Glasnevin die süßen Bucheckern wegaß, die unter den alten Riesen an dem Flüßchen Tolka lagen. Sophie beschließt, die Aufnahmen zu machen. Zu verlieren hat sie nichts, und Freude wird es ihr auf jeden Fall bereiten.

Auf dem Weg zur Haustür bemerkt sie, daß der Telefonhörer nicht richtig aufgelegt ist – wahrscheinlich ist das Michael gestern abend passiert. Ärgerlich nimmt sie den Hörer und knallt ihn auf den Apparat, der prompt zu läuten beginnt. Nach einem Moment der Unentschlossenheit hebt sie ab: »Ja, hallo?«

»Tante Sophie?«

Die Stimme von Eilys Sohn ist kaum hörbar in einem Durcheinander von Geschrei und Krach. Sophies schlechte Laune legt sich augenblicklich. »Hallo, Donny? Wo bist du denn? Das ist ja ein Getöse wie in einem Pub am Heiligen Abend.«

»Wir können nicht in den Pausenhof, weil's regnet. Deswegen mußten wir alle in unseren Klassenzimmern bleiben.«

»Alles in Ordnung, Donny?« erkundigt Sophie sich, als Donny nichts weiter sagt.

»Ja, es ist nur ...« Wieder zögert er, dann stößt er hastig hervor: »Könnten wir uns heute irgendwann nach der Schule treffen, Tante Sophie? Ich muß unbedingt was mit dir besprechen. Aber sag meinen Eltern nichts, okay? Du wirst es schon verstehen, wenn wir nachher miteinander reden.«

Sophie überlegt einen Moment. Gerade jetzt, wo sie nach ihrem Besuch bei Brian im Krankenhaus beschlossen hat, sich nicht tiefer in den psychologischen Morast der Familie McMullan hineinziehen zu lassen, kann sie neue Komplikationen nicht gebrauchen. Aber Donny hört sich so jung und so verzweifelt an, daß sie es nicht fertigbringt, sich seiner Bitte zu verschließen, und so verabreden sie sich für fünf Uhr im Café Kylemore in der O'Connell Street.

Sie legt auf, bleibt aber noch einen Moment sitzen und spielt zerstreut mit ihrem Schlüsselring, an dem ein kleiner silberner Eisbär hängt. Mit solchen kleinen Liebesbeweisen hat Michael sie früher öfters überrascht. Sie kann sich noch an den Tag erinnern, an dem sie dieses kleine Geschenk bekam. Es war ungefähr vier Jahre nach ihrer Hochzeit. Brian hatte die Firma noch nicht gegründet, er und Michael arbeiteten bei einer Charterfluggesellschaft, die auf Amerikaflüge spezialisiert war. An diesem besonderen Morgen lag die Stadt, die kaum je mehr als ein paar Graupelschauer erlebt, beim Erwachen unter beinahe einem halben Meter echtem Schnee.

Damals, lange bevor die Wirtschaft alle mit ihren maßlosen Forderungen zu tyrannisieren begann, pflegte man an einem so verrückten Tag morgens die Vorhänge zu öffnen, einen Blick auf die weißen Straßen und Gärten zu werfen und, statt zur Arbeit zu eilen, wieder ins Bett zu kriechen. Man schaltete das Radio ein, um den aufgeregten Berichten der nationalen Wetterredaktion zu lauschen, und hörte sich, unter die warme Decke gekuschelt, vergnügt an, welche Schulen geschlossen, welche Züge gestrichen, welche Straßen gestreut und welche nicht geräumt waren und daß das gesamte Verkehrsnetz der Stadt durch den Schnee lahmgelegt war.

An jenem Morgen standen sie und Michael auf wie gewöhnlich, aber als sie wie alle anderen das Radio aufdrehten, hörten sie, daß der Flughafen von Dublin bis zum Nachmittag geschlossen bleiben würde und alle aus den USA kommenden Maschinen an die Ostküste umgeleitet worden waren. Hocherfreut sausten sie zurück in ihre warmen Betten und feierten ein ausgelassenes Liebesfest, frühstückten bei Toast und Tee im zerwühlten Bett und liebten sich noch einmal. In den frühen Stunden des folgenden Morgens, als die verspätet eingetroffenen Passagiere alle besänftigt und auf ihre unterschiedlichen Wege geschickt worden waren, wurde die schlafende Sophie mit einem

Kuß und dem kleinen Eisbären geweckt. »Ich dachte, er würde dir vielleicht gefallen. Als Erinnerung an den großen Schnee. Es ist kein echtes Silber, Soph, nur versilbert, aber das hält, solange wir uns lieben.«

Seither hütete sie den kleinen Eisbären wie ihren Augapfel.

Was ist los mit ihrer Ehe? Ist ihre Kinderlosigkeit ein unlösbares Problem?

Ein paar Jahre lang waren sie glücklich. Im siebenten Himmel zu Anfang, als Sex das Wichtigste war und Michaels Vitalität, Witz und sprühender Charme das einzige, was zählte. Sophie, die kaum glauben konnte, daß jemand, der so zurückhaltend und unerfahren war wie sie, einem so gutaussehenden, beliebten und lebenslustigen Mann gefiel, fühlte sich wie in einem Taumel romantischer Liebe. Sie liebte ihn mit aller Leidenschaft, sie liebten einander mit aller Leidenschaft, und es war überhaupt keine Mühe gewesen, seine weniger anziehenden Eigenschaften zu übersehen: seinen Hang, beleidigt zu sein, zum Beispiel oder die ungeduldige Gereiztheit über ihren fehlenden beruflichen Ehrgeiz. In jenen ersten Jahren hat er sich nie über ihre Ziellosigkeit beschwert, die er jetzt ständig an ihr kritisiert.

Sie schlafen in letzter Zeit immer seltener miteinander. Sie ist meistens erleichtert, wenn er sie in Ruhe läßt, aber hin und wieder ertappt sie sich bei Phantasien über andere Männer. Wie...

Sie würgt den Gedanken ab, bevor er sich formen kann, indem sie hastig aufspringt, aus dem Haus geht und energisch die Tür hinter sich zuzieht. Sex ist immer schon die verführerische Schlange im Paradies gewesen. Ganz gewiß bei ihr und Michael. Heute ist sie fähig zu erkennen, daß er sie wahrscheinlich beide geblendet hat.

Die Gedanken verfolgen sie weiter, während sie über die regennassen Straßen braust. Ein Problem immerhin gibt es, mit dem sie sich nicht herumzuschlagen braucht: Sie ist sich so gewiß, wie man nur sein kann, daß Michael ihr nie untreu war. Wenn er abends ohne sie ausgeht, dann sitzt er im Pub mit alten Freunden aus Rugby- oder Schultagen, die Sophie nur flüchtig kennt und auch gar nicht näher kennenlernen will. Er ist jähzornig, unvernünftig, alles mögliche, aber er ist offen und ehrlich. Sein mangelndes sexuelles Interesse hat gewiß mit Streß zu tun. In ihrer Ehe, die unter der ständigen Belastung der Kinderlosigkeit steht, ist Michaels scheinbar unbeschwerte Selbstsicherheit hohl wie ein ausgeblasenes Ei, weiß Sophie.

Bestimmt fühlt sich Michael zudem angesichts des ruhigen Selbstvertrauens seines Freundes und Chefs stets daran erinnert, daß er eine Stufe tiefer auf der Karriereleiter steht. Er und Brian kommen zwar gut miteinander aus, aber es ärgert Michael trotzdem, daß er nach so vielen Jahren immer noch nur die zweite Geige spielt, das weiß Sophie. Er hat oft genug davon geredet, daß er sich selbständig machen und einen hochklassigen Chauffeurservice eröffnen will. Aber getan hat er dafür bisher nichts, nur sein Groll ist gewachsen.

Es ist kein guter Tag für Sophies Mann. Erstens hat der Streit des vergangenen Abends einen üblen Nachgeschmack hinterlassen, und zweitens fühlt er sich schuldig daran, daß EconoCar ein lukratives Geschäft entgangen ist. Er ist heute morgen pünktlich am Flughafen eingetroffen, um vier Wagen der Kategorie C an eine Gruppe Golfspieler zu übergeben, die mit einem der Transatlantikflüge ankommen sollten. Allerdings ist die verdammte Maschine dank erheblichem Rückenwind eine Stunde vor der Zeit gelandet, und die Kunden sind einfach zu Avis abgewandert, als sie den Schalter von EconoCar unbesetzt vorfanden.

Michael, der vorhat, Brian später im Krankenhaus zu besuchen, hält es für das Beste, diese unerfreuliche kleine Neuigkeit vorläufig für sich zu behalten.

Und Yvonne flirtet auch noch mit irgendeinem anderen Kerl.

Die Ankunftshalle im Dubliner Flughafen wird wieder einmal modernisiert. Seit die irische Wirtschaft so erfreulich boomt, scheint jede Renovierung und Erweiterung des Flughafens direkt in die nächste überzugehen, und Michael kann sich kaum an eine Zeit erinnern, wo er nicht über Absperrungen gestolpert ist und beim Telefonieren mit den Kunden keine Verständigungsschwierigkeiten wegen des Baulärms hatte. Wenigstens haben sie hier draußen etwas Licht. Der Schalter von EconoCar ist vorn, gleich bei der Taxiausfahrt, wo sie immer wieder mit Aufträgen von Kurzentschlossenen rechnen können.

Im Augenblick allerdings interessiert ihn nur, daß Yvonne sich mit einem der Arbeiter amüsiert, einem bulligen jungen Kerl mit Schlafzimmerblick und üppiger dunkler Lockenpracht auf Kopf und Brust. Auf die Ellbogen gestützt, beugt sie sich über den Tresen, die Knöpfe der Uniformjacke aufreizend gespannt. Michael, der sich seines Alters nur allzu bewußt ist, kann nicht eingreifen. Er hängt am Telefon, fest in den Klauen irgendeines Trottels von einem Provinzreisebüro, der eine lumpige Buchung eines Fiat Punto für sechs Tage zum Anlaß nimmt, um stundenlang zu quatschen. Michael sieht wütend zu Yvonne hinüber, aber entweder bemerkt sie es nicht oder ignoriert es bewußt.

Wann hat sie ihn das letzte Mal so schelmisch angelacht?

Als er endlich auflegen kann, ist Michael fast übel vor Wut und Anspannung. Das dünne Papier des Formulars, das er ausfüllen muß, zerreißt unter dem Druck seines Kugelschreibers, er knüllt es zusammen und nimmt sich ein neues vor. Wenigstens ist der Bauarbeiter jetzt weg, und Yvonne sitzt vor dem Computer. Sie trägt das blonde Haar heute hochgebunden, und während er zusieht, wie ihr Pferdeschwanz beim Tippen hin und her schwingt, spürt er eine wohlbekannte Hitze in sich aufsteigen. O Mann, dieser Rhythmus!

Verzweifelt versucht er, sich auf das neue Formular zu konzentrieren.

Er stellt sich ihren wunderschönen glatten Rücken vor, ihren festen kleinen Hintern … Hör auf, Dolan. Hör sofort auf! Reiß dich zusammen.

Aber er hat ein Recht darauf zu wissen, ob sie schon nach dem nächsten Ausschau hält!

Nein, besser den Mund halten. Nichts verscheucht eine Frau wie Yvonne schneller als ein eifersüchtiger Liebhaber. Selbst wenn sie schon wieder auf der Suche sein sollte – er drückt mit dem Kugelschreiber so fest auf, daß auch das zweite Blatt nachzugeben droht –, Frauen gibt's wie Sand am Meer.

Wie auf Kommando kommt die kleine Praktikantin zurück, die einen Kunden im Rollstuhl zu seinem Wagen gebracht hat. »Hallo, Augenweide!« Er ruft so laut, daß Yvonne es hören muß. »Wie ist es gelaufen?«

Verdammt noch mal, er kann den Namen des Mädchens einfach nicht behalten. Bernie? Bláithín? Er kann sie unmöglich fragen, sie arbeitet schon über eine Woche hier …

Yvonne hat nicht einmal herübergesehen.

Die Praktikantin errötet, und gleich hebt sich seine Stimmung; er hat gar nicht gewußt, daß es heutzutage noch junge Mädchen gibt, die erröten. Bevor sie ihm berichten kann, wie es ihr mit dem Kunden ergangen ist, werden sie von einem alten Bekannten Michaels gestört, dem Mitarbeiter eines Reisebüros.

Michael schüttelt ihm die Hand. »Peter White! Wie geht's dir? Wir haben uns aber lange nicht gesehen! Sind die Kerle nicht eine Wucht? Schaust du dir das Spiel in Cardiff an?«

Während sie sich über ein für den kommenden Monat angesetztes Rugbyspiel zwischen Irland und Wales austauschen und sich gegenseitig zu den Erfolgen der irischen Mannschaft in der laufenden Saison beglückwünschen, bemerkt Michael aus den Augenwinkeln, daß Yvonne aufsteht und durch den Hinterausgang des Schalterraums hinausgeht.

Es kann natürlich sein, daß sie zur Toilette will. Oder eine rauchen. Oder aber zum Stelldichein mit den Schmachtlocken.

Ihm fällt auf, daß der andere zu sprechen aufgehört hat und auf eine Antwort von ihm zu warten scheint. »Wie bitte? Entschuldige, Peter, ich war einen Moment mit meinen Gedanken woanders.«

»Ich sagte gerade, ich bin extra vorbeigekommen, um dich zu bitten, McMullan von mir zu grüßen und ihm gute Besserung zu wünschen. Er ist ein prima Kerl.«

Michael achtet darauf, daß er die Halle weiterhin im Auge hat, während er den anderen anlächelt. »Klar, mach ich. Ich besuche ihn wahrscheinlich später im Krankenhaus. Soviel ich weiß, geht es ihm gut. Na ja, Unkraut vergeht eben nicht.«

»Genau.« Wehmütig lächelnd lehnt sich White an den Tresen. »Mensch, Mick – denkst du noch manchmal an die ersten Ausbildungsjahre, als wir alle noch jung und voller Illusionen waren? Damals glaubten wir, wir könnten die gesamte irische Touristikbranche umkrempeln und im Handumdrehen Millionen machen. Das waren Zeiten!«

»Du sagst es.« Obwohl Michael diesen Kollegen wirklich mag und auch nicht unhöflich sein möchte, wünscht er, White würde endlich verschwinden. Er möchte dringend nachsehen, was Yvonne treibt.

Aber White ist nicht in Eile. »Und auf diese oder jene Art sind wir alle in der Branche hängengeblieben. Als könnte man sich nicht losreißen.«

»Hm.« Michael zückt seinen Kugelschreiber über dem Buchungsformular, und White, der endlich kapiert, richtet sich auf. »Also dann – ich mach mich wieder auf die Socken. Ich habe noch eine Ladung Leute zu befördern. Lanzarote. Aber ich wollte auf jeden Fall persönlich vorbeikommen.« Er schneidet eine Grimasse. »Sie fliegen mit Arda – du verstehst. Na, wie dem auch sei, grüß McMullan von mir und sag ihm, ich wünsche ihm gute Besserung.« Er senkt ein wenig die Stimme. »Sophie natürlich auch – ich hörte, daß sie ebenfalls Riesenglück hatte.«

»Ja, und es geht ihr gut. Es ist wirklich unglaublich, was für ein Glück sie alle hatten – du hast doch sicher von McMullans Frau und Tochter gehört?«

»Natürlich – sie hatten ja bei uns gebucht. Sie war übrigens heute morgen bei mir – eine mutige Frau. Riba, das ist ein ungewöhnlicher Name, nicht? Auf der Flugliste hatten wir allerdings einen anderen Namen stehen.«

Wenn Brian McMullans Frau gern Katy das Kätzchen genannt werden möchte, soll das Michael auch recht sein. Er hat nie verstanden, wieso Brian sich wegen des Namens dermaßen aufgeregt hat. »Ja, Riba«, meint er zerstreut. Er hat schon einen Krampf im Nacken von dem angestrengten Bemühen, die Halle ständig unauffällig im Auge zu behalten, und wünscht, White würde sich endlich davonmachen.

Aber der hängt immer noch seinen Gedanken nach. »Also, ehrlich gesagt, wenn ich den Crash mitgemacht hätte, würde ich so schnell nicht wieder in ein Flugzeug steigen. Sie hat allerdings extra gesagt, daß sie auf keinen Fall mit Arda fliegen will. Ich habe ihr Business-Class zum Economy-Tarif besorgt.« Er lächelt. »Also dann, wir sehen uns. Auf nach Cardiff?«

»Ja, und ich freu mich drauf, wird bestimmt ein gutes Spiel. Paß auf dich auf.«

Aber Michael denkt nicht weiter an das Rugbyspiel, sondern läuft sofort in den hinteren Teil des Schalterraums. Am Computer, wo die Praktikantin irgendwelche Unterlagen zusammenheftet, bleibt er stehen. »Hören Sie …«, verdammt noch mal, wie heißt die Kleine gleich wieder? »Ich bin gleich wieder da. Machen Sie mir inzwischen keinen Kummer, hm?« Er beschenkt sie mit einem unwiderstehlichen Lächeln.

Und errötend lächelt die Praktikantin zurück.

11

Voll bekleidet liegt Brian auf seinem Bett im Krankenhaus. Er trägt noch eine Halskrause, aber die Schmerzen haben bereits merklich nachgelassen.

Er hat beschlossen, das Krankenhaus auf eigene Verantwortung zu verlassen, aber die Schwestern haben ihn überredet, wenigstens noch ein Gespräch mit dem behandelnden Arzt abzuwarten. Verdrossen über die Verzögerung, zappt Brian derweil durch die Fernsehprogramme, bis er den Apparat schließlich ausschaltet.

Wo bleibt der verdammte Arzt? Man kommt sich ja vor wie im Gefängnis.

In den ersten Tagen nach dem Flugzeugunglück war er zweifellos wie weggetreten, aber jetzt rattert sein Gehirn unaufhörlich, als wollte es die verlorene Zeit aufholen. Es stellt Behauptungen auf und widerspricht sich selbst mit Gegenargumenten, wobei die Themen von dem Mist, der heutzutage im Fernsehen gezeigt wird, über die globale Erwärmung bis zu den Ereignissen an den Finanzmärkten reichen. Es stößt auf Zelda, findet dieses Thema zu schmerzhaft und stürzt sich in hitzige Auseinandersetzungen mit Kollegen und Kunden, als wären diese anwesend, streitet mit Politikern, die von Tourismus und dem Autovermietungsgeschäft keine Ahnung haben, aber es darauf abgesehen haben, die Branche mit immer neuen Steuern und Vorschriften um ihre Existenz zu bringen. Von neuem beginnt es, sich um Zelda zu sorgen, schweift dann ab zu einem Selbstgespräch über seine Frau und ihre nervenaufreibenden Marotten, über Donny und Rugby und Ärzte. Und über Sophie.

Sie hat wunderbar ausgesehen. Am liebsten hätte er sie in die Arme genommen und für immer festgehalten.

Hör auf, Brian McMullan. Du sprichst von der Frau eines anderen!

Ja, von Micks Frau.

Mick. Dieser Idiot. Der immer wieder Seitensprünge macht, am Flughafen und anderswo – und alle kriegen es mit, obwohl er sich einbildet, diskret vorzugehen. Und dann noch mit billigen Flittchen wie Yvonne Leonard, die sogar dreist genug war, Brian für eine ihrer gräßlichen Freundinnen angeln zu wollen. Eines weiß Brian mit Sicherheit – wenn er eine Frau wie Sophie hätte, würde er niemals fremdgehen. Nie im Leben. Aber er tut's sowieso nicht. Jedenfalls bis jetzt nicht.

Der Gedanke ist ihm nicht geheuer. Denk an was anderes. Schnell. Ruhelos marschiert er vom Fenster zur Wand gegenüber und wieder zurück. Wo zum Teufel bleibt der Arzt?

Brian weiß, daß er kein Mensch mit besonderem Tiefgang ist. Er hält sich nicht einmal für besonders klug, wenn er auch den Abschluß an der höheren Schule gut hingekriegt hat. Er liest keine Bücher, seine Lieblingssänger sind James Taylor und Cliff Richard, und abgesehen von seiner Leidenschaft für Rugby und einem dauerhaften Interesse an Flugzeugen, Fluggesellschaften und ihren Flugplänen hat er keine Hobbys. Hätte er damals den Mut und den Grips besessen, so hätte er sich bei Aer Lingus beworben, um sich zum Piloten ausbilden zu lassen. Aber er hat gekniffen und statt dessen eine Ausbildung bei CERT gemacht, dem staatlichen Ausbildungsprogramm für Tourismus und Gastronomie. Von da war es nur ein kurzer Schritt ins Leihwagengeschäft. So gut wie die Fliegerei. Na ja, fast so gut. Aber das alles war nie ein Problem, er kann in jedem Gespräch und jeder Diskussion seinen Mann stehen.

Als Eily begann, eigene Wege zu gehen, nahm er das mit gutmütiger Gelassenheit hin, weil er glaubte, sie würde schon wieder zurückfinden. Selbst als die Jahre vergingen und sie nicht zurückfand, sondern sich immer weiter entfernte, akzeptierte er das. Im übrigen hatten ihre Aktivitäten, ganz gleich wie exzentrisch, ihn kaum gestört.

Sein Leben floß heiter dahin, bis Zelda krank wurde.

In letzter Zeit allerdings – und wenn er ehrlich ist, war das schon vor Zeldas Krankheit so – kann er die Wogen der Unzufriedenheit nicht mehr ignorieren, die Tag für Tag mit bedrükkender Regelmäßigkeit auf ihn zurollen.

Er sieht aus dem Fenster in den Regen hinaus. Okay. Er schaut auf seine Uhr. Ich gebe diesem Halbgott in Weiß noch zwanzig Minuten, dann bin ich weg.

Er spielt am Kragen des schwarzen Sweatshirts herum, das Zelda ihm zu Weihnachten geschenkt hat. Diese neue Unzufriedenheit mit seinem Leben nagt beständig an ihm.

Alles spielt da zusammen: die Unordnung, die sich wie Pilzbefall in ihrem Haus ausbreitet; die Tatsache, daß Eily sich weigert, ans Telefon zu gehen, wenn der Mond im falschen Quadranten steht oder so was; die ewig gleiche Arbeit, die er einmal als tolle Herausforderung empfunden hat; und das Gefühl, daß plötzlich anscheinend niemand mehr da ist, mit dem er reden kann.

Es ist diese ganze ungerechte, klaustrophobische Welt. Es ist das Leben. Das beschissene Leben. Er braucht mehr Freiraum, er braucht Luft zum Atmen, verdammt noch mal!

Brian ist es nicht gewohnt, über seine Gefühle nachzudenken, und daß er es jetzt tut, findet er peinlich. Es muß mit dem Flugzeugunglück zu tun haben. Ist das eine posttraumatische Störung? Egal. Er hat stets den Standpunkt vertreten, daß man mit den Karten spielen muß, die man in der Hand hält, und es darauf ankommt, alles zu tun, um im Spiel zu bleiben.

Wieder sieht er auf die Uhr. Achtzehn Minuten sind um. Er greift nach der Fernbedienung und schaltet den Fernsehapparat wieder ein. Du lieber Gott! Jetzt reden sie über Topfpflanzen.

Es sind nicht einmal der Schmerz und die Fassungslosigkeit, die ihn so furchtbar bedrücken, wenn er daran denkt, was mit seiner Tochter geschieht. Im Innern weiß er, obwohl er dazu neigt, an allen Übeln Eily die Schuld zu geben, daß das Problem nicht allein bei seiner Frau und ihren verrückten Ideen liegt. Nein, es ist wirklich nicht fair, Eily als Sündenbock zu benutzen. Trotzdem tut er es, weil er nicht anders kann. Mag er sich noch so sehr als ungerecht und irrational beschimpfen, er kann es nicht verhindern, daß er schon rot sieht, wenn sie nur ins Zimmer tritt. Dabei ist sie weiß Gott kein schlechter Mensch. Im Gegenteil, sie ist wahrscheinlich trotz all ihrer Marotten viel zu gut für ihn. Genau wie Sophie für Mick zu gut ist.

Brians Gesicht wird weich beim Gedanken an Sophie.

Er runzelt die Stirn, während er überlegt, woran sie ihn gestern erinnert hat, ganz in Weiß gehüllt. Aber es fällt ihm kein passender Vergleich ein. An ein kleines weißes Häschen? Oder eine prachtvolle Hochzeitstorte?

Im Fernseher sprechen sie jetzt über Schneeglöckchen. Das ist es, genau, sie hat so frisch ausgesehen wie ein Schneeglöckchen. Na, den Nobelpreis wird er dafür nicht bekommen.

Plötzlich hört er, wie die Tür geöffnet wird, und dreht sich um.

»Hallo, Partner.« Mick Dolan befördert von der Tür aus mit präzisem Wurf eine Schachtel Cadbury-Pralinen direkt in Brians Hände. »Das versüßt das Leben.«

Um Zeit zu gewinnen, tut Brian so, als müßte er auf der Fernbedienung nach dem richtigen Knopf suchen, um auszuschalten. Micks unerwartetes Hereinplatzen hat ihn einen Moment aus der Fassung gebracht.

»Hallo, Mick«, sagt er so herzlich, wie es geht. »Gott sei Dank. Du bist die Rettung. Ich muß noch ein paar Minuten warten, aber dann verschwinde ich hier – kannst du mich im Auto mitnehmen? Eily wollte später auch noch kommen, aber ich habe keine Lust, so lange zu warten. Ich ruf sie an und sag ihr, daß wir uns bei Zelda treffen können. Setz dich.« Er deutet auf einen zweiten Stuhl an der Wand. »Also«, schwerfällig bewegt er seinen Körper, »wie läuft der Laden? Fehl ich euch?«

»Ja, wie ein Kropf.«

»Danke schön.« Brian mustert sein Gegenüber. Er hat den Eindruck, daß Mick nervös ist. Vielleicht weicht er ihm sogar aus? »Alles in Ordnung, Mick?«

»Klar. Wieso nicht?«

»Ich weiß auch nicht. Ich hatte nur den Eindruck, daß du ein bißchen angespannt wirkst.«

»Ja, weil ich wie ein Pferd schufte. Von früh bis abends im Dienst der Undankbaren.« Er setzt sich bequemer. »Na, du siehst wenigstens nicht allzu schlecht aus. Wie geht's Eily? Und ...«, er senkt respektvoll die Stimme, »... der kleinen Zelda? Ich muß gestehen, daß ich die beiden noch nicht besucht habe.«

»Ich fahre zu Zelda, sobald ich meine Entlassungspapiere in der Hand habe.« Brian tut plötzlich die Brust weh.

Mick, der Brians schmerzverzerrtes Gesicht nicht zu bemerken scheint, redet weiter. »Sie ist eine bemerkenswerte Frau, das muß man ihr lassen, so viel Mut hätte ich ihr nicht zugetraut – und dir auch nicht, Brian, ich meine, daß du die beiden schon jetzt wieder ins Flugzeug steigen läßt. Ich an deiner Stelle hätte Todesangst.«

»Wieso? Wie meinst du das?« Brian stockt der Atem. »In welches Flugzeug?« Er starrt Mick an. »Wohin?«

Keine Stunde später springt Riba erschrocken auf, als die Tür zu Zeldas Krankenzimmer krachend auffliegt und ihr Mann durch die Tür tritt. Er wirkt mächtig wie ein Riese und atmet schwer, als hätte er Mühe, die Beherrschung zu wahren.

»Dad! Du bist entlassen – ich habe dich gar nicht erwartet!« Zelda ist ehrlich überrascht.

Riba ist zwar erschrocken über Brians offenkundigen Zorn, aber sie faßt sich schnell. »Komm rein. Was ist denn los mit dir?« Sie eilt zu ihm, zieht ihn ins Zimmer und schließt die Tür hinter ihm.

Brian geht, ohne seine Frau zu beachten, mit Riesenschritten zum Bett. Voll Zärtlichkeit sieht er zu seiner Tochter hinunter. »Hallo, mein Liebes, wie geht es dir? Tut mir leid«, er deutet auf seine Halskrause, »ich kann dir leider keinen Kuß geben, aber morgen nehme ich das verdammte Ding ab und lasse es für immer und ewig verschwinden.«

»Mir geht's gut, Dad, ehrlich.« Zelda lächelt schwach. »Ich freue mich so, dich zu sehen.« Sie legt sich in einen Kissenberg zurück. »Ich habe mir Sorgen um dich gemacht, aber das wäre offensichtlich nicht nötig gewesen. Du siehst gut aus. Mama hat mich immer auf dem laufenden gehalten.«

Brian berührt flüchtig ihre magere Schulter, dann verschließt sich sein Gesicht wieder, er beobachtet Riba, und sein Ton, als er sich ihr zuwendet, ist so kalt, daß es ihr angst macht. »Ich muß dich allein sprechen.«

»Wieso? Worum geht's?« Sie verspürt den Drang davonzulaufen. Es hat in letzter Zeit oft Streit zwischen ihnen gegeben, aber Brian ist ein gutmütiger Mensch, und sie hat ihn selten in so kaltem Zorn erlebt wie jetzt.

»Das sag ich dir draußen.« Er dreht sich zu Zelda um. »Mach dir keine Gedanken, Schatz, wir sind gleich wieder da. Okay?« Wieder berührt er ihre Schulter, dann geht er zur Tür.

»Was ist denn los, Mama?« Mit ängstlichen Augen, die in dem porzellanweißen Gesicht übergroß wirken, sieht Zelda ihre Mutter an, die versucht, ihre Bestürzung zu verbergen, und die Decken über ihrer Tochter glattzieht.

»Ich weiß es nicht, Kind.« Sie bringt ein Lächeln zustande. »Aber ich werde es bestimmt gleich erfahren. Diese Männer! Wo bliebe die Spannung im Leben, wenn wir sie nicht hätten? So, bleib jetzt schön warm unter der Decke, Darling.«

Als sie hinaustritt, hat Brian ihr den Rücken zugewandt. Er tut so, als betrachte er ein Bild an der Wand, aber als er Eily aus dem Zimmer kommen hört, fährt er mit einem Ruck herum.

Eily zuckt zusammen.

Er sieht sie mit zusammengezogenen Brauen an und beginnt ohne Umschweife zu sprechen. »Was zum Teufel fällt dir eigentlich ein, Eily?«

»Ich weiß überhaupt nicht, wovon du redest.« Riba, die sich auf keinen Fall anmerken lassen will, wie beklommen ihr zumute ist, hält sich kerzengerade und spricht in ruhigem Ton, aber sie ist tief beunruhigt.

Er tritt sehr dicht an sie heran, beinahe überwältigend in seiner Größe. Er ist ein gutaussehender Mann, aber sein vor Erregung fleckiges Gesicht bildet jetzt einen unschönen Kontrast zu dem rotblonden Haar.

»Ich glaube, das weißt du ganz genau«, entgegnet er. »Und ich sage dir – nur über meine Leiche. Wenn du dieses Kind irgendwohin schleppst, ganz gleich, wohin, bekommst du es mit mir zu tun. Das ist mein Ernst, Eily. Mindestens werde ich eine gerichtliche Verfügung erwirken, um es zu verhindern.«

»Sie ist meine Tochter«, versetzt Riba kämpferisch, »und ich werde das tun, was ich für sie für das Beste halte. Spiel du dich jetzt nicht als der starke Beschützer auf, Brian. Wer hat das Kind großgezogen? Wo warst du denn, als du gebraucht wurdest? Du hattest doch immer nur deine Arbeit, Autos und Rugby im Kopf.« Noch während sie ihn mit Vorwürfen überschüttet, überlegt sie fieberhaft, wie er ihr auf die Schliche gekommen ist. Der Mann vom Reisebüro kann ihn doch nicht angerufen haben. Und weshalb hätte er so etwas auch tun sollen?

»Komm mir nicht damit.« Er zittert vor Zorn. »Oder hast du es vielleicht nicht genossen, im Mustang in Dublin rumzusausen, während ich in der Firma geschuftet habe? Hat es dir keinen Spaß gemacht, mit den anderen Frauen an der Costa del Sol zu faulenzen? Und wenn wir schon bei dem Thema sind, ich kann mich nicht erinnern, daß du jemals deine Hilfe in der Firma angeboten hättest, selbst wenn wir uns vor Arbeit kaum retten konnten. Was glaubst du, woher das Geld kommt, mit dem deine Kreditkartenkäufe bezahlt werden, Eily? Meinst du, ich heb's jeden Morgen von der Straße auf?«

Er ist ihr so nahe, daß sie den schwachen Geruch des Desinfektionsmittels wahrnimmt, der der Halskrause entströmt. Sie greift sich schützend an den Hals, aber ihre Stimme bleibt ruhig.

»Geht es um Geld, Brian? Sind wir in finanziellen Schwierigkeiten?«

»Blödsinn, natürlich geht es nicht um Geld.« Er scheint kurz vor der Explosion und macht ihr jetzt allein durch die Heftigkeit seines Zorns Angst. Er schafft es kaum, seine Stimme in Zaum zu halten, als er ihr ins Gesicht schreit: »Es ist nie um das Scheißgeld gegangen – das weißt du ganz genau. Hab ich je an euch gespart oder einem von euch irgendwas verwehrt, das ihr haben wolltet? Ich hab's dir nie vorgehalten, Eily, und ich behaupte nicht, daß wir am Hungertuch nagen, aber daß wir im Geld schwimmen, kann man auch nicht sagen, auch wenn dir das vielleicht neu ist. Was denkst du eigentlich, warum ich so verdammt hart arbeite?«

»Schrei doch nicht so. Das ist wirklich nicht der richtige Moment und auch nicht der richtige Ort für einen Familienkrach. Wir können das später zu Hause besprechen. Wenn du so weitermachst, hört sie dich noch.«

»Weiß sie davon? Hast du es ihr gesagt?«

Riba weicht ein wenig zurück vor seiner übermächtigen, zornigen körperlichen Präsenz. »Nein. Weil du gekommen bist, bevor ich mit ihr reden konnte.«

»Wenigstens das, Gott sei Dank.«

Während sie einander anstarren, nimmt Riba ihre ganze Konzentration zusammen, umgibt ihn mit Licht und glättet die aufgepeitschte Luft zwischen ihnen. Und tatsächlich rückt er ein wenig von ihr ab.

»Was ich gesagt habe, ist ernst gemeint, Eily«, sagt er, ruhiger jetzt. »Ich mache keine Scherze. Wir wissen nicht, wieviel Zeit ihr noch bleibt, und ich lasse nicht zu, daß du sie um die halbe Welt schleppst.«

»Das Gespräch haben wir schon einmal geführt, Brian.«

»Genau, und wir führen es jetzt zum letztenmal, weil ich es diesmal nicht akzeptiere. Ich hätte es schon das letzte Mal verhindern müssen, und ich werde es mir nie verzeihen – sie hätte umkommen können, ihr hättet beide umkommen können.«

Riba hakt sogleich ein. »Aber wir sind nicht umgekommen, Brian.« Sie geht wieder einen Schritt auf ihn zu. »Verstehst du denn nicht, warum uns nichts passiert ist? Weil wir unter besonderem Schutz stehen. Wenn du nur auf mich hören würdest ...« Sie merkt, daß sie einen Fehler gemacht hat.

So abrupt, als hätte er eine häßliche schwärende Wunde entdeckt, weicht er wieder zurück. »Hör auf, Eily. Treib es nicht zu weit!«

Riba beschließt, Ruhe zu geben. Vorläufig. Ihr bleibt auch gar nichts anderes übrig, denn in diesem Moment kommen zwei Schwestern durch den Korridor. »Hören wir auf zu streiten, Schatz«, säuselt sie und legt ihm besänftigend die Hand auf den Arm. »Komm, gehen wir wieder rein zu Zelda. Sie macht sich bestimmt schon Gedanken. Du weißt, wie schlimm ein Streit für sie wäre.«

Er blickt zu ihrer Hand auf seinem Ärmel hinunter, aber sie verstärkt den Lichtschein um ihn herum, und wieder wirkt es. Er hebt den Kopf, und sie bemerkt erleichtert, daß die fleckige Röte aus seinem Gesicht weicht. Als sie sich zum Gehen wenden, hält er sie jedoch auf. Sein Blick beunruhigt sie. »Es ist mein Ernst. Glaub ja nicht, das wäre nur ein ganz gewöhnlicher kleiner Ehekrach gewesen.«

»Tue ich gar nicht, Brian.« Lächelnd tätschelt sie seinen Arm. Sie ist ihm nicht böse. Er hat das gleiche Recht wie sie, nach seinen persönlichen Überzeugungen zu handeln, mag er auch noch so unverständig sein. Er ist so in seiner Denkweise gefangen, daß er trotz ihrer Bemühungen, ihm einen besseren Weg zu zeigen, nicht erkennen kann, warum dies für Zelda die günstigste – ja, die einzige noch verbliebene Chance ist.

Er täuscht sich, wenn er sich einbildet, er könnte sie mit Gewalt oder Drohungen davon abhalten, das zu tun, was für ihre Tochter das Beste ist; schon auf dem Rückweg ins Zimmer denkt Riba über das weitere Vorgehen nach. Gott sei Dank, daß sie nicht schon mit Zelda gesprochen hat. Perfektes Timing. Wirklich faszinierend, wie der Schutz wirkt.

»Hallo, Darling, hier sind wir wieder.« Sie und Brian lassen sich jetzt wieder am Bett ihrer Tochter nieder, wobei sie es geflissentlich vermeiden, einander anzusehen.

»Was ist los, Mama? Dad?« Zelda ist aufgewühlt.

»Gar nichts, Darling, alles ist in bester Ordnung. Bist du damit fertig?« Sie nimmt das Tablett mit dem Abendessen weg und stellt es neben die Tür auf den Fußboden. »Es ging wieder mal um das liebe Geld. Das ist in jeder Familie der ewige Zankapfel.« Zuversichtlich, daß Brian den Schwindel mitmachen wird, setzt sie sich lächelnd neben ihn. »In einer Hinsicht sind wir jedenfalls völlig einer Meinung, Schatz: Das Wichtigste ist jetzt, dich nach Hause zu holen, damit wir uns richtig um dich kümmern können. Nicht wahr, Brian?«

Und während ihr Mann Zeldas Hand ergreift, beginnt Riba, Pläne zu schmieden. Jetzt, da sie gesehen hat, wie heftig und entschlossen sein Widerstand ist, bleibt ihr gar nichts anderes übrig, als heimlich und allein zu handeln. Es wäre eine zu große Belastung für Zelda, sie da hineinzuziehen; sie soll erst kurz vor dem Aufbruch von der Reise erfahren, wenn Brian in der Firma ist. Sie muß allerdings sicher sein, daß er nicht am EconoCar-Schalter auf dem Flughafen ist, wenn sie abfliegen. Sie wird im übrigen das Reisebüro wechseln müssen; und sie sollte die Tickets besser nicht mit Kreditkarte bezahlen.

Zeldas ausgezehrte Hand ist ganz in Brians großer Pranke versteckt. Er ist sehr, sehr vorsichtig und hält die Hand seiner Tochter so zart und behutsam wie einen verletzten kleinen Vogel.

Riba spürt, wie ihr die Tränen kommen. »Vielleicht sollten wir ein kleines Dankgebet sprechen? Wir sind heute das erstemal seit dem Crash wieder zusammen.«

Es riecht muffig nach feuchter Wolle, gebratenen Zwiebeln, Hamburgern, kaltem Zigarettenrauch und Kaffee in dem Selbstbedienungsrestaurant in der O'Connell Street. Sophie sieht sich um, während sie auf Donny wartet.

Sie hätte Lust, den Laden zu renovieren und statt der häßlichen Kunststofffliesen einen freundlicheren und phantasievolleren Boden legen zu lassen. Wenigstens ist das Geschirr nicht aus Plastik.

Zehn nach fünf, und von Donny gibt es noch immer keine Spur.

Von ihrem Platz am Fenster gleich beim Eingang hat sie einen guten Blick auf den von stufenweise aufgeschichteten Kalksteinblöcken umgebenen Anna-Livia-Brunnen in der Mitte der Straße.

Sie trinkt ihren Kaffee und erinnert sich mit einem kleinen Lächeln daran, wie sie und Eily damals, reichlich ungraziös auf ihren klobigen Plateausohlen, an dem Brunnen vorbei die Straße hinuntergestöckelt sind, um sich vor Clery's zum erstenmal mit Michael und Brian zu treffen. Sophie hatte auf dieser Gemeinschaftsverabredung bestanden, weil sie Rugbyspielern zu diesem Zeitpunkt noch nicht über den Weg traute. In der Schule hatten andere Mädchen sie gewarnt, es gehe jedem Rugbyspieler einzig darum, ein Mädchen zu entjungfern, um sich hinterher am Tresen damit brüsten zu können.

Die Party im Rugbyklub, wo sie am Abend zuvor die beiden Männer kennengelernt hatten, die später ihre Ehemänner werden sollten, war für beide der erste Ausflug in die unbekannten Regionen der South-Side-Szene, und sie waren beide mächtig aufgeregt.

Sophie jedenfalls war aufgeregt. Wie immer war Eily diejenige gewesen, die neue Jagdgründe ausprobieren wollte. Der Tennisklubs müde, bei denen sie verkehrten, schlug sie vor, sie sollten es mit der GAA versuchen, der Gaelic Athletic Association. Aber all diese frischen, rotwangigen Hurlingspieler und Fußballer waren ihr, die immer nach Abenteuer lechzte, viel zu harmlos, und so überredete sie Sophie schließlich, sich auf das unbekannte Terrain der Rugbyszene zu wagen. »Komm, sei kein Angsthase«, drängte sie, »Abwechslung muß sein. Der ewig gleiche Trott ist doch tödlich.«

Das ließ sich nicht leugnen. Also begleitete Sophie ihre Freundin in bis dahin unerforschte Regionen auf der anderen Seite der Stadt.

Auf den ersten Blick waren Unterschiede zwischen diesem neuen Klub und dem, was sie kannten, nicht auszumachen. Dann aber zeigten sich doch kaum merkliche Abweichungen. Die jungen Leute hier schienen lauter, selbstsicherer, sie schienen besser auszusehen, mit reinerer Haut und vollerem Haar, schienen größer zu sein als Eilys und Sophies Freunde.

Keine zehn Minuten nach ihrer Ankunft hatte Eily ihr Opfer gefunden. Sie standen noch an der Tür, als ihr Blick auf Brian fiel. Locker und selbstbewußt stand er in einer Gruppe junger Leute am Tresen. Sie versetzte Sophie einen Rippenstoß. »Den schnapp ich mir heute.«

»Welchen?« Sophie spähte mit zusammengekniffenen Augen durch die Schwaden von Zigarettenrauch.

»Den großen Blonden da. O Gott!« quietschte Eily schrill. »Schnell, schau weg – er hat gemerkt, daß wir ihn beobachten.« Laut lachend, als hätte Sophie etwas irrsinnig Komisches gesagt, warf sie den Kopf weit in den Nacken und zeigte so ihr Dekolleté in seiner ganzen wogenden Pracht. Der Trick wirkte, es dauerte nicht lange, da nahte das arme Opfer. Es hatte einen Kumpel im Schlepptau, dunkler, nicht ganz so wuchtig, aber dennoch von beeindruckender Statur.

Sie stellten sich vor – eine erstaunliche Wendung der Ereignisse für Sophie und Eily, die es gewohnt waren, mit einem genuschelten »Hallo« angemacht zu werden.

Der Kumpel, der Michael Dolan hieß, erwies sich als der forschere von beiden. »Sophie? So ein altmodischer Name – ich hatte mal eine Tante, die Sophie hieß, das heißt, eigentlich war sie meine Großtante.« Dann hatte er ohne weitere Vorreden und ohne Angst vor Zurückweisung Sophie bei der Hand genommen. »Tanzen wir, Tantchen?«

Er bewegte sich gut, wenn auch nicht besonders einfallsreich, und da man sich damals beim Tanzen keinesfalls berührte, hatte Sophie reichlich Gelegenheit, ihn sich anzusehen. Was sie sah, gefiel ihr. Und wenn ihm dringend daran lag, ihr die Unschuld zu rauben, so zeigte er es nicht. Doch sie blieb vorerst mißtrauisch.

»Mensch, Sophie«, rief er gegen Ende des Tanzes, »du bist wirklich eine harte Nuß, aber ich mag Herausforderungen. Und du wirst mich auch bald mögen, glaub mir.«

Ja, sie hatte ihn sehr bald gemocht. Er brachte sie dazu, über sich selbst zu lachen, indem er ihre Neigung zu Spießigkeit und Prüderie aufs Korn nahm und ganz ungeniert über ihre Sittsamkeit spottete. Und sie gewöhnte ihm seine Neigung zu vulgärem, allzu derbem Verhalten ab. Er hat sie, findet sie jetzt in der Rückschau, an jenem Abend tatsächlich behandelt wie einen seltenen Schmetterling, den er in sein Netz locken wollte.

Ihre Erinnerungen reißen ab, als sie Donny im Laufschritt die Straße herunterkommen sieht. Wenig später steht er schwer atmend an ihrem Tisch. »Tut mir leid, daß ich zu spät dran bin, Tante Sophie.« Er ist verlegen und außer Atem.

»Das ist doch nicht so schlimm, Donny«, sagt Sophie lächelnd. »Setz dich erst mal – was soll ich dir holen?«

Er wirft einen dicken Packen DIN-A 4-Blätter, den er bis jetzt in der Hand gehalten hat, auf den Tisch. »Ach, ich hol mir mein Zeug schon selbst. Ich nehme einfach nur eine Cola. Bin gleich wieder da, Tante Sophie.«

Sophie sieht ihm lächelnd nach, wie er, in seiner Hosentasche nach Geld kramend, zwischen den Tischen hindurch zur Theke galoppiert. Seine Haare stehen nach allen Seiten ab, und sie möchte sie ihm gern glattstreichen, seinen Hemdkragen richten, der ganz zerdrückt ist, ihm den Anorak, der am Rücken herunterhängt, richtig anziehen. Seine Schuhe sind schmutzig, mit schiefen Absätzen – wenn er ihr Sohn wäre, sähe er anders aus.

Sie nimmt die Papiere zur Hand, die er auf den Tisch geworfen hat. Es sind Computerausdrucke, lauter Berichte aus dem Internet, die sich mit dem Multiplen Myelom befassen. Sie beginnt zu lesen, entdeckt aber wenig Neues. Bis zu dem Tag, an dem Eily der konventionellen Medizin den Rücken kehrte, sind sie beide allen Aspekten der Krankheit nachgegangen und dabei immer auf die gleiche Barriere gestoßen: Das Multiple Myelom bleibt unheilbar. Bis heute kann man bestenfalls auf eine Verzögerung des gesundheitlichen Verfalls und auf vorübergehenden Stillstand hoffen. Die Lektüre des von Donny mitgebrachten Materials stimmt Sophie nicht optimistischer hinsichtlich Zeldas Prognose. Einer der Artikel berichtet von einer ganz neuen Medikamentengruppe, den sogenannten Proteosom-Blockern, die offenbar nicht nur Myelomzellen vernichten können, sondern sogar die bösartigen Zellen, die sich an das Knochenmark binden und gegen Chemotherapie geschützt sind. Das ist im Grunde nur eine Fortentwicklung bereits bekannter Möglichkeiten, und es wird wahrscheinlich Jahre dauern, ehe das Medikament auf den Markt kommt.

Das Wort Thalidomid springt ihr ins Auge. »Thalidomid vernichtet Tumorzellen, verändert die Interaktion zwischen Myelom- und Knochenmarkszellen, überwindet die Resistenz der Myelomzellen gegen Chemotherapie und stimuliert die körpereigene Abwehr des Patienten gegen Myelomzellen …«

Er hat seitenweise Informationen über Forschungsarbeiten an Impfstoffen ausgedruckt. Als sie das letzte Blatt dieses Abschnitts wendet, entdeckt sie mit pinkfarbenem Leuchtstift markierte Notizen, die besagen, daß die neuen Therapien wahrscheinlich wirksamer seien und weniger Nebenwirkungen hätten als derzeit zur Verfügung stehende Behandlungsmethoden und ein hohes Potential besäßen, die Lebensqualität der Patienten zu verbessern und ihr Leben zu verlängern.

Aber von Heilung steht nirgends etwas.

Sophie blickt auf. Donny kommt zurück. Sie schiebt die Papiere zu einem ordentlichen Stapel zusammen, und er stellt sein Tablett auf den Tisch: Chickennuggets, Fritten, Apfelkuchen und ein Riesenbecher Coca-Cola. Er errötet, als er ihren Blick bemerkt. »Ich hab seit dem Frühstück nichts gegessen.«

Sie zieht ihm einen Stuhl heran. »Setz dich, Donny. Du brauchst dich doch nicht zu entschuldigen! Iß, soviel du willst. Du bist sowieso so dünn. Du hättest dich von mir einladen lassen sollen – was hat denn das alles gekostet? Wenn ich gewußt hätte, daß du solchen Hunger hast ...«

»Ach, kein Problem – bei uns zu Hause hat sich einiges verändert, aber Geld spielt keine Rolle«, erklärt er und macht sich über sein Essen her. »Ich könnte wahrscheinlich kaufen, was ich wollte, und Mama und Dad würden nicht mal mit der Wimper zucken. Vorausgesetzt, sie würden es überhaupt merken. Es ist ehrlich gesagt zum Kotzen.«

Sophie läßt ihn essen. Erst nach einer Weile sagt sie so leise, wie der Lärm im Restaurant es gestattet: »Worüber wolltest du denn mit mir sprechen, Donny?«

Donny zögert einen Augenblick. »Ich wollte dich bitten, mit ihnen zu reden, Tante Sophie. Du hast das Zeug ja schon gelesen, ich hab's gesehen. Hast du auch das gelesen, wo es heißt, daß Geschwister ihre T-Zellen spenden können? Ich hab's extra für dich angestrichen.«

»Ja, Donny, ich habe es gelesen ...«

»Das ist was Neues. Vielleicht ist es der Durchbruch, auf den wir gewartet haben. Ich hab die Entwicklungen ständig verfolgt, und das ist ganz neu, es ist ganz anders als die Knochenmarkverpflanzungen.« Er schluckt. »Ich wollte mein Knochenmark spenden, aber anscheinend will niemand was davon wissen.« Seine Bitterkeit und seine Verzweiflung sind offenkundig. »Darum mußt du mit ihnen reden, Tante Sophie, bitte!«

Sophie sieht ihn an. Es zerreißt ihr fast das Herz. »Wenn das wirklich etwas Neues ist, Donny, dann solltest du mit deinem Vater sprechen. Ich bin sicher ...«

Er starrt auf sein Tablett hinunter. »Das hat überhaupt keinen Sinn. Der hört nicht auf mich – kann er auch gar nicht, weil *sie* alles bestimmt. Außerdem ist er doch im Krankenhaus. Deshalb wollte ich mit dir reden, Tante Sophie, du bist meine letzte Hoffnung.«

12

Sobald Brian am nächsten Morgen aus dem Haus gegangen ist, legt Riba los. Sie hat lange nachgedacht, und jetzt hat sie einen Plan. Das Entscheidende ist der Zeitfaktor.

Jahrelang hat sie stumm gelitten und ein Gähnen unterdrückt, wenn ihr Mann voller Begeisterung aus dem Verzeichnis sämtlicher Flugverbindungen auf der Welt vorgelesen und sich beeindruckt gezeigt hat, daß Air India in Bombay direkten Anschluß zu einem Nachtflug der Malaysian Airlines aus Singapur hat. Nun aber ist sie froh, das spannende Werk im Haus zu haben.

Sie sieht nicht ein, warum sie Billigtickets nehmen sollen. Nach allem, was sie und Zelda durchgemacht haben, brauchen sie dringend Komfort und das beruhigende Gefühl von Geborgenheit. Sie verdienen Business-Class. Natürlich hat Riba den gestrigen Streit und Brians Vorhaltungen, wie hart er für ihr Leben arbeiten muß, nicht vergessen, aber sie hat sich weiß Gott nichts vorzuwerfen. Sie ist während ihrer ganzen Ehe stets vorsichtig mit dem Geld umgegangen – die kleinen Flunkereien bezüglich ihrer Ausgaben für Jays Organisation fallen ja kaum ins Gewicht. Und nach diesem kostspieligen Ausflug wird sie doppelt vorsichtig sein, das nimmt sie sich fest vor.

Ein Anruf beim nächsten Reisebüro ergibt, daß man im Augenblick am günstigsten mit Air France über Paris fliegt. Sie und Zelda können für einen Aufpreis von nur 423 Pfund Sterling – weniger als 500 Irische Pfund – über Paris und Antigua nach Palm Tree Island fliegen. Ein Pappenstiel. Besonders wenn man bedenkt, daß irgendwann bestimmt eine Entschädigung für das Flugzeugunglück fällig ist. Die ersten Briefe kommen schon.

Riba storniert also ihre Buchung bei dem Reisebüro, das sie zuerst aufgesucht hat, und fährt mit einem Taxi ins Zentrum. Bei ihrer Entscheidung für Thomas Cook direkt gegenüber vom Trinity College war die Größe des Büros ausschlaggebend. Es ist, so hofft sie, so groß, daß sie anonym bleibt und buchen kann, ohne auf Fragen irgendwelcher ehemaliger Kollegen von Brian zu stoßen. Die blauen Flecken in ihrem Gesicht fallen inzwischen kaum noch auf.

Es ist ungewöhnlich wenig Verkehr, und als sie – zum erstenmal wieder seit dem Unglück – in die Stadt kommt, hat sie das Gefühl, daß die Menschen auf den Straßen weniger beschwingt sind, und die alten Mauern des Trinity College scheinen ihr trotz des strahlenden Sonnenscheins düster und grau.

Sie späht durch das Fenster ins Reisebüro. Gut. Eine Menge Personal. Unerwartet packen sie Zweifel. Wird sie das schaffen? Soll sie es so kurz nach dem Unglück schon wieder versuchen? Wird sie es denn, ganz abgesehen von Zelda, überhaupt fertigbringen, wieder in ein Flugzeug zu steigen?

Sie strafft die Schultern. Selbstverständlich wird sie. Heißt es nicht immer, man soll sofort wieder aufsitzen, wenn man vom Pferd gefallen ist? Sie dankt Gott – und ihrem Beschützer – dafür, daß er ihr eingegeben hat, im Flugzeug ihre Handtasche an ihren Körper gepreßt zu tragen, sonst hätten sie nicht nur ihr Gepäck, sondern auch ihre Reisepässe verloren. Nein. Das Schicksal will es so.

Sie stößt die Tür zum Reisebüro auf und schenkt der jungen Frau an dem freien Schalter ihr gewinnendstes Lächeln. Sie bemüht sich, locker zu bleiben, während sie Flugnummern und Verbindungen von Air France und Liat angibt, die sie herausgesucht hat, und konzentriert sich darauf, der jungen Frau, die das rollende R der Schotten spricht, gute Gedanken zu schicken.

»Ja, Madam«, sagt die junge Frau. »Auf diesen Flügen sind noch Plätze frei. Soll ich für Sie buchen?«

»Bitte, ja.« Riba nickt.

Die junge Frau wendet sich wieder ihrem Bildschirm zu. »Wie wollen Sie bezahlen?«

Das ist der heikle Teil. Riba holt tief Atem. »Mit Scheck«, antwortet sie fest.

Die Angestellte nimmt sofort mit zweifelnder Miene die Finger von der Tastatur. »Ich weiß nicht, ob das geht, Madam. Heute ist Samstag, da sind die Banken geschlossen, und da Sie schon am Dienstag fliegen – wir bräuchten ein paar Tage, um zu sehen, ob Ihr Scheck gedeckt ist.«

»Hm, ja, ich verstehe.« Riba lächelt freundlich, dann sagt sie, als wäre ihr der Gedanke gerade erst gekommen: »Wie wär's denn, wenn Sie einen Abdruck von meiner Kreditkarte nähmen? Dann wäre Ihnen das Geld auf jeden Fall sicher, falls mit dem Scheck etwas schiefgehen sollte – was ich für ausgeschlossen halte.«

Die junge Frau versetzt erstaunt: »Ja, aber warum bezahlen Sie denn nicht gleich mit Karte?«

Auf diese Frage ist Riba vorbereitet. Sie senkt die Stimme, um den Eindruck zu erwecken, sie vertraue der jungen Frau ein Geheimnis an. »Wissen Sie, die Reise soll eine Überraschung für meine Tochter sein.« Sie beugt sich ein Stück nach vorn. »Sie … es geht ihr nicht besonders gut«, dabei tippt sie sich vielsagend an den Kopf, »und wir glauben, so ein Urlaub mit Sonne und Meer würde ihr guttun. Verstehen Sie mich nicht falsch, es ist nur eine kleine Eßstörung, aber infolge der Krankheit hat sich bei ihr so etwas wie eine fixe Idee herausgebildet – na ja, es ist mehr als eine fixe Idee, und die dreht sich ausgerechnet ums Geld. Sie bildet sich ein, wir wären auf dem besten Weg ins Armenhaus, und leider ist sie ein wahres Computergenie. Man kann sie also nicht täuschen. Sie surft ständig im Internet und überprüft alle unsere finanziellen Transaktionen über Online-Banking und ebenso unsere Konten bei den verschiedenen Kreditgesellschaften.« Riba zuckt mit den Schultern und versucht, die Angestellte mit Blicken zu hypnotisieren. »Sie soll erst im letzten Augenblick von der Reise erfahren, sonst meint sie womöglich, es wäre zu teuer, und kommt nicht mit.«

Ihr ist klar, daß die Geschichte ziemlich haarsträubend ist, aber ihr ist einfach nichts Plausibleres eingefallen. Wieder fixiert sie die junge Frau mit lächelndem Blick und schickt positive Gedanken, entschlossen, sie mit der reinen Macht ihrer Persönlichkeit zu überwältigen.

Die junge Frau zögert. »Würden Sie bitte einen Moment warten, Madam. Ich werde sehen, was ich tun kann.«

Zehn Minuten später steht Riba mit den Tickets in der Handtasche wieder draußen vor der Universität. Sie geht hinüber zum Geldautomaten an der Bank of Ireland und hebt 500 Pfund ab, den Höchstbetrag. Kurz vor dem Abflug wird sie am Automaten im Flughafen noch einmal 500 holen. 1000 Pfund müßten als Taschengeld reichen. Jays kleine Insel liegt in der Dritten Welt, da wird sie nicht viel ausgeben können.

Riba beginnt über ein Gastgeschenk für Jay nachzudenken. Auf keinen Fall will sie sich als kleinlich erweisen ...

Samstags haben Sophie und Michael es sich früher immer gemütlich gemacht, zu Hause herumgetrödelt, ausgiebig gefrühstückt, die Zeitung samt Wochenendbeilage gelesen, in aller Ruhe im Supermarkt ihre Einkäufe erledigt. In den letzten ein, zwei Jahren, in denen EconoCar sich dem allgemeinen wirtschaftlichen Tempo im Land anpaßte, ist der Druck gestiegen, der Samstag ist nun zu einem Wochentag wie jeder andere geworden.

Dieser Samstagmorgen ist sonnig und ungewöhnlich mild heraufgezogen, und nach Michaels Abfahrt zum Flughafen hat Sophie beschlossen, auf keinen Fall den ganzen Tag ihrem verlorenen Job nachzutrauern. Zum Beispiel hat sie mehrere Filme daliegen, die entwickelt werden müssen. Sie kleidet sich in Windeseile an und fährt los, macht in letzter Minute einen Abstecher in den Phoenix-Park, um einen ganzen Film mit Aufnahmen von ihrer Buche zu machen. Wichtig sind die Bilder jetzt nicht mehr, aber aus irgendeinem Grund tut es ihr gut, einfach weiterzumachen, als wäre nichts geschehen, so töricht das auch sein mag.

Um Viertel nach zehn hat sie den Film zusammen mit den anderen vieren bereits im Foto-Expreß im Ilac Centre abgegeben. Sie hat nie den Ehrgeiz gehabt, selbst zu entwickeln. Das *Wild Places* war keines dieser Magazine, wo jede Nuance sichtbar geworden wäre.

Sie kauft noch für die kommende Woche ein, dann fährt sie nach Hause und fällt, als sie ins Haus tritt, beinahe über den Haufen Werbematerial, den der Briefträger während ihrer Abwesenheit eingeworfen hat. Darunter sind zwei Zeitungen, ein kostenloser Stadtteilanzeiger und ein Exemplar des Mitteilungsblatts *Inner Door*.

Nachdem sie die Einkäufe weggepackt hat, macht sie sich eine Tasse Kaffee und blättert das *Inner Door* durch, das ein paar Interviews enthält, unscharfe Fotos und Lobeshymnen auf Street und seine Organisation. Sie ist drauf und dran, es ebenfalls in den Papierkorb wandern zu lassen, als ihr eine farbige Anzeige auffällt, die sie vorher übersehen hat.

Sie besteht aus einem großen Foto des Mannes persönlich: Im weißen Anzug steht er unter einem weißen Sonnensegel barfüßig im Sand, und hinter ihm schimmert smaragdgrün das Meer. Ein mildes Lächeln verklärt sein Gesicht, die Hände hält er in Erlösergeste vor sich ausgebreitet. Sophie fühlt sich sofort an die Heiligenbildchen von Jesus erinnert, die sie als Kind in ihrem Meßbuch aufzuheben pflegte. Der Text unter der Fotografie lautet:

> Heiraten Sie im Paradies, umgeben vom ewigen Rauschen des Meeres. Kehren Sie mit einer schlichten und einfachen und sehr innigen Zeremonie zum WESENTLICHEN zurück. KEINE MÜHE für Sie, weder vorher noch nachher. Wir erledigen alles vor Ort. Sie brauchen nur die Dokumente, die Sie auch in Irland zur

> Heirat benötigen, und dazu einen gültigen Reisepaß. Unterbringung mit Vollpension bis zu zwei Wochen in strohgedeckten Bungalows mitten in der unberührten exotischen Landschaft dieser bezaubernden Insel. JEDOCH MIT ALLEM MODERNEN KOMFORT! Bequeme Zahlung sämtlicher Kosten – Reise, Unterbringung und amtliche Gebühren – mittels Finanzierung. Limousinendienst vom und zum Flughafen, Blumen, Hochzeitstorte und traditionelles Hochzeitsmahl für bis zu 12 Personen im Preis inbegriffen. Musik (Steelband), Fotos und Videoaufnahmen nach Wunsch. Gegen Aufpreis Flug mit Business-Class und Unterbringung in Luxusapartments. SIE SIND ES WERT! Jay Street PERSÖNLICH, als amtlicher Vertreter des Standesamts von Palm Tree Island, vollzieht die Trauung.

Es folgt die irische Kontaktadresse. Die Anzeige erscheint offensichtlich in verschiedenen Ländern; das Wort »Irland« im Text ist etwas schwächer gedruckt.

Sophie fragt sich, was das für Leute sind, die sich von Jay Street PERSÖNLICH trauen lassen möchten. Vermutlich seine Anhänger, Leute, die bereit sind, ihr sauer verdientes Geld dafür hinzulegen, daß sie im Schatten ihres großen Meisters stehen dürfen. Leute, die fester an ihn glauben als an ihre Freunde und ihre Familie. Leute wie die arme, vertrauensselige Eily.

Wenn sie ehrlich ist, muß Sophie allerdings zugeben, daß Jay Street immerhin *ein* echtes Wunder vollbracht hat – er hat Eily von den Schuldgefühlen gegenüber den beiden Ungeheuern befreit, die sie großgezogen haben.

Als Eilys Eltern bei einem Autounfall ums Leben kamen, waren die meisten Verwandten nicht in der Lage oder geeignet, sie bei sich aufzunehmen. Ein kinderlos verheirateter Onkel jedoch lebte im selben neuen Vorort Dublins wie Eily und Sophie, wo er einen Gemischtwaren- und Zeitungsladen betrieb. Er und seine Frau nahmen die Waise auf, und zunächst lief alles bestens: Die Erfahrung, plötzlich ein kleines Mädchen im Haus zu haben, war noch vom Reiz des Neuen verklärt, und das Paar sonnte sich in Lob und Anerkennung von Freunden, Nachbarn und Kunden.

Als der Reiz des Neuen allmählich verblaßte und aus dem ängstlichen und fügsamen kleinen Lämmchen mit den schokoladenbraunen Augen und dem dunklen Wuschelhaar ein aufmüpfiger Frechdachs wurde, war es mit der Freude rasch vorbei. Vom Onkel, der daran festhielt, daß, wer mit der Rute spart, das Kind verwöhnt, gab es für jede Widerrede oder freche Antwort harte Strafen. Oft mußten Sophie und ihre Familie Eily trösten, wenn diese abends zu ihnen floh, um ihnen ihr Herz auszuschütten.

Onkel und Tante ließen das Kind stundenlang im Laden arbeiten, ohne ihm einen Penny zu geben oder sich darum zu kümmern, daß Eily kaum Zeit für ihre Hausaufgaben blieb, so daß sie in der Schule wegen vermeintlicher Nachlässigkeit den Unwillen der Lehrer auf sich zog. An den Wochenenden gab es im Laden, der sonntags geöffnet war, viel zu tun, aber Onkel und Tante konnten nicht jedesmal ablehnen, wenn Sophies Eltern anboten, Eily auf einen Ausflug mitzunehmen. Wären diese Atempausen nicht gewesen, hätte Eily überhaupt keine Kindheit gehabt.

Den Laden gibt es schon lange nicht mehr, er wurde an eine Supermarktkette verkauft, und Onkel und Tante starben kurz nach Eilys Heirat innerhalb von sechs Wochen.

Es stellte sich heraus, daß das Paar seine gesamte Habe der Kirche vermacht hatte, und infolge dieser Zurückweisung wurden die alten Fragen, wie Eily es jetzt nennt, wieder wach, obwohl ihr gar nichts an dem Geld lag.

Sonderbarerweise glaubte Eily fest, sie selbst trüge die Schuld daran, daß sie bei dem Erbe übergangen worden war, obwohl sie nicht einen einzigen gültigen Grund für diese Bestrafung finden konnte. Ganz gleich, wie oft sie darüber sprachen und was für Argumente Sophie anführte, um die Freundin zur Vernunft zu bringen, Eily war felsenfest davon überzeugt, daß sie Onkel und

Tante auf irgendeine Weise enttäuscht hatte und das Testament ein Ausdruck ihrer Gekränktheit war. »Es geht mir nicht ums Geld, Soph, das weißt du. Ich hätte sie häufiger besuchen sollen. Immerhin haben sie mich aufgenommen, sie hätten das nicht zu tun brauchen – dann wäre ich in irgendeinem fürchterlichen Heim aufgewachsen –, aber als sie starben, war ich nicht da.«

Durch nichts ließ Eily sich davon abbringen, sich herzlos und undankbar verhalten zu haben, und Sophie gab es auf, darauf hinzuweisen, daß der Onkel ein rachsüchtiger und hartherziger Tyrann gewesen war, der Eily das Leben zur Hölle gemacht hatte. Eily wurde die Schuldgefühle nicht los, und Sophie konnte nicht mehr tun, als ihr geduldig zuzuhören.

Erst als Eily Jay Street in die Arme lief und mit ihm zu »arbeiten« begann, verließ sie das Gefühl, etwas unerledigt gelassen zu haben, und sie fand endlich Ruhe. Das immerhin hat der Typ fertiggebracht.

Wenn es nur dabei geblieben wäre! Sophie erinnerte sich an die zweifelhafte Ehre, einen Blick auf die gehegte Sammlung ihrer Freundin werfen zu dürfen: Jedes Pamphlet und Traktat, das je aus seiner Feder geflossen ist, jedes Buch, das er empfohlen hat, jede hastig hingeworfene Notiz von seiner Hand, die sie ergattern konnte, alles hat sie sorgfältig aufbewahrt. Ihr teuerster Besitz sind zwei Briefe, die er an sie geschrieben hat, um ihr für besondere Gefälligkeiten während seines Besuchs bei seinen irischen Truppen zu danken. Ein Glück, daß der Typ so selten hierherkommt, wer weiß, wie Eily sich entwickelt hätte, wenn es einfacher wäre, persönlichen Kontakt mit ihm zu halten.

Sophie stopft das *Inner Door* in den Papierkorb und schaut auf die Uhr – gleich Mittag. Sie hat nicht viel zu tun: Die Fertigstellung ihrer Kolumne, die erst gestern morgen noch so dringend schien, hat Zeit bis Montag. Warum nicht schnell noch einmal in die Stadt fahren und die Buchenbilder abholen?

Brian hat Schmerzen beim Autofahren und wünscht jetzt, er hätte es nicht ganz so eilig gehabt, die Halskrause abzulegen.

Er ist erleichtert, als er endlich vor dem Gresham-Hotel in der O'Connell Street anhalten kann, wo der Kunde ihn schon erwartet.

Es war viel los heute morgen am Flughafen, eine ganze Gruppe von Leuten, die zu einer Tagung wollten, und zu allem Überfluß hatte Yvonne Leonard sich krank gemeldet. Aber diese Lieferung hier hätte er sowieso persönlich übernommen. Der Wagen wird einem Stammkunden als Dank für eine Gefälligkeit kostenlos zur Verfügung gestellt.

Die Übergabeformalitäten und ein kleiner Schwatz nehmen nur ein paar Minuten in Anspruch. Er bleibt, bis sie abgefahren sind, dann geht er zum Taxistand hinüber.

»Zum Flughafen bitte«, sagt er zum Fahrer und versetzt der Begeisterung des Mannes über die lukrative Fahrt sogleich einen Dämpfer, indem er ihn auffordert, den kurzen Weg über Ballymun zu nehmen, statt über den Motorway zu fahren. Zu seinem weiteren Verdruß bittet Brian ihn, nicht über den Parnell Square zu fahren, sondern direkt in die Parnell Street einzubiegen. »Würden Sie bitte hier halten und auf mich warten«, sagt er, als das Taxi den Eingang zum Ilac-Einkaufszentrum erreicht. »Ich bin gleich wieder da.« Brian hat beschlossen, in Easons Buchhandlung noch ein paar Kassetten für Zeldas Walkman zu besorgen.

Seit Brian klargeworden ist, daß er gegen Zeldas Krankheit nichts ausrichten kann, schlägt er um sich wie ein Ertrinkender und versucht, mit seinen Ohnmachtsgefühlen fertigzuwerden, indem er seine Tochter mit materiellen Dingen verwöhnt, die größtenteils ohne Nutzen und Gewinn für sie sind – Schmuck, den sie nicht trägt, Plüschtiere, ein flauschiges Bettjäckchen in Babyrosa, einmal sogar zwei Karten für ein U2-Konzert in den Vereinigten Staaten, das zu besuchen sie viel zu krank war. Eily macht ihm deswegen immer wieder Vorhaltungen, aber ohne jeden Erfolg.

Jetzt stürmt er durch das Einkaufszentrum und greift nach irgendwelchen Musikkassetten, Britney Spears, The Corrs, und einer Audiokassette von Emily Brontës Roman *Sturmhöhe*. Er zahlt und eilt zum Taxi zurück.

Als er am großen Schaufenster des Fotogeschäfts vorüberkommt, entdeckt er eine vertraute Gestalt und hält an. Sie steht mit dem Rücken zu ihm und sieht eine Serie Fotografien durch, die sie offenbar gerade abgeholt hat. Er geht näher, um sich zu vergewissern, und gerade da dreht sie sich herum und bemerkt ihn. Ja, sie ist es.

Sie tritt aus dem Laden und geht auf ihn zu. »Brian! Was tust du denn hier? Seit wann bist du aus der Klinik entlassen?«

»Seit gestern – hat Mick dir das nicht gesagt? Er hat mich heimgefahren.«

Sophie runzelt die Stirn. »Ich habe ihn seit gestern vormittag nicht gesprochen – er kam spät nach Hause, und heute morgen, als ich aufgestanden bin, war er schon weg.« Sie zeigt auf die Einkaufstüte der Buchhandlung. »Du gönnst dir jedenfalls wenig Ruhe. Ich hoffe, du übertreibst es nicht – hast du was Schönes gekauft?«

Er blickt zu seinen Einkäufen hinunter. »Ach, nur ein paar Sachen für Zelda.«

»Apropos«, sagt sie langsam, »ich bin froh, daß ich dich hier treffe. Ich würde nämlich gern mit dir reden, aber ich wollte dich nicht zu Hause anrufen. Hast du einen Moment Zeit?«

Brian denkt an den Taxifahrer, zögert, sagt sich dann, daß der Typ ohnehin ein Miesepeter war.

»Klar.« Er sieht Sophie lächelnd an. »Ich ruf nur kurz in der Firma an – wir haben einen Haufen zu tun, aber eine halbe Stunde können sie schon mal ohne mich auskommen.«

»Wie sind wir bloß ohne Handys ausgekommen?« Sie hat ihren Kaffee fast ausgetrunken, als er endlich das Telefon weglegt.

»Tja«, sagt Brian reuig. »Aber manchmal sind sie auch wahnsinnig lästig.«

Während er und Sophie einen Kaffee trinken, ist Brian sich bewußt, daß er mit jeder Sekunde nervöser wird. Es fällt ihm schwer, Sophie in die Augen zu sehen. Ihr weißer Wollschal liegt um den Kragen eines hellen rostfarbenen Mantels, der sich wunderbar um ihre Taille und ihren Busen schmiegt. Der Farbton bringt das Weiß sehr schön zur Geltung und schmeichelt ihrem Teint. Sie hat ihre Mütze abgenommen, und ihr Haar glänzt wie Gold im hellen Licht der Restaurantlampen.

Brian empfindet es als reizvoll, sich vorzustellen, was unter der Hülle verborgen ist. Eily hat das nie verstanden. Ihre Maxime ist immer schon gewesen, daß man mit seinen Reizen nicht geizen soll. Sogar ihre wallenden Gewänder haben tiefe Dekolletés.

Er merkt plötzlich, daß Sophie schweigt, kann ihr aber nicht antworten, weil er nicht zugehört hat. Verlegen kramt er in seinem Gedächtnis und versucht, sich an irgend etwas zu erinnern, das sie gesagt hat. »Das ist ein toller Mantel«, sagt er in seiner Verzweiflung. »Was ist das für ein Material?«

»Gefilzte Wolle. Danke. Ja, ich mag ihn auch.«

»Ja, wirklich, er sieht toll aus.«

Wie in stillschweigendem Einverständnis sehen sich beide in dem nur mäßig gefüllten Restaurant um.

»Ich bin schon so oft im Ilac gewesen«, bemerkt er, »aber hier oben war ich noch nie.«

»›Von allen Bars auf der Welt ist sie ausgerechnet in meine gekommen.‹«

»*Casablanca* – ich weiß nicht, wie oft ich diesen Film gesehen habe. Weißt du noch, wie wir vier damals an diesem fürchterlichen verregneten Wochenende in Tramore im Kino waren?«

»Natürlich.« Sophie lacht. »Diese unmöglichen Privatzimmer und der schneidende Wind, der uns alle fertiggemacht hat. Na, und dieses Kino ...!«

»Wenigstens riecht's hier ein bißchen besser, und die Tische stehen nicht so dicht nebeneinander. Das ist angenehm.«

»Ja, und schön hell ist es, Gott sei Dank. Ich hasse finstere Cafés. Dieser Holzfußboden ist auch gar nicht schlecht. Aus dem Laden hier könnte man was machen.« Sie dreht den obersten Mantelknopf zwischen den Fingern, während sie zum Glasdach hinaufschaut.

Brian empfindet dieses oberflächliche Geplauder als surreal. Sie reden miteinander, als wären sie ehemalige Schulkameraden, die sich seit der Abschlußfeier vor vielen Jahren nicht wiedergesehen haben. Er sucht nach einem wesentlicheren Thema. »Ach Gott«, ruft er unvermittelt, »das habe ich ganz vergessen … Deine Arbeit. Mick hat es mir heute morgen erzählt. Das ist wirklich Pech – es tut mir so leid.«

Sie konzentriert sich auf ihren Kaffee. »Es braucht dir nicht leid zu tun«, erwidert sie leise. »Michael ist der Meinung, es sei das Beste, was mir passieren konnte. Er meint, es wird mich ein bißchen auf Trab bringen.«

Brian zögert. Zu wem soll er halten? Er weiß, zu wem er halten möchte, aber er muß fair bleiben. »So ganz unrecht hat er nicht«, sagt er langsam, »natürlich mußt du nicht auf Trab gebracht werden, aber ich finde auch, daß du viel mehr kannst, Sophie.«

»Meinst du?« Sie starrt weiter in ihre Tasse.

»Hast du dir schon überlegt, was du gern machen würdest?« Er ist drauf und dran, ihr einen Job bei EconoCar anzubieten. Aber nein, das wäre für sie alle eine Katastrophe. Allein schon wegen der Geschichte mit Yvonne Leonard – verdammt noch mal, umbringen könnte er Mick, diesen Idioten.

Sie schüttelt den Kopf und hebt endlich den Blick, um ihn anzusehen. »Es wird sich schon irgendwas ergeben. Es drängt ja nicht. Und für den nächsten Monat werde ich noch bezahlt.«

Aus purer Befangenheit greift er nach einem Päckchen Zukker, obwohl er seinen Kaffee immer schwarz trinkt. Im selben Moment langt auch sie zu, und ihre Hände berühren einander. Augenblicklich schrecken beide zurück.

»Entschuldige.«

»Entschuldige.«

Ihr Blick fällt wieder zum Tisch hinunter, während er krampfhaft überlegt, was er als nächstes sagen könnte, und sich mit Erleichterung erinnert, daß sie ja auf ihren Wunsch hier zusammensitzen. »Also, worüber wolltest du mit mir sprechen, Sophie?«

Das rüttelt sie auf. »Es geht um Donny.«

»Was?« fragt er verdattert. »Donny?«

»Er war bei mir. Weißt du, Brian, das Ganze ist ziemlich schwierig für mich, und ich weiß, daß es mich nichts angeht ...«

»Er war bei dir?« Brian ist immer noch verblüfft. Dann sagt er hastig: »Aber natürlich geht es dich was an, Sophie, du brauchst dich nicht zu entschuldigen. Was ist denn los? Fehlt Donny etwas?«

»Er ist völlig außer sich wegen Zelda, Brian.« Sie spricht mit solcher Vehemenz, daß es ihn erschreckt. »Ich weiß, es geht uns allen so«, sie beugt sich vor, »aber ist dir eigentlich klar, daß er Tag für Tag das Internet durchforstet und sich über die neuesten Therapien und Theorien informiert? Daß er sich immer wieder als Versuchskaninchen für Verpflanzungen und Zellextraktionen und weiß Gott noch was anbietet und keiner den armen Jungen beachtet? Er ist so verzweifelt, daß er mich gebeten hat, mit dir zu sprechen. Er hofft, daß du ihm dann vielleicht zuhörst.«

Brian ist erschüttert. Ihm ist natürlich nicht entgangen, daß Donny oft am Computer saß – er kann sich sogar an Bruchstücke von Gesprächen über Blut und Knochenmark erinnern –, aber er ist die ganze Zeit so von seinem eigenen Schmerz besetzt gewesen und so tief verstrickt in seinen Kleinkrieg mit Eily, daß er für seinen Sohn nur flüchtige Aufmerksamkeit übrig gehabt und sich gesagt hat, Donny verhalte sich eben wie ein typischer Teenager, und es täte ihm wahrscheinlich gut, wenn er das Gefühl habe, auch etwas beizutragen. Er bemerkt, daß Sophie ihn ernst ansieht. »Was ist, Sophie?« fragt er leise. »Sag's mir, bitte.«

»Er beschwert sich mit Recht darüber, daß keiner ihm zuhört. Er ist erst vierzehn, aber seine Gefühle sind deshalb nicht weniger tief und stark als unsere. Bitte faß das jetzt nicht falsch auf, aber ich glaube, wir alle haben Donny über den Ereignissen der letzten Zeit ziemlich vernachlässigt.«

»Du meinst, Eily und ich haben ihn vernachlässigt. Er ist unser Sohn.« Es zerreißt Brian fast das Herz. Der arme Kerl – natürlich ist er außer sich. Er richtet den Blick wieder auf Sophie. »Hilf mir, Sophie. Bitte, hilf mir.«

Ihre Reaktion erschreckt sie selbst. Als hätte Brian ihr gedroht, springt sie auf und reißt Wollmütze und Handtasche an sich. »Ich kann dir nicht helfen, Brian.« Schon weicht sie zurück. »Laß dir von Eily helfen.«

Bevor er weiß, wie ihm geschieht, läuft sie die Treppe hinunter.

13

»Soll das ein Witz sein? Hören Sie bloß auf!« Yvonne starrt die junge Frau, die vor ihr steht, ungläubig an. Akten, Formulare, Rezeptblöcke, Stifte und Kugelschreiber, Schachteln mit Gummihandschuhen und das ganze andere Zeug auf den Regalen – alles scheint ihr irreal. Die ganze Geschichte ist irreal. »Bevor ich das glaube, möchte ich eine zweite Meinung.«

»Selbstverständlich.« Die junge Ärztin ist keineswegs verstimmt. »Ich würde vorschlagen, Sie suchen Ihren Hausarzt auf. Aber glauben Sie mir, ich irre mich nicht. Sie sind in der neunten oder zehnten Woche schwanger. Am besten nehmen Sie sich eines unserer Blätter hier über die richtige Ernährung mit und machen gleich einen neuen Termin aus. Sie sollten jetzt gut für sich sorgen. Und für das Kind.«

»Scheiße!« Yvonne wird plötzlich flau, und sie setzt sich hastig auf den wackligen Stuhl, das einzige Sitzmöbel in dem fensterlosen Raum. Sie hat in letzter Zeit häufiger mit Übelkeit zu kämpfen gehabt, aber sie hat das, genau wie das Ausbleiben ihrer Periode, auf zu viele kurze Nächte und falsche Ernährung zurückgeführt. Sie ist nur hierhergekommen, weil Collette, der es nie dramatisch genug sein kann, ständig auf sie eingeredet hat. Bis zu diesem Augenblick ist sie überzeugt gewesen, daß sie nicht mehr braucht als ein bißchen Eisen oder sonst ein Stärkungsmittel. Was sie einem eben geben, wenn man zu flott gelebt hat …

Dabei ist sie immer so vorsichtig gewesen. Na ja, fast immer. Und diese miese Minipille ist bestimmt nicht hoch genug dosiert.

Aber wenn hier jemand glaubt, daß sie bereit ist, wie eine fette Wachtel durch die Gegend zu schlurfen und für Mick Dolans Kind ihr Leben dranzugeben, dann ist er gewaltig auf dem Holzweg. Das ist sicher. Sie ist jung. Sie hat ihr ganzes Leben noch vor sich. Er muß ihr helfen, es loszuwerden. Allein hat sie nicht das Geld dazu. Sie wird ihn richtig zur Kasse bitten.

Voller Wut mustert sie die junge Frau. Die braucht keine Angst zu haben, daß ihr einer ein Kind macht. Wer würde die schon anschauen, unattraktiv, wie sie ist. Die genießt es garantiert noch, ihr die schlechte Nachricht aufzutischen. »Ich möchte eine Beratung«, sagt Yvonne. »Aber eine neutrale oder wie man da sagt.«

Sie hat sich das wütende Gezeter der Leute über die verdammten Volksentscheide zum Schwangerschaftsabbruch in diesem verdammten Land lange genug angehört, um zu wissen, daß sie auf eine englische Klinikadresse nicht hoffen kann, wenn sie nicht die ganze Prozedur von A bis Z durchexerziert. Yvonne ist ja nicht von gestern.

»Natürlich.« Die junge Frau zuckt nicht mit der Wimper. »Ich mache einen Termin für Sie aus.«

Yvonne verschränkt die Arme. »Jetzt gleich.«

Die Frau starrt sie an, und Yvonne starrt zurück. Yvonne siegt. »Kommen Sie bitte mit.« Die Frau geht ihr voraus zur Tür hinaus.

Als Yvonne schließlich ins Wartezimmer der Klinik und zu Collette zurückkehrt, ist ihr eiskalt.

»Na endlich, ich dachte schon, du wärst tot – also, was haben sie gesagt?« Collette springt auf, sobald sie hereinkommt.

»Ich brauch jetzt erst mal was zu trinken«, sagt Yvonne. »Komm, gegenüber ist ein Pub.«

Sie gehen in das Pub, ein aufgestylter Laden mit viel dunklem Holz, Kupfer und Messing und einem scheußlichen Fliesenboden. Überall stehen Steinkrüge rum. Um diese Tageszeit ist fast niemand da. Sie bestellen Bacardi-Breezer und Chips und setzen sich an einen Tisch in der Ecke. Yvonne trinkt gierig und hantiert mit einer Zigarette und Streichhölzern, die sich nicht entzünden wollen.

Collette platzt beinahe vor Neugier. »Herrgott noch mal, jetzt red schon. Was haben sie gesagt?«

»Du hattest recht.« Yvonne bläst aus häßlich zusammengekniffenem Mund die erste Rauchwolke in die Luft. »Ich muß schleunigst nach England.«

»Heilige Maria und Joseph!« Collette reißt aufgeregt die Augen auf. »Sind sie sicher?«

»Zehnte Woche. Ich kann dir sagen, diese Beratung ...« Yvonnes Mund wird noch häßlicher, als sie mit höhnischem Grinsen ihre Beraterin nachäfft. »›Können Sie mit der Unterstützung des Vaters rechnen, Yvonne? Wie stehen Sie zu ihm, Yvonne? Wie stehen Sie zu dem Kind, Yvonne? Hatten Sie beide eine dauerhafte Beziehung geplant? Was denken Sie, wie er reagieren wird?‹« Sie trinkt die Hälfte des Breezer in einem Zug. »Was glaubt die blöde Kuh wohl, wie er reagieren wird? Wie reagiert ein Typ schon da drauf? Noch dazu, wenn er verheiratet ist!«

»Sagst du es ihm?«

»Worauf du dich verlassen kannst! Wo soll ich sonst das nötige Kleingeld hernehmen? Er trägt die Verantwortung. Und er braucht sich nicht einzubilden, daß ich das im Hinterhof irgendeiner beschissenen Spelunke machen lasse.« Sie zieht an ihrer Zigarette. »Ich bin für Dienstag nachmittag angemeldet, sie machen es am Mittwoch morgen. Die Klinik liegt im Londoner Zentrum.« Sie klopft auf ihre Handtasche. »Die Adresse hab ich hier. Da ich zum Glück noch vor der zwölften Woche bin, wird's nicht allzu schlimm werden.«

»Okay«, Collettes Wangen glühen, »dann ruf ihn an. Am besten jetzt gleich. Worauf sollst du schon warten? Je länger du wartest, desto schwerer wird es dir nur fallen.« Sie kramt eifrig ihr Handy mit der Schutzhülle aus Webpelz heraus. »Wenn du willst, kannst du meins benutzen.«

»Ich hab mein eigenes dabei«, sagt Yvonne und greift nach ihrer Tasche.

Sophies Handy läutet, als sie gerade in ihren Mini steigt. »Ja? Hallo?«

»Ich bin's, Sophie – Brian.« Seine Stimme ist leise und drängend. »Leg nicht auf, bitte. Es tut mir leid, wenn ich dir angst gemacht habe. Ich spreche heute abend mit ihm. Du hast vollkommen recht, es hätte nicht so weit kommen dürfen, daß er sich an dich wenden muß.«

Sophie klammert sich an das Telefon. Sie schämt sich ihrer kindischen Reaktion. Aber in diesem Moment, als er ihr seine Verletzlichkeit zeigte, konnte sie nur entweder fliehen oder ihn in die Arme nehmen.

Sie schluckt. Sie hat das Gefühl, eine Grenze zwischen sich und Eilys Mann überschritten zu haben, und ist jetzt bemüht, sie wiederherzustellen. »Es tut mir leid, daß ich so Hals über Kopf davongelaufen bin«, sagt sie ruhig und fest. »Aber ich fühle mich so hilflos, und ich wußte nicht, was ich dir sagen sollte. Mich nimmt das alles auch sehr mit, aber ich weiß einfach nicht, wie ich helfen soll.«

Er zögert einen Moment. »Wir sind alle ziemlich durcheinander, das ist ganz verständlich. Aber du kannst doch etwas für uns tun, weißt du.«

Sie registriert erleichtert, daß er »uns« sagt. »Ja?«

»Ich will dich schon seit Ewigkeiten darum bitten, aber irgendwie hab ich's immer wieder vergessen, oder ich hatte einfach keine Gelegenheit. Würdest du Zelda für uns fotografieren? Ich ... wir hätten gern ein paar Fotos von ihr – wir haben keine neueren.«

Sophie geht dankbar auf den Vorschlag ein. »Natürlich, gern, Brian«, antwortet sie. »Ich besuche sie in den nächsten Tagen mal im Krankenhaus. Frag Zelda nur vorher, ob sie einverstanden ist. Okay?«

In der Firma scheint man während Brians Abwesenheit gut zurechtgekommen zu sein, trotz des zermürbenden Baulärms rundherum, der ihm vor seinem Krankenhausaufenthalt lange nicht so stark auf die Nerven gegangen ist wie jetzt.

Die Praktikantin hat offensichtlich hart gearbeitet: Er greift nach dem ordentlichen Stapel Ausdrucken und Kundenrechnungen, die sie für die letzten fünf Jahre nach Namen, Datum und Wagentyp geordnet und mit den entsprechenden Querverweisen versehen hat.

Nervös beobachtet sie ihn, während er das Bündel Papiere durchsieht. »Ich hoffe, Sie haben nichts dagegen, daß ich das einfach gemacht habe, Mr. McMullan«, sagt sie, »aber ich fand, Ihr Datenbestand könnte mal aktualisiert werden.«

»Danke.« Brian lächelt ihr zu. Dieses junge Ding von höchstens achtzehn oder neunzehn ist dreimal soviel wert wie diese aufdringliche Yvonne. »Tausend Dank«, sagt er noch einmal. »Und nennen Sie mich ruhig Brian. Wir halten hier nichts von übertriebener Förmlichkeit. Tut mir leid, daß wir uns nicht schon früher kennengelernt haben, aber ich war, wie Sie wissen, anderweitig beschäftigt. Wann müssen Sie denn an die Uni zurück?«

»Übernächste Woche.«

»Prima. Könnten Sie da nicht noch eine zusätzliche Woche bleiben? Gegen Bezahlung natürlich. In bar. Der Staat braucht von einer lumpigen Woche nichts zu wissen – wären Ihnen 150 recht?«

»Wunderbar.« Die Augen der Kleinen blitzen, und sie errötet. »Vielen Dank.«

»Okay.« Auch Brian ist zufrieden.

Sein Lächeln erlischt, als er zum Telefonbuch greift, um die Nummer von Peter Whites Reisebüro herauszusuchen. Dort erfährt er, daß Eily ihm zuvorgekommen und ihre Reservierung bereits gestrichen ist. Sicherheitshalber beschließt er, das zu überprüfen – er traut ihr zu, daß sie einfach zu einem anderen Reisebüro gewechselt hat. Er geht schnell zum Bankautomaten, schiebt seine Kreditkarte ein und fragt den letzten Kontostand ab. Gut. Das Geld ist wieder auf dem Konto.

Doch der Sieg verschafft ihm keine Genugtuung, er ist eher niedergeschlagen, als er an den Schalter zurückkehrt. Er findet dieses Detektivspiel entwürdigend, aber Eily hat ihm keine Wahl gelassen. Er wird von jetzt an genauer aufpassen müssen, auch wenn ihm das gegen den Strich geht.

Er schickt die Praktikantin zum Essen, und gerade als sie geht, sieht er Mick kommen. Brians Herz beginnt überraschend zu rasen. Was zum Teufel soll das denn, fragt er sich irritiert. Reiß dich gefälligst zusammen. Es ist nichts passiert. Es hat sich nichts geändert, nur weil er und Sophie sich zufällig begegnet sind.

»Hallo, Mick«, sagt er, während er zusieht, wie die Maschine ein Fax herauswürgt. »Ich habe vorhin in der Stadt Sophie getroffen. Wir haben einen Kaffee zusammen getrunken.«

»Ach? Wo hast du sie denn getroffen?«

»Im Ilac-Zentrum. Sie kam gerade aus dem Foto-Expreß, und ich kam aus …« Vom Faxgerät aufblickend, will er zu einer langen Erklärung über sein zufälliges Zusammentreffen mit Sophie ansetzen, aber da wird ihm bewußt, daß das Mick gar nicht sonderlich zu interessieren scheint. Nein, eigentlich schaut Mick eher aus, als hätte er ein Gespenst gesehen. Brian reißt das Fax ab. »Hey, alles in Ordnung?«

Mick reagiert ausweichend. »Wieso? Was meinst du damit?«

»Ich weiß nicht.« Brian sieht den Freund scharf an. »Du hast doch was. Du siehst richtig schlecht aus. Brütest du was aus? Oder«, er lacht gutmütig, »hast du irgendwas verzapft, womit du diesen Laden hier in den Ruin treibst?«

Aber Mick findet die Bemerkung nicht witzig. Sein Gesicht wird, wenn das möglich ist, noch blasser.

»So schlimm ist es? Komm, raus mit der Sprache.« Brian ist jetzt beunruhigt.

»Mit Autos hat das nichts zu tun …« Ein Kunde mit einer Buchungsbestätigung von EconoCar tritt an den Schalter, und

Mick bricht ab, um sich um den Mann zu kümmern. Als der schließlich zum Parkhaus abzieht, ist Brian schon mit einem anderen Kunden beschäftigt. Danach muß Mick ein endloses Telefongespräch mit einer wütenden Kundin führen, die irgendwo in den Midlands mit einem ihrer Wagen eine Panne hat. Dann kommt die Praktikantin aus der Mittagspause zurück.

Im Hin und Her der nächsten Stunde finden die beiden Männer keine Gelegenheit, miteinander zu sprechen, bis Brian den Freund schließlich auf die Seite nimmt. »Was ist los, alter Junge? Ich seh dir doch an, daß es dir dreckig geht. Was ist passiert?«

»Nichts. Überhaupt nichts!« Doch Mick mag vielleicht seine Frau täuschen können, nicht aber Brian.

»Warte mal!« Brian wirft einen Blick in die Buchungsliste: In den nächsten vierzig Minuten ist kein Kunde zu erwarten. »Machen Sie hier weiter«, sagt er zu der Praktikantin. »Wenn's irgendein Problem gibt, wir sind gleich da drüben im Green Room. Okay?«

Die Kleine nickt mit ernster Miene, und Brian bedeutet Mick, mit ihm zu kommen.

Auf dem Weg zum Green Room überlegt Michael, wie er diese Geschichte angehen soll. Als sein Handy geläutet hat und Yvonnes Nummer im Display erschien, hat er sich nichts weiter gedacht. Sie war angeblich krank, aber das war ja nichts Neues. »Hallo?« meldete er sich – und schrak zurück, weil sie wie eine Furie über ihn herfiel. Er brauchte nur wenige Sekunden, um zu begreifen, was los war, und dann spürte er, wie ihm Beine, Wangen, Stirn, sogar die Kopfhaut eiskalt wurden. Sie war schwanger. Und sie verlangte, daß er sich der Verantwortung stellte.

Michael war wie vom Donner gerührt. Sophie. Sie würde es garantiert erfahren – Dublin war nicht London oder New York, und wenn nicht Yvonne selbst es ihr sagte, würde irgendein Wichtigtuer sie aufklären.

Das Geld. Er würde für den Unterhalt des Kindes zahlen müssen. Wie sollte er das von seinem Gehalt schaffen, wo Sophie auch noch arbeitslos ist? Und wie würde Sophie es aufnehmen, achtzehn – oder waren es sogar einundzwanzig? – Jahre lang einen Teil ihres gemeinsamen Geldes abgeben zu müssen?

Der Flughafen. Wie ein Lauffeuer würde es sich am Flughafen herumsprechen. Er war natürlich nicht der erste, und er würde nicht der letzte sein, aber dennoch. »Mick! Mick!« Yvonnes kreischende Stimme unterbrach seine panischen Gedanken. »Hörst du mir eigentlich zu, verdammt noch mal?«

»Natürlich hör ich dir zu. Gib mir doch mal einen Moment Zeit.«

»Gar nichts gebe ich dir. Und du brauchst dir nicht einzubilden, daß ich mit dem Dampfer fahre.«

»Mit dem Dampfer?« fragte Michael verblüfft, aber dann wurde ihm klar, wovon sie sprach. »Du willst es abtreiben?«

»Aber nein! Niemals! Ich möchte heile Familie spielen. Mit dir und mir und dem Kind und deiner Frau und der ganzen beschissenen Sippe – natürlich treibe ich ab.«

Michaels Herz schlug wieder normal. Gott sei Dank. Und doch... Irgendwo tief in seinem Inneren rührte sich Widerstand.

Wenn ein Paar keine Kinder bekommt, scharen sich alle wie die Glucken um die Frau und bemitleiden sie und sind immer für sie da. Um den Mann kümmert sich keiner. Aber auch er hat Gefühle...

»Moment mal«, sagte er zu Yvonne. »Können wir das nicht in Ruhe besprechen?«

Das brachte sie nur noch mehr in Rage. Es gebe nichts zu besprechen, und er brauche nicht zu glauben, er könne sich aus der Verantwortung stehlen.

Herz und Kopf trugen einen kleinen Kampf aus, während Michael ihr zuhörte. Du kannst deinem Schöpfer danken – für ein paar Pfund bist du alle Sorgen los, und kein Mensch wird je was erfahren.

Das ist dein Kind, dein Baby ...

Er beendete das Gespräch abrupt, indem er behauptete, er werde am Schalter verlangt. Er würde sie zurückrufen, sobald er eine freie Minute habe. Das ist nun beinahe zwei Stunden her, und er hat immer noch nicht zurückgerufen.

Flüchtig spielt er mit dem Gedanken, Brian, der jetzt mit zwei Bier an den Tisch kommt, nichts zu sagen, aber irgendwo muß er das jetzt loswerden, und Brian ist der einzige, der da ist.

Brian setzt sich Michael gegenüber und kommt ohne Umschweife zur Sache. »Also, was ist los? Komm, wir haben eine Menge gemeinsam durchgestanden. So schlimm kann's doch nicht sein.«

Michael trinkt einen Schluck von seinem Bier. Er versucht, ironisch zu lächeln, aber heraus kommt nur eine gequälte Miene. »Du wirst es nicht glauben, aber ich sitze so richtig in der Falle, und gleich schnappt sie zu.«

»Was soll das heißen?« fragt Brian verwirrt. »Ist es was Persönliches?«

»Das könnte man sagen.« Wieder versucht Michael zu lachen und schafft es nicht. Er starrt in sein Bier. »Ich werde auf meine alten Tage tatsächlich noch Vater. Oder auch nicht. Oder in Trennung leben. Oder auch nicht. So wie es aussieht, hab ich da keine Stimme.«

Sophie schwanger? Es wirft Brian beinahe um. Und hat Mick von Trennung gesprochen? Wieso um alles in der Welt? Es kostet ihn größte Anstrengung, sich seinen inneren Aufruhr nicht anmerken zu lassen.

Aber er ist jetzt als Freund gefragt, sagt er sich, als ihrer beider Freund. »Na hör mal, da kann man euch doch nur gratulieren«, sagt er loyal. »Das habt ihr euch doch beide immer gewünscht. Ich meine, ihr habt's doch immer versucht. Jahrelang, oder? Ich verstehe die Bemerkung über Trennung nicht.« Er hält verlegen inne. »Ach, Gott!« Impulsiv streckt Brian die Hand aus, zieht sie aber gleich wieder zurück, als er das ungläubige Stirnrunzeln des

Freundes sieht. »Was ist denn, Mick? Habe ich irgendwas nicht begriffen?«

»Herrgott noch mal! Es ist nicht Sophie! Es ist Yvonne! Und sie will es abtreiben. Das Problem ist, daß ich nicht weiß, ob ich das möchte oder nicht. Aber ganz gleich, was ich möchte, ich scheine bei der Entscheidung sowieso nichts zu sagen zu haben.«

Brians erste Reaktion ist tiefe Erleichterung, und er schämt sich sofort, als ihm das bewußt wird.

Aber Mick, zur Abwechslung mal nicht der selbstsichere Draufgänger, achtet gar nicht auf seine Umgebung, sondern starrt in den Schaum seines Bieres. »Verstehst du, alter Herzensbruder, das ist wahrscheinlich Mick Dolans einzige Chance, in die Unsterblichkeit einzugehen.«

Dieses Bemühen, die Sache ins Lächerliche zu ziehen, ist peinlich. Brian wünscht, Mick würde es lassen.

Dann senkt Mick den Kopf in die Hände. »Was soll ich bloß tun? Selbst wenn ich sie überreden kann, es zu behalten, bleibt immer noch Sophie – wie soll ich Sophie das erklären? Nie im Leben würde sie das einfach hinnehmen. Sie würde mich verlassen und finanziell ruinieren. Ich habe so oder so verloren.«

Brian braucht einen Moment, um seine Abneigung gegen sentimentale Gefühlsausbrüche zu überwinden, aber dann tätschelt er seinem Freund ungeschickt den Arm. »Irgendwie kriegen wir das schon hin, Mick. Ich kann ja mal mit Yvonne reden, wenn du willst.« Das ist ihm unwillkürlich herausgerutscht. Er hat keine Ahnung, was er mit der Frau reden soll.

Zu Brians Bestürzung nimmt Mick das Angebot an. »Wirklich? Kannst du gleich heute mal mit ihr reden?«

Brian wünscht, er hätte den Mund gehalten. Zwar hat er selbst Yvonne Leonard eingestellt, aber er hat sich nie für sie erwärmen können. Trotzdem ist es unmöglich, die Bitte des Freundes zurückzuweisen. »Na gut«, sagt er widerstrebend. »Ich muß noch mal ins Depot, aber wenn dort alles in Ordnung ist, fahr ich schnell bei ihr vorbei. Du mußt mir aber sagen, was ich ihr sagen soll. Daß du ein Idiot bist, dich in so eine Situation zu bringen, weißt du selber, dazu brauche ich nichts mehr zu sagen. Aber jetzt, wo der Geist aus der Flasche raus ist, solltest du dir überlegen, was du eigentlich willst, Mick. Ich meine, wie ich die Sache anpacken soll.«

»Das versuche ich ja gerade zu tun.« Mick fährt sich mit beiden Händen durchs Haar. »Du darfst nicht vergessen, daß ich es erst vor zwei Stunden erfahren habe. Ich muß das erst mal verkraften. Das Entscheidende im Moment ist, daß ich nicht viel Zeit habe. Sie hat keinen Zweifel daran gelassen, daß sie keine Lust hat, rumzusitzen und Däumchen zu drehen – und mir fällt's schwer, klar zu denken, wenn mir die Pistole auf der Brust sitzt.« Mick fährt sich immer wieder durchs Haar. »Es ist wahrscheinlich blöd von mir«, Michael hält den Kopf gesenkt, »und ich weiß natürlich, daß es nicht geht, aber ich will das Beste von beiden Welten.« Er spricht jetzt stockend. »Sophie würde mir das nicht glauben, weil wir seit Jahren nicht mehr drüber sprechen, aber die Vorstellung, ein Kind zu bekommen, ist ... also, ich habe oft drüber nachgedacht ... aber als Sophie ... ich meine, die Tests ...« Er bricht ab, führt sein Glas zum Mund und trinkt. »Andererseits hab ich überhaupt keine Lust, so zu enden wie all diese armen Hunde, die hier in Dublin in irgendwelchen Löchern hausen und sich nach einer Trennung oder Scheidung dumm und dämlich zahlen.« Er stöhnt. »Siehst du? Ich will das Unmögliche.«

Brian ist etwas aufgefallen. »Nur eine Frage, Mick«, sagt er bedächtig. »Du sprichst davon, daß Sophie dich verlassen wird, aber nur in Verbindung mit deiner Furcht, dann in irgendeinem Loch hausen zu müssen. Geht es nur ums Geld?«

Sichtlich überrascht blickt Michael auf. »Willst du mir Geld leihen?«

»Nein – daran hatte ich eigentlich nicht gedacht, aber wenn du welches brauchst ...«

Erst jetzt scheint Mick zu begreifen, worauf Brian hinauswill. »Ach so, tut mir leid. Natürlich ist es nicht so gemeint, wie es klingt, überhaupt nicht. Mein Gott, es ist doch klar, daß eine Trennung mir furchtbar an die Nieren gehen würde – aber du weißt so gut wie ich, wie es laufen würde. Wir kennen doch beide genug Männer, die heute abend in irgendeinem schäbigen kleinen Apartment hocken und Ölsardinen oder Ravioli aus der Dose löffeln.«

Brian behält seine Meinung über diesen, wie er findet, ungeheuerlichen Egoismus für sich. »Ich weiß immer noch nicht, was ich Yvonne nun eigentlich sagen soll«, bemerkt er.

»Versuch, es ihr auszureden.« Wenn Michael den kalten Hauch spürt, der ihm über den Tisch entgegenweht, so läßt er sich nichts anmerken. »Ich kann verstehen, wenn du es absurd findest, Brian, gerade bei meinem Lebenswandel, aber irgendwie halt ich die Vorstellung einfach nicht aus, daß ein Kind von mir getötet werden soll. Ziemlich irre, hm?« Wieder versucht er zu lächeln und schafft es nicht. Aber seine Stimme gewinnt an Kraft. »Es ist ja gut und schön, sich für das Recht auf Abtreibung einzusetzen, wenn man am Stammtisch diskutiert und gerade eine Volksabstimmung läuft. Aber wenn es sich um das eigene handelt...« Er packt Brian beim Arm. »Paß auf, du sagst ihr, daß ich voll zu ihr stehen werde, wenn sie es bekommt. Ich zahl auch für sie. Sie braucht nicht mal zu arbeiten, wenn sie nicht will.«

»Denk nach, Mick! Überleg dir das genau. Ich bin bestimmt nicht für Abtreibung, im Gegenteil, ich finde es furchtbar, aber ich habe das Gefühl, ich muß hier die andere Seite vertreten. Wie willst du von deinem Gehalt zwei Haushalte und ein Kind unterhalten? Das ist eine lebenslange Verpflichtung, Mick.«

»Glaubst du, ich weiß das nicht?« Michael läßt Brians Arm los und senkt wieder den Kopf. »Ich muß mir eben eine andere Arbeit suchen. Oder einen zweiten Job. Oder vielleicht das Darlehen annehmen, das du mir vorhin angeboten hast. Das sind doch alles Details. Vor allem muß jetzt verhindert werden, daß sie auf das Schiff geht. Oder in das Flugzeug steigt. Sie will natürlich nur erster Klasse reisen.«

»Und was ist mit Sophie?« Brian trinkt von seinem Bier, um seinen wachsenden Zorn über die Rücksichtslosigkeit seines Gegenübers zu verbergen.

»Tja, das muß ich irgendwie regeln. Vielleicht würde sie es akzeptieren, das ist zwar unwahrscheinlich, aber wer weiß – wenn ich es richtig angehe. Die Erschütterungen, die so eine Trennung mit sich bringt, wären für sie natürlich auch nicht angenehm …« Sehr zuversichtlich klingt er nicht.

Die Hoffnung, daß Sophie sich stillschweigend fügen könnte, ist so ungeheuerlich und so unsagbar grausam, daß Brian seinen Freund am liebsten ohrfeigen würde. Aber über Sophie ist genug gesprochen. »Hast du irgendwas von alldem zu Yvonne gesagt?«

»Ich hab's versucht – glaube ich jedenfalls. Ich weiß nicht mehr genau – ich bin ja kaum zu Wort gekommen.«

»Laß mich das noch mal rekapitulieren.« Brian spricht mit großem Bedacht. »Wenn ich es schaffe, Yvonne diese Abtreibung auszureden, dann bist du bereit, die Konsequenzen mit Sophie zu tragen?«

»Immer schön der Reihe nach. Im Moment ist Yvonne das größte Problem. Sie hat sich sogar schon in einer Klinik angemeldet. Das mit Sophie, hm …« Er hält einen Augenblick inne und schlägt dann wieder die Hände vors Gesicht. »Mein Gott! Wie bin ich nur in dieses Schlamassel reingeschlittert?«

Brian fürchtet, daß sein Freund, der unbekümmerte, oberflächliche, von sich selbst überzeugte Mick und, ja, Kumpel, zu weinen anfangen könnte. Verstohlen schaut er sich in der Bar um, aber zum Glück achtet niemand auf sie. Er trinkt einen Schluck und wartet darauf, daß Mick seine Fassung wiedererlangt. Hin und wieder hat Brian sich darüber Gedanken gemacht, was Sophie, diese schöne, begabte Frau, an diesem Mann gefunden hat, und ist zu dem Schluß gekommen, daß für die beiden das gleiche gilt wie für Eily und ihn – Gegensätze ziehen einander an.

Es war alles so einfach, als sie jung waren.

Er erinnert sich noch genau an den Abend im Rugbyklub, als er Eilys Blick auffing und die Aufforderung darin erkannte – und sie billig fand. Bis dahin kannte er keine Frau, die ihre Reize so offen herausfordernd zur Schau trug.

Doch gleich beim ersten Tanz mit ihr entdeckte er, daß diese unverhüllte und selbstbewußte Erotik echt und erregend war. Er hatte mit seinen fast zwanzig Jahren bereits genug von all den Mädchen, die keinen Zweifel daran ließen, daß ein Typ sie nur interessierte, wenn er gut aussah, einen Wagen besaß, Geld und gute Zukunftsaussichten hatte. Alles andere – Persönlichkeit, Charaktereigenschaften – war diesen Mädchen offenbar gleichgültig.

Eily war anders. Sie ließ ihn nicht nur deutlich merken, daß er sie als Mann reizte, sie war auch an ihm als Mensch interessiert: Anfangs hielt er es für ein Talent zuzuhören – das war natürlich lange bevor sie sich von diesem Jay Street hatte einwickeln lassen. Aber selbst jetzt noch, trotz all ihrer Schwierigkeiten, kann der Blick ihrer großen braunen Augen ihn schwach machen.

Sophie war schwerer zu durchschauen, aber schon bei ihrem ersten gemeinsamen Ausflug zu viert merkte er, daß sie zwar weit zurückhaltender war als ihre zum Überschwang neigende Freundin, ihnen allen aber an Klugheit weit voraus.

Jetzt verachtet er diesen eitlen Schwächling Mick. Was hat er, mit einer Frau wie Sophie zu Hause, von einer dummen Gans wie Yvonne Leonard gewollt? Wenn er – Brian – Sophie zur Frau hätte ... sofort verbietet er sich den Gedanken. »Wo wohnt Yvonne überhaupt?«

Michael nennt ihm die Adresse und hat dann plötzlich einen neuen Einfall. »Könntest du nicht Eily überreden, mit ihr zu sprechen? Du weißt doch, wie überzeugend Eily sein kann.«

»Dann soll ich also nicht hinfahren?« Brian ist erleichtert.

Aber so leicht kommt er nicht davon. »Doch, doch!« Mick ist sofort beunruhigt. »Bitte, fahr hin. Sobald wie möglich. Aber wir könnten Eily als Verstärkung gebrauchen. Wir brauchen jede Unterstützung, Brian.«

Brian gefällt es nicht, daß Mick von »wir« spricht. »Ist es fair, Eily in die Geschichte reinzuziehen? Wie kann man von ihr verlangen, Sophie gegenüber zu schweigen? Sie ist ihre beste Freundin, Mick.«

»Hm, ja, da hast du recht.«

Aus dem Augenwinkel bemerkt Brian, daß er an den Schalter zurückgerufen wird. An der Tür zur Bar steht mit beunruhigter Miene und einem zornroten Kunden im Rollstuhl an der Seite die Praktikantin und winkt. »Wir müssen wieder rüber, Mick«, sagt er, trinkt sein Bier aus und steht auf. »Wir bereden das noch mal. Mach dir inzwischen keine Sorgen. Ich spreche mit Yvonne.«

Obwohl Brian selbst von hier aus sehen kann, daß der Kunde verärgert ist, ist ihm die Störung willkommen.

14

Das Gespräch mit Yvonne in ihrer schlampigen kleinen Wohnung ist nicht gut gelaufen. Zum Teil war das den aggressiven Interventionen ihrer Freundin Collette zu danken, die es nach Brians Empfinden genoß, dieses Dilemma hautnah mitzuerleben. Sie hatte das Feuer jedenfalls immer wieder kräftig geschürt.

Schlimmer noch war aber das nachfolgende Telefongespräch, in dem Brian seinem Freund beibringen mußte, daß Yvonne ohne Rücksicht auf Micks Versprechungen oder Drohungen zur Abtreibung entschlossen ist. Der Termin mit der Klinik ist vereinbart, das Aer-Lingus-Ticket liegt Dienstag mittag am Flughafen zu Abholung und Bezahlung bereit. Und wenn Mick nicht bis spätestens Montag abend oder Dienstag morgen (»In aller Frühe! Sagen Sie ihm das!« steuerte Collette bei) mit der »Kohle rüberkomme«, hat Yvonne über Brian wissen lassen, werde sie sich an Sophie wenden.

»Was wird mich das kosten?« Trotz einer schlechten Telefonverbindung und dem Baulärm im Hintergrund konnte Brian hören, daß der arme Kerl ganz verzweifelt war, und obwohl er im allgemeinen kein Verständnis für Leute hat, die sich aus eigener Dummheit in solche Situatioen bringen, tat Mick ihm leid.

»1500«, sagte er leise. Und als Mick nicht antwortete: »Hör zu, wenn du es nicht hast ...«

»Natürlich hab ich's.« Aber Brian hörte den niedergeschlagenen Seufzer. »Ja, gut, ich könnte einen Zuschuß gebrauchen. Aber erst am Montag. Ich werde auf jeden Fall noch mal versuchen, ihr das auszureden. Ich fahre jetzt gleich zu ihr.«

»Das würde ich an deiner Stelle nicht tun.« Brian war die Stimmung der jungen Frau noch gegenwärtig – und Collettes Aggressivität. »Du kommst da heute nicht weiter, Mick, schon gar nicht, wo diese Freundin ihr Schützenhilfe gibt.«

»Collette? Das hat gerade noch gefehlt. Diese fürchterliche…«

»Tu, was ich dir sage«, unterbrach Brian, »und laß sie heute einfach in Ruhe. Vielleicht sieht morgen alles anders aus. Und du selbst beruhigst dich am besten auch erst mal. Du hörst dich an, als würdest du gleich explodieren… Ich habe das Geld auf jeden Fall am Montag morgen für dich da, auch schon morgen, wenn du möchtest. Ich könnte es dir beim Gottesdienst in der Pro-Cathedral zustecken.«

Mick gab einen Laut von sich, der sich halb wie ein Aufschrei, halb wie ein Stöhnen anhörte. »O Gott, das hab ich total vergessen. Dabei hat Sophie mich neulich abend noch dran erinnert. Ich habe ihr versprochen mitzugehen, aber ich rede mich da schon raus – das ist die beste Gelegenheit, mich mit Yvonne zu treffen. Collette ist am Sonntag morgen bestimmt nicht da – hoffe ich zumindest. Ich kann mir nicht vorstellen, daß sie ausgerechnet am Sonntag morgen aus dem Bett springt, um ihrer Freundin beizustehen. Geht Eily hin?«

Brian merkte, wie er immer tiefer in Mick Dolans schmutziges kleines Leben hineinrutschte. »Ja, ich glaube schon. Aber sie hat sich noch nicht festgelegt. Ich kann's verstehen. Es wird bestimmt ziemlich erschütternd. Mir graut davor.«

»Gut.« Michael hatte ihm überhaupt nicht zugehört. »Es ist gut, daß sie geht, da hält sie mir Sophie wenigstens eine Weile vom Leib.«

Sie verabschiedeten sich voneinander. Brian blieb noch einen Moment sitzen und ärgerte sich, daß er sich in diese Situation hatte verwickeln lassen.

Jetzt starrt er, während er draußen vor Yvonnes Wohnung in seinem Wagen sitzt, auf das Handy in seiner Hand. Was weiter? »Okay«, brummelt er vor sich hin, wirft das Handy auf den Sitz neben sich und läßt den Motor an. »Wer ohne Sünde ist, werfe den ersten Stein.«

Er war nie vom geraden Weg abgewichen. Aber es hatte natürlich Versuchungen gegeben. Welcher Mann, der einen manchmal schwierigen Kurs durch eine langjährige Ehe steuert, gerät nicht einmal in Versuchung – schon gar an einem Ort wie dem Flughafen, wo es von schönen jungen Frauen nur so wimmelt? In seinem Fall wäre es in Anbetracht des Eigensinns und des Egoismus seiner Frau, die sich so gründlich mit diesem Scharlatan Street eingelassen hat, vielleicht sogar verständlich gewesen, wenn er der Versuchung erlegen wäre.

In den letzten drei oder vier Jahren ist Brian sogar tatsächlich zweimal bis dicht an die Grenze gegangen. Beide Male hat er im letzten Moment an die Folgen gedacht, vor allem auch für Donny und Zelda, und hat den Apfel nicht gepflückt.

Aber jetzt ...

Wie eine Sonne, die strahlend hinter seinen Augen aufgeht, erscheint ihm Sophie.

Obwohl er allein im Wagen ist und weder Sophies Ehemann noch sonst jemand ahnen kann, was er gedacht hat, fährt er mit einem heftigen Ruck los, als könnte er so die Erinnerung daran abschütteln, wie dieser orangefarbene Mantel sich um ihren Körper geschmiegt hat.

Der Sonntagmorgen ist hell und klar. Ein strahlender Tag.

Die Pro-Cathedral in der Marlborough Street ist vielen alteingesessenen Bürgern der Hauptstadt seit langem ein Dorn im Auge. Sie erfüllt zwar ihren Zweck, hat ein paar schöne Standbilder, ein großartiges Relief über dem Altar und eine Menge Säulen, aber sie ist eben doch nur ein Ersatz – das sagt schon ihr Name.

Auf der anderen Seite des Flusses nämlich erfreut sich die Konkurrenz des Besitzes nicht nur einer, sondern zweier prachtvoller richtiger Kathedralen – Christchurch und St. Patrick's – und kann obendrein mit Jonathan Swift, der Dekan der

St. Patrick's Cathedral war, mit mindestens einer Berühmtheit von Weltrang aufwarten. Beide Kathedralen sind prachtvolle mittelalterliche Bauten mit viel Atmosphäre, historischen Gedenktafeln und würdevollen Grabmälern. Und das empörendste ist, daß beide Kathedralen ursprünglich katholische Gotteshäuser waren; bis der Unterdrücker sie an sich riß und nicht mehr hergab. So will es die Legende. Historische Genauigkeit zählt nicht.

Diese Dubliner wollen partout nicht wahrhaben, daß die katholische Priesterschaft die beiden protestantischen Kirchen nicht einmal zurücknehmen würde, wenn die Church of Ireland sie dafür bezahlte und sie Stein um Stein in einem goldenen Schubkarren heranführe. Diese gewaltigen Dächer mit all den Simsen und Traufen? Die Türmchen, diese alten Steinmetzarbeiten, dieses ganze verschnörkelte Messing im Innern, das ständig geputzt und poliert werden muß? Wer würde das freiwillig auf sich nehmen? Wer würde für die Instandhaltung bezahlen?

Für den kritischen Dubliner ist das Nebensache. Die Pro-Cathedral ist, wie gesagt, ganz in Ordnung, aber für die große Feier kommt nur die richtige Kathedrale in Frage.

Und dies ist zweifellos eine große Feier. In der Kirche, die weiß Gott nicht klein ist, haben längst nicht alle Gäste Platz. Zwei Drittel der Plätze sind für die Familien der Toten, für Regierungsvertreter und hochrangige Vertreter der Kirche sowie die wenigen Überlebenden des Unglücks und ihre Angehörigen reserviert. Nur die letzten Bänke hinten stehen der allgemeinen Öffentlichkeit zur Verfügung. Da der Andrang so groß ist, hat man die Marlborough Street für den Verkehr gesperrt und für all jene, die draußen im Freien an der Messe teilhaben wollen, eine Lautsprecheranlage installiert. Es ist so warm wie sonst höchstens im späten Frühjahr, und gegenüber der Kirche, in den Grünanlagen des Ministeriums für Erziehung und Wissenschaft, hüpfen in dem irrigen Glauben, der Frühling sei da, zwitschernd die Vögel umher.

Sophie ist überrascht von den Menschenmengen, als sie sich mit ihrem Mini in die Schlange vor dem Parkhaus in der Cathal Brugha Street einreiht. Während der ganzen Fahrt hat sie vor sich hin gekocht, aus Wut darüber, daß Michael unter dem Vorwand, arbeiten zu müssen, gekniffen hat. Wenn die Situation umgekehrt wäre, würde sie sich auf die Knie werfen und für die Rettung ihres Mannes danken.

Arbeit, von wegen, denkt sie jetzt voller Verachtung, während sie sich hinter einem verbeulten alten Astra schrittweise der Schranke zum Parkhaus nähert. Im Januar ist nun wirklich nicht viel los, und außerdem ist der Schalter am Flughafen am Wochenende normalerweise von einer Hilfskraft und einem der Leute vom Depot in Finglas besetzt. Die Arbeit ist nichts als ein Vorwand; er will sie nur für den Streit bestrafen.

Und er hat es ihr erst in letzter Minute gesagt.

Anstatt sich mit ihm herumzustreiten, ist sie unter Türenknallen gegangen und hat ihrer Wut im Auto mit viel zu hohem Tempo Luft gemacht. Aber noch während sie innerlich tobte und ihn mit Argumenten niedermachte, war ihr klar, daß ihre Reaktion zu heftig war, und sie konnte wieder nur den Schluß daraus ziehen, daß in ihrer Beziehung etwas Wesentliches nicht mehr stimmt und daß es vielleicht sogar an ihr liegt. Sie ist früher nie so empfindlich gewesen. Können das schon die Anfänge der Wechseljahre sein?

Endlich kann sie den Wagen abstellen. Sie geht zu Fuß in die Marlborough Street hinaus. Der Anblick der Massen hilft ihr, die eigene Situation wieder in die richtige Perspektive zu rükken. Die Menschen schweigen. Zu beiden Seiten der Straße bilden sie einen Korridor für die trauernden Hinterbliebenen und die Ehrengäste. Ihr Schweigen in der verkehrsfreien Straße erzeugt einen eigenen Klang, ein volles, tiefes Summen, in dem man ein Hüsteln über dreißig Meter hören kann. Die Heiterkeit des Himmels und der strahlenden Sonne scheint der Szene auf der Straße zu spotten. Sophies Ärger schmilzt. Was ist schon so schlimm daran, daß Michael nicht mitgekommen ist? Wenigstens müssen sie und Michael im Gegensatz zu Hunderten anderer heute nicht ihre Toten beklagen. Einige Leute bemerken die Spuren der Verletzungen in ihrem Gesicht, als sie durch den Menschenkorridor geht, und treten zu ihr, um ihr wortlos die Hand zu drücken. Einem Mann schießen die Tränen in die Augen, und wieder wird sie sich schlagartig der ganzen Entsetzlichkeit dessen, was geschehen ist, bewußt.

Erschüttert steigt sie die schmutzigen Stufen vor der Pro-Cathedral hinauf und entdeckt sogleich Brian, der, die Menge um Haupteslänge überragend, etwas rechts vom Portal steht. Er wirkt verloren, wie eingesperrt in seinen dunklen Anzug mit Krawatte. Sie blickt sich um, sucht in all dem Grau, Braun und Schwarz nach einem leuchtenden Farbklecks, aber Eily ist nirgends zu sehen. Sie drängt sich zu Brian durch und berührt seinen Arm. »Hallo.«

»Oh … Sophie.«

»Wo ist denn Eily?« Sophie sieht sich von neuem um. »Ich sehe sie nirgends.«

»Sie ist im letzten Moment ausgestiegen.« Er schiebt den Zeigefinger unter seinen Kragen. »Es war ihr zuviel. Ich kann es verstehen, mir graut auch davor.«

»Ja, mir auch.«

»Sie war fertig zum Gehen«, sagt er, »aber dann hat sie plötzlich beschlossen, lieber allein und auf ihre eigene Art zu trauern. Sie ist ins Krankenhaus gefahren. Ich treffe sie nachher dort, und wir verbringen dann den Nachmittag mit Zelda.« Nervös blickt er über die Köpfe der Leute hinweg zur Tür. »Also, gehen wir rein?«

Ehe Sophie antworten kann, tritt ein Platzanweiser zu ihnen, um sie in die Kirche zu führen. Auf dem Weg hinein ist Sophie immer noch verwundert darüber, daß Brian kein Wort über Michaels Abwesenheit verloren hat.

»Michael mußte natürlich arbeiten«, bemerkt sie.

Anstatt sich dafür zu entschuldigen – immerhin ist er Michaels Chef –, faßt Brian sie beim Ellbogen und geleitet sie zu ihrem Sitzplatz. Angesichts des schönen Wetters hat sie keinen Mantel angezogen, und durch den Ärmel ihrer Jacke spürt sie die Wärme seiner Hand. Nachdem sie sich Seite an Seite gesetzt haben, versucht sie, alles andere zu vergessen, Brian, sich selbst, sogar Michael, und sich ganz auf ihre Umgebung und den Anlaß zu konzentrieren.

Die Kirche füllt sich schnell. Auch hier fällt Sophie die Stille auf, und so, wie draußen das Wetter der Stimmung spottet, wirken hier die Pastellfarben der Ausstattung und der Glanz der Kerzen auf dem Altar wie Hohn auf die dunkle Trauerkleidung der Gemeinde. Das ist eine Kirche für eine Hochzeit oder eine Taufe, denkt Sophie, nicht für eine Trauerfeier – und wenn auch außer einem Strauß weißer Lilien vor dem Lesepult nirgends Blumen stehen, wünscht sie doch, es wäre ein wenig dunkler im Raum.

Ihre Bank befindet sich etwa auf halbem Weg den Hauptgang hinauf – das abgenutzte Messingschildchen vor ihr bittet sie, für einen Jas Gavan zu beten, der 1842 beerdigt wurde –, die Menschen, die in dichtgefüllten Bänken vor ihnen sitzen, wirken wie betäubt. Niemand spricht, niemand zeigt seinen Schmerz durch offenes Weinen. Sie sind wahrscheinlich im Schock, sagt sich Sophie, und bemerkt dann einen kleinen Jungen, sicher nicht älter als zweieinhalb, der sich hier offensichtlich königlich amüsiert. Auf stämmigen Beinchen läuft er den Mittelgang hinauf und hinunter und begrüßt die Leute, die direkt am Gang sitzen. Hin und wieder macht er halt und dreht sich stolz im Kreis, bis er schließlich über ein Fernsehkabel stolpert und sich auf den Steinplatten das Knie aufschlägt. Die Frau, die ihn hochnimmt, ist groß und schlank und nicht viel jünger als Sophie.

Schmerz und Neid, wie sie ihr seit langem vertraut sind, durchzucken Sophie, und sie senkt den Blick. Sie wird dieses Kind und seine Mutter nicht ansehen. Obwohl die Mutter in der großen Gruppe der Hinterbliebenen sitzt, kann Sophie kaum Mitgefühl aufbringen. Diese Frau hält einen solchen Reichtum in ihren Armen. Was würde Sophie nicht darum geben, ihr eigenes Kind an sich drücken zu können.

Das sind bittere und unwürdige Gefühle, die sie sich heftig übelnimmt, zumal bei einem solchen Anlaß. Sie zwingt sich, an ihre letzte Kolumne in *Wild Places* zu denken. Soll sie vielleicht statt des Berichts über das Verschwinden der Wiesenknarre lieber die Passage über die Robbenjagd in Schottland hereinnehmen? Beides sind abgedroschene Dauerbrenner, aber die Robbenjagd ist aktueller.

Eine Veränderung in der Atmosphäre läßt sie aufmerksam werden. Die Menschen stehen auf, und sie folgt ihrem Beispiel.

In ein schwarzes Kostüm gekleidet kommt die Präsidentin von Irland mit ihrer Familie und ihrem Sekretär den Gang herauf. Der kleine Zug bewegt sich nur langsam vorwärts, denn immer wieder bleibt die Präsidentin stehen, um mit dem einen oder anderen Trauernden zu sprechen. Doch schließlich nimmt sie ihren Platz ein, um den Altar versammelt sich eine Schar Geistliche und Ministranten, und die Messe, die von zwei Erzbischöfen, siebzehn Bischöfen und mehr als vierzig Priestern gemeinsam zelebriert wird, beginnt.

Sophie nimmt das Meßblatt zur Hand. Ein Hochamt in dieser Kirche hat sie seit ihrer Kindheit nicht mehr besucht. Sie hat ganz vergessen, wie wunderbar beruhigend das alles wirkt: die liturgischen Formeln, das gemeinschaftliche Gebet, die Wolken des Wohlgeruchs aus dem Weihrauchkessel, die polyphonen Gesänge des Palestrina-Chors, der Teile aus Requiems und Messen von Mozart, Verdi, O Ríada und Fauré darbietet. Und während sie sich dem tief verwurzelten alten Ritual überläßt, das sich als so sichere Ruhestatt für Erinnerungen und müde Seelen anbietet, sagt sie sich, daß das gesungene Hochamt eine der großen Gaben der katholischen Kirche an die Welt ist.

Aber als die feierliche Zeremonie sich ihrem Ende nähert und das Heer der Geistlichen unter die Gläubigen ausschwärmt, erschrickt sie über die weißen Gesichter und die toten Augen jener, die anstehen, um die Heilige Kommunion zu empfangen. Sie kann leicht abseits stehen und diese Messe als Kunstwerk oder tröstliche Tradition genießen; sie gehört nicht in die Reihen derer, die einen schmerzlichen Verlust erlitten haben.

Eine sehr alte Frau, die sich mühevoll den Gang entlangschleppt, wird von einer anderen älteren Frau gestützt. Der Tochter?

Wen haben sie verloren? Wie viele? Beide Frauen, von Kopf bis Fuß tiefschwarz gekleidet, weinen. Die alte Frau stolpert ein wenig und hält sich mit einer Hand, die so knochig und mager wie eine Klaue ist, an Sophies Kirchenstuhl fest. Automatisch schwingt Sophie einen Arm in die Höhe, um zu helfen. Sie umfängt den gebeugten Rücken und trifft auf solche Zerbrechlichkeit, daß sie fürchtet, die Frau zu verletzen. Die Tochter jedoch hat sie schon von hinten umfaßt, und beide Frauen werfen Sophie einen dankbaren Blick zu.

Und in diesem Moment, da ihre Blicke einander begegnen, erkennt Sophie Leiden von so verheerendem Ausmaß, wie sie es sich niemals hätte vorstellen können.

Nach der Kommunion schweben nach einem Moment der Stille vom Chorgestühl herab die ersten Töne von Faurés *In Paradisum.*

Die wunderbare Reinheit der Knabenstimmen wird die alte Frau, die Tochter und all die anderen Zurückgebliebenen so scharf treffen wie ein gläserner Dolch: all diese Reisenden, die so voll froher Erwartung und guter Laune in der Maschine saßen, ohne zu ahnen, was sie nur wenige Minuten später erwartete!

In paradisum deducant te angeli:
In tuo adventu …
Mögen die Engel dich ins Paradies führen:
Bei deiner Ankunft …

All diese leeren Betten; all diese Dinge, die in den letzten Minuten der Hektik aus übervollen Koffern geworfen wurden, so achtlos behandelt von Söhnen, Töchtern, Ehefrauen und Enkeln, die nicht wissen konnten, daß diese Schuhe und Taschen und dicken Pullover später beweint und als kostbare Reliquien umarmt werden würden. Daß sie an Gesichter gedrückt und ihr Geruch als eine Erinnerung an das verschwundene Leben eingesogen werden würden.

Über diese Weiten gemeinschaftlichen Schmerzes hinweg spürt Sophie die qualvollen Gedanken Brians, der neben ihr sitzt, und weiß, daß er so heftig weint wie sie. Er eilt mit seinen Gedanken voraus zu Zeldas Beerdigung.

Sie tut es auch.

suscipiant te martyres,
et perducant te
in civitatem sanctam Jerusalem
mögen die Märtyrer dich aufnehmen
und führen
in die heilige Stadt Jerusalem.

Sie kann Zelda vor sich sehen, strahlend das schöne Gesicht, das blonde Haar wieder voll und glänzend wie Wasser, der Körper heil und voll jugendlicher Frische, wie sie freudig der leuchtenden, lichterfüllten Stadt entgegenschreitet:

chorus angelorum te suscipiat,
et cum Lazaro quondam paupere
aeternam habeas requiem.
möge der Chor der Engel dich aufnehmen
und mögest du mit dem ehemals armen Lazarus
die ewige Ruhe haben.

Sophie ist immer empfänglich gewesen für die Macht der Musik, die Gefühle zu rühren, und als der letzte Ton des Gesangs wie ein Hauch in der klingenden Luft verweht, weint sie haltlos. Brian wendet sich ihr zu. Sie kann sein Gesicht durch die Tränen nur verschwommen erkennen; ihr Instinkt treibt sie, die Arme auszubreiten und ihn an sich zu drücken. Er scheint den gleichen Impuls zu verspüren, aber dann wendet er sich wieder ab und senkt den Kopf über seine Hände, die ineinandergekrampft auf der Messingplakette liegen.

Sophie kramt in ihrer Handtasche nach einem Taschentuch, während die Fernsehleute ihrer Arbeit nachgehen und der Erzbischof von Dublin auf dem hellen, harten Marmorboden vor dem Altar die Hand zum abschließenden Segen erhebt. Und im Einklang mit ihm heben sich zu seinen beiden Seiten und um ihn herum all die versammelten geistlichen Hände und verteilen Segenswünsche, die für die Toten zu spät kommen und denen, die noch leben, im Moment nur ein schwacher Trost sind.

Der Beat ist heiß, der Text grandios, die Lautstärke ist ohrenbetäubend. In Donnys Zimmer rappt sich Eminem, der Freund der Rebellen, durch den Song *Stan*, schildert die Geschichte und die Gefühle, auf die Donny so gern als erster gekommen wäre. Eine Wahnsinnsstory! Der Typ ist echt genial.

Donny, Trevor und ihre gemeinsame Freundin Fiona hängen zusammen rum und haben jeder gerade eine Portion Dschungeltrunk gekippt, eine heftige Mischung, zusammengegossen aus den Alkoholvorräten, die in der Hausbar der jeweiligen Eltern aufzutreiben waren, in Plastikflaschen abgefüllt und kräftig geschüttelt und zum Schluß mit 7-Up verfeinert und gesüßt. Fionas Mischung ist die simpelste: Ihre Limonade ist nur mit Whisky und den Resten des Weihnachtssherrys aufgepeppt. Sie hat Donnys Vorschlag zwar sofort aufgenommen, aber sie wollte sich nicht zu sehr betrinken, weil sie zum Abendessen zu ihrer Großmutter muß.

Sie haben die Party um kurz nach zwölf gestartet, als alle aus dem Haus waren, und liegen jetzt im Zimmer verteilt, das in Donnys Lieblingsfarben Violett und Schwarz gestrichen ist – jeder für sich, aber vereint in dem Bewußtsein, daß sie etwas Gewagtes tun; etwas, worüber ihre Eltern angemessen entsetzt wären, wenn sie es wüßten.

»Bis w-wann sind wir s-sicher?« Von den dreien ist der schmächtige Trevor am anfälligsten für den Alkohol, zumal für die hochexplosive Kombination aus Wodka, Gin, Kognak und Malibu, die er sich zu Hause eingeschenkt hat.

»Mindestens bis zur Teezeit – sie gehen beide ins Krankenhaus. Sie haben gesagt, sie kämen nicht vor vier wieder zurück.« Donny kichert, erstaunt, seine Stimme zu hören. Neben dem hämmernden Drive des Rappers haben seine Worte piepsig und fern geklungen, wie aus dem Mund eines anderen, irgendeines kleinen Schissers, der noch nicht im Stimmbruch ist. Sie haben massenhaft Zeit. Reichlich Zeit, um zu sehen, wie es ist, und sich dann zu erholen, bevor die Erwachsenen wieder in ihr Leben eindringen.

Er möchte Trevor etwas sagen, diesem Weichei, der die ganze Zeit jammert, daß seine Eltern ihn umbringen, wenn das rauskommt... Er möchte Trevor sagen, daß er nun doch nicht als Auserwählter für das zweite Liverpool-Ticket bestanden hat, weil er so eine elende Nervensäge ist. Seit Wochen macht Donny ihm mit der Fahrt nach Anfield den Mund wäßrig und genießt seine Macht ungeheuer. Jetzt würde er diese Macht gern wieder ins Feld führen, aber er bringt die Worte nicht raus.

Egal. Andere, die vor ihnen den Trip durch den Dschungel wagten, haben tief beeindruckt von ihren Erfahrungen erzählt, und bisher gefällt Donny, was geschieht. Abgesehen davon, daß ihm die Herrschaft über seine Stimme abhanden gekommen ist, hat er kaum Überraschendes erlebt.

»Wir pennen jetzt einfach eine Stunde«, formuliert er mühsam, »un...un...dann gehen wir innen Park.«

Es hörte sich an wie Pack. Zum Kaputtlachen. Donny spürt das Kichern aufsteigen wie Kohlensäure, aber es sprudelt nicht heraus.

»Kraß.« Das ist wieder Trevor, aber es klingt mehr wie »glas«.

Trevor ist offensichtlich total abgedreht – aber Donny schaut nicht zu ihm rüber. Das kostet zuviel Kraft.

Sie sind vor dem Kater am nächsten Tag gewarnt worden. Na, und wenn schon! Für den Fall der Fälle haben sie ihr Solpadein parat. So schlimm wird's schon nicht werden. Heute ist heute, und er läßt sich nur zu gern auf dieser angenehmen Wolke treiben. Das Blut pocht hinter seinen Augen, sein Unterleib fühlt sich an wie aufgeweicht, seine Knie und Handgelenke sind wie aus Gummi, und sein Gehirn kommt ihm vor wie ein großer gefräßiger Schwamm, der sich stoßweise mit kleinen Schwällen der Wärme und wohliger Verschwommenheit vollsaugt. Die Hauptbestandteile seines persönlichen Cocktails sind wie bei Trevor Wodka und Gin, aber angereichert mit Bourbon und Wermut, weil seine Mutter gern Manhattans trinkt.

Er fühlt sich wunderbar erleichtert. Keine Spannungen zwischen den Eltern, keine Myelome und keine Todesengel rund um Zeldas Bett, keine Notwendigkeit, allen Mut zusammenzunehmen, um Knochenmark oder Stammzellen zu spenden, die niemand haben, von denen niemand überhaupt hören will. Keine Zurückweisung.

Nur seine Freunde und der Beat und dieses angenehme Gefühl, als schwämme einem der Kopf, solange man sich nicht dagegen wehrt. Wenn man locker bleibt, ist es, als säße man auf einem buntbemalten hölzernen Pferd, das sich auf einem Kinderkarussell sachte auf und nieder bewegt, und mit jeder Runde wird eine Sorge mehr abgeworfen, zuletzt die Angst um Zelda.

Bevor die drei sich ans Trinken gemacht haben, haben sie eine Zeitlang an Donnys Computer gesessen, einem coolen Indigo-iMac, den er von seinem Vater bekommen hat, und im Internet gesurft. Natürlich hat Donny die Sites mit den Informationen über das Multiple Myelom geöffnet, um sie den anderen beiden zu zeigen, aber es war nur Zeitverschwendung; sein Schmerz ging weit über ihr Begriffsvermögen hinaus, und er merkte, daß sie sprachlos vor Mitleid waren, aber peinlich berührt. Diesen Weg muß er allein gehen.

Damit er das Gesicht wahren und sie alle so tun konnten, als spränge er nur ein bißchen im Internet rum, loggten sie sich bei eBay ein, fanden aber nichts Aufregendes. Und auch sonst war nichts Tolles aufzutreiben: Die blöden Chatrooms reizen sie längst nicht mehr, und sogar die Pornoseiten sind mittlerweile vorhersehbar und langweilig geworden. Donny meldete sich also wieder ab, und ungefähr eine Stunde lang begnügten sie sich damit, ein paar von seinen Computerspielen zu machen, *Unreal Tournament*, *Klingon Honor Guard*, *Deus Ex*, diese Schießspiele, die Trevor mag, aber bei denen immer Fiona gewinnt. Bis auch das langweilig wurde.

Erst da sind sie endlich zur Hauptsache des Nachmittags übergegangen.

Die Welt verschwimmt jetzt in dicken Nebelschwaden, aber es beunruhigt Donny nicht im geringsten, daß die Zimmerdecke weit weg ist, weit, weit weg. Von seinem Platz auf dem Bett aus blickt er zu den beiden anderen auf ihren Sitzsäcken hinüber, um zu sehen, wie weit weg sie sind. Seltsamerweise gar nicht weit – er versucht zu lächeln, aber seine Gesichtsmuskeln funktionieren nicht mehr richtig, und so gibt er auf.

Sie hätten das Lächeln sowieso nicht bemerkt. Trevor liegt auf der Seite, die Hände in den schwarzen Cord gekrallt, als hätte er Angst runterzufallen. Fiona, auf dem anderen Sitzsack, liegt total entspannt da, den Kopf zurückgeneigt, den Hals entblößt. Ihr Haar, eine rote Lockenmähne, die sonst so stramm wie möglich zurückgekämmt und zum Pferdeschwanz gebunden ist, fällt offen in roten Kaskaden über die eine Schulter. Sie hat Socken und Stiefel ausgezogen, und unter dem Saum ihres langen Rocks lugen wie zwei tote kleine Vögelchen ihre bloßen Füße hervor. Die Beine darüber sind leicht gespreizt, und oberhalb sieht Donny ein kleines weißes Dreieck winken.

Fionas Schlüpfer.

Durch den Alkoholnebel hindurch spürt Donny, wie sein Körper erwacht. Instinktiv berührt er sein Geschlecht, ist aber zu verwirrt, um festzustellen, ob er eine Erektion hat oder nicht. Das kleine weiße Dreieck blinkt weiter wie ein Leuchtsignal und zeigt ihm den Weg, dem er folgen muß. Er rutscht vom Bett und schafft es irgendwie zu dem Sitzsack hinüber. Dort plumpst er zu Boden und schiebt die Hand unter Fionas Rock. Er bewegt sie an der warmen, glatten Säule ihres Beins aufwärts, bis er das berührt, was er sein Leben lang gesucht hat. Sie murmelt etwas, aber sie wehrt sich nicht, als seine Finger vorsichtig das Gummiband am Bein des Höschens heben und darunter hindurchschlüpfen. Weich und feucht empfängt sie der verborgene Ort, und es fühlt sich so natürlich an, als hätte er dies tausendmal getan.

Fiona bewegt sich ein wenig: Sie tastet ungeschickt in seinem Haar, als wollte sie es streicheln. Donny glaubt, seinen Namen zu hören. Er konzentriert sich, so gut er kann, und vernimmt es von neuem: »Armer Donny, armer Schatz.«

Er merkt, daß sich auf der anderen Seite des Zimmers etwas regt. Trevor nähert sich. Fiona bewegt sich von neuem, als er den Sitzsack erreicht. Donny muß lachen, weil Trevor sich so komisch anhört. »Wahhh, wahh ...«

Er würde lachen, wenn er eine Stimme hätte.

Kurz bevor er die Augen schließt und davontreibt, bemerkt er Trevors Kopf hinter Fionas Schulter. Sein Freund klammert sich von hinten an Fiona wie ein Koalababy an seine Mutter. Er möchte Trevor gern sagen, daß er abhauen soll, aber es ist zu spät. Eine tiefe Stille senkt sich wie schwarzes Gefieder über ihn.

Auf dem CD-Player wird Eminem von Puff Daddy abgelöst, aber von den dreien, die wie ein dreidimensionales Puzzle ineinander verschachtelt sind, bemerkt das keiner.

15

Riba verfolgt zielstrebig ihren Plan, Zelda nach Hause zu holen. Sie ist etwa um die Zeit, als ihr Mann die Pro-Cathedral betrat, im Krankenhaus angekommen. Er hat den Nachfolger des Mustang genommen, einen langweiligen Volvo, weil der ursprüngliche Plan vorsieht, daß er nach der Trauerfeier nach Hause kommt und sie dann gemeinsam ins Krankenhaus fahren.

Sie ist nicht direkt in Zeldas Zimmer gegangen, sondern hat erst an der Rezeption um die Rechnung gebeten. Dieses Anliegen stieß angesichts der Tatsache, daß Sonntag ist, auf Widerstand, bis Riba mit ruhiger Stimme und festem Blick darauf hinwies, daß sie und Zelda das Krankenhaus notfalls ohne zu zahlen verlassen würden. Das sorgte für einige Aufregung, und nach einer Ewigkeit, wie ihr schien, wurde ihr schließlich eine handgeschriebene Abrechnung überreicht. Ohne auch nur einen Blick darauf zu werfen, schob sie ihre Kreditkarte über den Tisch.

Als sie Zeldas Zimmer betritt, registriert sie mit Genugtuung, daß ihre Tochter auf ist und nicht mehr am Tropf hängt. Mit einer Decke um die Hüften sitzt sie auf einem Stuhl, den man ihr ans Fenster gestellt hat. Sie dreht sich nach ihrer Mutter um, und die silbernen Pailletten, die das Tuch auf ihrem Kopf umkränzen, blitzen im Sonnenlicht auf, so daß sie einen Moment lang von einer pulsierenden Gloriole umgeben scheint.

Ribas Herz weitet sich. »Du siehst so schön aus, Kind, und ist es nicht ein herrlicher Tag?« Sie beugt sich hinunter und küßt Zelda auf die schmale, bläuliche Wange. »Ich habe gute Nachrichten«, fährt sie fort. »Als ich eben kam, habe ich mich mit ein paar von den Ärzten unterhalten, und sie sagen, du darfst nach Hause. Heute. Jetzt gleich!«

Zelda kraust die Stirn. »Aber der Hämatologe ist nicht da, er ist übers Wochenende verreist.«

»Stimmt, aber ich habe mich sehr ausgiebig mit einigen der anderen Ärzte unterhalten, und sie sagten alle, daß es in Ordnung ist.« Sie zieht die Wolldecke strammer um die Knie ihrer Tochter. »Bleib hier sitzen, und laß dich von der Sonne bescheinen, das tut dir gut.« Sie wendet sich ab und inspiziert das Zimmer, um nicht länger in diese übergroßen, beunruhigten Augen blicken zu müssen. »Mein Gott, diese vielen Sachen – wo sollen wir da anfangen?«

»Mama, bitte, mit wem hast du gesprochen?«

»Jetzt reg dich nicht auf, Darling, überlaß einfach alles mir.«

»Aber ...«

Laut vor sich hin summend, schwirrt Riba im Zimmer herum, räumt auf, faltet und glättet und sammelt Zeldas Sachen ein. Dabei schickt sie ein schnelles Bußgebet für ihre Flunkerei gen Himmel. Sie hat für eine gute Sache gelogen; selbst Gott kann ihr das nicht nachtragen. Jay lehrt, daß Lügen, die dem Guten dienen, keine Lügen sind.

Michael sitzt in Yvonnes Wohnung und kommt keinen Schritt voran. Er muß sich eingestehen, daß er ja selbst verblüfft über seine Haltung ist, und vielleicht spürt sie die ambivalenten Schwingungen. Hätte man ihn noch vor einer Woche gefragt, was er tun würde, wenn er erführe, daß eines seiner Verhältnisse schwanger ist, so hätte er die Brauen hochgezogen und ohne Zögern geantwortet, daß er sie persönlich auf die nächste Fähre nach England verfrachten würde. Umgehend. Und jetzt sitzt er hier und fleht diese Frau an, sein Kind nicht zu töten.

Als er kam, öffnete ihm zu seinem Entsetzen Collette. »Na so was! Wen haben wir denn da!« Dann rief sie über die Schulter nach hinten: »Hey, Yv, wir haben Besuch«, und bevor er sie daran hindern konnte, riß sie ihm die mitgebrachten Blumen aus der Hand, machte auf dem Absatz kehrt und marschierte in das Apartment, wo sie die Blumen aufs Bett warf, als wäre es ein Billigstrauß aus dem Supermarkt.

Aber er konnte Yvonne nicht bitten, sie wegzuschicken, weil er Angst hatte, sie zu verärgern. Er war erschrocken über ihr Aussehen: von der gewohnten kessen Selbstsicherheit keine Spur. Ihr Gesicht, das er bis zu diesem Tag nie ungeschminkt gesehen hatte, war rot und verschwollen, als hätte sie geweint, und sie schien, wie sie da zusammengesunken in dem einzigen Sessel hockte und zu Boden starrte, kaum wahrzunehmen, was um sie her passierte. Die Wohnung war dunkel und muffig, nur von der Lampe beleuchtet, die in der Mitte der Zimmerdecke herabhing. Die Vorhänge vor dem Fenster waren noch zugezogen.

Michael zog einen der wackligen Küchenhocker unter dem Bord hervor, das als Tisch diente, und setzte sich demonstrativ mit dem Rücken zu Collette. Aber seine Versuche, Yvonne in ein Gespräch zu ziehen, brachten wenig; obwohl er sich bemühte, rücksichtsvoll und behutsam zu sein, gab sie ihm, wenn überhaupt, höchstens einsilbige Antworten. Meist sah sie einfach an ihm vorbei zu ihrer Freundin.

Jetzt verliert er allmählich die Geduld. Fast eine halbe Stunde ist er schon hier, und noch nicht einmal hat sie ihn auch nur angesehen. Er unternimmt einen letzten Versuch. »Warum tust du das, Yvonne?« Eine dumme Frage, natürlich, aber er ist so frustriert. Irgendwie muß ihr doch eine Reaktion zu entlocken sein.

Schulterzucken.

»Willst du nicht wenigstens noch ein bißchen abwarten, bis du wieder klarer denkst?«

Schulterzucken.

»Versuch doch wenigstens, mir zu erklären, wie du dich im Moment fühlst.«

Kopfschütteln.

Collette kann sich nicht länger zurückhalten. »Mensch, Mick, kapierst du nicht, daß sie sich entschieden hat? Gib ihr einfach das Geld und laß uns in Ruhe, okay?«

Jetzt reicht es Michael. Er springt vom Hocker auf und stellt sich direkt vor Yvonne. »Das geht nur dich und mich etwas an, Yvonne. Wenn sie nicht auf der Stelle geht, damit wir das allein besprechen können, kannst du auf jegliche Unterstützung von mir pfeifen, ob in finanzieller Hinsicht oder sonstwie. Die Konsequenzen sind mir egal.«

Das macht Yvonne endlich munter. »Ach, wirklich? Und was ist mit deiner Frau, hm?«

»Sag es ihr ruhig.« Natürlich ist das nicht sein Ernst, aber in diesem Moment ist ihm tatsächlich alles gleich, wenn nur endlich dieser passive Widerstand durchbrochen wird. »Du kannst es ihr ruhig sagen«, wiederholt er. »Ich muß es ihr wahrscheinlich sowieso sagen. Wir sind hier in Dublin und nicht in New York, und wenn du abtreibst, wird sich das innerhalb von drei Wochen am ganzen Flughafen rumgesprochen haben.«

Yvonne scheint unsicher zu werden. Und dann sagt sie tatsächlich: »Collette, würdest du – macht's dir was aus?« Nach dieser kurzen Energieaufwallung verfällt sie wieder in ihre Lethargie.

Collette setzt sich grollend in Bewegung, aber nicht ohne Michael zuvor zu warnen, daß sie in einer Stunde wiederkommt, um ihm einen letzten Hieb zu versetzen: »Reg sie bloß nicht auf, Mick. Sie hat schon genug am Hals. Sie hat den ganzen Morgen gebrochen und ist total fertig.«

Damit knallt sie die Tür hinter sich zu.

Michael hält es für klüger, sich jeden Kommentar über Collette zu verkneifen. Er setzt sich aufs Bett neben seinen Blumenstrauß. »Gefallen dir die Blumen, Yvonne?«

»Sie sind schön, ja. Danke.« Nichts scheint sich durch das Verschwinden ihrer Freundin geändert zu haben. Yvonne ist so teilnahmslos wie zuvor.

Und in den nächsten zehn Minuten läßt sie sich auch nicht von ihrer Entscheidung abbringen. Alle seine Argumente und Überredungskünste laufen ins Leere. Wie hypnotisiert wiederholt sie immer nur, daß sie nach England fliegen wird.

Michael fürchtet ein Fehlschlagen seines Besuchs. Er sieht auf die Kuckucksuhr aus Plastik auf dem vollgeladenen Kaminsims. Der Gottesdienst in der Pro-Cathedral ist wahrscheinlich bereits in vollem Gange, er kann nicht mehr lange bleiben – er muß hier weg und raus zum Flughafen für den Fall, daß Sophie anruft. Aber ein wenig Spielraum hat er noch – und zum Glück gibt es Handys, und Hammer und Preßluftbohrer stehen sonntags still: Da wird Sophie das Fehlen der Hintergrundgeräusche nicht verwundern, falls er es nicht rechtzeitig schaffen sollte.

Er zwingt sich zur Ruhe und wechselt die Taktik. Trotz seiner Verzweiflung ist ihm klar, daß es unklug wäre, ihr jetzt irgendwelche konkreten Angebote zu machen. Der reine Selbstmord wäre das. Erst mal muß er kühl und sachlich überlegen.

Im übrigen ist es bei jemandem wie Yvonne ratsam, die Dinge möglichst simpel zu halten. Um sich Zeit zum Nachdenken zu verschaffen, steht er auf und tritt ans Fenster. Also gut, Mick. Immer eins nach dem anderen. Jetzt konzentrier dich erst einmal darauf, sie von diesem Trip nach England abzubringen.

Ohne sich nach ihr umzudrehen, zieht er die Vorhänge auf und läßt Licht ins Zimmer. »Es ist ziemlich stickig hier drinnen. Stört's dich, wenn ich das Fenster öffne?« Er schiebt das Fenster hoch und atmet tief ein.

Das Haus, in dem Yvonne ihr kleines Apartment hat, ist ein von der Straße zurückgesetzter hoher roter Backsteinbau mit einem großen, aber ungepflegten Vorgarten.

Jenseits des verrosteten eisernen Zauns verläuft die North Circular Road, am Sonntag nahezu verlassen.

Er geht zum Sessel und kniet nieder, als wollte er um ihre Hand anhalten, bemerkt aber im selben Moment auf einem Beistelltisch, halb versteckt hinter Schminkutensilien, Papiertüchern und alten Kaffeetassen, ein Röhrchen Tabletten. Er greift danach. Es enthält Valium: Das wäre eine logische Erklärung für ihre Passivität und Teilnahmslosigkeit. Er überlegt rasch – nur nicht zu heftig drängen.

»Hör zu, Schatz«, er hebt die Hand, um ihr über den gesenkten Kopf zu streichen, »du bist so unglücklich. Ich kann das nicht mit ansehen. Laß dir Zeit, du brauchst nicht gleich etwas zu tun, nicht heute und nicht morgen – und du stehst nicht allein da. Wir sind jetzt zu dritt, du und ich und das Kleine. Denk an unser Kleines, Schatz, es hat dir doch nichts getan. Warum willst du unser Kind töten, wenn ich bereit bin, für euch beide zu sorgen? Ich liebe dich, Yvonne – und ich weiß, daß ich unser Kind lieben werde. Und du wirst es auch lieben, wenn du ihm nur eine Chance gibst.«

Sie hebt ungläubig den Kopf.

Er ist selbst verblüfft. Die Wörter »Ich liebe dich« kommen Michael Dolan nicht eben leicht über die Lippen, er ist da stets sehr zurückhaltend gewesen.

Was Gespielinnen angeht, so schmeichelt man ihnen, sagt ihnen, was sie gern hören, aber die Liebesbeteuerungen läßt man bleiben, auch wenn die Damen es gern anders hätten, denn da gibt's sonst nur Probleme. Aber jetzt kann der Satz nicht mehr zurückgenommen werden, schon gar nicht, wo Yvonne ihn mit diesen großen Augen anstarrt.

Michael zwingt sich, ihrem Blick standzuhalten. Wenn sie seinen Worten glaubt, besteht eine Chance, daß sie ihren Plan fallenläßt. Er ist, findet Michael, weiß Gott nicht übermäßig oft fremdgegangen, seit der erste Rausch ehelichen Glücks abgeklungen ist; besonders wenn man bedenkt, wie leicht es einem gerade in der Touristikbranche gemacht wird: ungewöhnliche, oft unregelmäßige Arbeitszeiten, attraktive, ungebundene junge Frauen. Da müßte ein Mann schon ein Heiliger sein – oder Brian McMullan –, um nicht schwach zu werden.

Und Sophie trifft eine Teilschuld – sie ist schließlich nicht fähig gewesen, sein Interesse auf Dauer zu fesseln.

Das ganze Theater um ein Kind spielt natürlich auch eine Rolle. Jahrelang unangenehme Untersuchungen und Behandlungen, denen sie sich beide unterziehen mußten. Und hier nun der lebende Beweis, daß es nie an ihm gelegen hat. Trotz allem, was die Ärzte sagten, hat er immer den Verdacht gehabt, daß Sophie das nicht ganz glaubte – aber jetzt kann er ihr und der ganzen Welt zeigen, daß Michael Dolans Spermien von bester Qualität sind.

Langsam tun Michael die Knie weh, er steht auf und läßt sich auf der ausgebeulten Armlehne von Yvonnes Sessel nieder.

Sie starrt ihn immer noch an. »Liebst du mich wirklich?« Sie schluckt. Dann: »Das hast du mir noch nie gesagt.«

Michael legt den Arm um ihre Schultern und zieht sie an sich. Sein Blick fällt auf den dunklen Ansatz ihrer ungekämmten dünnen Haare, und er kann nicht umhin, Yvonnes mit Sophies hellem, seidigem Haar zu vergleichen. Aber er verscheucht das Bild, er weiß, es ist gefährlich. Dieser heftige Wunsch, sein Kind zu retten, hat ihn völlig überrumpelt. Er muß sich erst einmal beruhigen. Er muß über sein Leben nachdenken, darüber, wie er es in Zukunft gestalten will. Er muß einfach nachdenken.

Sophie, sagt er sich jetzt, hat sich immer als zu gut für ihn betrachtet. Mit ihren Bäumen und ihren Vögeln und ihrer Gutmenscharbeit, die kaum mehr war als ein Hobby. Ihn hat sie im Grunde nie richtig gewürdigt. Hauptsache, er bringt das Geld nach Hause; wie sehr er dafür schuften muß, ist ihr egal.

Yvonne kuschelt sich in seine Armbeuge, und er wagt zu hoffen, daß ihre Anlehnungsbedürftigkeit nicht allein auf das Valium zurückzuführen ist, das sie offensichtlich geschluckt hat. Er hält es für möglich, daß er eine Gnadenfrist für sein Kind gewonnen hat.

Mick hat gesagt, daß er sie liebt. Benebelt, wie sie ist, gelingt es Yvonne nicht, einen klaren Gedanken zu fassen. Das hat keiner mehr zu ihr gesagt seit dem Sommer, in dem sie sechzehn wurde und mit einem Fünfzehnjährigen knutschte, der ihr unbedingt an die Wäsche wollte.

Nachdem sie dem Fünfzehnjährigen tapfer widerstanden hatte, verlor sie ihre Unschuld am Ende jenes Sommers nach einer Fete im Rugbyverein an einen welterfahrenen Achtzehnjährigen vom Blackrock College.

Yvonne hatte eine schwierige Kindheit – Vater Alkoholiker, Mutter depressiv –, und ihre beiden älteren Geschwister gingen schon früh aus dem Haus. Sobald Yvonne ihr eigenes Geld verdiente, nahm auch sie sich ein eigenes kleines Apartment: ein Ort, an den sie sich aus der Welt voller Männer zurückziehen konnte. Sehr schnell entdeckte sie, was man mit ein wenig nackter Haut und einem Wonderbra erreichen kann.

Und mit der Zeit entdeckte sie auch, daß ihr ältere Männer mehr lagen als jüngere, besonders kräftige, große Männer wie Mick. Sie hätte nicht mal was gegen ein paar Runden mit Brian McMullan gehabt, bis der gezeigt hat, was für ein elender Spießer er ist. Aber wenn Mick sie liebt, wenn sie eine Familie gründen könnten – oder ist sie jetzt total durchgeknallt?

Sie dreht sich ein wenig in Micks Arm und überlegt, was zu dieser überraschenden Wendung die richtigen Fragen wären. Es ist schließlich eine große Sache, wenn ein verheirateter Mann so etwas sagt. Oder nicht?

Sie kann überhaupt nicht richtig denken, verdammt noch mal. Wahrscheinlich weil sie heute morgen jedesmal, wenn sie gebrochen hat, aus lauter Angst, das Valium könnte auch mit rausgekommen sein, noch eine Tablette genommen hat. Collette meinte, das wäre schon okay, und das war es auch. Der Klumpen Wut und Angst ist zu einem winzigen Krümel irgendwo in weiter Ferne geschrumpft.

Etwas spukt ihr da im Kopf herum, es kommt und geht, eine Frage, über die sie nach dem, was Mick gesagt hat, nachdenken müßte. Einmal bekommt sie sie im Vorübergleiten zu fassen: Hat Mick nur deshalb gesagt, daß er sie liebt, damit sie ihm seinen Willen läßt?

Yvonne schließt die Augen und läßt ihren Kopf an seinen kräftigen Brustkorb sinken. Aber wäre es nicht wunderbar, einen Mann zu haben, der für sie sorgt, der sie liebt und gut zu ihr ist?

Es könnte vielleicht sogar schön sein, Mutter zu sein. Dem Kind, was immer es werden würde – vielleicht sogar ein Mädchen? –, die Liebe zu geben, die sie selbst immer vermißt hat.

Herrgott, warum nur kann sie keinen klaren Gedanken fassen? Vorhin, als er von seiner Frau sprach, hat sie mal einen kurzen Geistesblitz gehabt.

Oder hat sie selbst von seiner Frau angefangen? Es ist so schwer, Ordnung in ihre Gedanken zu bringen, sie huschen einfach davon ... Aber da ist irgendwas Wichtiges ...

Ja, richtig. Micks Frau. »Und du sagst deiner Frau, daß du sie verläßt? Jetzt gleich, meine ich. Wenn du nicht den Mut hast, es ihr zu sagen, sag ich's ihr ... ich mein ...« Der Gedanke gleitet schon wieder davon, und sie grapscht hastig nach einem letzten Fetzen. »Wenn du deine Frau nicht verläßt, läuft gar nichts, Mick. Ich hab keine Lust, deine ... deine ... äh ...«

Ihr fallen die Wörter nicht ein, sie kann überhaupt keine Wörter mehr bilden ... Sie ist so hundemüde. Sie möchte nur schlafen, und wenn sie aufwacht, dann ist dieser ganze beschissene Alptraum vielleicht vorbei.

In Donnys Zimmer ist es so still wie die Mitternacht. Trevor ist nach hinten abgerutscht, weg von den beiden anderen, und liegt rücklings auf dem Boden Aus seinem Mund rinnt ein dünner Strom von Erbrochenem. Die beiden anderen sind noch ineinander verschlungen: Donnys Hand ist unter Fionas Rock, ihr Arm umschließt seinen Hals. Beide sind wie im Koma.

Es ist Viertel vor drei, und Zelda, die wie immer ihrer Mutter nachgegeben hat, ist fertig angezogen und bereit, ihre Zuflucht zu verlassen. Sie hat zu Mittag gegessen, den wenigen Schwestern, die heute im Dienst sind, auf Wiedersehen gesagt. Sie hat ihre Medikamentenliste samt Anwendungs- und Dosierungsinformationen, ihr Zimmer ist aufgeräumt.

Eigentlich will Zelda gar nicht nach Hause, aber ihre Mutter würde aufschreien, wenn sie so etwas Ketzerisches hören müßte.

Vielleicht weiß nur Zelda, wie stark die eiserne und so beeindruckende Entschlossenheit ihrer Mutter von der Angst vor ihrer – Zeldas – Krankheit bedroht und wie leicht sie zu erschüttern ist. Das aber möchte Zelda keinesfalls auf sich laden.

Ihre Mutter und die anderen werden sehr bald schon genug ertragen müssen.

Sie warten jetzt auf ihren Vater, der sie nach Hause bringen soll. Sie hofft, die beiden werden ausnahmsweise einmal nicht streiten. Sie haßt es, wenn sie sich ihretwegen anschreien, und hat sich schon oft gewünscht, es gäbe sie in doppelter Ausführung – eine Zelda, die mit ihrer Mutter auf diese blödsinnige Insel fliegen kann, und eine zweite, die bleiben kann, damit ihr Vater sich um sie kümmern kann. Je früher sie stirbt und sie alles hinter sich bringen, desto früher können sie alle sich wieder ihres Lebens freuen.

Ihre Eltern haben ihr ein gutes Leben bereitet, dafür ist sie dankbar. Kein Kind hätte mehr verlangen können, als sie von ihren Eltern bekommen hat – Spielsachen, Ausflüge, Reisen ans Meer, große Geburtstagsfeste.

Sie kann natürlich nicht für Donny sprechen, aber sie selbst hat es gar nicht so sehr gestört, als ihre Mutter plötzlich anfing, sich nur noch für diesen Jay-Street-Quatsch zu interessieren. Sie war zu der Zeit schon dabei, sich von zu Haus abzunabeln, hatte ihr eigenes Leben und ihre eigenen Freunde und war auf ihre Mutter nicht mehr angewiesen wie ein kleines Kind.

Seit dem Flugzeugunglück erinnert sie sich häufig an früheste Bilder und Sinneswahrnehmungen: an den Geruch ihrer Babydecke; an den intensiven Rosenduft, wenn ihre Mutter, die den Geruch von Babypuder nicht ausstehen konnte, sie nach dem Bad in Wolken ihres eigenen Körperpuders einhüllte; an das Knattern des Rasenmähers, wenn ihr Vater, auf dessen Schultern sie saß, im Sommer seine Bahnen durch den Garten zog; wie eigenartig sich das Gänseblümchen mit seinem schwammigen Inneren und den feuchten Blütenblättern in ihrer Hand anfühlte, als ihre Tante Sophie ihr zeigte, wie man den Stiel der Blumen durchbohren muß, um einen Kranz aus ihnen zu flechten.

Zelda hat sich schon gefragt, ob alle, die dem Tod nahe sind, von solchen lebendigen Erinnerungen heimgesucht werden.

Zu den Bildern, die häufig wiederkehren, gehört Pangur, der weiße Kater, der eines Tages, als sie ungefähr drei war, von der Straße in den Vordergarten stromerte, in ihr Tretauto kletterte und sich auf ihrem Schoß niederließ. Anstatt aus Angst um ihre kleine Tochter in Panik zu geraten, war Zeldas Mutter entzückt. »Ach Gott, das ist ja Pangur Bán!« So hieß der Kater fortan, er durfte bleiben und war wie sein Namensvetter, der treue Gefährte des frühchristlichen Chronisten, der ihn unsterblich machte, ein großartiger Freund, bis er, wie sie selbst, einer Krebserkrankung erlag. Im Gegensatz zu ihr allerdings hat es ihn erst im hohen Alter getroffen – der Schätzung des Tierarztes zufolge war er sechzehn, als er starb.

Das Gefühl, daß Pangur bei ihr ist, hat sich in letzter Zeit verstärkt, und obwohl Zelda weiß, daß das Hirngespinste sind, und es niemals laut sagen würde, überlegt sie manchmal, ob sie ihn im Jenseits wiedertreffen wird, ob sein Geist gesandt wurde, sie zu führen.

Sie sieht zu ihrer Mutter hinüber, die in der Wärme des Zimmers eingenickt ist. Ihre egozentrische, eigensinnige, fehlgeleitete Mutter, die einen manchmal bis zur Weißglut treiben kann.

Liebe füllt Zeldas Herz. Wie wird der Himmel ohne sie sein?

16

Das Foyer des Gresham-Hotels in Dublin ist groß und geräumig, mit dicken Teppichen und tiefen Sesseln und Sofas. Dubliner, die auf modische Trends nichts geben, treffen sich lieber hier, als über die nackten Holzfußböden irgendwelcher angesagterer Lokale in der boomenden Stadt zu trampeln. An diesem frühen Samstag nachmittag ist es voll hier, alle Tische sind besetzt.

Brian blickt auf den Teller Gebäck neben seinem allmählich kalt werdenden Kaffee hinunter. Seit mehr als zwanzig Jahren drehen sich die Gespräche zwischen ihm und Sophie um vertraute Themen: ihre Familien, die Arbeit, Donny und Zelda, Sophies Eltern und Brüder. Sie haben gemeinsam in Jugenderinnerungen geschwelgt, über Dummheiten gelacht, ihre eigenen und die ihrer Partner, und exotische Reisen zu viert geplant, aus denen nie etwas geworden ist.

Aber seit dem Flugzeugunglück ist ihnen ihre Leichtigkeit abhanden gekommen. Selbst der kurze Weg die O'Connell Street hinunter war eine Qual.

Er kann die Spannung nicht mehr aushalten. »Hast du die Zeitungsberichte nach dem Unglück gelesen?«

»Nein. Ich kann nicht. Ich kann auch nicht Radio hören oder mir die Nachrichten im Fernsehen anschauen. Es ist zu schlimm.«

»Mir geht's genauso.«

Er schluckt krampfhaft, als ihn das Bild von der Beerdigung seiner Tochter, das ihn während des Gedenkgottesdienstes heimgesucht hat, von neuem bedrängt. Gleichzeitig verfolgt er die Bewegung von Sophies zierlicher Hand, als sie die Tasse wieder auf die Untertasse stellt. Wie gewöhnlich ist sie kaum geschminkt, aber er riecht ihr Parfum. Und während er sie betrachtet, gesteht er sich endlich ein, daß er sich verliebt hat. Das Eingeständnis kommt ihm ganz leicht und natürlich vor. Mehr als natürlich; wie ein Lichtstrahl in der Dunkelheit der vergangenen Wochen. Und er konnte sich ebenfalls eingestehen, daß diese Verliebtheit ihn nicht plötzlich überfallen hat. Er erinnert sich an kleine Dinge, die ihm im Lauf der Jahre an Sophie aufgefallen sind, besonders in den letzten Jahren: wie ihr Haar über ihre Wange fällt; wie das Äderchen an ihrer Stirn anschwillt, wenn sie lächelt; wie sie den Kopf einzuziehen pflegt, als wolle sie sich klein machen, wenn sie außer Fassung ist.

Während Brian zusieht, wie sie mit dem kleinen silbernen Löffel in der Untertasse spielt, genießt er, von Zweifeln und Selbstvorwürfen befreit, im stillen das unerlaubte, erregende Gefühl. Es ist nicht verboten, sich zu verlieben, solange man es geheimhält. Es schadet niemandem. Es werden keine Grenzen überschritten. Wenn er achtsam ist, werden auch keine überschritten werden. Er muß es nur für sich behalten und damit umgehen wie ein reifer, erwachsener Mensch, der sich seiner Verantwortung bewußt ist. Er sieht Sophie lächelnd an. »Ich denke, wir sollten aufbrechen. Ich habe Eily versprochen, sie im Krankenhaus zu treffen.«

Sophie erwidert sein Lächeln und steht auf.

Nach dem Gresham kann Sophie, die mit einem Aufruhr der Gefühle kämpft, nicht in die Stille ihres leeren Hauses zurückkehren. Es ist ein so schöner Tag – warum nicht einen Spaziergang machen? Sie fährt in Richtung Dollymount, obwohl ihr klar ist, daß an diesem prachtvollen Sonntag wahrscheinlich halb Dublin die gleiche Idee hat.

Wie erwartet, stauen sich in der Clontarf Road die Autos voller Ausflügler, die zum Naturschutzgebiet am Bull Wall, zum St. Anne's Park, nach Dollymount und Howth wollen. Sie fährt dennoch weiter, im Schrittempo die Clontarf Road hinunter, und vertreibt sich dabei die Zeit mit der Betrachtung der adretten Reihenhäuser zu ihrer Linken und der Industrieanlagen hinter der Mündung zu ihrer Rechten, deren geometrisches Ebenmaß sie bewundert: die zwei hoch aufragenden Kamine des Kraftwerks Poolbeg, die langhalsigen Kräne, die kantigen Lagerhäuser und Speicher und, unterhalb der Aufbauten und Schornsteine der gigantischen Fähren und Containerschiffe, die kompakten Vorratstanks, die sich am anderen Ufer bucklig wie die Windungen einer gewaltigen Seeschlange aneinanderreihen.

Es ist Ebbe, und das Meer ist, als sie am Dollymount-Strand parkt, nur ein langer, dünner Lichtstreifen weit draußen am Horizont, während sich vor ihr meilenweit Sandwellen kräuseln. Sie steigt aus dem Wagen und nimmt einen tiefen, wohltuenden Zug von dem kleinen Lüftchen, das ihr vom Hill of Howth ins Gesicht weht. Schließlich holt sie noch ihre Fototasche aus dem Kofferraum des Mini. Macht der Gewohnheit.

Sie ist noch nicht weit gekommen, als sie Musik hört. Die Musiker gehören zu einer Gruppe Leute – Rumänen offenbar, nach der dunkleren Haut und den farbenfrohen Tüchern und Röcken der Frauen zu urteilen –, die sich in den Dünen niedergelassen hat. Einige von ihnen, die in verschiedenen Teilen der Stadt das *Big Issues* verkaufen oder sich als Straßenmusikanten etwas Geld verdienen, sind Sophie bekannt, und sie reiht sich in den Kreis der Zuhörer ein, der sich um die Gruppe gebildet hat. Wie die meisten Leute hat Sophie bei den Rumänen auf den Straßen von Dublin immer nur die verschlossenen Gesichter und die bettelnd vorgestreckten Hände wahrgenommen. Hier bewegen sich diese Frauen, Männer und Kinder frei und ungehemmt und freuen sich ihres Lebens.

Während die Akkordeons, Busukis und Fiedeln ihre Kapriolen schlagen, holt Sophie ihre Kamera aus der Tasche und beginnt zu fotografieren. Das Geräusch der Automatik macht zwei der Geigerinnen auf sie aufmerksam; sie drehen die Köpfe und lächeln freundlich direkt in die Kamera, als sie sie bemerken.

Als Sophie sich wieder aufrichtet, legt eine der alten Frauen ihr Instrument nieder, packt Sophies Arm mit der einen Hand und hält ihr die andere geöffnet entgegen. »Soll ich Ihnen aus der Hand lesen, Miß?«

Sophie, der klar ist, daß sie sich nicht entziehen kann, wenn sie fair sein will, kramt in ihrer Fototasche nach dem Portemonnaie. »Gut.« Sie drückt der Alten einige Pfundmünzen in die Hand, und die Zuschauer rücken neugierig näher.

Die Frau steckt das Geld ein und umfaßt dann Sophies Hände mit überraschend kräftigem Griff. Sie neigt sich tief über sie und bewegt sie leicht hin und her, während sie sie aufmerksam studiert. Dann hebt sie mit einem Ruck den Kopf und sagt in sachlichem Ton: »Keine Kinder.«

Sophie würde am liebsten weglaufen. Sie ist ein verschlossener Mensch und empfindet die Szene als ungeheuer peinlich. Um es so schnell wie möglich hinter sich zu bringen, antwortet sie, obwohl keine Frage gestellt wurde: »Nein. Keine Kinder.«

Wieder vertieft sich die Wahrsagerin in das Studium ihrer Hände. »Ihnen steht eine große Veränderung bevor, meine Dame.«

Das ist leichter zu ertragen, das ist das typische Gerede. Sophie entspannt sich ein wenig. *Sie werden noch vor Jahresende verheiratet sein; sie werden einem dunklen Mann begegnen; sie werden drei Kinder bekommen, zwei Jungen und ein Mädchen; Sie werden an gebrochenem Herzen leiden, aber nur eine kurze Zeit, dann wird sich alles zum Guten wenden …*

Mit knochigem Finger zeichnet die Wahrsagerin eine Linie in Sophies rechter Hand nach. »Zwei Männer, einer dunkel, einer hell. Und«, sie legt der Wirkung halber eine kleine Pause ein, »ein Baby!« Dann streckt sie ihre Hand aus. »Mehr Geld, meine Dame.«

Sophie, die meint, ein Aufblitzen von Mitleid in diesen dunklen Augen bemerkt zu haben, zieht ihre Hände weg.

»Nein. Das ist genug. Vielen Dank. Danke.«

Sie kommt sich vor, als sei ihr unfruchtbarer Leib öffentlich zur Schau gestellt worden, und geht so überstürzt davon, daß sie über ein Grasbüschel stolpert. Mit brennenden Wangen richtet sie sich auf und bemerkt, daß die Alte bereits dem nächsten Kunden aus der Hand liest.

Die Begegnung hat sie aus der Fassung gebracht. Nicht die Bemerkung über die anstehende große Veränderung, das ist das tägliche Brot der Wahrsagerinnen, auch nicht die über die zwei Männer in ihrem Leben, obwohl das gar nicht so abwegig war, da Brian blond ist und Michael dunkel – aber wie hat die Alte erraten, daß sie keine Kinder hat?

Wahrscheinlich gibt es eine ganz gewöhnliche Erklärung: Diese lebenserfahrenen Großmütter brauchen wahrscheinlich nur einen Blick auf den Körper einer Frau zu werfen, um so etwas zu erkennen.

Ein Kind nach so langen Jahren, jetzt, da sie auf die Vierzig zugeht? Sie und Michael? Da kann sie nur lachen.

Sie tritt wieder auf den weiten Strand hinaus, wo Dubliner in Massen ihre Frisbees segeln lassen, Fußbälle in provisorische Tore schmettern und dem städtischen Verbot zuwider ihre Hunde frei herumlaufen lassen. Seit Generationen ist Dollymount nicht nur Erholungsgebiet für die Dubliner, sondern auch inoffizielles Übungsgelände für alle, die das Autofahren lernen, und diese Anfänger – manche gerade einmal vierzehn – hoppeln, rattern und rasen unter den ängstlichen Blicken ihrer selbsternannten Lehrer in ausgefahrenen Furchen den Strand hinauf und hinunter.

Es ist alles so normal.

Sophie bleibt stehen und schaut aufs Meer hinaus. Nie wieder wird sie zulassen, daß sie und Eilys Mann sich allein miteinander in eine Stimmung pubertären romantischen Blödsinns hineinsteigern. Sie sind doch vernünftige, reife Erwachsene.

Als sie unter kreisenden Seevögeln, die versuchen, einander die eroberten Happen abzujagen, ihren Spaziergang fortsetzt, hat sie große Mühe, die Erinnerung an den mitleidigen Blick der Handleserin zu verscheuchen.

Riba und ihre Tochter warten immer noch auf Brian.

»Soll ich dir was vorlesen? Ja, Zeldy? Mal sehen, was wir hier haben.« Aus ihrer geräumigen Handtasche nimmt sie eine kleine Bibel, ein eselsohriges Taschenbuch über Engel und eine kleine Ausgabe von Khalil Gibrans *Der Prophet*. Nachdem sie sich für das letztere entschieden hat, blättert sie es durch und wählt eine Passage, die sie besonders ergreifend findet und immer wieder zu lesen pflegt. »Also, hör zu, Zelda. Wenn du erst mal Mutter bist, wird dir das sehr viel bedeuten.« Mit leiser Stimme beginnt sie zu lesen:

Eure Kinder sind nicht eure Kinder.
Es sind die Söhne und Töchter von des Lebens Verlangen nach sich selber.
Sie kommen durch euch, doch nicht von euch;
Und sind sie auch bei euch, so gehören sie euch doch nicht.
Ihr dürft ihnen eure Liebe geben, doch nicht eure Gedanken,
Denn sie haben ihre eigenen Gedanken.
Ihr dürft ihren Leib behausen, doch nicht ihre Seele,
Denn ihre Seele wohnt im Haus von Morgen, das ihr nicht zu betreten vermögt, selbst nicht in euren Träumen …

Sie bricht ab, als sie ein Geräusch hört, und sieht, daß Zelda weint. »Was ist denn, Darling? Warum weinst du?«

»Was glaubst du wohl, warum ich weine, Mutter? Willst du mich unbedingt quälen? Ich werde niemals Mutter werden, das weißt du doch ganz genau.«

Riba wirft das Büchlein zur Seite und neigt sich hastig ihrer Tochter zu, um sie in die Arme zu nehmen; aber Zelda stößt sie heftig von sich. Sie mag schwach sein, aber diese Geste ist von großer Kraft. »Laß mich. Hör auf, ständig so zu tun, als hätte ich noch mein ganzes Leben vor mir.« Mit Augen, die wie Feuer blitzen, sieht sie ihre Mutter an. »Warum kannst du mich nicht einfach in Frieden lassen? Ich muß sterben, Mama. Warum läßt du mich nicht einfach sterben? Gib mir eine Chance – hör doch mal auf die Worte, die du mir eben vorgelesen hast. Hör hin! Es ist *mein* Leben, nicht deines. Ich bin nicht dein Eigentum, und ich kann selbst für mich entscheiden. Nur für dich und Dad und die anderen versuche ich krampfhaft, am Leben zu bleiben«, ihre Stimme bricht, »aber was ist mit mir? Es ist so schwer. Ich bin so müde, ich möchte gehen, es ist nur ein Schlaf, Mama, es ist genau wie einschlafen.« Sie drückt beide Hände auf ihr Gesicht und schluchzt heftig.

»Du stirbst nicht, Zelda«, entgegnet Riba ruhig, obwohl sie alle ihre Kraft aufbieten muß, um sich nicht wie ihre Tochter in Tränen aufzulösen. »Hör mir zu, Zelda, du mußt nicht sterben, aber du mußt mithelfen. Du mußt aufhören, immer nur negativ zu denken.« Sie streckt die Arme aus, und diesmal begegnet ihr kein Widerstand, als sie den geliebten, ausgezehrten Körper an sich drückt und ihre Tochter wiegt wie damals, als sie klein war. »Ist ja gut, mein Schatz, wein dich richtig aus ... sch-sch, so, so, gleich wird's dir besser gehen, laß es einfach alles raus, mein süßer kleiner Schatz.«

»Ich werde nicht mal erfahren, wie es ist, einen Freund zu haben.« Zelda weint aus tiefster Seele, aber allmählich läßt der Anfall nach, und sie wird ruhiger. Sie löst sich von ihrer Mutter. »Tut mir leid, Mama, aber du mußt verstehen, daß es sehr schwer ist, immer ein tapferes Gesicht zu zeigen.«

»Natürlich verstehe ich das, Darling. Natürlich. Aber glaub mir, wenn du es tust, wirst du dich auch so fühlen. Wirklich – komm, legen wir ein bißchen Rouge auf.« Wieder greift sie in ihre Handtasche und bringt diesmal eine große Kosmetiktasche mit silbernen und pinkfarbenen Streifen zum Vorschein. »Du willst doch nicht wie ein armes kleines Waisenkind aussehen, wenn Dad gleich kommt.«

Trotz ihres Kummers muß Zelda lachen. »Was soll man nur mit dir anfangen, Mama? Du bist unverbesserlich.«

Riba lacht mit ihrer Tochter, aber während diese sich von ihr schminken läßt und die sanfte Berührung zu genießen scheint, muß sie hart gegen sich selbst sein, um bei der Arbeit mit Bürstchen und Pinseln eine ruhige Hand zu bewahren.

Zehn Minuten später sitzen sie ruhig beieinander, als sie auf dem Korridor den vertrauten schweren Schritt vernehmen.

»Was ist denn hier los?« Verblüfft bleibt Brian an der Tür stehen.

»Wir gehen.« Riba strahlt erst ihn an und dann Zelda. »Wir sind entlassen. Ist das nicht wunderbar? Wir sind schon seit einer Ewigkeit fertig, stimmt's, Zel? Wir hätten ein Taxi nehmen können, aber wir wollten dich überraschen.«

»Aber ich dachte …« Brian ist verwirrt. »Was hat der Arzt gesagt?«

»Der Hämatologe ist übers Wochenende weg, aber die anderen Ärzte sagen alle, daß es in Ordnung ist. Was ist los? Willst du deine Tochter nicht zu Hause haben?« Mit einem schlechten Gewissen mimt sich Empörung viel leichter.

Brian zögert einen kleinen Moment, dann wendet er sich Zelda zu. »Dann fühlst du dich also besser, Zeldy? Ich muß sagen, du siehst wirklich gut aus.«

»Mir geht's auch gut, Dad. Nur ein bißchen müde bin ich. Ein kleines Nickerchen wäre nicht schlecht – als hätte ich hier nicht genug Schlaf gehabt! Weißt du, worauf ich noch Lust hätte?« Sie lacht. »Ich kann gesundes Essen nicht mehr sehen. Ob du's glaubst oder nicht, ich hätte jetzt am liebsten eine Tüte Fritten von Burdock. Haben die sonntags offen?«

Riba, die wieder einmal darüber erschrickt, wie unnatürlich groß Zeldas Zähne in dem schmal gewordenen Gesicht aussehen, ist überglücklich. Ist dies nicht der beste Beweis dafür, daß Jay, die kalifornische Monica und alle anderen aus der Gruppe ihre schützende Hand über Zelda breiten? Zum ersten Mal seit vielen Monaten zeigt Zelda Appetit. Selbst wenn sie nur Theater spielt, um ihren Vater glücklich zu machen, ist es nicht erstaunlich, daß sie überhaupt die Energie dafür aufbringt?

»Ich glaube, der in Phibsboro hat offen«, antwortet sie freudig. »Und wenn nicht, klopfen wir so lange, bis er aufmacht, nicht wahr, Brian?«

Auch Brian scheint entzückt. »Na klar. Kommt, verschwinden wir hier.« Er nimmt Zeldas Reisetasche. »Auf zu Burdock.«

Der sonntägliche Ausflugsverkehr ist in vollem Gange, als sie losfahren. Mit Kind und Kegel beladen rollen die Familienkutschen in endloser Kette in Richtung Berge, Killiney oder Dollymount im Norden. Das schöne Wetter hat auch Radfahrer, Jogger und Spaziergänger ins Freie gelockt. Die ganze Südseite der Stadt scheint unterwegs zu sein, gerade so, als wäre sie soeben aus langem Schlaf erwacht. Und drüben auf der Nordseite ist, wie sie feststellen, als sie endlich den Liffey überquert haben, beinahe genausoviel Betrieb.

Riba wartet darauf, daß Brian etwas über den Gottesdienst sagt, und meint, als er es nicht tut, sie sollte wenigstens danach fragen. »Wie war die Trauerfeier denn? Hat es lange gedauert? Sie hat doch schon um zwölf angefangen. Und um welche Zeit warst du im Krankenhaus?«

Brian, der einen Parkplatz beim Mountjoy-Gefängnis ansteuert, biegt in die schmale Gasse ab, die an der Phibsboro-Bibliothek entlang dorthin führt. »Sophie und ich waren hinterher noch auf einen Kaffee im Gresham.« Brian hat Mühe, in diesem schmalen Sträßchen einem entgegenkommenden Wagen auszuweichen.

Riba lächelt nachsichtig und dreht den Kopf, um Zelda zuzuzwinkern, sieht jedoch, daß diese hinten eingeschlafen ist. Das ist zwar eine Enttäuschung, aber nicht besorgniserregend. Eine Entlassung aus dem Krankenhaus macht immer müde; wenn man das erstemal wieder die frische Luft der Freiheit atmet, wirkt diese wie eine Droge.

»Lassen wir sie schlafen«, flüstert sie, als Brian den Motor abstellt. »Geh du rauf und hol die Fritten. Wir können sie hier essen oder, wenn sie immer noch schläft, mit nach Hause nehmen und in der Mikrowelle aufwärmen.« Sie sieht auf ihre Uhr.

»Nimm für Donny auch welche mit. Er müßte inzwischen zu Hause sein. Er sagte, er wolle für eine Stunde oder so zu Trevor.« Sie lacht leise. »Du kennst ihn – wir können ihm nichts vormachen, er würde die Fritten an uns hundert Meter gegen den Wind riechen.« Als Brian weg ist, lehnt sie sich wartend in ihren Sitz zurück. Ihre Aufmerksamkeit wird von einer einsamen Möwe gefesselt, die scheinbar schwerelos am sich rosig färbenden Himmel über dem Gefängnis segelt. Toll – Riba ist hellauf begeistert: Das ist ein Omen! Der Vogel, der im Angesicht der eingesperrten armen Häftlinge in seiner Freiheit schwelgt, will ihr zeigen, daß auch sie und Zelda frei sein, ihrem Gefängnis aus Schmerz und Trauer auf leichten Schwingen entfliehen werden.

Während sie die Möwe beobachtet, fällt ihr ein Graffito an der Mauer vor dem Auto auf, wo ein Spraykünstler in Violett zuversichtlich verkündet: *Was gut werden kann, wird auch gut werden. Denk drüber nach.*

Riba lächelt. Danke dir, Gott. Wenn man einmal ein Gespür für die inneren Verbindungen in der Welt entwickelt hat, erkennt man, wie viele scheinbar völlig zusammenhanglose Ereignisse in Wahrheit auf die erstaunlichste Weise miteinander verknüpft sind. Auch Brian wird das begreifen lernen, sie vertraut drauf, besonders wenn sie nach Hause kommen und er sieht, welches Wunder an seiner Tochter vollbracht wurde.

Als Brian zurückkommt, erwacht Zelda, und sie beschließen, gleich im Auto zu essen.

Es ist etwas Köstliches, frische Fritten direkt aus der Tüte zu essen: die Hitze an den Fingerspitzen, der Salzgeschmack auf den Lippen. Beim ersten Biß durch die knusprige Hülle ins heiße, mehlige Innere geht Riba das Herz über vor sinnlichem Genuß. Das sich verdunkelnde Blau über ihnen ist jetzt von zartem Rosé und Gold durchzogen. »Schaut euch das an«, haucht sie. »Ist das nicht eine Pracht?«

»Was denn?« Brian blickt mit zusammengekniffenen Augen durch die Windschutzscheibe zu der hohen Steinmauer des Gefängnisses.

»Da oben! Schau doch – der Himmel.«

»Ah ja, schön.« Brian gönnt dem Schauspiel nur einen flüchtigen Blick, bevor er sich wieder seiner Frittentüte widmet.

»Also, ich finde es wunderschön, Mama«, läßt Zelda sich, ebenfalls mit vollem Mund, von hinten vernehmen.

Riba genießt diesen Moment: die Stille, den Frieden, in dem sie gemeinsam etwas genießen.

Sie hält an diesem Gefühl fest, als sie das Fenster herunterläßt, um den Himmel zu betrachten, dessen Farben langsam zu Grautönen verblassen. Das ist es, was das Leben auf dieser schönen, gottgegebenen Erde ausmacht, und von jetzt an kann es nur besser werden. In den kommenden sechsunddreißig Stunden braucht sie nur vorsichtig zu sein und zu niemandem, weder zu Zelda noch Sophie, noch sonst jemandem, etwas zu sagen.

Wenn sie wachsam bleibt, kann nichts schiefgehen.

Brian knüllt die leere Tüte zusammen. Er blickt zu seiner Frau hinüber. Zu Beginn ihrer Beziehung war er fasziniert von Eilys Lust am Essen; welchen Genuß ihr selbst die bescheidensten Speisen bereiteten; von ihrer Gewohnheit, sich die Lippen zu lekken und kleine Wonnelaute auszustoßen, während sie zunächst begutachtet, dann verspeist, was vor ihr steht. Essen ist für sie Vergnügen.

In den frühen Jahren hat er das alles zwar ein bißchen überspannt, aber liebenswert gefunden, ja, sogar erotisch, aber mit der Zeit verblaßte der Reiz, und es fing an, ihm auf die Nerven zu gehen.

Für Brian hat Essen eine völlig andere Bedeutung, und all ihre Sorgfalt beim Kochen und Anrichten der Speisen ist an ihn verschwendet, aber das würde er ihr nie sagen. Als Kind unbekannter Eltern, das, noch nicht einmal einen Tag alt, in eine schmutzige Decke gewickelt vor der Tür eines Supermarkts gefunden wurde, war er zunächst in ein Heim gesteckt worden und später bei wechselnden, durchwegs kinderreichen Pflegefamilien großgeworden, wo es reichlich, aber einfaches Essen gab und stets das Prinzip galt: Wer zuerst kommt, mahlt zuerst.

Auch bei seiner letzten Pflegemutter, die er von allen am liebsten hatte, war es mit den Kochkünsten nicht weit her. Für Brian ist Essen daher nicht mehr als eine Notwendigkeit. Wenn man hungrig ist, ißt man; Mäkeligkeit zahlt sich nicht aus, Hauptsache, das, was man ißt, macht satt. Völlig sinnlos, für etwas, das in Minutenschnelle weg ist, stundenlang in der Küche zu stehen und als Lohn nur einen großen Abwasch zu ernten.

»Mmmh!« Eily leckt sich die Lippen. »Danke, Brian, das war köstlich. Besser als das Gresham.«

Brian fährt zusammen. Kann Eily jetzt schon seine Gedanken lesen? Dann beruhigt er sich. Das ist eine in Dublin geläufige Wendung, trotzdem hat sie ihn erschreckt, und er dreht hastig den Schlüssel im Zündschloß. »Wie wär's, wenn wir jetzt noch ins Kino gehen, da wir schon mal unterwegs sind? Im Omniplex läuft bestimmt ein guter Film.« Er dreht sich nach seiner Tochter um. »Hast du Lust, Zeldy, oder bist du zu müde?«

»Und Donny?« Riba sieht auf die Uhr im Armaturenbrett. »Sollten wir nicht heimfahren und ihn holen?«

»Ach, du kennst ihn doch.« Brian lacht. »Heute ist Zeldas Tag, und sie hat bestimmt keine Lust, sich einen Film anzuschauen, in dem dauernd was explodiert und Leute an Hubschraubern in der Luft hängen – aber du hast recht, wir sollten ihn wenigstens fragen.« Er holt sein Handy heraus. »Warte, ich ruf ihn mal kurz an.« Weder unter Donnys Handynummer noch unter der Festnetznummer zu Hause meldet sich jemand. »Tja.« Brian schiebt sein Handy wieder in die Ablage unter dem Armaturenbrett. »Diese verflixten Kopfhörer. Ich weiß nicht, wie oft ich es ihm noch sagen soll. Es ist zum Verrücktwerden.« Wieder dreht er sich nach Zelda um. »Na ja, sein Pech – also, was meinst du, Zel?«

»Und was wird aus seinen Fritten?« fragt Zelda lächelnd.

»Die kann er später auch noch essen.« Brian lächelt zurück. »Die Mikrowelle läuft nicht weg.«

»Okay, Dad.« Zelda lehnt sich in den Sitz zurück. »Ich bin zwar ein bißchen müde, aber ich war seit Ewigkeiten nicht mehr im Kino. Fahren wir.«

Wenn Stille eine Farbe hätte, so wäre die Stille in Donnys Zimmer jetzt ein tiefes Anthrazit.

17

»Wir kommen gerade rechtzeitig.« Brian mustert durch die Windschutzscheibe die Leuchtschrift über dem Eingang zu dem Multiplex-Kino im Omni-Einkaufszentrum.

»Ich glaub, ich möchte doch lieber nach Hause, Dad.« Zeldas Stimme ist schwach und müde.

Augenblicklich kommt Brian sich vor wie ein unsensibler, egoistischer Trampel. »Aber natürlich, Schatz«, antwortet er hastig. »Es war nur ein Vorschlag.« Er legt den Gang ein und lenkt den Wagen um den kleinen Kreisverkehr vor dem Kino herum.

Als sie zu Hause ankommen, versperrt ihnen ein alter Carina das Tor zur Einfahrt. Die beiden Insassen, ein Mann und eine Frau, springen heraus, sobald sie Brian vor sich einparken sehen.

Eily erkennt sie. »Das sind Fionas Eltern«, sagt sie. »Ich habe sie bei diesem unangenehmen Elternsprechtag im Oktober kennengelernt. – Hallo!« ruft sie laut.

Die Gesichter der beiden drücken Ärger oder Besorgnis aus, Brian kann es nicht genau erkennen. Er hilft Zelda aus dem Auto, holt ihr Gepäck heraus und sperrt den Wagen ab.

Die Prendergasts und Eily stehen noch am Tor, als er und Zelda sich nähern, und er bekommt einen Teil dessen mit, was Mrs. Prendergast gerade sagt: »... wirklich nicht ihre Art. Sie weiß, daß ihre Großmutter in Slane sie erwartet – das ist eine gute Stunde Fahrt, und wir fahren nicht gern nach Einbruch der Dunkelheit. Meine Mutter macht sich immer sofort Sorgen, wenn wir uns nur ein paar Minuten verspäten.«

»Woher wissen Sie denn, daß Ihre Tochter hier ist?« Brians Blick schweift über das dunkle Haus. »Es brennt nirgends Licht. Wissen Sie mit Sicherheit, daß sie zu uns wollte?«

»Das dort ist ihr Fahrrad.« Mrs. Prendergast, rundlich, in einem marineblauen Regenmantel und mit einer Regenmütze aus Plastik auf dem Kopf, deutet auf das rote Fahrrad, halb verborgen unter einer Hortensie gleich hinter dem Tor. »Sie muß hier sein. Sie sagte ja auch, daß sie zu Donny wolle, als sie ging.«

»Das war ungefähr um halb eins«, wirft ihr Mann ein, kahlköpfig und zaundürr.

Mit skeptischem Kopfschütteln öffnet Eily das Tor. »Vielleicht hat sie nur das Rad hiergelassen, und sie sind zusammen irgendwo anders hingegangen. Aber kommen Sie doch rein ... das ist mein Mann. – Brian, das sind Mr. und Mrs. Prendergast.«

Brian nickt.

Im Haus geht Eily schnurstracks zur Treppe und legt einen Finger auf die Lippen. »Leise.« Sie stehen alle wie gebannt und lauschen. Eily dreht sich nach ihnen um. »Nichts. Kein Piep – wenn sie da oben wären, würden wir es hören, das können Sie mir glauben. Sie hätten Musik an.« Sie lächelt beruhigend. »Machen Sie sich keine Sorgen, sie sind bestimmt irgendwo in der Nähe und kommen gleich wieder.«

Sie stellt Zelda vor und bittet alle in die Küche – »zu einer Tasse Tee und selbstgebackenen Scones – ich habe sogar frische Sahne und Erdbeermarmelade da«.

»Ich geh nach oben, wenn du nichts dagegen hast, Mama – ich bin ziemlich müde.«

Brian wirft seiner Tochter einen scharfen Blick zu: Im Schein des elektrischen Lichts kann er die rötlichbraune Schminke auf ihren Wangen erkennen, aber das Strahlen, das ihn im Krankenhaus beglückt hat, ist erloschen. Zelda sieht wirklich erschöpft aus. »Ich bring deine Sachen rauf, Zel.« Er entschuldigt sich bei den Prendergasts. »Ich bin gleich wieder da.«

Auf dem Weg zu Zeldas Zimmer kommt er an Donnys geschlossener Tür vorüber. Eine Ecke des riesigen FC-Liverpool-

Posters hat sich gelöst. Nachdem er Zeldas Taschen abgestellt hat, hämmert er mit der Faust den Reißnagel tief ins Holz. Von unten hört er Eilys freundliches Geplauder.

»Ja, Fiona ist ein reizendes Mädchen. Wir mögen sie alle, und wir wissen, wie gern sie ihre Großmutter in Slane hat.«

Er tritt einen Schritt zurück, um zu sehen, ob das Poster jetzt hält. Donny ist in letzter Zeit ein bißchen schwierig, kein Wunder, wo er Zelda so nahesteht. Spontan beschließt Brian, seinem Sohn neben dem Ausflug nach Anfield, den er mit einem Freund machen darf, wahrscheinlich diesem mickrigen Trevor, eine zweite Reise zu schenken. Mit ihm. Erster Klasse. Nur Vater und Sohn. Ohne Frauen.

Er zögert. Von unten ist das Klirren von Porzellan zu vernehmen. Mist! Die lassen sich hier häuslich nieder. Eine gesellige Teestunde ist das letzte, wonach ihm jetzt der Sinn steht, aber er muß die Form wahren. Er wird bleiben, solange es der gute Ton verlangt, und dann zum Flughafen und dem liegengebliebenen Papierkram fliehen, der ihn dort erwartet. Er hat eine gute Entschuldigung: Die monatliche Mehrwertsteuererklärung für EconoCar ist fällig, und wegen seines Krankenhausaufenthalts drängt es jetzt.

In ungeselliger Stimmung kehrt Brian in die Küche zurück. Gerade fragt er sich verzweifelt, wann er sich mit Anstand verziehen kann, als er Zeldas Schrei hört.

Er ist schon aufgesprungen und in den Flur gestürzt, als Zelda ein zweites Mal schreit, lang und anhaltend …

Ohne auf die schmerzhaften Proteste von Nacken und Schultern zu achten, stürmt Brian in Riesensätzen die Treppe hinauf. Er nimmt wahr, daß die anderen ihm in den Korridor gefolgt sind und am Fuß der Treppe zusammengedrängt zu ihm hinaufschauen, aber seine Aufmerksamkeit gilt seiner Tochter, die an der offenen Tür zu Donnys Zimmer steht. Als sie Brian kommen sieht, hört sie auf zu schreien und sagt, nachdem sie zitternd Atem geholt hat: »Daddy – Daddy, sie sind alle tot. Sie sind alle tot. Ich wollte mir eine CD holen, und sie sind alle tot.«

Brian drängt sich an ihr vorbei ins Zimmer. Sein Blick fällt auf drei Gestalten, die reglos wie lebensgroße Puppen im grellen Licht der Deckenbeleuchtung auf dem Fußboden liegen. Dann überfällt ihn der Gestank: Erbrochenes, Alkohol und Urin. Er zwingt sich zu einem ruhigen Ton. »Geh, Zelda, sag deiner Mutter, sie soll den Rettungsdienst rufen. Schnell. Sag ihr, sie soll 999 anrufen.«

Aber während er neben seinem Sohn auf die Knie fällt, bleibt Zelda stehen, beide Fäuste auf den Mund gedrückt und den Blick starr auf die drei Körper gerichtet: Donny mit einer Hand unter Fionas Rock, Trevor mit seiner in Fionas Haar.

»O Gott, o Gott – was hat er meiner Tochter angetan?«

Brian dreht sich um und sieht das entsetzte weiße Gesicht von Fionas Mutter. Er springt auf und schiebt sie aus dem Zimmer. »Gehen Sie wieder nach unten. Ich mach das hier schon.« Sie gehorcht ihm nicht, sondern bleibt wehklagend stehen.

Er läuft zurück ins Zimmer, wirft sich wieder zu Boden und preßt ein Ohr auf Donnys Brust. Aber wegen Mrs. Prendergasts lautstarken Wehklagens dauert es eine ganze Weile, bevor er unterscheiden kann, ob das schwache Geräusch, das er vernimmt, das Rauschen seines eigenen oder des Blutes seines Sohnes ist. Gott sei Dank! Er richtet sich auf. Donny lebt. Es ist ihm egal, wer die Tränen sieht.

Rasch zieht er Donnys schlaffe Hand unter dem Rock des Mädchens hervor, bevor er sich den beiden anderen zuwendet und feststellt, daß auch sie atmen, wenn auch flach und unregelmäßig. Er schluckt. »Alles in Ordnung«, beruhigt er sich selbst.

»Soll ich Dr. Murray anrufen? Es wird natürlich nur ein Stellvertreter da sein, weil Sonntag ist.« Eilys Stimme ist ruhig, aber unnatürlich hoch.

Brian steht auf, hebt Fiona vom Boden auf und trägt sie auf Donnys Bett. Er hat sich inzwischen überlegt, daß es gar nicht viel Sinn hat, den Rettungsdienst zu rufen. Er weiß genug über die Nachwirkungen übermäßigen Alkoholgenusses; einen Arzt zu rufen würde wenig bringen. Er würde höchstens raten, die Kinder ins nächste Krankenhaus zu verfrachten, wo man sie ihren Rausch unter Beobachtung ausschlafen lassen würde.

»Als erstes müssen wir sie wachkriegen und ihnen Flüssigkeit zuführen«, sagt er, während er erst Donny, dann Trevor aufgerichtet an die beiden Sitzsäcke lehnt. Dann dreht er sich nach Eily um und bemüht sich, einen Ton anzuschlagen, als hätte er die Lage im Griff: »Solche Dummheiten haben wir doch alle schon mal gemacht.« Er bezieht die Prendergasts mit ein. »Sie sind jung, sie werden nicht dran sterben, sie werden sich nur reichlich elend fühlen. Ich fahre jetzt mal nach Phibsboro in die Apotheke und hol ein paar Beutel Dioralyt. Bis dahin sollten sie viel trinken.« Er wendet sich wieder an Eily: »Haben wir Limo da? Oder Cola?«

»Ich glaube, es sind zwei Flaschen Ginger-ale da.« Eilys Stimme ist gefaßt, aber dünn und angespannt.

»Gut. Gieß es in Gläser und warte ein paar Minuten, bis ein Teil der Kohlensäure raus ist. Dann gibst du in jedes Glas zwei Eßlöffel Zucker und einen Eßlöffel Salz. Okay? Ich komm so schnell ich kann mit dem Dioralyt.«

»Okay.« Eily wendet sich zum Gehen und fordert die Prendergasts mit einer Geste auf, ihr zu folgen.

Aber Mrs. Prendergast weigert sich. »Ich möchte bei meiner Tochter bleiben.«

»Sie ist hier oben gut aufgehoben.«

Mrs. Prendergast zögert immer noch. Doch nach einem letzten Blick auf Fiona, die ruhig zu schlafen scheint, entschließt sie sich doch, der Aufforderung zu folgen.

Brian kann nicht umhin, Eilys Kaltblütigkeit mitten in dieser Krise zu bewundern. Er sieht sich nach Zelda um. »Alles in Ordnung, Schatz?«

Sie nickt. »Ich geh in mein Zimmer. Bist du sicher, daß alles gut wird?«

»Gut? Die drei werden diesen Tag bis in alle Ewigkeit bereuen. Die werden sich hundeelend fühlen. So elend, daß sie lange, lange keinen Alkohol mehr anrühren werden. Geh du und leg dich hin, Liebes. Bis nachher.«

Auch sie verschwindet, und Brian, der plötzlich merkt, daß ihm die Knie zittern, öffnet das Fenster, um frische Luft in das stickige Zimmer zu lassen. Tief atmend blickt er in die Dunkelheit hinaus. So schmal ist der Grat zwischen Leben und Tod.

»Du weinst ja.«

Er hat Eily nicht zurückkommen hören. »Nein, nein, mir geht's gut.« Er dreht sich nicht herum. »Ich fahr gleich zur Apotheke. Ich wollte nur einen Moment verschnaufen.«

Er merkt, daß sie zögert, aber dann geht sie ohne ein weiteres Wort.

Es ist nicht schwer zu erraten, woher Trevor Jameson sein unansehnliches Äußeres hat. Mutter und Vater sind farblose, ernsthafte Leute. Der Vater ist Computerspezialist in der Software-Entwicklung, die Mutter arbeitet in der Buchhaltung des Ministeriums für Wirtschaft und Arbeit. Sie haben auf diese Krise mit tiefer Besorgnis reagiert, nicht mit dem Entsetzen und der Empörung der Prendergasts.

Brian ist zur Apotheke gefahren, die anderen warten auf das Eintreffen eines Arztes, nachdem die McMullans sich schließlich doch den Forderungen der anderen Eltern gebeugt haben. Seit fast einer Stunde sitzen sie nun hier, und Riba hat restlos genug. Sie stimmt zwar der Form halber in das allgemeine Gezeter ein, doch je länger es in seiner Gleichförmigkeit andauert, desto heftiger ist sie versucht, aufzuspringen und diesen Leuten zu sagen, sie sollten endlich nach Hause gehen.

Was soll das ganze Theater? Natürlich ist die Sache unerfreulich, aber es ist doch, wie Brian sagte, nichts weiter als eine typische Dummheit pubertierender Jugendlicher, und die drei Kinder, die jetzt oben im Zimmer ihren Rausch ausschlafen, erwartet zum Glück nichts Schlimmeres als ein gigantischer Kater.

Fionas Mutter regt sich von allen am meisten auf, nicht nur über den Alkoholmißbrauch, sondern vor allem über den, wie sie es nennt, Angriff auf die Unschuld ihrer Tochter. In ihre Tiraden mischen sich unterschwellige Drohungen, sich an die Gárdaí, die Abteilung für Vergewaltigungsopfer im Rotunda-Hospital, und die Nothilfe für Opfer sexueller Nötigung zu wenden.

Um sich selbst, Zelda und ihr Zuhause vor all diesem Unfrieden zu schützen, wendet Riba jetzt einen ihrer mentalen Tricks an: Sie schrumpft die anderen vier auf das Format von zweidimensionalen Strichmännchen. Es ist ein großer Segen, sich auf diese Weise helfen zu können, wenn man von Unangenehmem umgeben ist: In ihren Augen sind diese Menschen jetzt höchstens fünfzehn Zentimeter groß, haben dürre Arme und Beine und Stimmen so dünn wie ein Mäusequietschen. Sie nickt wie zustimmend zu dem, was ihre ungebetenen Gäste gerade aufgeregt piepsend hervorbringen, während sie Sahne zu ihrem Kaffee gibt – schön, wie die Sahne sich erst in schweren Schnörkeln auf der dunklen Oberfläche dreht, bevor sie zum Tassengrund hinuntersinkt.

Riba überlegt, was für ein Geschenk sie Jay besorgen soll. Alkohol aus dem Duty-free-Shop kommt nicht in Frage, nicht einmal wenn es etwas wirklich Erlesenes wäre – er verseucht seinen Körper nicht mit Alkohol.

Sie merkt, daß die Strichmännchen aufgehört haben zu piepsen und sie erwartungsvoll ansehen. Sie hat keine Ahnung, worum es geht. Aufmunternd lächelt sie Mrs. Prendergast zu, die sich mit einer ihrer Strichmännchenhände die schlecht gefärbten Haare rauft, wahrscheinlich um zu zeigen, wie unendlich erschüttert sie ist.

»Brian müßte jetzt jeden Moment kommen«, sagt sie, immer noch lächelnd. Er hat in der ersten Apotheke nur vier Beutel Dioralyt bekommen und ist noch weitergefahren, um sein Glück woanders zu versuchen.

Gut, daß er nicht hier ist, denkt Riba liebevoll, während ihre Gäste wieder anfangen, untereinander zu reden. Er wäre mit der Situation völlig überfordert und hätte mit diesen vier Fremden, die da in seinem Wohnzimmer herumjammern und auch noch seinem Sohn die schrecklichsten Dinge unterstellen, schon längst die Geduld verloren. Nur noch ein paar Stunden – sie schwelgt in diesem geheimen Wissen wie in einem warmen Bad.

Donny ist natürlich ein Problem, aber es wird schon gutgehen. Dafür wird sie sorgen.

Wieder tritt eine Pause im Gepiepse ein.

Riba hebt die beiden Kannen, die vor ihr stehen. »Noch jemand Tee? Oder Kaffee?«

Als Sophie, die auf der Heimfahrt von Dollymount noch ihren Film im Foto-Expreß abgegeben hat, nach Hause kommt, trifft sie Michael mit hochgelegten Beinen vor dem Fernsehapparat an, wo er sich ein Fußballspiel anschaut. Der Ton ist ungewöhnlich leise, viel leiser als sonst, wenn er Sport schaut. »Hallo!« Er greift nach der Fernbedienung, und Sophies »Hallo« geht im plötzlichen Crescendo unter.

Na, wunderbar, denkt sie, er ist immer noch sauer. Es fällt ihm nicht mal ein, mich zu fragen, wie die Trauerfeier war und ob es mir nahegegangen ist.

Nun, sie wird sich nicht ärgern lassen. Anstatt zu versuchen, ihn in ein Gespräch zu ziehen, oder zu fragen, was los ist, zieht sie ihre Schuhe aus, läßt den Sand liegen, wo er niederfällt, und geht nach oben in ihr Arbeitszimmer, um die Fotosachen wegzupacken. Während sie die Objektive reinigt und alles sorgfältig an seinem Platz verstaut, faßt sie wieder einmal den festen Entschluß, sich eine Dunkelkammer einzurichten. Sie faßt diesen Entschluß jedesmal, wenn ein Motiv sie besonders begeistert; heute sind es die beiden alten Rumäninnen.

Ihr tun der Rücken und die Füße weh – sie ist heute am Strand bestimmt fünfzehn Kilometer gelaufen. Ihr Magen rumort auch, und erst jetzt fällt ihr ein, daß sie den ganzen Tag nichts gegessen hat außer dem Teilchen im Gresham mit Brian. Brian – das widerspenstige Haar nur mühsam gebändigt, der große, kräftige Körper im feinen Anzug eingesperrt …

Halt! Hör sofort auf. Nicht an Brian denken.

Denk lieber ans Essen. Sie sollte etwas kochen. Aber sie hat keinerlei Lust, sich jetzt in die Küche zu stellen. Sie wird Michael vorschlagen, zum Essen auszugehen.

Sie lauscht. Die Stimme des Kommentators ist nur ein Murmeln. Der Ton ist wieder heruntergedreht worden. Er hat ihn eindeutig nur laut gedreht, um sie zu brüskieren. Und da will sie sich mit ihm an einen Tisch setzen? Soll sie sich das wirklich antun?

Vielleicht hat seine Stimmung ja gar nichts mit ihr zu tun. Vielleicht hat er einen harten Arbeitstag hinter sich. Sie sollte ihm wenigstens eine Chance geben. Entschlossen rutscht Sophie von ihrem Hocker und geht nach unten ins Wohnzimmer. Über die Rückenlehne seines Ledersessels hinweg kann sie nur seinen Scheitel sehen.

»Michael?«

»Hm?«

»Ich habe wahnsinnigen Hunger«, sagt sie hastig. »Wollen wir was essen?«

Er dreht sich nicht um, aber sie beobachtet, wie er den Arm abwinkelt, um auf die Uhr zu sehen. »Es ist erst kurz nach fünf. Findest du das nicht ein bißchen früh?«

»Ich habe den ganzen Tag nichts gegessen, aber ich habe ehrlich gesagt keine Lust, mich an den Herd zu stellen.«

»Okay, wie du willst.« Er seufzt schwer. Dann schaltet er den Fernsehapparat aus. »Wohin möchtest du gehen?«

»Also, das ist mir völlig egal.« Sie ist selbst überrascht über ihre Vehemenz.

Er offenbar auch, denn er legt sofort die Fernbedienung aus der Hand und steht auf. »Schon gut, schon gut, reg dich doch nicht gleich so auf.«

Es zeigt sich, daß sein warnender Hinweis auf die frühe Stunde berechtigt war. Die Restaurants, die sie aufsuchen, haben alle noch nicht für den Abend geöffnet. Michael ist zu Sophies Erstaunen die ganze Irrfahrt über eher zerstreut als ärgerlich.

Am Ende bleibt ihnen nichts anderes übrig, als mit einem Eddie Rocket's in Phibsboro vorliebzunehmen, wo Sophie sich einen Riesenhamburger bestellt.

Aber so übel ist die unfreiwillige Wahl gar nicht: Es ist so laut und voll, daß sie nicht einmal miteinander reden könnten, wenn sie wollten.

Heimlich beobachtet Sophie Michael, der, ganz in seine eigenen Gedanken vertieft, ein Nacho immer wieder in seine Chilischale tunkt, ohne es danach in den Mund zu schieben. Welches Wort würde sie wählen, wenn sie Michael mit einem einzigen Adjektiv beschreiben sollte? Er ist beinahe so groß wie Brian, aber schmaler, ein irischer Wolfshund neben einem Neufundländer. Wendig. Ja, genau. Michael ist wendig, und Brian ist kraftvoll.

Er tut jetzt nicht einmal mehr so, als äße er, sondern starrt wie gebannt einen der Angestellten an, der Krautsalat aus einer Stahlschüssel auf einen Teller klatscht.

Sie fragt sich, ob Michael in ihrer Ehe einsam ist, vielleicht ebenso einsam wie sie manchmal. Für einen Moment ist sie versucht, die Barriere zu durchbrechen, den Arm um ihn zu legen, ihn an sich zu ziehen und zu fragen, was ihn bedrückt.

Er rutscht von seinem Hocker. »Ich muß mal verschwinden.«

Schon ist der Moment vorüber. Wahrscheinlich ist es gut so.

Als er zurückkommt, schlägt Michael vor, bei Eily und Brian vorbeizufahren: »Wir waren schon ewig nicht mehr bei ihnen.«

Sophie wehrt ab und schützt Müdigkeit vor. Aber Michael, der überwunden zu haben scheint, was ihm zuvor die Laune verdorben hat, läßt sich von seiner Idee nicht abbringen, und obwohl sie unbedingt ein neuerliches Zusammentreffen mit Brian vermeiden möchte, fällt ihr kein überzeugender Grund ein, den Besuch bei ihren alten Freunden abzulehnen.

»Aber nur auf einen Sprung, okay? Ich bin wirklich hundemüde.«

Als sie bei den McMullans vorfahren, ist es nach sieben. Alle Vorhänge sind geschlossen, aber die Außenbeleuchtung brennt.

»Denk dran, nur auf einen Sprung!« Sophie folgt ihrem Mann widerwillig zur Tür.

»Ach, jetzt hör endlich auf, Soph.« Michaels schlechte Laune ist wieder da.

~ 18 ~

Im Haus in Marble Gardens ist Ruhe eingekehrt. Dem Arzt ist es gelungen, die drei jungen Leute zu wecken, vorübergehend wenigstens, und ihnen viel Flüssigkeit und eine kräftige Standpauke zu verabreichen. Zehn Minuten später schleppten die Prendergasts und die Jamesons ihre Sprößlinge zu ihren Autos, um sie nach Hause zu bringen. Sehr zu Brians Erleichterung.

Jetzt schlafen Donny und Zelda, Eily werkelt in der Küche, und es herrscht wohltuende Ruhe.

Gerade will er es sich im Wohnzimmer bequem machen, als es draußen läutet. Fluchend erhebt Brian sich wieder.

Vor der Tür stehen Michael und Sophie, er lächelnd, sie etwas im Hintergrund, so daß Brian ihren Gesichtsausdruck nicht erkennen kann. »Na, so was!« ruft er herzlich und hofft, daß sie ihm nicht ins Herz sehen können. »Kommt rein – Eily ist in der Küche.«

»Wir wollten nur mal vorbeischauen, wir bleiben nicht lange. Wie geht es Zelda?« Michael schlüpft aus seiner Lammfelljacke und reicht sie Brian. »Besteht Aussicht, daß sie bald nach Hause kommt?«

»Du wirst es nicht glauben, aber sie ist schon hier.« Ohne Sophie anzusehen, nimmt Brian ihren Mantel und Michaels Jacke. »Sie ist oben. Es kam etwas überraschend, aber es ist natürlich wunderbar, sie wieder hier zu haben.«

»Das freut mich, Brian. Ich geh mal schnell in die Küche zu Eily.« Sophie eilt durch den Flur davon, während Brian Michael ins Wohnzimmer lotst.

»Komm, lassen wir die beiden. Ist mir sowieso lieber, wenn Eily ihr die neueste Schauergeschichte erzählt.«

»Schauergeschichte? Was für eine Schauergeschichte?«

Michaels Stirnrunzeln weicht einem wehmütigen Lächeln, als Brian ihm von Donny erzählt. »Du meine Güte, das erinnert mich ... der arme Junge. Ich möchte morgen früh nicht an seiner Stelle sein.«

»Ja, ja, er kommt schon wieder auf die Beine, aber ich könnte ihm wirklich den Hals umdrehen. Das hat uns gerade noch gefehlt.« Brian senkt die Stimme. »Also, wie war's? Schnell, erzähl, bevor Eily und Sophie kommen.«

Hastig berichtet Michael, daß er ziemlich sicher ist, Yvonne überredet zu haben, das Kind zu bekommen, jedoch nur um den Preis, daß er Sophie alles beichtet.

»Um Gottes willen!« ruft Brian entsetzt – er glaubt zumindest, es zu sein, etwas anderes ist ausgeschlossen. »Das darfst du nicht tun. Das bringt sie um – Herrgott noch mal, damit machst du eure Ehe kaputt.«

»Ach, findest du, ich sollte Yvonne einfach in die Wüste schicken und zusehen, wie sie mein Kind umbringt? Sie ist kein schlechter Kerl, sie ist nur durcheinander. Sie ist sogar ziemlich nett, wenn man sich bemüht, sie näher kennenzulernen.«

Brian drängt den Freund, die Sache zu überschlafen. »Sag vorläufig nichts«, beschwört er ihn. »Warte erst einmal ab. Solche Geschichten lösen sich meistens ganz von selbst in Wohlgefallen auf.«

»So einfach ist das nicht.« Michael steht auf und beginnt, im Zimmer auf und ab zu gehen. »Yvonne ist nicht bereit zu warten. Das weiß ich. Wenn ich es nicht tue, redet sie selbst mit Sophie.« Er bleibt abrupt stehen. »Es ist also erschreckend einfach. Entweder ich verlasse Sophie, oder Yvonne bringt unser Kind um.« Er dreht sich herum und sieht Brian an. »Ich hab's ihr eigentlich schon versprochen.«

Brian, dem nicht entgangen ist, daß aus dem früheren »es« nun »unser Kind« geworden ist, hat Michaels Reaktion anfänglich für reine Panik gehalten. Jetzt erfaßt ihn eine irrationale Wut. »Ach, so ist das«, sagt er gepreßt. »Du hast Yvonne Leonard bereits versprochen, daß du deine Frau verläßt?«

»Na ja, wie soll ich es beschreiben?« Michael läßt sich wieder in einen Sessel fallen. »Das Gespräch ist einfach so gelaufen. Ich denke schon, daß ich ihr den Eindruck vermittelt habe.«

»Und du willst es wirklich tun?«

Mit einem Ruck hebt Michael den Kopf. »Den Ton kannst du dir sparen. Ich sitze hier nicht auf der Anklagebank. Ich bin als Freund zu dir gekommen. Ich hoffte, du würdest mich verstehen.«

Seine Selbstgerechtigkeit ist schwer zu ertragen, aber Brian sagt nichts. Michael hat ja nicht ganz unrecht, er hat sich wirklich angehört wie ein Großinquisitor. Aber wer springt für Sophie in die Bresche? »Ich verstehe dich ja«, entgegnet er ruhig, »und ich weiß, du kämpfst für dein Kind. Ich kann auch verstehen, daß dir dieses Kind sehr wichtig ist, das ginge jedem so. Aber, Mick, du mußt auch an Sophie denken. Sie ist ein so guter Mensch.«

»Klar. Ich weiß.« Michael springt wieder auf. »Alle lieben Sophie. Aber ich hab's satt, ständig der Böse zu sein. Du kennst sie nicht, Brian, sie ist ein Eisklotz.« Er schlägt nach der Armlehne des Sofas. »Es war nicht immer so, besonders am Anfang, da konnten wir nicht genug voneinander kriegen, du kennst das ja. Aber sie hat sich verändert, du kannst es mir glauben, sie ist ein Eisklotz. Aber ich bin nun mal ein normaler Mann.«

Brian fühlt Wut in sich aufsteigen. Auch er springt auf und baut sich bebend vor dem Freund auf. »Du bist ein Idiot, Mick Dolan, ein absoluter Idiot. Diese Krise verdankst du dir ganz allein. Du gehst doch seit Jahren fremd, und versuch ja nicht, deiner Frau die Schuld daran zu geben. Du hast mich in eine unmögliche Situation nach der anderen gebracht. Du bist nichts als ein egoistischer Idiot!« Er versetzt Michael einen Stoß vor die Brust, daß der rückwärts in die sorgsam arrangierte Kissenpracht auf Eilys Sofa fällt. »Jetzt bleib da sitzen und halt die Klappe, und red ja nicht noch mal so von deiner Frau.«

Mit offenem Mund starrt Michael ihn an, und dabei hat er das Gefühl, daß der Konflikt, der in seinem Inneren tobt, ihn gleich zerreißen wird: Einerseits muß er Sophies wegen um die Erhaltung ihrer Ehe kämpfen; andererseits sieht er ganz klar, daß er nur kämpft, weil er sich ein reines Gewissen bewahren will. Wenn es dann trotzdem zum Bruch kommt, kann ihm keiner nachsagen, er hätte nicht mit offenen Karten gespielt.

Bevor sie die Auseinandersetzung fortführen können, hören sie ihre Frauen kommen. Brian eilt zu seinem Sessel zurück.

»Ich habe Sophie gerade von Donnys Heldentat erzählt.« Eily schwenkt einen Krug in der Hand. »Erfreulich ist es nicht, aber so sind die Kinder nun mal. Also«, fährt sie in aufmunterndem Ton fort, »wer hat Lust auf einen Drink? Oder eine Tasse Tee? Ich habe frischgebackenen Rosinenkuchen. Habt ihr Lust?«

Sie entscheiden sich alle für den Alkohol. Eily nimmt Flaschen und Gläser aus dem Sideboard und beginnt einzuschenken. Die Gläser klirren laut in der Stille. Eily bemerkt sofort, daß die anderen sie beobachten, als führte sie eine komplizierte Operation aus. »Was ist los mit euch, ihr Lieben?«

»Es war ein langer Tag«, sagen wie aus einem Mund Michael und Sophie.

Eily beschäftigt sich wieder mit den Getränken. »Es war ja auch für uns alle ein ziemlich aufregender Tag. Da wird uns ein Drink guttun.«

Sie reicht die Gläser herum, läßt sich neben Michael aufs Sofa fallen und lächelt in die Runde. »Prost!«

»Prost«, murmeln alle und trinken.

Danach ist es wieder still. Eily mustert die anderen mit schrägem Blick. »Mein Gott, das ist ja wie bei einer Beerdigung. Was ist denn heute abend mit euch los?«

»Also, mich wundert eigentlich nicht, was heute mit Donny passiert ist.« Sophies Ton ist herausfordernd.« Sie wendet sich Brian zu. »Hast du erzählt, daß er bei mir war?«

Brian wirft einen Blick auf seine Frau. »Ich bin noch nicht dazu gekommen, aber ich werd's natürlich tun.«

»Was denn?« Eily blickt von einem zum anderen. »Wer war bei dir?«

»Donny.« Sophie sieht immer noch Brian an.

»Donny?« Eily ist schockiert. »Das hast du mir nie erzählt, Soph. Was wollte er denn?«

»Ein bißchen Aufmerksamkeit!« rutscht es Brian heraus, ehe er überlegen kann. »Morgen werden wir noch nicht viel mit ihm anfangen können, aber am Dienstag müssen wir beide uns mit Donny zusammensetzen. Der Junge ist völlig ausgehungert nach ein bißchen Zuwendung – das war doch der Kern, stimmt's, Sophie?«

Eilys Miene ist ernst. »Dienstag. Natürlich, Brian, du hast ganz recht. Ach, der arme Donny.« Sie wendet sich ab. »Soll ich jemandem nachschenken?«

Alle schütteln den Kopf.

Brian wendet sich Michael zu. »Und – wie fandest du das Spiel?« fragt er zu laut.

Michael zieht die Brauen zusammen. »Welches Spiel?«

»Na, das Fußballspiel – im Fernsehen. Du hast doch gesagt, du schaust es dir an.«

»Ach so, ja. Ich hab's dann doch nicht gesehen. Wir waren zum Essen aus. Bei Eddie Rocket's.« Michaels Ton ist sarkastisch, und aus dem Augenwinkel kann Brian erkennen, wie Sophie hochfährt, aber gleich darauf wieder zurücksinkt, als hätte sie protestieren wollen und es sich dann anders überlegt. Brian steht auf, um sich doch noch einen zweiten Whisky einzugießen.

Hinter sich hört er Eily: »Kinder, Kinder! Seid doch nicht so ekelhaft. Kommt, wir fangen noch mal von vorn an. Wir sollten alle froh und glücklich sein. Wir haben eine furchtbare Woche hinter uns und haben sie überlebt. Kommt, trinken wir auf das Leben, die Liebe und die Zukunft.«

Brian dreht sich um und sieht sie mit erhobenem Glas und entschlossener Miene. Ihre leicht geröteten Wangen glänzen im weichen Licht der nahe stehenden Tischlampe. Er betrachtet sie mit einem liebevollen Lächeln; trotz aller Vorbehalte kann er nicht umhin, ihre Hartnäckigkeit und ihren Mut zu bewundern. Er nickt ihr zu und hebt ebenfalls sein Glas.

Was zum Teufel hat er sich eigentlich gedacht? Er hat gelobt, diese Frau zu lieben und zu ehren. Gut, sie ist ein bißchen verrückt, aber sie ist seine Frau – ihrer beider Leben sind unlöslich miteinander verflochten. Steckt er vielleicht gerade in so einer Art Midlife-crisis?

Irgendwie hangeln sie sich durch die nächste halbe Stunde, bis Michael und Sophie sich mit Müdigkeit und der Erklärung, daß sie sowieso nur auf einen Sprung vorbeikommen wollten, entschuldigen und gehen.

Später, im Bett, kommt Eily auf die merkwürdige Atmosphäre des Abends zu sprechen. Sie glaubt, daß sie alle – oder zumindest drei von ihnen – nicht nur von den Nachwirkungen des Flugzeugunglücks, sondern auch von den häßlichen Schwingungen beeinflußt wurden, die die Prendergasts und die Jamesons zurückgelassen haben. »Solche negativen Gefühle halten sich, weißt du.« Die Laken rascheln, als sie sich von ihm wegdreht und es sich auf ihrer Seite bequem macht. »Erstaunlich, findest du nicht, daß Donny zu Sophie gegangen ist? Aber du hast recht. Er braucht mehr Aufmerksamkeit.« Sie gähnt.

»Eily?« Brian berührt sie an der Schulter.

»Hm?«

»Ich möchte mit dir reden. Ernsthaft.«

Zu seiner Überraschung dreht sie sich augenblicklich zu ihm herum. »Was ist denn?«

Er hat den Eindruck mißtrauischer Vorsicht, aber vielleicht bildet er sich das auch nur ein. Ehe er sich schlüssig werden kann, schüttelt sie die Kissen hinter sich auf. »Brian, ich weiß, daß das, was Donny sich heute geleistet hat, schlimm war. Aber sieh es doch mal positiv – nach dem Kater, den er morgen haben wird, wird er so was wahrscheinlich nie wieder tun. Wir müssen es einfach als Erfahrung nehmen. Es ist schade, daß die anderen

Eltern das offenbar nicht schaffen. Keine Phantasie.« Mit einem Seufzer läßt sie sich in ihre Kissen fallen.

»Es geht mir nicht ums Trinken.« Brian richtet sich auf einen Ellbogen gestützt auf, um ihr ins Gesicht sehen zu können. »Unser Sohn hat sich an Sophie gewandt, Eily, weil er das Gefühl hat, mit uns nicht reden zu können. Denk mal darüber nach!« Er berichtet im einzelnen, was Sophie ihm erzählt hat, und sie hört aufmerksam zu – oder tut jedenfalls so.

Am Ende seines Berichts schließt sie die Augen. »Der arme Donny. Mein armer kleiner Junge.«

»Wir müssen etwas tun.«

»Was können wir denn tun? Wir befinden uns alle in einer Ausnahmesituation. Wir können unser Bestes für ihn tun, aber im Augenblick kommt eben Zelda an erster Stelle. Ich weiß, daß er das versteht.«

»Natürlich versteht er das, aber er ist inzwischen alt genug, um einbezogen zu werden. Eily, du bist so auf diesen Jay Street und seine Heilkünste fixiert, daß du den Jungen völlig ausgeschlossen hast.«

»Ach so, daher weht der Wind? Du kannst es einfach nicht lassen, hm? Gib nur Jay an allem die Schuld!«

»So ein Unsinn!« Brian zügelt seinen Zorn. »Darum geht es doch gar nicht. Es geht um Donny. Ich flehe dich an, Eily, bitte. Morgen wird er zu nichts zu gebrauchen sein, aber schick ihn am Dienstag auch noch nicht zur Schule, und kümmere dich um ihn. Ich werde ein paarmal anrufen – vielleicht kann ich auch früher nach Hause kommen. Du bist diejenige, die er braucht. Gib ihm das Gefühl, daß er dir wichtig ist.«

»Er weiß, daß er mir wichtig ist.« Sie legt eine Hand auf seine Brust. »Ich rede doch immer mit ihm.«

»Nein, das tust du nicht.« Brian merkt, daß das Gespräch zu entgleisen droht. Er faßt ihre Hand und hält sie fest. »Es tut mir leid, ich will nicht mit dir streiten. Zu einem Gespräch gehören zwei, Eily. Du sprichst zwar dauernd von ernst nehmen und Anteil nehmen, aber du hörst mir nie wirklich zu. Du hörst keinem von uns mehr zu, schon seit Jahren nicht mehr. Du scheinst zwar ganz Ohr zu sein, aber das ist nur Pose. Was du nicht hören willst, das blendest du einfach aus. Ich komme mir manchmal vor, als würde ich gegen eine Wand sprechen.«

Sie versucht zu protestieren, aber er läßt sie nicht zu Wort kommen. »Bitte, hör mir wenigstens jetzt einmal zu. Unsere Tochter stirbt, Eily, unser Sohn ist verzweifelt und unglücklich. Sieh diesen Tatsachen doch ins Auge. Bitte. Es geht um uns alle. Kehr ins wahre Leben zurück, anstatt in diesem ... diesem ...«

Sie starrt ihn schweigend an, während er nach einem Wort sucht. Ihre dunklen Augen blitzen unter den Wimpern.

»Du lebst in einer Phantasiewelt, Eily!« Er umfaßt ihre Schultern und schüttelt sie sanft. »Komm runter auf die Erde, komm zu uns in die Wirklichkeit. Wir brauchen dich. Wir alle, die ganze Familie. Dieses Saufgelage ist doch nur ein Zeichen dafür, wie sehr gerade Donny dich jetzt braucht.«

Behutsam löst Eily seine Hände von ihren Schultern. Sie schlingt die Arme um seinen Hals und küßt ihn auf den Mund. Dann löst sie sich von ihm und sagt, während sie ihm in die Augen sieht, mit sanfter Stimme: »Brian, Liebster, ich lebe nicht in einer Phantasiewelt. Du bist derjenige, der nicht auf uns hören will, ihr alle, die ihr so tief in eure destruktiven Denkmuster verstrickt seid. Wenn du dich nur befreien würdest, wenn du nur auf uns hören würdest, Darling. Das Leben könnte so herrlich sein, es *ist* herrlich, aber man muß annehmen, was es zu bieten hat.«

Sie kommt seiner Entgegnung zuvor, indem sie ihn von neuem küßt, lang und mit Leidenschaft, um die seine zu entfachen. Dann nimmt sie seine Hand und legt sie auf ihre Hüfte, bewegt sich ein wenig hin und her, so daß der seidigweiche Stoff ihres Nachthemds seine Handfläche liebkost.

Brians Frau ist eine erfahrene und begabte Liebhaberin, und an diesem Abend setzt sie das ganze Arsenal ihrer Verführungskünste ein. Brian weiß genau, was sie tut, aber sein Körper siegt über seinen Verstand. Obwohl ihm klar ist, daß er manipuliert wird, kann er ihr nicht widerstehen.

Zwei Stunden später liegt Michael wach neben der schlafenden Sophie. Tief drinnen hat er immer gewußt, daß es einmal so weit kommen würde. Er hat zuviel Glück gehabt. Die Frauen, mit denen er geschlafen hat, haben es ihm immer zu leicht gemacht, nie hat es Ärger gegeben, nie haben sie sein Leben auch nur im geringsten durcheinandergebracht.

Aber diesmal ist er einen Schritt zu weit gegangen und abgestürzt.

Er versucht, sich in die Zukunft zu versetzen und sich ein Leben mit Yvonne Leonard vorzustellen. Eily würde sagen, er versucht, es zu »visualisieren« – doch sosehr er sich bemüht, er sieht immer nur Yvonnes knackigen kleinen Hintern und ihren tollen Busen, und nicht einmal dieses Bild erregt ihn wie sonst. Vorsichtig, um Sophie nicht zu wecken, dreht er sich auf die Seite. Eines ist sicher: Das Leben mit Yvonne, wenn es dazu kommen sollte, wird ihn fordern. Oder kann sich einer vorstellen, Yvonne würde Anrufe, daß er später nach Hause kommt, klag- und fraglos hinnehmen?

Er wird schon auf die Fünfzig zugehen, wenn sie noch Ende Zwanzig ist... Unglaublich, was für Reserven Frauen haben, ihre Energie scheint mit dem Alter zu wachsen statt zu schrumpfen. Wie würde das werden? Würde er mithalten können? Würde sie womöglich erwarten, daß er mit ihr in Popkonzerte und Diskos geht? Am Ende würde sie ihn vielleicht nur noch als alten Knacker empfinden.

Na ja, dafür hätten sie das Kind, einen niedlichen Dreikäsehoch, der ihn Dad nennen würde. Einen kleinen Kerl, den er nach Glasgow zum Celtic-Spiel mitnehmen könnte oder, in einem kleinen Lammfellmantel, an die Lansdowne Road oder sogar nach Twickers zur internationalen Rugbymeisterschaft.

Und es brauchte nicht dabei zu bleiben; sie könnten sich ein zweites anschaffen, ein Mädchen, das wäre auch nicht übel. Die

Kleine würde auf seinem Schoß sitzen und ihm Küßchen geben und glauben, er wisse alles. Er wäre ihr Held – wenigstens bis sie erwachsen würde.

Ach, verdammt – was machst du da eigentlich? Michael versucht, sich den sentimentalen Quatsch aus dem Kopf zu schlagen, aber die Bilder lassen sich nicht vertreiben. Sie sind ungeheuer attraktiv und weit beruhigender als Vorstellungen von dem, was in den englischen Kliniken passiert…

Michael hat das Gefühl, unbedingt mit Yvonne sprechen zu müssen. Aus keinem besonderen Grund, nur um des Kontakts willen. Um sich ihrer zu vergewissern.

Vorsichtig rutscht er aus dem Bett, schleicht auf Zehenspitzen aus dem Schlafzimmer und schließt die Tür hinter sich.

Unten schaltet er vorsichtshalber den Fernsehapparat ein, nur leise, bevor er auf seinem Handy Yvonne anruft.

Sophie, die trotz Michaels Behutsamkeit wach geworden ist, überlegt, ob sie die Augen öffnen soll. Sie hat den Wecker nicht gehört. Schließlich wirft sie blinzelnd einen Blick auf das rote Digitaldisplay ihres Weckers. Erst zwanzig nach zwei – noch Stunden bis zum Aufstehen. Glücklich und schlaftrunken kuschelt sie sich wieder in ihre warme Höhle und wartet auf das Rauschen der Toilettenspülung, das die Rückkehr ihres Ehemanns ankündigen wird. Als es ausbleibt, wird sie unruhig, hört sonderbare Geräusche und erwacht nun ganz. Bildet sie es sich ein, oder hört sie in der nächtlichen Stille des Hauses tatsächlich gedämpfte Stimmen von unten? Sie setzt sich auf, um zu lauschen. Ja. Stimmen.

Was geht da vor?

Sie steigt aus dem Bett, schlüpft in ihre Hausschuhe und geht zum Wohnzimmer hinunter.

Sie bleibt stehen. Er steht mit dem Rücken zu ihr und zum Fernsehapparat. Er hält sein Handy ans Ohr gedrückt. Automatisch sieht sie auf ihre Uhr: fünf vor halb drei.

»Michael?«

Er fährt herum. Sein Stirnrunzeln weicht augenblicklich einem breiten Lächeln. Er winkt ihr zu, bleibt aber am Telefon und verdreht mit einem Schulterzucken die Augen, bevor er versucht, ihr lautlos etwas zu sagen. Mit wem kann er zu dieser nachtschlafenden Stunde telefonieren? Verwundert geht sie wieder nach oben, streift die Hausschuhe ab und kriecht ins warme Bett zurück.

Keine zwei Minuten später liegt er neben ihr und schmiegt sich an ihren Rücken. »Mann, ist das kalt da unten. Wir müssen die Heizung mal nachsehen lassen, Soph, das ist ja wie in Sibirien.«

»Mit wem hast du telefoniert?«

»Brian.« Michael kuschelt sich näher an sie und schließt sie fest in seine Arme. »Er hatte mir eine SMS geschickt – er konnte anscheinend nicht schlafen. Also hab ich ihn zurückgerufen.«

Sophie ist sofort in Alarmbereitschaft. »Brian McMullan?«

»Kennst du einen anderen Brian? Wie viele Brians kennen wir? Natürlich Brian McMullan.«

Sophie nimmt sich zusammen, um sich nicht zu verraten. »Tut mir leid, aber ich verstehe es trotzdem nicht. Brian schickt dir mitten in der Nacht eine SMS, weil er nicht schlafen kann?«

Er zieht sie noch enger an sich. »Aber nein, die SMS war für morgen früh gedacht, sie bezog sich auf eine Buchung, aber ich habe sie jetzt erhalten, weil ich auch wach war, und da er offensichtlich in der Nähe seines Telefons war, habe ich ihn zurückgerufen. Okay?« Er küßt sie in den Nacken. »Ich habe mich einsam gefühlt, so ganz allein da unten. Können wir jetzt Brian McMullan und seine Marotten ad acta legen und über wichtigere Dinge nachdenken?« Er drückt sich an sie, greift nach dem Saum ihres Nachthemds und zieht es über ihre Hüften hoch.

Er reibt sich an ihr und umfaßt mit den Händen ihre Brüste. »Sophie, Sophie …«

Sein plötzliches drängendes Verlangen überrascht Sophie. Er scheint sie mit einer solchen Verzweiflung, einer solchen Dringlichkeit zu begehren, daß es ihr ganz irreal erscheint.

Vor zehn Minuten noch war Sex mit ihrem Mann das letzte, woran sie dachte. Aber es ist so lange her … Sie ist es ihm schuldig. Und sich.

Michaels Liebkosungen werden immer drängender. Sophie wendet sich ihm zu. Mit antwortendem Begehren umschlingt sie ihn und schiebt ihre Hände in sein Haar.

So fein – ganz anders als Brian McMullans Mähne.

Mit einer gewaltigen Anstrengung stößt Sophie die Erinnerung an Brian McMullan von sich. »Michael! Oh, Michael … ja …«

Sie und ihr Mann lieben sich mit einer Heftigkeit, als wären sie Fremde, die zum erstenmal zueinanderfinden; oder wie Ertrinkende, die sich an die letzte Chance auf Rettung klammern.

19

Der Montagmorgen ist windig und kalt. Fröstelnd zieht Riba die Küchenjalousie hoch. Es ist gerade erst acht Uhr, draußen ist es noch dunkel, aber an der eigenartigen Schwere des tiefhängenden Himmels ist zu erkennen, daß es vielleicht wieder Schnee geben wird. Wie am letzten Montag, vor genau einer Woche. Auch heute wieder Schnee – das ist doch wirklich faszinierend. Ist es wirklich erst eine Woche her? Ihr kommt es vor wie ein Jahrtausend.

Sie fröstelt von neuem und versucht, an angenehmere Dinge zu denken. An die lebenspendende Sonne, die sich in diesem Augenblick anschickt, ihr warmes Licht über Palm Tree Island auszugießen. Nur noch vierundzwanzig Stunden …

Sie platzt beinahe vor Mitteilungsdrang. Geheimniskrämerei liegt ihr nicht, aber diesmal ist es ihr verdammt gut gelungen. Sie zieht eine Wolljacke über den Kaftan, den sie in einem der neuen afrikanischen Läden in der Moore Street gekauft hat, und wärmt ihre Hände am singenden Kessel.

Brian ist schon zur Arbeit gefahren, Gott sei Dank, so kann sie in aller Ruhe mit ihren Vorbereitungen fortfahren und überlegen, was sie an Kleidung und Sonstigem mitnehmen wollen.

Unwillkürlich fliegt ihr Blick zur Arbeitsplatte, wo neben dem Brotkasten der Stapel der Briefe und Formulare von den diversen Versicherungsgesellschaften, der Fluggesellschaft und der Flughafenbehörde wuchert und wächst wie ein giftiger Pilz. Brian kann sich damit befassen und ihr sagen, wo sie unterschreiben soll. Er hat seinen und Zeldas Stapel im Aktenschrank oben im Flur liegen. Ungewöhnlich, daß er den Kram noch nicht erledigt hat – er ist sonst in den praktischen Dingen so patent.

Sie schiebt zwei Scheiben Brot in den Toaster.

Gestern abend – da war er richtig wild!

Na ja, kein Wunder. Bei einer Liebhaberin wie ihr. Riba ist beinahe ein wenig stolz bei der Erinnerung daran, wie leicht es für sie war, ihn auf Touren zu bringen. Sex hat immer eine stark anregende und belebende Wirkung auf sie. Gestern nacht zum Beispiel, nachdem Brian längst eingeschlafen war, hätte sie noch Bäume ausreißen können. Guter Sex hat weiß Gott belebende Wirkung. Dafür ist sie selbst der beste Beweis: keine fünf Stunden Schlaf, und trotzdem fühlt sie sich voller Tatkraft und hellwach. Als sie in der Nacht das letztemal auf die Uhr gesehen hat, war es fast drei Uhr.

Also – was soll sie einpacken? Einige T-Shirts und Röcke für Zelda, die Medikamente, die Gott sei Dank bald überflüssig sein werden, ein paar Kaftane für sich, zwei Strandbadetücher, Toilettensachen, Unterwäsche, ihre Kassetten und den Recorder, mehr nicht. Sonnenhüte, Badeanzüge und Flipflops können sie auf der Insel kaufen. Es kann im übrigen auch sein, daß Zelda, die sich wegen ihrer Magerkeit geniert, es ablehnen wird, sich leichtbekleidet zu zeigen.

Doch das ist im Augenblick nebensächlich; Hauptsache ist erst einmal, sie kommen unentdeckt und ungehindert in ihre Maschine. Ach, es wäre doch schön, die Aufregung und Erwartungsfreude mit jemandem zu teilen. Sophie müßte sie eigentlich vertrauen können.

Das Wasser kocht, sie gießt den Tee auf und läßt ihn ziehen. Sobald der Toast fertig ist, bestreicht sie ihn dick mit Butter, schneidet die Rinde ab und teilt beide Scheiben diagonal in vier Dreiecke, die sie auf einem hübschen wedgwoodblauen Teller anrichtet. In die Mitte jedes Dreiecks gibt sie einen Klacks ihrer selbstgemachten Erdbeer-Orangen-Marmelade und erfreut sich daran, wie die Ränder der rosigen kleinen Inseln in die gelben Seen schmelzender Butter laufen.

»Bist du wach, Schatz?« Riba öffnet die Tür zum Zimmer ihrer Tochter. Drinnen ist es dunkel und sehr warm. Sie haben, weil Zelda so kälteempfindlich ist, einen Ölofen in ihr Zimmer gestellt, der die ganze Nacht durch gebrannt hat.

Riba bekommt keine Antwort, im Bett rührt sich nichts. Wie ein Dolch durchbohrt Erschrecken ihre heitere Stimmung. »Zelda! Zelda!« ruft sie – schreit sie.

»W-was ...« Bettdecken fliegen, als Zelda in die Höhe schießt. »Was war das?«

Riba läßt beinahe das Tablett fallen. »Ich bin's nur, Darling.« Das Herz klopft ihr bis zum Hals vor Erleichterung, und sie bekommt kaum Luft. »Tut mir leid, daß ich dich erschreckt habe – ich bring dir dein Frühstück.« Sie stellt das Tablett auf den Nachttisch und knipst die Lampe an.

Die Panik verfliegt wie ein böser Traum, als Riba im Lichtschein unzählige goldene Pünktchen auf dem kahlen Kopf ihrer Tochter aufleuchten sieht und glücklich erkennt, daß unter den langen, dünnen Strähnen das Haar nachzuwachsen beginnt. »Ach, Zeldy!« Obwohl ihre Tochter sich abwendet, kann sie es nicht lassen, ihr einen Kuß auf den Kopf zu drücken. Dann jedoch tritt sie angesichts von Zeldas finsterer Miene hastig den Rückzug an, sagt nur noch, daß sie nachher mit den Medikamenten kommen wird. Wie ihr Vater, denkt sie auf dem Weg zu Donnys Zimmer.

Bei Donny, dessen Tür sie nur einen Spalt öffnet, herrschen im Gegensatz zu der Hitze, die sie in Zeldas Zimmer empfangen hat, arktische Temperaturen, doch der ekelhafte Geruch hat sich trotz des offenen Fensters gehalten.

Riba flüstert Donnys Namen, fragt, ob er sich wohl genug fühlt, um einen Schluck Tee zu trinken. »Oder möchtest du lieber noch ein bißchen schlafen, Schatz?«

Statt einer Antwort zieht Donny sich die Steppdecke über den Kopf, und Riba geht leise wieder nach unten.

Der Himmel vor dem Küchenfenster ist jetzt von blaßgrauen Streifen durchzogen und ... ja, das sind eindeutig Schneewolken.

Na, wenn schon. Sie werden der Kälte bald entronnen sein. Alles geht nach Plan. *Was gut werden kann, wird gut.* Das könnte Jay selbst geschrieben haben. Riba lächelt bei der Erinnerung an den Tag, an dem sie Jay zum erstenmal persönlich begegnet ist. Sie hat noch jedes Detail, jede einzelne Sekunde im Kopf.

Kurz nachdem sie zusammen mit Sophie auf dieser Esoterikmesse gewesen war, kam Jay zu einer groß angekündigten Rundreise nach Irland, und sie besuchte einen seiner Vorträge, den er in einem muffigen kleinen Raum in einem Hotel auf der South Side hielt. Nach all der Propaganda und Publicity war sie überrascht, zu sehen, daß das größtenteils weibliche Publikum aus nur vielleicht vierzig Personen bestand. Eine junge Südamerikanerin hielt eine so schwärmerische Einführungsrede, daß Eily bei all ihrer Begeisterung für den Mann nun doch ernsthafte Zweifel an seiner Seriosität kamen.

Dann kam er von hinten herein, durchschritt ruhig die kleine Menge und nahm seinen Platz an dem Lesepult ein, das das Hotel zur Verfügung gestellt hatte. Mindestens vier oder fünf Minuten lang sprach er kein einziges Wort, sondern betrachtete nur die Versammelten mit mildem grünen Blick, der sie alle bannte. Er hatte einen konservativen Haarschnitt, trug ein einfaches karamelfarbenes Polohemd zu einer etwas dunkleren Hose, und Eily, so wie sie damals war, hatte den Eindruck, daß ein Licht aus seinem Inneren sich ausbreitete und sie alle überflutete. Während die Minuten verstrichen, wurde sein weißes Leuchten immer heller, bis es das trübe Gelb des kitschigen elektrischen Lüsters, der von der Decke des fensterlosen Raumes herabhing, völlig in sich aufsog. Sie spürte tatsächlich seine Hitze auf ihren Wangen und ihrer Stirn, und ringsum lud sich die Atmosphäre allmählich mit knisternder Spannung auf. Niemand rührte sich. Eily selbst wagte kaum zu atmen. Ihr war, als würde sie überspült und dann von einem Strudel in eine andere Welt unter dem schmutzigen Teppich des Saales hinuntergezogen, an einen von ewigem Licht erfüllten Ort, wo nichts unmöglich war.

Dann brach Jays tiefe, melodische Stimme, die ihr mittlerweile so vertraut ist, den Bann. »Das, was Sie jetzt erleben, ist die Erweiterung Ihres Bewußtseins. Sie sind gerade dabei, Ihr eigenes grenzenloses Potential zu entdecken und zu erkennen, daß Sie von Licht, Liebe und Verständnis umgeben sind. Ein wunderbares Gefühl, nicht wahr? So sollten Sie sich jeden Morgen beim Erwachen fühlen, so sollten sie sich jeden einzelnen Moment jedes einzelnen Tages fühlen.«

Von der Spannung der Stille befreit, holte Eily tief Luft, und dieser Atemzug fühlte sich an wie der erste, den je ein Mensch auf dieser Erde getan hatte. Es kam ihr vor, als wäre dies eine Probe für ihre Einführung in die Präsenz Gottes.

Alles, was er sagte, hörte und fühlte sich so richtig an, als hätte man es die ganze Zeit schon gewußt und wäre nur zu blind gewesen, um zu erkennen… Diese plötzliche Hellsichtigkeit hatte etwas ungeheuer Aufregendes. Es war, als könnte man endlich das Halbleben zurücklassen, das man bis dahin geführt hat.

Auf der Suche nach Bestätigung wandte sie sich ihrer Nachbarin zur Linken zu, sah ihr Gesicht tränennaß und ergriff ihre Hand. Die Frau umschloß ihrerseits Eilys Hand, und gemeinsam hörten sie weiter zu.

Eily schloß die Augen, um sich besser auf Jays Worte konzentrieren zu können, und sah sich in der folgenden halben Stunde in ihrem ersten Gefühl bestätigt, daß ihr, auf einer bestimmten Ebene, diese fundamentalen Wahrheiten immer schon bekannt gewesen waren. Jay Street sprach nicht in hochtrabendem Philosophenjargon. Er gebrauchte, sich auf seine eigenen umfassenden Forschungen in den Vereinigten Staaten stützend, alltägliche Wörter und Wendungen. Was er aber schilderte, was er ihnen versprach, wenn sie seinen Anweisungen folgen und seine Worte weitertragen wollten, war so verlockend, daß es unmöglich war, ihn oder die Gaben, die er ihnen bot, zurückzuweisen.

An diesem Tag wurde Eily neu geboren. Am liebsten hätte sie sich hoch oben auf das General Post Office in der O'Connell Street gestellt und diese Offenbarungen mit den Tausenden zu ihren Füßen geteilt. Alle sollten wissen, welche Freude sie erwartete, wenn sie die Ketten alter Gewohnheiten und Denkweisen abwarfen und Geist und Seele gestatteten, sich zu voller Blüte zu entfalten.

Für den Anfang begnügte sie sich damit, der Organisation beizutreten, bezahlte ihren Beitrag für weitere Vorträge und schrieb sich als ehrenamtliche Mitarbeiterin der irischen Organisation ein, um Jays Arbeit zu unterstützen und zu fördern. Schließlich gab sie noch die Adressen aller ihrer Freunde und Bekannten an, die sie für geeignet hielt, und verpflichtete sich, zu versuchen, sie als Mitglieder zu gewinnen. Rund um sie herum standen andere Schlange, um sich ebenso einzusetzen.

Während dieses Aufnahmeverfahrens ging Jay selbst zwischen ihnen umher und beaufsichtigte den Ablauf der Dinge. Als er zu Eily kam, gab er ihr die Hand und warf einen Blick auf ihr Namensschildchen. »Ich bin überzeugt, daß Irland für uns ein fruchtbarer Acker werden wird. Danke Ihnen, daß Sie heute gekommen sind. Sie sind im Begriff, in ein neues Leben einzutreten, Eileen.« Eily wäre beinahe in Ohnmacht gefallen – und dankte Gott. Obwohl sie gesehen hatte, daß er allen anderen auch gedankt hatte, hatte sie, als er mit ihr sprach, den Eindruck, daß sie auserwählt wurde; er sah ihr so tief in die Augen und hielt so warm ihre Hand.

Als sie glückselig nach Hause kam und begeistert erzählte, stieß sie nur auf Zynismus. Und der ist in den sieben herrlichen Jahren seit jener zukunftsweisenden ersten Begegnung eher stärker als schwächer geworden. Das ist zwar enttäuschend, aber sie hat sich von dieser unnachgiebigen Zurückweisung nie beirren lassen. Sie ist davon überzeugt, daß ihre Familie und ihre Freunde – selbst die, mit denen sie nur gelegentlich verkehrt – allein durch den Kontakt mit ihr ständig von Jays Lehren profitieren, auch wenn sie – Riba – sozusagen in den Untergrund abtauchen mußte. Der Wahrheit kann man nicht entgehen; mag man sie verlachen, allein die flüchtige Berührung mit ihr wirkt immer wieder Wunder.

Mit dem Eintritt in die Organisation wurde Eily Geduld geschenkt. Zwar ist es ihr nicht gelungen, irgend jemanden aus ihrer Familie zu werben und auch nicht Sophie, aber bei anderen Freunden hat sie mehr Erfolg gehabt.

Es ist Ribas höchster Lohn, daß sie heute stets eine der ersten ist, mit denen Jay Kontakt aufnimmt, wenn er nach Irland kommt. Sie hat sogar schon zweimal mit ihm in seinem Hotel zu Abend gegessen, wobei das Vergnügen allerdings durch die Anwesenheit der kalifornischen Monica und diverser anderer Jüngerinnen getrübt wurde.

Sie schaut auf die Uhr und kann es kaum erwarten, Jay zu berichten, daß sie und Zelda kommen – sie muß diese freudige Nachricht mit jemandem teilen, sonst platzt sie. Es ist noch etwas zu früh, um auf der Insel anzurufen. Auch wenn man dort der kalifornischen Monica zufolge früh aufsteht. Wahrscheinlich um zu beobachten, wie die Morgenröte sich langsam über die sanft gekräuselten türkisblauen Meereswellen ergießt.

O nein! Sophie stöhnt, als sie unten das Telefon läuten hört. Blinzelnd schaut sie auf die roten Zahlen im Display: 8.44 Uhr. Du lieber Gott, wer ruft um diese Zeit an? Anders als die meisten ihrer Zeitgenossen hält Sophie noch immer hartnäckig an der inzwischen zum Mythos gewordenen Regel fest, daß das Leben in Dublin nicht vor neun Uhr morgens beginnt.

Sie hat gerade einen wunderschönen Traum gehabt, eher einen Halbtraum, in dem ein gesichtsloser Riese sie auf den Armen hielt und sanft und sicher in einem Boot wiegte. Oder vielleicht schaukelte auch das Boot auf einer zahmen See und wiegte sie beide. Sie muß herausfinden, wie es genau ist, aber die Bilder entgleiten ihr, und als das Telefon ein zweites Mal läutet, verflüchtigt sich der Traum.

Es ist Eily. »Entschuldige, Darling, es ist hoffentlich nicht zu früh?«

»Nein, nein, gar nicht, Eil… Riba… Was gibt's denn?«

»Sophie, wenn ich dir ein Geheimnis verrate, kann ich mich dann drauf verlassen, daß du es für dich behältst? Ich muß unbedingt mit jemandem reden, und außerdem brauche ich vielleicht deine Hilfe.«

Erst jetzt wird Sophie ganz wach, und sie geht augenblicklich in Abwehrstellung. Dies ist ihre beste Freundin, und sie gibt sich heimlichen Phantasien über den Ehemann dieser Frau hin. Schuldbewußtsein ruft irrationale Wut hervor. Sie will von Eilys Geheimnissen nichts mehr hören, jedenfalls vorläufig nicht. »Hör mal, Eily, bevor du jetzt was sagst«, platzt sie heraus, »hättest du was dagegen, wenn wir die gute Riba einfach vergessen? Ich komme mir jedesmal so blöd vor, wenn ich dich bei diesem Namen nenne. Das ging mir von Anfang an so.«

Na bitte, jetzt ist es heraus.

Doch das verletzte Schweigen am anderen Ende trifft sie. Sofort bedauert sie ihren Ausbruch und möchte ihre Forderung am liebsten zurücknehmen. Aber gesagt ist gesagt, und es ist ihr ja wirklich auf die Nerven gegangen, ständig mit diesen zwei Namen zu jonglieren.

Eily hat sich wieder gefaßt. »In Ordnung, Sophie.« Sie ist ruhig wie immer, und Sophie ist merkwürdigerweise irgendwie enttäuscht.

»Tut mir leid, aber es war wirklich ...«

»Du brauchst mir nichts zu erklären, ehrlich nicht, es ist deine Entscheidung, und ich respektiere sie.« Der Ton ist sachlich, die Stimme hat etwas von ihrem Schwung wiedergewonnen. »Um auf den Grund meines Anrufs zurückzukommen – ich muß unbedingt mal wieder in Ruhe mit dir reden. Das haben wir so lange nicht mehr getan. Magst du nicht auf einen Kaffee rüberkommen? Donny und Zel sind zwar beide zu Hause, aber sie sind in ihren Zimmern.« Sophie zögert. »Ach, komm, eine halbe Stunde wirst du doch wohl haben? Ich backe auch was – warum kommst du nicht auf dem Weg in die Redaktion vorbei?«

Sophie umfaßt den Telefonhörer fester. Brian muß Eily doch erzählt haben, daß es die Zeitschrift bald nicht mehr gibt – oder nicht? »Ich fahre zwar in die Redaktion«, sagt sie, »aber nur, um meinen Schreibtisch auszuräumen.«

»Ach, ja, natürlich. Du Arme. Brian hat es mir erzählt. Aber wer weiß, wozu es gut ist, Soph. Du wirst schon sehen. In einem Monat wirst du gar nicht mehr verstehen, warum du so lange bei diesem Blatt geblieben bist. Du bist so begabt, du hast so viel zu bieten – jetzt, wo die Tür offen ist, ergibt sich bestimmt die perfekte Gelegenheit. Also, gib deinem Herzen einen Stoß, und komm auf einen Sprung vorbei, okay?«

Sophie fällt kein einleuchtender Grund ein abzulehnen. »Also gut«, sagt sie. »Ich bin in ungefähr anderthalb Stunden da. Ich muß in der Stadt noch Fotos abholen, dann komme ich. Aber wirklich nur ganz kurz.«

Sie legt auf und stöhnt laut. Wie hat sie sich nur in diese Zwickmühle gebracht? Sie ist ihren bequemen kleinen Job los; ihr Liebesleben dümpelt in unbekannten Gewässern vor sich hin; eine lebenslange Freundschaft, an der ihr viel liegt, ist mit alarmierenden Problemen einschließlich Lüge und Täuschung belastet.

Ach, hör endlich auf! Sophie stellt sich unter die Dusche, und wohltuende dampfende Wärme hüllt ihren Körper ein, aber ihren Gedanken, die in schneller Folge aufmarschieren und Aufmerksamkeit fordern, kann sie nicht entrinnen.

Da ist die Erinnerung an die Umarmung der vergangenen Nacht, die so überraschend war in ihrer Heftigkeit und besinnungslosen Leidenschaft. Sie schämt sich, es einzugestehen, aber im Rückblick kommt es ihr vor, als hätten sie und ihr Mann sich vereint in einem animalischen Akt, und sie kann sich des Gefühls nicht erwehren, daß sie beide mit der Hingabe an diese blinde Körperlichkeit nicht alte Feuer wieder anfachen, sondern, für einige Minuten, neue ersticken wollten. Sie sollte mit Michael offen darüber sprechen, aber der Abstand zwischen ihnen ist schon so groß, daß es ihr schwerfallen würde, sie beide auf neutrales Gebiet zurückzubringen, wo ein Gespräch über ihre Beziehung möglich wäre.

Kann das alles ihre Schuld sein? Liebt sie ihren Mann nicht mehr? Haben sie beide nicht mehr Anteil am Leben des anderen?

Abrupt, vielleicht um sich zu bestrafen, vielleicht um weiteres Grübeln zu verhindern, dreht Sophie die Dusche auf Kalt und schreit laut auf, als der eisige Strahl ihren Körper trifft. Nach dreißig Sekunden stellt sie das Wasser ab. Wenigstens körperlich fühlt sie sich ein wenig wohler.

Sie kleidet sich an, abgetragene Jeans und ein lässiger marineblauer Pulli, den sie Michael abgeluchst hat, weil die Wolle so weich ist. Im letzten Moment kramt sie aus einer der Kommodenschubladen einen weißen Seidenschal mit blauem Kornblumenmuster. Den hat Eily ihr zu Weihnachten geschenkt. Was ist denn schon dabei, wenn Eily nicht dran gedacht hat, daß sie ihren Job verloren hat? Sie hat wahrscheinlich ganz recht: Zu gegebener Zeit wird etwas Besseres daherkommen. Und wenn sie gern Riba genannt werden möchte, warum kann man ihr den Gefallen nicht tun? Sophie ist schließlich ihre beste Freundin.

Beim Hinausgehen knallt Sophie die Haustür mit solcher Wucht hinter sich zu, daß ein Schräubchen aus dem alten Messingbriefkasten fällt.

Michael und Yvonne sitzen in der Lounge des Skylon-Hotels in der Drumcondra Road. Michael, der eigentlich drüben auf der anderen Seite der Stadt einen Wagen für einen Behinderten abliefern soll, ist nervös. Zum x-ten Mal sieht er auf seine Uhr.

Er sitzt wie auf Kohlen, weil er fürchtet, sie könnten gesehen werden. Die Lounge ist gleich vorn im Hotel, und hier kehren häufig Leute ein, die er vom Flughafen kennt.

Yvonne, die zwar nicht mehr unter Beruhigungsmitteln steht, aber angeblich von dumpfen Schmerzen hinter Nase und Augen gequält wird, verliert allmählich die Geduld. »Hör zu, Mick, entweder du bist hier bei mir, oder du bist es nicht. Wenn nicht, hau ich jetzt ab. Du wolltest schließlich, daß wir uns hier treffen, nicht ich. Wenn du lieber woanders wärst, brauchst du's nur zu sagen. Ich werde übrigens gar nicht gern morgens um zwei angerufen. Es hätte doch sein können, daß ich schlafe!«

»Aber du hast nicht geschlafen.« Michael rafft sich zu einem matten Lächeln auf. »Geh nicht. Ich wollte nur sicher sein, daß wir uns einig sind – du hast dir's doch nicht wieder anders überlegt, oder?« Sie sieht heute morgen richtig hübsch aus. Sie hat sich die Haare gewaschen und das Gesicht geschminkt.

»Hör auf, mich anzustarren, als hätten dir die Hühner das Brot weggefressen.« Sie hat auch etwas von ihrem Pep wiedergewonnen. »Du hast mich doch überredet, oder weißt du das nicht mehr? Wer ist denn zu mir nach Hause gekommen? Wer ruft mich so oft an, daß ich das Gebimmel von meinem Handy bald nicht mehr hören kann?«

Michael zögert; was vor zwölf Stunden noch machbar und logisch schien, ja, sogar spannend, erweist sich jetzt als ungeheuer schwierig. Ihm graut bei dem Gedanken an den Bruch mit seiner Frau. Er hat keine Zeit gehabt, sich über seine Gefühle für sie richtig klarzuwerden. Diese Geschichte wird ihn zweifellos schon sehr bald zwingen, sich ernsthaft zu fragen, ob er seine Frau noch liebt. Im Augenblick jedoch ist er ganz mit den laufenden Ereignissen beschäftigt, die keinen Aufschub dulden, und mit seinem eigenen drohenden Abstieg. Was werden die Leute sagen? Und wie wird sein Chef, der Tugendhafte, reagieren? Brian hat höchste Achtung vor Sophie, und Michael kann sich die Stimmung in der Firma lebhaft vorstellen, das Gekicher hinter vorgehaltener Hand, die mitleidigen Blicke.

Also wird er wahrscheinlich auch die Stelle wechseln müssen.

Michael ist keiner, der die Selbstanalyse pflegt; in seinem Leben, das bisher in so unbekümmerten Bahnen verlaufen ist, müssen plötzlich Weichen gestellt werden. Denn was auch immer an Verletzungen warten mag, wie düster auch immer die Zukunft, in ihm ist ein Keim gelegt worden, der mit dem neuen Leben heranwächst, das Yvonne in sich trägt. Das neue Gefühl ist so ungewöhnlich, daß er es noch nicht in Worte fassen kann, aber es ist so zart wie eine dünne, kleine Blume.

»Sag mal, wie heißen diese Blumen – du weißt schon, es gibt sie in Weiß und Gelb und Violett, es ist wenig dran an ihnen.« Er versucht, die Blüten mit Händen und Fingern zu beschreiben. »So lange dünne Stengel ohne Blätter und so kleine Hängeglöckchen dran.«

»Freesien?« Sie sieht ihn an, als zweifelte sie an seinem Verstand.

»Genau!« ruft er triumphierend. »Freesien. Entschuldige, das ist mir nur eben durch den Kopf gegangen.« Behutsam umschließt er ihre Hand. »Du bist so jung, du hast keine Ahnung, wie es ist, wenn man so lange verheiratet war.«

Yvonnes voller roter Mund zieht sich zu einem dünnen Strich der Entschlossenheit zusammen. »Hör mal, ich weiß, es ist hart für dich, aber das ist dein Problem. Also, wie sieht's aus? Hast du das gestern abend ernst gemeint, oder hast du mir nur irgendwas erzählt, damit du deinen Willen bekommst? Redest du mit ihr? Weil, wenn nicht …«

»Ich rede mit ihr.« Ein stiller Fatalismus hat sich jetzt Michaels bemächtigt. »Ich sag's ihr gleich heute abend.«

Sie zieht einen Zettel aus der Tasche und reicht ihm den. Er trägt eine Folge von Buchstaben und Zahlen: die Bestätigung ihrer Buchung für den morgigen Flug nach England. »Heb den gut auf. Wir sollten ihn als Erinnerung behalten. Vielleicht können wir ihn später mal gebrauchen, um das Kind zurechtzustutzen, wenn's über die Stränge schlägt.« Flüchtig fliegt ein Schatten der Furcht über ihr Gesicht, der aber einem heiteren Lachen weicht, als die freche alte Yvonne den Kopf zur Seite neigt und sich bei ihm einhakt. »Mensch, schau uns beide mal an! Collette wird mich wahrscheinlich für total bekloppt halten. Ich glaub allmählich selber, daß ich's bin.«

Michael behält seine Meinung über Collette für sich. »Du wirst es nicht bereuen«, sagt er, und es ist ihm zu seiner eigenen Überraschung ernst damit. Was immer auch geschehen mag, er wird diese kleine Freesie, zu der er den Keim gelegt hat, beschützen.

20

Sophie hat immer noch ein schlechtes Gewissen, als sie vor Eilys Haus hält. Bevor sie aussteigt, holt sie, um noch ein wenig Zeit zu gewinnen, den Umschlag mit den Fotos heraus und öffnet ihn. Schon beim ersten Blick noch im Laden haben die Aufnahmen von den rumänischen Frauen ihr gefallen.

Jetzt sucht sie die Bilder aus dem Stapel heraus und betrachtet sie kritisch. Ja, sie hat richtig gesehen; die Fotos sind etwas ganz Besonderes. Sophie bildet sich nicht ein, eine große Fotografin zu sein, aber was sie hier in der Hand hält, ist mehr als eine Serie witziger Fotos von zwei zahnlosen alten Frauen. Das Auge ihrer Kamera hat etwas hinter den Gesichtern eingefangen, so etwas wie ein triumphierendes Frohlocken, als hätten diese beiden ein Geheimnis, das sie vielleicht eines fernen Tages einmal lüften werden. Das Spiel des Lichtes auf den ledrigen alten Gesichtern verleiht den Fotografien eine malerische, dreidimensionale Wirkung. Sie berührt das Bild der Handleserin. Ein Kind? Ist es möglich, daß sie und Michael ein Kind gezeugt haben, als sie sich gestern abend liebten?

Sophie versucht, den Gedanken als lächerlich abzutun, und kann doch den Blick nicht von diesen dunklen verwirrenden Augen wenden, erinnert sich wieder der triebhaften Hemmungslosigkeit der vergangenen Nacht und preßt die freie Hand auf ihren Bauch, als könnte sie dort neues Leben finden.

Sie schiebt die Fotos wieder in den Umschlag und steigt aus. Im letzten Moment nimmt sie noch die Fototasche an sich. Sie kann ja gleich die versprochenen Aufnahmen von Zelda machen, das wäre vielleicht sogar eine angenehme Ablenkung.

Als Eily ihr öffnet, lächelt Sophie strahlend und hebt sofort die Nase. »Oh, toll – das ist ja ein köstlicher Duft.«

»Danke.« Eily, mit erhitztem Gesicht, dessen Farbe mit den wirbelnden Rottönen ihres Kaftans konkurriert, lächelt ebenso strahlend. »Du trägst meinen Schal – und deinen Fotoapparat hast du mitgebracht!«

Eily geht Sophie voraus in die Küche und macht sich daran, frischgebackene Scones vom Blech zu nehmen und zum Kühlen auf einen Rost zu legen, während Sophie ihren gewohnten Platz am Tisch einnimmt.

Es scheint alles so idyllisch: Musik aus dem Kassettenrecorder, gedämpftes Brummen des Kühlschranks, auf dem Herd ein vor sich hin köchelnder Eintopf, dessen Duft sich mit dem der Scones mischt. Ein fremder Besucher würde niemals ahnen, daß ein Unstern über diesem Haus hängt.

»Du siehst prima aus. Die Farben stehen dir sehr gut«, stellt Sophie fest.

»Freut mich.« Eily legt die Scones mit flinken rotlackierten Fingern in ordentliche Reihen. »Leuchtende Farben schmeicheln immer, wenn man ein bißchen müde aussieht. Dabei fällt mir ein, ich muß noch meine Ginsengkapseln nehmen. Ich bin gestern nacht erst nach drei eingeschlafen, weißt du. Brian hat geschnarcht, als ob er dafür bezahlt würde. Dem Burschen kann nichts seinen Schlaf rauben«, erklärt sie mit einem liebevoll nachsichtigen Lächeln, und Sophie hat Mühe, ein Bild von Eilys Mann im Bett zu unterdrücken.

»Was ist das für Musik?« fragt sie hastig.

»Der Walzer *Gold und Silber* von Lehár. Schön, nicht?«

Typisch, denkt Sophie. Natürlich muß es Gold und Silber sein. Ein Kind todkrank, das andere so verzweifelt, daß es sich beinahe mit Alkohol umgebracht hätte, und sie rauscht in knalligen Farben durch die Gegend und hört sich funkelnde Walzermusik an.

Sophie hält inne, erschrocken über ihre Giftigkeit. Sollte das schlicht und einfach Neid sein? Auf das Selbstbewußtsein der Freundin, auf ihr Talent, stets aus dem vollen zu schöpfen? Oder neidet sie Eily etwas anderes – zum Beispiel, daß sie mit Brian McMullan verheiratet ist? »Ich kann leider überhaupt nicht backen«, sagt Sophie hastig. »Aber du machst das großartig. Wie geht es Zelda heute morgen? Was meinst du, soll ich jetzt versuchen, die Fotos zu machen, um die Brian mich gebeten hat?«

Sie ist froh, daß Zelda in diesem Moment zur Tür hereinkommt, wie eine verlorene Seele in ihrem dünnen Nachthemd. Der Anblick tut Sophie weh.

»Na, wie geht's meiner Lieblingspatentochter?« Sie hofft, man sieht ihr das Erschrecken nicht an, als sie Zelda entgegengeht und sie vorsichtig umarmt. »Wir haben eben von dir gesprochen«, sagt sie. »Hättest du was dagegen, wenn ich ein paar Fotos von dir mache? Ich versuche mich an allen Leuten, die ich kenne – ich muß in Übung bleiben. Wo ich jetzt arbeitslos bin, muß ich meine Talente auf Vordermann bringen.«

Wenn Zelda das für Augenwischerei hält, so zeigt sie es nicht. »Mach nur, Tante Sophie.« Sie zuckt mit den Schultern. »Wann immer du willst.«

»Wie wär's jetzt gleich? In deinem Zimmer?«

»Klar, kein Problem. Das mit deinem Job tut mir leid, Mama hat's mir erzählt – echt gemein.«

Sie geht zur Spüle hinüber, und Sophie bleibt zurück, beschämt, Eily Unrecht getan zu haben.

»Die sind ganz frisch, Schatz.« Eily wendet sich ihrer Tochter zu. »Nimm doch eines.«

»Nein, danke, Mama – also, wie gesagt, jederzeit, Tante Sophie. Ich zieh mir nur was an.« Zelda läßt Wasser in ein Glas laufen und geht wieder hinaus.

Sophie nimmt ihre Fototasche.

Zehn Minuten später visiert sie durch den Sucher ihrer Kamera Zelda an, die mit ihrem zarten, blassen Lächeln in dem dünnen Gesicht so verletzlich und so tapfer wirkt. Sophie merkt, daß sie dieses Lächeln kaum ertragen kann.

Obwohl sie auf Nahaufnahmen verzichtet, kann sie durch das Objektiv erkennen, was Eily und Brian wahrscheinlich nicht sehen – daß sich hinter der Gefälligkeit ihrer Tochter in allen Dingen eine nahezu totale Gleichgültigkeit verbirgt. Zelda weiß, daß sie sterben muß und daß diese Fotos wahrscheinlich ihre Totenbilder sein werden. Sie kämpft nicht mehr. Nein, der Tod scheint sie zu umhüllen wie eine leuchtende Aura, und es kostet Sophie immens viel Willen, die Bilder zu machen.

Nach der Sitzung ist sie dabei, Film und Zubehör in ihre Tasche zu packen, als sie merkt, daß Zelda, die ihr aufmerksam zusieht, etwas sagen möchte. »Was ist denn, Zel?«

»Würdest du ihnen etwas von mir sagen, Tante Sophie?«

»Natürlich. Was du willst.« Sophie schluckt.

»Sag ihnen, daß es für sie viel schwerer ist als für mich. Das weiß ich. Und es tut mir leid, daß sie das durchmachen müssen.«

»Warum sagst du es ihnen nicht selbst?«

»Ich kann nicht. Es gibt Dinge, die kann ich ihnen einfach nicht sagen. Sie würden zusammenbrechen. Ich muß sehen, daß sie auf den Beinen bleiben.«

Sophie bringt kein Wort heraus und gibt Zelda schnell einen Kuß. »Ich sag es ihnen. Vielleicht nicht gleich, aber ich verspreche dir, ich sag es ihnen. So, und jetzt ruh dich ein bißchen aus.« Sie eilt aus dem Zimmer direkt in Eilys Bad und schließt die Tür ab. Sie dreht beide Wasserhähne auf, hält den Kopf gesenkt, weil sie es nicht wagt, sich im Spiegel anzusehen, und atmet mehrmals tief durch. Dann betätigt sie die Toilettenspülung, wäscht sich die Hände, dreht die Hähne zu und geht nach unten.

Eily erwartet sie. »Wie war's?«

»Wunderbar.« Sophie schluckt wieder. »Hör mal, Eily …«

»Ich muß dir was sagen, Sophie«, fällt Eily ihr ins Wort. »Du bist die einzige, der ich es sage«, erklärt sie in einem Ton, als handle es sich um ein kostbares Geschenk.

Sophie will dieses Geschenk gar nicht haben. Sie hat genug von den Geheimnissen der Familie McMullan. »Etwas Erfreuliches hoffentlich?« fragt sie zögerlich.

»Erfreulich? O ja – ich hoffe jedenfalls, du wirst es erfreulich finden. Du errätst es nie!« Sie legt um der Wirkung willen eine kleine Pause ein, bevor sie atemlos hervorstößt: »Zel und ich versuchen es morgen noch einmal. Ich hab schon die Tickets. Diesmal fliegen wir über Paris.«

Sophies Stimmung schlägt um, aus Verzweiflung wird Zorn. Wie kann Eily nur! Das junge Mädchen oben ist so tapfer, diese Frau verdient nicht, ihre Mutter zu sein. Und dann auch noch sie – Sophie – als Vertraute im Krieg gegen ihren Mann zu mißbrauchen, das ist wirklich die Höhe. »Ich kann's nicht fassen.« Sie weiß, daß sie übertrieben reagiert, aber sie ist so wütend – zittert beinahe vor Wut –, daß sie trotzdem weiterredet. »Das ist unverantwortlich. Weißt du eigentlich, was du tust? Diese Rücksichtslosigkeit deiner Tochter gegenüber grenzt ans Verbrecherische.«

»Wie bitte?« Im ersten Moment schien Eily schockiert über diesen Ausbruch, dann aber verhärtet sich ihre Miene.

»Du hast mich genau verstanden – und du weißt, wovon ich rede.« Sophie bemüht sich, nicht so laut zu werden, daß man sie oben hören kann. »Zelda in ihrem Zustand um die halbe Welt zu schleifen – auf eine Expedition, die alle außer dir für sinnlos halten ...«

Sie bricht ab. Eilys Augen haben diesen glasig-starren Blick bekommen, an dem, wie Sophie aus Erfahrung weiß, alles abprallt.

Instinktiv macht Sophie einen Schritt vorwärts, bleibt dann aber stehen. Sie zwingt sich zu Ruhe und Besonnenheit, denn sie weiß, daß sie Zelda nur so helfen kann. Außerdem erinnert sie sich an den Ausdruck in Brians Blick, als er ihr gestern seine Befürchtungen in genau dieser Hinsicht anvertraut hat.

»Es tut mir leid«, sagt sie ruhiger. »Es tut mir leid. Ich will dir nicht zu nahe treten und mich in Dinge einmischen, die mich nichts angehen, aber du selbst hast das Thema zur Sprache gebracht. Ich muß jetzt einfach sagen, wie ich dazu stehe. Hör mir zu, Eily, bitte, hör mir nur einen Moment zu. Ich bin bisher jeder

Auseinandersetzung aus dem Weg gegangen, aber die Situation ist zu kritisch, ich kann nicht weiter wie die Katze um den heißen Brei herumschleichen. Daß ich es auf einen Streit mit dir ankommen lasse, müßte dir zeigen, wie ernst ich die Sache nehme. Zelda ist mein Patenkind, ich fühle mich verantwortlich, und ich bin davon überzeugt, daß eine solche Reise ihr Tod wäre.«

Sie zaudert. Eily steht starr, die Augen geschlossen. Am liebsten würde Sophie sie packen und schütteln, statt dessen holt sie tief Luft und fährt zu sprechen fort, schnell und entschieden. »Ich finde es außerdem nicht in Ordnung, daß du hinter Brians Rücken handelst. Er ist Zeldas Vater und damit genauso verantwortlich für sie wie du. Seine Wünsche sollten respektiert werden.« Sophie bemerkt, daß sie zittert. »Mach die Augen auf, Eily!«

Eily rührt sich nicht.

»Gut, dann machst du sie eben nicht auf. Es tut mir leid, wenn ich dich mit meinen Worten verletzt habe, aber es tut mir nicht leid, daß ich offen war. Es ist mir ernst, Eily. Letztlich ist es deine Entscheidung, und ich werde deine Bitte, nichts zu verraten, respektieren, auch wenn ich mich gar nicht gut dabei fühle. Ich hoffe immerhin, dir ist klar, daß du dich mir gegenüber absolut unfair verhältst.«

»Bist du fertig?« Eily hat die Augen wieder geöffnet, ihr Blick ist ohne Ausdruck.

Überzeugt, daß sie dennoch tief getroffen ist, beschließt Sophie, aufs Ganze zu gehen. »Nein, ich bin noch nicht fertig. Die Sache hat noch einen weiteren Aspekt. Was ist mit Donny? Er ist auch dein Kind. Was er gestern angestellt hat, war meiner Meinung nach ein klarer Hilfeschrei. Und jetzt willst du einfach abjetten und ihn sich selbst überlassen?«

»Brian ist auch noch da.«

»Er braucht beide Eltern, Eily. Er braucht dich. Wie stellst du dir überhaupt vor, daß Brian mit dieser Situation fertigwerden soll? Er ist gerade bei einem Flugzeugunglück knapp dem Tod entronnen. Er ist ohnehin verzweifelt wegen Zelda – er wird bestimmt nicht begeistert sein, wenn er erfährt, was du mit ihr gemacht hast.«

»Er ist nicht der einzige, der ein Flugzeugunglück ...«

»Ich finde, du solltest mal ganz genau hinschauen«, unterbricht Sophie ihre Freundin. »Nimm dir einen Moment Zeit, Eily. Und frag dich, ob du das für sie oder für dich tust.«

Eily wendet sich ab. »Ich glaube, es ist besser, du gehst jetzt, Sophie.«

Sophie starrt Eilys Rücken und die glänzende Flut schwarzen Haares an. »Wäre es dir lieber, ich wäre eine brave Jasagerin, Eily? Was wäre ich da für eine Freundin?« Das bewirkt immerhin eine kleine Reaktion, und Sophie hakt sofort nach. »Ich weiß, daß du verärgert bist, und es tut mir leid, daß alles, was ich sage, so zornig klingt, aber ich bin zornig. Ich gehe jetzt. Würdest du einen Moment über das nachdenken, was ich gesagt habe, wenn ich weg bin? Bitte, Eily.«

Sie wartet kurz und verliert die Geduld, als Eily nicht reagiert. »Ach, das ist ja aussichtslos. Was tu ich hier überhaupt noch, ich verschwende nur meine Energie. Wie gesagt, ich werde dein Vertrauen respektieren und keinem etwas davon sagen, was du vorhast, obwohl es mir gegen den Strich geht. Aber um eines bitte ich dich, Eily: Ganz gleich, was in Zukunft geschieht, dir oder Zelda oder jemandem aus deiner Familie, zieh mich nie wieder mit hinein. Ich nehme dir das wirklich übel, und wenn Brian erführe, daß ich Bescheid wußte und ihm nichts gesagt habe, würde er wahrscheinlich nie wieder ein Wort mit mir reden – völlig zu Recht.«

Sobald die Haustür hinter Sophie zugefallen ist, läßt Riba sich auf einen Stuhl an ihrem Küchentisch fallen. Eine tolle Freundin! Wie hat sie sich nur so täuschen können? Sie hat sich von ihrer Aufregung hinreißen lassen. Nun, wenigstens wird Sophie niemandem etwas verraten; in der Hinsicht kann man sich auf sie verlassen.

Also bleiben schließlich nur sie und Zelda, allein auf sich gestellt.

Draußen hat es sachte zu schneien begonnen. Die Walzermusik ist längst verklungen, und von oben sind Geräusche zu hören. Sie kann nicht ausmachen, ob sie von Donny oder von Zelda rühren, und konzentriert sich deshalb auf das leise Blubbern des Eintopfs, der immer noch auf dem Herd steht.

Der Gasboiler, der neben ihr an der Wand hängt, springt fauchend an, und Riba fährt zusammen. Langsam steht sie auf und streckt sich, nimmt geistesabwesend ein Scone vom Blech und stopft sich das ganze Ding auf einmal in den Mund. Ohne Butter schmeckt es hauptsächlich nach Mehl; sie kann nicht richtig kauen, weil sie den Mund so voll hat, und muß in dicken Klumpen schlucken, an denen sie zu ersticken droht.

Ihre Speiseröhre rebelliert, und sie schafft gerade noch die wenigen Schritte zur Spüle, wo sie sich übergibt, immer wieder, bis ihr Magen leer ist.

Keuchend, verkrampft und mit tränenden Augen richtet sie sich auf, öffnet beide Wasserhähne und kippt mit kreisenden Bewegungen der Flasche Spülmittel ins ganze Becken. Sie hört erst auf, als der Schaum auf das Abtropfbrett übertritt und zum Boden hinunterzutropfen beginnt. Wie von Furien gehetzt, zieht sie Gummihandschuhe über und putzt und schrubbt und trocknet und schrubbt noch einmal, bis es befriedigend nach Bleiche riecht und das Spülbecken spiegelblank ist.

Danach stellt sie sich vors Fenster. Beide Hände fest auf ihr Zwerchfell gedrückt, blickt sie in den Schnee hinaus, der so still in watteweichen Flocken durch die Luft schwebt. Tief und regelmäßig atmend, versetzt sie sich hinaus ins Freie und läßt sich sachte, sachte mit den Flocken fallen.

Mit der Beruhigung stellt sich Zielstrebigkeit ein. Eily geht zum Telefon im Flur und holt es in die warme Küche. Sie braucht die Nummer nicht nachzusehen. So klar und nahe hört sie die Signale, als reichte die Verbindung nur ins Nebenzimmer und nicht über Tausende von Kilometern und zwei

Ozeane hinweg. Als abgehoben wird, verlangt sie Jay. »Es ist wichtig.«

»Wer ist denn am Apparat?« Der melodiöse Singsang der Stimme ist hübsch, und Ribas Stimmung hellt sich auf. Sie tut genau das Richtige. Sie stellt sich das Mädchen mit Hibiskusblüten hinter den Ohren vor, oder Jasmin. »Hier ist Riba. Bitte sagen Sie ihm, daß ich ihn persönlich sprechen muß.«

»Einen Moment, bitte.« Die Stimme der jungen Frau wird durch eine Steelbandversion von Elvis' *The Wonder of You* ersetzt. Riba summt mit. Ihr hüpft das Herz, als die Musik aufhört, aber zu ihrer Enttäuschung meldet sich nicht Jay, sondern nur die kalifornische Monica.

»Riba, hast du Neuigkeiten? Kommt ihr rüber?«

»Ja, Monica, wir kommen. Wir kommen morgen – ich gebe dir die Zeiten gleich durch, aber ich muß unbedingt mit Jay selbst sprechen. Ist er da?«

»Das sind ja wirklich tolle Neuigkeiten – das ist sehr mutig von dir, Riba, nach dem, was du erlebt hast. Aber eigentlich überrascht es mich nicht. Du bist eine unserer irischen Kämpferinnen, nicht wahr? Ich richte es ihm aus.«

»Ist er da, Monica?« Riba schlägt einen festen Ton an.

»Kann er dich zurückrufen? Er ist gerade beim Meditieren im Strandhaus.«

»Ich wäre dir wirklich dankbar, wenn du ihn ans Telefon holen könntest.« Es ärgert Riba, daß sie von einer dieser Frauen, die auf der Insel einen engen Ring um Jay bilden, zur Bittstellerin degradiert wird. »Ich warte gern«, fügt sie förmlich hinzu. Pfeif auf die Kosten.

Hörbar verdrossen, gibt die kalifornische Monica klein bei. »Es kann eine Weile dauern, Riba, aber ich sage ihm Bescheid. Ich freu mich auf dich, meine Liebe.«

Von wegen »meine Liebe«! denkt Riba verächtlich, als die Steelband wieder einsetzt.

Jetzt hat es richtig zu schneien begonnen. Das sieht wunderschön aus, könnte aber beim Fliegen morgen Probleme bereiten.

Das wäre wirklich die Höhe der Ironie, wenn jetzt, nachdem sie alle Hürden genommen hat, der Flug von Dublin nach Paris gestrichen werden würde. Riba schaudert; undenkbar. Nein, das wird ganz bestimmt nicht passieren.

Während die Minuten dahinkriechen, kommt ihr der Streit mit Sophie wieder in den Sinn. Diese Gemeinheiten, die sie ihr an den Kopf geworfen hat – was bildet Sophie sich eigentlich ein! Die Leute, die keine Kinder haben, machen es sich leicht. Als hätte Sophie eine Ahnung von der Angst um ein Kind!

Trotzdem ist ihr unbehaglich. Könnte es sein, daß an Sophies Vorwürfen etwas Wahres ist? Ist sie vielleicht wirklich eine schlechte Mutter, eine schlechte Ehefrau? Ist sie rücksichtslos verbrecherisch und egoistisch? Untermalt von den Klängen von *The Wonder of You*, stürmen die Bilder auf sie ein, die sie mit reiner Willenskraft anderthalb Jahre lang unterdrückt hat.

Zelda im Sarg; die Wangen mit Rouge gefärbt; von weißem Satingekräusel umrahmt... Zeldas eingesunkene Augen... Schwarzer Regen, der auf die frisch ausgehobene Erde über ihrem Grab fällt...

»Nein! Nein! Weg – weg!« Schreiend vor Entsetzen springt sie vom Stuhl auf. Um die schrecklichen Bilder zu verdrängen, konzentriert sie sich auf den wirbelnden Schnee vor ihrem Fenster.

Es geht ihr merklich besser, als Jays tiefe, entspannte Stimme ihr Ohr trifft. »Riba! Ich höre, wir werden dich morgen bei uns sehen?«

Das Herz geht ihr über. »Ja, Jay – du hast richtig gehört«, sagt sie. »Wir kommen morgen abend gegen acht Uhr eurer Zeit auf der Insel an. Ich kann es kaum erwarten. Aber vorher muß ich unbedingt noch etwas mit dir besprechen – hast du einen Moment Zeit?«

»Für dich? Immer.« Sein ermutigendes kleines Lachen tut ihr wohl, und sie redet sich alles von der Seele: über den Streit mit Sophie, die entsetzlichen Dinge, die die Freundin gesagt hat; über ihre Sorgen um Zelda. Sie übertreibt nicht bei der Beschreibung des Zustands ihrer Tochter, obwohl die Todesbilder noch ganz frisch sind, sondern sagt nur, daß sie sehr krank ist und die Medikamente, mögen sie auch noch so notwendig und nutzbringend sein, ihr schrecklich zusetzen.

Jay hört sich den Monolog an, ohne zu unterbrechen, und ermahnt sie am Ende, sich keine Sorgen zu machen. In demselben zwingenden Ton, in dem er damals in dem muffigen kleinen Hotelsaal zu ihnen gesprochen hat, erklärt er geduldig, daß sie Vertrauen haben müsse. Daß für Donny ebenso gesorgt sei wie für Brian und Zelda, »und auch für deine Freundin und ihren Mann. Jeder, der mit dir verbunden ist, Riba, steht deinetwegen unter Schutz. Wir müssen über uns selbst hinausblicken. Das Leben ist schön, die Erde ist schön, und wir müssen den Menschen, die das nicht akzeptieren können, mit Toleranz begegnen. Denk daran, Jesus selbst wurde angespien, aber er wischte sich nur den Speichel ab und ging weiter seinen Weg. Du kennst den richtigen Weg, Riba – was rät dir dein Herz?«

»So schnell wie möglich mit Zelda ins Flugzeug zu steigen«, antwortet Riba glücklich, aller Zweifel enthoben. »Sie zu dir zu bringen.«

»Dann bist du auf dem richtigen Weg. Wir freuen uns auf euch. Du hast den perfekten Zeitpunkt gewählt. Hat Monica dir von unserem großen Hochzeitsfest erzählt?«

»Nein, Jay, aber das klingt ja schön.« Obwohl Riba davon überzeugt ist, daß diese Feier, von der sie soeben das erstemal gehört hat, großartig werden wird, interessieren Hochzeiten sie im Moment weniger. »Es gibt nur ein Problem ...«, sie zögert und senkt unwillkürlich die Stimme, » ... bis zu unserer Ankunft bei euch darf niemand von der Reise erfahren. Du kennst ja die Ansichten meines Mannes, und ich möchte auf keinen Fall, daß jemand hier aus irgendeinem Grund anruft. Würdest du das allen sagen, Jay?«

Sie hört das Lächeln in seiner Stimme, als er sie beruhigt. »Du mußt wissen, was du tust, Riba, aber keine Angst, unsere Lippen sind verschlossen. Ich freue mich auf dich.«

»Und ich mich auf dich – immer noch auf der Lauer, Jay?«

»Natürlich, meine Liebe. Du brauchst bloß deinen hübschen Finger zu heben.«

Das ist ein kleiner Scherz nur zwischen ihnen. Jay war vor vielen Jahren einmal verheiratet, aber seine Frau ist längst aus seinem Leben verschwunden, und er hat nicht wieder geheiratet, weil er sich ausschließlich auf seine Arbeit konzentrieren will. Dennoch pflegen er und Riba dieses kleine Spielchen und tun so, als würde unweigerlich der Tag kommen, an dem sie einander nicht mehr widerstehen könnten. Sie genießt die köstlich intime Plänkelei.

Sein Ton verändert sich, wird sachlich. »Da ich dich schon am Apparat habe – könntest du mir einen kleinen Gefallen tun?«

»Aber natürlich.«

»Ich hoffe, es wird dir keine allzu großen Umstände machen, aber darf ich dich bitten, einmal bei meiner Tante May vorbeizugehen? Sie ist in einem Pflegeheim. Wir haben sonst keine Verwandten mehr drüben, und heute ist ihr neunzigster Geburtstag. Ich möchte sie gern wissen lassen, daß ich an sie denke. Ich habe gerade über sie meditiert, als mir gesagt wurde, daß du am Telefon wartest. Sie ist eine wunderbare alte Dame, die letzte von den Schwestern meiner Mutter. Sie waren neun Geschwister und wuchsen alle in einem winzigen Häuschen in County Mayo auf. Sie ist als einzige nicht ausgewandert. Jetzt gibt es nur noch einen Onkel in Chicago – das war schon eine großartige Generation.«

Riba holt gerade Papier und Stift, um sich den Namen des Heims zu notieren, als Donny bleich und zerzaust in die Küche kommt, zum Spülbecken schlurft und den elektrischen Wasserkocher füllt. Während er ihn einsteckt und dann trüben Blickes ins Schneetreiben starrt, schreibt Riba die Adresse auf, wiederholt sie noch einmal und verabschiedet sich dann von Jay, ohne ihn beim Namen zu nennen. Behutsam legt sie den Hörer auf. Sie kommt sich wieder wie das kleine Mädchen von früher vor.

Immer hat Jay diese Wirkung auf sie. Aller Streß und alle Sorgen schmelzen dahin wie der Schnee auf ihren warmen Fensterscheiben. Alles wird einfach, wenn man mit Jay spricht.

Schon als sie sich vom Haus entfernt, bedauert Sophie, was sie getan hat. Sie war unsensibel und hat die alte Freundschaft wahrscheinlich auf nicht wiedergutzumachende Weise beschädigt. Ihr Verstand sagt Sophie, daß sie mit ihren Vorhaltungen recht gehabt hat, doch ihr Gefühl drängt sie, alles zurückzunehmen und Eily zu versichern, daß sie sie gern hat.

Es ist sinnlos, aber Sophie sehnt sich nach den alten Gewißheiten vor diesem verdammten Flugzeugunglück – oder nach Amnesie.

Sie würde am liebsten umkehren und wieder in ihr Bett kriechen. Aber das kann sie Imelda nicht antun. Obwohl – wozu diese Gewissenhaftigkeit wegen einer Kolumne, die sowieso niemanden interessiert? Da hat Michael schon recht.

Etwas, das schon eine ganze Weile unter der Oberfläche brodelt, kommt plötzlich zum Vorschein.

Drei. Drei Uhr.

Sagte Eily nicht, Brian hätte um drei Uhr morgens geschnarcht, als bekäme er es bezahlt? Aber Michael hat doch genau um die Zeit mit ihm telefoniert. Bevor er wieder ins Bett gekommen ist. Vor dem Sex.

Sie konzentriert sich und versucht, sich zu erinnern, was das Display auf ihrem Wecker anzeigte, als sie erwachte und feststellte, daß Michael nicht neben ihr lag. Es war zwanzig nach zwei. Ganz bestimmt.

Als sie von einer roten Ampel aufgehalten wird, öffnet sie ihre Handtasche, um ihr Handy herauszuholen, aber da setzen sich die Autos vor ihr schon wieder in Bewegung. Sie beschließt, Michael von der Redaktion aus anzurufen, sobald sie eine ruhige Minute hat. Fürs erste wehrt sie sich gegen die Erkenntnis, daß er sie belogen hat.

Wenn er gelogen hat. Sie muß fair sein.

Vor der Redaktion angelangt, macht sie den Motor aus, steigt aber nicht aus dem Wagen. Eily hat drei Uhr gesagt. Sie hat gesagt, er hätte um drei schon längst geschnarcht – es war nur eine beiläufige Bemerkung, warum hätte sie lügen sollen?

Michael hat behauptet, Brian hätte ihm eine SMS wegen einer EconoCar-Buchung geschickt – weil er nicht schlafen konnte. Sie ist von Natur aus nicht mißtrauisch, aber hier scheint eindeutig etwas nicht zu stimmen.

Sie läßt den Motor wieder an, wendet den Wagen und fährt aus Arbour Hill hinaus in Richtung Flughafen. Es schneit jetzt in dicken Flocken.

21

Gleich nach dem Gespräch mit Jay tritt Riba zu ihrem Sohn und legt ihm einen Arm um die Schultern. »Wie fühlst du dich, mein Kleiner? Ein bißchen wackelig auf den Beinen?«

»Was glaubst du wohl?« Ausnahmsweise schüttelt Donny ihren Arm nicht ab. Er schaut mit blutunterlaufenen Augen argwöhnisch zu ihr hinunter. »Wer war das eben am Telefon?«

»Hast du Angst, es ging um dich?«

»War's die Schule?«

»Nein.« Sie lächelt ihn an. »Keine Sorge. Ich habe nur mit einem alten Freund telefoniert.«

»Wie sauer genau sind alle auf mich?« erkundigt sich Donny kleinlaut. Er sieht so jung und bedrückt aus, daß Riba es nicht fertigbringt, auch nur so zu tun, als sei sie ihm böse. Sie streichelt ihm den Rücken. Er bedeckt seine Augen mit einer Hand. »Ich kann mich an nichts erinnern, Mama. Ich weiß nur noch, daß wir in mein Zimmer gegangen sind, dann erinnere ich mich verschwommen an Musik, und daß es dunkel wurde und ich irgendein scheußliches Gesöff trinken mußte. Aber das einzige, was ich noch weiß, ist, daß ich Eminem aufgelegt hab. Das nächste war, daß ich heute morgen um fünf aufgewacht bin und mir kotzübel war. So mies hab ich mich noch nie in meinem Leben gefühlt. Ich betrinke mich bestimmt nie wieder, das kannst du mir glauben.« Er zieht die Hand von den Augen. »Es tut mir leid, Mama. Echt. Weiß Dad Bescheid? Was hat er gesagt? Und was ist mit den anderen? Haben die richtig Ärger gekriegt? Fionas Eltern – die bringen sie um. Hat sie angerufen?«

»Immer schön der Reihe nach. Als erstes müssen wir dich wieder auf die Beine bekommen.« Sie will sich von ihm lösen, aber er hält sie fest.

»Erzähl Zelda nichts, wenn du sie heute besuchst. Das würde sie nur aufregen.«

Das Wasser kocht, und Riba nutzt das, um eine Antwort zu unterschlagen. Einen körperlich angeschlagenen Donny zu versorgen fällt ihr leicht, das ist etwas, womit sie umgehen kann, und sie tritt sofort geschäftig in Aktion.

»Komm, setz dich, Schatz. Ich weiß, dir ist nicht danach, aber ich mach dir eine Scheibe Toast zu deinem Tee. Trocken. Ohne Rinde, ohne Butter, in Ordnung? Dad meinte, du solltest morgen noch nicht zur Schule gehen«, bemerkt sie wie nebenbei. »Was hältst du davon?«

»Weiß nicht. Mal sehen. Ich denke, morgen wird's mir wieder gutgehen.«

»Ja, wahrscheinlich.« Sie spricht in leichtem, sachlichem Ton. »Bleib jetzt lieber auf, damit du heute nacht schlafen kannst. Mach dir einen gemütlichen Tag, und geh heute abend früh zu Bett.« Sie sieht ihn mit einem teilnahmsvollen Lächeln an. »Schlaf ist die beste Medizin, und morgen wirst du dich schon viel besser fühlen.« Er tut ihr so leid, wie er dasitzt, niedergeschlagen und blaß. »Mach dir keine Vorwürfe, Schatz. Wir reden nachher in Ruhe miteinander, aber jetzt muß ich leider kurz weg.«

Noch während sie mit ihm spricht, ist sie bei aller Besorgnis doch bereits mit Planungen beschäftigt. Das Pflegeheim ist in Dalkey, genau auf der anderen Seite der Stadt, praktisch in der nächsten Grafschaft. Wenn sie Brian keinen Anlaß zu Verdacht geben will, muß sie vor dem Abendessen zurücksein, und er darf nicht ahnen, daß sie etwas für Jay erledigt hat. Da er heute den Wagen genommen hat, wird sie mit dem Taxi zum Bahnhof fahren.

Dann Zelda und ihre Medikamente. Kann sie darauf vertrauen, daß Donny während ihrer Abwesenheit dafür sorgt, daß seine Schwester nicht vergißt, ihre Mittel zu nehmen? Der arme kleine Kerl, er sieht so verloren aus.

Kurz und bündig, ohne viel Wirbel darum zu machen, teilt sie Donny mit, daß Zelda schon wieder zu Hause ist, daß sie es war, die ihn und seine beiden Freunde bewußtlos in seinem Zimmer gefunden hat.

Natürlich ist er entsetzt.

»Mach dir deswegen keine Gedanken«, beruhigt sie ihn. »Du bist wieder auf den Beinen, und ihr geht es auch ganz gut. Wirklich. Du kannst ja nach dem Tee mal hinaufgehen und nach ihr sehen. Apropos«, fügt sie hinzu, als wäre ihr der Gedanke soeben erst gekommen, »Zelda muß in ungefähr einer Stunde ihre Medikamente nehmen, und ich muß weg, wie gesagt.« Sie hält einen Moment inne, dann sagt sie wie ein Echo von Jay: »Könntest du mir einen kleinen Gefallen tun?«

Michael wippt von einem Fuß auf den anderen. »Du hast mich in den frühen Morgenstunden angerufen. Das heißt, du hast mir eine SMS wegen einer Buchung geschickt, und daraufhin habe ich dich zurückgerufen. So gegen halb drei – okay?«

Brian blickt voller Verachtung auf dieses bibbernde Nervenbündel, das nur noch ein Schatten des Mannes ist, den er seit seiner frühen Jugend kennt. Ihm ist klar, was los ist, aber er ist wütend, da hineingezogen zu werden, und nicht bereit, es Michael leichtzumachen.

»Ich versteh nicht.« Sie stehen vor dem EconoCar-Schalter am Flughafen, und es ist ihm egal, wer mithört. Er hat keinen Funken Mitgefühl mit diesem sauberen Pärchen, das sich in ein Dilemma hineinmanövriert hat. Besonders ärgerlich ist er über Yvonne, von der ihn bei der Ankunft im Büro eine Nachricht erwartete, sie könne heute nicht zur Arbeit kommen, weil sie krank sei. Schöne Krankheit.

»Jetzt sei nicht so stur.« Michaels Erregung wächst. »Du weißt genau, was ich meine. Wir haben miteinander über Handy telefoniert, falls jemand fragt.«

Brian hat Mühe, seinen Zorn zu zügeln. »Hör endlich auf, mich in deine Geschichten reinzuziehen, Mick. Es paßt mir nicht, und es ist nicht fair.«

»Ich weiß, daß es nicht fair ist. Nur noch einen Tag. Bitte! Gib mir nur noch einen Tag. Mehr verlange ich ja gar nicht. Danach brauchst du nichts mehr für uns zu tun, weil ich bis dahin sowieso reinen Tisch mache.«

»Reinen Tisch?« wiederholt Brian ungläubig. »Du willst es Sophie wirklich sagen?«

»Ja, heute abend. Ich hab's Yvonne versprochen.«

»Du hast es Yvonne versprochen? Und was ist mit Sophie? Nein, schon gut. Nimm doch mal ab.« Er deutet auf das läutende Telefon. Die Praktikantin und der andere Angestellte, der im allgemeinen die Lieferungen erledigt, telefonieren beide. Er muß sich ungeheuer zusammennehmen, um nicht eine Bemerkung zu machen, die er später wahrscheinlich bereuen würde. Darum geht er ohne ein weiteres Wort davon, durch die geschäftige Halle zur Flughafeninformation, wo er einen Auftrag abholen muß. Was fällt Mick ein, ihn zu seinem Verbündeten gegen Sophie zu machen?

Aber was kann er dagegen sagen oder tun, ohne etwas zu verraten, das er nicht verraten darf? Das er nicht einmal empfinden darf?

Am Informationsschalter angekommen, blickt er über die Schulter zurück. Ja, klar, durch das Gewimmel von Leuten hindurch kann er den erbärmlichen Kerl erkennen, der immer noch an derselben Stelle steht, wo er ihn zurückgelassen hat. Verdammt noch mal! Wahrscheinlich hat er nicht mal den Anruf entgegengenommen und die Firma damit um einen weiteren Auftrag gebracht. Dieser blöde Hund!

Auf dem Rückweg zum EconoCar-Schalter stößt Brian, damit beschäftigt, die Einzelheiten des neuen Auftrags zu prüfen, mit einem großen Gepäckwagen zusammen, der von einer stattlichen alten Dame geschoben wird. Einer ihrer alten Koffer fällt zu Boden.

»Oh, das tut mir leid, Madam. Ich hoffe, es ist nichts Zerbrechliches darin.« Als er sich bückt, um das Gepäckstück aufzuheben, wirft er einen Blick zum EconoCar-Schalter. Mick ist noch da. Aber vor ihm steht jetzt Sophie. Sein Magen krampft sich zusammen. Was um alles in der Welt tut sie hier?

Noch einmal entschuldigt er sich bei der ganz in Schwarz gekleideten alten Frau, die ihn wütend anfunkelt, dann wendet er sich zum Gehen. Er sieht, daß Mick und Sophie streiten. Herrgott, sagt dieser Mistkerl es ihr vielleicht hier, vor allen Leuten? Mitten auf dem Flughafen?

Anstatt zum Schalter weiterzugehen, steuert Brian auf die Rolltreppen zu und fährt ins Obergeschoß, wo die Bars und Restaurants sind.

Bis zu dem Moment, als sie Michael vor dem EconoCar-Schalter stehen sieht, hat Sophie sich bewußt auf ihre Zukunft ohne das *Wild Places* konzentriert, statt an das bevorstehende Gespräch mit ihrem Mann zu denken – vielleicht gab es ja doch eine vernünftige Erklärung dafür, daß er sie belogen hatte, sie sollte ihn nicht vorverurteilen.

Sie ist, um der Wahrheit die Ehre zu geben, nie besonders versessen darauf gewesen, als Journalistin zu arbeiten; und wenn das Ableben der Zeitschrift die Runde macht, würde es bestimmt keinen Run anderer Blätter auf die frei gewordenen Angestellten geben. Sophie ist zwar auf Imeldas Betreiben hin der Journalistengewerkschaft beigetreten, aber sie hat deren Versammlungen nie besucht, und sie hat ohnehin nie davon gehört, daß die Gewerkschaft einzelnen Mitgliedern zu einem Arbeitsplatz verholfen hätte. Sie kann wahrscheinlich bestenfalls auf die gesetzliche Abfindung hoffen und muß sehen, wie sie allein zurechtkommt. Sie wird sich selbst helfen müssen!

Welche Fertigkeit oder welchen Beruf würde sie sich wünschen? Was will sie mit dem Rest ihres Lebens anfangen? Was würde ihr die größte Erfüllung bieten? Nein, das ist unrealistisch gefragt. Was *kann* sie denn überhaupt?

Während sie den Mini vorsichtig durch das Schneetreiben steuert, zählt sie, den Blick auf die Straße gerichtet, ihre Fertigkeiten und Talente. Sie kann ein bißchen tippen, versteht etwas von Textverarbeitung, kann zeichnen – oder zumindest ganz ordentlich abzeichnen – und fotografieren, Textausschnitte aus anderen Blättern mit etwas Leim und Geschick zu etwas scheinbar Neuem auftakeln, sie kann untertiteln und vielleicht sogar schreiben.

Dann ist da noch ihre Liebe zur Natur – wofür Michael sie entwertend als »Baumfreak« zu bezeichnen pflegt. Aber die bereichert zwar das Leben, kann jedoch in ihrem Fall kaum als fachliche Fertigkeit gezählt werden. Zur beruflichen Qualifikation wird man sie sicher nicht hochstilisieren können.

Tatsache ist, daß sie überhaupt keine Qualifikationen vorzuweisen hat.

Sophie ist angewidert von ihrer erbärmlichen kleinen Liste dilettantischer Fertigkeiten und von ihrem Mangel an Dynamik. Was hat sie nach fast vierzig Jahren auf dieser Erde vorzuweisen? Nicht einmal Kinder hat sie.

Allerdings, ein bißchen übertrieben ist diese Selbstentwertung schon. Sie hat zwar nie Kinder bekommen, aber in ihrem Job war sie gut, und zumindest in beruflicher Hinsicht ist ihr Leben bisher sehr befriedigend verlaufen. Sie konnte nach Belieben in den verstaubten Spalten der Zeitschrift schalten und walten und mußte, um ihre Chefin zufriedenzustellen, nur ein paar Ideen für Meldungen und Artikel produzieren, damit Imelda sie in Auftrag geben konnte. Dann brauchte sie nur noch ihren eigenen Anteil an Text zusammenzustellen, ihre Kolumne zu schreiben, einige anständige Illustrationen und Fotos zu beschaffen und sie mit ausführlichen Bildunterschriften zu versehen.

Je länger Sophie darüber nachdenkt, desto klarer wird ihr, daß sie eine Stellung wie diese nie wieder bekommen wird. Und je plastischer sie sich die rauhe Welt des Journalismus vorstellt, in der die Zeitschrift ein windgeschütztes kleines Refugium gewesen ist, desto deutlicher erkennt sie, daß sie gar nicht so sehr an der journalistischen Arbeit gehangen hat, sondern wie ein Stück Treibgut in diesen Beruf hineingedriftet und aus reiner Bequemlichkeit bei *Wild Places* hängengeblieben ist.

Na schön. Schluß jetzt mit der Vergangenheit. Schau nach vorn, Sophie.

Die Ampel vor dem Kreisverkehr am Flughafen zeigt rot, und während sie im stehenden Verkehr wartet, betrachtet sie das Monument in der Mitte des Kreisels, einen gewaltigen Stahlpfeiler, der ihr immer schon gefallen hat. Obwohl sie gehört hat, daß er die Schwinge eines Flugzeugs in ihren fein ausgewogenen Proportionen verkörpern soll, ist er in ihren Augen nie mehr gewesen als das, was er ist. Im nachlassenden Schneetreiben bricht sich das schwache, unstete Sonnenlicht funkelnd an der Säule, die wie die glitzernde Trombe eines Wirbelsturms durch den grauen Flockenwirbel sticht.

Sophie beneidet jeden Künstler. Es muß etwas Herrliches sein, eine Vorstellung oder ein Gefühl zu malen oder zu formen, so daß es, Ausdruck und Zeugnis der eigenen Fähigkeiten und Gedanken, für immer Bestand hat. Sophie Dolan, Malerin. Aber nein, das paßt nicht.

Sophies wahre Liebe gilt der Fotografie. Sie ruft sich die Bilder von den alten rumänischen Frauen in Erinnerung. Die Aufnahmen sind wirklich erstklassig, genauso wie die von der Buche. Es ist ihr gelungen, ihre komplexe lebendige Form in ihrer ganzen Zeitlosigkeit einzufangen.

Aber ein Profi ist sie deswegen noch lange nicht. Zwischen ein bißchen Talent – und Glück – und fachlichem Können besteht ein Riesenunterschied. Ist es zu spät, jetzt noch ernsthaft anzufangen? Hat sie überhaupt den Mut dazu? Kurse gibt es genug. Diese Hauptstadt im modernen Europa mit ihren Universitäten und Schulen hat eine Menge anzubieten, Sophie braucht nur zu wählen. Was sollte sie davon abhalten?

Aber können sie es sich leisten, daß sie jetzt noch einmal von vorn anfängt? Wird Michael das mittragen? Wahrscheinlich, ja, da er doch ständig ihren mangelnden Ehrgeiz kritisiert. Sophie spürt Aufregung in sich aufsteigen. Sie wird eine Menge ganz neu lernen müssen, aber dazu ist sie bereit. *Ihnen steht eine große Veränderung bevor, meine Dame…* Hat die Handleserin wirklich etwas gesehen? Oder klammert sich Sophie an etwas, das sie sich heimlich gewünscht hat? Wie zum Beispiel ein Kind.

Sie wird aus ihrer Versunkenheit gerissen, als die Ampel umschaltet. Sie muß aufhören, sich ständig an Michael auszurichten. Sie muß selbständig werden.

Michael! durchzuckt es sie. In ihrem Eifer, ihr Leben zu verändern, hat sie einen Moment lang vergessen, warum sie hier am Flughafen herumgondelt. Sie muß sich konzentrieren.

Sie hat ihn gleich beim Betreten der Abflughalle gesehen und blickt ihm jetzt in das verwirrte rote Gesicht. Er hat versucht, ihr weiszumachen, sie hätte sich in der Zeit des Anrufs geirrt, aber sie weiß, daß er lügt.

Am Schalter sind zwei Leute, ein junger Mann, den sie kurz bei der Weihnachtsfeier der Firma kennengelernt hat, und eine noch jüngere Frau, die ihr unbekannt ist. Beide platzen beinahe vor Neugier, versuchen es jedoch zu verbergen, indem sie Geschäftigkeit vortäuschen.

»Bitte behandle mich nicht wie eine Idiotin – oder wie ein kleines Kind, Michael. Was ist los?« fragt sie einigermaßen ruhig, obwohl sie innerlich gar nicht ruhig ist.

Michael, dem die Szene offensichtlich peinlich ist, wirft einen Blick auf seine Mitarbeiter und nimmt Sophie beim Arm. »Komm, verschwinden wir hier. Wir müssen reden. Gehen wir auf einen Kaffee nach oben.«

»Warum können wir nicht hier reden?« Der Boden unter ihren Füßen beginnt zu schwanken. Sie stemmt sich verzweifelt gegen das Stück Flughafenboden, auf dem sie steht. »Ich will keinen Kaffee«, sagt sie, ihr Fleckchen verteidigend, um das herum sich Wellen von Menschen teilen und wieder schließen. Wenn sie auch nur einen Zentimeter von dieser Stelle weicht, wird sie sich so rasch auflösen wie die Schneeflocken, die als gemeine Regentropfen am Fenster hinter dem EconoCar-Schalter herabrinnen.

»Also, ich gehe jetzt jedenfalls einen Kaffee trinken. Wenn du mitkommen willst, bitte.« Er geht davon.

Sophie hat Angst, daß schon der erste Schritt tödlich sein wird. Aber dann siegt die Vernunft, und sie folgt ihm.

Sie ist nicht so dumm zu glauben, daß er mit der Lüge etwas Harmloses vertuschen wollte, wie etwa eine Überraschungsparty. Nein, wenn sie überhaupt noch Zweifel daran gehabt hat, daß etwas Ernstes dahintersteckt, hat er sie durch sein ausweichendes Verhalten vertrieben. Ganz gleich, was er sich ausdenken kann, bevor sie zu reden anfangen, sie wird selbst den kleinsten Hauch einer Lüge entdecken.

Auf dem Weg durch Passagierschlangen und Gewühl wird Sophie plötzlich von der gleichen schrecklichen Frage überfallen wie in der letzten Woche, als sie den Streit hatten – lohnt sich das ganze Theater überhaupt? Mag sie ihren Mann überhaupt noch? Von Liebe ganz zu schweigen. Wann hat dieses Dahinwelken begonnen?

Während Michael an der Theke des lärmerfüllten Selbstbedienungsrestaurants den Kaffee holt, gibt sie sich flüchtig dem verlockenden Gedanken hin, gar nichts zu tun. Sie könnte diese Geschichte einfach auf sich beruhen lassen, nichts tun, nichts sagen, seine Version der Ereignisse akzeptieren, und sie könnten weitermachen wie bisher. Der Gedanke hat etwas Reizvolles. Sie hat durch den Verlust ihrer Arbeit schon Aufruhr genug in ihrem Leben. Und es wird auch nicht einfach werden, den Schaden an ihrer Freundschaft mit Eily zu reparieren.

Sie denkt an Brian, an den gefährlichen Funken, der so unerwartet zwischen ihnen übergesprungen zu sein scheint, und dankt Gott, daß sie beide vernünftige Menschen sind. Sie werden das durchstehen und irgendwann, hoffentlich bald, die alte freundschaftliche Beziehung wiederaufnehmen können. Das, was zwischen ihnen geschehen ist, ist wahrscheinlich auf diesen Moment existentieller Gemeinschaft bei dem Flugzeugunglück zurückzuführen. Das ist etwas, das sie ihr Leben lang eng aneinanderbinden wird; und dann spielt sicher auch eine Rolle – obwohl sie daran lieber gar nicht denken möchte –, daß sie, was Zelda angeht, auf seiner Seite gegen Eily steht.

Um mit dem allem fertigzuwerden, braucht sie ganz zweifellos die Sicherheit einer stabilen Ehe. Warum sie mit riskanten Fragen in Gefahr bringen? Jeder Mensch hat schließlich ein Recht auf Intimsphäre und ein eigenes Leben.

Keinen halben Meter entfernt, am Nachbartisch, besprechen drei Frauen mit künstlich gebräunten Gesichtern und Kaskaden billigen Schmucks unter kreischendem Gelächter ihren bevorstehenden Urlaub auf den Kanaren. Sophie beneidet sie um ihre aufgekratzte Stimmung und ihren unkomplizierten Blick auf die Welt, während sie ihrem Mann entgegensieht, der jetzt an den Tisch zurückkommt. Er geht langsamer als sonst und trägt den Kaffee so vorsichtig, als wäre jeder vergossene Tropfen ein Tropfen seines Blutes.

22

»Es gibt eine andere, stimmt's?« Sophie beschließt, ihrem Mann die Mühe des Lügens zu ersparen. Nicht ihm will sie es damit leichtmachen, sondern sich selbst. Sie kennt ihn so gut und sieht, noch ehe er den ersten Schluck von seinem Kaffee trinkt, ihren Verdacht bestätigt, daß er ihr etwas Schlimmes mitzuteilen hat.

Er stellt sich beim Öffnen des kleinen Zuckerbeutels so ungeschickt an.

Mit offenem Mund, wie ein Fisch, der nach Luft schnappt, sieht er sie an. »W-was soll das heißen?«

»Das weißt du doch ganz genau. Eine andere Frau …«

Er scheint tatsächlich erleichtert zu sein. Ohne sie anzusehen, ergreift er seine Tasse, trinkt lange von dem ungezuckerten Kaffee und stellt sie achtsam wieder auf die Untertasse.

Sophie ist einen Moment aus der Fassung, aber sie fängt sich gleich wieder. Unwillkürlich hat sie die Hand um ihre Tasse geschlossen, und tatsächlich gibt diese ihr ein wenig Halt. »Ich verstehe«, sagt sie.

Jetzt muß sie nur noch wissen, wer, warum, wann und wie. Wie oft. Und – sehr wichtig – wer noch Bescheid weiß.

Die drei Frauen am Nebentisch lachen laut auf, und Michael dreht sich nach ihnen um. Sophie jedoch ist so stark auf Michael konzentriert, daß sie das Gefühl hat, als hätte sich das Universum zu einem Stecknadelkopf zusammengezogen, und aller Lärm ist allenfalls ein schwaches Fiepen. Nichts existiert außer der Tragikomödie ihrer Ehe und der einen Frage, die geklärt werden muß.

Aber sie ist noch nicht ganz bereit für den letzten Akt. »Dein Timing ist wirklich großartig«, sagt sie sehr ruhig, »wenn man bedenkt, daß ich gerade meine Stelle verloren habe.«

Sofort fährt er herum und ergreift gierig diese Gelegenheit, um aufzuschieben, was sich doch nicht aufschieben läßt. »Du weißt, daß mir das leid tut, Sophie«, sagt er ernst. »Ich hoffe, du weißt es. Auch wenn ich immer über die Zeitschrift gespottet habe, es tut mir ehrlich leid ...«

»Wer ist sie, Michael?« unterbricht Sophie ihn. »Wie heißt sie?«

Er senkt den Blick wie ein geprügelter Hund. Ihr fällt ein kleiner Kratzer unter seinem Auge auf. Vom Rasieren ist das nicht. Nicht an dieser Stelle. Ein langer Fingernagel? Sie wird wütend.

»Ich hab dich was gefragt.«

»Ach, Soph, es tut mir so leid. Wir haben es nicht gewollt.«

Na bitte, da ist es schon. Prompt. Dieses Wir. So unerfahren sie in diesen Dingen ist, darauf hat sie instinktiv gewartet. Sobald es ein anderes Wir gibt, ist alles vorbei.

Mit dieser Erkenntnis wird sie sich später auseinandersetzen, genau wie mit der Kränkung und den Vorwürfen, dem Schmerz und der Demütigung. Jetzt siegt der eifersüchtige Drang, wissen zu wollen, über ihren Stolz. »Es hat keinen Sinn, es geheimzuhalten, Michael, wir sind hier in Dublin. Ich werde es so oder so erfahren – also, wer ist es?«

»Du kennst sie.« Er spricht leise. »Obwohl du dich vielleicht nicht an die Begegnung erinnerst. Es war auf der Weihnachtsfeier. Sie heißt Yvonne Leonard.«

Das tut doppelt weh. Selbst in diesem Moment des Verrats hat sie törichterweise gehofft, Michael hätte sich wenigstens eine Frau mit Stil gesucht. »Yvonne Leonard? Oh, ich erinnere mich genau, das ist doch die mit ...«

»Nicht«, fällt er ihr schnell ins Wort. »Beleidige sie nicht, Sophie. Es tut mir wirklich entsetzlich leid. Ich kann dir gar nicht sagen, wie sehr, aber es war unvermeidlich.«

»Unvermeidlich?« Sie ist froh, daß er ihr Gelegenheit zu offener Feindseligkeit gibt.

Die drei am Nebentisch lauschen ungeniert, aber das ist ihr egal.

Michael offenbar nicht, denn er senkt wieder die Stimme. »Ja, unvermeidlich. Würdest du bitte leise sprechen? Ich will nicht den ganzen Saal unterhalten.«

»Du hast diesen Ort gewählt, nicht ich.« Noch während sie es sagt, wird ihr klar, daß dieses Selbstbedienungscafé der angemessene Schauplatz für den Tod einer Ehe ist: Auftritte und Abgänge, Wiedersehen und Lebewohl, Hoffnungen, Träume und Schlußkapitel, alles in einem Ambiente der Mittelmäßigkeit und der Gleichgültigkeit. »Es ist mir wirklich völlig egal, wer mich hört, Michael. Ich bin nicht diejenige, die fremdgeht – aber ich hätte gern ein paar Antworten. Die schuldest du mir nach so langer Zeit.«

»Ich möchte nicht ins Detail gehen. Du wirst mir das später danken. Hör zu, Soph …« Er will ihre Hände fassen, doch sie reißt sie weg.

»Du hast gesagt, unvermeidlich. Inwiefern unvermeidlich? Was habe ich denn getan, um diese Geschichte unvermeidlich zu machen?«

Er starrt auf den Tisch hinunter, der voll ist mit anderer Leute Krümel. »Es würde dich nur noch mehr verletzen«, entgegnet er leise.

Aber Sophie kann nicht locker lassen. »Danke für deine Fürsorge, aber um meine Gefühle kümmere ich mich schon selbst. Sag mir einfach, was ich getan habe.«

»Du hast nichts getan, Sophie. Gar nichts. Du bist ein guter, nein, ein wunderbarer Mensch. Ich verdiene dich nicht.«

»Ach, verschon mich!« Sie hat das Gefühl, gleich die Kontrolle zu verlieren, aber auch das ist ihr völlig egal. »Wenn ich so wunderbar bin, warum tust du dann so etwas? Bist du so schwanzgesteuert? Kein Wunder, daß du dir diese Tussi ausgesucht hast.«

»Ich habe dich gewarnt.« Er springt auf. »Ich habe dich gebeten, sie nicht zu beleidigen. Sie wird ...«

»Was? Deine Geliebte? Deine Konkubine?« Auch sie springt auf, zum offenkundigen Vergnügen der drei am Nebentisch. »Was wird sie, Michael? Dieses kleine Flittchen wird ja wohl kaum deine Frau werden. Wie alt ist sie überhaupt? Siebzehn? Achtzehn? Was glaubst du, wie lange sie es bei dir aushalten wird?«

Über den Tisch hinweg starren sie einander an. Er widerspricht nicht, und Sophie hat das Gefühl, als breite sich in ihrem ganzen Körper ein schwarzer Schleim aus. »Du willst sie heiraten?« Der Schleim rutscht in ihre Knie, und sie muß sich setzen. Sie soll durch ein Girlie mit gelb gefärbten Haaren und zu engen Pullovern ersetzt werden.

»Hör doch auf, Sophie. Tu das nicht, erniedrige dich nicht selbst.« Er legt eine Hand auf ihre Schulter, aber sie fegt sie mit einer heftigen Bewegung weg. »Nicht«, wiederholt er ruhig.

Die drei am Nebentisch tun nicht einmal mehr so, als wären sie mit ihren eigenen Angelegenheiten beschäftigt, sondern verfolgen mit Glotzaugen und offenen Mündern das Schauspiel, das sich ihnen bietet. Michael beugt sich in drohender Haltung zu ihnen hinüber. »Ich wäre Ihnen dankbar, meine Damen, wenn Sie Ihre Nasen in Ihre eigenen Angelegenheiten stecken würden.«

Die drei ziehen die Augenbrauen hoch und wenden sich ab. Sophie findet es in Anbetracht der schäbigen Umgebung sehr passend, daß gerade diese drei Figuren auserkoren sind, das Ende ihrer Beziehung mitzuerleben.

Sie blickt in das Gesicht, das ihr so vertraut ist. Die kleine Narbe über der Nase, Erinnerung an eine Verletzung beim Rugby; der Haarwirbel über der Stirn, der sich von keinem Friseur bändigen läßt; die Tränensäcke unter den Augen, die ihm etwas Verlebtes geben. Es ist, als arbeite ihr Gehirn unabhängig von ihrem Willen und wolle sich diese charakteristischen Merkmale einprägen, bevor sie aus ihrem Gesichtskreis verschwinden.

Sie sieht, daß er beinahe platzt unter dem Drang, irgend etwas Bedeutsames von sich zu geben. Zweifellos wieder so ein Klischee, daß er – oder »wir« – es nicht ertragen kann, ihr Schmerz zu bereiten, ihr die Sache erleichtern möchte, hofft, daß man sich freundschaftlich einigen kann, oder ähnlicher Unsinn.

Sie will es nicht hören und konzentriert sich auf eine wenige Meter entfernte Wand. »Ich will von dir nichts mehr hören. Deine Sachen sind heute abend um acht gepackt. Bitte komm nicht vorher. Ich werde nicht da sein. Ich will dich nie wiedersehen.«

Da ist wieder dieses Gefühl der Spaltung. Es ist, als spräche eine andere Sophie durch sie. Beide Sophies möchten jetzt, daß er geht. »Bitte laß deine Schlüssel im Haus. Alles weitere können wir über Anwälte regeln. Aber laß mir noch ein paar Tage Zeit. Ich melde mich in der Firma bei dir.«

»Oder übers Handy?«

»Ja. Übers Handy. Ich muß mich erst noch daran gewöhnen. Und jetzt geh, bitte.« Wenn sie nur noch ein weiteres Wort sagt, werden sich, fürchtet sie, an ihrem Scheitel Risse auftun und über ihren ganzen Kopf und Körper fortpflanzen, so daß sie innerhalb von Sekunden einer Gestalt auf einem dunklen alten Gemälde gleichen wird, das vernachlässigt in der Ecke eines Museums hängt.

Er zögert. Obwohl sie ihn nicht ansieht, hat sie den Eindruck, daß seine Züge sich etwas entspannt haben. Was auch immer er noch hatte loswerden wollen, jetzt ist er fertig.

Michael neigt sich ein Stück zu ihr: »Alles in Ordnung, Sophie? Kommst du zurecht?«

»Die Schlüssel. Vergiß nicht, die Schlüssel dazulassen.« Sophie hat das Gefühl, gleich umzukippen.

Er zögert wieder. »Auch wenn du es jetzt vielleicht nicht hören willst, Soph, ich bewundere dich. Vielleicht bist du zu gut für mich.«

»Würdest du jetzt bitte gehen?«

Er macht ein bekümmertes Gesicht, murmelt noch einmal, daß es ihm leid tut, und geht dann eilig davon. Sophie dreht sich nicht nach ihm um. Sie fühlt nichts, denkt nichts.

Sie blickt zu den drei jungen Frauen hinüber, aber die haben schon das Interesse an ihr und ihren Problemen verloren und diskutieren darüber, ob englische oder holländische Männer besser im Bett sind.

Sophie schießt der Gedanke durch den Kopf, daß sie sich erst vor Tagen, ja, vor Stunden, damit getröstet hat, daß ihr Mann, was für Fehler er auch haben mag, ihr wenigstens immer treu war.

Und Sophie beginnt absurderweise zu lächeln. Es gibt nur zwei Möglichkeiten – lächeln oder zusammenbrechen.

Aus zehn Meter Entfernung hat Brian McMullan das bedeutungsschwere Gespräch zwischen den Dolans beobachtet. Gerade hatte er sich mit seinem Kaffee und einem Stück Gebäck niedergelassen, als er sie kommen sah.

Kaffee und Gebäck bleiben unberührt.

Bei Michaels abruptem Weggang wäre er am liebsten sofort zu Sophie hinübergestürzt, aber er wußte, daß das unfair und unpassend wäre und es, wenn er es täte, kein Zurück gäbe. Ganz gleich, was weiter geschah, er durfte nicht eingreifen, sondern mußte die Dinge sich von selbst entwickeln lassen.

Während er jetzt kerzengerade auf seinem Stuhl sitzt, beschließt er, das Schicksal entscheiden zu lassen. Wenn sie sich umdreht und ihn bemerkt, wird er reagieren. Wenn nicht, wird er sie gehen lassen, ohne sie auf sich aufmerksam zu machen.

Den Blick auf ihren starren Rücken gerichtet, leidet er mit ihr, während die Sekunden verstreichen.

Sie rührt sich nicht.

Am Tisch neben ihr sammeln die drei aufwendig zurechtgemachten Urlauberinnen ihre Sachen ein und stehen auf, in lauter Vorfreude auf einen Urlaub, den sie hemmungslos genießen werden. Brian beneidet sie.

Er konzentriert sich auf Sophies Rücken. Allem Edelmut zum Trotz beschwört er sie jetzt lautlos, sich umzudrehen. Zum Teufel mit dem Schicksal. Komm schon, Sophie, bitte, bitte, ich bin hier.

Sie schaut den drei Frauen nach. Sie steht auf, ergreift ihre Handtasche.

Hier bin ich … Du brauchst dich nur umzudrehen …

Ohne einen Blick nach links oder rechts folgt sie den Frauen zur Rolltreppe. Gleich ist sie dort, schon streckt sie die Hand nach dem Geländer aus …

Gute Vorsätze, Schicksalsergebenheit, edle Rücksicht, alles wird über Bord geworfen, als Sophie die oberste Stufe betritt. Ganz von selbst strecken sich Brians Knie. Er wird sich bewußt, daß er aufgestanden ist, um ihr nachzulaufen. Er macht einen Schritt – aber im letzten Moment hält die Vernunft ihn auf.

Wie ein Ertrinkender sich an einen Rettungsring klammert, so umklammert er die Tischkante, bis Sophie aus seinem Blickfeld verschwunden ist.

In der Zeit, in der sie im Flughafenrestaurant gesessen hat, ist das Schneetreiben zum tristen grauen Nieselregen verkommen. Sophie kommt sich vor wie ein Roboter, als sie zum Parkhaus geht. Sie fährt ins Büro ohne einen Blick auf die silberne Schwinge in der Mitte des Kreisverkehrs. Sie hält das Lenkrad fest umklammert und fährt langsam, immer auf der Innenspur, bis Whitehall, während die anderen Fahrzeuge auf dem Motorway an ihr vorüberbrausen. An der Botanic Avenue biegt sie rechts ab, fährt dann links die Mobhi Road hinauf, danach wieder rechts am alten Richmond-Hospital vorbei und verursacht beim Überqueren der Manor Street nach Arbour Hill hinein beinahe einen Unfall, weil sie die rote Ampel übersieht. Von da an hält sie brav, als wäre ihre Welt noch in Ordnung, vor jedem Stoppschild in dem Netz kleiner Straßen.

Während sie fährt, reihen sich in ihrem Kopf die praktischen Probleme, die sie jetzt anpacken muß, zur Phalanx auf, um sie zu überrennen. Sie kann jedes einzelne benennen: Bargeld, Finanzen, Einkommen, eine neue Stellung – ein Muß jetzt –, das Haus, Anwälte, die Teilung der gemeinsamen Habe, wieder Geld. Keine einzelnen Socken werden mehr bei der Wäsche abhanden kommen; niemand wird die Klobrille hochgeklappt lassen; kein nervtötendes Schnarchen mehr; kein Schlüssel wird mehr im Schloß der Haustür knirschen.

Einsamkeit.

Wenigstens sind keine Kinder da. Eine tolle Leistung!

Imelda ist nirgends zu sehen, als sie in die Redaktion kommt. Die Tür zu ihrem Büro steht offen, ihr Schreibtisch sieht schon verwaist aus, wie ein Haus, das plötzlich leersteht, weil sein Bewohner gestorben ist. Das ganze Redaktionsbüro, wo Nancy mit Trauermiene alles, was nun nicht mehr gebraucht wird, in Müllsäcke stopft, gleicht einem Bestattungsinstitut. Sogar die gedämpfte Gospelmusik aus Nancys Recorder klingt traurig und schwermütig.

Aber Nancy wäre nicht Nancy, wenn sie nicht versuchte, auch im schwärzesten Moment noch etwas Positives zu entdekken. Sie weiß es natürlich nicht mit Sicherheit, aber sie glaubt, daß Imelda irgendwo zu einer Besprechung ist, wahrscheinlich mit neuen Investoren.

Sophie, der klar ist, daß ihre Kollegin wegen ihrer familiären Verpflichtung schnell wieder einen Arbeitsplatz braucht, ist ebenso klar, daß kein vernünftig denkender Investor sich mit diesem moribunden und völlig veralteten Unternehmen belasten würde. Vorübergehend aus ihrer Betäubung geweckt, überlegt sie, wie sie Nancy helfen oder wenigstens trösten könnte. Leicht ist das nicht. Im Vergleich mit den professionell gemachten Hochglanzmagazinen wie *Wild Ireland* und all den Importen, die in jedem Zeitungskiosk um die Plätze auf den Regalen kämpfen, hat *Wild Places* überhaupt keine Chance. Es ist ein Wunder, daß es sich überhaupt so lange gehalten hat.

Es ist Zeit für unorthodoxe Maßnahmen. »Nancy«, sagt sie spontan, »ich kann nichts versprechen, aber ich könnte Ihnen wahrscheinlich einen Job am Flughafen verschaffen. Wenigstens für den Sommer – sie fangen meistens im Februar an, Leute einzustellen... Bis dahin sind es nur noch zwei Wochen... und dann... wer weiß. Ich bin sicher, ich könnte ihnen was besorgen. Soll ich es versuchen?« Das zumindest ist Michael ihr schuldig.

»Was soll ich denn am Flughafen? Damit habe ich doch überhaupt keine Erfahrung.«

»Unsinn, Nancy.« Sophie ist froh über diese Ablenkung von ihren eigenen Sorgen. »Ich rede von einem Job bei EconoCar oder einer der anderen Firmen am Flughafen. Ich weiß, daß sie bei EconoCar eine Praktikantin haben«, fährt sie mit wachsender Zuversicht fort, »die sich sehr bewährt hat und bald geht. Sie werden vermutlich möglichst rasch einen Ersatz brauchen. Nur werden sie eben diesmal ein Gehalt zahlen müssen. Keine Sorge, Nancy, Sie machen das mit links – Sie sind so ein Organisationstalent.«

»Glauben Sie wirklich?« Nancys Interesse ist geweckt.

»Ganz bestimmt«, versichert sie. »Ich meine, wie schwierig kann es schon sein, den Leuten Autos zu vermieten? Es ist garantiert viel einfacher, als Monat für Monat bei einer Zeitschrift dafür zu sorgen, daß alles ohne Panne läuft.«

Nancy eilt zu ihr und wirft ihr die Arme um den Hals. »Ach, Sophie! Was würde ich ohne Sie anfangen? Sie sind so nett – sind Sie sicher, daß Ihr Mann nichts dagegen hätte? Ich meine, ich will nicht lästig fallen.« Sophie ist einen Moment so gerührt, daß sie die Fassung zu verlieren droht.

»Er wird bestimmt nichts dagegen haben«, versetzt sie leichthin, »aber auf das ständige Gedudel im Hintergrund werden Sie verzichten müssen.«

Es ist gut, daß Nancy, die sich abgewandt hat, um sich die Augen zu wischen, zwar den leichten Ton vernimmt, aber den grimmigen Ausdruck in Sophies Gesicht nicht sieht, ihn auch später nicht bemerkt, als Sophie sich an die Endfassung ihrer Kolumne setzt.

Eine Stunde später steht die Kolumne. Sophie drückt Nancy noch einmal kurz an sich, verspricht, sich zu melden, sobald sie etwas weiß, und flieht aus dem Büro.

Wut ist das Gefühl, das sich am schnellsten einstellt. Minuten nach ihrer Heimkehr stopft Sophie bereits in Rage Michaels Jacken, Hosen, Hemden, Krawatten, Pyjamas, Unterwäsche und Toilettensachen, ja, sogar seine schmutzige Wäsche aus dem Wäschekorb, achtlos und ohne irgend etwas zu falten in Koffer und Taschen. Als ihr Koffer und Taschen ausgehen, knüllt sie den Rest seiner Sachen in schwarze Müllsäcke.

Dann packt sie seine Cartoonhefte, seine Bierkrüge, die Plaketten und Medaillen, die er in seiner Schulzeit beim Rugby gewonnen hat, seine Golfausrüstung und die Vase aus Waterford-Glas, die er bei irgendeinem Quiz als Preis gewonnen hat. Als keine beweglichen Teile mehr zu finden sind, hält sie inne, um den Berg zu betrachten, der an der Wand neben der Haustür aufgetürmt ist. Einige der schwarzen Müllsäcke haben Risse. Gut. Passend. *Ein Leben in Müllsäcken und Koffern* von Sophie Dolan. Prima Titel.

Sophie ist drauf und dran, ihren Fotoapparat zu holen, um den Moment im Bild festzuhalten.

Dann vergeht die immense Wut und mit ihr alle Energie, Schlaf überspült sie wie eine unwiderstehliche tiefblaue Flut. Sie nimmt einen Stift aus dem Kästchen neben dem Telefon und schreibt »Schlüssel bitte« auf einen Zettel, den sie auf den Gepäckhaufen legt. Statt auszugehen, wie sie ursprünglich vorgehabt hat, schleppt sie sich die Treppe hinauf und läßt sich voll bekleidet aufs Bett fallen. Ihr Bett jetzt.

Bevor der Schlaf sie übermannt, zieht sie noch den Ehering vom Finger und schleudert ihn in die Dunkelheit. Soll ihn doch der Staubsauger schlucken, wenn sie das nächste Mal die Energie aufbringt, hier sauberzumachen.

Hey, eigentlich wäre das sogar phantastisch. Genau dahin gehört er. In den Müll …

Damit fällt sie in einen traumlosen Schlaf.

Ihr Wecker zeigt 20.32 Uhr an, als sie hochfährt. Einen Moment lang ist sie desorientiert, dann bricht die Erinnerung über sie herein. Sie springt aus dem Bett und läuft nach unten.

Der Gepäckberg ist weg. Auf der Rückseite des Zettels, den sie Michael hingelegt hatte, steht hastig hingeworfen: »Es tut mir so leid.« Der Zettel liegt neben seinen Schlüsseln genau in der Mitte des Couchtischs.

Sophie läßt sich in einen Sessel fallen und schaltet den Fernsehapparat ein. Sie dreht die Lautstärke so weit herunter, daß kaum etwas zu hören ist. Drei Stunden lang sitzt sie so, ohne wahrzunehmen, was auf dem Bildschirm vor sich geht.

Es ist ihr ernst gewesen, als sie sagte, sie wolle ihn nie wieder sehen. Es ist ihr auch jetzt noch ernst, und trotzdem lauscht sie auf jeden Schritt auf der Straße, auf jedes Auto, das vorüberfährt, auf jedes Rascheln, das bedeuten könnte, daß er leise zur Haustür schleicht, um sie um Verzeihung zu bitten. Wenigstens anrufen muß er. Er ist ein Schwein, aber warum ruft er nicht an?

Jede Minute ist so lang wie eine Woche, jede Stunde endlos. Dabei seziert sie unaufhörlich die Ereignisse dieses Dies horribilis, der begonnen hat, als vor vierzehn Stunden Eily anrief.

Gegen Mitternacht denkt sie, daß sie etwas essen sollte. Aber sie bringt es nicht fertig, sich auch nur zu rühren.

Nicht zu wissen, wo Michael ist und was er tut, ist qualvoll. Sie muß endlich aus diesem Sessel aufstehen. Sofort.

Gleich wird sie aufstehen. Nur einen Moment noch. Sie ist eine erwachsene Frau. Laufend gehen Ehen in die Brüche. Es war völlig richtig von ihr, Michael sofort an die Luft zu setzen und sich nicht noch weitere Demütigungen einzuhandeln.

Lieber Gott, wie lang wird es dauern, bis dieses Gefühl der Desorientierung, dieses Hin-und-hergerissen-Werden zwischen Verzweiflung und Raserei sich legt?

23

In Marble Gardens öffnet Riba im Wohnzimmer die Vorhänge und läßt das fade Grau eines regnerischen Dienstagmorgens herein. Von Schnee keine Spur, Gott sei Dank. Dem Wetterbericht zufolge soll der Regen vor Mittag aufhören, aber für sie und Zelda ist das ohne Bedeutung, denn um diese Zeit werden sie sich bereits durch die verglasten Tunnel auf dem Flughafen Charles de Gaulle treiben lassen.

Durch die Zimmerdecke hört sie Brian eifrig mit dem Pfefferminzmundwasser gurgeln, das er jeden Morgen in dem irrigen Glauben benutzt, damit der Erhaltung seiner Zähne zu dienen. Sie lächelt liebevoll: Ehen sind selten auf grandiosen Fundamenten erbaut, es sind diese kleinen Vertrautheiten, die sie tragen, und wenn Brian und sie sich jemals trennen sollten, würde sie dieses intime Geräusch, das jeden Tag einläutet, mit am heftigsten vermissen.

Heute morgen ist er in einer merkwürdigen Stimmung – nicht gereizt, aber auch nicht heiter. Irgendwie zerstreut. Genau das ist es, irgendwie zerstreut. Unter den gegebenen Umständen kommt ihr das allerdings nicht ungelegen.

Riba geht wieder in die Küche, wo Zeldas Frühstück aus Saft, Müsli mit Sahne und einer dünn geschnittenen Banane schon auf dem Tablett angerichtet ist. Ja, Brians Geistesabwesenheit ist gerade heute morgen ein wahrer Segen, da werden ihm kleine Abweichungen von der täglichen Gewohnheit gar nicht auffallen – wie zum Beispiel, daß sie nach ihrem Bad wieder den Morgenrock übergezogen hat. Neben Zeldas Frühstück gibt Riba jetzt die Medikamente in kleine Plastikbecher, wobei sie vorsorglich ein extra Maß Schmerzmittel hinzufügt. Das Risiko ist minimal; sie weiß über die Wechselwirkungen der Medikamente ihrer Tochter untereinander mittlerweile beinahe so gut Bescheid wie ein Arzt.

Sie trägt das Tablett nach oben, zieht in Zeldas Zimmer die Vorhänge auf und weckt ihre Tochter. Dann geht sie in ihr und Brians Schlafzimmer und klopft an die Verbindungstür zum Bad. »Das Frühstück ist in zehn Minuten fertig, Schatz.« Ohne auf eine Antwort zu warten, eilt sie wieder hinaus. Ein Glück, daß Brian heute früh los muß. Da wird er in Eile sein und ihr keine langen Fragen nach Donny stellen.

Wieder in der Küche, preßt sie Brians Orangensaft aus, löffelt den Bewley's-Kaffee, den er so mag, in die Kaffeemaschine und schiebt Brot in den Toaster. Eventuelle Gewissensbisse darüber, daß sie ihren Mann hinters Licht führt, lassen sich leicht damit beschwichtigen, daß ihr ja nichts anderes übrigbleibt als zu lügen. Während sie auf das Blubbern des Kaffees wartet, schließt sie die Augen und stellt sich Zelda an einem Tisch sitzend vor, der sich unter Bergen tropischer Früchte und organisch angebauten Gemüses biegt, der gesunden Kost, zu deren Genuß Jay jedem rät, die aber in Dublin beinahe unerschwinglich ist; sie sieht ihre Tochter die heilspendenden Vitamine schlucken, die Mineralstoffe, die Antioxidantien und Nahrungsergänzungsmittel, die Jay empfehlen wird; sie sieht sich selbst vor einer schneeweißen geschlossenen Tür, den Blick auf das glatte Karibische Meer gerichtet, ruhig in dem Wissen, daß in dem Zimmer hinter ihr Jay seine magischen geistigen Kräfte auf ihre Tochter wirken läßt. Sie sieht Zelda mit rosiger Haut und glänzenden Augen aus diesem Zimmer treten.

Der Zitrusduft von Brians Rasierwasser weht ihr entgegen, als ihr Mann in die Küche kommt. Sie muß die Visualisierungsübung abbrechen. »Wie fühlst du dich heute morgen, Darling?«

»Ganz gut – ich hab keine Zeit, was zu essen. Ist der Kaffee fertig?«

Obwohl Brian in Eile ist, scheint er gutgelaunt wie meistens, und trotzdem kann Riba sich des Eindrucks nicht erwehren, daß er ein wenig abwesend ist. Während sie ihm zusieht, wie er seinen Saft hinunterkippt und dann Kaffee in den Becher gießt, beschließt sie, lieber keine Fragen zu stellen, und kehrt ihm den Rücken, um abzuspülen, was im Becken steht. »Du solltest aber was essen.«

»Ich frühstücke später am Flughafen.«

Eine halbe Minute danach hört sie ihn den leeren Kaffeebecher auf den Tisch knallen. Dann: »Bis heute abend, Eily – ich denke, ich werde nicht allzu spät kommen. Viel Glück mit Donny – was hast du vor, gehst du mit ihm irgendwo zum Lunch?«

»Ich weiß noch nicht – ich möchte Zel nicht allein lassen.«

»Na schön, vergiß nur nicht, was wir besprochen haben, okay? Viel Aufmerksamkeit und liebevolle Fürsorge – unternimm irgendwas Schönes mit ihm.«

»Keine Sorge.« Riba wagt nicht, sich umzusehen. Sie dreht das kalte Wasser auf. »Schönen Tag, Schatz.«

»Dir auch.«

Er ist weg, und trotz seiner seltsamen Stimmung war es ein ganz gewöhnlicher Morgen an einem ganz gewöhnlichen Tag. Bis jetzt jedenfalls. Riba wartet, bis die Haustür zuschlägt, dann dreht sie das Wasser aus und stürzt zur Treppe.

Durch die offene Tür des Nachbarzimmers hört Zelda, den Mund voll Banane und Sahne, wie ihre Mutter mit Schimpfen und gutem Zureden versucht, Donny aus dem Bett zu lotsen, damit er pünktlich zur Schule kommt. Sie hört ihren Bruder laut stöhnend protestieren. Dieser morgendliche Kampf gehört zum normalen Tagesablauf.

Zelda schiebt sich noch einen Löffel voll Banane mit Sahne in den Mund und läßt sich dann mit geschlossenen Augen in die warme Mulde ihres Kissens sinken. Aus irgendeinem Grund, wahrscheinlich wegen der vielen Medikamente, die sie einnimmt, muß ihr Essen jetzt immer über das Normalmaß hinaus gesüßt oder gesalzen sein.

Sie ist sich nicht sicher, ob sie mit ihrem Bruder tauschen würde, wenn sie könnte: Einerseits hat er sein ganzes Leben vor sich. Andererseits muß der arme Kerl noch vier lange Jahre in diesem Dschungel des Konkurrenzkampfs und des Leistungsdrucks, den man Schule nennt, hinter sich bringen. Das wenigstens ist für sie ein für allemal erledigt.

Zelda hat es ihren Eltern nie gesagt, aber sie hat die Schule gehaßt. Obwohl sie eine gute Schülerin war und allgemein beliebt, ist sie immer unglücklich gewesen und hat sich nur bis zum Ende durchgebissen, weil das Abschlußzeugnis wichtige Türen öffnet. Niemand hat sie je schlecht behandelt, aber sie hat die Reglementierung und den Zwang vom ersten Tag an verabscheut, und das Schlimmste waren für sie die Erwartungen, die den intelligenteren Schülern wie Mühlsteine um den Hals gelegt wurden. Es war ihr vorgekommen, als habe sie nie für sich selbst gearbeitet, sondern werde nur dazu benutzt, das Prestige der Schule zu mehren.

Mit echter Freude ist sie immer nur in Englisch und Französisch bei der Sache gewesen. Der Rest war pauken und nochmals pauken. Was für einen Sinn zum Beispiel sollte Trigonometrie für sie haben? Oder die Lektüre der Werke irgendwelcher Dichter, die unverständliche Geschichten in irischer Sprache schrieben. Irisch war für Zelda von dem Moment an für immer erledigt, als sie den letzten Punkt auf die letzte Examensarbeit in diesem Fach setzte. Sie kehrte der Schule leichten Herzens den Rücken, fest entschlossen, sich nie wieder mit etwas so gründlich zu befassen, das ihr keine Freude macht, und mit der Absicht, sich vor der Aufnahme ihres Studiums an der Universität ein Jahr Auszeit zu nehmen und Australien, Griechenland, Osteuropa, vielleicht auch noch Südamerika zu bereisen. Einen Teil des Geldes dazu wollte sie sich mit einem Sommerjob verdienen, den Rest mit Jobs unterwegs. Ihr Vater hätte ihr bestimmt auch etwas dazugegeben.

Aber dann kam das Multiple Myelom.

Das tägliche Kampfgetümmel nebenan nähert sich seinem Höhepunkt. Obwohl Donnys Kraftausdrücke gedämpft und größtenteils nicht zu verstehen sind – wahrscheinlich hat er sich die Decke über den Kopf gezogen –, ist das Wesentliche unmißverständlich: Ihre Mutter soll auf der Stelle aus seinem Zimmer verschwinden und ihn in Frieden lassen.

Darauf ist wieder ihre Mutter am Zug. Prompt hört Zelda ihre schnellen Schritte. Es wird nicht mehr lange dauern, bis Donny wütend kapituliert.

»Alles in Ordnung, Schatz?« Ihre Mutter steht an der Tür.

»Ja, Mama, wunderbar.« Zelda schiebt sich noch einen Löffel Müsli in den Mund.

Ihre Mutter tritt kurz zu ihr ans Bett und nimmt einen der leeren Plastikbecher in die Hand. »Oh, gut, du hast deine Medikamente alle genommen.«

Nebenan poltert es laut – Donny ist aufgestanden. Sofort wird ihre Mutter aktiv. »Gut, Schatz, ich werde ihm jetzt erst mal Beine machen, dann komme ich und hole das Tablett.«

Die nächste halbe Stunde verläuft nach gewohntem Muster. Mit halbem Ohr lauschend – ihre Mutter rennt dauernd die Treppe rauf und runter und kramt mehr als sonst in ihrem Zimmer herum –, ißt Zelda so viel von ihrem Frühstück, wie sie hinunterbringt. Es scheint ein trüber Tag zu werden, obwohl es noch zu dunkel ist, um es mit Gewißheit zu sagen. Das Wetter sollte ihr eigentlich gleichgültig sein, aber irgendwie wirkt es sich stets, selbst an ihren schlechtesten Tagen, auf ihre Stimmung aus, ob der Himmel vor ihrem Fenster blau oder grau ist. Sie macht es sich wieder unter der Steppdecke gemütlich; es gibt nichts, wofür sie aufstehen müßte …

Sie hört, daß die Haustür geöffnet und krachend zugeschlagen wird. Donny ist endlich auf dem Weg zur Schule. Gleich darauf kommt ihre Mutter die Treppe herauf.

Zelda schließt die Augen. Sie hat keine Lust auf ein Gespräch, nicht einmal auf eine Nachricht von Donny. Sie möchte es einfach in Ruhe genießen, schmerzfrei zu sein. Sie hat das Gefühl zu schweben; was auch immer das für Schmerzmittel sind, die sie im Moment bekommt, sie wirken. Sie könnte sie wahrscheinlich in einer Disko verkaufen.

»Zel?«

»Mmm?« Sie nimmt den Schatten wahr, der über ihr Bett fällt. Ihre Mutter scheint außer Atem. Zelda muß die Beine wegziehen, um ihrer Mutter Platz zu machen, die sich zu ihr aufs Bett setzt.

Einen Moment ist es still. Dann: »Mach die Augen auf, Schatz, wir müssen etwas miteinander besprechen!«

»Kann das nicht warten, Mama? Ich bin wahnsinnig müde.« Zelda übertreibt nicht. Der Schlaf, ein blauer Mantel, beginnt sie einzuhüllen. Sie spürt die Hand ihrer Mutter an ihrem Kopf.

»Nein, Schatz, es kann nicht warten. Ich habe eine Überraschung für dich, eine große – für uns beide.«

Nun öffnet Zelda die Augen doch und wird sofort argwöhnisch, als sie sich mit diesem intensiven braunen Blick fixiert sieht, den sie so gut kennt und der ihr verrät, daß sie sich auf etwas gefaßt machen muß, das erst einmal geschluckt werden will. »Was denn? Was ist, Mama?«

»Hör mir zu.« Die Stimme ihrer Mutter ist leise und mit Spannung geladen. »Ich weiß, es kommt ein bißchen plötzlich, aber rate mal, was wir jetzt gleich tun werden?«

»Ach, Mensch, Mama!« Mit einiger Mühe richtet Zelda sich auf und stützt sich auf den Ellbogen. »Mach's doch nicht so spannend.«

Doch ihre Mutter läßt sich das Vergnügen nicht nehmen. »Hättest du Lust«, haucht sie, »aufzustehen, dich anzuziehen und mit mir zum Flughafen zu fahren? Jetzt gleich?«

Zelda kraust die Stirn. »Ich versteh nicht. Was soll ich denn am Flughafen? Wollen wir Dad überraschen?«

»Nein, wir wollen Dad nicht überraschen. Wir gehen in die Abflughalle, nicht in die Ankunftshalle. Weil wir nämlich nach Paris fliegen, mein Schatz, und von Paris aus fliegen wir weiter in die Karibik, wie wir das vor acht Tagen bereits vorhatten.«

Jetzt fällt Zelda auf, daß ihre Mutter sich fein gemacht hat und keinen ihrer üblichen Kaftane trägt. Was sie da eben gesagt hat, scheint völlig absurd. »Das ist nicht dein Ernst, oder?«

»Doch. Es ist mein voller Ernst. Ich habe die Tickets und die Pässe, die Koffer sind gepackt, wir sind startbereit. Du brauchst nichts weiter zu tun, als aufzustehen und dich fertigzumachen, Darling. Es ist jetzt Viertel vor acht. Das Taxi kommt in genau fünfundvierzig Minuten – wir fliegen diesmal übrigens Business-Class. Mit Air France. Das haben wir aber auch verdient, nicht wahr?«

»Aber Mama ...«

»Also, beeil dich. Gibt es irgendwas Besonderes, das ich dir noch einpacken soll? Ich glaube, ich habe an alles gedacht – aber während du dich anziehst, könnte ich ...«

»Mama!« Empörung ist ein zu mildes Wort für das, was Zelda empfindet. »Wie kannst du nur? Wir haben gerade ein fürchterliches Flugzeugunglück hinter uns, Mama, wie kannst du auch nur daran denken, so schnell wieder in eine Maschine zu steigen?«

»Du weißt doch, was man tun soll, wenn man vom Pferd fällt, Schatz.«

»Aber ...«

»Ich gebe zu, ich bin auch ein bißchen nervös. Aber dann sind wir eben gemeinsam nervös.«

Zelda glaubt ihrer Mutter kein Wort. Ihrem freudig erregten Gesicht ist anzusehen, daß sie keinen Funken Angst vor dem Fliegen hat.

Zelda hat auch keine Angst. Was würde noch ein Crash für sie schon bedeuten? Der kurze Weg in den langen Schlaf. Dann bräuchte sie keine Entscheidungen mehr zu treffen, keine peinlichen, verlogenen Gespräche mehr zu ertragen. Das ist wahrscheinlich unnatürlich und absurd, aber was an dieser ganzen Situation, an ihrer verrückten Mutter ist nicht absurd?

Was denkst du da? Laß solche Gedanken gar nicht erst aufkommen ... Ihre Erregung ist abgeflaut, sie ist jetzt todmüde.

Der blaue Mantel des Schlafs, den dieser Vorschlag vorübergehend weggefegt hat, beginnt erneut, sie einzuhüllen. Sie läßt sich in ihr Kissen zurückfallen. »Du bist wirklich total verrückt, Mama«, sagt sie leise.

»Kann schon sein, aber ich bin nett verrückt. Bitte, Kind, tu mir den Gefallen. Sonst...« Ihre Mutter lächelt aufmunternd, aber ihre Lippen beben, und ihre Augen sind voller Furcht.

Das kann Zelda nicht ertragen. »Mama, sieh mich bitte nicht so an!«

»Ich kann's nicht ändern.«

Als ihre Mutter aus der Schachtel neben dem Bett ein Papiertuch zieht, wird Zelda angst. Sie hat ihre Mutter nie anders als in ruhiger Gewißheit erlebt. Sie fängt an zu rationalisieren. Sie hat der ersten Reise nicht allein deshalb zugestimmt, weil ihre Mutter sie mürbe gemacht hat und es am Ende leichter war, einfach ja zu sagen, sondern weil sie meinte, sie habe nichts zu verlieren, und weil sie sich sagte, wenn es ihr schon nicht vergönnt sei, wie geplant die Welt zu bereisen, könne sie sich ja wenigstens noch eine exotische Insel ansehen, bevor sie sterben muß. Und das gilt doch auch jetzt noch, oder nicht? Wäre es nicht schön, die Sonne auf ihren kalten Knochen zu fühlen? Zelda erinnert sich, was der nette Arzt über Vitamine und Sonnenschein zu ihr gesagt hat; er wäre wahrscheinlich ganz für diese Reise.

Dennoch bleibt der Vorschlag bizarr, so bizarr wie dieser Jay Street, von dem sie ständig hört, seit sie begonnen hat, darauf zu achten, was Erwachsene wirklich sagen. Aber könnte dieser Mann, an den ihre Mutter so fest glaubt, ihr ernstlich schaden? Das kann Zelda sich nicht vorstellen. Er wird ihr zwar sicher nicht helfen können, aber er wird sie gewiß nicht früher umbringen, als sie sowieso sterben muß.

Und da sie nun schon mal dabei ist – welchen Schaden kann die Reise selbst noch anrichten? Man bietet ihr einen kostenlosen Urlaub in der Karibik. Wer würde so ein Geschenk ausschlagen? So ein Urlaub ist doch tausendmal besser, als hier rumzuliegen und in den Regen zu starren.

Während ihr all dies durch den Kopf schießt, beobachtet ihre Mutter sie aufmerksam mit großen angstvollen Augen. Zelda stellt eine letzte Bedingung: »Wenn ich mitmache und es nicht hilft, versprichst du mir dann, daß du mich in Zukunft in Ruhe läßt?«

Ihre Mutter knüllt das Papiertuch in ihren Händen zusammen. Ihr Gesicht strahlt vor Hoffnung. »Es hilft bestimmt – oh, ich danke dir, Zel. Es hilft bestimmt, du wirst sehen.«

Zelda sieht ihrer Mutter so fest in die Augen, wie sie kann, und ausnahmsweise ist ihre Mutter diejenige, die den Blick senkt. »Natürlich, Zelda.« Leise. »Alles, was du willst.«

»Für immer. Keine Einmischung mehr. Versprichst du mir das?«

»Ich verspreche es.«

Und wenn mich diese Reise umbringt, denkt Zelda, was ist schon dabei? Müde schiebt sie die Steppdecke weg, die ihre Mutter freudig ergreift, um ihr dann aus dem Bett zu helfen. »Geh du und mach dich fertig, Kind. Ich bring inzwischen das Tablett runter und räume auf.«

»Mir wird das noch leid tun – ich weiß es ...« Als sie gerade auf wackligen Beinen zum Badezimmer gehen will, hält Zelda inne. »Moment mal! Dad und Donny haben mir gar nicht auf Wiedersehen gesagt. Und jetzt muß alles so schnell gehen – was hat das zu bedeuten, Mama? Wissen sie Bescheid?«

Ihre Mutter, die dabei ist, die Kissen aufzuschütteln, richtet sich auf. Sie dreht sich um. »Nein. Sie wissen nichts. Dein Vater hätte Himmel und Hölle in Bewegung gesetzt, um die Reise zu verhindern. Ich habe jedem einen Brief geschrieben.«

Im ersten Moment würde Zelda ihr am liebsten ins Gesicht schlagen. Sie will damit nichts zu tun haben. Dann aber tritt ihre Mutter einen Schritt auf sie zu und sagt mit flehentlicher Bitte: »Den beiden wird es an nichts fehlen – die Tiefkühltruhe ist voll.«

Als Zelda die Angst in den braunen Augen aufleben sieht, überfällt sie von neuem der Schmerz, den ihre Mutter leidet: das

Mitwissen darum, wie es ist, hilflos zusehen zu müssen, wie die eigene Tochter verfällt. »Das ist nicht in Ordnung, Mama. Ich finde das überhaupt nicht gut.«

Aber sie hat ihrer Mutter nichts entgegenzusetzen.

Sophie hat es zu Hause nicht ausgehalten und ist schon in aller Frühe in die Redaktion gefahren.

Es ist mittlerweile beinahe elf Uhr. Niedergedrückt von der Grabesstimmung, in der sie, Imelda und Nancy immer neue Müllsäcke mit vergilbten Faxen und uralten Computerausdrukken füllen, bedauert Sophie, daß sie hergekommen ist.

Nancy hält plötzlich inne. »Wie ist eigentlich die Besprechung mit den Investoren gestern gelaufen, Imelda?«

»Mit welchen Investoren?« Die Hände voller Papiere, blickt Imelda sich um. Sie trägt wieder so ein seltsames Ensemble: eine gallegelbe Rüschenbluse aus irgendeinem durchsichtigen Synthetikmaterial zu einem flaschengrünen Tweedrock. Sophie vermutet, daß sie in einem der Secondhandläden eingekauft hat, die diverse wohltätige Vereine hier in der Gegend aufgemacht haben.

Nancy ist verwirrt. »Ach, entschuldigen Sie – ich dachte …«

Unversehens holt Imelda aus und versetzt einem der Müllsäcke einen so wuchtigen Fußtritt, daß er platzt. Während ihre beiden Mitarbeiterinnen sie erschrocken anstarren, stürzt Imelda sich auf den Inhalt: Mit Händen und Füßen schleudert sie Papiere, Heftmaschinen, sogar einen Ventilator durch die Luft, als hätte sie es mit tödlichen Feinden zu tun. Das ist nicht die Imelda, die sie kennen.

Der Sturm legt sich so schnell, wie er losgebrochen ist. Keuchend bleibt Imelda in der Mitte ihres zusammengebrochenen Reiches stehen. »Tut mir leid. Aber das mußte mal raus.«

»Alles in Ordnung, Imelda?« Sie tut Sophie ungeheuer leid, wie sie da in ihrem Büro steht wie ein völlig verwirrter Paradiesvogel.

»Ja, ja, keine Sorge. Tut mir wirklich leid – es ist nur …«

»Irgendwas wird sich schon ergeben. Ihnen fällt bestimmt was ein«, sagt Nancy stockend.

Imelda zuckt mit den Schultern, dann wendet sie sich ab und macht sich daran, einen der schwarzen Säcke zu verschnüren.

Auch Sophie wendet sich ab. Arme Imelda. Arme Nancy. Verdammt noch mal, nein! Arme Sophie! Sie wirft den Sack hin, den sie gerade packt, und schaut zum hundertsten Mal an diesem Morgen auf ihr Handy. Keine Nachrichten.

Nichts hindert sie daran, Michael anzurufen. Außer ihr Stolz.

Sie könnte auch Brian anrufen. Michael wird ihm zwar schon alles berichtet haben, aber es wäre ihr gutes Recht, ihn anzurufen, um ihm ihre Version der Geschichte zu erzählen. Ein paar Sekunden lang spielt Sophie ernsthaft mit dem Gedanken.

Sie geht sogar aus dem Büro und beginnt Brians Nummer einzutippen; aber mittendrin bricht sie ab. Nein. Auf keinen Fall. Nicht, solange sie noch so aufgewühlt ist. Sich ihm anzuvertrauen wäre ihnen beiden gegenüber unfair. Und auch Eily gegenüber.

Sie geht wieder hinein, schiebt das Handy in ihre Handtasche und macht sich erneut ans Packen.

Die arme Sophie, wie wird sie mit der Arbeitslosigkeit fertig? Obwohl Riba nach dem Streit immer noch ärgerlich auf die Freundin ist, denkt sie voll Mitleid an sie, während sie jetzt, da sie Zelda in der Business-Class-Lounge der Air France sicher aufgehoben weiß, den glitzernden großen Duty-free-Shop im Flughafen Charles de Gaulle durchstreift, um nach einem Geschenk für Jay zu suchen. Etwas wirklich Edles soll es sein, aber nicht protzig – eine Breitling-Uhr vielleicht?

Zu teuer, selbst hier.

Sie sollte nicht bei den Unstimmigkeiten zwischen sich und Sophie verweilen, am Ende wird schon alles gut werden. Sie teilt Jays Auffassung, daß bei jedem Menschen unter der Oberfläche reichhaltige Quellen sprudeln und Menschen wie sie und er nur nicht nachlassen dürfen in ihrem Bemühen, sie anzubohren.

In der Glasvitrine eines Designerladens entdeckt sie ein Seidenhemd in einem weichen Perlgrau, einem Farbton, der selbst Sophie gefallen würde. Es kostet 160 Pfund. Das ist nichts im Vergleich zu dem, was sie und Zelda erhalten werden. Riba bezahlt frohen Herzens mit ihrer Kreditkarte.

Als sie die Karte wieder in ihre Geldtasche schiebt, muß sie lächeln beim Anblick des altmodischen Heiligenbilds, das Tante May ihr für Jay mitgegeben hat, als Dank für sein freundliches Gedenken. Jesus, der gute Hirte. Wie passend! »Hier! Geben Sie das dem Schlawiner, und ich wünsch ihm alles Gute«, hat sie gesagt.

Riba lächelt nachsichtig. Die Alten und ihre kleinen Schrullen!

Auf dem Rückweg zu Zelda sieht sie Jay schon in dem perlgrauen Hemd vor sich.

24

Das muß gemeint sein, wenn von der dunklen Nacht der Seele die Rede ist. Sie ist höllisch, diese Nacht, die längste in Brians Leben.

Er unterbricht einen Moment seine von Vorwürfen über seine Dummheit und Blindheit begleiteten rastlosen Wanderungen durch das Wohnzimmer, bleibt stehen und stiert umher.

Es muß doch Anzeichen gegeben haben, so clever kann sie nicht sein – aber sie ist es offensichtlich. Wieder nimmt er den Brief zur Hand. »Liebster Brian, wenn Du diesen Brief bekommst …« Worte, Worte, Worte … Sie hoffe, er würde verstehen, später werde er froh und glücklich sein … noch mehr Worte …

In der Annahme, Eily habe etwas mit Donny unternommen, war er nicht weiter beunruhigt, als im Lauf des Tages zu Hause niemand ans Telefon ging. Jetzt ist ihm klar, daß er auf seine innere Stimme hätte hören sollen, die ihm sagte, daß sie Zelda niemals so lange alleinlassen würde – und daß, selbst wenn dem so wäre, Zelda ans Telefon gehen würde.

Aber nein, er sagte sich einfach, seine Tochter schlafe wahrscheinlich wie ein Murmeltier oder höre in ihrem Zimmer mit Kopfhörern Musik.

Ohne zu ahnen, daß sein Haus leer ist, stürzte er sich also in die Arbeit. Und das war nötig, denn EconoCar hatte einen für Januar unerwartet guten Tag.

Verdammt noch mal – er hätte stutzig werden und nach Hause fahren müssen, um nach dem Rechten zu sehen. Vielleicht wäre er dann noch rechtzeitig gekommen, um ihren Abflug nach Paris zu verhindern. Oder er hätte wenigstens einen Anruf machen können.

Gott sei Dank hat er seine guten Kontakte in der Touristikbranche. So etwas ist verboten, aber einer seiner Freunde hat es geschafft, über diverse Computersysteme Eilys Reservierung ausfindig zu machen, so daß Brian jetzt wenigstens ihre Reise verfolgen, wenn schon nicht stoppen kann. Im übrigen ist Zelda volljährig, sie hat ihren eigenen Paß, muß also mit dem Unternehmen einverstanden gewesen sein. So wütend er ist, niemals würde er glauben, daß seine Frau ihre Tochter zu der Reise nach Palm Tree Island gezwungen hat.

Irgendwo bewundert er sogar die eiserne Konsequenz seiner Frau. Sie hat alles bis ins kleinste Detail geplant. Um ihm Detektivarbeit zu ersparen, hat sie ihm in ihrem Brief sogar erklärt, wie sie mit den Finanzen jongliert hat, um an die neuen Tickets zu kommen. Sie hat ihm alles berichtet, bis auf ihre Route und die Flugzeiten.

Neben diesem Problem gibt es ein zweites: Wie soll er sich in der Sache mit Mick und Yvonne verhalten? Mick hat wirklich Strafe verdient. Nach der Szene im Flughafenrestaurant ist Brians Achtung vor seinem alten Freund restlos dahin. Was für eine Vorstellung – da macht Mick seiner Frau eine so grausame Eröffnung in aller Öffentlichkeit und noch dazu in so einer Spelunke!

Bis zu einem gewissen Grad ist die Verwirrung des Mannes wegen des Kindes sicher verständlich. Brian hat sich auch nie als Familienvater gesehen, bis Eily damals schwanger wurde. Aber dann… du meine Güte!… was waren das für unglaubliche, überwältigende Gefühle…

Wo zum Teufel bleibt Donny? Es ist jetzt beinahe Mitternacht, und der Junge hat sich immer noch nicht gemeldet. Er wird ihn umbringen, wenn er ihn zwischen die Finger kriegt.

Nein, das wird er natürlich nicht tun. Donny hat ja allen Grund, stinkwütend zu sein.

Sophie hat einen bedrückenden, ziellosen Tag hinter sich. Sie war noch einmal für eine Stunde bei *Wild Places*, hat aber schnell gesehen, daß es keinen Anlaß gab zu bleiben: Die letzte Ausgabe war schon im Druck, die Aufräumarbeiten waren größtenteils erledigt, die letzten bezahlten Arbeitswochen würden ihr und Nancy reichen, vollends reinen Tisch zu machen. Daraufhin ist sie wieder gegangen und in die Stadt gefahren, wo sie sich erst eine Weile von der nachweihnachtlichen Menge treiben ließ, bevor sie beschloß, sich *101 Dalmatiner* anzusehen. Unfähig, sich zu konzentrieren, ging sie wieder, noch ehe die erste Hälfte des Films um war. Aber sie wollte nicht nach Hause, wo das stumme Telefon wartete, und versuchte deshalb erneut, sich mit einem Stadtbummel die Zeit zu vertreiben. Aber das hat ihr im Grunde noch nie Spaß gemacht.

Jetzt ist es beinahe Mitternacht, sie hat sich wieder in ihren Sessel gekuschelt und lauscht in die Stille; sie tut das seit Stunden.

Das plötzliche Läuten der Haustürglocke ist so laut, daß sie erschrocken zusammenzuckt.

Das muß Michael sein.

Sosehr sie darauf gewartet hat, daß er sich meldet, jetzt, da er hier ist, packen sie Zweifel. Soll sie die Tür öffnen oder nicht? Er wird wissen, daß sie hier ist; die Lampe neben ihrem Sessel brennt, und die Haustür hat ein Oberlicht.

Während sie noch zögert, läutet es ein zweites Mal. Steif erhebt sie sich aus dem Sessel.

Es ist nicht Michael, es ist Donny. Sophie nimmt es mit gemischten Gefühlen auf – Enttäuschung einerseits, Erleichterung andererseits.

»Komm rein, Donny. Was tust du denn hier? Ist was passiert?«

Als ob sie es nicht wüßte!

Bei Donnys heftigem Gefühlsausbruch in ihrem Wohnzimmer vergißt sie vorübergehend ihren eigenen Kummer. Seine ganze Familie könne ihm gestohlen bleiben; die sind für ihn gestorben. Keiner von denen kümmert sich einen Dreck um ihn, also kümmert er sich auch nicht mehr um sie …

Nachdem sie ihn ein wenig besänftigt und ihm einen Becher Tee in die Hände gedrückt hat, zeigt er ihr den Brief von seiner Mutter. »Mein allerliebster Junge …«

Sophie überfliegt das Schreiben; die seichten Phrasen, mit denen Eily ihr Handeln vor ihrem Sohn rechtfertigt, machen sie schon nach den ersten Worten wütend, und sie weiß, wenn sie zu genau liest, wird sie Eily ihr Leben lang verachten. Und sie wird Donny keine Hilfe sein.

Sie darf das gesunde Augenmaß nicht verlieren. Sie muß sich – noch einmal – die Frage stellen, wie sie selbst sich verhalten würde, wäre Zelda ihr Kind, ihre einzige Tochter und nicht nur ihr Patenkind. Wenn sie überzeugt wäre, Jay Street mit seinem Hokuspokus sei für ihr Kind die einzige Chance, würde sie dann nicht auch alle Rücksicht auf andere in den Wind schlagen?

Sie muß sich bemühen, neutral und besonnen zu bleiben, um so mehr, da sie genau spürt, wie scharf Donny auf ihre Reaktion bei der Lektüre achtet.

»Ich muß ehrlich mit dir sein«, sagt sie behutsam, als sie ihm den Brief zurückgibt. »Ich kann verstehen, warum deine Mutter das getan hat. Zelda ist schwerkrank, und ich kann nicht mit gutem Gewissen behaupten, daß ich nicht genauso handeln würde, wenn sie meine Tochter wäre und ich glaubte, das wäre ihre einzige Chance.«

»Aber Tante Sophie …« Er bricht ab.

Sein jammervolles Gesicht hätte einen Stein erweichen können, doch um seinet- und um Brians willen wappnet sich Sophie. »Ich weiß, wie dir zumute ist, wirklich. Aber manchmal bleibt uns nichts anderes übrig, als zu akzeptieren, was ist. Und du hast dir solche Mühe gegeben, mit deiner Internet-Recherche und deiner Anteilnahme, du Armer.«

Donny beginnt zu weinen. Die Tränen rinnen ihm über das Gesicht und tropfen von seinem Kinn herab. Er weint nicht wie ein kleines Kind, sondern wie der verwirrte und betrogene Junge, der er ist, und versucht gar nicht, seinen Kummer zu verbergen oder zu unterdrücken. Sein Schluchzen scheint den Raum in Millionen klirrender Scherben zerspringen zu lassen. »Sie wird sterben. Ich werde sie nie wiedersehen ... ich konnte ihr nicht mal auf Wiedersehen sagen ... das verzeih ich Mama nie! Sie hat mich nicht mal auf Wiedersehen sagen lassen ...«

Sophie steht auf und setzt sich neben ihn aufs Sofa. Sie legt ihm ihren Arm um die Schulter und nimmt ihm den Teebecher ab. Dann drückt sie ihn fest an sich. Sein dickes Haar, dem Brians so ähnlich, kratzt sie unterm Kinn. Sie läßt ihn weinen. Auch sie möchte weinen, aus Mitgefühl mit ihm und ihnen allen, mit der ganzen Welt, aber sie fürchtet, sich in ihrer Trauer zu verlieren, wenn sie diesem Impuls jetzt nachgibt.

Allmählich beruhigt Donny sich.

Sophie holt Papiertücher aus der Küche und reicht sie ihm. »Möchtest du frischen Tee?«

Sie läßt sich Zeit in der Küche, und als sie mit dem Tee zurückkommt, murmelt er: »Tut mir leid, Tante Sophie, ich hätte nicht herkommen sollen.«

»Aber wieso denn nicht?«

»Ich bin kein Baby mehr, und ich hätte nicht ...«

»Aber nein!« Sie setzt sich wieder, den Blick gesenkt. »Ich denke, ich sollte jetzt deinen Vater anrufen. Der wird vor Sorge schon ganz außer sich sein.« Sie holt das Telefon und hält es dem Jungen hin. »Warum tust du's nicht selbst?«

»Nein. Bitte, Tante Sophie ...« Er wehrt ängstlich ab.

»Na schön. Aber du findest doch auch, daß wir ihm Bescheid sagen müssen?«

Er nickt unglücklich.

Brian steht in der Mitte des Wohnzimmers und überlegt fieberhaft, bei wem er es noch versuchen könnte. Er hat schon sämtliche Leute angerufen, die ihm eingefallen sind, und dann sämtliche Namen in Eilys Adreßbuch durchprobiert, die ihm irgendwie bekannt vorkamen. Vielleicht hätte er längst die Polizei alarmieren sollen. Aber wahrscheinlich hat Donny sich nur irgendwo verkrochen.

Brian sieht auf die Uhr. Eily und Zelda werden jetzt bald auf dieser gottverdammten Insel landen. Brian hat versucht, Eily auf dem Flughafen von Antigua ausrufen zu lassen und Jay Street persönlich zu sprechen. Aber dessen Leute haben Brian nur abgewimmelt. Ja, sie erwarteten seine Frau, sie würden sie bitten, ihn zurückzurufen, sie würden ihr ausrichten, daß er angerufen hat, sie bedauerten, aber mehr könnten sie nicht tun. Brians ohnmächtige Wut konzentriert sich jetzt auf diesen verdammten Jay Street.

Sobald er weiß, was mit Donny los ist, wird er persönlich hinfliegen und diesen Scharlatan zur Rede stellen. Zur Hölle mit der Arbeit. Soll Mick Dolan doch mal erleben, wie es ist, wenn man Verantwortung trägt. Ein paar Tage lang den Chef zu spielen, während Brian im Krankenhaus war, aber jederzeit als Berater zur Verfügung stand, ist eine Sache. Etwas ganz anderes wird es sein, die volle Verantwortung für die Firma zu übernehmen, wenn der Chef Tausende von Kilometern weit weg ist. Das wird ihm die Freude am Bau seines Liebesnests gründlich verderben.

Um sich zu beschäftigen, versucht Brian, seine Route nach Palm Tree Island zu planen. Über Gatwick und St. Lucia oder mit Continental über New York. Aber seine Gedanken geraten immer wieder in den Teufelskreis aus Angst und Wut: Angst um Donny, Wut auf Jay Street, auf seine Frau, auf die ganze Welt. Schließlich springt er auf und beginnt wieder herumzulaufen. Soll er Sophie anrufen? Sie hätte Verständnis …

Nein. Besser nicht.

Er gießt sich gerade einen doppelten Whisky ein, um seine Nerven zu beruhigen, als das Telefon läutet.

Plötzlich hat er Angst. Eily? Wohl kaum. Wie er sie kennt, wird sie erst Kontakt aufnehmen, wenn sie sicher und unangreifbar dort ist, wo sie sein will. Nein. Es muß was mit Donny zu tun haben. Bitte, bitte, lieber Gott, laß es keine schlechte Nachricht sein …

Die Liat-Stewardeß zieht die Bordtür der kleinen weißen Maschine auf, und Riba schlägt tropisch-feuchte Hitze wie aus einem Treibhaus ins Gesicht. Sie findet es herrlich. Genießt es.

Während die Stewardeß mit der Bordtreppe beschäftigt ist, beugt Riba sich in die Wärme hinaus, um einen ersten Blick auf Palm Tree Island zu werfen. Sie kann allerdings nur brüchigen Asphalt erkennen und eine windschiefe Hütte, offensichtlich die Flughafenhalle.

Und der Himmel! Riba ist erstaunt. Es stimmt, was in den Büchern steht: In der Karibik kommt die Dunkelheit so rasch, als würde ein Vorhang zugezogen. Vor zehn Minuten noch hat sie durch das Bordfenster den strahlendblauen Ozean mit seinen funkelnden weißen Schaumkronen gesehen. Jetzt ist die Sonne weg, ihr Licht versickert im Boden zu beiden Seiten der Hütte.

Ein Stück weiter, im dünnen graubraunen Gras, steht eine echte tropische Palme! Eine richtige Palme, nur noch eine Silhouette im schwindenden Licht.

Für Riba öffnet sich mit der Bordtür der Vorhang zu einem exotischen Musical.

Sie wendet sich Zelda zu. »Aufwachen, Zelda. Wir sind da.«

Zelda öffnet schlaftrunken die Augen, aber sie rührt sich nicht. Einen Moment lang sieht sie ihre Mutter an, dann sagt sie: »Ich kann nicht. Ich will nicht.«

»Was willst du nicht, Darling? Du bist jetzt wach, komm schon, ich helfe dir.«

Stöhnend schließt Zelda die Augen wieder.

Riba streichelt die feuchte Stirn. »Mach die Augen auf, Zel, komm jetzt. Die Stewardeß wartet. Wir müssen aussteigen.« Sie merkt selbst, daß sie mit ihrer Tochter spricht wie mit einem kleinen Kind, aber es ist ja wahr, die Stewardeß sieht sie tatsächlich erwartungsvoll an. Riba erwidert den Blick mit ihrem gewinnendsten Lächeln. »Wir brauchen noch ein, zwei Minuten. Lassen Sie ruhig die anderen vorgehen.«

»Brauchen Sie einen Rollstuhl?« Der Singsang ihres Tons entzückt Riba. »Wenn Sie kurz warten möchten, besorge ich einen.«

Riba lächelt noch freundlicher. »Sie sind sehr nett. Keine Sorge, sie wird gleich wach werden, es dauert nur einen Moment. Sie ist ein bißchen müde. Wir kommen nämlich direkt aus Irland.«

Die Stewardeß antwortet mit einem routinierten Lächeln und bedeutet den anderen Passagieren weiterzugehen. Riba ist ein wenig enttäuscht über die Gleichgültigkeit der jungen Frau über ihre weite Reise. Wieder streichelt sie Zelda die Stirn, neigt sich dann zu ihr hinunter und küßt sie auf die Wange. »Hallo, Dornröschen! Aufwachen! Im Ernst, Schatz, du mußt jetzt aufwachen.«

Endlich schlägt Zelda die Augen auf und sieht sich in dem nunmehr leeren Flugzeug um. »Mama! Wo sind wir hier?«

»Weißt du nicht mehr, Darling? Wir sind angekommen. Willkommen auf Palm Tree Island. Wir haben zwar über eine Woche Verspätung, aber wir sind endlich angekommen. Das haben wir toll gemacht, oder?«

Zelda setzt sich hastig auf und drückt eine Hand an die Stirn. »Oh, Mist, ich fühl mich echt schlecht.«

»Das wird schon wieder besser werden. Gleich sind wir in der Anlage. Es ist nur zehn Minuten von hier, und dann haben wir Zeit in Hülle und Fülle, um dich wieder auf die Beine zu bringen. Denk einfach an die göttliche Ruhe hier und den Sonnenschein, Liebes.«

Als sie Zelda die kurze Treppe hinunterhilft, wird ihr einen Moment schwarz vor Augen aus lauter Schuldgefühl. Brian und Donny werden inzwischen wissen, was sie getan hat. Sie weiß, daß sie es wissen: Bei ihrem letzten Aufenthalt in Antigua hat sie gehört, wie ihre Namen ausgerufen wurden. Das kann nur Brians Werk gewesen sein. Zum Glück hat Zelda davon nichts mitbekommen, und Riba hat einfach nicht auf die Durchsage reagiert.

Er hat wahrscheinlich auch schon auf der Insel angerufen. Soll er. Sie muß auf ihr Ziel konzentriert und absolut positiv bleiben. Als sie den Fuß auf den heiligen Asphalt setzt, wird sie von einer Woge des Glückes überschwemmt. Das Wiedersehen mit Jay steht unmittelbar bevor, und dann kann sie an ihn übergeben. Jay wird sich um alles kümmern.

Brian meldet sich erst beim vierten Läuten. Kurz und sachlich teilt Sophie ihm mit, daß Donny bei ihr ist. »Soll ich ihn nach Hause bringen?«

»Nein.« Brian ist tief erleichtert. »Behalt ihn bei dir, Sophie. Ich komme zu dir.«

»Er wird mich umbringen«, sagt Donny, als sie aufgelegt hat. »Er wird mir wochenlang Hausarrest geben.«

»Ach was, das wird er bestimmt nicht tun. Ich bin sicher, dein Vater ist mindestens genauso erschüttert wie du, Donny. Ihr zwei müßt jetzt füreinander da sein, solange deine Mutter und Zelda weg sind. Du hast selbst gesagt, daß du kein kleines Kind mehr bist, aber jetzt mußt du richtig erwachsen werden. Dein Vater braucht dich jetzt – vielleicht sogar mehr als du ihn.«

Donnys Gesicht hellt sich ein wenig auf. »Ja, du hast recht. Ich darf Mama gegenüber nicht so hart sein. Sie tut ja nur, was sie für das Beste hält.«

»Das tun wir alle.«

Er trinkt einen Schluck Tee und sieht sich im Zimmer um. »Wann kommt eigentlich Onkel Michael? Ich habe ihn heute bei Bewley gesehen.«

»Ach ja?« Sophies Herz macht einen Sprung.

»Ja«, erzählt Donny bereitwillig. »Ich wollte eigentlich zu ihm hingehen, aber ich glaub, er hat auf jemanden gewartet, er hat immer wieder zur Tür geschaut.«

Wenn er auf *sie* gewartet hat, kann er noch nicht mit ihr zusammengezogen sein.

»Und ist die Person gekommen, auf die er gewartet hat?« Sophie versucht, ihrer Stimme einen beiläufigen Klang zu geben.

»Nein, als ich gegangen bin, war noch niemand da.«

Sie muß sofort damit aufhören. »Und mit wem warst du unterwegs, Donny?«

»Ach, nur mit einem Mädchen.« Er ist plötzlich vorsichtig.

»Oh, entschuldige!« Sophie bringt ein Lächeln zustande. »Mit einer Freundin, hm?«

Er senkt den Blick. »Nicht direkt. Sie ist nur ein Mädchen, das mit mir in die Schule geht. Fiona Prendergast. Sie darf sich eigentlich gar nicht mit mir treffen, weil ihre Eltern glauben, ich wär ein schlechter Umgang oder so was.«

Sophie hält es für besser, das Gespräch nicht fortzusetzen. Diese Fiona ist zweifellos das Mädchen, mit dem Donny heillos betrunken und unter kompromittierenden Umständen ertappt wurde. Sophie greift nach der Fernbedienung. »Komm, wir machen den Fernseher an, bis dein Vater kommt, okay?«

»Oh, Zelda! Schau doch mal – da drüben!« Ist es nur Ribas Einbildung, oder blitzten da, vom Licht der Scheinwerfer gebannt, tatsächlich ein Paar leuchtender gelber Augen? Was für ein Tier kann das gewesen sein? Riba ist entschlossen, während keiner Sekunde an diesem großartigen Ort unaufmerksam zu sein.

Sie ist ein klein wenig enttäuscht, daß Jay nicht selbst zum Flughafen gekommen ist, aber davon wird sie sich die Freude nicht verderben lassen. Sie kann ihr Wiedersehen mit Jay im Stillen feiern. Sie haben eine Menge zu besprechen.

Die platinblonde Monica fährt sie in einem offenen Safari-Jeep eine schmale, von Furchen durchzogene Piste hinunter, offensichtlich die Hauptstraße, die vom Flughafen wegführt.

»Es gibt nicht allzu viele Fahrzeuge auf der Insel«, erklärt die kalifornische Monica mit ihrer trägen Stimme, die immer von oben herab klingt. »Darum haben wir hier leider auch keine guten Straßen. Ich hoffe, Zelda wird nicht zu sehr durchgeschüttelt.« Die Worte sind direkt an Ribas Tochter auf dem Beifahrersitz gerichtet.

»Nein, nein, gar nicht«, beeilt sich Riba zu sagen.

Zelda hält den Kragen ihrer leichten Jacke mit beiden Händen am Hals zusammen, als wäre ihr kalt.

Riba beugt sich vor. »Möchtest du meine Jacke haben, Darling?«

Zelda lehnt ab.

Riba zieht ihre Jacke trotzdem aus. Trotz des Fahrtwinds empfindet sie die klebrige Feuchtigkeit als unangenehm und schwitzt heftig.

»Ist es immer so heiß?« Sie schreit, um das Heulen des Jeep-Motors zu übertönen.

»Das ist die Feuchtigkeit – daran gewöhnt man sich«, schreit die kalifornische Monica zurück. »Ich nehme sie kaum noch wahr. In den Staaten komme ich mir jetzt immer vor wie in der Arktis.«

Riba lehnt sich zurück und sieht hinaus in die samtige Dunkelheit. Zu ihrer Linken liegt ein festlich erleuchteter Passagierdampfer vor Anker, zu ihrer Rechten ist dichter Wald. Kein Mond ist zu sehen, aber soweit das Auge reicht, funkeln unzählige Sterne.

Das Herz lacht ihr vor Glück. Wenn Zelda ein wenig kräftiger ist, könnten sie vielleicht sogar kleine Bootsfahrten zu einigen anderen Inseln des Archipels unternehmen, den sie – so oft! – in Brians Atlas gesucht hat. Sie tragen so wunderschöne Namen wie White Island, Moonrise Island, Sandy Atoll und Flora's Beach. Anders als Palm Tree Island, die größte Insel der Gruppe und inoffizielle Hauptstadt, sind manche der kleineren in Privatbesitz; andere, die unbewohnt sind, kann man besuchen. Es muß herrlich sein, zu einer dieser Inseln hinüberzusegeln und unter den Fußsohlen den unberührten Sand zu spüren.

Sie brauchen keine zehn Minuten bis zur Anlage. Sie besteht aus ein paar weißen Bungalows, die in einem Halbkreis in unmittelbarer Nähe zum Strand gebaut sind. Zwischen dem Halbkreis und dem Strand ist ein mit Gras bewachsener quadratischer Platz, auf dem an drei Seiten Bänke, Stühle und Liegestühle stehen, während die vierte zum Meer hin frei ist.

»Das ist der Große Platz«, erklärt die kalifornische Monica. »Da halten wir die Trauungen ab.« Sie deutet auf einen Stapel gebogener Holzlatten. »Das sind die Bögen für das Festspalier. Wir stellen sie morgen auf, aber der Blumenschmuck kommt erst am Freitag morgen drauf. Du könntest uns dabei helfen, Riba, du bist geschickt bei so was.« Sie stellt den Motor aus und läßt den Wagen in eine Lücke zwischen einem alten Käfer und einem Rolls-Royce Cabriolet rollen, die mit einem Schild »Jeep« gekennzeichnet ist.

Riba gerät aus dem Häuschen. Das ist Jays Rolls-Royce! Er spricht von ihm beinahe so wie andere Männer von einer geliebten Frau. »Wer heiratet denn am Samstag?« fragt sie eifrig.

»Jay nennt es eine ›gemischte Gesellschaft‹.« Die kalifornische Monica gluckst liebevoll. »Leider keine Iren diesmal, aber sie kommen aus aller Welt, vier Paare aus den Staaten, zwei von hier, eines aus England, eines aus Deutschland, eines aus Australien und – du wirst es nicht glauben – sogar eines aus Hongkong. Das ist, wie du weißt, eine neue Aktion, Riba, und wir sind natürlich alle sehr gespannt, wie sich die Sache entwickeln wird. Der Zuspruch war unglaublich. Am Ende mußten wir die Leute abweisen, weil wir uns bei diesem ersten Mal auf zehn Paare beschränken wollten, um zu sehen, wie das Ganze in der Praxis funktioniert. Wirklich, das Potential ist unbegrenzt. Anscheinend will die ganze Welt im Paradies heiraten. Die Hochzeitsnacht verbringen unsere Paare in wunderschönen kleinen strohgedeckten Rundhütten im Wald. Jay hat sie nach einem südafrikanischen Vorbild errichten lassen. Also«, die Amerikanerin zieht die Gepäckstücke hervor, »sind wir soweit?«

»Ach, die Paare wohnen nicht hier?« erkundigt sich Riba.

»Guter Gott, nein. Wir haben für die Zeit vor und nach der Hochzeit Unterkünfte in der Stadt für sie gemietet, aber wir gestatten ihnen, bis zu zwei Wochen in ihrem kleinen Wald Eden zu verbringen, wenn sie das möchten. Diese Anlage hier ist nur für uns, Riba, für die Organisation. Kommt, gehen wir.« Anmutig springt sie aus dem Jeep.

»Das ist ja wunderbar.« Riba, die nicht zurückstehen will, springt auf ihrer Seite heraus und verknackst sich den Fuß. Sie ignoriert den kurzen, aber heftig stechenden Schmerz und neigt den Kopf zur Seite, um zu lauschen. Sie hat geglaubt, die Karibik sei wie eine Lagune, aber so ist es nicht. Obwohl kein Lüftchen sich regt, hört sie das leise, beharrliche Geräusch der Wellen, die sich auf dem Kies brechen. Sie nimmt ihre Tochter bei der Hand, um ihr beim Aussteigen zu helfen. »Müde, Schatz?«

»Ich bin total fertig. Ich muß unbedingt schlafen, Mama.« Zeldas Gesicht scheint aschgrau im Sternenlicht. Riba hilft ihr fürsorglich vom hohen Trittbrett des Jeeps.

»Kommt, erledigen wir die Formalitäten, damit ihr gleich in euer Zimmer könnt.« Die kalifornische Monica eilt ihnen mit schwingenden Hüften voraus. Mit ihren langen Beinen bewältigt sie die Entfernung zwischen dem Jeep und der Rezeption in zwei Sekunden. Riba folgt ihr mit schmerzendem Knöchel und Zelda am Arm. Sie macht sich wegen ihrer Tochter keine allzu großen Sorgen. Es war schließlich eine strapaziöse Reise. Während sie langsam auf dem sandigen Fußweg dahingehen, läßt Riba, die sich zwingt, nicht zu humpeln, weiter ihren Blick schweifen, nickt lächelnd zwei Frauen zu, die leise schwatzend auf einer Bank sitzen, offenbar Mitbewohnerinnen. Die beiden erwidern das Lächeln und winken ihr kurz zu. Das wird herrlich hier, einfach herrlich – obwohl man eigentlich erwarten sollte, daß mehr Leute hier sind. Wo ist Jay? Welches ist sein Haus?

Monica führt sie durch eine Art Laubengang, der von Efeu und riesigen Blüten überwachsen ist. Kann das, überlegt sie angetan, Jasmin oder Jacaranda sein?

Durch den Laubengang gelangt man in ein Gebäude, das aus nur einem Raum besteht. Auf einem Schreibtisch steht ein Computer. Das ist enttäuschend. Der Einbruch der modernen Technik in dieses Paradies ist geradezu erschütternd; Riba hat erwartet, daß gerade an diesem Ort, Jays Zuhause, alles ein weniger sachliches, natürlicheres Ambiente hätte.

Aber warum sollte ein Computer sie stören? Er ist doch nichts anderes als Telefon oder Fax, und gegen die hat sie ja auch nichts einzuwenden. Entschlossen, sich auf keinen Fall die Laune verderben zu lassen, hilft sie Zelda in einen Pfauensessel. Natürlich brauchen sie hier moderne Kommunikationsmittel.

»Wo sind die anderen?« fragt sie.

»Sie sind alle mit Jay in der Stadt.« Die kalifornische Monica konzentriert sich auf Keyboard und Bildschirm.

Riba beginnt allmählich doch zu befürchten, daß Zelda das Ende ihrer Kräfte erreicht haben könnte. Sie hat die Augen geschlossen und kann kaum noch den Kopf aufrecht halten. Behutsam hält Riba ihre Tochter an sich gedrückt. Zelda öffnet die Augen nicht.

»Fertig.« Die kalifornische Monica überfliegt noch einmal, was sie eingetippt hat. »Du hättest dir wirklich keinen besseren Zeitpunkt aussuchen können, Riba. Zelda wird es bestimmt auch gefallen. Also, wie zahlt ihr?«

Die Frage trifft Riba wie ein Schlag. Sie ist felsenfest davon ausgegangen, daß sie und ihre Tochter Jays Gäste sein würden. Sie starrt das Puppengesicht hinter dem Computerbildschirm fassungslos an. »Wie bitte?«

Die kalifornische Monica lächelt hilfsbereit. »Bar oder mit Karte?«

25

Sophie hat sich beruhigt, als es zum zweitenmal an diesem Abend draußen läutet.

Sie würgt die Schmetterlinge ab, die sich wieder in ihrem Bauch zu regen beginnen, und gibt Donny einen aufmunternden Klaps. »Keine Angst, er wird dich nicht gleich fressen. Das erlaube ich gar nicht.«

»Hallo.« Im gelblichen Lichtschein der Straßenlaternen sieht Brian müde und eingefallen aus.

Sophie verbietet es sich, ihm eine ordentliche Mahlzeit anzubieten. »Komm rein«, sagt sie scheinbar gelassen. »Wir haben gerade ein bißchen ferngesehen.« Über die Schulter sieht sie zu Donny hinüber, der mit ängstlich eingezogenem Kopf dasitzt und auf den Bildschirm starrt. »Sei nicht zu streng mit ihm, Brian, er hat's im Moment wirklich schwer. Außerdem habe ich ihm versprochen, dafür zu sorgen, daß er keinen Ärger bekommt.«

»Gott sei Dank, daß er hierhergekommen ist.« Brian schüttelt seinen regennassen Mantel aus und tritt ins Haus. »Mach dir keine Sorgen, ich will ihn nur nach Hause holen. Es tut mir leid, daß du da reingezogen worden bist, Sophie.« Er seufzt. »Von Eily und Zelda hast du wahrscheinlich schon gehört?«

Sophie schließt die Tür hinter ihm. »Ja.«

»Ich flieg ihnen hinterher«, sagt er leise. »Sobald ich hier alles geregelt habe.« Er weist mit einer Kopfbewegung auf seinen Sohn.

»Kann ich mitkommen?« fragt Sophie spontan. Sie ist selbst erstaunt, weil es nicht scherzhaft gemeint war. Es wäre schön, alles zurückzulassen und eine Woche in die Sonne zu fliegen, und sei es nur auf Jay Streets blöde kleine Insel.

»Ist das dein Ernst?«

»Nein, natürlich nicht.« Sie lächelt. »Ich könnte es mir sowieso nicht leisten. Jedenfalls im Moment nicht.«

Er zögert, schaut wieder zu Donny hinüber, der inzwischen den Ton heruntergedreht hat, und sagt: »Mir ist klar, daß es mich nichts angeht, aber ich weiß nicht, was ich zu der Geschichte mit dir und Mick sagen soll …«

»Nein, das ist wirklich nicht dein Problem«, unterbricht Sophie ihn hastig. »Entschuldige, Brian, aber ich möchte nicht darüber reden. Jedenfalls nicht jetzt.«

Natürlich hat Michael ihm alles erzählt. Oder Yvonne. Alle Welt weiß jetzt, daß Sophie Dolan von ihrem Mann ausrangiert worden ist wie ein abgetragenes Paar Schuhe. Aber dann kann sie sich die Frage doch nicht verkneifen. »Wie lange weißt du es schon?«

»Nicht lange, ehrlich nicht …« Er setzt zu weiteren Erklärungen an, aber sie ist sich sicher, daß er die Wahrheit sagt. Außerdem will sie Brian nicht zeigen, wie erschüttert sie ist.

Sie hört sich selbst im Plauderton fragen: »Kann ich dir etwas anbieten? Tee? Kaffee?«

Brian versteht den Wink. »Nein, danke, Soph, wir müssen nach Hause, ich bin hundemüde.« Er geht zu seinem Sohn. »Und dieser junge Verrückte hier muß morgen früh aufstehen, um rechtzeitig in die Schule zu kommen. Donny, tu so was nie wieder. Ich hätte fast die Polizei mobil gemacht.« Er versetzt seinem Sohn einen sachten Puff.

Donny schluckt. »Tut mir leid, Dad.« Er steht auf.

Während Sophie insgeheim hofft, die beiden würden endlich gehen, erzählt sie von ihren Plänen, das Fotografieren zu ihrem neuen Beruf zu machen.

»Das ist eine tolle Idee, Soph, du bist viel besser, als du glaubst«, ermuntert Brian sie. »Es hat sein Gutes, daß *Wild Places* eingegangen ist.«

Seine Worte geben ihr einen Stich, erinnern sie aber an das Versprechen, das sie Nancy gegeben hat. »Du erinnerst dich doch an Nancy? Du hast sie auf der Weihnachtsfeier getroffen.«

»Diese kleine Frau? Ja.«

Den Vorschlag, sie bei EconoCar anzustellen, nimmt er mit Skepsis auf. »In ihrem Alter, Soph?« Als er Sophies aufgeschlossenen Blick auffängt, gibt er klein bei: »Na schön. Ich werd mit ihr reden.«

Sophie begleitet die beiden zur Tür und merkt, daß sie todmüde ist, aber an Schlaf ist nicht zu denken. Also setzt sie sich wieder ins Wohnzimmer und hängt ihren diffusen Gedanken nach. Als sie gerade in eine Art Halbschlaf gesunken ist, hört sie leises Klopfen an der Haustür.

Sie springt auf und schießt zur Tür. Wenn Michael glaubt, er könne jetzt wieder angekrochen kommen ...

Es ist Brian.

Er steht an den Türpfosten gelehnt und sieht ihr direkt in die Augen. Er scheint völlig gelassen, als wäre es ganz normal, daß er morgens um drei an ihre Tür klopft. »Ich mußte einfach kommen, Sophie.« Er hat den Kragen hochgeschlagen, Regen glänzt in seinem hellen Haar.

Sie versucht, Zeit zu gewinnen. »Was ist mit Donny?«

»Donny liegt wohlbehalten in seinem Bett. Er ist vierzehn Jahre alt.« Er lächelt. »Und die Batterien in den Rauchmeldern habe ich erst letzte Woche überprüft. Eine ist draußen im Flur direkt vor seinem Zimmer.«

»Ich habe ja gar nicht ...«

»Kann ich reinkommen?«

Sophie muß sich entscheiden. Sie kann ihn hereinbitten oder abweisen, ihre Entscheidung wird unwiderruflich sein. Sie und Brian sind im Moment beide äußerst anfällig. Es wäre eine Katastrophe. Es ist Wahnsinn. Sie werden es büßen müssen.

»Komm rein«, sagt sie schlicht.

Er geht an ihr vorbei ins Haus, sorgsam darauf bedacht, sie nicht zu berühren. Sophie sieht die windgepeitschten Regenböen, die durch die gelben Lichtkegel ziehen, als wären auch sie späte Gäste, die zögern, das Haus zu betreten.

»Du weißt, was das heißt?«

»Ich weiß es nur zu gut.« Mit einer schnellen Bewegung schließt er die Tür und zieht Sophie in seine Arme. Das Geräusch des prasselnden Regens versinkt – alle Bedenken versinken –, als Brian sie küßt. Sophie fühlt sich so leicht wie eine Feder, als würden die einzelnen Fasern ihres Körpers vom Wind davongetragen.

In wildem Verlangen klammern sie sich aneinander, und als sie endlich zueinander kommen, schämt sie sich dieses Verrats nicht. Das ist kein Sex, kein Liebesakt, sondern Ganzheit. Hierfür wurde sie geboren.

Sie stöhnt laut auf, ein langer, ungehemmter Klagelaut.

Auch Brians Brust entringt sich ein Schrei, der Ekstase oder der Todesqual. Nicht einmal er selbst vermag es zu unterscheiden.

Zum Trommeln des Regens gesellt sich das Geräusch eines tropfenden Wasserhahns in Yvonnes unaufgeräumter kleiner Wohnung. Michael sitzt am Fenster und starrt auf die Straße hinaus. Hinter ihm schläft Yvonne, geräuschvoll mit offenem Mund.

Ihre Hauswirtin hat ihr wegen des Herrenbesuchs gekündigt, und da Yvonne nun nichts mehr zu verlieren hat, haben sie und Michael vorhin miteinander geschlafen. Es war allerdings eine eher mechanische Angelegenheit, da er in Gedanken ständig um seine Probleme kreiste und sie schlechte Laune hatte. »Dir hab ich's zu verdanken, daß ich schwanger bin und daß ich mir jetzt eine neue Wohnung suchen kann«, beschwerte sie sich, woraufhin Michael konterte: »Sei doch froh – das hier ist nämlich eine Bruchbude«, und wehmütig dachte er an die kühlen, reinen Räume, die Sophie in ihrem Haus geschaffen hatte.

»Ach, Mensch, Mick, mach nicht so ein Gesicht. Es sind nur meine Hormone.« Sie lachte. »Daran solltest du dich lieber gewöhnen. Wenn du vorhast zu bleiben, meine ich.«

Anstatt ihr zu antworten, schmiegte er sich fest an sie, so daß sie sein Gesicht nicht sehen konnte.

Schließlich wendet er sich wieder der Betrachtung der Straße und des Regens zu und zündet sich eine Zigarette an. Er hat das Rauchen vor mehr als zehn Jahren aufgegeben, und an der ersten Zigarette heute morgen wäre er beinahe erstickt, aber er hat weitergemacht und inzwischen fünfzehn Stück geraucht, jede mit größerer Selbstverständlichkeit als die vorige.

Vielleicht geht es ja gut. Wer weiß. Er weiß nur, daß dieses Aufwallen fürsorglicher Liebe zu seinem Kind ihn völlig aus den alten Gleisen geworfen hat. Sie fühlt sich so echt an, diese Liebe, wie nichts zuvor in seinem Leben. So echt, daß er bereit ist, für sie sein ganzes bisheriges Leben aufzugeben. Nur die Zeit wird zeigen, ob dieses erstaunliche Gefühl von Dauer sein wird, aber Mick ist entschlossen, dies eine Mal in seinem Leben seinem Instinkt zu folgen.

Er weiß, daß er für immer mit der Selbstverachtung wegen seines Verrats an Sophie wird leben müssen. Die Sache mit dem Kind wird sie noch viel tiefer treffen als die Trennung, und es wird unendlich schwer werden, ihr das beizubringen.

»Hey! Wo bist du? Komm wieder ins Bett.« Yvonnes Stimme ist schlafrauh.

Michael schiebt das Fenster hoch und wirft die Zigarette auf den müllübersäten Rasen. Dann legt er sich neben Yvonne und zieht sie fest an sich, als könnte er durch seinen Bauch hindurch erspüren, was in ihrem vorgeht.

»Au! Ich bin noch gar nicht richtig wach!« Sie versucht, sich ihm zu entwinden.

Michael lacht wieder, aber sein Lachen klingt mühsam, wacklig. Als er sie küßt, bemerkt er, daß seine Augen tränenfeucht sind. »Komm her zu mir.« Er bewegt seine Zunge in ihrem Ohr und dringt in sie ein, allerdings nicht so heftig, wie er es gern getan hätte, weil ihm die Frage durch den Kopf schießt, wie ein Ungeborenes im Mutterleib auf solche Nähe zu seinem Vater reagiert.

Während Yvonne sich lustvoll unter ihm windet, nimmt Michael sich vor, nachher gleich noch eine Schachtel Zigaretten zu kaufen. Für morgen früh.

Ungläubig starrt Riba die kalifornische Monica an, die nicht aufhört, ihr Plastiklächeln zu lächeln. »Ich ... äh ... tut mir leid«, stammelt sie, bevor es ihr gelingt, die letzten Reste ihrer Selbstachtung zusammenzuraffen. Bar oder mit Kreditkarte? Was glaubt diese Person eigentlich, wen sie vor sich hat? »Laß uns das morgen erledigen, Monica, in Ordnung? Ich regle das mit Jay.«

»Na, da wünsche ich dir viel Glück, Süße.« Die Amerikanerin lacht erheitert. »Du kennst ihn doch, Riba, er hat den Kopf ständig in den Wolken und haßt den Papierkram.« Sie tippt ein paar Anschläge. »Aber wir können es natürlich auch morgen erledigen, das ist kein Problem.« Sie kommt hinter dem Schreibtisch hervor. »Die arme Zelda ist am Ende, nicht wahr? Nach der langen Reise wollt ihr beide jetzt wahrscheinlich endlich unter die Dusche. Kommt, ich zeige euch den Weg. Wir haben euch den Bungalow ganz hinten gegeben, da habt ihr die meiste Ruhe. Morgen früh werdet ihr nichts weiter hören außer dem Ozean.«

Monica läuft los, während Riba erst noch Zelda auf die Beine helfen muß. »Gleich haben wir es geschafft, Schatz. Dann brauchen wir uns nur noch in die Betten fallenzulassen. Das wird herrlich, hm?«

»Mama, ich kann keinen Schritt mehr gehen. Wirklich ...« Zeldas abgemagerter Körper ist plötzlich steinschwer.

Bevor Riba ihre Tochter festhalten kann, entgleitet diese ihren Händen und stürzt zu Boden, wo sie im Sand liegenbleibt.

»Monica!« ruft Riba laut, um die Brandung zu übertönen.

Die Amerikanerin läßt die Reisetaschen fallen und rennt zu ihnen zurück. »Mein Gott, wie schrecklich. Soll ich die Sanitäter rufen, Riba? Sollte sie nicht besser ins Krankenhaus? Wir haben gute Verbindungen zur amerikanischen Klinik hier.«

»Nein, nein. Sie ist einfach sehr geschwächt, das ist alles. Wenn du mir nur helfen könntest, sie reinzubringen. Ich habe alle Medikamente dabei und weiß, was sie braucht. Vielleicht könnten wir etwas Eis und Trinkwasser haben?«

»Kein Problem, Riba.« Monica hilft ihr, die bewußtlose Zelda hochzuziehen.

Wenn Riba sich ihre Ankunft im Paradies vorstellte, hat sie Zelda stets von Licht und Freude verklärt gesehen, nicht so ...

Das ist nur ein vorübergehender Rückschlag, verdrängt sie ihre Unzufriedenheit. Zelda wird jetzt gut schlafen und bald gesund werden. Ja, so wird es sein.

Die kalifornische Monica macht Licht, als sie den Bungalow betreten. Der Raum ist einfach möbliert mit einem Doppelbett und zwei Einzelbetten, es gibt eine Kochnische und ein kleines Badezimmer.

Gemeinsam heben sie Zelda auf das Doppelbett, dann flüstert Monica: »Wenn du noch etwas brauchst, Riba, dann ruf einfach. Ich bin im ersten Haus rechts von der Rezeption. Ich sehe später noch mal nach euch beiden.«

»Danke, Monica.« Riba schaut sich um. »Wo ist das Telefon?« Sie muß sich der Auseinandersetzung mit Brian stellen.

»Telefon gibt's hier nicht, Riba«, antwortet Monica in tadelndem Ton. »Außer an der Rezeption natürlich. Wir sind doch alle hier, um dem täglichen Streß zu entrinnen. Soll ich jemanden für dich anrufen? Du kannst natürlich auch von der Rezeption aus selbst telefonieren.«

»Nein, laß nur, vielen Dank. Morgen reicht auch noch.« Brian wird eben warten müssen. Er weiß ja, wo sie sind.

Sobald die kalifornische Monica gegangen ist, versorgt Riba ihre Tochter. Der stechende Schmerz in ihrem Knöchel macht ihr dabei heftig zu schaffen, und es ist schwül im Zimmer trotz des Ventilators, der sich lautlos über ihren Köpfen dreht.

Schließlich zieht Riba das Laken hoch und gibt ihrer Tochter einen Gute-Nacht-Kuß. »Schlaf schön, Liebes«, flüstert sie. »Morgen wird alles wunderbar.« Zelda atmet schon bald tief und regelmäßig. Zärtlich streichelt Riba ihre Wange. Die Liebe zu einem Kind ist so überwältigend; es ist eine Liebe, die von

Furcht erfüllt ist, denn in dem Moment, da die Kinder deinen Schoß verlassen, hast du sie schon verloren, an mögliche Unglücksfälle, an andere Menschen, an ihren Wunsch, sich von dir zu lösen. Niemals jedoch hat Ribas Phantasie sich den grauenhaften schleichenden Verfall durch eine Krankheit träumen lassen. Und sie will auch jetzt nichts davon wissen. Morgen, morgen, morgen, sie wiederholt es wie ein Mantra, um sich davon zu überzeugen, daß sie keinen Riesenfehler begangen hat.

Mühsam steht sie auf und wickelt ein paar Eiswürfel in ein Handtuch. Sie legt das Eis um ihren Knöchel und zieht eine Plastiktüte darüber, bevor sie nackt unter das Laken eines der Einzelbetten schlüpft.

Ein ungewohntes Gefühl der Niedergeschlagenheit breitet sich immer weiter in Riba aus, und obwohl es ihr widerstrebt, muß sie sich eingestehen, daß sie schwer enttäuscht davon ist, wie sie behandelt wurde.

Wo ist Jay? Wenn er schon nicht am Flughafen war, warum hat er sie nicht wenigstens hier in der Anlage begrüßt? Riba versucht sich einzureden, Jays Geschäfte in der Stadt hätten sich nicht verschieben lassen – aber sie weiß, daß er den ganzen Tag Zeit gehabt hat, sie zu erledigen. Er wußte doch über ihre Ankunftszeit Bescheid, und der Flug war sehr pünktlich. Und dann noch diese Sache mit der Bezahlung. Soll sie hier wie ein ganz gewöhnlicher zahlender Gast behandelt werden? Das kann und will sie angesichts ihrer besonderen Beziehung zu Jay nicht glauben. Das kann nur ein Mißverständnis sein. Jay ist nur noch nicht dazu gekommen, Monica zu informieren. Vielleicht wäre es am besten, wenn sie aufbliebe und auf ihn wartete, um den Irrtum so schnell wie möglich aus der Welt zu schaffen.

Und dennoch ist sie ernüchtert. Sie hat sich die Unterbringung anders vorgestellt. Jetzt liegen sie und Zelda in einem von zahlreichen völlig gleich aussehenden Bungalows zwischen vier weißen Wänden, die zwar frisch gestrichen sind, jedoch keinen anderen Schmuck tragen als ein Bild von Jay und eine Liste mit Anweisungen für den Brandfall. Die billigen Möbel könnten in irgendeiner billigen Ferienwohnung für Pauschaltouristen stehen.

Nein, sie und Zelda sollten Blumen im Haar tragen und von Jay mit Freuden empfangen werden. Sie sollten in einem wunderschönen, farbenprächtigen Zimmer wohnen, das mit einheimischen Kunstgegenständen ausgestattet ist und eine Veranda hat, von der aus man die Sonnenuntergänge über einem atemberaubenden amethystfarbenen Meer beobachten kann.

Jay sollte durch sie hindurch in ihre und Zeldas Seele blicken und alles heilen.

Riba kämpft gegen die Enttäuschung an. Sie ist nur müde, weiter nichts. Was sie Zelda versprochen hat, gilt weiterhin, und morgen früh, wenn Jay wieder da ist, wird alles ganz wunderbar sein.

Bevor der Schlaf sie ganz umfängt, erinnert Riba sich an Tante May; an das Pflegeheim, das sie nach zwei Stunden mühsamer Fahrt quer durch die Stadt erreichte; an die in einem Halbkreis aufgestellten Lehnstühle voller verschrumpelter, hoffnungsloser Alter; an Tante Mays Vogelgesicht, in dem zwei Augen wie schwarze Rosinen argwöhnisch unter einem schrägsitzenden Papphütchen hervorblickten, das irgendeine wohlmeinende Pflegerin ihr aufgesetzt hatte; an die Geringschätzung, mit der sie Jays gute Wünsche abgetan hat. »Wo ist denn seine Geburtstagskarte, wenn er so interessiert ist?« Tante May war früher Lehrerin und hat sich den Befehlshaberton aus dem Klassenzimmer bewahrt.

Riba erklärt den Alten, daß Jay es nicht nötig hat, Karten zu senden. Daß seine Meditations- und Gedankenkräfte dem Empfänger weit wohler tun als ein buntes Stück Pappe. Doch davon will Tante May nichts hören. Sie hakt ihre krummen Finger in Ribas Arm, und ihre Stimme erhebt sich schrill: »Dummes Zeug! Meditation, daß ich nicht lache! Palm Tree Island. Hat man je solchen Unsinn gehört? Seine arme Mutter – ein Glück, daß sie nicht mehr erleben muß, was sie da großgezogen hat.«

Mit einem verächtlichen Prusten läßt sie sich in ihrem Sessel zurückfallen.

Die Realität versinkt im Traum, als Riba von ferne Autotüren knallen hört, Lachen, leise Stimmen. Jay muß zurück sein. Sie will das Laken abwerfen und hinauslaufen, um ihn zu begrüßen, aber etwas hält sie zurück. Tante May hat ihre Klauen tief in ihren Knöchel geschlagen, so daß sie sich nicht rühren kann.

Jetzt öffnen sich die Wände des Bungalows, und sie sieht ihn auf sich zukommen, in einem Gewand in Gelb und Weiß. Seine Arme sind ausgebreitet, und in einer Hand hält er einen Hammer. Sie kämpft mit Tante May, aber deren alte Klauen sind erbarmungslos, und je heftiger sie sich wehrt, desto tiefer und schmerzhafter bohren sie sich in ihren Knöchel.

Riba ist so erschöpft, daß der Schlaf endlich alle Bilder und Empfindungen wegschwemmt.

Den Kopf auf Brians Brust gebettet, wartet Sophie auf die Gewissensbisse, aber bisher hat sich nichts in ihr gerührt. Im Gegenteil, ihr ist so leicht und wohlig zumute, als ginge es niemanden etwas an, daß sie soeben mit dem Mann ihrer besten Freundin geschlafen hat.

»Ich weiß, daß es unmöglich ist, aber ich wünschte, du könntest mit mir kommen.«

Sie küßt ihn. »Versuch, dir keine Sorgen zu machen. Wer weiß, vielleicht tun wir alle Street unrecht. Es kann doch sein, daß schon die Wärme und eine andere Lebensweise eine Besserung bei ihr bewirken.«

Sophie, die bis zu dieser Nacht nie mit einem anderen Mann als Michael geschlafen hat, küßt Brians hell behaarte breite Brust.

»Ich sollte jetzt gehen.« Er flüstert, obwohl niemand hier ist, der ihn hören könnte.

»Ja, das solltest du.«

Keiner von beiden rührt sich.

»Glaubst du, der Crash ist schuld?« Sie prägt sich jede Einzelheit seines Körpers ein. Werden sie je wieder so beisammen sein? »Ich meine, daß wir uns in einem Zustand gesteigerter Wahrnehmung befinden, weil wir gemeinsam ein traumatisches Erlebnis durchgemacht haben?« Du lieber Gott, denkt sie, ich höre mich schon an wie Eily.

»Sprichst du von posttraumatischem Streß?« Er lacht trokken. »Wenn der solchen Sex möglich macht, kann der nächste Crash gleich kommen.«

»Das ist nicht dein Ernst.«

»Nein, natürlich nicht. Sophie, ich weiß, was wir hier tun, ist verrückt, wir wissen es beide, aber laß es uns doch einfach genießen, ohne zuviel darüber nachzudenken.« Er küßt sie voller Zärtlichkeit.

»Du hast recht«, stimmt sie ihm zu. »Wie wär's mit einem Drink? Ich habe Whisky, Brandy und Gin. Oder möchtest du lieber ein Bier?«

»Whisky bitte.«

»Kommt sofort.« Sie küßt ihn auf die Wange, befreit sich sanft aus seinen Armen und steht auf. Während sie nackt in die Küche geht, genießt sie es, seinen Blick auf ihrem Körper zu wissen.

Mit zwei Decken und dem Whisky kommt sie zurück. Brian liegt ausgestreckt auf der Couch und starrt grübelnd in den offenen Kamin. Er erinnert Sophie an die Modelle viktorianischer Maler, die eine Vorliebe für Motive aus der Mythologie hatten: Brian könnte den Jupiter verkörpern, stellt Sophie fest und prägt sich jede Linie dieses Anblicks ein.

Als er sie kommen hört, richtet er sich auf und rückt zur Seite, um ihr Platz zu machen. Dort sitzt nicht Jupiter, sondern der ihr so vertraute Brian. Ihr Liebhaber. Sophie kann es nicht fassen.

Während der nächsten fünfzehn Minuten sitzen sie in Dekken gehüllt und nippen an ihren Getränken. Keiner hat das Bedürfnis zu sprechen. Als Sophies Blick auf die Uhr auf dem

Kaminsims fällt, fährt sie hoch: »Fünf vor vier! Wir sind unmöglich.«

»Ja, nicht wahr?« Er lächelt, und einen Moment lang sieht es aus, als wollte er sie küssen und noch einmal ganz von vorn anfangen.

»Kommt nicht in Frage«, sagt sie entschieden. »Du mußt dasein, wenn Donny wach wird.«

Sie küssen sich noch einmal ruhig und bereits seltsam vertraut mit den Lippen des anderen. Dann ist sie es, die ihm nachblickt, als er nackt die Treppe zum Bad hinaufsteigt. Sie liebt seine kräftigen Beine und den breiten, starken Rücken. Wie wird er mit fünfzig aussehen? Mit sechzig? Er und Michael sind etwa gleich groß, doch Brians Präsenz scheint dieses Haus zu füllen, die Räume in einem Maß zu beherrschen, wie Michael das nie getan hat.

Sophie ruft sich zur Ordnung, als sie ihn oben aus dem Bad kommen hört. Sie muß sich wenigstens einen kleinen Rest ihrer Sachlichkeit bewahren.

Als er angezogen ins Wohnzimmer kommt, hat sie das Gefühl, daß er ihr bereits zu entgleiten beginnt. Sie möchte ihn fragen, wann sie sich wiedersehen werden, aber als sie sein gequältes Gesicht sieht, fügt sie sich in das Unvermeidliche.

»Fahr vorsichtig, Brian.«

»Ja, Sophie.« Er zögert, dann sagt er leise: »Ich werde Yvonne nicht länger beschäftigen. Ich könnte ihre Gegenwart nicht mehr ertragen.«

»Danke.« Manchmal tut Rache einfach gut.

»Ich will Michael keinesfalls in Schutz nehmen, im Gegenteil, aber du solltest bedenken, daß er im Moment nicht fähig ist, klar zu denken. Ich vermute, der Gedanke, nach so langer Zeit doch noch ein Kind zu bekommen ...«

»Ein Kind?« Sophie erstarrt.

Entsetzt sieht Brian sie an. »Du hast es nicht gewußt? Er hat es dir nicht gesagt?«

26

Nachdem Brian gegangen ist, sitzt Sophie regungslos auf dem Sofa und starrt den Kaminsims an. Ihr Körper fühlt sich an wie eine dunkle, leere Höhle, froststarr und halbtot. Als Brian das Kind erwähnte, empfand sie zunächst Abscheu. Das war natürlich völlig unsachlich, dennoch hat sie ihn zurückgestoßen, als er sie in die Arme nehmen wollte. »Nein, fahr nach Hause, Brian, bitte, geh jetzt …«

Erregt, von Schuldgefühlen und Reue geplagt, hat er ihr das Versprechen abgenommen, ihn gleich am Morgen anzurufen. »Ich muß wissen, wie es dir geht, Sophie, bitte. Kannst du mir verzeihen?«

»Was gibt es da zu verzeihen?« Sie wich vor ihm zurück, um weiteren Zärtlichkeiten oder Umarmungen auszuweichen. »*Du* hast sie doch nicht geschwängert.«

Sophie läßt das Aquarell zu Boden fallen. Es ist sowieso wertlos. Sie kuschelt sich in ihr Sofa, zieht die Decke, die noch ein wenig warm ist, fest um sich und rollt sich ganz klein zusammen.

Brian hört Donny ins Bad gehen. Er schaut auf den Wecker. Gleich sieben Uhr, Zeit, aufzustehen und zur Arbeit zu fahren. Zeit, dem Unerträglichen ins Gesicht zu sehen.

Er fühlt sich erschöpft. Unaufhörlich springt seine Phantasie hin und her zwischen Bildern von seiner Tochter an irgendeinem Robinson-Crusoe-Strand und Sophies fassungslosem Gesicht.

Sie war ihm böse. Schließlich wußte er vor ihr Bescheid. Warum konnte er nicht einfach die Klappe halten? Er hat sich benommen wie der Elefant im Porzellanladen, und vielleicht trägt sie ihm das bis in alle Ewigkeit nach.

Wäre das die beste Lösung? Eine Affäre mit Sophie Dolan würde ohnehin nichts als Probleme mit sich bringen. Aber er kann unter seinen Händen immer noch ihre zarte Haut fühlen, nimmt immer noch ihren schwachen zitronenfrischen Duft wahr, der in den schwülen orientalischen Parfums seiner Frau untergehen würde.

Stöhnend dreht Brian sich in seinem Bett um und vergräbt den Kopf zwischen den Kissen, um so der Marter durch sein unablässig arbeitendes Gehirn ein Ende zu machen. Aber auch während er darauf wartet, daß Donny aus dem Badezimmer kommt, gibt es keine Ruhe, sondern blättert ihm weiter einen Katalog von Problemen, Lösungen und Entscheidungen auf. Zu viele Probleme, keine Lösungen, schwierige Entscheidungen.

»Verdammt!« Brian setzt sich mit einem Ruck auf. Schluß jetzt mit diesem Quatsch! »Stell dich dem Tag, McMullan!« Im Vorübergehen klopft er kurz an die Badezimmertür. »Morgen, Kumpel. Ich mach jetzt Kaffee, willst du auch welchen?«

Aus dem Bad kommt keine Antwort, Brian nimmt es mit einem Schulterzucken zur Kenntnis. Er macht sowieso eine ganze Kanne Kaffee. Ob diese Seelenfänger auf der Insel wohl ans Telefon gehen, wenn er jetzt anruft?

Während der Kaffee durchläuft, forstet Brian gerade die KLM-Verbindungen von Amsterdam nach Palm Tree Island durch. Da schreckt ihn ein lautes Krachen von oben auf. »Donny!« Er stürzt aus der Küche und rast die Treppe hinauf.

Als die Kinder noch klein waren, sind er und Eily sich einig gewesen, daß das Schlimmste nach einem Poltern Stille ist. Nun, still ist es jetzt wenigstens nicht: Das Getöse in Donnys Zimmer bezeugt, daß der Junge lebt und von furioser Energie beflügelt sein muß. Er scheint das ganze Mobiliar kurz und klein zu schlagen.

Brian drückt gegen die Tür. Sie ist abgesperrt. »Donny!« Er trommelt mit der Faust gegen das Holz. »Mach sofort auf!«

Donny antwortet mit einem Schrei: »Geh weg! Laß mich in Ruhe.«

»Donny, komm schon.« Brian hämmert gegen das neuerliche Getöse an. »Komm, mein Junge, mach die Tür auf.«

Wieder Stille. Dann Schritte, das Knirschen des Schlüssels im Schloß. Die Tür wird einen Spalt geöffnet. »Was ist denn los? Ich hab doch gesagt, du sollst mich in Ruhe lassen.« Donnys Miene verrät, daß er zwischen Wut und Verzweiflung schwankt.

»Ich will doch nur nach dir sehen. Du hast da eben einen Heidenkrach gemacht – darf ich reinkommen?«

»Nein. Geh weg. Du brauchst nicht nach mir zu sehen. Mir geht's gut, und das hier geht dich gar nichts an.«

Brian verkneift sich den Hinweis darauf, daß jedes Stück in diesem Zimmer *er* bezahlt hat, und tritt einen Schritt zurück. »Komm, Donny, mach auf.«

»Nein, mach ich nicht.«

»Ganz gleich, was du getan hast, ich werde dich nicht bestrafen. Wir haben es im Moment alle sehr schwer.«

»Du flippst aus, wenn du reinkommst«, warnt Donny zögerlich.

»Nein, bestimmt nicht, ich versprech's.« Vorsichtig greift er in den Spalt zwischen Pfosten und Tür und berührt Donnys Schulter, das einzige, was außer dem Kopf sichtbar ist. »Ehrlich, Donny, mich wundert's, daß du nicht schon viel eher ausgerastet bist. Ich bewundere dich wirklich dafür, wie du dich bisher gehalten hast.« Er sieht seinen Sohn offen an. »Ich selbst habe das Gefühl, ich werde verrückt.«

Donny öffnet den Mund, schließt ihn aber sofort wieder, als ihm Tränen in die Augen schießen.

Es erschüttert Brian, diesen großen, schlaksigen Jungen so voller Angst zu sehen. »Wir müssen in einer Mannschaft spielen«, sagt er leise. »Bitte, Donny.«

Einen Augenblick später zieht Donny mit gesenktem Kopf die Tür auf.

Es ist schlimmer, als Brian erwartet hat. Innerhalb kürzester Zeit hat sein Sohn sein komplettes Zimmer demoliert. Nur das Bett, der Schreibtisch und der Einbauschrank sind unversehrt. Bücher, Bettzeug, Papiere, Kleidungsstücke, Stiefel und Schuhe häufen sich in wüstem Durcheinander über den Resten von Donnys heißgeliebter Stereoanlage; er hat seinen Schreibtischstuhl zertrümmert, und die Tastatur seines Computers hängt an der Deckenlampe. Er hat sogar den Bezug eines seiner Sitzsäcke aufgerissen, so daß das Zimmer mit weißen Kügelchen übersät ist.

»Ach, Donny, deine Stereoanlage ...« Brian hebt ein Stück des Gehäuses auf. Er zwingt sich, ruhig und gelassen zu bleiben.

In dem Bewußtsein, daß er scharf beobachtet wird, dreht er sich herum. »Es ist ziemlich schlimm, aber wahrscheinlich nicht so schlimm, wie es aussieht. Komm mit runter. Ich helf dir später beim Aufräumen.«

»Du mußt doch in die Firma.«

»Zum Teufel mit der Firma. Es gibt Wichtigeres. Komm frühstücken. Wir müssen miteinander reden.«

Zehn Minuten später sitzen sie gemeinsam am Küchentisch.

»Muß sie wirklich sterben?« Donnys Stimme ist bemüht ausdruckslos.

Brian weiß, daß Ausflüchte sinnlos sind. »Ja, Donny. Ich glaube, sie muß sterben.«

»Wann denn?« Donny hält den Blick auf seinen Teller gerichtet. »Seh ich sie überhaupt noch mal wieder?«

»Du wirst sie wiedersehen, Donny«, antwortet Brian leise mit dem festen Entschluß, dieses Versprechen unter allen Umständen zu halten. »Oder ich bring jemanden um.«

»Ich flieg mit dir.«

Brian ist so verblüfft, daß er gar nicht versucht, dem Jungen etwas vorzumachen. »Woher weißt du, was ich vorhabe?«

Donny zuckt mit den Schultern. »Ich kenne dich. Außerdem hab ich gehört, wie du's gestern abend zu Tante Sophie gesagt hast.«

Brian lehnt sich zurück. Er sieht seinen Sohn an. »Du kannst nicht mitkommen«, sagt er. »Das geht nicht.«

»Wieso nicht? Hast du keine Angst, daß ich das ganze Haus zerlege?« Donny wirkt erneut erregt.

»Aber nein. Und ich würde dich natürlich nicht allein hierlassen. Ich würde sehen, daß ich jemanden finde, bei dem du wohnen kannst, vielleicht Tante Sophie. Oder die Jamesons.«

»Und darüber, daß Trev und ich am Samstag nach Anfield fahren wollten, verliert kein Mensch ein Wort.«

»Ach, du lieber Gott.« Brian, der das Fußballspiel in Liverpool völlig vergessen hatte, schlägt sich mit der flachen Hand vor die Stirn. »Ach, Donny, das tut mir wahnsinnig leid.«

Aber seine Entschuldigungen interessieren Donny nicht. »An mich denkt nie einer!«

Brian kann nur am Ausmaß seines eigenen Schmerzes ungefähr ausloten, wie sehr der Junge leidet, aber er ist ehrlich überzeugt davon, daß eine Reise nach Palm Tree Island Donny nicht guttäte. Trotzdem hat Donny ein Recht mitzureden.

»Also paß auf«, sagt Brian ruhig. »Du kannst mitkommen. Ich fliege sowieso nur für ein paar Tage, um sie zurückzuholen. Heute haben wir Mittwoch. Wir sollten spätestens bis Dienstag oder Mittwoch nächster Woche alle zurück sein.« Brian holt tief Luft. »Andererseits wäre es natürlich jammerschade, Anfield zu verpassen«, fügt er bedächtig hinzu. »Aber wie dem auch sei, versuch, nicht zu verzweifelt zu sein, auch wenn ich natürlich weiß, wie schwer das ist«, fährt er fort. »Wenn es nach mir geht, wird sie nicht so schnell sterben – jedenfalls nicht heute oder morgen, diese Woche oder diesen Monat. Verlaß dich auf mich und hör zu – wer weiß, vielleicht hat Mama gar nicht so unrecht. Wir haben alles andere versucht, vielleicht hilft gerade das. Die Wärme und die Sonne können jedenfalls nicht schaden.«

»Aber wir haben gar nicht alles andere versucht.« Donnys Augen blitzen. »Warte!« Er springt auf und rennt hinaus. Dreißig Sekunden später ist er mit einem Packen zerrissener und zerknüllter Computerausdrucke wieder da. »Ich hab alles über das

Multiple Myelom im Internet nachgeschaut. Dad, wir haben nicht alles getan, was wir hätten tun können. Frag Tante Sophie. Ich hab mit ihr gesprochen. Es gibt einen Haufen neue Therapien.«

»Aber die Ärzte sagen ...«

»Das ist es ja!« Donnys Stimme bebt vor Leidenschaft. »Ihr habt nicht selbst recherchiert, Dad, ihr habt einfach alles den Ärzten überlassen. Irischen Ärzten. Das da ist das Allerneueste aus den Staaten. Bitte, lies es wenigstens mal. Bitte, Dad!«

»Gut. Natürlich lese ich es.« Etwas erschrocken blickt Brian auf das Bündel zerfledderter Papiere. »Aber jetzt müssen wir erst einmal ein paar Entscheidungen treffen. Erstens, schaffst du es, heute zur Schule zu gehen? Und zweitens, willst du nach Anfield oder auf die verdammte Insel? Du mußt dich entscheiden.«

»Kann ich drüber nachdenken? Ich brauche nur ein paar Minuten. Ich zieh mich an, und dann sag ich's dir.« Er hält einen Moment inne. »Tut mir leid, daß ich mein Zimmer so zugerichtet hab, Dad. Ich räum allein auf, und den Schaden bezahl ich von meinem Taschengeld.«

Brian lächelt gutmütig. »Du wirst wahrscheinlich so alt sein wie ich jetzt, bis du das halbwegs abbezahlt hast.«

Da muß auch Donny lächeln. Aber als er sich zur Tür wendet, wird er unversehens blutrot im Gesicht. »Bewunderst du mich wirklich, oder war das bloß Gerede?«

»Kein Gerede.«

Der Junge schwankt einen Moment unschlüssig, dann läuft er mit einem »Fang an zu lesen!« aus der Küche.

Brian bleibt erschöpft und unsicher zurück. Hat er wirklich alles für seine Tochter getan? Hat er selbst das Unmögliche versucht, um sie zu retten? Oder hat er sich zurückgezogen und die ganze schmutzige Arbeit seiner Frau und seinem kleinen Sohn überlassen?

Er nimmt das oberste Blatt von dem Stapel Computerausdrucke zur Hand: »... hochwirksame Aminobiphosphonate ... Proteosom-Blocker ... ein solcher Faktor ist der Wachstumsfaktor des vaskulären Endothels … sind jetzt Mittel verfügbar, die diese neue Blutgefäßbildung hemmen, wie zum Beispiel Angiogenese-Hemmer … diese Mittel werden derzeit im Labor getestet und sollten bald zum klinischen Versuch bereit sein … eine vielversprechende Entwicklung …« Seite um Seite über Fortschritte in der Forschung, Impfstoffe und neue Behandlungsverfahren …

Dann liest er, in knalligem Pink angestrichen: »Es ist mittlerweile möglich, Patienten oder ihren Geschwistern Immun-T-Zellen zu entnehmen und diese im Labor einer Prägung zu unterziehen, so daß sie dann Myelomzellen erkennen und vernichten. Diese geprägten T-Zellen können dem Patienten als zusätzliches Mittel zur Erzeugung einer Immunreaktion gegen Myelomzellen per Transfusion zugeführt werden.«

Am Ende des Textes ist die Kontaktadresse einer Myelom-Hotline angegeben.

Brian geht noch einmal die Blätter durch, hält hier und dort inne, findet aber nicht mehr als ermutigende Versuchsergebnisse, Bestrebungen und Hoffnung; es ist nichts dabei, was er nicht schon von Zeldas Ärzten gehört hat. Armer Donny. Die entscheidenden Wörter in all diesen Texten sind »könnte«, »sollte« und »vielversprechende Entwicklungen«. Von Heilung ist nirgends die Rede, nur von Lebensqualität und längeren Überlebenszeiten.

Brian hat ein schlechtes Gewissen dabei, aber er betet darum, daß Donny sich entscheidet, nicht mit ihm in die Karibik zu fliegen, und daß er nicht bei Sophie wohnen will. Wie soll sie das denn in ihrer Verfassung ertragen? Er hätte diese Möglichkeit gar nicht ansprechen sollen.

Brian erhebt sich. Er fühlt sich wie gefangen in einem endlosen Wirbel von Gedanken und Gefühlen. Bevor er völlig durchdreht, muß er sich rüsten für diesen entscheidenden Tag, der vor ihm liegt. Er sammelt die Papiere ein und faltet sie so sauber wie möglich; dann stellt er das schmutzige Geschirr ins Spülbecken und dreht beide Wasserhähne voll auf. Brian hört seinen

Sohn nicht hereinkommen und fährt zusammen, als dieser ihm auf die Schulter tippt.

Donny ist noch in Boxershorts und T-Shirt. »Ich hab mich entschieden, Dad.«

»Das ging aber schnell.« Brian dreht das Wasser aus.

»Ich bleibe hier, ich meine, wenn du mich da drüben nicht brauchst. Und wenn du wirklich sicher bist, daß ich Zelda noch mal sehe, wenn ich jetzt nicht mitkomme.«

»Ich schaff das schon, mein Junge.« Danke dir, Gott. »Ich hätte dich wirklich gern dabei, aber wir beide würden praktisch nur ankommen und gleich wieder zurückfliegen. Das wäre eine Strapaze. Und – weißt du schon, wo du in der Zeit wohnen willst?«

Donny tut so, als müßte er einen Moment überlegen. »Am praktischsten wäre es wahrscheinlich, wenn ich bei Trevor wohne, meinst du nicht auch, Dad? Wo wir doch sowieso zusammen zum Spiel fahren.«

»Ja, das ist vernünftig.« Danke, danke, danke dir, Gott.

Donnys Blick fällt auf die gefalteten Papiere. »Du hast sie gelesen?«

»Ja.« Brian trocknet sich die Hände an einem Geschirrtuch. »Wir können uns noch mal darüber unterhalten, aber dir ist doch klar, daß das alles nur Versuche und Ausblicke sind. Etwas Konkretes gibt es noch nicht.«

»Ja, das weiß ich.« Donny ist ungeduldig. »Aber hast du das von den T-Zellen gelesen, die Geschwister spenden können? Dafür haben sie die Technologie schon, Dad.«

»Ich weiß, mein Junge, und ich verspreche dir, daß ich dieser Möglichkeit nachgehen werde. Okay?« Brian überlegt verzweifelt, wie er Donny beibringen soll, daß Zeldas Hämatologe ihm erklärt hat, für Zelda komme dieses Verfahren nicht in Frage. Selbst wenn diese Therapien bereits anwendbar wären. Was sie nicht sind. Noch nicht.

»Okay.« Die Hoffnung und die Erleichterung im Gesicht seines Sohnes tun ihm weh. »Ich bin jederzeit bereit, Dad.«

»Das weiß ich, Donny.« Es bricht ihm fast das Herz. Und er ist beeindruckt. Sein Sohn ist viel reifer, als er es ihm zugetraut hat. Er zögert. Dann sagt er: »Setz dich einen Moment, Donny.«

Brian setzt sich seinem Sohn gegenüber und erklärt ihm behutsam, was er mittlerweile akzeptiert hat: daß die Forschungsergebnisse, die Donny so hoffnungsvoll stimmen, im Augenblick nur theoretischen Wert besitzen. Und wenn auch vieles Anlaß zu Zuversicht gibt, so ist doch bisher keines der getesteten Medikamente und Verfahren von den Gesundheitsbehörden irgendeines Landes zugelassen worden.

Es ist nicht notwendig, das weiter auszuführen, es ist für beide zu quälend. Donny hat die Lippen fest zusammengepreßt und zittert am ganzen Körper, und auch Brian hat große Mühe, seine Gefühle zu beherrschen. Es ist offenkundig, daß Donny begriffen hat: Ganz gleich, was für Entwicklungen in der Zukunft stattfinden, für seine Schwester werden sie wahrscheinlich zu spät kommen.

Das letzte, was der Junge jetzt braucht, ist ein in Tränen aufgelöster Vater, darum steht Brian hastig auf und beugt sich wieder über das Spülbecken.

»Aber das ist nur das, was ich weiß«, sagt Brian mit leicht zitternder Stimme. »Ich verspreche dir, daß ich herausfinde, ob die Forschung weitergekommen ist, und daß ich dich von jetzt an auf dem laufenden halte. In Ordnung?«

Als er keine Antwort bekommt, holt er tief Luft und dreht sich herum. »In Ordnung?«

Donny sitzt wie versteinert, den Blick gesenkt. Brian wünscht sich, er könnte ihn in die Arme nehmen und alles wiedergutmachen, wie er das immer getan hat, als Donny noch klein war. Aber er weiß instinktiv, daß das keinen Sinn hat. Vor diesem Schmerz kann man ihn nicht bewahren. Um den Jungen auf ein anderes Thema zu lenken, ändert Brian seinen Ton und sagt streng: »Noch etwas, mein Junge – ich denke, wir sollten über neulich abend reden.«

Die List wirkt. Donny hebt ruckartig den Kopf. Er wird rot. »Das war schlimm, ich weiß, Dad, aber ich schwöre, es wird nie wieder vorkommen.«

»Das will ich hoffen.« Brian bleibt streng. »Trotzdem muß ich dich fragen – ist an dem Abend zwischen dir und Fiona was gewesen? Ihre Eltern sind ziemlich aufgebracht.«

»Wieso?« Donny errötet noch heftiger. »Was sagen sie denn?«

»Ich mache dir keinen Vorwurf, ich frage dich einfach von Mann zu Mann – und tu bitte nicht so, als wüßtest du nicht, wovon ich spreche.«

»Es ist nichts passiert, Dad, aber wenn doch ...«

»... wenn doch? Dann erinnerst du dich nicht?«

Donny nickt.

»Gut, ich werde dir keinen Vortrag halten«, Brian ist sich der Ironie seiner eigenen Position bewußt, »und ich glaube dir, wenn du sagst, daß nichts passiert ist, aber du mußt mit dem Alkohol in Zukunft verdammt vorsichtig sein. Er kann Schlimmes anrichten.«

»Ich weiß, Dad.«

Brian beschließt, die Sache auf sich beruhen zu lassen. Aber der Junge ist noch nicht fertig, das sieht er. »Was ist noch? Komm, raus mit der Sprache.«

»Ich war in deinem Zimmer, und du warst nicht da.«

»Ich ... ich habe einen Spaziergang gemacht.«

O Gott, schon fangen die Lügen an.

Donny scheint ihm nicht zu glauben. »Morgens um halb vier?«

»Ist das so seltsam?« Brian faltet mit peinlicher Präzision das Geschirrtuch, während er sich zu einem gelassenen Ton zwingt. »Nach allem, was geschehen ist. Ich konnte nicht schlafen, nachdem ich dich geholt hatte – mich nimmt das alles auch mit.«

»Aber dein Auto war nicht da.«

»Ich bin nach Dollymount rausgefahren, an den Strand.«

»Okay, Dad.« Donny blickt seinem Vater direkt ins Gesicht. »Gut. Rufst du dann Trevors Eltern an?«

Brian nimmt seinen Sohn in die Arme und drückt ihn fest. Donny läßt die Umarmung verlegen über sich ergehen. »Wofür ist das?«

»Es tut mir leid, daß du dich so alleingelassen gefühlt hast. Wir hätten das nicht zulassen dürfen.«

Donny verzieht das Gesicht; er kämpft mit den Tränen. »Mann, Dad«, ruft er verlegen, »laß mich los, ich muß mich für die Schule fertigmachen.« Er reißt sich los und stürmt aus der Küche.

Brian bleibt erschüttert zurück. Wenn Gebete so schnell erhört werden, hätte er vielleicht für Zeldas Heilung beten sollen.

Das Läuten des Telefons weckt Sophie. Die Kaminuhr zeigt zwanzig nach sieben an. Sie befreit sich aus den Decken, nimmt ab. »Hallo?«

»Sophie? Ich bin's, Michael.« Seine Stimme klingt gehetzt und gedämpft, als hielte er die Hand über die Sprechmuschel.

Seine Stimme versetzt Sophie einen Stich. »Was willst du?«

»Können wir uns irgendwo treffen? Wir müssen reden.«

»Es gibt nichts zu reden.« Sie ist jetzt ganz wach.

»Bitte, Soph, wir schulden einander wenigstens ein Gespräch. Ich muß etwas mit dir besprechen.«

Sophie schweigt. Tage und Nächte hat sie auf diesen Anruf gewartet, aber jetzt, da ihr die Chance zu einer Aussprache geboten wird, weiß sie nicht, wie sie diesem Mann nach allem, was sie in der vergangenen Nacht erfahren hat, gegenübertreten soll. Trotzdem drängt ein tiefes instinktives Bedürfnis sie zur Auseinandersetzung mit ihm.

»Sophie? Sophie? Bist du noch da?« Er klingt beinahe verzweifelt.

Der innere Konflikt wird immer quälender. Sie haßt Michael aus tiefstem Herzen. Und sie liebt ihn. Glaubt zumindest, ihn zu lieben, oder hat ihn einmal geliebt – wenn eine Mischung aus Vertrautheit, Zuneigung und Gewohnheit Liebe ist.

»Sophie?«

»Wann?«

»In der Mittagspause. Kannst du zum Flughafen kommen?«

»Kommt überhaupt nicht in Frage.« Sein unsensibler Vorschlag macht sie zornig.

»Na gut, wo dann?«

Sie hört das Geräusch fließenden Wassers. »Wo bist du gerade?«

»Das ist doch unwichtig«, versetzt er rasch. »Wo wollen wir uns treffen? Ich kann wahrscheinlich höchstens eine Stunde weg – ich habe eine Menge aufzuarbeiten, weil ich gestern nicht da war.«

»Im Regency«, sagt Sophie aufs Geratewohl. Das Hotel liegt an der Hauptstraße zum Flughafen. »Um ein Uhr.«

Nach dem Gespräch geht sie zurück zum Sofa und wickelt sich wieder in ihre Decke. Das Herz klopft ihr bis zum Hals. Nein, sie empfindet nichts für ihn, weder Haß noch Liebe. Er ist ein Nichts.

Sie haßt die Welt. Sie haßt das Schicksal, das sie unfruchtbar sein läßt, das ihr die Arbeit und den Mann genommen hat, alles in derselben Woche, in der sie ihr Eheversprechen gebrochen hat.

Und sie ist krank vor Eifersucht. Jahre schmerzhafter, kostspieliger Untersuchungen und Behandlungen, und was ist dabei herausgekommen? Nichts. Miß Leonard hingegen braucht sich nur einen verheirateten Mann zu angeln, und schon ist sie schwanger.

Sophie ärgert sich, daß sie dieser Handleserin Geld gegeben hat. Sie hat doch tatsächlich mit dem Gedanken gespielt, *sie* könnte die Schwangere sein!

Sie zieht die Knie bis zum Kinn hoch. Sie wird nicht weinen, und sie wird nicht aufgeben. Sie hat ein Recht auf ein Kind, ganz gewiß mehr als Yvonne Leonard.

27

Riba erwacht und ist im ersten Moment orientierungslos. Obwohl das Laken, das ihren Körper bedeckt, dünn ist, ist sie unangenehm verschwitzt. Ihr Kopf juckt, ein Geräusch wie ein regelmäßig an- und abschwellendes Rauschen erfüllt die Luft. Auf einmal fällt ihr ein, wo sie ist: auf der Insel, und das Geräusch macht das Meer draußen vor ihrem Bungalow.

Ein Blick auf die Uhr zeigt ihr, daß es beinahe zwanzig nach sechs ist. Zwanzig nach zwei irischer Zeit? Oder zwanzig nach zehn? Die Zeit ist wichtig, sie muß Zelda ihre Medikamente auf die Stunde genau verabreichen, aber sie ist so müde, daß sie einen Moment braucht, um sich zu besinnen. Die Insel ist vier Stunden hinterher. In Irland ist es jetzt zwanzig nach zehn.

Sie kommt nur mit Mühe aus dem Bett. Als sie nach Zelda sieht, die mit leicht geöffnetem Mund schläft, schießt ihr der Gedanke durch den Kopf, daß so ihre tote Tochter aussehen wird, bevor man sie zurechtgemacht haben wird …

Aber wie kommt sie nur auf diesen makabren Gedanken? Energisch schüttelt sie ihn ab. Was ist los mit ihr heute morgen? Sie hat es geschafft, sie ist hier, im Paradies, Jay ist in der Nähe, bald wird sie ihn sehen. Er wird seine Kräfte wirken lassen, und alles wird wunderbar sein. Wieso fühlt sie sich nur so niedergeschlagen?

Schnell geht sie ins Badezimmer, stellt sich unter die Dusche und dreht den Hahn voll auf. Aber aus der Brause tröpfelt nur braune Brühe.

Na schön, wozu sich ärgern? Sie hat das Meer direkt vor der Tür, und wenn sie Zelda ihre Tabletten fünf Minuten später gibt, ist das kein Beinbruch. Riba schlüpft in ein Baumwollnachthemd und tritt aus dem Bungalow. Augenblicklich fühlt sie sich besser. Die Luft liegt frisch und kühl auf ihrer klammen Haut, und das samtige Blau des Meeres hinter der sanften, weiß schäumenden Brandung spiegelt das hellere Blau des Himmels über ihr. Nur vom Weiß des Liners unterbrochen, der etwa fünfhundert Meter vor der Küste vor Anker liegt, dehnt es sich funkelnd bis zum Horizont, wo ein schmales Band rosiger Wolken den Sonnenaufgang ankündigt.

Wie sollte man sich an einem solchen Morgen schlecht fühlen? Ohne Zögern watet sie ins Wasser. Der Strand fällt steil ab, so daß sie bereits nach wenigen Metern bis über den Kopf eingetaucht ist und das Spiel der reinigenden Wellen genießt, die ihr Nachthemd bauschen und an ihren Haaren ziehen.

Nach einigen Augenblicken taucht sie auf, dreht sich herum und läßt sich auf dem Rücken treiben. Das ist herrlich. Herrlich! Das riesige Gewölbe des Himmels über ihr zieht sie aufwärts und zu sich heran, und nun existiert nichts mehr außer diesem Gefühl von Freiheit und Leichtigkeit. Kein Wunder, daß Jay sich hier niedergelassen hat.

Träge dreht sie den Kopf, um ihre neue Umgebung zu betrachten. Auf den Decks des Passagierdampfers bewegen sich kleine weiße Gestalten. Ein Inselchen, hoch aufragend und dicht bewaldet, ist das einzige andere Stück Land, das auf dieser Seite zu sehen ist. Trotz intensiver Suche kann sie an den grünen Hängen kein Zeichen menschlicher Anwesenheit entdecken. Auf der anderen Seite sieht sie, daß hinter der hufeisenförmigen Bucht von Palm Tree Island ähnlich dichte Wälder zum Buckel eines kahlen Berggipfels hinaufziehen.

Sie muß Brian anrufen. Möglichst bald. Sobald sie Zelda versorgt hat. Was soll sie ihm sagen? Im Grunde kann sie nur wahrheitsgemäß sagen, daß sie für ihre Tochter das Beste tut. Das ist die Wahrheit. Trotz allem, was Sophie ihr vorgeworfen hat.

Das Gefühl wohliger Entspannung beginnt sich zu verflüchtigen, aber während sie noch den Moment hinausschiebt, da sie aus dem Wasser steigen muß, bemerkt sie eine Frau in Grün, die mit Eimer und Schrubber auf den ersten Bungalow am anderen Ende des Strandes zusteuert. Zwei oder drei Leute sind inzwischen unterwegs, und einer, in Boxershorts, macht irgendwelche Übungen, bei denen er sich mit kreisendem Rumpf bald zum Himmel streckt, bald tief zur Erde hinunterbeugt. Die kalifornische Monica hat nicht gelogen, als sie sagte, daß das Leben hier in aller Frühe beginnt.

Dann erblickt sie einen anderen Menschen, der zielstrebig aufs Wasser zugeht. Überall würde sie diesen Schritt erkennen. Es ist Jay.

Riba, die keine gute Schwimmerin ist, geht beinahe unter vor Aufregung. Sie möchte ihn rufen, aber nicht vor den anderen. Darum beobachtet sie ihn nur, während er ohne innezuhalten ins Meer watet und dann mit ruhigen, rhythmischen Zügen, die das Wasser kaum in Bewegung bringen, zu schwimmen beginnt.

Wie auf Kommando schiebt sich ein halbkreisförmiges Stück Sonne über den Horizont, und unter seinem dünnen Wolkensaum hervor schießt ein Lichtbogen aus Silber und Gold über das Wasser, der das weiße Schiff einfängt und erstrahlen läßt. Verzaubert hebt Riba das Gesicht, um seinen Segen zu empfangen. Dann sieht sie wieder zu Jay hinüber, der sich jetzt auf einem Pfad schimmernden Lichts zu bewegen scheint.

Die Illusion hält nur ungefähr dreißig Sekunden an, dann löst der Glanz sich auf, der Passagierdampfer wird wieder ein gewöhnliches Schiff, das leuchtende Blau des Meeres wirkt künstlich wie in einem Reiseprospekt, und Jay ist nichts weiter als ein Schwimmer beim morgendlichen Bad.

Riba beschließt, auf Jay zu warten. Sie schwimmt zum Strand, zieht sich das durchweichte Nachthemd über Bauch und Schenkel hinunter und eilt in den Bungalow zurück. Sie zieht einen Kaftan an, drückt ihr nasses Haar aus und kämmt es. Zelda schläft noch. Riba schlüpft wieder hinaus und setzt sich auf den feinen Kies am Rand der Brandung, um zu warten.

Jay schwimmt bereits zum Strand zurück, mit langen, ruhigen Zügen, so regelmäßig wie ein Uhrwerk.

Riba weiß, was für ein Bild sie ihm bieten wird, wie sie da sitzt: mit nassem dunklen Haar, das der schwache Wind leicht bewegt, die Knie unter dem strahlend grünen Gewand hochgezogen, das kleine körperliche Unvollkommenheiten verbirgt.

Er bemerkt sie erst, als er sich mit feucht glänzendem Oberkörper aus dem Wasser aufrichtet. »Hallo, hallo!« ruft er lächelnd. »Sieh mal an, was die Sonne uns da beschert hat.« Den Kopf schüttelnd, um Augen und Ohren von Wasser zu befreien, kommt er heraus und zieht sie mit kräftiger Hand auf die Füße. »Riba, wie schön!« Er riecht nach Salz und Sonne und achtet nicht darauf, daß er sie von oben bis unten naß macht, als er sie in die Arme nimmt.

»Hallo, Jay! Wir haben uns lange nicht gesehen.« Glücklich erwidert Riba seine Umarmung; die Welt um sie herum versinkt.

»Geht's dir gut? Du hattest versprochen, mich anzurufen, und als ich nichts von dir hörte …« Brians Stimme klingt aufgeregt. »Ist wirklich alles in Ordnung?«

Seit Michaels Anruf hat Sophie wie erstarrt auf dem Sofa gesessen. Sie hat überlegt, ob sie diesmal überhaupt ans Telefon gehen soll, aber es hat immer weiter geläutet, bis sie es nicht mehr ausgehalten hat.

»Mir geht's gut, Brian. Mach dir um mich keine Sorgen.«

»Können wir uns später sehen? Vielleicht zum Mittagessen?«

»Tut mir leid – ich bin mit Michael verabredet.«

»Oh.« Er ist überrascht. »Natürlich.«

»Ich könnte dich danach treffen, am Nachmittag vielleicht.« Hat wirklich sie dieses Angebot gemacht? Offensichtlich, denn er greift den Vorschlag sofort auf.

»Wunderbar. Kennst du das Brian Boru?«

Das Brian Boru, an der Grenze zwischen Phibsboro und Glasnevin, ist ein Pub, das Sophie nur flüchtig kennt. Sie sollte sich weder dort noch sonstwo mit Eilys Mann treffen, schon gar nicht jetzt. Trotzdem macht sie die Einzelheiten mit ihm aus. Sie tun beide bemüht lässig, als wären die Geschehnisse der vergangenen Nacht ganz belanglos.

Nachdem Sophie aufgelegt hat, bleibt sie eine Weile stehen und starrt das Telefon an. Unter dem Tisch, auf dem es steht, liegt einer ihrer Schuhe. Wie ist er dahin gekommen? Sie schaut sich nach dem zweiten um und entdeckt ihn in der Mitte des Zimmers, neben der Bluse, die sie am vergangenen Abend getragen hat. Sie geht im Zimmer umher und sammelt alles ein. Zwischen den Sofakissen findet sie einen Hemdknopf von Brian, und alles wird wieder lebendig.

Sie errötet und weiß nicht, ob vor Scham, Verlangen oder Bitterkeit darüber, daß das, was sie und Brian getan haben, nie wieder geschehen darf. Das ist einer der Entschlüsse, die sie in jener Stunde kalten Zorns auf der Couch gefaßt hat.

Wer weiß, was die Zukunft bringt? Im Augenblick jedoch wiegt die Verantwortung, die sie und Brian gegenüber Eily, Zelda und Donny tragen, weit schwerer als alle erotischen oder romantischen Wünsche. Es wird eine schöne Erinnerung sein, die sie für sich behalten wird. Und auch den Schmerz wird sie für sich behalten.

Vielleicht ist es sogar gut, daß sie mit Brian verabredet ist, dann kann sie ihm gleich sagen, was sie beschlossen hat. Sie schulden einander Aufrichtigkeit.

Auch Michael gegenüber will sie vollkommen offen sein. Durch das, was geschehen ist, muß sie sich endlich der Erkenntnis stellen, daß ihre Ehe nur noch ein Häufchen Asche ist. Sie kann Michael nicht allein die Schuld daran geben. Auch sie hat in letzter Zeit kaum etwas zum Gelingen der Beziehung beigetragen. Hat sie überhaupt noch eine Ahnung davon, was er denkt und was er fühlt? Sie ist versunken in ihrer Enttäuschung darüber, keine Kinder bekommen zu können.

Aus diesem Häufchen Asche, in dem die unverbindliche alte Sophie sich eingerichtet hatte, ist eine neue, entschlußfreudigere Sophie aufgestanden. Und diese Sophie hat Pläne.

Das fühlt sie genau.

Sie hat einen interessanten Tag vor sich.

»Das ist nicht dein Ernst?« Collette reißt skeptisch die Augen auf.

Yvonne, die heute wieder blau macht, zieht ärgerlich an ihrer Zigarette. »Ich will nicht deinen Rat, Collette, ich wollte nur mit dir reden. Würdest du jetzt bitte endlich mal die Klappe halten und mir einfach zuhören? Er hat gesagt, daß er sie verlassen hat. Er gehört jetzt zu mir. Er hat gesagt, daß er mich liebt, aber ich bin sicher, es geht einzig und allein um das Kind. Deswegen wollte ich mit dir reden. Er hat sie definitiv verlassen. Ich mach keine Witze – vielleicht kriegst du das jetzt endlich mal in deinen dicken Schädel rein.«

Collette ist eingeschnappt und greift nach ihrer Handtasche. »Ich brauch mich von dir nicht so anfahren zu lassen.«

»Entschuldige!« Yvonne ist zerknirscht. »Das sind nur diese blöden Hormone. Die bringen mich total durcheinander. Ehrlich, Collette, du kannst echt froh sein, daß du nicht in meiner Haut steckst.« Yvonne führt wieder die Zigarette zum Mund und nimmt einen tiefen, tröstlichen Zug. »Also – es tut mir leid. Sei mir nicht böse, okay?«

Collette ist besänftigt und schiebt sich eine Handvoll Chips in den Mund. »Okay.«

Sie sitzen im Flowing Tide, einem Pub, in dem jetzt der Mittagsbetrieb losgeht. Obwohl Yvonne selbst raucht, wünscht sie, es wäre nicht so verqualmt. Auch das muß an den Hormonen liegen. Sie haßt diesen Zustand, dieses ständige Rauf und Runter der Gefühle, das ihr so fremd ist, und über die verdammte Abtreibung ist auch noch nicht entschieden. Sie hat zwar den Dienstagstermin in London sausen lassen, aber heute ist erst Mittwoch, es ist also immer noch nicht zu spät. »Ehrlich, was meinst du Collette?« Sie bläst den Rauch hoch in die Luft. »Bin ich verrückt oder was?«

»Das klingt jetzt vielleicht blöd, aber liebst du ihn denn?«

Yvonne lacht prustend. »Woher soll ich das wissen? Woher weiß man, ob man jemanden liebt, Collette? Michael behauptet, daß er mich liebt, aber wie ich schon gesagt hab, ich hab das Gefühl, daß es in Wirklichkeit nicht um mich geht, sondern um das Kind. Ich mein, wir kommen ganz gut miteinander zurecht, aber es ist schließlich ein Riesenunterschied, ob man zweimal die Woche im Fairy Glen miteinander Spaß hat oder zusammenlebt. Ich muß nämlich Ende der Woche hier raus. Die Alte hat mich an die Luft gesetzt.«

»Verdammte Vermieter.«

»Er ist kein übler Kerl, weißt du«, fährt Yvonne fort, »und für sein Alter sieht er gut aus – aber das ist auch so eine Sache. Ich mein, schau dir mal diesen Altersunterschied an. Er ist fast vierzig! Die Leute werden denken, er wär der Großvater von dem Kind.«

Das Pub füllt sich jetzt, und Collette muß auf der Sitzbank weiter hinaufrutschen, um zwei ungepflegten Typen Platz zu machen; Schauspieler offenbar, wahrscheinlich vom Abbey Theatre gegenüber. Sie mustert sie mit schnellem Blick, dann wendet sie sich wieder ihrer Freundin zu.

»Na ja, vierzig ist heutzutage kein Alter. Es ist wahrscheinlich wichtiger, daß du glaubst, du kannst das hinkriegen. Du weißt ja, was ich von ihm halte, Yv, aber davon wollen wir jetzt nicht reden. Es geht um dich. Du solltest dich vielleicht fragen, wie er auf den ganzen Babykram, Windeln und so, reagieren wird. Ich meine, der hat doch nie was anbrennen lassen.« Collette schüttelt den Kopf. »Was ist mit deinen Eltern? Hast du's denen schon gesagt?«

Yvonne lacht bitter. »Meinen Eltern? Was geht denn die das an? Ich weiß genau, was sie sagen würden – vorausgesetzt, *er* wäre nüchtern, und *sie* würde zur Abwechslung mal kapieren, was man ihr sagt. Komm mir bloß nicht mit denen. Aber warte mal«, fügt sie nachdenklich hinzu, »ich hätte dann meine eigene Familie! Ich würde selber den Laden schmeißen und könnte ihnen ihr erstes Enkelkind präsentieren. Das ist doch angeblich was Tolles. Ich meine, da müßten sie doch begeistert sein, oder?«

»Genau.« Collette nickt nachdrücklich. »Und Weihnachten und die ganzen Familienfeste. Du würdest sie doch zur Taufe einladen und zu den Kindergeburtstagen und so?«

»Ja, wahrscheinlich. Aber wo bleib ich dabei? Wenn ich das jetzt mitmache, was wird dann aus meiner Märchenhochzeit?«

»Und aus meinem Job als Brautjungfer? Hör zu, Yv, ganz egal, wie du dich entscheidest, du solltest es schnell tun. Die Zeit wird knapp. Er glaubt wohl, es ist alles geregelt, hm?«

»Ich nehm's an. Im Bett behandelt er mich jedenfalls auf einmal ganz anders. Viel sanfter, als ob er dem Kind nicht weh tun will.« Verdrossen drückt Yvonne ihre Zigarette aus. »Ach, Mist. Rauf, runter, rein, raus, ja, nein, vielleicht – ich weiß einfach nicht, was ich tun soll. Mal bin ich die liebende Mami aus der Pampers-Werbung, und mal ist alles wie vorher, und ich genieße meine Freiheit.«

Collette knüllt den leeren Chipsbeutel zusammen.

Yvonne faßt sie beim Arm. »Danke, daß du mir zugehört hast. Du bist ein echter Kumpel.«

»War mir ein Vergnügen. Trinken wir noch was?«

Während Collette noch zwei Bacardi-Breezer bestellt, wird Yvonne klar, daß ihr niemand diese Entscheidung abnehmen kann. Aber in ihrem Kopf geht es rund, es ist zum Verrücktwerden. Sie hat sich von einem Mann einwickeln lassen, der unbedingt ein Kind haben will. Und nicht nur von ihm: Das Schlimme ist, daß sie dieses Kind immer weniger als lästigen Fremdkörper empfindet. Es wird ihr – wegen dieser idiotischen Hormone – bestimmt ziemlich an die Nieren gehen, wenn sie sich dagegen entscheidet. Wenn sie es also tun will, dann besser heute als morgen.

In der Bar des Regency-Hotels in Whitehall ist es voll. Sophie sitzt im Augenblick allein an einem Tisch, weil Michael gleich, nachdem er gekommen ist, die Toilette aufgesucht hat. Sophie hat ihn höflich begrüßt und einen Anflug schadenfroher Genugtuung verspürt, als sie die dunklen Ringe unter seinen Augen und sein gequältes Gesicht sah. Gut, dachte sie, leide du nur, das geschieht dir recht.

Er kommt jetzt an ihren Tisch zurück, und sie mustert ihn, als sähe sie ihn zum erstenmal. Groß, gut gebaut, schlank, selbstsicher, mit offenem Gesicht. Ha! Und dabei ist er so ein gemeiner Lügner! Sein unsteter Blick verrät ihn. Sophies Wut rührt sich wieder.

»Ich sehe, du hast wieder angefangen zu rauchen?«

»Hm.« Er legt ein Wegwerffeuerzeug und zwei Packungen Zigaretten auf den Tisch. »Hör zu, Sophie«, sagt er zaghaft, »ich kann mir denken, wie dir zumute ist, aber würdest du mich eine Minute lang reden lassen? Ich möchte dir erklären ...«

»Erklärungen sind nicht nötig. Und auch nicht erwünscht. Es ist alles sonnenklar.« Sie fühlt, wie ihre Rückenmuskeln sich verkrampfen, und setzt sich aufrechter. Er darf nicht sehen, wie erregt sie ist, sie muß unter allen Umständen ruhig und kühl bleiben, wenn ihr Plan auch nur die geringste Chance auf Erfolg haben soll. »Aber wenn du unbedingt versuchen willst, dich zu rechtfertigen, dann tu es.« Sie sieht, daß ihr eisiger Ton ihn einschüchtert. »Bitte, ich höre«, fügt sie ein wenig versöhnlicher hinzu.

»Ich weiß, es ist absurd, Sophie, und der völlig falsche Moment, es zu sagen, und ich würde es dir überhaupt nicht übelnehmen, wenn du aufstehst und gehst, aber ich weiß jetzt, jetzt, wo es zu spät ist, daß ich nie wieder jemanden so lieben werde, wie ich dich geliebt habe.«

»Du gestattest, daß ich lache?«

»Ich sagte ja, daß mir klar ist, wie unangemessen das unter den gegebenen Umständen klingt, aber es hat seinen Grund, warum ich das sage. Ich weiß, daß dich das, was ich dir mitteilen werde, sehr hart treffen wird, Sophie.«

Ihre Sessel stehen im rechten Winkel zueinander, und Sophie wehrt seinen intensiven Blick ab, indem sie einen Messingleuchter an der gegenüberliegenden Wand fixiert. Sie wird es ihm nicht leichtmachen. »Also, was hast du mir zu sagen?«

»Yvonne erwartet ein Kind. Von mir.«

Es von ihm zu hören erschüttert sie von neuem, aber sie nimmt sich zusammen. Sie beobachtet ihn verstohlen. Jetzt, da es heraus ist, scheint er in sich zusammenzusinken, kleiner zu werden. Zum Glück war sie vorbereitet! Wenn ihr Plan gelingen soll …

»So ist das also«, sagt sie und dreht den Kopf, um ihm in die Augen zu blicken. »Und du bist sicher, daß es von dir ist? So wie ich die Kleine erlebt habe, scheint sie ziemlich herumzukommen.«

»Wie nett von dir.«

Das hat gesessen, aber die Bemerkung war billig. Sophie ist über sich selbst entsetzt, doch sie wird jetzt von einem weißglühenden Zorn getrieben, der in seiner eisigen Kälte beinahe erfrischend ist. Sie läßt Michael eine Weile herumstottern und ist von neuem entsetzt, als er in seiner Aufregung einräumt, daß er nur zu seiner Geliebten gezogen ist, weil sie das Kind sonst abtreiben lassen würde. »Und das kann ich nicht zulassen, Soph. Es geht um *mein* Kind.«

»Das ist Erpressung«, fällt sie ihm ins Wort, »aber das brauche ich dir nicht zu sagen. Du kannst dir weitere Erklärungen sparen, ich weiß nämlich bereits seit gestern von dem Kind.«

Michael ist sprachlos.

»Ich muß sagen, ich finde es nicht sehr anständig, daß du es allen anderen vor mir gesagt hast.«

»Wer hat es dir gesagt?«

»Das tut nichts zur Sache.«

»O doch, es …«

»Es ist völlig nebensächlich.« Sie fixiert ihn mit scharfem Blick. »Warum fragst du nicht Yvonne?«

Nie zuvor in ihrem Leben hat Sophie sich so benommen, aber Gehässigkeit füllt ihren Mund wie Schaum, den sie ausspeien muß.

Seine Hände zittern, als er nach seinem Bierglas greift, und er täte ihr beinahe leid, wenn nicht ihr Plan verlangte, daß sie hart bleibt. »Ich habe das noch nicht in aller Gründlichkeit durchdacht, aber ich möchte dir einen Vorschlag machen.«

»Was?« Er sieht sie an, immer noch schockiert.

»Ja ... Ich habe nämlich den starken Verdacht, daß die gute Miß Leonard die edlen elterlichen Gefühle, die du plötzlich bei dir entdeckt hast, nicht teilt. In Anbetracht ihres Alters und ihres Lebenswandels fürchte ich sogar, sie wird verschwinden, sobald der Lack am schicken Kinderwagen ein paar Kratzer abbekommen hat, und dich mit dem Kind sitzenlassen.«

Sie atmet tief durch. »Und jetzt kommt mein Vorschlag. Unsere Ehe ist vorbei, ganz gleich, was geschieht. Das ist mir klar. Aber wir sind hier nicht in England oder Amerika, Michael, und nach irischem Gesetz kannst du dich frühestens in vier Jahren von mir scheiden lassen. Wenn ich der Scheidung nicht zustimme, kann ich unsere Ehe weiter in die Länge ziehen und dir das Leben ausgesprochen schwermachen. Ich bin ja jetzt finanziell ganz abhängig von dir. Und ich habe keine Ausbildung. Soviel ich weiß, richtet sich die Höhe des Unterhalts nach der Dauer der Ehe. In vier Jahren werden wir vierundzwanzig Jahre verheiratet sein. Da steht mir einiges zu, Michael.« Sie verdankt Nancy die Details, sie hat ihren Geschichten aufmerksamer zugehört, als ihr selbst bewußt war.

Michael ist zufriedenstellend verdattert.

»Ich werde dich nicht ruinieren«, sagt sie ruhig. »Ich werde natürlich das Haus behalten, aber da ich die Absicht habe, mir wieder eine Arbeit zu suchen, wirst du mir keinen Unterhalt zahlen müssen – jedenfalls nicht für lange Zeit. Vorausgesetzt ...« Jetzt verläßt sie doch der Mut, sie trinkt einen Schluck Wasser.

Michael ringt noch um Fassung. »Ich habe nie etwas von Scheidung gesagt, wer redet von Scheidung?«

»Ich.« Sie hat ihre Chuzpe wiedergefunden. Sie weiß zwar sehr gut, daß Schwärze und Trauer sie erwarten, aber für den Moment genießt sie seine Reaktion. »Du willst doch nicht behaupten, daß von dieser Ehe noch etwas übrig ist? Was hast du dir von diesem Treffen heute erwartet, Michael? Daß ich dich anflehe, zu mir zurückzukommen?«

Er schüttelt fassungslos den Kopf. »Nein, das nicht.«

»Das glaube ich dir sogar. Du hast wahrscheinlich gedacht, du würdest mir alles erklären, und die gute alte Sophie würde alles verstehen. Aber das spielt jetzt keine Rolle. Ich schlage folgendes vor.« Sophie hält sich an ihrem Glas fest. »Sobald das Kind geboren ist, gibt Yvonne es zur Adoption durch uns frei – das heißt, da du der leibliche Vater bist, muß nur ich es adoptieren. Wir sind immer noch verheiratet, und wenn es ihr ausdrücklicher Wunsch ist, das Kind von uns adoptieren zu lassen, können die Behörden sich nicht querstellen.«

Auch das hat sie von Nancy.

»Sobald das Kind nach Recht und Gesetz uns gehört«, fährt sie fort, »bist du frei von allen Verpflichtungen mir gegenüber – ich nehme allerdings an, du wirst für dein Kind sorgen wollen, da du ja so erpicht darauf bist, Vater zu werden. Wir können uns auf das gemeinsame Sorgerecht einigen, und du wirst das Kind so oft sehen können, wie du willst.«

»Und wenn sie nicht mitmacht?«

»Sie wird schon mitmachen, wenn du ihr Geld bietest.«

»Was für Geld?«

»Mein Schmerzensgeld von dem Flugzeugunglück. Die ganze Summe. Ich sichere es ihr vertraglich zu.«

Michael sinkt in seinen Sessel zurück.

Sophie wendet sich von ihm ab. Sie ist längst nicht so gelassen, wie sie tut. Immer noch ist sie unbändig wütend, und gleichzeitig hat sie große Angst, daß sie, selbst wenn die beiden auf ihren Vorschlag eingehen, gar nicht fähig sein wird, einem Kind, das unter diesen für sie so schmerzlichen Umständen gezeugt wurde, die Liebe und die Fürsorge entgegenzubringen, die es braucht. Aber ihr Wunsch nach einem Kind ist so tief, daß er alle anderen Überlegungen in den Hintergrund drängt. Alles würde sie für diese Chance tun, sie würde ihrem Mann und

Yvonne ein Liebesnest bauen, sie würde ihnen ihr letztes Hemd geben, sogar ihr Haus.

Sie hat nicht vor, ihn wissen zu lassen, wie weit sie in ihrer Verzweiflung zu gehen bereit ist. »Also?« fragt sie kühl. »Ich weiß, daß der Vorschlag auf den ersten Blick reichlich ungewöhnlich wirkt.«

»Und wenn sie doch abtreibt?« Michaels Stimme ist kaum hörbar.

»Es ist deine Sache, dafür zu sorgen, daß sie es nicht tut. Du kannst ihr sagen, daß es kein kleiner Betrag sein wird.« Sie improvisiert jetzt. Sie hat noch nicht mit einem Anwalt gesprochen, hat daher keine Ahnung, wieviel Schmerzensgeld sie überhaupt bekommen wird.

»Und wenn sie das Kind behalten will? Wenn sie es nicht hergibt?«

»Ich denke, sie wird es hergeben.« Sie sieht ihn mit hochgezogenen Brauen an. »Und du denkst das auch.«

28

»Habt ihr eine gute Reise gehabt?« Jay, der offensichtlich entzückt ist, Riba zu sehen, gibt sie aus seiner feuchten Umarmung am Rand des funkelnden Meeres frei.

»Es ging alles wunderbar, danke«, antwortet Riba, während Jay bereits den Strand hinaufläuft. Riba muß sich beeilen, um mit ihm Schritt zu halten. »Ich habe übrigens wie gebeten deine Tante May besucht. Sie hat sich sehr über deine guten Wünsche gefreut, Jay – sie hat mir ein kleines Heiligenbild für dich mitgegeben. Sie hält sich wirklich großartig für ihr Alter, nicht wahr?«

»Ja, das muß man sagen. Und wie geht es dem kleinen Mädchen?«

»Na ja, im Augenblick ist sie sehr erschöpft«, keucht Riba, der es schwerfällt, im weichen Sand sein Tempo zu halten. »Aber es war gestern auch ein langer Tag. Jetzt, wo sie hier ist, wird bestimmt alles viel besser werden.«

»Bring sie doch zum Frühstück mit, das ist die schönste Mahlzeit des Tages. Wir essen hier alle gemeinsam – du wirst begeistert sein, Riba. Also, wir sehen uns gleich.« Der Sand wirbelt unter seinen Füßen auf, als er davonsprintet und Riba außer Atem zurückläßt.

Wieder im Bungalow, kümmert sie sich um Zelda, die lange braucht, um wach zu werden und ihre Medikamente zu nehmen, und dann unbedingt einen von Ribas Kaftanen überziehen will, um ihre Magerkeit zu kaschieren, bevor sie endlich draußen in der Sonne stehen.

Zelda sieht sich um. »Oh, schau mal, Mama!« Sie deutet auf den schnittigen weißen Ozeandampfer, der sich im glasklaren grünen Wasser spiegelt. »Ist das nicht ein wunderschönes Schiff?«

»Doch.« Riba merkt, wie ihr die Tränen in die Augen schießen, und blickt auf das Päckchen mit dem Hemd für Jay in ihren Händen hinunter, um die silberne Schleife zurechtzuziehen. Zeldas Begeisterung, von der so lange nichts mehr zu spüren war, ist alle Strapazen der Reise wert. Sie hakt ihre Tochter unter. »Eines Tages machen wir alle zusammen eine Kreuzfahrt, Schatz.«

»Was ist das da drüben alles?« Zelda weist auf die Holzstapel in der grasbewachsenen Anlage.

»Ach, habe ich dir das noch gar nicht erzählt? Wir werden hier etwas ganz Besonderes erleben. Am Samstag findet ein großes Hochzeitsfest für zehn Paare statt. Wir sind auch eingeladen, Zel, das wird eine Riesensache – vielleicht bist du ja die nächste. Vielleicht fängst du einen der Brautsträuße auf.«

»Klar!« Zelda lächelt. »Ich freu mich schon drauf.«

Sie scheint heute morgen eindeutig mehr Energie zu haben. Riba ist jetzt vollkommen überzeugt davon, daß es richtig war, mit Zelda hierherzukommen.

Sie folgen einem kleinen Fußweg, der zwischen zwei Bungalows hindurchführt. Aus dem Inneren eines aus hohen Holzpfählen errichteten großen Rundbaus tönt Stimmengewirr. Sie treten durch ein breites Tor und gelangen auf eine Art Koppel mit festgetretenem Lehmboden. In der Mitte steht eine lange Tafel, an der zu beiden Seiten etwa zwanzig Personen aus aller Welt sitzen, größtenteils sonnengebräunte Weiße. Größtenteils Frauen.

Doch Ribas Blick fliegt zu Jay, der – jetzt ganz in strahlendem Weiß – seinen Platz am Kopf der Tafel hat und sich angeregt mit einer schönen jungen Frau orientalischer Herkunft unterhält. Er scheint sie und Zelda nicht bemerkt zu haben.

Gerade schickt sie sich an, Zelda zu ihm zu führen, da springt Monica von ihrem Platz auf und läuft ihnen entgegen.

»Riba! Zelda! Willkommen in unserer Boma. Ach, wie schön, Zelda, du siehst heute morgen gleich so viel wohler aus. Ist es nicht ein herrlicher Tag? Was habe ich dir gesagt, Riba?« Mit fester Hand nimmt sie Riba beim Arm und führt sie mit ihrer Tochter zu ihrem eigenen Platz etwa in der Mitte der Tafel. Die bereits Sitzenden rücken bereitwillig auf.

»Ja, es ist wirklich schön hier.« Riba ist verärgert, aber entschlossen, sich nichts anmerken zu lassen. Lächelnd blickt sie in die Runde, und während sie Zelda hilft, über die lehnenlose Sitzbank zu steigen, läßt sie ihr auffälliges Päckchen unter dem Tisch verschwinden. »Wie hast du das hier eben genannt, Monica? Boma?«

»Richtig, Bo-ma.« Die kalifornische Monica artikuliert die Silben mit übertriebenen Bewegungen ihrer üppigen Lippen. »Kommt aus Südafrika und ist wirklich ideal für die Insel. Hier machen wir auch am Samstag unser großes Festmahl.« Sie schiebt Riba und Zelda eine Schüssel mit Obstsalat und eine zweite mit einigen Minipäckchen Cornflakes zu. »Laßt es euch schmecken. So, und jetzt mache ich euch noch mit unseren Freunden hier bekannt.«

Aber während Riba nickend und lächelnd die Leute rechts und links und gegenüber begrüßt, steigt wieder ein wenig Enttäuschung darüber auf, daß Jay ihre Anwesenheit bisher überhaupt nicht zur Kenntnis genommen hat.

Sie ermahnt sich jedoch rasch, nicht so egoistisch zu sein. Eines muß man Jay lassen – er ist immer fair, und im Augenblick praktiziert er das, was er am besten kann, er wendet der jungen Frau, mit der er spricht, seine ungeteilte Aufmerksamkeit zu. Das ist eine von Jays charakteristischen Eigenschaften, die nur noch wenigen anderen auf dieser Welt gegeben ist. Er vermittelt seinem Gegenüber das Gefühl, in diesem Moment der einzige Mensch zu sein, der zählt. Sie muß einfach Geduld haben.

Sie plaudert also mit all diesen neuen Freunden, von denen, wie sie entdeckt, die meisten aus Kalifornien kommen. Carmen, gleich links neben ihr, ist blond, mit schwellenden Lippen und Giraffenbeinen. Ihr Haar ist allerdings nicht seidenglatt, sondern dreht sich in lang wallenden Locken. Auch sie, so scheint es, wacht mit Eifersucht über ihre Sonderstellung in Jays Gefolge.

»Du hast eine tolle Statur. Wie groß bist du?« fragt Riba, um freundlich zu sein.

»Oh, ungefähr eins dreiundachtzig.« Carmen läßt ihre Jacketkronen blitzen. »Jay mag große Frauen.«

»Ja, ich weiß.« Riba lächelt. »Und dunkles Haar. Seine Mutter war sehr dunkel, weißt du.«

Carmen wendet sich der Nachbarin auf ihrer anderen Seite zu. Riba ist ein wenig zerknirscht, findet aber trotzdem, daß die Frau das verdient hat.

»Genieß diese göttliche Sonne, Darling.« Sie biegt die Krempe von Zeldas Hut so zurecht, daß die Sonnenstrahlen ihr Gesicht erreichen. »Ist das nicht wunderbar?«

Ihre Chance, Jay zu sprechen, bekommt Riba etwas später am Vormittag, gleich nachdem Zelda sich ein wenig hingelegt hat. Sie ist in Hochstimmung. Schon jetzt stellt sie fest, daß Zeldas Zustand sich bessert. Eindeutig. Das Kind hat beim Frühstück gut gegessen, und Riba hat den Eindruck, daß ihre bleichen Wangen bereits etwas Farbe bekommen haben.

Riba ist soeben aus ihrem Bungalow getreten und sieht, daß lauter Einheimische das Spalier für die Hochzeitspaare errichten, als Jay aus dem Empfangsbungalow kommt.

»Jay – warte einen Moment.« Sie läuft ihm entgegen.

»Riba!« Lächelnd erwartet er sie. »Ich sollte nach Zelda sehen, nicht wahr?«

»Ja, würdest du das tun, Jay? Im Moment schläft sie, aber es ist kein Problem, sie zu wecken. Ach, Jay, ich bin so froh, daß wir hier unter deiner Obhut stehen – da wird sicher alles gut werden. Aber weißt du«, sie senkt die Stimme, »es gibt noch etwas, worüber ich mit dir sprechen wollte, etwas Persönliches.«

»Aber natürlich. Komm, gehen wir in mein Büro.«

Er führt sie in einen kleinen Nebenraum der Rezeption, der sehr einfach eingerichtet ist: ein Tisch mit Terminkalender, zwei Sessel und ein dickes Sitzkissen, mit weißer Seide bezogen. Auf einem Lesepult liegen zwei Bücher: die Bibel und eine in Leder gebundene Ausgabe von *The Tibetan Book of Living and Dying*. Die Fenster sind nicht verglast, und die Luft hier ist – anders als in ihrem Bungalow – frisch und kühl.

»Das ist ein wunderschöner Raum, Jay. Meditierst du hier auch?«

»Manchmal. Meistens halte ich meine Meditationen aber im Strandhaus.«

»Oh, das würde ich gern sehen! Ein Strandhaus!« Sie wartet auf eine Einladung. Als keine erfolgt, fährt sie zu sprechen fort. »Ich hoffe, es ist nur ein Mißverständnis, Jay, aber es geht um Geld. Monica nimmt an, daß wir ganz gewöhnliche ... ach, ich weiß nicht, was sie glaubt. Sie hat mich doch tatsächlich gefragt, wie ich bezahlen will, Jay! Bar oder mit Karte.« Riba lacht herzlich, um ihm die mögliche Verlegenheit wegen eines solchen Schnitzers seiner Angestellten zu nehmen.

Aber das Lachen vergeht ihr schnell. Irgend etwas stimmt nicht.

Jay lacht gar nicht mit, sondern schaut sie an, als verstünde er nicht, wovon sie redet. »Diese Dinge überlasse ich den Frauen«, erklärt er ruhig. »Ich mische mich da nicht ein.« Ein, zwei Augenblicke zögert er. »Aber da wir so alte Freunde sind, mache ich dir einen Vorschlag, Riba. Nur sag den anderen nichts davon, die bringen mich sonst um. Wie wär's mit dem halben Preis, absolute Untergrenze, für euch beide zusammen 12000 Irische Pfund? Das mit ihrer Provision regle ich mit ihnen – mir wird schon irgendwas einfallen. Ihr braucht euch natürlich nicht genau an die vierzehn Tage zu halten, ein paar Tage mehr sind kein Problem.« Dann lacht er doch. »Aber keine Rückerstattung, wenn ihr vorzeitig abreist!«

Sie liebt Jays ungezwungenes, tiefes Lachen. Er hat auch sie lachen gelehrt; hat sie gelehrt, das Lachen, diese göttliche Gabe, aus ihrem tiefsten Inneren emporsteigen zu lassen. Aber so wie er ihren Scherz nicht verstanden hat, so versteht sie nun seinen nicht. Konsterniert starrt sie ihn an.

»Aber ich dachte, wir wären deine Gäste. Du hattest uns doch eingeladen … so habe ich es verstanden …« Sie schweigt, als sie erkennt, daß sie diejenige ist, der der Schnitzer unterlaufen ist.

»Ja, natürlich, aber du hast recht, es liegt tatsächlich ein Mißverständnis vor. Ich dachte, dir sei klar, wie wir das hier auf der Insel handhaben. Ich betreibe hier keine wohltätige Einrichtung, Riba.« Seine Stimme mit dem weichen Akzent des amerikanischen Mittleren Westens ist so melodiös. »Du kannst dir nicht vorstellen, was wir hier für Ausgaben haben, Riba. Ich will dich nicht damit langweilen, die Wasserversorgung, die Müllabfuhr, das wird alles von Privatunternehmen erledigt … ach, Gott«, sagt er sachte seufzend, »ich hasse es, über Geld zu reden, aber ich werde Monica und Carmen sagen, daß wir eine private Vereinbarung haben, weil wir uns bereits so lange kennen. Auf die Weise werden sie die Einzelheiten nicht erfahren. Am besten stellst du einen persönlichen Scheck auf mich aus.«

Riba kann nur nicken. Und dann beginnt sie verzweifelt zu rationalisieren. *Sie* hat schließlich den Fehler gemacht. Ist doch klar, daß er eine Menge Ausgaben hat. Man braucht sich nur die vielen Einheimischen anzusehen, die da draußen arbeiten. Die muß er alle bezahlen. Verrückt, zu glauben, sie könnten hier auf seine Kosten leben, und er hat ihr ja trotzdem noch einen phantastischen Preis gemacht. Fünfzig Prozent Nachlaß, das ist verdammt gut.

Und es wird ihr Geheimnis sein, Jays und ihres, diese beiden Gorgonen werden nichts davon erfahren. »Danke, Jay.« Sie lächelt so strahlend, daß ihr beinahe die Lippen weh tun. »Unglücklicherweise habe ich mein Scheckbuch nicht bei mir.« Sie ist froh, daß Jay diese direkte amerikanische Art hat, mit Geldangelegenheiten umzugehen.

»Riba …« Er neigt sich ihr über den Schreibtisch zu, und die grünen Tiefen seiner Augen ziehen sie in ihren Bann. »Wie lange kennen wir uns schon?«

»Eine lange Zeit.« Riba ist bereits auf dem besten Weg, sich von ihrem Schreck zu erholen. Wenn es Zelda hilft, ist kein Preis zu hoch. »Danke dir, Jay«, sagt sie schlicht.

Er lehnt sich zurück und macht ein leicht angewidertes Gesicht. »So, das hätten wir erledigt.« Er steht auf und nimmt mit anmutiger Bewegung die beiden Bücher vom Pult. »Wollen wir jetzt nach Zelda sehen?«

Riba gewinnt ihre Zuversicht zurück, während sie versucht, mit Jay Schritt zu halten.

»Wie läuft's denn so in Irland?« fragt er.

»Oh, wenn man glauben kann, was alle behaupten, haben wir Vollbeschäftigung, und die Wirtschaft boomt.«

»Ich muß wirklich bald mal wieder kommen. Aber ich bin eben ein Sonnenverehrer. Du kannst dir die Winter in Chicago nicht vorstellen, Riba – ich konnte es kaum erwarten, diesem grauenvollen Klima zu entkommen. Und jetzt möchte ich am liebsten gar nicht mehr von hier weg.« Mit einer trägen Armbewegung deutet er auf sein kleines meerumspültes Königreich in der Sonne.

»Das kann ich verstehen, Jay.« Riba stolpert über einen Stein, und Jay hält sie fest. »Danke, Jay.«

»Gern geschehen. Ja«, er schreitet wieder zügig voran, »ich muß nächsten Monat eine Reihe von Vorträgen für unsere Organisation in Kanada halten. Das ist schlimmer als die Arktis.« Er schneidet eine Grimasse, und sie lacht.

Kurz bevor sie bei ihrem Bungalow angelangt sind, fragt Riba: »Welches hier ist dein Haus?«

Jay wedelt mit dem Arm in Richtung einer Anhöhe, die sich schützend über dem Westrand der Bucht erhebt. »Ich wohne nicht hier unten, ich wohne im Strandhaus – da bin ich ungestört.« Mehr sagt er nicht, und Riba fühlt sich ermahnt, keine weiteren neugierigen Fragen zu stellen.

Vor der Tür bleibt Jay einen Moment stehen. »Eines muß ich dir noch sagen, Riba«, bemerkt er in gedämpftem Ton. »Wir waren heute morgen bei Zeldas Anblick etwas erschrocken – obwohl Monica mich vorbereitet hatte. Du hattest uns doch berichtet, sie mache so große Fortschritte.«

Riba runzelt die Stirn. »Aber es geht ihr auch gut. Besonders heute morgen. Für mein Gefühl hat sie wirklich einen Schritt vorwärts gemacht.«

»Nun, wir werden sehen.« Seine Miene ist unergründlich, als er sich zum Hineingehen wendet.

In dem dämmrigen Zimmer, das schwach nach Ribas Ölen und Lotionen duftet, zeugt nur eine kleine Erhebung unter weißem Laken von Zeldas Präsenz. Sie atmet flach und hastig.

»Wach auf, Darling.« Riba geht neben dem Bett in die Hocke. »Jay ist hier. Er möchte mit dir sprechen.«

Langsam schlägt Zelda die Augen auf, und Riba erschrickt, als sie sieht, welche Kraft es ihre Tochter kostet.

»Kannst du dich aufsetzen, Liebes?«

»Ich denke, es ist besser, wenn ich erst mal mit Zelda allein spreche, Riba«, sagt Jay hinter ihr. »Würde dir das etwas ausmachen?«

Natürlich macht es Riba etwas aus, aber nachdem sie Zelda geholfen hat sich aufzusetzen, läßt sie die beiden allein. Bevor sie hinausgeht, nimmt sie ihr Geschenk für ihn an sich. Sie möchte es ihm allein übergeben, um seine freudige Überraschung zu genießen, wenn er das Päckchen öffnet.

Sie schließt die Tür leise, setzt sich mit dem Päckchen auf dem Schoß auf einen der Plastikstühle und blickt auf das Meer hinaus. Dann schließt sie die Augen und hebt das Gesicht, um die Sonne auf ihrer Haut zu empfangen. Genau so hat sie es sich vorgestellt: Jay ist bei Zelda, und sie ist draußen in der Sonne, zu ihren Füßen die plätschernden blaugrünen Wellen des Meeres, das am Horizont den Himmel trifft.

Sie bemerkt ihn erst, als er ihre Schulter berührt. »Und?« Sie sieht ihn forschend an und zieht einen zweiten Stuhl heran. »Was meinst du?«

Er setzt sich neben sie. Die Bibel und das andere Buch, *The Tibetan Book of Living and Dying*, legt er auf seinen Schoß. »Wir hatten ein gutes Gespräch. Jetzt schläft sie wieder.« Plötzlich umfaßt er ihr Gesicht mit beiden Händen, entzückt sie mit seiner warmen, kräftigen Berührung so sehr, daß seine nächsten Worte sie um so unvorbereiteter treffen. »Riba«, sagt er ernst, »meiner Ansicht nach sollten wir sie in die amerikanische Klinik bringen. Das ist ein sehr gutes, modernes Krankenhaus, dort wird sie gut versorgt werden.«

Während sie ihn wortlos anstarrt, hat sie das Gefühl, daß seine Finger sich in ihre Haut bohren wie Würmer in weiche Erde.

»Sie ist sehr krank. Es wäre unverantwortlich, sie hierzubehalten. Natürlich sind wir für Notfälle gerüstet, aber wir haben kein medizinisches Personal, das rund um die Uhr zur Verfügung steht.«

Um Zeldas und ihrer selbst willen findet Riba die Kraft, seine Hände wegzustoßen. »Nein! Wir haben extra die weite Reise gemacht, und wir sind gerade erst angekommen. Du hast uns aufgefordert zu kommen, Jay. Wir haben am Telefon miteinander gesprochen, und du hast keinen Zweifel daran gelassen, daß du versuchen würdest, ihr zu helfen.«

Aber noch während sie das alles mit großer Entschlossenheit vorbringt, wallt Panik in ihr auf, denn hier, ihr direkt gegenüber, sitzt der Mann, der ihre letzte Hoffnung verkörpert. Ihr Ton schlägt um, wird bittend. »Es ist doch natürlich, daß sie müde ist. Gib ihr nur ein paar Tage Zeit, bitte, Jay.«

»Sie ist deine Tochter«, erwidert er milde, »du kennst sie weit besser als einer von uns. Warten wir also noch ein, zwei Tage ab. Selbstverständlich werden wir alle unser Bestes versuchen. Ich werde heute meine Meditation ihr allein widmen. Aber eines muß klar sein, Riba«, er ergreift ihre Hand, »sie kann bei dem Hochzeitsfest nicht dabei sein.«

»Aber sie hat sich so sehr darauf gefreut, Jay – und ich mich auch.«

»Versuch, es von meinem Standpunkt aus zu sehen, Riba. Sie ist krank, sehr krank sogar. Was ist, wenn ihr etwas passiert?

Kannst du dir das Chaos vorstellen? Diese Paare haben auch eine weite Reise hinter sich, und es ist ihr großer Tag. Überleg dir doch einmal, wie du dich gefühlt hättest, wenn irgendein unglückliches Ereignis in der Gemeinde damals deine ganze schöne Hochzeit mit Brian verdorben hätte! Diese Menschen verlassen sich auf uns, und wir wollen ihnen doch diesen besonderen Tag nicht nehmen, nicht wahr? Außerdem sind wir darauf angewiesen, daß in der Welt Gutes über uns berichtet wird, damit andere sich uns anschließen. Nein«, er klingt energisch, »ich denke, es wäre für alle Beteiligten besser, wenn sie ins Krankenhaus käme. Ihr seid doch versichert?«

Von ihrer Fassungslosigkeit völlig unberührt, sieht er sie an, in den wunderschönen grünen Augen einen weichen Ausdruck, den sie bis zu diesem Moment für Besorgtheit um sie und ihre Tochter gehalten hat. »Was hast du von mir erwartet, Riba?« fragt er leise. »Sie ist sehr krank. Sie braucht die Betreuung von Spezialisten.«

»Ich dachte, du würdest sie unter deine Fittiche nehmen, Jay. Wir haben doch darüber gesprochen. Ich dachte, du würdest ihr mit deinen heilenden Kräften helfen, wenigstens eine Besserung herbeiführen. Diese vielen Berichte – die vielen Wunder, die geschehen …«

Er zuckt mit den Schultern. »Riba, du weißt doch so gut wie ich, daß ich nichts für das kann, was andere über mich schreiben.«

»Aber deine wunderbaren Vorträge, die Interviews, die du gegeben hast, alles, was du damals gesagt hast, als wir so intensiv zusammengearbeitet haben, alles, was du für mich getan hast, Jay! Die Macht des Geistes, die grenzenlose Macht des Geistes …« Riba klammert sich verzweifelt an ihre Hoffnungen, während immer mehr Steine aus der Mauer ihres Glaubens brechen.

»Grenzenlos, ja«, sagt er. »Das Potential des geschulten Geistes ist grenzenlos. Vielleicht werden wir doch helfen können – wir werden gewiß nichts unversucht lassen. Ich sagte ja schon, ich werde jeden Augenblick meiner heutigen Meditation der armen kleinen Zelda widmen.«

»Was ist mit der Ernährung? Gibt es da nicht neue Erkenntnisse, Jay? Deine eigene Arbeit auf dem Gebiet ...«

»Es gibt ständig neue Erkenntnisse über die Zusammenhänge zwischen Ernährung und Krankheit.« Er gerät in Fahrt. »Wir leben auf einem wundervollen Planeten, Riba. Alles, was wir brauchen, wächst direkt vor unserer Nase, und wer weiß, eines Tages wird der Mensch vielleicht sogar unsterblich sein.«

»Wir sind bereit, alles zu versuchen, Jay, ganz egal, was. Bitte. Schick sie nicht weg. Ich habe sie ja gerade aus dem Krankenhaus herausgeholt, um sie hierherzubringen, zu dir.«

Er steht auf und blickt zu ihr hinunter. »Du hast meine volle Unterstützung und Anteilnahme, Riba, wie natürlich auch Zelda. Wir werden unser Bestes tun. Wir haben sehr viel zu tun, wie du selbst sehen kannst«, er zeigt auf einen der Arbeitertrupps, »aber wir werden heute und morgen alles tun, was in unserer Macht steht. Ich werde persönlich einen Diätplan mit den angemessenen Nahrungsergänzungsmitteln für sie ausarbeiten, mit dem sie heute nachmittag beginnen kann. Doch am Freitag muß sie in die Klinik, Riba. Es tut mir leid, aber ich kann das Risiko nicht eingehen.«

Er neigt sich zu ihr hinunter und küßt sie auf die Wange.

Wie betäubt hält Riba ihm das Geschenk hin. »Das ist für dich.«

»Was ist denn das?« Er nimmt das Päckchen an sich.

»Nichts Besonderes, nur ein kleines Geschenk. Um dir zu danken, Jay.«

Er zögert einen Moment, dann klemmt er das Päckchen unter den Arm. »Das ist sehr lieb von dir. Herzlichen Dank. Ich lasse dich jetzt allein. Versuch dir keine Sorgen zu machen, Riba. Zelda ist aufgehoben in meinen Gebeten.«

Riba versucht, ihren eigenen Gedanken zu entfliehen. Sie bewundert die perfekte Bügelfalte in seiner makellosen blütenweißen Hose und fragt sich, wer für ihn wäscht und bügelt. Er muß jetzt Mitte Sechzig sein, aber sein Körper ist perfekt proportioniert. Ja, Jay ist die denkbar beste Werbung für die Organisation: körperlich und geistig im Idealzustand.

Sobald er außer Sicht ist, erfaßt sie jedoch eine Welle des Entsetzens, die ihr die schlimmsten Geschichten über die Kosten im amerikanischen Gesundheitswesen in Erinnerung bringt. Sie hat keine Krankenversicherung. Sie hat das Ticket nicht einmal mit einer Kreditkarte bezahlt, was vielleicht einen gewissen Schutz gewährleistet hätte …

Natürlich hat Riba gewußt, daß keine Versicherungsgesellschaft Zelda aufnehmen würde. Vor der letzten Reise, die dann ja nicht stattfand, hat sie Brian vorgemacht, sie wären bei irgendeiner Gesellschaft in England versichert, die auf solche Fälle spezialisiert sei, und er war so wütend, daß er gar nicht mehr nach Einzelheiten gefragt hat. Diesmal hat sie gar nichts getan.

Doch was sind schon finanzielle Erwägungen angesichts der Art und Weise, wie sie im Stich gelassen wurde; angesichts der Erkenntnis, daß sie und ihre Tochter von dem Menschen, dem sie auf der Welt am meisten vertraut – dem sie sogar mehr Vertrauen geschenkt hat als ihrem Ehemann –, zurückgewiesen, mit Füßen getreten worden sind. Die Sonne über ihrem Kopf will zu Asche verbrennen; die Palmen am Strand bringen monströse Fangarme hervor, die nach ihr greifen, um sie zu erdrosseln.

Riba erhebt sich mit Mühe. Sie spürt wieder den dumpfen unterschwelligen Schmerz in ihrem Knöchel und hinkt ein wenig, als sie in den Bungalow zurückgeht, um nach Zelda zu sehen, die immer noch schläft. Schwerfällig läßt sie sich neben dem Bett auf die Knie hinunter und streichelt die feuchte Wange ihrer Tochter. »Keine Angst, Liebes«, flüstert sie. »Wir schaffen das allein.«

Der schlechteste Tag in der Woche ist für EconoCar im allgemeinen der Mittwoch. Brian sieht ihn als eine Art Talsohle zwischen Beginn und Ende langer Wochenenden. Heute war er froh, daß nichts los war, so daß er in Ruhe telefonieren konnte –

zuerst mit Trevors Mutter, die gern bereit war, Donny aufzunehmen, und dann mit den Fluggesellschaften. Um elf war sein Flug mit Delta nach Palm Tree Island über Atlanta und Caracas bereits bestätigt.

Brian hat soeben zum wiederholten Mal vergeblich versucht, auf der Insel anzurufen. Die Vermittlung erklärt ihm, die Verbindung sei vorübergehend gestört, als Mick auftaucht.

»Hallo! Ich bin wieder da. Möchtest du jetzt gehen?« Mick sieht völlig fertig aus, und Brian fühlt sich verpflichtet zu fragen, was los sei.

»Was ist *nicht* los?« Mick zuckt resigniert mit den Schultern. »Ich war mit Sophie beim Mittagessen.«

Brian schluckt. »Oh? Wie geht es ihr? Ich habe sie übrigens angerufen.«

Zu seiner Erleichterung reagiert Mick ziemlich normal. »Ach ja? Wann denn? Was hat sie gesagt?«

»Was glaubst du wohl, was sie gesagt hat?« kontert Brian. Bitte, Gott, laß sie nicht erzählt haben, daß ich ihr von dem Kind erzählt habe. »Ihr geht das alles wahnsinnig an die Nieren«, fährt er fort. »Ich habe ihr angeboten, mit ihr eine Tasse Kaffee trinken zu gehen.« Brian vermeidet es, Mick in die Augen zu blicken. »Ich möchte nicht zwischen die Fronten geraten, Mick. Ihr seid schließlich beide meine Freunde.«

»Würdest du dich mit ihr treffen? Ich wäre dir wirklich dankbar. Du brauchst mir nicht zu sagen, wie sehr ihr das alles zusetzt – es täte ihr bestimmt gut, mit dir zu reden, Brian. Sie will tatsächlich …« Er bricht ab. »Ach, soll sie es dir selbst sagen. Sie wird es bestimmt tun.« Sein Ton ist jetzt eifrig. »Dein Rat wäre mir viel wert. Wenn sie es nicht zur Sprache bringt, würdest du sie dann fragen? Frag einfach, was sie mit dem Schmerzensgeld von dem Flugzeugunglück anfangen will – okay?«

»Okay.« Brian, der immer noch den Computerausdruck studiert, ist froh, daß Mick sein Gesicht nicht sehen kann. Wenn man einmal angefangen hat zu lügen, ist es viel zu einfach weiterzumachen.

29

Der Regen trommelt auf das Glasdach des Wintergartens im hinteren Teil des Brian Boru, wo Brian und Sophie seit einer halben Stunde sitzen. Sie haben jeder zwei Drinks zu sich genommen und sind zu dem Schluß gekommen, daß sie keinen dritten bestellen sollten. Beide schweigen im Moment, doch Brian ist, als hätte er entscheidende Punkte unausgesprochen gelassen.

Nach seinen Entschuldigungen für die Indiskretion, ihr von dem Kind zu erzählen, haben sie kurz Sophies Schmerz und Gekränktheit wegen Yvonne Leonards Schwangerschaft angesprochen, aber Sophie wollte sich nicht näher dazu äußern. Brian hat es schließlich dabei belassen, ihr zu sagen, sie könne ihn jederzeit anrufen, wenn sie darüber reden wolle.

Brian empfindet die ganze Situation als unerträglich. Er bedauert ihre Übereinkunft, daß das, was zwischen ihnen geschehen ist, ein einmaliger Lapsus war, und daß allein schon der Gedanke an eine Wiederholung nicht nur unanständig und gefährlich wäre, sondern ausgesprochen dumm. Er bedauert es, daß sie sich geeinigt haben, einen Schlußstrich zu ziehen; zu akzeptieren, daß zwei Menschen, wenn sie Glück haben, einmal im Leben ein einziger Moment vollkommener Seligkeit gegönnt wird; daß sie ihren gehabt haben und darüber froh sein dürfen – daß es nun aber an der Zeit ist, sich dem wirklichen Leben zu stellen.

Und dennoch hängt das Bedauern schwer zwischen ihnen, und die Atmosphäre knistert von körperlicher Begierde.

Er weiß nicht, was er erwartet hat; er weiß eigentlich nicht einmal, was er will. Sein Kopf und sein Herz liegen miteinander im Streit. Sein Herz drängt ihn, mit Sophie zu schlafen. Jetzt sofort. Sein Kopf hingegen rät ihm, das Träumen aufzugeben.

Kopf und Herz zusammen wünschen, er könnte noch einmal von vorn anfangen; er, Eily, Michael und Sophie dürften noch einmal in die unbeschwerten Zeiten zurückkehren, als noch keiner von ihnen von Multiplem Myelom oder Jay Street gehört hatte, als sie sich über die simpelsten Dinge königlich amüsieren konnten: wie über diese schlammige Siedlung mit den halbfertigen Häusern und dem albernen Namen »Marble Gardens«, den sich ein schlauer Bauträger ausgedacht hatte, um junge Paare mit einer guten Adresse zu locken. Im Pub versuchten sie, sich gegenseitig im Erfinden noch albernerer Namen zu überbieten – man mußte ja wirklich ein Vollidiot sein, um sich einzubilden, man könnte die Leute mit einem Namen locken, der an Friedhöfe, Grabsteine und Gedenkgärten erinnerte.

Es war typisch, daß Eily der Sache dann doch auch etwas Positives abgewann. »Ich weiß nicht. Wenn man sich's mal überlegt – Marmor ist so schön und so dauerhaft, und Gärten sind immer im Wachstum. Vielleicht soll der Name die Leute an Leben und Wachsen in Schönheit erinnern, vielleicht sogar an das Paradies.«

»Lieber Gott, Eily, dir fällt doch immer was ein!« Die anderen drei übertönten mit ihrem Gelächter weitere Ausführungen Eilys.

Heute findet Brian den Namen nicht mehr komisch. Zelda, die ihr ganzes kurzes Leben in dieser Siedlung verbracht haben wird, wahrscheinlich auch nicht.

Zelda. Brian stockt einen Moment das Herz. Was wird er vorfinden, wenn er dort ankommt? War es richtig, Donny gegenüber mit solcher Gewißheit aufzutreten und zu behaupten, Zelda werde so schnell nicht sterben, er würde sie vorher nach Hause holen? Dieses ganze zuversichtliche Gerede über die Ärzte – seit einiger Zeit passiert es ihm immer wieder, daß er Dinge sagt, die er sich vorher nicht richtig überlegt hat …

Er merkt, daß Sophie ihn ansieht, und fürchtet sich davor, sich zu verraten, wenn er ihren Blick erwidert. Er schaut auf seine Uhr und bricht das drückende Schweigen mit der Bemerkung, daß er jetzt wohl besser gehen solle.

Sophie sagt, sie müsse auch aufbrechen.

Keiner rührt sich von der Stelle.

»Ich weiß, es wird nicht leicht für dich werden«, sagt Sophie dann, den Blick in den Regen hinaus gerichtet, »aber ich beneide dich um deine Reise.«

»Du kannst jederzeit mitkommen.« Brian lacht und findet, er höre sich an wie ein Irrer. »Ich könnte Gesellschaft gebrauchen – und Eily hätte bestimmt auch nichts gegen deine Unterstützung. Ich bin stocksauer auf sie, aber ganz gleich, wie idyllisch es da drüben ist, für sie ist es sicher nicht einfach, die Verantwortung für Zelda ganz allein zu tragen.«

Die Vorstellung, mit Brian gemeinsam zu reisen, ist für Sophie beinahe unwiderstehlich. Außerdem ist da natürlich auch ihr Kummer wegen Zelda; der Gedanke, daß sie ihre Patentochter vielleicht nicht lebend wiedersehen wird, ist bestürzend.

Sophie spielt mit dem Zitronenschnitz in ihrem Glas. »Glaubst du wirklich, sie würde sich freuen, wenn ich käme?« Schließlich ist sie jetzt frei, zu tun, was ihr beliebt. Aber dann fürchtet Sophie den Judaskuß auf Eilys Wange, die ein wenig zu enthusiastische Umarmung. Und dann wäre da noch ihr Angebot an Michael, sagt sie sich grimmig. Man kann so eine Granate nicht einfach werfen und dann nicht abwarten, wo sie landet. »Nein, ich lasse es lieber«, sagt sie hastig und sieht Brian dabei nicht an.

»In Ordnung. Du kannst es dir ja immer noch überlegen. Die Maschine geht erst morgen vormittag. Du brauchst nur so gegen halb acht mit deinem Paß da zu sein. Ich bin auf jeden Fall da.«

Sophie blickt auf den gefliesten Boden hinunter.

Wieder schweigen sie.

Schließlich sieht Brian erneut auf seine Uhr. »Ich sollte jetzt wirklich gehen.«

»Ich auch.«

Aber keiner von beiden erhebt sich.

Immer weiter lädt sich die Atmosphäre zwischen ihnen mit sexueller Spannung auf. Sie muß Ablenkung schaffen, sonst drückt es ihr die Luft ab – oder sie wird etwas tun, was sie hinterher bedauert.

»Hör mal, Brian«, sagt sie leise, »ich muß dir noch etwas sagen. Zelda hat mich darum gebeten. Es fällt mir ziemlich schwer.«

»Was denn?« Das Ablenkungsmanöver wirkt sofort. Sein Erschrecken ist deutlich spürbar.

»Sie hat mich gebeten, euch zu sagen, daß sie weiß, daß die Situation für euch schwieriger ist als für sie.« Sophie sieht ihn offen an. »Sie weiß, daß sie sterben wird, und sie hat es akzeptiert. Ich glaube, sie wünscht sich, daß auch wir es akzeptieren.« Jetzt, da sie nicht mehr im Zentrum seiner Aufmerksamkeit steht, kann sie ganz normal sprechen. »Ich kann es sehen, Brian. Ich habe es gesehen, als ich sie fotografiert habe.«

Brian, der die Reste der Eiswürfel auf dem Grund seines Glases herumschwenkt, senkt den Kopf, so daß sie seinen Gesichtsausdruck nicht erkennen kann. »Ich weiß es auch«, flüstert er, »aber ich will nicht, daß sie da draußen stirbt. Vielleicht ist das egoistisch von mir.«

»Nimmst du Donny mit?«

Beinahe unmerklich schüttelt er den Kopf. »Auch das ist vielleicht egoistisch.«

»Hast du mit ihm gesprochen?«

»Ja.«

»Soll ich mich um ihn kümmern, solange du weg bist?«

Er hebt den Kopf. »Das ist wirklich lieb von dir, aber du hast genug um die Ohren. Er wohnt solange bei Trevor. Aber eines könntest du doch tun.«

»Ja?«

Brian stellt sein Glas ab und zieht ein kleines Notizbuch aus der Innentasche seines Jacketts, blättert es schnell durch und notiert dann zwei Telefonnummern daraus auf einem Bierdeckel. Den reicht er ihr. »Die obere Nummer ist die von Trevors Eltern, die zweite ist die Privatnummer des Hämatologen. Würdest du mit dem einen Termin ausmachen und mit Donny zu ihm gehen? Er ist ein sympathischer Mensch. Du hattest schon recht, Sophie. Ich habe Donny versprochen, ihn auf dem laufenden zu halten. Besser spät als nie. Er hat dir doch sicher seine Computerausdrucke gezeigt?«

Sophie nickt und steckt den Bierdeckel ein. »Ich weiß nicht, was ich noch sagen soll, Brian. Es ist so traurig.«

»Es gibt nichts mehr zu sagen, nicht wahr?«

Sophie weiß, daß sie jetzt gehen sollte, aber eine Sache ist noch nicht erledigt. »Brian.« Möglich, daß dieser Themawechsel jetzt taktlos ist, aber sie weiß nicht, wann sie ihn das nächste Mal sehen wird, darum spricht sie dennoch. »Hattest du schon Gelegenheit, mit Nancy zu sprechen – oder hast du es dir anders überlegt?«

»Nancy?« Einen Moment lang starrt er sie verständnislos an, dann erinnert er sich. »Ach, Gott, Nancy... ja, natürlich. Tut mir leid, das war mir entfallen. Sag ihr, es geht in Ordnung.«

»Bist du sicher? Du bist doch jetzt nicht da... und sie muß erst eingearbeitet werden...« Sophie muß an Nancys eigenwillige Arbeitsmethoden denken und verspürt Gewissensbisse.

»Das spielt keine Rolle.« Brian zuckt mit den Schultern. »Sie kann am Montag anfangen, wenn die Praktikantin bei uns aufhört – Mick kann sie doch einarbeiten. Ich sag's ihm, bevor ich verschwinde.« In bedächtigerem Ton fügt er hinzu: »Ich habe übrigens gesagt, daß ich mich mit dir treffe, und da hat er mich gebeten, dir eine ziemlich seltsame Frage zu stellen.« Brian mißversteht ihre angespannte Miene. »Keine Sorge«, versichert er hastig, »es ist nichts Kränkendes. Ich soll dich nur fragen, wie du das Schmerzensgeld für das Flugzeugunglück anlegen willst. Ich habe gar nicht verstanden, worum es geht.«

Seit dem gestrigen Gespräch am Flughafen hat sie es geschafft, sich eisern zu beherrschen, jetzt aber drohen die Zügel, die sie sich selbst angelegt hat, unter dem Druck von Schmerz und Empörung zu reißen. Was fällt Michael ein, über diese Angelegenheit mit einem Dritten zu sprechen, Brian zu seinem Boten zu machen, sich von ihm die schmutzige Arbeit abnehmen zu lassen? Sie kann ihn sich lebhaft vorstellen, diesen erbärmlichen Heuchler... Sophie schlägt die Hände vors Gesicht und mobilisiert alle Willensreserven, um den inneren Sturm zu bändigen. »Fahr nach Hause, Brian, du hast noch eine Menge zu tun. Michael Dolan ist es nicht wert. Er ist es absolut nicht wert.«

»Nein, er ist es nicht wert.«

In Brians Augen sieht Sophie so viel Betroffenheit und Schmerz, daß sie, einem Impuls folgend, kurz ihre Hand zu seinem Gesicht hebt und ihm sanft über die Wange streichelt.

»Sophie...«

Diesmal läßt sie sich von ihm in die Arme nehmen. Es ist eine keusche, liebevolle Umarmung; Sophie schließt die Augen und atmet tief, um sich den Geruch seiner Jacke und seiner Haut einzuprägen. Endlich gesteht sie sich ein, daß die Liebesnacht lange fällig gewesen ist. Und er hält sie fester, vermutlich weil auch er weiß, daß sie einander nie wieder so in den Armen halten werden, ihre Haut noch getränkt von der Erinnerung an den Sex der vergangenen Nacht.

Sie löst sich von ihm, bevor diese Erinnerung übermächtig werden kann. »Viertel nach drei. Ich muß jetzt wirklich los.« Sie steht auf. »Mach dir keine Sorgen, ich werde Donny im Auge behalten. Und den Termin mache ich auch.«

»Ich bringe dich zu deinem Wagen.«

»Nein!« Sie schreit beinahe und fügt in ruhigerem Ton hinzu: »Danke. Es wäre mir wirklich lieber, du kommst nicht mit.«

»Gut.« Er steht ebenfalls auf. »Hast du einen Schirm?«

»Ich brauche keinen.«

»Aber du wirst doch klatschnaß.«

»Brian.« Sie berührt flüchtig seinen Arm. »Die paar Tropfen Regen machen mir nichts aus.« Sie wendet sich zum Gehen, eilt über die edlen Fliesen, stößt die Glastür auf und geht ohne einen Blick zurück hinaus.

Der Regenschauer tut ihr gut. Beim Einsteigen in den Mini fällt ihr Blick noch einmal auf Brian. Er steht da, wo sie ihn verlassen hat, sie nimmt seine große, kräftige Gestalt nur verschwommen wahr hinter den Wasserkaskaden, die an der Windschutzscheibe herabströmen, und dem Tränenschleier.

Zu Hause schließt sie nicht einmal die Tür hinter sich, sondern geht schnurstracks zum Kaminsims. Sie nimmt den Charles Lamb von der Wand. Das Bild war ein Hochzeitsgeschenk, da ist es nur angemessen, daß es zur Finanzierung einer Orientierungspause zwischen dem Ende ihrer Ehe und einem Neuanfang dient.

Rasch, bevor sie in einem Sumpf von Selbstmitleid und Selbstbezichtigungen versinken kann, geht sie wieder hinaus und verstaut das Bild im Kofferraum des Mini.

Die Frau in der Hallward-Galerie nimmt die Landschaft genau unter die Lupe. »Ich kann Ihnen den vollen Preis erst zahlen, wenn ich es verkauft habe. Das kann eine Zeitlang dauern – und Sie wissen, daß wir Provision bekommen?«

Sophie ist das alles egal. »Würden Sie mir einfach 2 000 dafür geben?«

Verblüfft prüft die Frau das Gemälde noch einmal. »Einverstanden – wenn Sie sicher sind?«

Sophie ist sicher und begibt sich Minuten später mit einer Quittung und einem Scheck über 2 000 Pfund in der Tasche zu einem Fotofachgeschäft in der Trinity Street.

»Was kann ich für Sie tun?« Das junge Mädchen ist höchstens zwanzig Jahre alt. Sophie schluckt krampfhaft die neue Welle der Eifersucht hinunter, die sie bei dem Gedanken an Yvonne Leonard erfaßt. »Ich möchte mir eine Dunkelkammer einrichten. Was bekomme ich da für 2 000 Pfund?«

Nachdem Sophie gegangen war, brachte Brian es nicht über sich, zum Flughafen zurückzufahren. Er wollte Mick Dolan nicht sehen, er wollte überhaupt keinen Menschen sehen.

Er bestellte sich einen doppelten Whisky und Heineken. Das Bier trank er schnell und saß dann beinahe eine Stunde lang über dem Whisky, den er zerstreut in kleinen Schlucken trank, ohne ihn zu schmecken, während er sich darüber klarzuwerden versuchte, was er tun sollte.

Die Tragweite dessen, was Sophie über Zelda gesagt hatte, ging ihm erst auf, als er allein war. Er hatte es nicht fertiggebracht, seinen Kummer über ihre Krankheit vor ihr zu verbergen, so daß das arme Kind sich genötigt gefühlt hatte, neben dem eigenen Schmerz auch noch den ihrer Eltern und ihres Bruders auf sich zu nehmen.

Der Schmerz treibt ihn los, und wenig später steht er benebelt von Schlafmangel und Alkohol auf dem Parkplatz. Er beschließt, einen Spaziergang zu machen, um wieder einen klaren Kopf zu bekommen, und wendet sich in Richtung des Friedhofs von Glasnevin. Schon nach wenigen Minuten ist er bis auf die Haut durchnäßt, aber Nässe und Kälte stören ihn nicht, sie lenken ihn von seiner inneren Qual ab. Und sie werden ihm helfen, schneller wieder nüchtern zu werden.

Der Friedhof ist an diesem Regentag praktisch leer.

Während er in der ruhigen Gesellschaft der Toten langsam vorangeht, schießt ihm plötzlich der Gedanke durch den Kopf, daß hier irgendwo seine Eltern begraben sein könnten. Glasnevin ist bei weitem der größte Friedhof im ganzen Land. Er hat allerdings keine Ahnung, wen er suchen sollte. Den Namen McMullan hat er selbst gewählt: Zu einer Zeit, als noch alles möglich war, fand er, Brian McMullan würde sich auf der Spielerliste der irischen Rugby-Nationalmannschaft gut ausnehmen.

Zu den verschiedenen Menschen, die an seinem Werden und Wachsen Anteil gehabt hatten, hat er allen Kontakt verloren, selbst zu seinen letzten Pflegeeltern. Er hat sich sein eigenes

Leben aufgebaut, ein gutes Leben, wie er glaubte, bis ihm Zeldas Krankheit den Boden unter den Füßen weggezogen hat.

Am Ende des Fußwegs zieht etwas Leuchtendes seine Aufmerksamkeit auf sich.

Es handelt sich um einen metallisch glänzenden Heliumballon mit der Aufschrift »Happy Birthday, Coley«. Seine Schnur ist an den bemalten Steinen festgemacht, die ein kleines Grab schmücken. Ballons schweben auch über anderen Gräbern in der Nähe, von denen viele mit Spielsachen und Teddybären geschmückt sind. Brian ist in jenem Teil des Friedhofs, wo die Kinder und Säuglinge begraben sind.

Er sinkt am Rand eines Grabes nieder. Er hat den tiefsten Punkt in seinem Leben erreicht. Er hat jämmerlich versagt, nicht nur als Vater, sondern auch als Ehemann, der seine Frau betrogen und im Stich gelassen hat, so daß sie meinte, bei einem anderen Mann Schutz suchen zu müssen.

Dabei sollte er der Beschützer seiner Familie sein.

Riba hat sich den Rest des Tages um Zelda gekümmert und so getan, als wäre nichts geschehen. Sie hat sogar ein kurzes Sonnenbad am Strand untergebracht; wenn jemand von den anderen vorbeikam, hat sie einfach vorgegeben, zu schlafen oder in ihre Lektüre vertieft zu sein. Als die kalifornische Monica kam, um sich zu erkundigen, wann sie am Freitag den privaten Krankenwagen brauchen würde, hat Riba das in aller Ruhe mit ihr besprochen.

Unter dem Vorwand, den Jetlag zu spüren und sehr müde zu sein, hat sie das gemeinsame Mittagessen an der langen Tafel in der Boma ausgeschlagen. Sie hat für sich und Zelda etwas geholt und ihre Tochter nach dem Essen ins Bett gepackt.

Aber die ganze Zeit dröhnten ihr Jays Worte in den Ohren wie Totengeläut, und ihr schien, als verspottete er sie mit seinen faszinierenden grünen Augen und seinem vollkommenen Körper. Dieser Jay auf seiner Insel war nicht der Jay, den sie kannte, den sie zu kennen geglaubt hatte.

Zum ersten Mal, seit sie mit der Organisation in Berührung gekommen war, verdächtigte sie sich der Naivität. Konnte es hier wirklich 12 000 Pfund kosten, zwei Personen für zwei Wochen zu beherbergen und zu verköstigen?

Er hatte Zelda seines Besitzes verwiesen. Immerhin würde er für ihren Aufenthalt nichts berechnen. Wenigstens waren sie damit auf 6 000 herunter. Und dennoch.

Was Jays Meditationsarbeit anging... Nie zuvor hatte Riba die leisesten Zweifel gehabt; von Beginn an hatte sie blind an Jays Fähigkeiten geglaubt, Zeit und Raum zu transzendieren. Jetzt jedoch war ihr Glaube erschüttert.

Aber sogleich verteidigte sie ihn wieder: Jay war nichts vorzuwerfen. Hier, auf der Insel, hatten diese beiden Frauen das Sagen. Sie waren die Materialistischen. Jay überließ diesen ganzen banalen Kram ihnen. Und hatte von ihrer Provision gesprochen. Tolle Frauen. Riba hätte gern gewußt, wie hoch ihr Anteil war.

Waren die Naturkost- und Gesundheitsläden, die in Irland unter Jays Namen betrieben wurden, Schwindel? Wurde wirklich das ganz Geld, das sie einnahmen, an Jay weitergegeben? War es möglich, daß das wahre Opfer hier Jay war? Doch eine hartnäckige leise Stimme in ihrem Inneren ließ sich nicht zum Schweigen bringen. Jay läßt sich von niemandem manipulieren.

Sie erinnerte sich daran, wie Monica sie förmlich gedrängt hatte, mit Zelda auf die Insel zu kommen. Kein Wunder: Palm Tree Island war ein Geschäft, bei dem sie alle absahnten.

Wie hatte sie nur so naiv sein können! Sie hatte sich für dumm verkaufen lassen. Riba peinigte sich selbst mit der Vorstellung, daß Jay und Monica sich insgeheim über sie lustig machten.

Als sie Jay am Abend auf einem Stuhl vor ihrem Bungalow sitzen sieht, begegnet Riba ihm mit gemischten Gefühlen.

Er begrüßt sie mit heiterem Winken. »Ich wollte dir nur noch eine gute Nacht wünschen.«

Er trägt das Hemd, das sie ihm geschenkt hat. Im Licht des Mondes glitzert es wie Wasser auf seinen Schultern. »Gefalle ich dir darin?« Er steht auf, um sich ihr zu zeigen. »Ich liebe es, Riba. Du hattest immer schon einen großartigen Geschmack. Danke.«

Riba bringt ein Lächeln zustande. Sie nimmt seinen Kuß auf die Wange entgegen, dann versichert sie ihm rasch, daß sie liebend gern noch eine Weile mit ihm plaudern würde, aber furchtbar müde sei.

»Gute Nacht, meine Liebe, wir sehen uns morgen.«

»Ja, bis morgen, Jay.« Riba zieht die Tür hinter sich zu.

Sie lehnt sich von innen gegen die Tür. Ihr ganzes Leben lang hat sie niemals den Tod beim Namen genannt. Immer hatte sie ein Arsenal von Euphemismen in Gebrauch: in eine bessere Welt hinübergehen, jemanden verlassen, in die Ewigkeit abberufen werden. Jetzt aber entgleitet ihr alles, was er sie über die Abwehr destruktiver Gedanken gelehrt hat, und die nackte Wahrheit überwältigt sie. Der Tod. Der schwarze, alles verschlingende Tod.

Sie tritt ans Bett ihrer schlafenden Tochter.

Zeldas Gesicht ist heiter und ruhig, und ihre Augenlider flattern im Traum, als ihre Mutter ihr über den Kopf streicht. »Was siehst du, mein Liebling?«

30

Michael hat sich genau überlegt, wie er das Gespräch auf Sophies Angebot lenken wird, aber jetzt, da es soweit ist, fällt es ihm schwer. Schließlich geht es um eine ganze Menge.

Bisher läuft es nicht gut.

Er hat einen Tisch im Chapter One am Parnell Square reserviert; er ist oft mit Sophie hier gewesen, und das Essen war immer gut. Ob er Yvonnes Geschmack getroffen hat, erfährt er vorläufig nicht. Sie hat Lachs bestellt, aber ihr Teller steht noch nahezu unberührt vor ihr. Das Gespräch läuft nur schleppend, und er ist der Verzweiflung nahe.

Yvonne hat nie viel über ihr Leben geredet, darum hat er versucht, ihr Interesse an seinem zu wecken. Gerade hat er ihr im Vertrauen erzählt, warum die Leitung der Firma zur Zeit in seinen Händen liegt; wie Eily hinter dem Rücken ihres Mannes die gemeinsame Tochter entführt hat.

»Die Familie tut mir wirklich leid! Und das arme Ding. Sie ist gerade mal neunzehn, stell dir das mal vor, so ein kurzes Leben.«

Ja, meint Yvonne, das sei sehr traurig, aber so sei nun mal das Leben. »Das klingt jetzt vielleicht hart, Mick, aber es ist wahr. Es ist ein ewiger Kreislauf – der eine wird geboren, der andere stirbt. So ist das.«

Michael beginnt sich zu fragen, ob die ganze Sache das wert ist – hat er dafür seine Frau verlassen, das Zuhause, das sie geschaffen hat? Grimmig ruft Michael sich den Grund in Erinnerung: Er wollte sein Kind vor dem Tod retten. Und augenblicklich beginnt dieses zähe kleine Flämmchen in ihm wieder aufzuflackern.

»Schmeckt dir der Lachs nicht?«

»Er ist ganz okay.«

»Na, schön«, sagt er mit gespielter Unbekümmertheit, »dann laß uns doch mal sehen, was wir zum Nachtisch nehmen.« Er winkt dem Kellner.

»Ich bin satt.«

Michael reißt sich zusammen. »Was ist eigentlich los, Yvonne?«

»Was glaubst du wohl, was los ist?« Sie starrt ihn wütend an.

Er würde sie am liebsten schütteln, aber statt dessen lächelt er sie an: »Komm, laß uns versuchen, ein bißchen vergnügt zu sein, wenn wir schon mal ausgehen. Machen wir ein Spiel. Was würdest du tun, wenn du… hm, sagen wir, 100 000 Pfund hättest? Nehmen wir an, du hättest das Geld gewonnen.«

»Das ist doch blöd.« Yvonne verzieht den Mund. »So viel Geld werd ich nie in meinem Leben besitzen. Also, lassen wir den Quatsch.«

»Komm, sei kein Spielverderber. Das Leben macht doch keinen Spaß, wenn man keine Träume hat. Paß auf, ich fange an! Also, für ein Haus oder einen Lamborghini reicht es nicht, aber es reicht garantiert, um drei Monate lang auf einem Luxusdampfer rund um die Welt zu gondeln. Doppelt so lang, wenn du immer noch sauer wärst und nicht mitkommen würdest.«

»Ja, das würde mir gefallen«, sagt sie träumerisch.

Er beobachtet sie verstohlen und fragt dann wie beiläufig: »Was würdest *du* mit dem Geld anfangen?«

»Keine Ahnung.« Aber beinahe gegen ihren Willen läßt Yvonne sich hineinziehen. »Erst mal würde ich mir ein Auto kaufen, vielleicht einen Mercedes. Und ich würde eine Million Paar Schuhe kaufen. Diesen lumpigen Job würde ich an den Nagel hängen. Ich möchte mal nach Ibiza und in einer Villa wohnen. Oder vielleicht auch Griechenland oder sogar Disneyland.«

Dann erinnert sie sich. »Aber das geht ja alles gar nicht. Die nächsten fünfzehn Jahre werde ich nirgendwohin in Urlaub fahren.« Sie blickt auf ihren Bauch hinunter und hält ihm dann ihr Weinglas hin.

Michael nimmt die Flasche aus dem Eiskübel und gießt ihr nach. »Ich wußte gar nicht, daß du so ein Faible für Schuhe hast.«

»Du hast ja auch nie danach gefragt.« Yvonne schüttet den Wein hinunter.

Jetzt oder nie. »Es gibt eine Chance ...«

»Was für eine Chance?« Sie runzelt die Stirn.

»Eine Chance, an 100 000 Pfund ranzukommen. Vielleicht sogar mehr.«

Sie zieht skeptisch eine Augenbraue hoch. »Ach, ja? Wollen wir eine Bank überfallen?«

Er sieht sie mit festem Blick an.

Sie reißt plötzlich die Augen auf. »Das war gar kein Spiel, oder?«

»Nein, Yvonne. Es ist mir bitter ernst.«

Sie stellt ihr Glas nieder. »Dann laß mal hören.«

»Ich sage dir gleich, wie du an das Geld herankommst und so oft wie du willst in Ibiza Urlaub machen kannst. Du mußt mir nur eines versprechen, Yvonne: daß du hier, im Restaurant, keine Szene hinlegst, wenn du hörst, worum es geht. Okay?« Er gibt sich locker. »Mir gefällt's nämlich hier. Ich möchte gern wieder herkommen können.«

»Ich versprech's.«

Er schweigt einen Augenblick, dann sagt er: »Es hat mit unserem Kind zu tun.«

Mit Yvonnes Reaktion hat er nicht gerechnet: Sie errötet und wird dann blaß. »Was ist mit unserem Kind?« Sie klingt nicht mehr abgebrüht, sondern sehr jung.

Michael nimmt ihre Hand.

»Komm endlich auf den Punkt, Mann.« Sie entzieht ihm ihre Hand und starrt ihn an.

»Schon gut, schon gut«, sagt er. »Laß mir doch einen Moment Zeit.«

»Mick!«

»Ja, ja!« Michael ist unendlich nervös. Sein ganzes Leben hängt davon ab, wie sie jetzt reagiert. »Es hat mit Sophie zu tun«, sagt er eilig. »Sie wollte schon immer ein Kind. Und sie hat gesagt, wenn du dieses Kind bekommst und es ihr zur Adoption überläßt, gibt sie dir dafür das gesamte Schmerzensgeld, das sie aus dem Flugzeugunglück bekommt.«

So. Es ist heraus. Michael atmet in schnellen, kleinen Stößen. Er beobachtet Yvonne.

In ihrem Gesicht arbeitet es, dann fährt sie ihn an: »Was springt für dich bei der Sache raus, Mick? Was hast du davon? Stammt die Idee von dir?«

»Mein heiliges Ehrenwort, Yvonne, ich habe überhaupt nichts damit zu tun. Das ist alles auf ihrem Mist gewachsen. Ich war ebenso erstaunt wie du, als sie mit dem Vorschlag kam.«

»Warum habt ihr kein Kind adoptiert?«

Wenigstens tobt sie nicht. »Kann ich ganz offen sein, Yvonne?«

»Bitte.«

»Bisher hat mich ein Kind auch nicht im geringsten interessiert. Aber jetzt ...«

»Ich hab schon begriffen. Jetzt willst du eins. Und deine Frau will auch eins. Und ich soll abgefunden werden. Ich geb euch mein Kind, und ihr beide spielt glückliche Familie. Und das ganze Gequatsche von dir und mir und dem Kind war nur Gerede, richtig?«

»Ich hatte nicht den Eindruck, daß du sonderlich begeistert warst. Ich mußte dich ja erst überreden, wenn du dich erinnerst. Beruhige dich, Yvonne, du hast mir versprochen, keine Szene zu machen.«

Alle Gespräche im Restaurant verstummen, als Yvonne aufspringt: »Verpiß dich, Mick Dolan! Ihr könnt mich mal, du und dein beschissenes Baby und deine beschissene Frau! Ihr könnt mich alle miteinander. Ich bin schon weg. Und morgen sitz ich in der Maschine.« Und hocherhobenen Hauptes rauscht sie zwischen den entgeisterten Gästen hindurch aus dem Restaurant.

Brian sitzt an Donnys Computer und schickt eine E-Mail an Mick, mit dem Auftrag, sich mit Nancy in Verbindung zu setzen und sie kommenden Montag in der Firma anfangen zu lassen. Diesen Gefallen möchte er Sophie unbedingt tun. Auch wenn er ansonsten versucht, sie aus seinen Gedanken zu verbannen.

Brian ist an jenem Nachmittag gar nicht mehr in die Firma gefahren. Als der Friedhof geschlossen wurde, hat er sich in seinen Wagen gesetzt und versucht, sich den Realitäten seines Lebens zu stellen: Sophie gehen zu lassen, seine Tochter gehen zu lassen. Beim Anblick des Kinderfriedhofs sind die letzten Abwehrmauern gegen Schmerz und Verlust eingestürzt.

Es war halb sechs, als er sich endlich in den abendlichen Berufsverkehr stürzte. Er rief Donny an, um ihm anzukündigen, daß er ihn zu den Jamesons bringen würde. Nie würde Brian das blasse, ängstliche Gesicht seines Sohnes vergessen, den mühsam beherrschten Ton: »Du rufst mich doch gleich an, wenn du gelandet bist, Dad?«

»Natürlich.«

Donny nickte. »Und Tante Sophie kann ich jederzeit anrufen, oder? Ich meine, sie weiß doch Bescheid?«

»Ja. Sie wird sich auch von sich aus bei dir melden.«

Sie hielten vor dem Haus der Familie Jameson, doch bevor Brian den Motor ausschaltete, legte er Donny die Hand auf die Schulter. »Ich weiß nicht, was ich sagen könnte, um dir das alles leichter zu machen, mein Junge. Es tut mir leid. Wenn du es dir doch noch anders überlegst, brauchst du uns nur anzurufen. Oder Tante Sophie oder Onkel Michael. Du kannst dann innerhalb von vierundzwanzig Stunden nachkommen.«

»Ist schon in Ordnung, Dad. Ich versteh schon.« Donny, der nicht wie sonst vor der Berührung seines Vaters zurückzuckte, bemühte sich tapfer, zwanzig Jahre älter zu sein.

Zurück in ihrer Wohnung, zeigt Yvonne sich mürrisch, aber doch allmählich interessiert. »Sie würde mir wirklich das ganze Geld geben?«

»Ich sag dir doch, sie hat es angeboten.«

»Ich werd's mir überlegen.«

»Überleg nur nicht zu lange. Sonst überlegt sie es sich vielleicht anders. Und inzwischen kommst du morgen normal zur Arbeit.«

Sie antwortet zunächst nicht, dann sieht sie ihn an. »Ich denke, ich sollte mich mit ihr treffen, damit sie mir das selbst sagen kann. Wenn ich in Erwägung ziehen soll, ihr mein Kind zu überlassen, muß ich erst sehen, ob sie als Mutter taugt. Das ist ganz allein meine Entscheidung.«

Innerlich zuckt Michael zusammen, nach außen bleibt er verständnisvoll. »Natürlich ist das deine Entscheidung. Ich vereinbare einen Termin mit Sophie.«

Riba ist verzweifelt. Von der Rezeption wurde ihr ausgerichtet, daß Brian morgen kommt. Sie sollte ihn anrufen, aber wozu? Was kann sie jetzt noch zu ihm sagen? Wie soll sie ihm erklären, daß sie alles falsch gemacht hat? Sie muß zugeben, daß er allen Grund hat, sich aufzuregen.

Als sie in den engeren Kreis der Vertrauten um Jay aufgenommen war, bot sie selbstverständlich ihre Hilfe als freiwillige Mitarbeiterin an. Sie opferte ihre Abende, um in Wohnhäusern, Einkaufszentren und auf der Straße Flugblätter über die Arbeit der Organisation zu verteilen, warb neue Mitglieder, wenn Jay nach Irland kam, um Vorträge zu halten. Sie betrachtete diese Tätigkeit als ein Privileg; Brian, der ihre Arbeit nur zähneknirschend ertrug und aus seinem Groll darüber, daß sie abends nie mehr zu Hause war, kein Hehl machte, sprach von Ausbeutung.

Ihr graut vor seinem triumphierenden »Na bitte, ich habe es dir ja von Anfang an gesagt«, das sich nun als so gerechtfertigt erweist.

»Ich muß dir was sagen.« Michael spricht gehetzt. »Sie möchte sich mit dir treffen, um die Angelegenheit zu besprechen.«

»Ach was?« Der Hörer rutscht ihr fast aus der nassen Hand. Als das Telefon läutete, war sie gerade dabei, das Badezimmer zu schrubben, weil sie dort in einer Ecke ihre neue Dunkelkammer installieren will.

»Können wir das nicht persönlich besprechen? Ich kann bei dir vorbeikommen, wenn es dir recht ist.«

»Ganz sicher nicht. Es ist Viertel vor zehn, Michael. Wir können uns morgen irgendwo treffen«, sagt sie kühl. »Allein oder mit ihr zusammen, mir ist das egal.«

»Dann ruf ich dich morgen vormittag noch mal an.«

»In Ordnung.«

Es folgt ein kurzes Schweigen. Dann: »Sophie?«

Schnell legt Sophie auf.

Das Herz klopft ihr bis zum Hals. Was er gesagt hat, hat sich positiv angehört. Sei realistisch, Sophie, sagt sie sich. Versuch, ehrlich zu sein. Wärst du fähig, diesem Kind ins Gesicht zu sehen, ohne ständig nach Ähnlichkeiten mit Yvonne Leonard zu suchen, ohne dich immer wieder deines Schmerzes zu erinnern? Aber jedes Kind ist doch eine eigene Persönlichkeit, antwortet sie sich selbst.

Selbstverständlich wird sie fähig sein, diesem Kind ins Gesicht zu sehen.

Bitte, bitte, Gott, mach es möglich.

Ein Kind!

31

Michael ruft mittags an. »Würde es dir heute abend passen?«

Sophie hat gerade versucht, Löcher in die Badezimmerkacheln zu bohren, um die Konsole anzubringen, auf der das Entwicklerbad stehen soll. »Um welche Zeit?« fragt sie kurz.

»Um sieben. Wir könnten direkt von der Arbeit kommen.«

Wir – Sophie reißt sich zusammen. »Besser halb acht«, sagt sie. »Ich habe noch verschiedenes zu erledigen.«

»Gut, halb acht.« Sein Ton ändert sich, wird vorsichtig. »Nur eines noch, Sophie. Als ich ihr von deinem Angebot erzählt habe, habe ich gesagt, die Entschädigung würde sich ungefähr auf 100 000 belaufen. Das ist die Summe, die sie jetzt im Kopf hat.«

»Aber vielleicht bekomme ich gar nicht so viel.«

»Aber klar. Mindestens. Ich werd dir dazu noch was sagen, wenn es soweit ist. Ich habe das jetzt nur erwähnt, weil ich denke, du solltest keine Zweifel bei ihr aufkommen lassen. Das ist die Summe, die sie sich in den Kopf gesetzt hat, und wenn du sagst, es könnte weniger werden, macht sie vielleicht einen Rückzieher. Ob du's glaubst oder nicht, Soph, ich bin auf deiner Seite.«

Sophie knallt den Hörer auf. Wie kommt der Kerl dazu, ihr gute Ratschläge zu geben? Und dann geht ihr plötzlich auf, um was es heute abend gehen wird.

Sie greift nach dem Bohrer, aber ihre Hände zittern. Wer hätte gedacht, daß es so schwierig ist, ein paar simple Löcher zu bohren? Sie wollte die Fotos von Zelda eigentlich selbst entwickeln, aber so wie's aussieht, wird sie wohl wieder beim guten alten Foto-Expreß landen. Sie ist sowieso viel zu kribbelig, um im Haus zu bleiben. Kaum sitzt sie in ihrem Mini, fährt sie wie ferngesteuert zum *Wild Places*, aber dort erwartet sie ein Schock: Sie findet das Haus verrammelt vor.

Sie hat keine Schlüssel – weil sie nie welche brauchte. Imelda war immer dagewesen. Wo ist Nancy? Daß niemand es für nötig gehalten hat, sie anzurufen und davon in Kenntnis zu setzen, daß die Aufräumungsarbeiten beendet sind, trifft sie hart. Und noch härter die Erkenntnis, daß es keinen Menschen gibt, den sie anrufen kann. Sophie ist in diesem Moment einsamer als je zuvor in ihrem Leben.

Sie setzt sich in den Mini und starrt durch die Windschutzscheibe. Was jetzt? Spontan ruft sie die Auskunft an, läßt sich die Nummer der Abendschule für Erwachsenenbildung geben und fragt dort an, ob sie sich jetzt noch für einen der Fotografiekurse anmelden kann, die gegenwärtig angeboten werden.

»Kein Problem – vorausgesetzt, es macht Ihnen nichts aus, für zwei Abende zu bezahlen, die sie bereits versäumt haben. Kommen Sie einfach nächsten Dienstag abend. Sieben Uhr, Coláiste Íde in Finglas.«

Sophie ist zufrieden. Und wenn sie daran auch kaum zu denken wagt – eine Arbeit als freiberufliche Fotografin ließe sich mit der Betreuung eines kleinen Kindes perfekt vereinen.

Nein. Schluß mit der Zaghaftigkeit. Von jetzt an wird sie es wagen, daran zu denken. Sie wird damit rechnen und dafür planen. Sie fährt nach Hause und inspiziert alle Zimmer: Dieses Haus wird kindersicher gemacht werden müssen.

Sie hat immer noch eine Menge Zeit bis zu ihrem Termin mit Yvonne und fährt noch einmal in die Stadt, um den Film von Zelda zum Entwickeln zu geben. Die ganze Zeit über bewahrt sie sich ihre innere Ruhe.

Als aber um Viertel vor acht noch immer nichts von Michael und Yvonne zu sehen ist, wird sie nervös. Sie ist gerade im Begriff, ihn auf seinem Handy anzurufen, als sie draußen Schritte hört.

Sophie richtet sich kerzengerade auf und wartet darauf, daß es läutet. Da stehen die beiden, Seite an Seite. Schwer zu ertragen. »Kommt herein«, sagt sie. »Guten Abend, Yvonne.«

»Guten Abend, Sophie.«

Falls Michaels Freundin nervös ist, so ist es ihr nicht anzusehen. Michael hingegen ist ganz grau im Gesicht, und das ermutigt Sophie.

»Möchtet ihr vielleicht einen Drink oder eine Tasse Kaffee?« fragt Sophie.

Michael erklärt jedoch hastig, daß auf Five Live ein Spiel übertragen wird, das er sich gern im Auto anhören würde, und sowieso wäre es wahrscheinlich besser, wenn Sophie sich mit Yvonne allein unterhielte.

»Wie du meinst.« Sophie geht direkt zum Sofa, während Yvonne sich in den Sessel am offenen Kamin setzt. Es fällt Sophie auf, daß Yvonne nicht einmal gewartet hat, bis Michael ganz zur Tür hinaus war. Fühlt diese Frau sich tatsächlich so sicher? Während sie einander ansehen, glaubt Sophie jedoch, in der Tiefe dieser stark geschminkten Augen ein Flackern der Unsicherheit zu erkennen.

»Mick hat mir gesagt, daß Sie unser Kind haben wollen.«

Wenigstens kommt sie rasch zur Sache. »Nach allem, was ich gehört habe, wird Sie das nicht unzumutbar hart treffen – so wahnsinnig versessen sind Sie ja nicht darauf –, aber, ja, es stimmt, ich möchte das Kind gern haben. Ich wünsche mir schon seit Jahren ein Kind.«

»Und Sie wären bereit, mir 100 000 Pfund zu geben. Stimmt das?«

»Ich habe Michael gesagt, ich würde Ihnen alles bieten, was ich an Entschädigung bekomme.«

»Und das sind 100 000, richtig?«

»So viel wird es sicher werden. Vielleicht sogar mehr. Wir können ja einen entsprechenden schriftlichen Vertrag aufsetzen.«

Yvonne runzelt die Stirn. »Trauen Sie mir nicht?«

»Ich traue Ihnen. Aber trauen Sie mir? Ich könnte doch einen Rückzieher machen.«

Sophie weiß, daß alle Rechte bei den leiblichen Müttern liegen, ganz gleich, was für Verträge geschlossen wurden, aber sie hofft, daß so ein Papier es Yvonne schwerer machen wird, ihr Wort zu brechen.

Michaels Geliebte steht auf und beginnt, im Wohnzimmer umherzugehen, wobei sie dies und jenes berührt und das Aquarell über dem Kaminsims studiert. »Ich will das Geld sofort haben.« Von Nervosität, falls sie je vorhanden war, ist nichts zu spüren.

»Aber ...« Sophie sieht die Frau an, deren Mund zu einer schmalen, geraden Linie zusammengepreßt ist. »Ich weiß nicht, wann ich es bekomme, Yvonne«, sagt sie. »Diese Dinge brauchen Zeit, und ich habe noch nicht einmal einen Anspruch geltend gemacht.«

»Das ist nicht mein Problem. Nehmen Sie ein Darlehen auf.«

»Niemals würde ich ein Darlehen über einen solchen Betrag bekommen – ich habe gerade meinen Job verloren.«

»Aber Sie können das Haus belasten, wenn Sie so sicher sind, daß das Geld kommt.« Yvonne zuckt mit den Schultern. »Bei den Preisen, die im Moment in Dublin gezahlt werden, könnte man für ein Telefonhäuschen das Doppelte bekommen. Meine Freundin Collette kennt sich mit Immobilien aus, und sie hat gesagt, daß ein Haus wie Ihres mindestens zwei zwanzig wert ist.«

»Nach der Geburt des Kindes ...« Es rutscht Sophie heraus, ehe sie es sich versieht.

»Nein!« Yvonne starrt sie mit herausforderndem Blick an. »Jetzt!«

»Tut mir leid. Ich bin keine Idiotin.«

»Na gut.« Yvonnes Mund wird noch schmäler. »Mir ist es gleich.« Sie wendet sich zur Haustür.

In Panik springt Sophie auf. »Die Hälfte jetzt und die Hälfte nach der Geburt des Kindes«, ruft sie dem sich entfernenden Rücken zu.

Yvonne dreht sich herum. Wieder sehen sie einander an. Sophie ist voller Verachtung für sich selbst und doch entschlossen, ihr Ziel zu erreichen, das jetzt greifbar scheint. »Wir brauchen auf jeden Fall eine förmliche Vereinbarung, wenn wir es so machen, denn ich habe schließlich keine Garantie dafür, daß Sie nicht einfach mit der Anzahlung verschwinden und das Kind behalten.«

Sophie hält inne. Was tut sie bloß? Sie feilscht ja wie ein Menschenhändler um ein kleines menschliches Wesen!

Gleichzeitig muß sie, wenn auch grollend, die Chuzpe der Frau bewundern. Sophie erschaudert. »Es tut mir leid«, sagt sie aufrichtig. »Wirklich. Ich will nicht feilschen. Das ist unwürdig. Ich habe Ihnen ein klares Angebot gemacht, aber es ist Ihr Kind, Ihres und Michaels. Sie haben alle Trümpfe in der Hand, Yvonne. Ich möchte so gern ein Kind haben, aber dennoch, es geht nicht, sie wie eine Ware zu behandeln.«

»Sie glauben, daß es ein Mädchen wird?« Zum erstenmal scheint Yvonne ein wenig aus der Fassung zu geraten. »Woher wissen Sie das?«

»Nur ein Versprecher.« Es war weit mehr: ein unbedachtes Verraten von Sophies geheimstem Wunsch. Sie hat sich immer eine Tochter gewünscht, ein kleines Mädchen, so sanft und intelligent wie Zelda. Sie senkt einen Moment den Blick, dann sieht sie wieder diese ungewöhnliche junge Frau an, die Nerven wie Drahtseile zu haben scheint.

»Michael müßte der Belastung des Hauses zustimmen«, sagt sie ruhig. »Es gehört uns beiden. Und natürlich wird er die Hypothekenzahlungen übernehmen müssen, bis ich mein Geld bekomme und die Schuld zurückzahlen kann. Wollen Sie es sich noch einmal überlegen, Yvonne?«

Sie sagt dies alles und ist fassungslos über ihr Verhalten. Diese Frau ist Yvonne Leonard, die Geliebte ihres Mannes, und sie unterhält sich in aller Höflichkeit mit ihr, anstatt ihrer Wut Ausdruck zu geben. Sophie hat immer gewußt, daß ihre Kinderlosigkeit tief geht, aber daß sie so tief geht, wird ihr jetzt erst klar. Sie würde alles dafür aufgeben, was sie besitzt; alles würde sie tun, wenn ihr das nur den Besitz dieses Kindes garantierte.

»Oh, er wird zahlen.« Yvonne lacht. Dann sagt sie: »Also gut, abgemacht. Eine Hälfte jetzt, eine Hälfte nach der Geburt.« Ein merkwürdiger Ausdruck verdunkelt das helle Blau ihrer Augen, als sie Sophie ansieht. »Sie wissen, was das bedeutet, Sophie? Es bedeutet, daß wir beide uns näher kennenlernen müssen.«

»Wie bitte?« Sophie verschluckt sich beinahe.

Yvonne sieht ihr mit festem Blick ins Gesicht. »Es könnte ja zum Beispiel sein, daß das Kind mich irgendwann mal kennenlernen will. Oder daß vielleicht ich es kennenlernen will.« Einen Moment lang verhüllt sich ihr Blick, dann ist er wieder ruhig und entschlossen. »Sie werden also mit mir in Verbindung bleiben müssen. Ich habe mich jetzt entschlossen, und zwar definitiv – ein Kind paßt nicht in mein Leben. Jedenfalls jetzt nicht. Aber wenn ich älter werde, wer weiß, wie ich es dann sehe. Ich muß meine Rechte schützen.«

Das einzige, woran Sophie denken kann, ist das Kind. So nahe jetzt. »Ganz wie Sie wollen, Yvonne.«

Dann geschieht etwas Seltsames. Yvonne lächelt entspannt. »Ich habe noch nie in meinem Leben etwas gewonnen«, sagt sie. »Nicht mal eine Schachtel Pralinen bei der Tombola. Ich kann's nicht fassen, daß wirklich mir das passiert. Haben Sie nicht vorhin was von einem Drink gesagt? Soll ich rausgehen und ihn holen, oder soll ich ihn weiter da draußen schmoren lassen?«

Sophie prüft ihre Gefühle. Wo ist der Schmerz? Dies ist schließlich die Frau, für die ihr Mann sie verlassen hat. Statt dessen sprudelt es in ihr vor freudiger Erregung, die jeden Moment hervorzubrechen droht, und obwohl sie wünscht, sie wäre allein, um sie herauslassen zu können, geschieht jetzt, während sie Michaels neue Frau betrachtet, etwas noch Befremdlicheres. Diese Frau gefällt ihr irgendwie. Wenn die Umstände andere wären, würden sie einander vielleicht sogar mögen.

»Das kommt ganz auf Sie an, Yvonne«, sagt sie ruhig.

Das Scheitern einer Ehe ist keine Kleinigkeit, die Zukunft wird viele schmerzliche Tage bringen, aber in diesem Moment schwebt Sophie wie auf Wolken.

»Lassen wir ihn doch einfach draußen«, sagt sie und schafft es nur knapp, einen verschwörerischen Ton zu vermeiden. »Eine kleine Weile wenigstens. Wir haben viel zu regeln.«

Das Flugzeug, in dem Brian sitzt, wird von Turbulenzen geschüttelt. »Meine Damen und Herren«, meldet sich die joviale Stimme des Piloten, »auf uns kommt eine Schlechtwetterfront zu. Es kann sein, daß wir ein bißchen durchgeschüttelt werden. Schnallen Sie sich also an. Ich denke, es wird uns in ungefähr fünf Minuten erwischen. Noch zehn Minuten bis zur Landung, meine Damen und Herren.«

»Na prima.« Mit bleichem Gesicht zieht Brians Sitznachbar seinen Gurt fester.

»Sie würden umkehren oder einen Bogen fliegen, wenn es wirklich gefährlich wäre.« Brian, so müde, daß ihm schwindlig ist, dreht den Kopf weg, um das Gespräch nicht fortsetzen zu müssen.

»Ja, Sie haben wahrscheinlich recht.« Sein ängstlicher Nachbar hat den Wink verstanden und schweigt.

Durch sein Fenster kann Brian noch nichts von einem Unwetter sehen. Über einer ruhigen See, die unter dem ersten rosigen Hauch des Abendhimmels von Horizont zu Horizont erglüht, geht langsam die Sonne unter. Für die meisten Menschen wäre eine Reise in die Karibik ein einmaliges Erlebnis.

Wie wird Eily seine Ankunft aufnehmen? Er hat ihr mehrere Nachrichten hinterlassen, aber er hatte keine Gelegenheit, ihr persönlich zu sagen, daß er kommt. Sie wird ihm sicherlich keine Szene machen, schon gar nicht vor Jay Street. Was ihm angst macht, ist das Gefühl, daß ihm der Ehebruch ins Gesicht geschrieben steht. Wird Eily, die sich so viel auf ihre Intuition zugute hält, es merken?

»Sie sind aber ziemlich blaß um die Nase. Geht's Ihnen nicht gut?« erkundigt sich Brians Sitznachbar.

»Doch, doch, ausgezeichnet.« Brian versucht, die Augen zu öffnen, aber er schafft es nicht. Es geht ihm überhaupt nicht ausgezeichnet, und er schluckt mehrmals krampfhaft, um zu verhindern, daß sich ihm der Magen umdreht.

»Noch fünf Minuten bis zur Landung, meine Herrschaften.« Das ist wieder der Kapitän, der sie erneut auffordert, sich anzuschnallen, und ihnen die freudige Mitteilung macht, daß die unbeständige Wetterlage während der nächsten Tage anhalten wird. »Packen Sie also Ihr Sonnenöl aus, und genießen Sie Ihren Urlaub. Danke, daß Sie mit uns geflogen sind.«

Brian umklammert die Armlehnen, als die Maschine in langen, magenstrapazierenden Abwärtsschüben den Landeanflug beginnt. Die Gepäckfächer über seinem Kopf knarren und ächzen genau wie der Rahmen rund um das Fenster neben seinem Ohr. Er fürchtet sich davor, die Augen zu öffnen. Der ganze Schrecken des Flugzeugunglücks überwältigt ihn von neuem. Es ist, als geschähe es ein zweites Mal. Er sieht das Arda-Emblem auf sich zurasen ... Es war Wahnsinn, sich in diese Maschine zu setzen.

Draußen vor dem Bungalow geht ein Wolkenbruch nieder, wie Riba noch nie einen erlebt hat. Mit solcher Wucht prallt der Regen vom Sand wieder in die Höhe, daß der ganze Strand lebendig zu sein scheint, wie von Millionen fahlbrauner springender Bohnen aufgepeitscht. Sie versucht, an diesem Schauspiel etwas Positives zu entdecken, etwas, woran sie sich erfreuen kann; es ist doch ein ganz neues Erlebnis, etwas, wovon sie ihren Enkeln später einmal erzählen kann. Aber im Augenblick fällt es ihr schwer, für irgend etwas Begeisterung aufzubringen.

Zum einen ist die herrliche Sonne verschwunden, die sich an ihrem ersten Morgen hier in solch spektakulärer Pracht gezeigt hatte. Irgendwann in der vergangenen Nacht hat sie sich von der Insel zurückgezogen und diesem unablässigen Regen Platz gemacht. Wo kommen diese Wassermengen nur her? Riba hat immer geglaubt, in den Tropen falle der Regen in kurzen, heftigen Schauern, für die man dankbar sein muß, da sie die Atmosphäre reinigen und neu beleben.

Aber für diesen anhaltenden Wolkenbruch ist sie nicht dankbar. Seit Stunden hört der Regen nicht auf, spannt vielmehr zwischen Himmel und Erde endlose, pfeilgerade herabfallende Schnüre. Manchmal verebben die Sturzbäche zu einem dünnen Nieseln, doch das der Küste vorgelagerte Inselchen hat sie seit dem frühen Morgen nicht mehr zu Gesicht bekommen. Und das Schiff draußen, größer und imposanter als das vom Tag zuvor, taucht nur hin und wieder aus dem düsteren Grau auf wie ein schwankender Schatten.

Zu ihrem seelischen Tief kommen noch die Rastlosigkeit und das körperliche Unbehagen in dem feuchten Bungalow, in dem man kaum etwas anderes tun kann als zum wild bewegten grauen Himmel und zu den regenüberströmten Palmen hinauszuschauen.

»Alles in Ordnung, Zel?« Sie steht auf und geht zu ihrer Tochter, die bäuchlings auf ihrem Bett liegt, das Gesicht vom Licht abgewandt. »Brauchst du irgendwas? Vielleicht was zu trinken?«

»Nein, danke.« Zeldas Stimme ist ausdruckslos.

»Ich weiß was.« Riba legt alle Munterkeit, die sie aufbieten kann, in ihren Ton. »Ich massiere dir den Rücken. Wie wäre das, Schatz?«

»Ist mir egal …«

Riba nimmt das als Zustimmung und geht sogleich geschäftig ins Bad, um Öle und Lotionen zu holen. Als sie dann ihrer Tochter aus dem Nachthemd hilft, kann sie ihren Schrecken beim Anblick der knochigen Wirbelsäule und der scharf hervortretenden Rippen kaum verbergen. Sie hat das natürlich alles bereits viele Male gesehen, und es ist immer wieder ein Schock gewesen, aber es ist, als machten dieser unablässige Regen und die graue Tristesse rundherum sie schwächer.

Sie knipst eine Lampe in dem Bungalow an, in dem überall Kleidungsstücke, Handtücher und Sonnenschutzmittel herumliegen. Der gelbliche Schein der schwachen Glühbirne hilft nur wenig. Trotzdem ist sie entschlossen, ihren negativen Gefühlen nicht nachzugeben. Sie sucht die Kassette mit den Strauß-Walzern heraus, die heiterste Musik, die sie mitgenommen hat.

»Liegst du bequem, Darling?«

Wieder bekommt sie kaum Antwort, aber sie läßt sich von der Musik aufmuntern und beginnt, behutsam das duftende Öl auf dem ausgezehrten Rücken ihrer Tochter zu verreiben, dessen Haut sich so beängstigend durchsichtig über den Knochen spannt.

Wenn Riba ihre Tochter massiert, fühlt sie sich im allgemeinen auch selbst besser, und ihre Gedanken beginnen mit dem Rhythmus ihrer Finger zu fließen. Diesmal aber bleibt ihr Bewußtsein starr, als sie sachte zu reiben und zu streichen beginnt, und läßt die letzten Bilder nicht los. Es will nichts anderes tun, als immer wieder die schrecklichen Ereignisse des gestrigen Tages durchzuspielen. Und die kommende Auseinandersetzung mit Brian zu proben.

Gott sei Dank ist dieser grauenvolle Tag des Regens und der Ernüchterung bald vorbei. Aber sie weiß, daß Schlimmeres auf sie wartet.

32

Total erledigt steht Brian neben einem großen Loch in der verdreckten ungetünchten Wand, durch das eines nach dem anderen die klatschnassen Gepäckstücke fallen. Das Loch ist so groß, daß er durch den strömenden Regen hindurch, der das Flugfeld draußen unter Wasser setzt, beobachten kann, mit was für einer Gemächlichkeit die Maschine entladen wird. Er und die anderen Passagiere mußten ungeschützt durch den Platzregen laufen, und die dampfige Luft im Innern des Gebäudes ist zum Ersticken. Es ist unmöglich, sich in normalem Ton zu unterhalten, so laut prasselt der Regen auf das Wellblechdach über ihren Köpfen.

Er dreht sich um und mustert die kleine Menge, die hinter einem Absperrseil am anderen Ende des Ankunftsschuppens wartet. Von Eily keine Spur, dafür sind die in fetten schwarzen Buchstaben geschriebenen Wörter auf einem Transparent nicht zu übersehen:

WILLKOMMEN ZU EURER TRAUMHOCHZEIT,
Inge und Rudi, Margaret und John,
Sylvia und John

Die beiden blonden Schönheiten, die das Transparent hochhalten, könnten Zwillinge sein in ihren knappen Tops und den engen kurzen Höschen. Sie sprechen offensichtlich Englisch, und Brian beschließt, sie im Auge zu behalten. Im Notfall kann er sie bitten, ihm zu helfen, wenn er ein Taxi nehmen muß.

Zelda, die während der Massage gleich wieder eingeschlafen ist, wimmert ein wenig, und Riba senkt die Stirn in das zerknitterte Laken zwischen dem mageren Körper ihrer Tochter und der Bettkante. Sie ergreift die abgezehrte, schlaffe Hand und drückt sie an ihren Hals, als könnte sie ihr so etwas von ihrer eigenen Vitalität geben. »Träum was Schönes«, flüstert sie. »Von grünen Wiesen und blauen Himmeln und Engelsschwingen. Träum dich frei von all diesem Schmerz.« Sie schluckt. »Und von mir.«

Sie läßt Zeldas Hand sinken. »Aber nicht zu schnell. Bitte, mein Liebling. Noch nicht – ich bin noch nicht soweit, du wirst mir so schrecklich fehlen.« Obwohl sie nicht mehr flüstert, ist ihre gedämpfte Stimme kaum vernehmbar. »Es tut mir so leid, Zelda, mein Liebes, es tut mir so leid. Bitte verzeih mir – es tut mir leid.«

So findet Brian seine Frau und seine Tochter vor, als er die Tür des Bungalows öffnet.

Die beiden blonden Schönheiten haben ihm den Weg gewiesen. Sie haben ihn zusammen mit ihren durchnäßten, aber erwartungsfrohen Schützlingen in ihrem Wagen mitgenommen und dann an der Einfahrt zur Anlage abgesetzt, nachdem er sie am Flughafen angesprochen hatte.

Er war so erschöpft, daß ihm der Regen völlig gleichgültig war. Er stapfte den Fußweg hinunter zu dem bezeichneten Bungalow. Wenigstens war die verdammte Brühe warm, die ihm übers Gesicht rann.

Er verharrt einen Moment auf der Schwelle. Eily sieht ihn verwirrt an, als wäre sie gerade aus dem Schlaf erwacht. Sie kniet neben einem der drei Betten in dem, wie es scheint, einzigen Raum, und trotz des trüben Lichts der kleinen Lampe kann er erkennen, daß sie geweint hat. Zelda liegt im Bett auf dem Rücken. Ihr schlaffer Mund ist leicht geöffnet. Die wachsbleiche Färbung ihrer Haut scheint ihm noch ungesünder als vor ein paar Tagen.

Der geöffnete Mund, Eily, die weinend am Bett kniet – Brians Koffer kracht auf die Fliesen. Ist er womöglich zu spät gekommen?

Was dann geschieht, kommt völlig unerwartet. Eily stürzt ihm entgegen, wirft sich ihm wie von Sinnen schluchzend in die Arme. Er versteht nichts von dem, was sie stammelt, nur einmal glaubt er das Wort Teppich zu hören. Überzeugt davon, daß seine Tochter tot ist, stößt er Eily beiseite und stürzt an Zeldas Bett.

Als er merkt, daß sie atmet, wird ihm vor Erleichterung übel. Er läßt sich aufs Bett fallen und weckt sie dadurch.

»Dad! Was machst du denn hier?«

»Hat Mama dir nicht gesagt, daß ich komme? Ich bin hergekommen, um dich nach Hause zu holen, Liebes.«

Er darf sie nicht merken lassen, wie erschüttert er ist, darum erhebt er sich mühsam wieder und geht zu Eily hinüber, die immer noch in der Nähe der Tür steht. Er hat dort einen Lichtschalter bemerkt. »Laß mich mal Licht machen. In diesem finsteren Loch kommt man sich ja vor wie in einer Höhle.«

An der Decke beginnt sich ein Ventilator zu drehen und die feuchte Luft aufzurühren. Im helleren Licht gewahrt Brian erschrocken die tiefen Kerben und Falten in Eilys gequältem Gesicht. Zum erstenmal sieht er, daß sie alt geworden ist. Oder älter ist, als er sie bisher wahrgenommen hat. Sein Zorn verraucht. Er nimmt sie in die Arme und drückt sie an sich. »Mensch, Eily, hör doch auf zu weinen.«

Er läßt sie los und tritt einen Schritt zurück. »Ist das auf dieser verdammten Insel immer so? Mit diesen Wassermassen könnte man ja eine ganze Stadt mit Elektrizität versorgen.«

»Nein, es ist nicht immer so.« Zelda hat sich aufgerichtet. »Gestern war ein wunderbarer Tag, Dad. Es war wirklich schön. Hat uns beiden gutgetan, nicht, Mama? Ich glaube, ich bin sogar ein bißchen braun geworden.«

Dieses loyale Eintreten für ihre Mutter nimmt Brians Zorn den letzten Wind aus den Segeln. »Was hast du da vorhin von einem Teppich gesagt, Eily? Wolltest du mir was von einem Teppich erzählen?«

»Sie haben uns unter den Teppich gekehrt.« Eily schluckt den letzten Schluchzer hinunter, dann sagt sie hastig: »Wir müssen weg, sie wollen uns hier nicht haben, wegen dieser Massenhochzeit, die morgen gefeiert werden soll. Zel kommt morgen in ein Krankenhaus. Es ist furchtbar, Brian, es tut mir so leid.« Sie sinkt gegen die Wand und beginnt von neuem zu weinen.

»Mama, hör doch auf zu weinen.« Zelda quält sich aus dem Bett und geht zu ihrer Mutter.

»Beruhigen wir uns erst mal alle, okay?« Brian setzt sich auf den nächsten Stuhl. Was kann er tun? Er hatte vor, wie der Racheengel auf die Insel herabzustoßen, Jay Street niederzumachen und Frau und Tochter mit der ersten verfügbaren Maschine nach Hause zu bringen. Aber nun wirbeln die Zuneigung zu seiner Frau, Schuldgefühle wegen der Nacht mit Sophie, fortdauernde Verwirrung über seine Gefühle zu ihr und lähmende Angst um Zelda in seinem erschöpften Geist durcheinander.

Aber Tatenlosigkeit entspräche nicht Brians Natur.

»Mach dir keine Sorgen. Wir kommen.« Sophie legt auf und schaut auf die Uhr: fünf nach sieben. Drüben fünf nach drei Uhr morgens. Brian wirkte ruhig, als er sie bat, mit Donny nach Palm Tree Island zu kommen. Noch heute, jedenfalls so bald wie möglich. Zelda sei den Reisestrapazen im Moment nicht gewachsen, sagte er, und er habe seinem Sohn versprochen, ihn gegebenenfalls herüberzuholen.

Wenigstens braucht nicht sie es Donny zu sagen. Er hat versprochen, das selbst zu tun. Er hat ihr den Namen und die Privatnummer eines Freundes gegeben, der bei Aer Lingus ist: »Bei Aer Lingus kann man sich darauf verlassen, daß sie in einem familiären Notfall alle Hebel in Bewegung setzen. Mach dir wegen des Geldes keine Gedanken, sag Roger, er soll die Rechnung an EconoCar schicken. Er kennt sich aus, er wird das erledigen.«

»Wie geht es dir, Brian? Wie kommst du mit allem zurecht?«

»Mir geht's gut. Ich bin natürlich so müde, daß ich kaum einen klaren Gedanken fassen kann, aber es geht mir wirklich gut.« Sein Ton verriet, daß er nicht weiter von sich sprechen wollte. »Tut mir leid, daß ich dir so wenig Zeit gebe, aber ich wollte dich nicht in aller Herrgottsfrühe aus dem Bett holen.«

»Wir haben reichlich Zeit«, sagte sie ruhig. »Mach dir keine Gedanken.«

Danach gab er ihr die Nummer der Anlage und bat sie, an der Rezeption zu hinterlassen, wann sie und Donny ankommen würden. »Sein Paß liegt in der Schublade von meinem Nachttisch, falls er ihn vergessen sollte.«

»Ich werde dran denken.«

»Und ihr braucht Dollar. Ich ruf Mick an und sag ihm, er soll in der Abflughalle mit dem Geld auf euch warten.«

»In Ordnung, Brian. Es wird schon alles klappen, keine Angst.«

»Tut mir leid.« Er zögerte einen Moment. »Es tut mir leid, daß ich dich um diesen Gefallen bitten muß, Sophie, aber ich kann Donny nicht allein reisen lassen. Ich weiß, daß es alle möglichen Gründe gibt, warum du lieber nicht herkommen würdest.«

»Nicht, Brian.«

»Dann danke ich dir.«

Für Sophie stand fest, daß es nicht guttat, bei solchen Dingen zu verweilen. Sie hatte sich – in diesem Sinne – an jenem Nachmittag im Pub von Brian verabschiedet. Was sie jetzt noch mit ihm verband, war reine Freundschaft. Die hat mehr Bedeutung als irgendwelche abwegigen romantischen Phantasien. Immer.

Im übrigen ist für sie nun die Zeit gekommen, sich auf die wichtigste Beziehung in ihrem Leben zu freuen und vorzubereiten. Trotz aller Befürchtungen, daß etwas schiefgehen könnte, erfüllt sie immer noch eine unbeschreibliche Freude und läßt andere Emotionen gar nicht aufkommen, nicht einmal die unter den Umständen angemessenen Bedenken im Hinblick auf die Reise nach Palm Tree Island.

Es ist noch stockfinster, aber wenigstens ist draußen alles ruhig. Der Wetterbericht hat einen heiteren, sonnigen Tag angekündigt, und sie hatte schon genau geplant, wie sie ihn verbringen würde.

Zuerst wollte sie eigentlich zu ihrer Bank und die Antragsformulare für eine Hypothek holen; und danach wollte sie sich einen Besuch in der Babyabteilung bei Arnott in der Henry Street gönnen.

Sie wird sich einfach darauf verlassen müssen, daß Michael Yvonne bei Laune hält und die notwendigen Schritte bei der Bank erledigt. Sie wird als Miteigentümerin des Hauses zwar unterschreiben müssen, aber den Hypothekenvertrag muß er aushandeln.

Sophie kann sich seinen Schock vorstellen – aber auch Yvonnes stählernen Blick, als sie wieder zu ihm ins Auto stieg und von ihrem Gespräch mit Sophie berichtete. Nach allem, was Michael ihr angetan hat, sollte es Sophie eine Genugtuung sein, daß er so schnell seine gerechte Strafe bekommen hat, aber seltsamerweise tut er ihr einen Moment lang eher leid. Die monatlichen Zahlungen für eine Hypothek über 100 000 Pfund werden ihn hart treffen.

Und wie wird sie sich fühlen, wenn Yvonne einen Rückzieher macht oder eine Fehlgeburt hat oder vielleicht doch abtreibt? Das Schlimmste wäre es, wenn sie das Kind, nachdem sie es Sophie bereits übergeben hat, zurückverlangen würde, noch bevor die Adoption rechtskräftig ist.

An so etwas darf sie gar nicht denken. Sie hat getan, was sie konnte, von jetzt an muß sie möglichst ruhig bleiben und abwarten. Es ist wahrscheinlich gut, daß diese Reise in die Karibik für Ablenkung sorgt.

Sie greift wieder zum Telefon, um Brians Freund Roger anzurufen.

Nur noch wenige Stunden, bis der Krankenwagen kommt, der sie in die Klinik bringen wird. Die Sonne ist schon vor einer guten Weile aufgegangen, ihre Strahlen kriechen durch die Öffnungen der Lamellenläden und legen sich auf das Ende von Ribas Leintuch. Leise dreht sie den Kopf, um zu Brians Bett hinüberzuschauen, und sieht nichts als seinen Haarschopf. Unmöglich zu erkennen, ob er schläft oder nicht. Er ist in der Nacht immer wieder aufgestanden; sie hat ihn mehrmals an Zeldas Bett treten sehen, und einmal ist er ins Freie hinausgegangen und erst eine halbe Stunde später wieder hereingekommen. Ohne ein Wort hat er sich wieder in sein Bett gelegt.

Die Aussprache kommt früher oder später, aber wie soll sie ihr Unrecht eingestehen, wie sich so schrecklich erniedrigen? Wie wird er reagieren? Hat er nicht jedes Recht, wütend zu sein? Ihre Schuldgefühle sind kaum zu ertragen.

Bitte, lieber Gott, bitte, laß es nicht zu schlimm werden. Krampfhaft sucht sie nach einem Mittel, um Gott zu beschwichtigen. Ich pilgere nach Lough Derg, ich pilgere nach Lourdes, ich pilgere nach Knock, Fátima, Medjugorje, ganz gleich wohin, Gott. Ich tue alles. Nur mach es nicht zu schlimm – ich weiß, ich verdiene es nicht, aber mach es nicht zu schlimm.

Sie sitzt auf einem der Plastikstühle vor dem Bungalow, als Brian in Boxershorts herauskommt.

»Morgen.« Kurz.

Er geht zum Meer hinunter und wühlt schwimmend das Wasser auf wie ein mächtiger verwundeter Fisch, während die Sonne Flammen in seinem Haar entzündet. Ja, das ist ihr Brian. Eine Urgewalt.

Aber dann steigen Zweifel auf. Ist er denn noch ihr Brian? Will er ihr Brian sein? Sie könnte es ihm nicht einmal übelnehmen, wenn er sich von ihr abwenden würde.

Als er keuchend und prustend aus dem Wasser kommt, bleibt er vor ihrem Stuhl stehen. »Gibt's hier wenigstens ordentliche Handtücher? Ich habe keine mitgenommen.«

»Ich hole dir eins.«

Sie schaut kurz nach Zelda, die immer noch friedlich schläft, dann geht sie mit einem Badetuch wieder hinaus und beginnt, Brian den Rücken abzutrocknen. Aber er reißt ihr das Tuch aus der Hand, geht ein paar Schritte von ihr weg und rubbelt sich grimmig Brust und Bauch, während Riba dasitzt und kleinlaut zusieht. Er ist immer noch ein gutaussehender Mann, mit festen Muskeln und straffer Haut; seine Beine und Arme sind kräftig, und in der Sonne glänzt der Zweitagebart in dem sonst stets glattrasierten Gesicht in einem leuchtenden Wikingerrot.

»Wollen wir nicht miteinander reden?« sagt sie zaghaft.

»Worüber?« Seine Miene ist unergründlich. »Was gibt es noch zu sagen? Wir ziehen nicht mehr an einem Strang, Eily, so wie das bei einem Ehepaar eigentlich der Fall sein sollte. Schon seit Jahren nicht mehr. Es ist ernst.«

»Du hast ja recht.« Ribas Ton ist demütig. »Aber – bitte!«

Nach kurzem Zögern setzt er sich zu ihr und schaut sich um, die halbmondförmige Anlage der Häuser hinauf und hinunter, dann zum Meer hinaus, bis zu dem vor Anker liegenden Kreuzfahrtschiff, einem kleinen heute.

»Was hast du am Fuß?«

Riba blickt zu ihrem Knöchel hinunter. Sie hat ihn verbunden. »Ach, ich bin bloß ungeschickt aufgetreten.«

Er schaut wieder aufs Wasser hinaus. »Das wollte ich immer schon mal machen.«

»Was?« Der Themenwechsel bringt sie aus dem Konzept.

»Eine Kreuzfahrt. Vielleicht eines Tages.«

Obwohl ihr aufgefallen ist, daß er sie in seinen Wunsch nicht einbezogen hat, nimmt sie seinen ruhigen Ton als eine Art Ölzweig. »Ja, ich habe sie beobachtet«, sagt sie eifrig. »Jeden Morgen kommt ein neues. Ich glaube, während der frühen Morgenstunden. Ich möchte zu gern wissen, was das andere kleine Boot da rausbringt.«

Sie beobachten beide das schwer beladene Beiboot, das langsam tuckernd auf den blendend weißen Liner zuhält, an dessen Reling zwei weißgekleidete kleine Gestalten warten.

»Ja«, sagt er leise, »das muß ein Leben sein, wo einem alles, sogar der Urlaub, in den Schoß fällt.«

Er sieht sie an, und sie erblaßt unter der Kälte seines Blickes. »Also, was gibt's, Eily? Und mach mir bitte nichts vor.«

Sie ist nicht so dumm zu glauben, daß sie ihn zu Mitgefühl bewegen kann, darum berichtet sie schonungslos und so ehrlich und vollständig wie möglich vom Ablauf der Ereignisse, seit sie und Zelda auf Palm Tree Island angekommen sind. Und merkwürdigerweise beginnt sie sich schon, während sie erzählt – von Jays Zurückweisung, von ihrer verspäteten Einsicht, daß es falsch war, darauf zu beharren und Zelda hierherzuschleppen –, ein wenig besser zu fühlen. »Aber du mußt zugeben«, sagt sie am Ende, »daß die Organisation mir mit Ausnahme von diesem einen Mal immer gutgetan hat.«

»Nein, das stimmt nicht.« Sein Ton duldet keine Widerrede. Nicht ein einziges Mal hat er sie während ihrer traurigen Darlegungen angesehen, sondern unverwandt zu dem weißen Schiff hinausgeblickt, von dem jetzt ein Netz herabgelassen wird, in dem die Fracht hochgezogen werden soll, die das Beiboot gebracht hat. Jetzt wendet er sich ihr zu, und in seinem Gesicht ist kein Mitleid. »Es ist vorbei, Eily. Entweder du brichst sofort jede Verbindung zu diesem Scharlatan und seinen Kumpanen ab, oder du bist mich los.«

Mit zornigem Blick neigt er sich zu ihr hinüber. »Erstens: Es ist sinnlos, daß ich mich jetzt darüber aufrege, was du Zelda angetan hast. Ich glaube dir, daß du verblendet genug warst, dir tatsächlich einzubilden, daß du das Richtige tust. Der Schaden ist angerichtet, und wir können jetzt nichts weiter tun, als sie in dieses amerikanische Krankenhaus zu bringen, von dem du gesprochen hast. Sie ist im Moment offensichtlich zu schwach für die lange Rückreise nach Irland, ich werde das aber auf jeden Fall noch mit den Ärzten in dieser Klinik besprechen. Ich nehme an, daß auch dir es lieber wäre, sie würde zu Hause sterben und nicht auf dieser gottverlassenen Insel am anderen Ende der Welt?«

Riba bleibt die Luft weg. Diese nackte Sachlichkeit trifft sie wie ein Schlag vor die Brust.

Brian jedoch beachtet ihre Reaktion gar nicht und fährt ohne Erbarmen zu sprechen fort. »Zweitens: Wenn du die Verbindung zu dieser Organisation nicht auf der Stelle abbrichst, sehen wir uns vor Gericht wieder. Ich werde das alleinige Sorgerecht für Donny und die Ablehnung jeglicher Unterhaltsforderungen von deiner Seite beantragen. Ich glaube, ich habe trotz der üblichen Praxis eine gute Chance zu siegen. Drittens: Du mischst dich auf keinen Fall ein, wenn ich diesem sauberen Mr. Street mitteile, daß er von uns für die Unterkunft hier und seine sogenannten Leistungen nicht einen Penny bekommt. Nicht einen einzigen.« Er neigt sich noch dichter zu ihr. Seine Stimme zittert vor Erregung, als er fragt: »Bist du mit dem allen einverstanden?«

»Ja«. Riba zögert keine Sekunde.

Brian ist noch nicht fertig. »Noch eins: Möchtest du mit mir verheiratet sein, Eily? Mit mir – einem Menschen aus Fleisch und Blut?«

»Was ist das für eine Frage?« Riba ist verblüfft über den Richtungswechsel.

»Das ist die Frage, die ich dir schon vor Jahren hätte stellen müssen.« Er lehnt sich in seinem Stuhl zurück. »Noch einmal, Eily, willst du nicht bloß eine verheiratete Frau sein, sondern willst du mich zum Mann haben? Ich spreche von einer gleichberechtigten Partnerschaft. Bisher hast du nämlich auf meine Meinung nicht die geringste Rücksicht genommen.«

Riba öffnet den Mund, um zu protestieren, aber er hebt abwehrend die Hand. »Überleg, bevor du mir antwortest. Was du sagst, könnte von entscheidender Bedeutung sein.« Er hält kurz inne und betrachtet sie. »Laß dir Zeit. Was bedeutet dir die Ehe mit mir?«

»Ich … ich denke, für mich bedeutet sie Kraft und Sicherheit, und ich weiß, wo ich stehe, in der Welt, in der Gesellschaft.«

»Gute Antwort. Aber sie dreht sich wieder nur um dich und deine Stellung. Über mich sagt sie gar nichts, weder darüber, wer ich bin, noch darüber, welchen Platz ich als Brian McMullan persönlich in deinem Leben einnehme. Mir fällt auf, daß du von Liebe kein Wort gesagt hast.«

»Aber die versteht sich doch von selbst.«

»Findest du? Wieso versteht sie sich von selbst? Wieso bist du beispielsweise so sicher, daß ich dich noch liebe?«

Der Himmel über Riba, der viele Jahre lang ein so heiterer Schirm war, geht in Scherben. »Du liebst mich nicht mehr?«

»Das habe ich nicht gesagt. Aber du solltest zur Abwechslung vielleicht mal ein bißchen an mich denken, an uns, an unsere Ehe. Wie ist es denn umgekehrt: Liebst *du* mich?«

»Aber natürlich.«

»Wieso natürlich? Hast du, habe ich in letzter Zeit irgend etwas getan, um zu zeigen oder zu beweisen, daß für jeden von uns der andere das einzige ist, was zählt? Wenn ich dich verlassen würde, Eily – wegen einer anderen Frau zum Beispiel –, würde dir das etwas ausmachen? Ich weiß, zunächst wärst du entsetzt, und natürlich gäbe es finanzielle Bedenken, aber würde es tief drinnen, da, wo es darauf ankommen sollte, deine Art, dein tägliches Leben zu führen, ernsthaft beeinflussen?«

Die Scherben schneiden ihr in die Seele. »Eine andere Frau? Was soll das heißen, Brian?«

Er steht auf. »Du weißt genau, was das heißen soll.« Er blickt zu ihr hinunter und legt ihr, endlich einen Anflug von Mitgefühl zeigend, die Hand auf die Schulter. »Denk über diese Dinge nach, Eily. Aufrichtig. Bitte. Wir hätten beide bei dem Flugzeugunglück umkommen können, das hat mich zum Nachdenken gebracht. Und dich doch wahrscheinlich auch. Also, laß uns ehrlich miteinander umgehen. Ich hab's ernst gemeint, als ich sagte, du sollst dir Zeit lassen. Ich will dich nicht drängen, aber wenn du mir deine Antwort mitteilst, dann sollte sie der Wahrheit entsprechen.«

33

Der Krankenwagen mit zwei freundlichen Sanitätern in frischen Uniformen ist eine umgebaute Lincoln-Limousine mit dunkel getönten Fenstern; im Fond befinden sich auf der einen Seite eines schmalen Durchgangs eine Sitzbank und gegenüber eine fahrbare Trage. Das Fahrzeug strotzt von Geräten und Monitoren.

Zelda ist so schwach, daß man sie hinaustragen muß. Riba ist entsetzt. Schuldgefühle überwältigen sie. Von der Besserung, die sie zu sehen geglaubt hat, ist nichts mehr zu bemerken.

Riba ist insgeheim erleichtert, daß die Last der Verantwortung jetzt verteilt ist. Noch am Morgen hat sie sich kurz einzureden versucht, daß Brian sich bis jetzt nie wirklich engagiert habe und alle anderen ebensowenig. Aber bald sah sie ein, daß sie sich mit solchen Gedanken gar keinen Gefallen tat. Und Riba, die nie halbe Sachen macht, hat kapituliert; ist völlig umgeschwenkt und kooperiert nun hundertprozentig mit Brian, der kalifornischen Monica, den Sanitätern. Sie traut sich nicht, ihre Gefühle Jay gegenüber genauer zu betrachten – die Wunden der Ernüchterung sind noch zu frisch und schmerzhaft –, und sie hat keine Ahnung, wie sie reagieren wird, wenn sie ihn wiedersieht, zumal im Beisein von Brian.

Und was Brian tun wird, weiß der Himmel.

»Einer hat noch Platz.« Eine Sanitäterin lächelt den Eltern der Patientin zu, die mittlerweile unter einer leichten Decke auf der gepolsterten Trage liegt. »Also, wer fährt mit uns?« Ihrer gedehnten Sprechweise nach stammt sie aus dem Süden der USA.

»Fahr du mit, Eily«, sagt Brian sofort. »Ich kümmere mich hier um alles und komme später mit einem Taxi nach.«

»Gut.« Riba verkneift sich die Fragen, worum er sich denn kümmern will; sie möchte es eigentlich sowieso lieber nicht wissen. Als die Sanitäterin die Tür des Wagens schließt, beobachtet sie, wie er kehrtmacht und schnell in den Bungalow läuft, ohne auf ihre Abfahrt zu warten. Es sieht aus, als wäre er furchtbar in Eile. Was wird ihr die Zukunft mit diesem Ehemann bringen?

Der Fahrer des Krankenwagens bemüht sich, seine Fahrgäste sanft zu befördern, und fährt vorsichtig durch die Furchen und Schlaglöcher, aber ausweichen kann er ihnen nicht. Der Wagen schwankt und schlingert auf seiner Qualitätsfederung, und Riba, die in einer Hand den Beutel mit Zeldas Medikamenten trägt, muß sich mit der anderen an der Kante der Sitzbank festhalten.

»Liegst du bequem, Schatz?« Über den schmalen Gang hinweg beugt sie sich zu Zelda hinüber.

»Es ist alles in Ordnung, Mama.« Zeldas Lippen, die im Licht der Neonröhre über ihrem Kopf bläulich schimmern, bewegen sich kaum.

Riba wendet sich an die Sanitäterin, die gerade versucht, ein Formular auszufüllen, das auf ein Schreibbrett geklemmt ist. »Wie lange müssen wir noch fahren?«

»Keine zehn Minuten, Madam – kommen Sie aus Irland? Da wollte ich schon immer mal hin. Es soll so grün sein – kennen Sie die Corrs?«

»Geht es Ihrer Tochter gut?« Eine der langbeinigen Schönheiten vom Flughafen tat an der Rezeption Dienst, als Brian sich dort ein Taxi rufen ließ.

»Sie ist gut versorgt, danke.« Er hatte keine Lust auf ein Gespräch und wartete deshalb draußen. Aber das Taxi, eine klapprige alte Mühle, fuhr erst nach einer Ewigkeit vor. Da war Brian bereits entnervt und total verschwitzt. Die Luft vor dem klimatisierten Rezeptionsbungalow war so feucht wie der Nebel über einem irischen Moor.

Fünfzehn Minuten später wünscht Brian, er wäre zu Fuß gegangen. Verzweifelt hält er die Hände auf den Magen gedrückt, als die alte Kutsche über Stock und Stein rumpelt und endlich die ungepflasterte lange Straße der sogenannten Stadt erreicht.

Keinen Augenblick länger hält er das aus. Er teilt dem Fahrer mit, er werde den Rest des Weges zu Fuß gehen.

»Wie Sie meinen, Meister.« Das Taxi hält quietschend auf einer Anhöhe an. »Sie können's gar nicht verfehlen. Es ist der große runde Bau, ganz in Pink.« Der Fahrer nimmt die Fünf-Dollar-Note, die Brian ihm hinhält, und tuckert in einer Wolke aus Staub weiter.

Brian schlägt nach dem Fliegenschwarm, der über ihn herfällt, kneift die Augen gegen das grelle Licht zusammen und sieht sich um. Er ist erschüttert über den Kontrast zwischen diesen Straßen hier und der geschniegelten – wenn auch windig gebauten – Anlage, aus der er eben kommt. Es sind zwar ein paar Betonbauten, aber die meisten Häuser, auch die Läden mit den offenen Fronten, sind nichts als Holz- oder Wellblechhütten; manche sehen sogar nach umfunktionierten Frachtcontainern aus. Beinahe alle stehen auf wacklig aussehenden Holzpfählen, an denen noch die Borke haftet.

Die Auseinandersetzung mit Eily spukt ihm immer noch im Kopf herum, aber aus irgendeinem Grund bereitet sie ihm kaum Schmerz. Während ihn Auseinandersetzungen mit Eily in all den Jahren ihrer Ehe immer unruhig gemacht haben, empfindet er heute nichts.

Ähnlich ist es nach dem Krach im Krankenhaus gewesen; es kam ihm nicht einmal in den Sinn, sich für die häßlichen Worte zu entschuldigen, die er gesagt hatte.

Es ist ihm mit jedem seiner Worte ernst gewesen, sowohl dort im Krankenhaus als auch heute morgen, und sie hat es auch verdient, daß er ihr gründlich die Meinung sagte. Aber das ist jetzt nicht das Problem. Die schreckliche Tatsache ist, daß es ihn nicht mehr interessiert, wie Eily sich fühlt. Kann es sein, daß seine Ehe gestorben ist, ohne daß er es gemerkt hätte?

Unversehens überfällt ihn die Erinnerung an Sophies Duft, als er sie in dem Wintergarten des Pubs in Glasnevin das letzte Mal umarmte. Damit mußte Schluß sein! Sofort!

Der Himmel über ihm verdunkelt sich. Er blickt nach oben. Gleich wird es wieder einen Guß geben. Prima, es geht doch nichts über die Karibik.

»Er wird bestimmt gleich kommen – wir können natürlich draußen in der Anlage anrufen, wenn Sie das möchten, aber ich bin sicher, er ist schon losgefahren.«

Riba lächelt der jungen Frau hinter dem Anmeldungstisch aus poliertem hellen Holz zu.

Die junge Frau, so blond wie die kalifornische Monica, aber nur ungefähr halb so groß, erwidert das Lächeln. »Machen Sie sich keine Sorgen, Mrs. McMullan, es eilt nicht. Aber ich kann mir vorstellen, daß Zelda gern in ihr Bett möchte.«

»Ganz recht.« Riba umfaßt ihre Tochter, die an sie gelehnt auf dem Stuhl neben ihr sitzt, noch ein wenig fester. Die junge Frau an der Anmeldung nickt und wendet sich wieder ihrem Computer zu.

Ribas Lächeln erlischt. Sie warten nun schon seit fast einer Stunde in diesem großen, kühlen Raum voll glänzender Palmen in edlen Töpfen, und auch wenn sie äußerlich ruhig bleibt, wächst die Angst wegen ihrer verzweifelten Lage von Minute zu Minute. Sie hat keine Ahnung, wie Brian das alles regeln will, und ihr Vertrauen, daß er es schaffen wird, schwindet. Sie hätte die Versicherungssituation in ihrem Brief an ihn erwähnen sollen, dann wüßte er jetzt wenigstens Bescheid, und es würde ihn nicht unvorbereitet treffen.

Riba hat sich auch insofern ins Unrecht gesetzt, als sie mit Zelda einfach losgeflogen ist, ohne deren Krankenunterlagen mitzunehmen. Die Klinik hier hätte sie gebraucht. Wenigstens hat die Frau an der Anmeldung sie beruhigt. »Keine Sorge, Madam, die können wir uns per E-Mail besorgen.«

Wo bleibt nur Brian? Hoffentlich ist ihm nichts passiert. Sie starrt zum Fenster hinaus. Das Wetter hat praktisch von einer Sekunde zur anderen umgeschlagen. Eben war es noch sonnig und hell, im nächsten Moment hat sich die ganze Welt verfinstert, und nun prasselt der Regen in Strömen auf die gepflegten Rasenflächen. Durch die schalldichten Doppelfenster ist nichts zu hören, der Wolkenbruch ergießt sich in einer unheimlichen Stille, so daß man den Eindruck gewinnt, die Witterung draußen habe nichts mit der Welt hier drinnen zu tun, wo das gedämpfte Klappern der Computertastatur, das Plätschern des Zierbrunnens und das Säuseln der Klimaanlage von modernem Komfort und Wohlbehagen sprechen.

Riba allerdings ist alles andere als behaglich zumute. Sie macht sich große Sorgen, weil Zelda, die ihre Antibiotika genau nach Zeitplan nehmen muß, längst eine Dosis hätte einnehmen sollen. »Sagen Sie, kann meine Tochter sich draußen im Foyer auf einem der Sofas niederlegen?« fragt sie. »Ich muß Wasser für ihre Tabletten holen.«

Die blonde junge Frau zögert. »Ich weiß nicht, Mrs. McMullan, da muß ich erst fragen. Eigentlich ist es bei uns üblich, daß die Patienten sich erst anmelden und dann ihre Zimmer zugewiesen bekommen – Ihr Mann wird jetzt bestimmt bald kommen … Etwas Wasser kann ich Ihnen vorab bringen, wenn Sie möchten.«

Die unterschwellige Botschaft ist klar. Wir möchten unser schickes Ambiente nicht von irgendwelchen hergelaufenen Leuten verschandeln lassen.

Aber Riba hat die Warterei satt. »Ich gehe trotzdem raus mit ihr«, sagt sie entschlossen und hilft Zelda behutsam auf die Beine. »Die Sachen lasse ich hier bei Ihnen, in Ordnung?« Sie zeigt auf das Bündel Formulare, die ausgefüllt werden müssen, und die obenauf liegende Rechnung über 100 Dollar für den Krankenwagen.

Sie hilft Zelda gerade, es sich auf einem der Sofas in dem weiträumigen feudalen Foyer bequem zu machen, als sich hinter ihr mit einem Zischen die automatische Tür öffnet und das Trommeln des Regens einläßt. Sie dreht den Kopf. Gott sei Dank, es ist Brian, so naß, als wäre er hergeschwommen.

Fünfundvierzig schwierige Minuten später ist Zelda endlich in ihrem Zimmer. In der Verwaltung der amerikanischen Klinik hat man sich weder von Bitten noch von Vorhaltungen oder Ferngesprächen mit der internationalen Notrufzentrale der irischen Gesundheitsbehörde erweichen lassen. Der Direktor war freundlich, aber bestimmt: »Wir sind eine kleine Einrichtung, Mr. McMullan, die sich selbst trägt. Unser Personal und unsere technischen Einrichtungen sind erstklassig. Unglücklicherweise liegen die Sätze Ihrer irischen Krankenversicherung weit unter dem, was wir verlangen müssen. Aber wenn Sie eine international anerkannte Kreditkarte haben ...«

Brian blieb nichts anderes übrig, als seine American-Express-Karte auszuhändigen. Ab dem Zeitpunkt war ein Rollstuhl für Zelda da, und das Räderwerk des Krankenhauses lief an.

Während ihrer Tochter eine Infusion gelegt wird, sitzen Riba und ihr Mann in bequemen Sesseln draußen vor ihrem Zimmer und warten. Von einer ihn freundlich ermunternden Schwester begleitet, tappt ein alter Mann im seidenen Morgenrock mit schleppenden Schritten an ihnen vorbei. Brian gibt sich keine Mühe, seine Stimme zu senken, als er vorwurfsvoll sagt: »Ist dir eigentlich klar, was das kosten wird, Eily? Wie konntest du nur so töricht sein!«

»Es gibt hier keine Alternative.« In diesem Moment ist der Schrecken stärker als Ribas Schuldgefühle. »Das ist wahrscheinlich das einzige anständige Krankenhaus auf der Insel.«

»Sie kommen aus Irland?« Die Schwester, die den alten Mann betreut, bleibt vor ihnen stehen.

»Ja.«

»Das dachte ich mir.« Die Schwester, etwa Mitte Dreißig, läßt ihren Patienten einen Moment verschnaufen. »Ich bin aus

Liverpool, ich habe meine Ausbildung im Beaumont gemacht und habe immer noch eine Menge Freunde in Dublin. Nehmen Sie es mir nicht übel, aber ich habe gehört, was Sie eben besprochen haben. Haben Sie Schwierigkeiten hier? Kann ich Ihnen vielleicht behilflich sein?«

Es geschehen tatsächlich Zeichen und Wunder, denkt Riba eine halbe Stunde später. Sie schreibt das diesmal allerdings nicht Jay Street oder ihren ehemaligen Mitstreitern in der Organisation zu.

»Ich schaue sie mir einmal an«, hat die Schwester gesagt und ist, nachdem sie den alten Mann in sein Zimmer zurückgebracht hat, eine Weile zu Zelda hineingegangen. Als sie wieder herauskam, sagte sie zu Brian und Eily, sie habe den Eindruck, Zelda brauche eher aufmerksame Beobachtung und gute Pflege als die hochmoderne Technik der Klinik.

»Ihre Werte sind gut, wie ich höre. Ihr Zustand scheint stabil zu sein, gegenwärtig jedenfalls. Sie könnte über Nacht hierbleiben und dann morgen verlegt werden.«

»Und wohin?« erkundigte sich Brian vorsichtig.

»Es gibt am Stadtrand eine kleine Einrichtung, ein Altenheim.«

»Ein Altenheim?« rief Riba ungläubig. »Niemals!«

»Es ist nicht so, wie Sie sich das vorstellen. Es hat mit den Altenheimen, wie man sie in Großbritannien kennt, keine Ähnlichkeit. Es ist mehr ein Sanatorium. Die Patienten werden dort ausgezeichnet betreut. Wir schicken Patienten aller Altersstufen dorthin. Es ist ein hübsches, freundliches Haus, das von einer Kollegin von mir aus Schottland geführt wird. Ich kann die Pflege dort nur empfehlen. Das Haus hat einen sehr schönen Park mit Blick direkt aufs Meer. Ich würde jederzeit selbst dorthin gehen. Sogar um Urlaub zu machen.« Sie senkte die Stimme. »Sie wollen im Moment wahrscheinlich nicht über Geld reden, aber die Rechnungen summieren sich, und die Unterbringung kostet im St. Rita's weniger als ein Drittel von dem, was man hier bezahlt. Überlegen Sie es sich.«

Die freundliche junge Frau bot zudem an, regelmäßig bei Zelda im Heim vorbeizuschauen, bis …

»… nun, bis sie wieder kräftiger ist«, sagte sie taktvoll und lehnte jede Bezahlung kategorisch ab. »Meine Mutter ist in einem Hospiz gestorben, und ich habe immer gesagt, daß ich das Gute, das ihr dort erwiesen wurde, eines Tages zurückzahlen möchte.«

Als Brian und Eily Zelda den Plan unterbreiteten, erhob diese keine Einwände.

Donny und Sophie sausen in einem Elektrowagen durch den Flughafen. Brians Freund Roger hat gehalten, was Brian versprochen hatte, und die Crew des Aer-Lingus-Flugs war über die besonderen Umstände ihrer Reise in Kenntnis gesetzt worden. Da ihr Flug mit Verspätung in New York landete, hat eine Angehörige der Fluggesellschaft die beiden direkt an der Maschine abgeholt und kutschiert sie jetzt in einem Höllentempo durch ein Labyrinth von Seitengängen direkt zum Flugsteig, Ziel Caracas.

»Keine Sorge«, ruft sie über ihre Schulter nach hinten, »wir schaffen das. Sie erwarten uns.«

»Alles okay, Donny?« Sophie, die die Armlehne ihres Sitzes umklammert hält, sieht den Jungen fragend an.

»Alles bestens, danke, Tante Sophie.«

Er war während des ganzen Fluges sehr still, und sie hat ihn in Ruhe gelassen. Am Morgen, als sie sich trafen, hat sie ihn gefragt, ob er nicht enttäuscht sei, nun nicht nach Anfield fahren zu können, aber er ließ sie gar nicht ausreden. »Ach, das ist doch ganz unwichtig, Tante Sophie. Anfield gibt es später auch noch.«

Wer weiß, was den armen Jungen bei der Ankunft auf Palm Tree Island erwartet. Sophie hat Brian, nachdem sie sich vergewissert hatte, daß Zelda am Leben ist, nicht gefragt, warum er Donny und sie so dringend nachkommen lassen will. Unwillkürlich muß sie jetzt an das alte irische »piseóg« denken, das sie seit ihrer Kindheit nicht mehr gehört hat: Einer stirbt, ein anderer wird geboren …

Michael hat getan, worum sie ihn gebeten hat, als sie ihn gleich nach dem Gespräch mit dem Mann von Aer Lingus anrief. Obwohl er wegen der Hypothek offenbar immer noch schockiert war, hat er kein Wort darüber verloren und ist pünktlich in die Abflughalle gekommen, um ihr die amerikanischen Dollar zu bringen. »Das ist doch das mindeste, was ich tun kann. Halt mich auf dem laufenden, Soph.«

»Werde ich tun. Würdest du ein paar Dinge für mich erledigen, Michael? Könntest du Imelda anrufen und ihr sagen, was passiert ist? Ich hatte versprochen, mit ihr zum Lunch zu gehen. Und würdest du diese Nummer hier anrufen«, sie reichte ihm ein Blatt, das sie in aller Eile aus ihrem Notizbuch gerissen hatte, »und der Sekretärin sagen, daß Donny den Termin bei dem Hämatologen nicht einhalten kann. Was die andere Sache angeht«, sie warf Donny einen Blick zu, aber der schien nicht zuzuhören, »würdest du so bald wie möglich zur Bank gehen? Und würdest du einen Anwalt für mich anrufen? Irgendeinen, ist egal, die arbeiten doch angeblich alle gegen Erfolgshonorar.« Sie drückte ihm den Packen Formulare und Schreiben in die Hand, die sich auf dem Telefontischchen angesammelt hatten.

»Du kannst dich auf mich verlassen.« Er nahm das ganze Bündel. »Und wenn ich sonst irgendwas tun kann ...«

»Viel Glück für dein neues Leben, Michael. Tut mir leid, daß ich dir das alles aufbürde.« Sophie war froh über seine Hilfsbereitschaft, aber sie fand ihn ein wenig zu bemüht und wollte jegliche falsche Hoffnung gleich im Keim ersticken. »Danke, Michael«, sagte sie zum Abschluß, und es war ihr ernst.

Er verstand den Wink, wünschte ihnen eine gute Reise und ließ sie dann allein mit dem Mitarbeiter der Aer Lingus, der in der Nähe gewartet hatte, um sie in einen Warteraum zu bringen.

Es war merkwürdig, so sachlich, beinahe förmlich mit Michael umzugehen nach allem, was geschehen war. Aber die Krise schien es ihr zu ermöglichen, die Dinge nüchterner zu betrachten, und sie bewirkte, daß ihre kurze Affäre mit Brian ihr mit jeder halben Stunde Flug zwischen Dublin und New York ein wenig bedeutungsloser schien.

Es wird vielleicht ein, zwei heikle Momente geben, wenn sie Brian wiedersieht, das ist wahrscheinlich unvermeidbar, aber ihr graut jetzt längst nicht mehr so sehr wie vorher vor dem Zusammentreffen mit Eily. Sie hofft jetzt vor allem, daß sie helfen kann.

Sie erreichen das Gate, als die Angestellte am Check-in die Bordkarten nachzählt. Nach einem kurzen Gespräch mit ihr schüttelt die Mitarbeiterin der Aer Lingus Sophie und Donny die Hand, wünscht ihnen eine gute Reise und braust in ihrem Elektrowagen davon. Aus irgendeinem Grund drückt es Sophie auf die Stimmung, die vertraute grüne Uniform entschwinden zu sehen.

In einer ihrer Taschen hat Sophie die Fotos verstaut, die sie von Zelda gemacht hat. Trotz aller Eile schaffte sie es, auf dem Weg zum Flughafen noch die Bilder abzuholen. Auf einigen ist Zelda wunderschön anzusehen, doch bei den Nahaufnahmen, die Sophie zu Beginn der Sitzung gemacht hat, war die Kamera grausam. Sie wird diese Bilder behalten, sie aber weder Zeldas Eltern noch Donny zeigen.

Als sie Donny jetzt so ruhelos und mit hängendem Kopf sieht, ist sie ratlos. So ein Kind ab und zu einmal in seine Obhut zu nehmen oder sich als Zuhörerin anzubieten ist etwas ganz anderes, als in einer so schwierigen Zeit die alleinige Verantwortung für es zu tragen. Nun, sie sollte sich schon mal daran gewöhnen – in ihrem Terminkalender hat sie Namen und Telefonnummer einer Sozialarbeiterin von der Adoptionsbehörde. Auch die hat sie sich in der Hetze vor der Abreise noch beschafft, ist allerdings nicht mehr dazu gekommen, anzurufen und einen Termin zu vereinbaren. Das könnte sie vielleicht von der Insel aus erledigen.

Bei dem Gedanken an das Kind durchschießt Sophie ein Glücksgefühl so klar wie ein eisiger Wasserstrahl. Es ist ein so starkes körperliches Empfinden, daß sie meint, jeder in ihrer

Nähe müsse gemerkt haben, daß etwas geschehen ist. Aber nein. Die Angestellte ist immer noch am Computer beschäftigt. Donny kann immer noch keinen Moment stillstehen. Alles ist unverändert.

Auf dem fünfstündigen Flug von New York nach Caracas schlafen sie beide. Trotzdem fühlt sich Sophie wie gerädert, als ihr Inselhüpfer sich zur zweiten und letzten Etappe seiner Runde über den Archipel in die Luft erhebt. Alles Zeitgefühl ist ihr abhanden gekommen.

Sie sieht Brian sofort beim Eintritt in die Ankunftshalle, die eigentlich eher ein Schuppen ist. Es ist ganz unmöglich, ihn zu übersehen, er ist wesentlich größer und blonder als alle anderen in der kleinen Menge, die sich hinter einem Seil am anderen Ende des Raumes drängt.

Da sie und Donny nur Handgepäck haben, könnten sie unverzüglich Zoll und Paßkontrolle passieren, aber Sophie ist plötzlich unsicher, ob sie es schaffen wird, diesen Moment mit Gelassenheit zu meistern, und so läßt sie Donny unter dem Vorwand vorausgehen, erst ihren Paß herauskramen zu müssen. Sie entschuldigt sich bei dem Mann an der Paßkontrolle, der freundlich lächelnd erwidert, sie solle sich ruhig Zeit lassen. Dabei ist ihr die ganze Zeit präsent, daß Brian, der auf der anderen Seite des Seiles seinen Sohn umarmt, nur Schritte entfernt ist. Als sie das Gefühl hat, daß ihre innere Spannung sich gelöst hat, findet sie ihren Paß und geht durch die Sperre.

Brian läßt Donny los. »Hallo, Sophie, tausend Dank, daß du das für uns getan hast.« Dann, zu Donny: »Bevor du fragst, sie ist in einem hiesigen Krankenhaus. Sie wird dort gut versorgt. Sie weiß, daß du kommst, und freut sich sehr. Mama ist bei ihr und läßt dir sagen, daß es ihr leid tut, daß sie nicht mitkommen konnte, um dich abzuholen.«

»Okay, Dad. Danke, daß du mich geholt hast.« Donnys Gesicht ist bleich. »Fahren wir direkt von hier zu Zelda?«

»Nein, mein Junge, das ist nicht nötig. Es sei denn, ihr wollt unbedingt«, sagt er, Sophie mit einbeziehend. »Sie schläft wahrscheinlich – sie schläft sehr viel. Ihr beide braucht jetzt auch ein bißchen Ruhe. Wir fahren besser gleich morgen in aller Frühe zu ihr.«

»Okay, Dad, wie du meinst.«

»Komm.« Brian nimmt Sophie Fototasche und Reisetasche ab und wendet sich zum Ausgang. »Wir haben es geschafft, ein Einzelzimmer für dich zu bekommen. Ich hoffe, du wirst dich wohl fühlen, obwohl die Luftfeuchtigkeit hier wirklich mörderisch ist. Ich werde nie wieder über das irische Klima schimpfen. Nochmals tausend Dank, Sophie – wie war die Reise?«

»Lang.« Sophie versucht zu lächeln, aber sie ist offenbar so erschöpft, daß ihre Gesichtsmuskeln nicht mehr mitmachen. Ja, vor lauter Müdigkeit läßt selbst Brians Nähe sie beinahe unberührt.

»Tut mir leid, daß du nun nicht nach Anfield kannst«, sagt Brian zu seinem Sohn. »Ich mach das wieder gut.«

»Ach, Anfield ist total unwichtig.« Donny eilt ihnen voraus zur Tür hinaus. Draußen fragt er, ob er im Taxi vorn sitzen darf. So finden Sophie und Brian sich auf dem Rücksitz wieder, jeder in seiner Ecke, und die ersten fünf Minuten der Fahrt fällt kein einziges Wort zwischen ihnen. Entschlossen, sich so normal wie möglich zu verhalten, konzentriert Sophie sich auf die Landschaft, obwohl im Moment wenig zu sehen ist außer mondbeschienenem Wasser zu ihrer Linken und ein paar Bäumen zu ihrer Rechten.

Sie merkt, daß Brian sie ansieht, und dreht den Kopf.

»Hör mal«, sagt er leise, Donny im Auge behaltend, »es tut mir leid, aber ich bin nicht dazu gekommen, Eily zu erzählen, was bei dir zu Hause los ist.«

»Du meinst, Michael und Yvonne?« Es tut weh, die beiden als Einheit zu betrachten, aber Sophie spürt, daß es eine heilsame Wirkung hat, sich den Tatsachen zu stellen. Es ist ihr, als verlöre die Kränkung so ein wenig schneller ihren Stachel.

Er beobachtet sie aufmerksam. »Die ganze Geschichte«, sagt er, »die ganze Geschichte ...«

Du meinst, deine und meine, denkt sie, sagt es aber nicht, sondern beruhigt ihn statt dessen, versichert, es sei gut, daß er Eily nicht auch noch damit belastet habe, Eily habe schon genug um die Ohren. In der Dunkelheit kann sie nicht erkennen, was sich hinter seiner Miene verbirgt. Ist es Erleichterung, daß sie nicht die Absicht hat, seiner Frau eine Szene zu machen? Bedauern um etwas, das hätte sein können? Hör auf, Sophie, du benimmst dich wie ein verliebtes Schulmädchen. »Jetzt erzähl mir erst mal von Zelda«, sagt sie so ruhig sie kann.

Die Anlage unmittelbar am Meer ist festlich erleuchtet und voller Leben, als das Taxi vorfährt. »Was ist denn hier los?« Ein Gemisch exotischer Düfte weht Sophie beim Aussteigen entgegen. Sie unterscheidet Gerüche von brennendem Holz und Pech, bratendem Fleisch, unbekannten Gewürzen und intensiven Parfums, vielleicht Räucherwerk. Und ein Duft ist darunter, den Sophie aus ihren Partyzeiten kennt, als Joints herumgereicht wurden.

Der Pechgeruch entströmt den zahllosen brennenden Fackeln, die am Wasser entlang in Dreiergruppen im Sand stecken und nicht nur für Beleuchtung sorgen, sondern auch Falter und andere Insekten zum tödlichen Tanz um ihre Flammen anlokken. Es sind zwei Steelbands da, eine auf jeder Seite eines freien Platzes vor den Cottages, die mit viel Elan das gleiche laute und eintönige Stück spielen.

Auf der Rasenfläche zwischen den Bands und einem langen Tisch, der mit Fleisch, Früchten, Krügen und Flaschen beladen ist, hüpft etwa ein Dutzend junger und nicht mehr ganz so junger Paare herum und dreht sich im Ringelreihen um ein Spalier aus blumengeschmückten Bögen. Und mehrere Frauen, meistenteils blond, auffallend schlank und sehr fit, tanzen miteinander.

»Das ist diese Hochzeitsfeier.« Brian steigt auf der anderen Seite aus. »Er traut morgen ein paar Irre, wie er selbst einer ist. Das hier ist anscheinend der Polterabend.«

Sophie denkt, daß dies unter anderen Umständen eine glänzende Gelegenheit für sie gewesen wäre, ihre fotografischen Fähigkeiten zu trainieren. »Hast du ihn schon kennengelernt?«

»Nein. Ich habe heute nachmittag versucht, ihn zu sprechen, aber da sagte man mir, er wäre den ganzen Tag unterwegs. Aber ich schnappe ihn mir morgen, keine Sorge.«

34

In der Nacht erwacht Sophie mit klopfendem Herzen von einem gewaltigen Tosen vor ihrem Bungalow. Nachdem ihr klargeworden ist, daß es nur der strömende Regen ist, schläft sie wieder ein.

Als sie einige Zeit später erneut wach wird, ist es ganz still: kein Regen, kein Verkehr, kein schnarchender Michael; nichts als ein sanftes Rauschen, das in regelmäßigen kurzen Abständen an- und abschwillt. Sie braucht einen Moment, um zu begreifen, daß es das Geräusch der anrollenden Wellen ist. Sie hat das Gefühl, hinter den geschlossenen Läden des dunklen Zimmers zu ersticken – der Ventilator an der Decke bewirkt keinerlei Erleichterung.

Fünf Minuten später geht sie, in einem weiten ärmellosen Baumwollkleid, leise aus dem Haus.

Es ist ein Genuß, die kühle Luft des frühen Morgens auf ihren bloßen Armen und Beinen zu spüren. Im metallgrauen Licht glitzern die Pfützen, die der nächtliche Regenguß in den Kratern eines großen Felsbrockens und in den Sandmulden hinterlassen hat. Bis auf einige Wolken am Horizont ist der austernfarbene Himmel über dem ruhigen Meer klar, und die Brandungswelle öffnet sich wie eine lange, träge Hand, die ihr den schimmernden Schaum wie ein Geschenk zu Füßen wirft. Sie watet hinein und schließt die Augen, um das Prickeln zwischen den Zehen zu genießen. Am liebsten würde sie in das schäumende Wasser eintauchen, damit es allen Schmerz, allen Schmutz und alle Schuld von ihr waschen kann. Wäre es nicht herrlich, mit dem Gesicht nach unten in diesem ruhigen, sauberen Wasser zu liegen, die Augen zu schließen und sich von ihm an einen unbekannten Ort tragen zu lassen?

Was auch immer sie heute erwartet, sie sollte diesen wunderbaren Morgen auskosten. Das Gefühl der Trauer muß auch einmal abgelöst werden. Sie holt ihre Fototasche aus dem Bungalow und entfernt im Hinausgehen die Objektivdeckel. Wenn sie schon Fotografin werden will, dann fängt sie am besten mit der ungewöhnlichen, ja, surrealen Szene an, die sich ihr hier bietet: die Reihe abgebrannter Fackeln wie ein vom Meer durchbrochener Zaun, der Halbkreis von Spalierbögen mit traurig hängendem, durchweichtem Blumenschmuck. Das Licht ist noch schwach, aber es reicht für längere Belichtungszeiten, und sie stellt ihr Stativ auf, um sofort zu beginnen. Durch das Objektiv betrachtet, erscheinen die Bögen beinahe prähistorisch, als wären sie für ein Opferritual errichtet und anschließend verlassen worden. Sie konzentriert sich darauf, diesen Eindruck zu unterstreichen, indem sie aus ungewöhnlichen Winkeln fotografiert. Die Sonne zieht jetzt schnell herauf, und in ihrem heller werdenden Licht muß sie Belichtungszeit und Blende immer wieder neu einstellen, um die Illusion aufrechtzuerhalten.

Bei der letzten Serie dieser Rolle verzichtet sie auf das Stativ und legt sich bäuchlings in den feuchten Sand. Die Kamera postiert sie auf einem Stein und stellt sie gerade auf einen unheimlich gekrümmten Bogen ein, als zwei der schönen blonden Frauen, die sie am Abend zuvor beim Tanzen gesehen hat, ins Bild laufen. In Gymnastikanzügen aus Lycra beginnen sie mit ihren Aerobicübungen. Sophie springt auf und packt ihre Sachen.

In das stickige Zimmer will sie jetzt auf keinen Fall zurück. Ein Spaziergang am Strand wäre schön, aber da würde sie riskieren, Brian oder Eily zu treffen, die in einem der Bungalows dort unten wohnen. Sie möchte allein sein, darum hängt sie sich kurzentschlossen ihre Fototasche um und geht am Parkplatz vorbei auf die matschige, von Furchen durchzogene Straße hinaus, auf der sie gestern abend gekommen sind. Schon nach wenigen Metern, im selben Moment, als die Sonne ganz aufgeht, entdeckt sie an einem Baum ein Schild in Form eines Pfeils, der direkt in den dichten Wald weist. Neugierig biegt sie von der Straße ab, um ihm zu folgen, und gelangt auf einen etwa anderthalb Meter breiten Fußweg. Er ist neu – die Wunden an den Bäumen sind noch sichtbar – und, krumm und gewunden, wie er ist, offensichtlich von Hand gerodet.

Gleich wird es dunkler und kühler und, abgesehen vom Rascheln der Regentropfen, die aus dem Blätterdach herabfallen, so still, daß sie zusammenfährt, als plötzlich ein Stück weiter ein gellender Schrei die Stille zerreißt. Noch nie hat sie so einen Laut gehört, nicht einmal im Zoo, und sie hat keine Ahnung, was für ein Wesen da geschrien haben könnte. Sie bleibt stehen und lauscht. Der Schrei ertönt nicht wieder, aber während sie bewegungslos verharrt, nimmt sie allmählich ein heimliches Stöbern, Huschen und Rascheln wahr, fremde Gerüche, die in Schwaden die Stille durchziehen wie Rauch von einem Altar voller Kerzen. In diesen ihr unbekannten Bäumen und Büschen wimmelt es von den verschiedensten Tieren, doch so angestrengt sie es auch versucht, sie kann nichts erkennen außer Moos, Blättern, geschlossenen Blumenkelchen, Baumstämmen und dem üppig bewachsenen Boden zu beiden Seiten des Weges.

Aus dem Augenwinkel bemerkt sie, daß sich am Stamm eines Baumes, der etwa einen Meter entfernt steht, etwas bewegt, und als sie langsam den Kopf dreht, blickt sie direkt in das glitzernde Auge eines exotischen Reptils, das so gut getarnt ist, daß es ihr niemals aufgefallen wäre, hätte es sich nicht bewegt. Soll sie es riskieren, ihren Fotoapparat herauszuholen? Nein, zum Fotografieren bieten sich bestimmt noch andere Gelegenheiten. Diesen Moment der Begegnung hier, in der Wildnis, will sie für sich behalten.

Die etwa fünfundzwanzig Zentimeter lange Eidechse scheint nicht im geringsten beunruhigt, nur neugierig, während sie, das Maul mit der zuckenden schmalen Zunge halb geöffnet, Sophie mit kreisrundem hervorstehenden Auge unverwandt anstarrt.

Vorsichtig geht Sophie einen kleinen Schritt auf sie zu und, als sie nicht flieht, einen zweiten. Sie ist dem Tier jetzt so nahe, daß sie die einzelnen Schuppen und den rosigen Bauch erkennen kann. Sie nimmt sogar seine durchdringende Ausdünstung wahr. Ganz langsam hebt sie eine Hand, um es zu berühren, aber kurz bevor der Kontakt zustande kommt, flitzt die Eidechse mit zuckendem Schwanz den Stamm hinauf.

»Hey! Hey, komm zurück!« Ihre Stimme ruft erschrockenes Lärmen und wildes Geflatter hervor.

»Guten Morgen!«

Sophie, die immer noch nach oben späht, um zu sehen, was sie da alles aufgestört hat, fährt zum zweitenmal an diesem Morgen zusammen. Jay Street – überall würde sie diesen Mann erkennen – steht hinter ihr. Wie es ihm gelungen ist, sich ihr in diesem stillen Wald unbemerkt zu nähern, ist ihr ein Rätsel.

»Ich bin Jay.« Er streckt ihr die Hand entgegen. »Und wer sind Sie?«

Als sie sich ihm vorstellt, erhellt ein Lächeln des Erkennens sein ebenmäßiges Gesicht. Sophie, die weit davon entfernt ist, ihm gewogen zu sein, ärgern die plumpe Vertraulichkeit und die Arroganz, die sich im Gebrauch des Vornamens ausdrücken. Als bedürfte sein Name keiner weiteren Erklärung. Sie erwidert darum weder das Lächeln, noch ergreift sie die dargebotene Hand.

Ihm scheint das nichts auszumachen, er läßt die Hand einfach an seine tadellos gebügelte weiße Hose zurücksinken, während sie sich zu ihrem eigenen Ärger für ihre Anwesenheit entschuldigt. »Ich bin nur dem Wegweiser gefolgt. Ich habe keine Ahnung, ob das hier Privatbesitz ist.«

»Keineswegs, das gehört alles zur Anlage – uns gehören zehn Hektar. Ich habe Sie vorhin am Strand mit Ihrem Fotoapparat beobachtet. Riba hat mir natürlich von Ihnen erzählt. Ich bin gerade auf dem Weg zu den Rondavels, die wir für unsere Hochzeitspaare gebaut haben. Ich will nachsehen, ob sie die biblischen Regengüsse überlebt haben. Kommen Sie doch mit, Sophie. Sie können ja Ihre Kamera mitnehmen, wenn Sie möchten.« Ohne ihre Antwort abzuwarten, geht er an ihr vorüber und weiter den Fußweg hinunter, auf den durch das Grün der Bäume jetzt Licht herabfällt.

Sie empfindet es als Frechheit, daß er sie einfach heimlich beobachtet hat! Soll er doch selbst seine Rondavels fotografieren – es wäre wirklich unloyal von ihr, ihn zu begleiten.

Sophie zögert. Dann gewinnt jedoch die Neugier die Oberhand, und sie folgt ihm.

Ein paar hundert Meter weiter stoßen sie auf einer von Kapuzinerkresse überwucherten kleinen Lichtung auf die erste Rundhütte.

»Ist das nicht hübsch?« Street scheint genau zu wissen, daß sie ihm gefolgt ist, er dreht sich nicht einmal um. »Was könnte schöner sein, als die Hochzeitsnacht hier im Wald, mitten in dieser herrlichen Natur, zu verbringen?« Er umfaßt den Platz mit großer Geste und donnert dann mit der Faust auf einen der Türpfosten der Hütte. »Nun, die hier hat offensichtlich überlebt.« Er seufzt. »El Niño, La Niña, das globale Warnsystem … Früher war die Regenzeit hier – ach was, das gesamte Wetter – immer so berechenbar, und jetzt wissen wir nie, woran wir sind. Es ist eine Schande, was wir unserer Erde antun, Sophie, und im Grunde hört keiner auf diejenigen unter uns, die sich Gedanken machen. Kommen Sie, da drüben steht die nächste.«

Ein wenig verlegen, aber interessiert folgt Sophie Jay Street während der nächsten zehn Minuten von Hütte zu Hütte. Die ungewöhnliche Sanftheit seines amerikanischen Akzents ist nicht unangenehm …

Hör auf, Sophie, hör auf! Vergiß nicht, mit wem du es zu tun hast und warum du hier bist.

Trotzdem kann sie nicht umhin zu bewundern, wie geschickt jedes Häuschen nicht nur vor Eindringlingen verborgen ist, sondern auch vor seinen Nachbarn. Die Bewohner müssen das Gefühl haben, sich ganz allein mitten im Urwald zu befinden, den noch nie ein Mensch betreten hat.

»Möchten Sie einmal hineinschauen?« Wieder wartet er ihre Antwort nicht ab, bevor er die Tür öffnet, die sich in ihren Angeln aus dicken Lederstreifen leicht bewegt.

In der wärmer werdenden Luft summt es von Insekten, und Sophie schlägt nach einem dicken Brummer, der sich in ihrem Haar niederlassen will. »Wie steht's mit Mücken und ähnlichen ekligen Tieren?«

»Ist das zu glauben? Die Dame kann sprechen.« Er lacht, und zu ihrer Beschämung fühlt Sophie sich versucht mitzulachen. Aber sie tut es nicht, sondern drängt sich an ihm vorbei, um ins Innere der Hütte zu treten, wo sie die gleiche stickige Hitze wie in ihrem Bungalow vermutet.

Ganz im Gegenteil, köstliche Kühle empfängt sie. Er zeigt ihr die Quelle – ein etwa dreißig Zentimeter hoher Spalt zwischen den Lehmwänden und dem Dach, das von in Abständen gesetzten kurzen Holzpflöcken getragen wird.

»Wir können von anderen Kulturen eine Menge lernen, Sophie. Was Mücken und ähnliches Getier angeht«, fügt er hinzu, »so haben uns die einheimischen Angestellten hier gezeigt, wie man mit ihnen umgeht. Aber das ist ein Geheimnis. Vielleicht lassen wir es eines Tages patentieren, wenn wir die Energie aufbringen. Hier gehen die Uhren langsamer. Wir sind alle ein paar Takte hinterher.« Wieder lacht er sie an.

Sophie erinnert sich an die blonden Schönheiten im Gymnastikdreß; auf diese Nummer wird sie nicht hereinfallen. Von wegen ein paar Takte hinterher! denkt sie, während sie das spärliche Mobiliar mustert: ein großes Plateaubett aus Holz mit einer modernen Matratze, ein schlichter rechteckiger Tisch, eine kleine Kommode. »Wo hängt man seine Kleider auf?«

Er zeigt auf vier Holzhaken an der Wand, zwei auf jeder Seite der Eingangstür. »Für sie. Für ihn.«

»Und das Bad?«

Lächelnd breitet er beide Arme aus, als wollte er den ganzen Wald umfassen. »Was eignet sich besser als das weite Meer? Die Leute wissen, was sie erwartet, es steht alles schwarz auf weiß im

Prospekt. Es ist ein Robinson-Crusoe-Erlebnis, Sophie – auch wenn die Matratze Sie offensichtlich nicht beeindruckt. Aber lassen Sie nur, bis wir mit ihnen fertig sind, werden sie glauben, auf Stroh und Federn zu liegen.«

»Wenn ich mich nicht irre«, wieder lacht er, spitzbübisch diesmal, »haben Sie sowieso anderes im Kopf als die Innenausstattung und die Frage, ob es fließend heißes und kaltes Wasser gibt. Möchten Sie ein paar Fotos machen?«

»Nein, danke.« Sophie kann nur vermuten, wieviel dieses Robinson-Erlebnis die heiratslustigen Paare kostet, und möchte auf keinen Fall den Anschein erwecken, sie fände das in Ordnung. »Und was zahlen sie für das Vergnügen? Wie lange können sie bleiben?«

»Solange sie wollen – in Grenzen natürlich. Bis zu zwei Wochen. Das ist das Schönste daran, sie können selbst entscheiden. Die Frauen, die alles organisieren, haben mir gesagt, daß wir die Unkosten frühestens nach der dritten Gruppe wieder reinbekommen. Sie haben keine Vorstellung davon, wie teuer das Leben auf einer Insel ist, Sophie. Überlegen Sie nur einmal – es geht nicht allein um Essen und Trinken, jedes Ding muß herbeigeschafft werden. Aber es wird sich ganz sicher lohnen. Die Leute werden begeistert sein – und uns macht es Freude, unseren Teil zur Völkerverständigung beizutragen. Sind Sie verheiratet, Sophie?«

»Ja.« Dieser Kerl versteht sich ausgezeichnet darauf, echtes Interesse und persönliche Anteilnahme zu heucheln. Fast hätte Sophie sich dazu verleiten lassen, ihm von sich zu erzählen. Im letzten Moment bremst sie sich jedoch. »Und gefallen den Leuten die Hütten? Ich habe gestern abend einige der Paare gesehen.«

»Oh, sie bekommen sie erst heute abend zu sehen, nach der Trauung. Da werden sie in festlichem Zug hierhergeleitet, mit Fackelträgern und Blumenstreuern. Und wenn dann alle in ihren Hütten sind, schließen wir nacheinander bei jedem Paar feierlich die Tür. Klapp! Klapp! Klapp! Ist das nicht sexy? Es ist alles genau geplant. Sie werden dieses Erlebnis nie vergessen. Und wir«, wieder dieses spitzbübische Lachen, »hoffen natürlich, sie erzählen allen ihren Freunden davon.«

Na klar, denkt Sophie zynisch. »Danke für die Führung«, sagt sie förmlich. »Das ist wirklich faszinierend.«

Er sieht sie an, immer noch gutgelaunt. »Sie mögen mich nicht, stimmt's? Dabei haben wir uns eben erst kennengelernt.«

Sie ist sprachlos. Aber warum sollten seine Unverblümtheit und seine Selbstsicherheit sie überraschen? Dieser Mann hat Jahrzehnte Zeit gehabt, die Kunst der charmanten Offensive zu perfektionieren. Während sie noch krampfhaft nach einer Antwort sucht, zuckt er mit den Schultern.

»Lassen Sie nur. Wollen wir gehen?« Er tritt zurück, um sie an sich vorbei hinauszulassen, und schließt dann die Tür. »Sie sind übrigens zu dem Fest heute abend herzlich eingeladen, Sophie, wenn Sie Lust haben.« Während er spricht, wendet er sich ihr zu und sieht ihr direkt in die Augen. »Es findet in der Boma statt. Haben Sie unsere Boma schon gesehen?« Er läßt die Silben des Wortes beinahe zärtlich von seinen Lippen gleiten, und einen Moment lang hat Sophie den Verdacht, er wolle vielleicht sogar mit ihr flirten. Aber da entfernt er sich auch schon von ihr, und sie ärgert sich, daß sie so etwas Abwegiges überhaupt in Betracht gezogen hat.

Trotzdem hat sie auf dem Rückweg durch den Wald das Gefühl, ihre anfängliche Unhöflichkeit wiedergutmachen zu müssen. »Wofür steht eigentlich Jay? Ist es eine Abkürzung von Joseph?«

»Nein.« So locker und geschmeidig wie eine Katze geht er neben ihr her. »Haben Sie einmal *Der große Gatsby* gelesen, Sophie? Ich habe es als Junge gelesen, und nie wieder habe ich jemanden so sehr bewundert wie den Helden dieses Buches.«

»Sie haben sich nach Jay Gatsby genannt? Und Street? Ist das Ihr richtiger Name?«

»Ich verrate Ihnen ein Geheimnis, Sophie.« Er zwinkert ihr zu. »Kaum jemand weiß es, aber mein richtiger Name ist Strinker. Die anderen Kinder riefen mich Strinker der Stinker. Was hätten Sie in meinem Fall getan?« Er wirft ein Ästchen fort, das sich zwischen der Sohle seines Flipflops und seinem Fuß verfangen hat. »Ein großartiger Schriftsteller, F. Scott Fitzgerald, wunderbare Wörter, die ich noch nie gehört hatte – na ja, in der Volksschule hört man so was eben nicht. Damals jedenfalls nicht. Wörter wie Echolalie... Ist das nicht ein schönes Wort, Sophie? Einem Arbeiterkind wie mir versprach es eine andere Welt; eine Welt voller schöner und aufregender Erlebnisse.«

Verblüfft über diese Wendung des Gesprächs, kann sie nur nicken. »Und was bedeutet es?«

»Ich mußte es natürlich nachschlagen. Aber Fitzgerald hat es nicht in seiner eigentlichen Bedeutung verwendet. Er gebrauchte es, um eine Party zu beschreiben, und das leuchtet einem ein, wenn man weiß, daß es ein medizinischer Fachausdruck für eine Störung des Gehirns ist, die bewirkt, daß der Kranke mechanisch alles wiederholt, was man zu ihm sagt. Aber für mich ist das Wort Musik, die die ganze Schöpfung einschließt. Es könnte dieser Wald sein, in dem die Tiere einander zurufen und die Bäume ihnen antworten. Hören Sie hin, Sophie.« Er legt ihr die Hand auf den Arm, um sie zum Stehenbleiben aufzufordern. »Hören Sie genau hin.«

Gehorsam hält sie an, um dem Rufen und Plappern des Waldes zu lauschen, doch bis auf ein flüchtiges Aufleuchten blauen Gefieders zwischen den drei Meter entfernten Bäumen sieht sie nirgends auch nur die Spur eines Tieres. Sie beginnt, sich unbehaglich zu fühlen, sich der Berührung dieses Mannes peinlich bewußt zu werden, und wagt nicht, sich zu bewegen, aus Angst, damit seine Aufmerksamkeit auf sich zu ziehen. Seine Hand hält sie gar nicht fest, ruht nur leicht auf ihrem Unterarm, aber das geschäftige Geschnatter des Waldes steigert sich zu einem donnernden Dröhnen in ihrem Kopf, während sie sich krampfhaft bemüht, ihren Arm stillzuhalten. Sie nimmt überdeutlich die Präsenz seiner Finger auf ihrer Haut wahr. Er wirkt jünger auf sie als ein Mann in den Sechzigern...

Wie lange stehen sie schon so, sehr nahe beieinander, jedoch ohne körperlichen Kontakt bis auf diese qualvolle und doch prikkelnde Berührung? Er muß sich ihrer doch bewußt sein. Spielt er ein Spiel mit ihr?

Jetzt begreift sie aus eigener Erfahrung, was Eily zu diesem Mann hingezogen hat. Es ist seine Fähigkeit, die Grenzen der Welt um einen herum so eng zusammenzuziehen, daß nichts mehr existiert außer ihm und einem selbst. Vielleicht ist es die zwingende Stimme, die sanfte Wiederholung des Namens – ganz gleich, wie er es macht, sie weiß jetzt, wie mühelos er einen Menschen umgarnen kann. Seine Aufmerksamkeit ist nicht nur schmeichelnd; sie ist unwiderstehlich.

Ihr Unbehagen scheint ihm nicht aufzufallen; er läßt sie los und geht leichten Schrittes weiter, wieder ohne auf sie zu warten. »Meinen Sie nicht auch, Sophie, daß dies ein magischer Ort ist? Geprägt von ungemein wohltuender Echolalie.«

Aufgewühlt und wütend um Vernunft ringend, folgt Sophie ihm.

Bei ihrer Rückkehr in die Anlage geht es dort höchst betriebsam zu: Die Fackeln werden bereitgestellt; Ranken und Blüten an den Spalierbögen werden neu arrangiert; der Platz wird gefegt; auf der Tafel für das kalte Büffet wird ein neues Tischtuch ausgebreitet. Die Rufe und Scherze der Helfer schallen fröhlich durch die Luft.

Etwas abseits haben sich mehrere Hochzeitspaare in lockerer Reihe aufgestellt und mühen sich damit, die gemessenen, anmutigen Bewegungen einer der Schönheiten nachzuahmen, die ihnen Tai Chi zeigt. Im aquamarinblauen Meer hinter ihnen tummeln sich Schwimmer. Sophie würde sich gern zu ihnen gesellen, aber in der Eile des plötzlichen Aufbruchs hat sie keinen Badeanzug eingepackt.

Ungefähr eine Stunde später, um acht, holen Brian und Donny sie ab, um mit ihr ins Krankenhaus zu fahren. »Aber nur, wenn du wirklich willst, Sophie.«

»Natürlich will ich! Kommt Eily nicht mit?«

»Sie schläft noch. Sie ist erst gegen Morgen aus dem Krankenhaus zurückgekommen. Hast du Hunger?«

»Können wir jetzt fahren, Dad?« Donny hüpft ungeduldig hin und her.

»Ich brauche nichts, Brian.« Sophie ist überhaupt nicht hungrig. Da sie nicht wußte, wie es auf der Insel um die Wasserversorgung bestellt ist, hat sie eine Zweiliterflasche Tipperary-Mineralwasser mitgenommen und sich mit einem Glas Mineralwasser und einer Mango aus dem Früchtekorb in ihrem Zimmer ein Frühstück zubereitet.

»Jetzt komm endlich!« Donny ist die Anspannung an jeder Faser seines Körpers anzusehen.

»Oh! Verzeihung!« Brian, der die Tür zu Zeldas Zimmer geöffnet hat, springt zurück. »Sie bekommt anscheinend gerade eine Bluttransfusion«, sagt er zu Donny und Sophie. Die drei warten schweigend, bis die Tür sich öffnet und eine Pflegerin herauskommt.

»Sie können jetzt hinein. Wir geben ihr Blut, um sie zu kräftigen. Machen Sie sich keine Sorgen wegen der vielen Schläuche«, sie lächelt Donny zu, »sie hat keine Beschwerden.«

»Kann ich zuerst rein?« fragt Donny. »Allein.«

Brian und Sophie sind überrascht.

»Natürlich.« Brian runzelt die Stirn. »Willst du das wirklich?«

»Ja.« Donny nickt nervös, aber entschlossen. Seit dem Anruf seines Vaters am vergangenen Morgen hat er versucht, sich auf diesen Moment vorzubereiten, mit großer Angst davor, was er sehen wird, aber mit noch größerer Angst davor, was er von sich selbst halten wird, wenn er kneift.

Er zögert nicht länger und stößt die schwere Zimmertür kräftig auf, so kräftig, daß sie gegen die Wand kracht und wieder zurückschwingt. »Entschuldigung«, murmelt er automatisch in die Richtung seines Vaters, der aber nicht ärgerlich zu sein scheint.

Als er ins Zimmer tritt, ist er tief erleichtert; es ist nicht halb so schlimm, wie er erwartet hat. Er hat sich ein Skelett vorgestellt, aber seine Schwester hat sich kaum verändert: Die Zelda, an die er sich gewöhnt hat, liegt gegen die Kissen gelehnt, ganz so, als habe man ihr Bett aus Irland einfach hergebracht. Tropf und Schläuche und Blut machen ihm keine Angst, das kennt er alles. »Hallo!«

»Hallo, wo kommst du denn her? Ist heute vielleicht mein Geburtstag?« Zeldas Lächeln ist ruhig und ungezwungen. Sie ist sehr entspannt.

Donny, dem vor Erleichterung fast schlecht ist, holt sich einen Stuhl und setzt sich ans Bett. »Ich hab dir nichts mitgebracht, Zel, tut mir leid – Tante Sophie und ich hatten keine Zeit.«

»Dann los, raus mit dir! Kauf mir sofort ein Geschenk! – Mensch, Donny, was soll der Quatsch? Hauptsache, du bist hier. Obwohl ich keine Ahnung habe, was die ganze Aufregung soll. Mir geht's prima.«

Donny weiß, daß sie lügt, aber er spielt mit. »Du siehst auch prima aus.« Genauso hat er die Erwachsenen reden hören, wenn sie sich gegenseitig anlügen.

»Erzähl, wie war die Reise? Ich hab von meiner kaum was mitbekommen. Ist das nicht absolut irre?« Wieder lächelt Zelda. »Da schmuggelt sie mich heimlich aus dem Haus und schleppt mich ans andere Ende der Welt, und prompt galoppiert die ganze Herde hinter uns her. Fehlen nur noch Trevor und Onkel Michael.«

»Da ist irgendwas im Busch, Zel.« Donny ergreift eifrig die Gelegenheit, als erster mit dieser Neuigkeit aufzuwarten. »Ich weiß nicht, was es ist, aber er kam zum Flughafen raus, als wir abgeflogen sind, und sie dachten, ich höre nicht zu, aber da ist ganz eindeutig was im Busch. Sie hat zu ihm gesagt, viel Glück für dein neues Leben. Was denkst du, was hat sie damit gemeint?«

»Ich hab keine Ahnung. Aber daß Tante Sophie und Onkel Michael Probleme miteinander haben, glaube ich nie im Leben.«

Donny sieht seine große Schwester an, die er so sehr verehrt, und glaubt ihr. »Wie ist es denn hier so?«

»Amerikanisch. Eine Schwester hier ist aus Liverpool, sie kennt Dublin, und sie ist ganz toll. Dann ist noch eine Einheimische da. Die anderen sind alle Amerikanerinnen. Optimismus ohne Ende. Du weißt, was ich meine? Ein bißchen wie Mama eigentlich – aber ich bleibe sowieso nicht lange hier.«

»Wieso?« Donny ist beunruhigt.

»Nein, nein, nicht das – Dummkopf. Ich komme in ein Altenheim. Die Klinik hier ist viel zu teuer, und wir sind nicht versichert. Oder jedenfalls nicht ausreichend. Die Krankenversicherung, die wir abgeschlossen haben, reicht hinten und vorn nicht.«

»In ein Altenheim? Aber Zelda, das ist ja furchtbar!«

»Nein, es ist nicht so wie diese Heime, von denen man zu Hause immer hört, wo alle nur dasitzen und ins Leere starren. Hier gibt es eine gute medizinische Betreuung, und ich bekomme ein Zimmer für mich allein, und die nette Schwester aus Liverpool kümmert sich um mich. Das Heim hat einen schönen Park, in dem man sitzen kann. Ehrlich, Donny, ich freu mich drauf. Ich habe genug von Krankenhäusern, und die Wärme hier gefällt mir. Mir ist jetzt immer so kalt, und hier draußen ist es so herrlich warm, daß mir nicht mal der viele Regen was ausmacht. Er hat sogar was sehr Beruhigendes, und wenn ich ehrlich sein soll – aber sag ja kein Wort zu Dad, um Gottes willen! –, bin ich sogar irgendwie froh, daß Mama mich hierhergebracht hat, besonders, wo wir jetzt alle zusammen hier sind.« Ihre Stimme wird schwächer, aber sie räuspert sich und fährt zu sprechen fort: »Sowieso bleibe ich in diesem Altenheim nur, bis ich wieder kräftig genug bin, um nach Hause zu fliegen, nach Marble Gardens. Wie läuft's da so?«

»Du bist doch noch gar nicht so lange weg.«

»Aber es kommt mir so vor.« Ihre Stimme wird wieder leiser, und sie schließt die Augen.

Donny erschrickt. Er springt auf. »Zel! Zelda!«

»Was ist?« Sie macht die Augen wieder auf. »Oh, entschuldige! Narkolepsie. Wie River Phoenix in diesem Film. Das war doch River Phoenix, stimmt's? Oder war's Johnny Depp?«

»Ich weiß nicht«, murmelt Donny. Er fühlt sich gar nicht mehr wohl. »Bist du müde, Zelda? Soll ich gehen?«

»Nein. Bleib, bitte.« Aber Zelda fallen schon wieder die Augen zu.

»Zelda«, sagt er ängstlich, »soll ich eine Schwester holen oder so was? Möchtest du vielleicht einen Schluck Wasser?« Er greift nach der Karaffe auf ihrem Nachttisch. Dann bemerkt er, daß sie die Augen wieder geöffnet hat und ihn ansieht.

»Donny, hör zu«, sagt sie leise, »ich weiß, das ist jetzt schlimm für dich, aber sie tanzen hier dauernd um mich rum, und ich weiß nicht, ob ich noch mal eine Gelegenheit bekomme, dir das zu sagen.« Sie zögert. »Ich wollte dir sagen, daß du alle meine Sachen bekommst, okay?«

»Was redest du da, Zelda?« Panik schnürt Donny die Kehle zu.

»Das weißt du doch. Meine Puffa-Jacke, meine CDs ...«

»Ich will deine blöden CDs nicht haben, hör auf, Zelda«, aber die Worte bleiben ihm im Hals stecken, als er das tiefe Mitleid in ihrem Blick erkennt, der unverwandt auf ihn gerichtet ist.

»Es tut mir leid, kleiner Bruder.« Sie ergreift seine Hand. »Ich habe es versucht. Ich habe es wirklich versucht.«

35

Während der Mittagsstunden ist es ruhig in der Anlage. Man gönnt sich eine Pause, bevor um sechs Uhr das Hauptereignis des Tages mit dem beginnenden Sonnenuntergang starten soll.

Sophie und Donny sind bei Zelda im Krankenhaus; Brian jedoch, der entschlossen ist, sich Jay Street vorzuknöpfen, und ebenso entschlossen, dies im Beisein seiner Frau zu tun, ist in die Anlage zurückgekehrt. »Das ist alles dein Werk, Eily. Du kommst mit, ob du willst oder nicht.«

Sie hat sich natürlich gesträubt, aber nur schwach; sie weiß, daß sie sich nicht entziehen kann.

Ratlos und verlegen steht sie jetzt einen Schritt hinter Brian an der Rezeption, wo er Carmen höflich, aber unnachgiebig auffordert, ihm zu sagen, wo Jay zu finden sei. Riba graut vor dieser Konfrontation. Es ist schlimm genug, wenn man sich selbst eingestehen muß, daß man sich Illusionen hingegeben hat; aber sich dem auch noch öffentlich stellen zu müssen, das ist grausam. Sie hält an einer letzten Hoffnung fest, daß Jay – selbst in diesem späten Stadium – irgendwie doch noch ein Wunder vollbringen und ihr Bild von ihm rechtfertigen wird, aber in ihrem tiefen Inneren weiß sie, daß ihre Hoffnung vergeblich ist.

Carmen leistet zunächst Widerstand, ist aber Brians Hartnäckigkeit schließlich nicht mehr gewachsen und gibt preis, daß Jay sich im Strandhaus aufhält. Den Weg dorthin will sie aus »Sicherheitsgründen« zunächst nicht verraten, sieht aber rasch ein, daß es gefährlich werden könnte, Brian noch ärgerlicher zu machen.

»Sie gehen aus der Anlage hinaus, und nach ungefähr zweihundert Metern biegen Sie von der Hauptstraße ab. Die Stelle ist durch zwei große, weiß angemalte Steine gekennzeichnet. Da beginnt der Fußweg zum Haus. Es geht die ganze Zeit bergauf. Sie können es gar nicht verfehlen.«

Zehn Minuten später erreichen Brian und Riba nach einem anstrengenden Anstieg ein eingezäuntes Grundstück. Riba bleibt schwer atmend stehen, sprachlos beim Anblick des sogenannten Strandhauses.

Sie hat sich ein schlichtes Gebäude vorgestellt, eine bescheidene Kombination aus Brightoner Badehütte und Gartenhäuschen. Doch Jays sogenanntes Strandhaus ist eine Villa; ein ebenerdiger quadratischer Bau aus rosa schimmerndem Stein, der, von Rasenflächen umgeben, auf einer Felshöhe über einer kleinen Bucht steht. Jede Hauswand ist von einem genau abgezirkelten gekiesten Halbkreis in blasserem Rosa flankiert, als habe der Architekt das Haus als Herz einer erblühten Blume konzipiert. Die Scheiben der zahlreichen Fenstertüren blinken in der Sonne, und die Lichtreflexe fallen wie Leuchtturmstrahlen auf die Regenbogen, die sich aus mehreren Rasensprengern aufsteigend in alle Richtungen krümmen. Ein Mabel-Lucie-Atwell-Haus, denkt Riba, und erinnert sich an die Bücher, aus denen sie Zelda und Donny vorgelesen hat, als diese klein waren.

Brian hat die Hände in die Hüften gestemmt. »Aha! So ist das also. Jetzt wird mir einiges klar. Los, komm!« Er klettert über den Zaun.

Nach einem Augenblick folgt Riba ihm. »Überlaß das Reden einfach mir«, sagt Brian mit gedämpfter Stimme.

Riba nickt. Sie hat sich damit abgefunden, zu tun, was er sagt.

Durch eine der offenen Fenstertüren gelangen sie in einen in blassen Farben gehaltenen Raum mit vielen Spiegeln und zierlichen Möbelstücken; sogar ein Spinett gehört dazu. So viel zu Jays Klage, daß auf einer Insel alles so kostspielig sei; daß jede Kleinigkeit importiert werden müsse. Häuser wie dieses hat Riba bisher nur in den Hochglanzmagazinen im Wartezimmer ihres Zahnarztes gesehen. Von irgendwoher hört sie schwaches Gemurmel; es dringt durch eine der vielen Türen, die von der Diele abgehen.

Auch Brian ist aufmerksam geworden. Er nimmt Riba bei der Hand, zieht sie zu der verdächtigen Tür und stößt sie auf.

Fünf Personen befinden sich in dem großen, hellen Raum, in den durch mehrere geöffnete Fenster das Licht hereinströmt. Eingerichtet ist er wie ein Wohnzimmer mit Sofas, Sesseln, Bücherregalen, Couch- und Beistelltischen – und einem Fernsehgerät mit riesigem Bildschirm, über den gerade irgendein Grand-Prix-Rennen flimmert. Die kalifornische Monica steht über Jay Street gebeugt, der mit ölglänzendem Körper bäuchlings auf einer Massagebank direkt vor einer der geöffneten Fenstertüren liegt; eine junge Orientalin steht an einem Bügelbrett, auf dem eine weiße Hose ausgebreitet ist, und auf einem Sofa rekelt sich, mit einem Mädchen im Arm, das wie er Kopfhörer aufhat, ein junger Schwarzer, den Riba zum erstenmal sieht und der zu ihrem Entsetzen das perlgraue Hemd trägt, das sie für Jay ausgesucht hat.

Alle fünf blicken erstaunt zur Tür, und Brian, eben noch zu wütendem Angriff bereit, ist so verblüfft, daß er auf der Schwelle stehenbleibt.

»Guten Tag.« Street faßt sich als erster. Er zieht das Badetuch um sich und gleitet geschmeidig von der Massagebank. »Sie kommen unerwartet. Guten Tag, Riba.«

Riba merkt, wie Brian neben ihr in Rage gerät, und tritt rasch vor ihn. »Hallo, Jay«, sagt sie ruhig. »Entschuldige, daß wir hier so hereinplatzen, aber wir müssen dringend mit dir sprechen.«

»Jederzeit, Riba.« Er streckt Brian die Hand entgegen. »Sie sind sicher Brian.«

Brian übersieht die Hand, und Streets Ton verändert sich, wird geschäftlicher. »Ich bedaure, daß Sie uns in dieser etwas zwanglosen Situation überrascht haben. Wir wollten gern noch die Ruhe vor dem Sturm genießen.« Er dreht den Kopf und schaut zum funkelnden Meer hinaus. »Hoffen wir, daß Petrus meine Bemerkung nicht wörtlich nimmt. Er war uns in letzter Zeit nicht gerade freundlich gesinnt.«

Brians Stimme zittert vor jahrelang aufgestauter Wut. »Meine Frau hat mir mitgeteilt, daß wir Ihnen Ihrer Berechnung zufolge 6 000 Pfund für das Privileg schuldig sind, Ihr kleines Disneyland hier zu betreten. Lassen Sie mich ein für allemal klarstellen, daß Sie weder von uns noch von unserer Tochter, unserem Sohn oder unserer Freundin Sophie Dolan auch nur einen Penny bekommen werden. Und wenn Ihnen das nicht paßt, mein Lieber«, er geht einen Schritt auf Street zu, »sehen wir uns vor Gericht wieder. Ganz gleich, vor welchem. Falls Sie es wagen, so weit zu gehen. Aber es kann gut sein, daß Sie ohnehin nicht um eine gerichtliche Auseinandersetzung herumkommen werden. Es kann gut sein, daß ich Sie wegen vorsätzlicher, unzulässiger Manipulation meiner Frau verklage, die zur gesundheitlichen Gefährdung meiner Tochter führte.«

Street, der gut einen Kopf kleiner ist, aber körperlich weit besser in Form, bleibt ruhig; er hat während der ganzen Tirade keine Miene verzogen. Allem Anschein nach völlig unerschüttert, kehrt er Brian den Rücken und entfernt sich mit dem geschmeidigen Schritt einer Katze auf die Fenstertür zu. Brian tobt innerlich, und ehe ihn jemand aufhalten kann, stürzt er sich auf Street und reißt ihn zu Boden. Er schwingt die Faust in die Höhe und läßt sie mit aller Wucht herabsausen – und schreit auf vor Schmerz und Verblüffung, als sie den gepflegten Parkettboden trifft. Der ölschlüpfrige Street ist behende unter Brians Schlag beiseite gerollt und leichtfüßig wieder auf die Füße gekommen. Jetzt steckt er gelassen das Badetuch um seinen Körper fest, während Brian sich die schmerzende Hand hält und ungelenk aufsteht.

»Wir sind hier Pazifisten, Brian«, sagt er ruhig. »Wir folgen vielen Propheten, auch dem, der uns lehrt, daß das Böse nichts anderes ist als das Gute, das von seinem eigenen Hunger und Durst gequält wird. Sie brauchen dringend Hilfe, mein Freund.«

»Blödsinn!« Brians Wut ist nach diesem demütigenden Zusammenprall offenbar abgeflaut. Er zeigt jetzt nur noch Verachtung. »Sie sind ein Scharlatan, Street – ein Schwindler. Ihren Typ kenne ich.« Mit einer wegwerfenden Geste seines unverletzten Arms umfaßt er das Pärchen auf dem Sofa, die blonde Schönheit, das ganze Haus. »Von wegen Keuschheit und Enthaltsamkeit. Mich täuschen Sie nicht.«

Die kalifornische Monica springt auf, aber mit erhobener Hand ermahnt Jay sie, zu bleiben, wo sie ist, während er Ribas Ehemann mit hypnotischem grünen Blick fixiert. »Niemand wird gezwungen, sich unserer Organisation anzuschließen, Mr. McMullan.« Seine Stimme ist leise. »Und niemand wird mit Gewalt von uns festgehalten. Wenn Sie sich die Mühe machen, Ihre Frau zu fragen, werden Sie feststellen, daß sie sich uns aus freien Stücken angeschlossen hat. Ich bedaure das tragische Schicksal Ihrer Tochter von Herzen, aber es gilt das gleiche: Wenn Sie Ihre Frau befragen, wird diese Ihnen sagen – wenn sie ehrlich ist –, daß sie die Fakten über Zeldas Krankheit falsch dargestellt hat. Wir wußten, daß Ihre Tochter schwerkrank ist, aber Ihre Frau hat uns klar und deutlich den Eindruck vermittelt, wir könnten helfen. Wenn Sie ein Problem mit uns haben, so ist das nicht unsere Schuld. Und was das Geld betrifft«, jetzt schlägt Street einen verächtlichen Ton an, »so kommen wir auch ohne Ihres zurecht, Mr. McMullan. Bleiben Sie, solange Sie es wünschen – Sie alle. Aber behalten Sie Ihr Geld. Und jetzt möchte ich Sie beide bitten, mein Haus zu verlassen.« Er sieht Riba an und neigt kurz den Kopf. »Leb wohl, Riba – es tut mir leid, daß es so gekommen ist.«

Riba spürt, daß Brian sich zum nächsten Angriff wappnet, und wirft ihm einen mahnenden Blick zu. »Brian!«

Einen Moment scheint es, als wollte er ihren Zuruf ignorieren, aber dann macht er plötzlich kehrt und geht aus dem Raum.

Riba folgt ihrem Mann, blickt aber noch einmal zurück. Das letzte, was sie sieht, ist Jay, der sich wieder auf der Massagebank niederlegt. Das Intermezzo scheint ihn überhaupt nicht erschüttert zu haben.

Sorgfältig schließt Riba die Tür hinter sich.

Sie kann ihre Gedanken kaum ordnen. Das wirklich Schmerzhafte für sie ist, daß ausgerechnet Jay ihr vorgeworfen hat, ihm Zeldas Zustand falsch dargestellt zu haben. Das war nicht fair von ihm. Sie hat sich doch nur an seine Lehren gehalten und versucht, positiv zu denken.

Noch schmerzhafter ist der Gedanke, daß sie für immer aus dem engen Kreis seiner Vertrauten ausgeschlossen sein wird. Ob sie ihn je wiedersehen wird? Sie hat ihn so sehr geliebt, rein platonisch natürlich. Er hat ihr wohlgetan, o ja!

Noch während Riba ihrem Mann nacheilt, regt sich schon wieder die Hoffnung in ihr, daß sie nach einer angemessenen Zeit der Reue der Organisation vielleicht in aller Stille wieder beitreten kann. Sie wird sich natürlich im Hintergrund halten müssen.

Eines steht jedenfalls fest: Brian hatte kein Recht, sich wie ein Wilder auf Jay zu stürzen.

Als sie ihn einholt, sitzt Brian auf einer der vielen Bänke, die auf den smaragdgrünen Rasenflächen des Anwesens verteilt stehen. Sein Kopf ist auf seine Knie gesenkt. »Mir wird gleich wieder besser. Das ist wahrscheinlich der Jetlag.«

Riba hält dies nicht für den richtigen Zeitpunkt, um mit ihm über sein Verhalten in Jays Haus zu sprechen. Sie massiert ihm lieber den Rücken, während er schwer atmend vor ihr sitzt.

»Es tut mir leid, daß ich dir nicht genügt habe, Eily.«

Sie unterbricht die Massage. »Was?«

»Du hast mich schon gehört.«

»Ja, aber was soll das heißen?«

Er rührt sich lange nicht, doch dann richtet er sich auf und starrt zum Horizont. Noch strahlt die Sonne über dem Meer, aber landeinwärts ballen sich schon wieder die ersten unheildrohenden grünstichigen Wolken zusammen.

»Brian?«

Er inspiziert seine Hand, die Jay Streets Kinn verfehlt hat. »Ich hab's nicht mal geschafft, ihm eine zu verpassen. Wenigstens muß er mir jetzt nicht leid tun. Das Verrückte ist im übrigen«, er sieht wieder aufs Meer hinaus, »daß ich dir gar nicht richtig böse sein kann. Der Kerl hat einen Haufen Charme und Charisma, ich kann mir vorstellen, daß Frauen sich zu ihm hingezogen fühlen. Aber sein Auftreten ist so routiniert, so... so...«, er sucht nach dem richtigen Wort, »so angelernt. Das meine ich, wenn ich sage, daß ich dir nicht genügt habe. Denn andererseits bin ich entsetzt, daß du diesen ganzen Schwindel nicht durchschaut hast, Eily. Nicht mal diese Lüge vom enthaltsamen Leben – ich meine, der hält sich doch da oben einen ganzen Harem. Aber du konntest das alles nicht sehen, weil du in ihn verliebt bist.«

»Das stimmt doch gar nicht – wie kannst du so etwas denken! Er hat mich nie angerührt.«

»Hör auf«, sagt er leise. »Berührungen sind gar nicht nötig.«

In diesen Worten schwingt etwas mit, das Riba als bedrohlich empfindet. Sie will lieber gar nicht wissen, was Brian genau gemeint hat.

Nach einer Weile sieht er sie an. »Hast du über das nachgedacht, was ich gestern morgen zu dir gesagt habe? Hast du eine Antwort für mich?«

»Du meinst, was es für mich bedeutet, mit dir verheiratet zu sein?«

»Ja.«

Riba zögert. »Du hast etwas davon gesagt, daß du nicht sicher bist, ob du mich noch liebst.«

»Das stimmt so nicht. Ich habe dich gefragt, warum du es für selbstverständlich hältst, daß ich dich liebe. Das ist etwas ganz anderes.«

Riba sieht ihren Mann an, den sie schon seit Jahren nicht mehr wirklich angesehen hat. Dann klatschen ihr plötzlich schwere, warme Tropfen ins Gesicht. Im ersten Moment meint sie, sie kämen aus den Rasensprengern, doch dann fallen die

Tropfen schneller: Der nächste Wolkenbruch beginnt. Aber sie rührt sich nicht von der Stelle. Und Brian auch nicht.

»Du hast recht«, sagt sie leise. »Ich bin achtlos gewesen. Aber ich liebe dich, und ich möchte mit dir verheiratet sein.«

Sie sitzen ungeschützt im Platzregen, aber keiner von beiden macht auch nur den Versuch, sich vor den Wassermassen zu schützen, die ihnen aus dem Haar und über das Gesicht strömen.

Brian hat den Blick gesenkt. »Es wird sicher nicht einfach werden«, sagt er. »Für uns beide nicht. Und ich bin mir über meine Gefühle zur Zeit nicht im klaren. Ich weiß, ich habe dich gebeten, mir die Wahrheit zu sagen, aber jetzt, wo ich mich selbst mit ihr auseinandersetzen soll, weiß ich nicht, was die Wahrheit ist. Jedenfalls im Augenblick nicht. Tut mir leid.« Brian hebt den Blick wieder.

Wie vom Himmel wieder aufgesogen, versiegt der Regen so plötzlich, wie er losgebrochen ist.

Riba kann zusehen, wie der Schauer, zu einem dicken schwarzen Balken verdichtet, der von der Erde bis zur Wolke reicht, nach rechts abschwenkt und den Hafen verdunkelt. Ihr Instinkt rät ihr zu warten. »Mir tut es auch leid«, sagt sie einfach.

Brian tätschelt kurz ihre Schulter, dann steht er auf. »Komm, Kleine. Wir müssen uns umziehen, bevor wir zu Zelda fahren. Wir wollen doch ansehnlich aussehen.«

Als Sophie am Morgen mit Brian und Donny weggefahren ist, waren die Bögen, durch die die Hochzeitspaare ziehen würden, noch kahl. Jetzt, um kurz nach eins, sieht der ganze Festplatz zu Sophies Überraschung wie verwandelt aus. Man hat sich offensichtlich nicht einmal von dem heftigen Regenguß vom Schmücken abhalten lassen. Die Hochzeitsbögen, nun mit dunkelgrünem Laub und farbenprächtigen Blumen umkleidet, könnten einem Gemälde von Burne-Jones entstammen; der Rasen zwischen ihnen ist mit Blütenblättern bestreut, und auf der Meeresseite des geöffneten Kreises hat man, einem kleinen

Tempel ähnlich, einen Pavillon mit seidenem Sonnendach aufgestellt. Gleich neben dem Rezeptionsbungalow erfreut sich ein provisorischer Schönheitssalon, ebenfalls unter einem Sonnendach eingerichtet, regen Zuspruchs bei den Bräuten, die sich hier die Nägel lackieren und die Haare machen lassen. Sophie, die sie zum erstenmal bei Tageslicht sieht, stellt fest, daß einige von ihnen gar nicht mehr so jung sind. Und drüben bei der Boma wimmelt es von einheimischen Arbeitern, die in gemächlicher karibischer Gangart Speisen und Getränke für das große Festmahl herbeischaffen. Als hätte sie der Insel nie den Rücken gekehrt, strahlt die Sonne hell und heiß auf den Strand herab, und den weiß leuchtenden Bungalows ist von dem Guß nichts mehr anzusehen.

Jetzt wäre ein guter Zeitpunkt, die Adoptionsbehörde zu Hause anzurufen. Sophie eilt in die Rezeption, doch die internationalen Leitungen sind derzeit nicht verfügbar. Sie beschließt, es zu einer anderen Zeit noch einmal zu versuchen, und geht wieder in den Sonnenschein hinaus.

Keine zehn Meter entfernt kommen Brian und Eily auf sie zu.

»Sophie!« Noch ehe sie Zeit hat, sich innerlich zu wappnen, stürzt Eily ihr entgegen und wirft ihr die Arme um den Hals. »Ach, es tut so gut, dich zu sehen. Es ist so lieb, daß du das für uns tust ...«

»Unsinn, es war das mindeste, was ich tun konnte.« Als Sophie sich aus der Umarmung befreit, sieht sie, daß ihre Freundin weint.

»Ist Donny bei dir?« Eily wischt sich die Augen mit den Schmetterlingsärmeln ihres Kaftans.

»Nein, er ist in der Klinik geblieben.« Sophie merkt, daß Brian sich abgewandt hat. Er murmelt, er wolle ein Taxi besorgen, und macht sich auf den Weg zur Rezeption. Sie schluckt. »Ich bin nur kurz hergekommen, um eine kleine Pause einzulegen, aber ich fahre mit euch zurück. Ich will mich nur umziehen, okay? Diese Hitze ist ja kaum auszuhalten.« Dann leise: »Ich weiß, es klingt naiv, aber versuch, dir keine Sorgen zu machen. Es geht ihr ganz gut, Eily. Ich bin natürlich kein Arzt, aber auf mich wirkt sie sehr entspannt und heiter. Müde natürlich, aber etwas anderes kann man auch nicht erwarten. Sie freut sich auf den Umzug heute nachmittag. Sie sagt, sie könne Krankenhäuser nicht mehr riechen.«

Eily zögert. Dann sagt sie: »Kannst du verstehen, warum ich sie hierhergebracht habe? Ich will mich nicht entschuldigen, ehrlich nicht, aber ich war so verzweifelt, und ich glaubte wirklich …« Sie bricht ab und senkt den Kopf. »Ich hätte es nicht hinter seinem Rücken tun dürfen«, sagt sie leise. »Ach, Sophie, kannst du mir verzeihen? Ich wollte ihr unbedingt eine schöne Kindheit bieten, so eine, wie ich sie nie gehabt habe.« Ihr gelber Kaftan, so strahlend wie die Sonne, wirkt wie ein Hohn angesichts ihrer seelischen Verfassung.

Sophie, die Eily nur als selbstbewußte und von sich überzeugte Person kennt, bestürzt es, die Freundin so verunsichert zu sehen – und es verstärkt das Chaos ihrer eigenen Gefühle. »Nicht, Eily«, drängt sie. »Bitte, sei nicht so gnadenlos mit dir. Du hast Zelda – und Donny genauso – ein wunderschönes Leben bereitet. Sie haben sich beide großartig entwickelt, du kannst stolz auf sie sein – komm, das Taxi braucht bestimmt noch ein paar Minuten.« Sie setzt sich auf einen der Strandstühle und zieht Eily zu dem danebenstehenden hinunter. »Bei *mir* brauchst du dich wirklich nicht zu entschuldigen«, beteuert sie. »Ich kann mir vorstellen, daß die Sorge um ein Kind einen Menschen allem anderen gegenüber blind macht – und ich hätte neulich nicht so verdammt selbstgerecht sein sollen. Dafür muß ich *dich* um Verzeihung bitten.« Nun selbst den Tränen nahe, ergreift Sophie Eilys Hand und drückt sie fest.

Eily erwidert den Druck. »Ach, Sophie. Du bist eine wunderbare Freundin.«

Sophie zuckt zusammen. Anstatt Eily die Nacht mit Brian zu beichten, erzählt sie ihr von ihren eigenen Nöten. Sie faßt sich dabei kurz und sachlich und verschweigt ihre Vereinbarung mit Yvonne und Michael, das Kind betreffend. Sie würde es als taktlos empfinden, von ihren Hoffnungen zu sprechen, während es für Zelda womöglich keine Hoffnung mehr gibt.

Am Ende des Berichts schließt Eily ihre Freundin erneut in die Arme. »Ich hatte ja keine Ahnung. Dieser gemeine Kerl. Und dieses gewissenlose Mädchen, und die Zeitschrift noch dazu – so viel zu ertragen. Das hast du wirklich nicht verdient, Sophie, du bist zu gut. Mein Gott, tut mir das alles leid, du Arme! Warum hat Brian mir keinen Ton von alldem gesagt?«

»Er hatte anderes im Kopf, Eily.«

Eily schaut Sophie einen Moment durchdringend an; aber zu Sophies Erleichterung wechselt sie das Thema. »Willst du hören, was mit Jay passiert ist?« fragt Eily.

»Natürlich – wenn du es mir erzählen willst.«

Stockend beginnt Eily die Episode im Strandhaus zu schildern. Dabei wird ihr zunehmend klar, wie komisch die Szene gewirkt haben muß, und ihr Ton wird beschwingter. Und Sophie, die Eilys Lachen immer schon ansteckend fand, muß bald genauso lachen wie sie.

»Stell dir das bloß mal vor, Sophie!« Eilys ganzer Kaftan schlägt Wellen der Heiterkeit. »Gut einen Kopf größer, wahrscheinlich doppelt so schwer, und er verfehlt ihn, als er ihm eins auf die Nase geben will. Auf eine Entfernung von vielleicht zehn Zentimetern! Mein großer Held.« Wieder schüttet sie sich aus vor Lachen, aber diesmal droht das Lachen umzuschlagen, und sie bricht ab. Ernst wendet sie sich Sophie zu. »Wenn uns jemand sehen würde! Wir sind schon ein tolles Gespann, hm?«

Sophie faßt nach ihrer Hand. »Es geht eben nichts über alte Freunde.«

36

Als Brian, Eily und Sophie endlich ein Taxi gefunden und die Klinik erreicht haben, finden sie Donny in heller Aufregung vor. »Wieso kommt ihr erst jetzt? Hier ist ein Arzt, der euch sprechen will. Ich glaub, er ist Amerikaner. Ich wußte nicht, was ich tun soll.«

Die drei Erwachsenen sehen sich an. Brian geht auf seinen Sohn zu, aber der weicht ihm aus. »Jetzt sind wir ja hier, Donny. Wo ist dieser Arzt? Wie heißt er?«

»Ich weiß nicht mehr. Es war so ein ausländischer Name. Es ist ewig her. Wo seid ihr so lange gewesen?«

»Ist ja nicht so schlimm, wir werden ihn schon finden«, versucht Brian Donny zu beruhigen.

Sophie beschließt, die McMullans allein zu lassen. »Bleibt ihr doch erst einmal in Ruhe bei Zelda. Ich muß sowieso noch einen Anruf machen.« Nachdem sie vereinbart haben, sich später wieder zu treffen, eilt Sophie zu der Telefonzelle in der Cafeteria.

Sie hat Glück, die internationalen Leitungen funktionieren. In der Hoffnung, daß Michael da ist, meldet sie ein R-Gespräch mit EconoCar an.

Yvonne meldet sich.

Vor Schreck läßt Sophie beinahe den Hörer fallen. Damit hat sie nicht gerechnet. Sie hätte das Gespräch mit Voranmeldung machen sollen. Zum Glück wird die Verbindung unterbrochen, während die Telefonistin nachfragt, ob das Gespräch angenommen wird; sie braucht also nicht mit Yvonne zu sprechen. Obwohl ihnen an jenem Abend der Umgang miteinander überraschend gut gelungen war, fühlt Sophie sich noch lange nicht wohl, wenn sie mit Yvonne zu tun hat.

Sie versucht, sich abzulenken, indem sie die adrette Dekoration des Restaurants mustert. Während die Minuten verstreichen, regt sich in ihr der Verdacht, daß Michaels Geliebte sich weigert, das Gespräch anzunehmen. Schon will sie wütend auflegen, da meldet sich Michael.

»Sophie! Ist alles in Ordnung?«

»Ich rufe nur an«, stammelt sie, »für den Fall, daß du dir Gedanken machst. Wir sind gut angekommen.«

»Wie geht es? Ich habe den Termin übrigens abgesagt, alles wie gewünscht.« Er ist hörbar um einen sachlichen Ton bemüht. Natürlich – wahrscheinlich steht Yvonne neben ihm.

»Soweit ganz gut«, sagt Sophie. »Zelda wird heute nachmittag aus dem Krankenhaus entlassen.«

»Dann kann es ja so schlimm nicht sein.«

»Nein. Aber das heißt nicht, daß es nicht ernst ist, Michael. Wir wären alle nicht hier ...«

»Das ist mir klar. Natürlich.«

Es ist eine Tortur. Und jetzt gesteht Sophie sich ein, daß sie nicht angerufen hat, um sich zu melden, sondern weil sie sich rückversichern wollte. »Hör zu, Michael«, sagt sie hastig, »ich weiß, du kannst jetzt nicht reden, und es tut mir leid, daß ich dich dem aussetze. Sag einfach ›ja‹ oder ›nein‹. Läuft immer noch alles wie vereinbart? Warst du schon bei der Bank?«

»Das sind zwei Fragen, Sophie.« Er hat seine Stimme gesenkt.

Yvonne hört also tatsächlich zu.

Sophie zwingt sich, gleichmütig zu sprechen. »Sie hat keinen Rückzieher gemacht?«

»Nein.«

»Und du erledigst das mit der Hypothek?«

»Aber ja, tu ich doch gern für dich, Sophie«, sagt er aufgeräumt, als hätte sie ihn gebeten, einen Salatkopf für sie zu besorgen.

Seine Heimlichtuerei ärgert sie, aber sie läßt sich nichts anmerken. Sie sucht in ihrer Geldtasche nach der Karte der Sozialarbeiterin. »Würdest du mir noch einen Gefallen tun, Michael? Ich würde ja versuchen, es selbst zu erledigen, aber die Telefonverbindungen hier sind so unzuverlässig, und wenn ich doch durchkomme, hänge ich drüben ewig in der Warteschleife, du weißt ja, wie das bei den Behörden ist. Hast du einen Stift zur Hand?«

»Schieß los.«

Sie nennt ihm Namen und Nummer und bittet ihn, einen Termin für sie zu vereinbaren. »Sie hat bestimmt eine längere Warteliste.«

Es folgt eine lange Pause. Sie hört, wie er seine Hand über die Sprechmuschel legt. Was redet er mit Yvonne? »Michael, Michael? Bist du noch dran?«

Er meldet sich wieder und bittet sie, Namen und Nummer zu wiederholen.

Sie tut es. »Und ich rufe in zwei Tagen wieder an.«

»In Ordnung.« Sein Ton ist wieder förmlich. »Bitte sag Brian, er soll sich keine Sorgen machen. Hier läuft alles bestens.«

Als Sophie auflegt, ist sie immer noch ärgerlich, und ihr ist gar nicht wohl. Es war ein Fehler, Michael in der Firma anzurufen. In Zukunft wird sie versuchen, ihn auf seinem Handy zu erreichen. Auf keinen Fall darf sie Yvonne verschnupfen, sonst ist das Kind – *Sophies* Kind – am Ende weg.

Aber es gibt noch einen weiteren Grund für ihr Unbehagen: Michael könnte es mißverstanden haben, daß sie sich auf dieses heimlichtuerische Gespräch mit ihm eingelassen hat, und glauben, es gäbe doch noch eine Chance für ihn, zu ihr zurückzukehren.

Sie kennt ihren Mann gut. Nach außen hat er sie und ihre kleinen Anliegen gern etwas geringschätzig abgetan, aber er hat ihr gemütliches Haus geschätzt und ebenso die Ruhe und die Ordnung, die sie in ihr gemeinsames Leben gebracht hat. Sophie ist vernünftig genug, zu wissen, daß sie noch keineswegs in der Verfassung ist, darüber nachzudenken, ob sie Michael jemals eine zweite Chance geben würde.

Die Tische in dem kleinen Café sind bereits alle besetzt, also geht Sophie an den Tresen und bestellt sich einen doppelten Espresso. Sie hat das unbefriedigende Gefühl, als rausche das wirkliche Leben zur Zeit an ihr vorbei. Außer in einer Hinsicht: Während Michaels Bindung an Yvonne von seinen unverstandenen Gefühlen für das Kind bestimmt und hochzerbrechlich ist, sind die Bande von Sophie zu dem Kind stark wie Drahtseile. Sie sieht im Geiste bereits ihr glückliches gemeinsames Leben. Und auch, wenn sie immer wieder Angst verspürt vor allem, was noch schiefgehen könnte, so läßt sie sich diese Bilder doch nicht nehmen. Durch schiere Willenskraft wird sie dafür sorgen, daß dieses Kind sicher und wohlbehalten zu ihr kommt. Michael hat es mit einer anderen Sophie zu tun als mit der, die er bisher gekannt hat. Tatsächlich erkennt Sophie erst jetzt, da sie so entschlossen ist, wie ziellos sie bisher durchs Leben geschlingert ist. Kein Wunder, daß Michael das auf die Nerven gegangen ist. Aber damit ist es jetzt vorbei.

Sie bezahlt den Espresso und hält nach einem Platz Ausschau. An einem Tisch am Fenster ist ein Arzt in seine Arbeit an einem Laptop vertieft.

»Stört es Sie, wenn ich mich hierhersetze?« fragt Sophie.

»Aber nein, gar nicht. Warten Sie, ich mache Ihnen Platz.« Der Arzt, dessen Namensschildchen ihn als Dr. Timothy Ocwieja ausweist, spricht mit unverkennbar amerikanischem Akzent. Er ist noch jung, vielleicht Anfang Dreißig, rotblond und wäre attraktiv, wenn er nicht zur Fülle neigte. Er mustert Sophie kurz, zieht seinen Laptop ein paar Zentimeter zu sich heran und beugt sich wieder über seine Arbeit.

Sophie nippt an ihrem Espresso. Es ist seltsam, aber aus der Distanz erscheinen ihr Michaels Abenteuer mit Yvonne nicht mehr ganz so schockierend und kränkend. Vor allem, wenn sie bedenkt, welches Leid Brian und Eily zu ertragen haben. Und Donny. Der arme Kleine.

Der Arzt an ihrem Tisch reißt sie aus ihren Gedanken, als er mit abschließendem Nachdruck auf die Tasten seines Laptops tippt. Dann blickt er auf und lächelt ihr zu.

Sophie lächelt zurück. »Ich habe Sie hoffentlich nicht gestört?«

»Ich war sowieso fertig.« Er zieht eine Diskette aus dem Gerät und klappt es zu. »Großartige Erfindung, so ein Computer. Vorausgesetzt natürlich, er funktioniert. Besuchen Sie hier jemanden?«

»Ja.« Sie erzählt ihm kurz von Zelda.

»Ach, das ist die kleine Irin, die erst neunzehn ist?« Die Augen des Arztes blitzen auf. »Sind Sie die Mutter?«

»Nein, ich bin ihre Patentante. Warum? Kennen Sie sie, Dr. Och...?« Sie versucht, den Namen auszusprechen.

Er lacht. »Lassen Sie nur. Das ist Polnisch. Nennen Sie mich einfach Tim. Das tun alle. Hören Sie, ich würde mich sehr gern mit Ihnen unterhalten. Ich hole mir nur schnell einen Kaffee, okay? Möchten Sie auch noch einen?«

Sophie schüttelt den Kopf. Sie wartet, während er den Kaffee holt, wagt kaum, Mutmaßungen darüber anzustellen, welcher Art sein Interesse ist und worüber er mit ihr wohl sprechen möchte.

Als er zurückkommt, blickt er für einen Moment über ihre Schulter hinweg zum Fenster hinaus. »Würden Sie mir Ihren Namen sagen?« bittet er sie dann.

»Sophie.«

»Schauen Sie«, beginnt er, »ich möchte keinen falschen Eindruck erwecken. Und ich bin kein Hämatologe, sondern Allgemeinmediziner. Ich habe hier für ein paar Wochen eine Vertretung übernommen, eigentlich nur, um mir einen Urlaub zu finanzieren.«

»So?« Sophie wünscht, er würde zur Sache kommen.

Aber schon wieder zögert er. »Mein bester Freund arbeitet mit Patienten, die unter Multiplem Myelom leiden«, erklärt er bedächtig. »Ich wollte ihm heute abend eine E-Mail wegen Ihrer

Patentochter schicken. Sie wird wahrscheinlich in die Literatur eingehen. Sie ist die jüngste Patientin, von der ich bisher gehört habe. Ich weiß nicht, ob es Ihnen bekannt ist, Sophie, aber das Multiple Myelom tritt eigentlich immer nur bei Menschen mittleren und höheren Alters auf. Ich denke, meinen Freund würde dieser Fall sehr interessieren. Er arbeitet an einer Studie zur Behandlung des Multiplen Myeloms mit dem Wirkstoff Thalidomid mit. Sie hat kürzlich begonnen, aber soviel ich weiß, läuft immer noch der Auswahlprozeß für die eigentliche Untersuchung. Ich müßte mich da natürlich erst erkundigen.«

Sophie zuckt zusammen, als sie den Namen des Mittels hört, den sie in Donnys Computerausdrucken so oft erwähnt gesehen hat. Dr. Ocwieja mißversteht ihre Reaktion. »Ich weiß, daß Thalidomid einen schlechten Ruf hat«, sagt er hastig, »aber was dazu geführt hat, ist lange her. Wir sprechen natürlich nicht von Heilung, aber die Ergebnisse anderer Studien, der Universität von Arkansas zum Beispiel, sind ermutigend – zumindest für einige der Teilnehmer.«

Er hält einen Moment inne, dann sagt er: »Ich will hier keine langen Vorträge halten, aber wenn man mit Gil Leavitt befreundet ist, kommt man gar nicht darum herum, sich damit zu beschäftigen. Er denkt nämlich an nichts anderes.« Er sieht sie aufmerksam an. »Er arbeitet an der hämatologischen Abteilung eines Krankenhauses in Butte, Montana. Sie haben wahrscheinlich nie davon gehört, es ist ein privates Krankenhaus, aber es genießt in medizinischen Kreisen großes Ansehen, und sie leisten da wirklich hochklassige Forschungsarbeit. Sie haben mittlerweile sogar staatliches und internationales Interesse auf sich gezogen. Glauben Sie, die Familie könnte das interessieren? Wie würde die junge Dame selbst reagieren? Ich meine, was hat sie zu verlieren?«

Zelda will nicht nach Montana. Sanft, aber entschieden erklärt sie, daß sie nicht noch mehr Medikamente einnehmen möchte und zu Experimenten nicht bereit sei.

»Aber es ist keine Chemo.« Von allen ist Donny am meisten niedergeschlagen über ihre Weigerung, eine Teilnahme an der Studie auch nur in Betracht zu ziehen. »Du hast es selbst gesagt, Zel. Du hast gesagt, daß du nur keine Chemo mehr willst.« Er ist den Tränen nahe.

Eily ist so bleich, daß man fürchten muß, sie werde im nächsten Moment zusammenbrechen. Sie war chemischen Mitteln gegenüber immer skeptisch, und mit dem Wort Thalidomid verbindet sie Grauenvolles. Ausgerechnet Zelda, der nicht entgangen ist, wie die Dinge mit Jay Street stehen, und der ihre verzweifelte Mutter unendlich leid tut, meint nun, sie beruhigen und ihr erklären zu müssen, daß Thalidomid so, wie es im Rahmen dieser Studie eingesetzt werden soll, ihres Wissens völlig ungefährlich ist. Alles, alles würde sie tun, wenn sie nur das Leid aus diesem Gesicht vertreiben könnte.

Und im nächsten Moment denkt sie, mein Gott, was redest du da?

Ob es nun an ihren Beruhigungsversuchen liegt, die reiner Reflex sind, oder am salbungsvollen guten Zureden des Verwaltungsdirektors des Krankenhauses, der sie nun, da Zelda sich als medizinische Sensation entpuppt hat, bereits zum zweitenmal in ihrem Zimmer aufgesucht hat. Zelda spürt, daß es ihrer Mutter im Lauf der folgenden halben Stunde etwas besser geht.

Was ihren Vater angeht, so zerreißt es ihr beinahe das Herz, mitansehen zu müssen, wie er immer wieder aus dem Zimmer geht und dann mit roten Augen zurückkommt. Zuerst war er gegen die anderen auf ihrer Seite. »Laßt sie in Ruhe«, hat er mehr als einmal zu Donny und Eily gesagt, deren beider Schweigen schwerer zu ertragen ist als alles Bitten und Betteln. Dann hat er ihre Hand genommen und gesagt: »Wir werden nichts von dir verlangen, was du nicht willst, Zeldy. Das verspreche ich dir.«

Aber Stück um Stück ist seine Entschlossenheit abgebrökkelt, auf ihrer Seite zu kämpfen, und wenn er es auch nicht offen ausspricht, so sieht sie ihm doch an, daß auch er verzweifelt wünscht, sie möge nach Montana gehen.

»Und du bist sicher, daß Thalidomid, wenn es so eingesetzt wird, keine Gefahr darstellt?« Er sieht Eily an.

»Selbstverständlich.« Eily zeigt sich vollkommen entschlossen, und nun gibt es gar keine andere Möglichkeit mehr für Zelda. »Sonst würden sie doch an einem derart renommierten Krankenhaus diese Studie gar nicht durchführen. Nicht wahr, mein Schatz?«

Zelda blickt zum Fenster hinaus in den heiteren blauen Himmel. Wozu sich das alles antun? Der Tod wäre doch allenfalls aufgeschoben. Sie hätte den Mund halten und ihrer Mutter gar nicht erst einen Ansatzpunkt bieten sollen. Sie wünscht sich aus tiefster Seele, sie könnte sich einfach in Luft auflösen. Oder noch besser wäre es, wenn sie nie existiert hätte. Das wäre für alle der einzige schmerzfreie Weg.

Aber leider gibt es diese Möglichkeit nicht.

Ihr gehen die Argumente aus, denn ganz nüchtern gefragt, wer ist sie schon, ein solches Angebot abzulehnen? Es gibt wahrscheinlich Hunderte von Patienten in ihrer Lage, die für diese letzte Chance alles zu geben bereit wären. Und wer weiß, vielleicht liegt hier tatsächlich eine Chance? Wer ist sie schon, um das zu beurteilen?

Während sie da alle in gespanntem Schweigen herumsitzen, kommt der amerikanische Arzt mit dem komischen Namen wieder ins Zimmer und erkundigt sich sehr behutsam, ob sie sich bereits entschieden haben.

Und Zelda, körperlich und seelisch erschöpft, gibt nach.

Augenblicklich schlägt die Stimmung im Zimmer um. Donny strahlt. Das ist genau der Schritt, auf den er von Anfang an gedrängt hat. »Ich hab's euch ja gesagt, aber keiner hat auf mich gehört. Mensch, Zel!« Er packt sie bei der Hand, und sie zuckt zusammen. »Oh, entschuldige.« Er weicht zurück und schaut sich aufgeregt um. »Hat jemand Kleingeld für den Cola-Automaten?«

Ihre Mutter reagiert mit einem tränenerstickten »Danke dir, Darling, danke«, und während ihr Bruder aus dem Zimmer stürzt, sackt ihr Vater in sich zusammen wie ein großer alter Mehlsack, und in seinem Gesicht ist so viel Erleichterung zu erkennen, daß Zelda es schmerzlicher findet, als seinen Kummer zu ertragen.

Selbst Tante Sophie, normalerweise die Vernunft in Person, fängt an zu schluchzen, als sie hereingerufen wird, damit man ihr die Neuigkeit mitteilen kann.

»Du meine Güte«, Zelda, die sich jetzt nur noch wünscht, sie würden alle gehen, damit sie schlafen kann, findet ein letztes Quentchen Kraft, um die Augen zum Himmel zu verdrehen, »ich möchte wirklich nicht dabei sein, wenn ihr mal schlechte Nachrichten bekommt.«

Nachdem Zelda eingeschlafen ist und ihre Sachen gepackt sind, gehen ihre Eltern und Donny zum Essen in ein kleines Strandrestaurant. Sophie ist zu Ribas Enttäuschung nicht mitgekommen. Es wäre schön gewesen, sie an diesem letzten Abend auf der Insel dabei zu haben.

Riba hat keinen Appetit, was selten vorkommt. Obwohl der Red Snapper auf ihrem Teller gefällig angerichtet und sehr frisch ist, stochert sie nur darin herum. Auch Brian kaut lustlos. Einzig Donny läßt es sich schmecken.

Riba wendet sich dem Meer zu, das nur wenige Meter entfernt wie rosiger Satin schimmert. Die Brandung plätschert leise, allmählich wird es auf der Insel still und kühl. Es wäre ein vollkommener Abend, wäre nicht die Leere in ihrem Herzen. Was wird die Zukunft ihnen bringen?

Riba beschließt, sich auf die nächsten Tage zu konzentrieren, die sie und Donny mit Zelda zusammen in die USA führen werden. Es hat deswegen Diskussionen gegeben, weil Donny schon jetzt einiges in der Schule versäumt hat und ihm im Juni die Abschlußprüfung bevorsteht. Aber Riba und Brian fanden beide, daß sie im Grunde keine Wahl hätten: Der Junge hatte es verdient, mitzukommen, für eine Weile wenigstens. Die Untersuchungen sollten einen Monat dauern, vier Wochen genauestens überwachter Behandlung mit dem Versuchswirkstoff und im Anschluß eine Nachbereitungsperiode.

Brian tut ein Quartier auf bei einer befreundeten Familie, die in der Nähe des Instituts lebt. Er selbst muß natürlich nach Irland zurück und sich um die Firma kümmern. Er wird wieder zu seiner Familie stoßen, sobald es sich einrichten läßt.

Während des Essens kommt Riba der Gedanke, daß Jays magische Kräfte auf ihre Weise doch gewirkt haben. Wäre Zelda hier nicht ins Krankenhaus gekommen, wären sie Dr. Ocwieja nicht begegnet. Sie wirft einen verdeckten Blick auf Brian, womöglich kann er ihre Gedanken lesen. Aber er starrt auf seinen Teller und schneidet seinen Schwertfisch in kleine Stücke.

Eine Rauchwolke von Grillfeuern und brennenden Fackeln hängt über der Anlage; drei Steelbands sorgen für Stimmung. Das Hochzeitsfest ist in vollem Gange.

Sophie ist genau in dem Moment dazugekommen, als die Trauungsfeierlichkeiten zu Ende gingen und die Paare sich unter den Spalierbögen küßten.

So bunt und farbenprächtig die Hochzeitsgesellschaften auch waren, die imposanteste Gestalt auf dem Fest ist Jay Street, der mit mildem Lächeln auf das Treiben herabschaut. Er ist ganz in Weiß wie immer – weiße Hose, weißes Hemd –, hat sich jedoch aus gegebenem Anlaß mit einem bodenlangen Cape aus weißer Seide geschmückt, das am Hals mit einer auffallenden goldenen Spange in Form von zwei Adlerköpfen zusammengehalten wird.

Sophie kann sich dem Zauber der Farben, der Gerüche und der allgemeinen Festfreude nicht entziehen, die sich ausbreitet, als der formelle Teil vorüber ist und die Brautpaare ausgelassen zu tanzen beginnen.

Street entdeckt den Zaungast, und bevor sie verschwinden kann, eilt er schon mit wehendem Cape auf sie zu. »Feiern Sie mit uns, Sophie!« Er weist zu der riesigen Tafel voll der üppigsten Speisen.

»Nein , danke. Ich habe schon gegessen.« Wieder gerät sie in den Bann seines Charmes. Der Typ ist ihr ein Rätsel. Wie kann ein so eitler Mensch so anziehend sein?

Er verweilt nicht lange bei ihr. »Nun, wenn Sie es sich doch noch anders überlegen, sind Sie herzlich willkommen«, sagt er und geht davon, während Sophie sich darüber ärgert, daß sie sich auch nur eine Sekunde lang von seinem Charisma hat beeindrucken lassen. Sie bleibt noch ein paar Minuten, dann überwältigt sie die Müdigkeit, und sie zieht sich in ihren Bungalow zurück.

Vierzig Minuten später jedoch liegt sie immer noch wach. Unablässig kreisen ihre Gedanken – um Brian, das Kind, Michael, Brian, Eily, Donny, das Kind, Brian … Und natürlich um Zelda, das arme Mädchen, das sich auf seine nächste Reise begeben wird. In der Befürchtung, daß diese sich vielleicht wieder nur als Enttäuschung für Zelda entpuppen wird, wünscht Sophie beinahe, sie wären dem Arzt nie begegnet.

Draußen ist es relativ kühl, aber die Luft im Bungalow ist schwül. Sophie zieht sich das Leintuch vom Körper. Sie denkt an den Abend.

Obwohl Eily sie eingeladen hat, hätte Sophie es an diesem Abend nicht ertragen, mit Brian und seiner Familie zusammen zu essen. Trotz der Herzlichkeit des Wiedersehens mit Eily hätte sie nicht weiterhin so tun können, als wäre zwischen ihr und Brian nichts gewesen.

Sie hat mit dem Gedanken gespielt, noch einen Tag zu bleiben, um den emotionalen Gefahren einer Reise mit Brian aus dem Weg zu gehen, aber sie hat es zu eilig, wieder ins reale Leben zurückzukehren. Und in der Nähe ihres Kindes zu sein.

Wie spät ist es jetzt in Irland? Sie schaut blinzelnd auf die Uhr: acht Uhr hier, Mitternacht zu Hause. Was wohl Michael und Yvonne jetzt tun?

Es ist nach Mitternacht, und Michael, der neben der schnarchenden Yvonne liegt, findet in dem schmalen Bett keine Ruhe.

Seit er seines Hauses verwiesen wurde, hat er kaum noch eine Nacht gut geschlafen.

Seine Gedanken kreisen um das Kind und um Sophie. Eigentlich hat er geglaubt, daß das Kind ihm doch nicht so wichtig sein würde. Aber da hat er sich geirrt.

Der Anruf von Sophie hat ihn überrascht. Sie scheint besessen zu sein von dem Gedanken an das Kind. Michael macht sich Hoffnungen: Wenn er sich richtig verhält, wird er es vielleicht schaffen, sich aus diesem Tief wieder herauszuarbeiten, in das er sich selbst hineinmanövriert hat. Es steht neunzig zu zehn, daß die Sache zwischen ihm und Yvonne auf Dauer sowieso nicht halten wird. Wieso sollte er bleiben, wenn sein Kind bei Sophie ist?

Yvonne ahnt wahrscheinlich längst, woher der Wind weht. Er nimmt es ihr nicht übel, sondern bewundert eher ihre Cleverneß, sich das Geld zu sichern. Wer würde das in ihrem Alter nicht versuchen? Es ist für sie ein Schlüssel zur Freiheit.

Aber fürs erste werden sie beide gemeinsam weiterspielen müssen. Wenigstens für ein paar Monate.

Die Chancen auf eine Versöhnung mit Sophie stehen allerdings nicht besonders gut, denkt er mißmutig. Im Moment jedenfalls braucht Sophie ihn. Und je erfolgreicher er Yvonne bei Laune hält, damit sie das Kind ohne großes Gezerre hergibt, desto mehr könnten seine Chancen bei Sophie steigen …

O Gott – jetzt bekommt er einen Wadenkrampf und kann sich nicht einmal herumdrehen, ohne Yvonne zu wecken. Das ist wirklich der reinste Alptraum. Während er sich vor Schmerzen auf die Unterlippe beißt, kommt Michael ein Gedanke: Könnte er es nicht riskieren, eine Nacht ins Haus zurückzukehren? Er hat noch einen Schlüssel, von dem Sophie nichts weiß. Sie braucht es nie zu erfahren.

Ehe er es sich anders überlegen kann, stiehlt er sich aus dem Bett und zieht sich leise an. Ohne Yvonne aus den Augen zu lassen, die zum Glück einen gesunden Schlaf hat und selten erwacht, bevor der Wecker läutet, schreibt er ihr auf der Rückseite eines Briefumschlags ein paar Worte: »Mußte in aller Frühe weg. Alles weitere nachher, wenn wir uns in der Firma sehen. Schlaf gut! M.«

Leise stellt er den Wecker aus. Er wird darauf achten, vor halb acht zurück zu sein, aber nur für den Fall ...

Dann schleicht er zur Tür und öffnet sie vorsichtig Zentimeter für Zentimeter, huscht mit einem letzten Blick auf Yvonne hinaus und schließt sie sorgfältig hinter sich. Wenn sie wirklich erwacht und sieht, daß er nicht da ist, wird sie natürlich argwöhnisch werden, aber zum Teufel! Ein Mann wird ja wohl in seinem eigenen Bett schlafen dürfen.

Riba schlüpft leise zur Tür des Bungalows hinaus. Es ist beinahe Mitternacht. Sie mußte ewig warten, bis Brian endlich tief schlief. Donny war schon längst in Tiefschlaf verfallen.

Die Luft am Strand ist mild und vibriert vom Sirren nächtlicher Insekten. Eine helle Mondsichel hängt draußen über dem Wasser, aber Riba hat keinen Blick für das Bild. Sie muß sich beeilen. Sie muß noch einmal mit Jay sprechen, bevor sie morgen abreist. Nach allem, was in dieser Woche geschehen ist, zumal nach dem Auftritt in seinem Haus, fürchtet sie, daß ihre Beziehung nie wieder die alte werden wird, aber sie muß versuchen, zu retten, was noch zu retten ist, solange sie noch die Möglichkeit zu persönlichem Kontakt hat. Und sie muß ihn wissen lassen, daß die magischen Kräfte immer noch wirken.

Zuerst wird sie es in der Boma versuchen. Es kann ja sein, daß er noch dort ist.

Auf dem Weg vorbei an den Bungalows sieht sie, daß die Fackeln und Grillfeuer auf dem Festplatz niedergebrannt sind, doch aus der glühenden Asche steigt noch Rauch auf. Es muß ein tolles Fest gewesen sein. Als sie, Brian und Donny in die Anlage zurückkamen, setzte sich gerade der Zug der Brautpaare zu den Rondavels in Bewegung. Geführt von Jay, der prachtvoll aussah in einem weißen Umhang, sowie drei Steelbands und begleitet von den Mitgliedern der Organisation, die sie mit Blumen und

Blüten überschütteten, tanzten sie in schönen Kostümen ausgelassen ihrer Hochzeitsnacht entgegen. Obwohl Riba sich am liebsten in den fröhlichen Zug eingereiht hätte, folgte sie Brian brav zu ihrem Bungalow.

In der Boma ist Jay nicht. Kein Mensch ist dort. Der lange Tisch ist bereits für das Frühstück gedeckt.

Was nun? Wahrscheinlich sind sie alle in Jays Haus gegangen, nachdem die Brautpaare wohlversorgt in ihren Waldhütten waren.

Riba zaudert. Sie würde wahrscheinlich fast eine Stunde brauchen, um hinaufzumarschieren, Jay zu finden, mit ihm zu reden und wieder zurückzulaufen. Sich so lange aus dem Bungalow zu entfernen wäre leichtsinnig. Andererseits schläft Brian fest, und er war heute abend sehr müde. Sie verläßt die Boma und geht langsam, immer noch unschlüssig, zum Festplatz zurück. Kaum hat sie den offenen Platz betreten, sieht sie Brian auf sich zukommen.

»Was hat das zu bedeuten, Eily?« Brian ist eher traurig als wütend. Als er aufwachte und bemerkte, daß sie nicht da ist, hat er sofort geahnt, was sie vorhat.

»Ich konnte nicht schlafen. Ich wollte nur ein bißchen frische Luft schnappen.« Ihr Gesicht ist blaß im gedämpften Licht des Mondes und der Fackelglut.

»Du hältst mich wohl für einen Idioten?« Ohne ein weiteres Wort macht er kehrt, um zum Bungalow zurückzugehen.

Hinter sich im Sand hört er ihre Schritte, aber sie holt ihn nicht ein wegen des verletzten Knöchels. Mit flehender Stimme ruft sie ihm nach: »Warte, Brian, bitte warte! Es ist nicht so, wie du denkst.«

Brian beschleunigt seine Schritte.

37

Es ist bestens gelaufen. Das reinste Kinderspiel. Zum Haus fahren, Tür aufsperren, rein in die Federn, Wecker stellen, sechs Stunden schlafen, wieder raus aus den Federn und zurückfahren. Und rein in Yvonnes Wohnung. Er braucht sich nicht einmal zu bemühen, leise zu sein.

Sie ist gerade aufgewacht. Halb aufgestützt liegt sie im Bett, Zigaretten und Feuerzeug in der Hand. »Wo warst du?«

»Ich hab mir nur schnell an der Tankstelle Zigaretten geholt. Ich geh jetzt duschen. Möchtest du einen Kaffee?«

»Ich hätte Lust auf was anderes.« Sie wirft Zigaretten und Feuerzeug auf den Nachttisch und läßt sich in ihr Kopfkissen fallen. Dann hält sie mit einem herausfordernden Lächeln die Steppdecke hoch. Die ruhig verbrachte Nacht wirkt. Und der Anblick eines nackten jungen Körpers. Als Yvonne die Decke ganz von sich wirft und ihre Brüste mit den Händen umschließt, stürzt er sich stöhnend auf sie.

Innerhalb von Minuten ist es vorbei, und er küßt atemlos ihr Ohr. »Du bist ein schlimmes kleines Ding, Yvonne Leonard, weißt du das? Aber bilde dir nicht ein, daß deine Talente im Bett dir das Recht geben, drin liegen zu bleiben. Noch bin ich dein Chef, und wehe, du kommst zu spät zur Arbeit!«

»Zisch ab!« Sie setzt sich auf. »Mick, wir müssen reden.« Sie ist plötzlich kalt und sachlich.

Michael wird unruhig. »Aber doch nicht jetzt! Wir müssen in die Firma.«

»Ich möchte nur mal über das Finanzielle sprechen, okay? Sobald ich das Geld habe, höre ich auf zu arbeiten. Noch geht es, aber man kann einer schwangeren Frau nicht zumuten, jeden Tag zum Flughafen rauszufahren, schon gar nicht im Hochsommer, wo ich fett sein werde wie eine trächtige Kuh!« Yvonne schaudert und zieht sich die Decke bis unters Kinn. »Aber dieses Geld gehört mir allein, verstehst du? Ich weiß noch nicht, was ich damit anfange, aber ich geb's bestimmt nicht fürs tägliche Leben aus. Ich beteilige mich am Essen und so, aber es ist nicht für die Miete der neuen Wohnung oder so was. Das ist dein Ding.« Ihre Augen sind wie blau glitzernde Steine. »Und ich würde dir raten, dafür zu sorgen, daß ich die erste Hälfte so prompt kriege, wie sie es versprochen hat. Bevor es für mich zu spät ist, in das Flugzeug nach England zu steigen, ist das klar? Ich weiß, daß sie erst morgen zurückkommt, aber die Uhr läuft, Mick. Keine Mätzchen, sonst steig ich sofort aus. Das kannst du deiner Frau von mir ausrichten.«

Und Michael, der in ihr entschlossenes kleines Gesicht blickt, weiß, daß es ihr mit jedem Wort ernst ist.

Er hadert mit seinem Schicksal, als er zehn Minuten später vor dem fleckigen Spiegel des Gemeinschaftsbadezimmers steht und sich rasiert. Angeekelt mustert er die schmierigen Kacheln, die voller Sprünge sind. Nie ist ein Mensch für seine Leichtsinnigkeit so hart bestraft worden, und nie wieder wird er das blitzende weiß gekachelte Badezimmer zu Hause als eine Selbstverständlichkeit betrachten. Selbst wenn sie bei der Wohnungssuche etwas Anständiges auftreiben sollten, wird Yvonne, die unglaublich schlampig ist, es verkommen lassen, das weiß er schon jetzt.

Okay, Dolan, hör auf zu jammern. Überleg dir lieber, was du willst. Michael führt den brummenden Elektrorasierer über sein Gesicht. Was kann er tun, um von Sophie wieder in Gnaden aufgenommen zu werden? Im Augenblick braucht sie ihn, damit er für sie Yvonne bei Laune hält, und außerdem erledigt er noch all die Anrufe für sie. Was kann er noch tun?

Und wo bleibt Yvonne in diesem Szenario? Es muß auf jeden Fall irgendein hübscher Ort sein. Griechenland vielleicht. Sie liebt die Sonne. Genau. Seine Stimmung hellt sich auf. Es ist machbar. Er und Brian verfügen über ein ganzes Netz von Kontakten. Sie werden bestimmt jemanden finden, der Yvonne hilft, ein hübsches sonniges Fleckchen aufzutun, an dem sie leben kann. Michael fühlt sich jetzt richtig gut; großzügig. Er wird ihr sogar das Flugticket bezahlen, wenn es soweit ist, damit sie von ihrem Geld nichts anrühren muß.

Draußen vor der geschlossenen Tür ruft Yvonne nach ihm und mahnt ihn zur Eile.

Er tut so, als hätte er nichts gehört. Er muß nur zusehen, daß er die Situation im Griff hat, das ist alles.

»Mick!« Yvonnes Stimme ist bedrohlich angeschwollen. »Brauchst du den ganzen Tag?«

»Immer mit der Ruhe«, ruft er gutgelaunt zurück. »Ich komm ja schon.«

Er schaltet den Rasierapparat aus, zieht den Stecker heraus und lächelt seinem Spiegelbild zu, während er das Aftershave aus seinem Toilettenbeutel nimmt.

Im Gegensatz zum langwierigen Check-in bei regulären Flügen werden die Formalitäten vor dem Flug mit einer Sanitätsmaschine mit Tempo abgewickelt; mit allzuviel Tempo für Riba, die sich auf dem Flugfeld des Palm Tree Island International Airport wiederfindet, noch ehe das Mißverständnis zwischen ihr und Brian bereinigt ist.

Sie steht mit ihm an der offenen Tür des Sanitätswagens und wartet, während die Rettungsmannschaften des Fahrzeugs und des Flugzeugs sich beraten und ihre Unterlagen kontrollieren, bevor sie zur Übergabe schreiten.

Nach ihrer Rückkehr in den Bungalow in der vergangenen Nacht ist Brian zwar höflich geblieben, hat jedoch jedes Gespräch mit ihr abgelehnt. Und seit dem frühen Morgen sorgt er – bewußt oder unbewußt – ständig dafür, daß sie nicht allein sind. Immer ist jemand da: Donny, Sophie, Leute aus der Anlage, aus dem Krankenhaus, Taxifahrer.

Er war nicht aggressiv und nicht eingeschnappt, nur distanziert. Und ständig mit Telefonieren und Organisieren beschäftigt.

Auch Sophie war in einer merkwürdigen Stimmung und verhielt sich so seltsam, daß Riba sich zu fragen begann, ob die Aussöhnung am vergangenen Tag echt war. Einmal, als sie mit der Freundin allein war, wollte sie ihr erzählen, was zwischen ihr und Brian vorgefallen war, aber da fiel Sophie plötzlich ein, sie könnte im Schrank ihres Bungalows etwas liegengelassen haben, und lief einfach davon. Als sie wiederkam, konnte Riba nicht mehr reden, weil Donny da war.

Immerhin hat Brian diese irische Familie in Butte aufgetan, ganz in der Nähe der Klinik. Die Frau, eine Radiologin, arbeitet am Krankenhaus, und es sind drei Kinder da, von denen ein Sohn nur zwei Jahre jünger ist als Donny.

Die Formalitäten der Übergabe sind erledigt, und man hilft Zelda aus dem Krankenwagen auf das Rollfeld. Zum Glück bleibt ihr die Schmach erspart, getragen zu werden; sie kann auf eigenen Füßen zur Maschine gehen.

Riba folgt ihr und den fliegenden Ärzten, den Schluß bildet Brian.

»Guten Morgen, Herrschaften.« Der Pilot, mit Kopfhörer und einem Klemmbrett in der Hand, dreht sich kurz um und lächelt ihnen zu.

»Jetzt dauert es nicht mehr lang, Schatz.« Riba lächelt Zelda zu, während die Sanitäter ihr helfen, sich auf dem für sie vorgesehenen Spezialsitz anzuschnallen.

Schon beginnt die Maschine zu heulen, und Riba setzt sich rasch auf ihren Platz hinter Donny.

»Ich gehe jetzt besser.« Brian neigt sich noch einmal zu Zelda hinunter. »Viel Glück, Sonnenschein. Ich rufe jeden Tag an – und in zwei Wochen bin ich da. Du verstehst doch, daß ich zu Hause alles regeln muß.«

»Natürlich, Daddy.« Zelda gibt ihm einen Kuß.

»Mach's gut, mein Liebes.«

Riba bemerkt, daß Brian Tränen in den Augen hat. Aber sie fühlt sich hilflos, unsicher. »Brian …« Sie versucht, seinen Arm zu fassen. Er tätschelt kurz ihre Hand, küßt sie flüchtig auf die Wange und kommt ihrem Versuch, ihn zu umarmen, zuvor, indem er sich sogleich entfernt.

»Auf Wiedersehen, Eily. Ich melde mich, sobald ich wieder in Dublin bin.« Jetzt beugt er sich zu Donny hinunter. »Und du, paß gut auf deine Mutter und deine Schwester auf. Verstanden?«

Das Motorengeheul wird lauter, und hastig winkt Brian seiner Tochter noch einmal zu. »Auf Wiedersehen, Schatz. Viel Glück!«

Riba blickt ihm nach, als er über das Rollfeld geht, und hofft bis zu dem Moment, da er in der Flughalle verschwindet, daß er sich noch einmal umdreht und winkt. Er tut es nicht.

Er wird sich beruhigen und den Streit vergessen, sagt sie sich. Das ist bei ihm immer so. Er ist nur noch ein wenig verstimmt. Es wird sich alles wieder einrenken.

Sie dreht sich in ihrem Sitz nach Zelda um. »Wie fühlst du dich, Darling?«

Zelda lächelt. »Mir geht's gut, Mama. Mach keinen Wirbel. Bitte!« Sie schließt die Augen.

Die Maschine setzt sich in Bewegung, gewinnt rasch an Geschwindigkeit, und während die Sanitäter sich in ihren Sitzen anschnallen, schaut Riba zum Fenster hinaus. Was mag Jay jetzt gerade tun? Er wird ihr ganz sicher nichts nachtragen.

Sie beugt sich vor und tippt Donny auf die Schulter, um ihm ein Kaugummi anzubieten. »Ist das nicht wahnsinnig aufregend, Schatz?«

Sophie sitzt auf ihrem Koffer an der Flughafeneinzäunung und blickt auf das Flugfeld hinaus. Sie wollte lieber ins Freie, wo wenigstens ein Lüftchen weht, anstatt in der stickigen Abflughalle zu leiden. Ihr Flug nach New York startet in gut anderthalb Stunden, und die Schlange am einzigen Check-in-Schalter ist bereits lang.

Aber wenn es hier draußen auch eindeutig angenehmer ist, so ist es dennoch heiß, und ihr T-Shirt klebt ihr am Rücken.

Sie hat sich vorhin schon von Zelda, Donny und Eily verabschiedet, doch von ihrem Platz an der Einzäunung aus konnte sie beobachten, was drüben bei dem Sanitätsflugzeug vorging.

Da sie sicher war, daß Brian sie noch nicht sah, ließ sie ihn auf seinem Weg zurück zur Flughalle nicht aus den Augen, und als er näher kam, konnte sie trotz der Sonnenbrille, die er trug, in seinem Gesicht seine innere Einsamkeit erkennen. Aber wie hätte sie ihm helfen können? Gar nicht, das war ihr sofort klar. Sie konnte ihm in dieser Situation nicht helfen. Es war eine reine Familienangelegenheit.

Sophie, die glaubte, gewonnen zu haben, und dann entdeckte, daß sie den Kampf gegen das wilde Flattern der Erregung, jedesmal, wenn sie ihn sah oder auch nur an ihn dachte, verloren hatte, wurde in der kurzen Zeit, die Brian für den Weg über das Flugfeld brauchte, klar, daß sie sich nicht einmal mehr eine Freundschaft mit ihm erlauben durfte. Nach dieser gemeinsamen Heimreise würde sie ihr Leben so einrichten müssen, daß er keinen Anteil mehr daran hatte. Sie konnte Brian und Eily zusammen treffen, aber nicht Brian allein. Keine Verabredungen zu einer Tasse Kaffee oder einem Mittagessen unter Freunden, keine Telefongespräche; nichts, bis dieses innere Feuer sich ausgebrannt haben würde.

Er erreicht sie, als die Sanitätsmaschine am Ende des Rollfelds zum Start wendet, und sie steht auf. »Es wird schon alles gutgehen«, sagt sie leise.

»Wir werden sehen.« Seine Stimme ist brüchig.

»Ich weiß, es steht mir nicht zu, etwas dazu zu sagen«, sagt sie rasch. »Es klingt vielleicht sogar absurd, aber man weiß doch nie, wofür die Dinge gut sind. Womöglich wird sich noch zeigen, daß dieses Abenteuer die ganze Aufregung wert war.«

Er starrt weiter auf das Rollfeld hinaus, und statt in ihren Beruhigungsversuchen fortzufahren, beobachtet auch sie die Sanitätsmaschine, die sich zum Start bereitmacht.

»So hat es angefangen«, sagt er.
»Was meinst du?«
»Mit uns beiden. Als wir an einem Flughafen dem Start einer Maschine zusahen.«

Brian hat es nur geschafft, sich im Strudel der Ereignisse der letzten vierzehn Tage über Wasser zu halten, indem er seine Gefühle eisern unterdrückte.

Jetzt aber, während er neben Sophie steht und zusieht, wie das Flugzeug auf seinen kleinen Rädern die Startbahn entlangrast, ist er in ernsten Schwierigkeiten. Die Maschine hebt ab, steigt steil in die Höhe, geht dann in eine Kurve, die es seitlich an der Flughalle vorbei und außer Sicht führt. Sein Verschwinden empfindet er als entsetzlich.

Er muß den Impuls niederkämpfen, zum Parkplatz vor dem Gebäude hinauszulaufen, um noch einen letzten Blick darauf werfen zu können. Es ist alles viel zu schnell gegangen. Er war noch gar nicht bereit.

Auch für das neuerliche Aufwallen von Begehren und Liebe war er nicht bereit, das sich eingestellt hat, als er Sophie hier auf ihrem Koffer sitzend antraf. Er muß körperlichen Abstand gewinnen. Ohne sie zu fragen, ob sie überhaupt eine Tasse möchte, sagt er kurz, daß er ihnen zwei Kaffee holen wird, und läuft los.

Als er zurückkommt, hat er sich wieder gefangen. Er reicht ihr den Kaffee. Sie dankt ihm lächelnd, doch er hat den Eindruck, daß sie es vermeidet, ihn anzusehen. Beide blicken zum leeren Flugfeld hinüber.

Das Schweigen macht Sophie nervös. »Meinst du nicht, wir sollten langsam einchecken?«

Er wendet sich ihr nicht zu. »Wir haben noch reichlich Zeit.«

Seine Nähe droht ihre guten Vorsätze zunichte zu machen. Sie kann jetzt nicht mit ihm allein sein. »Ich finde, wir sollten uns auf jeden Fall schon mal anstellen.«

»Na gut. Laß mich nur den Kaffee austrinken.« Noch immer wendet er sich ihr nicht zu.

Sophie weiß nicht, was sie tun soll. Am liebsten würde sie davonlaufen. Aber vielleicht sollte sie ihm einfach die Wahrheit sagen?

Nein, auf keinen Fall! Sie trinkt von dem bitteren Kaffee. »Fünf Minuten, dann gehen wir rein, okay?«

»Okay.«

Und plötzlich hört Sophie sich selbst mit gehetzter Stimme erzählen – von dem Zusammentreffen mit Yvonne in ihrem Haus, von dem Kind, von ihrer Angst, daß die Sache nicht funktionieren könnte, von dem Geld, die ganze erbärmliche Geschichte.

Die Augen hinter den blitzenden dunklen Gläsern seiner Sonnenbrille verborgen, sieht Brian sie die ganze Zeit unverwandt an, ohne eine Miene zu verziehen. Dieser Mangel an Reaktion macht sie unsicher.

»Ich sehe, du findest das unmöglich«, sagt sie am Schluß. »Ich weiß, daß manche Leute es als unmoralisch verurteilen würden. Aber ...«

»Wer sagt, daß ich es unmöglich finde?«

»Ist es denn nicht so?«

Statt ihr zu antworten, ergreift er seinen Koffer. »Wir reden im Flieger darüber. Komm, die fünf Minuten sind um.« Seine Stimme klingt erstickt.

Sophie, die sich dumm vorkommt und gleichzeitig eine Art Enttäuschung verspürt, nimmt langsam ihren Koffer und folgt ihm.

Sie tritt genau in dem Moment in die Halle, als eine große Menschengruppe durch den Eingang drängt. Es ist eine Hochzeitsgesellschaft. Das frischgebackene Ehepaar hat offensichtlich nicht nur seine Verwandten mit zum Flughafen gebracht, sondern auch die halbe Inselbevölkerung. Unter normalen Umständen hätte Sophie das Treiben amüsiert, aber im Augenblick ist sie nicht in Partystimmung. Gerade will sie sich wieder nach draußen stehlen, als jemand sie festhält.

»Wohin willst du?« Es ist Brian.

»Es ist mir zu laut hier. Ich warte doch lieber noch eine Weile draußen.«

»Ich komme mit.«

Sophie ist verlegen, und nur um etwas zu sagen, bemerkt sie, daß dieses Brautpaar wirklich einen glücklichen Start habe.

»Glaubst du?«

Sein Ton macht sie stutzig. »Du nicht?«

»Ich weiß nicht mehr, was ich glauben soll. Sophie ...« Er nimmt seine Sonnenbrille ab. »Ich weiß überhaupt nicht mehr, was ich von allem halten soll. Von dir, Mick, dem Kind, der Ehe, meiner Familie. Sag mir nur eines: Wirst du zu Mick zurückgehen?«

»Nein!« Die Wendung, die dieses Gespräch genommen hat, erschreckt sie.

»Bist du sicher? Denn ich kenne diesen Burschen. Er wird garantiert zu dir zurück wollen. Es ist alles so schnell gegangen, bist du sicher, daß du ihm nicht noch eine Chance geben willst?«

Beide drehen sich nach einer startenden Maschine um. Dabei stoßen sie mit den Armen aneinander, und jetzt rührt sich keiner von ihnen. Die Spannung zwischen ihnen ist geradezu mit Händen zu greifen.

Sophie, der das Blut in den Ohren hämmert, nimmt jede Pore von Brians Haut wahr. Unfähig, seine Berührung länger zu ertragen, tritt sie einen Schritt beiseite. »Warum hast du mich das gefragt, Brian?«

Sie sehen einander an. Brian hebt die Arme und umschließt von hinten mit beiden Händen Sophies Kopf. Er küßt sie, sehr sanft, aber sie kann das heftige Schlagen seines Herzens spüren. Sie nimmt seinen Kuß entgegen, aber sie erwidert ihn nicht.

Er hält sie ein wenig von sich ab. »Wir sind alte Freunde, Sophie. So etwas sollte alten Freunden nicht passieren. Ich habe weiß Gott dagegen angekämpft.«

»Ich auch.«

Er läßt sie los. »Ich muß wenigstens so lange bei ihnen bleiben, bis ...«

»Aber natürlich, das ist doch klar.« Sie berührt seinen Mund. »Daran solltest du nicht einmal denken, Brian.«

»Und wir wären beide verlassene Ehepartner. Das ist nie gut.«

»Das stimmt, aber wieso verlassene Ehepartner? Das gilt doch für dich ganz gewiß nicht.«

»Eily und ich werden vielleicht«, er zögert, »unsere Positionen neu überdenken müssen. Ich werde es dir eines Tages erklären, aber nicht jetzt.«

»Ich will es gar nicht wissen. Im übrigen«, fügt sie hastig hinzu, als es so aussieht, als wolle er sie wieder an sich ziehen, »werde ich genug zu tun haben, mit dem Kind, verstehst du ...«

»Ja, natürlich. Ich verstehe. Und ich werde auch eine Menge zu tun haben.« Er küßt sie noch einmal, und diesmal erwidert sie den Kuß.

»Da ist noch ein wichtiger Punkt.« Er schluckt, den Blick zu Boden gerichtet. »Im Augenblick scheint es so, als würde uns durch diese neue Behandlung in Amerika noch etwas Zeit geschenkt, aber ganz gleich, ob lang oder kurz, Donny braucht jetzt seine beiden Eltern, Sophie.«

»Das ist doch klar.«

»Und auch danach. Wahrscheinlich noch eine ganze Weile.«

»Natürlich.«

Er sieht ihr offen in die Augen. »Und sie wird mich auch brauchen. Eine Zeitlang jedenfalls. Auf ihre eigene verrückte Art und Weise.«

»Ja.« Obwohl Sophie den heftigen Wunsch hat, ihn noch einmal zu küssen, hält sie sich zurück. Sie begnügt sich damit, seine große, warme Hand in die ihre zu nehmen. Er drückt fest zu, und sie spürt das Pulsen des Blutes in seinen Fingern an ihren eigenen.

Sie sehen zur Rollbahn hinüber. Ihre Maschine ist soeben gelandet. Der große Jet dreht und rollt ihnen langsam entgegen, um sie zu holen und nach Hause zu bringen.

Dank

Mein aufrichtiger Dank gilt Professor J. Joseph Walshe, M.D., Ph.D., F.A.C.P., Leiter des Beaumont-Hospitals in Dublin, und seinem Kollegen, Dr. K. A. Abraham, für ihre unschätzbare Hilfe.

Dank auch meiner Agentin, Clare Alexander von Gillon Aitken Associates, die mir mit Einfühlungsvermögen und scharfem Blick zur Seite steht.

Außerdem danke ich Amanda Ridout, ehemals Leiterin von Headline, und Edwin Higel, Herausgeber von New Island, daß sie dieses neue Unternehmen mit mir gewagt haben. Marion Donaldson, meiner Lektorin bei Headline, danke ich für ihre aufmerksamen und genauen Beobachtungen und nicht zuletzt für die Flexibilität und das Verständnis für die persönlichen Umstände ihrer Autorin. Dank auch Hazel Orme, meiner unermüdlichen Korrekturleserin, der nichts entgeht – wie etwa das Auto, das im ersten Kapitel völlig demoliert wird, um im einunddreißigsten unversehrt wieder aufzutauchen.

Von Herzen danke ich meinem großen Freundes- und Familienkreis, insbesondere Kevin, Adrian, Simon und Laly, die allesamt mit viel Humor (und gelegentlich zähneknirschend) seit vielen Jahren meine seltsamen Arbeitszeiten ertragen.

Und wie immer bin ich dankbar für Pat Brennans scharfsichtiges Urteil, auf das ich mich so sehr verlassen kann.

KABEL

Jennifer Donnelly

Die Teerose

Roman. Aus dem Amerikanischen von Angelika Felenda.
686 Seiten. Gebunden

Jung, begehrenswert schön und mittellos ist Fiona Finnegan, die als einfache Teepackerin für den Londoner Teebaron William Burton arbeitet. Fiona lernt schnell, und sie hat ein Händchen für das Teegeschäft. Nachts hält ein Verbrecher die Menschen im East End in Atem, doch bei Tag träumen Fiona und ihr Freund Joe Bristow von einer gemeinsamen Zukunft. Als ihr Vater, ein irischer Dockarbeiter und Gewerkschafter, bei Unruhen ums Leben kommt und die Familie zerbricht, hat Fiona keine andere Wahl: Sie muß England und Joe verlassen.
Nur mit viel Glück gelingt ihr die Überfahrt nach Amerika. Und dort, im Manhattan des späten 19. Jahrhunderts, wendet sich für sie das Blatt: Couragiert und mit viel Fleiß schafft Fiona den gesellschaftlichen Aufstieg; bald liegen ihr die einflußreichsten Männer zu Füßen. Doch auch in den elegantesten Teesalons und exklusivsten Feinkostgeschäften lassen die Schatten der Vergangenheit und die Gefühle für Joe sie nie ganz los. Fiona muß in die alte Heimat zurückkehren, um ihre große Liebe wiederzufinden – und um endlich den Mann zur Verantwortung zu ziehen, der ihren Vater auf dem Gewissen hat …

03/1054/01/R